Tom Robbins

Halbschlaf im Froschpyjama

Deutsch von Pociao
und Walter Hartmann

Roman · Rowohlt

Die Originalausgabe erschien 1994 unter dem Titel
«Half Asleep in Frog Pajamas» bei Bantam Books, a division of
Bantam Doubleday Dell Publishing Group, Inc., New York
Walter Hartmann übersetzte den ersten Teil
bis Seite 263, Pociao die Seiten 265 bis 461.

*Die Übersetzer danken dem Erfinder
des Fax-Geräts und Joe Eddy Brown aus Illinois
für ihre tatkräftige Hilfe*

1. Auflage Juni 1997

Umschlaggestaltung: Susanne Heeder
(Foto: Transglobe/Attard)
Satz Bembo und Gill: Libro, Kriftel
Druck und Bindung:
Franz Spiegel Buch GmbH, Ulm
Printed in Germany
ISBN 3 498 05742 1

Für Maestro Rudolpho.
Für unseren Mann im Nirwana.
Und für die «Fakultät auf Visite».

Es wurde nachgewiesen,
daß manche Amphibien in der Lage sind,
ihren Astralleib zur Orientierung
zu benutzen.
The Encyclopaedia Britannica

Ohne Zweifel ist die Welt
eine vollkommen imaginäre,
aber eng verwandt mit der wirklichen Welt.
Isaac Bashevis Singer

Donnerstag abend

5. April

Zurück aus Timbuktu

16:00 —••••–• Der Tag, an dem der Aktienmarkt aus dem Bett fällt und sich das Genick bricht, ist der schlimmste Tag deines Lebens. Zumindest kommt es dir so vor. Es ist zwar nicht wirklich der schlimmste Tag deines Lebens, aber du hast ganz den Eindruck. Und wenn du diesen Eindruck in Worte faßt, geschieht es mit voller Überzeugung und einem Minimum an rhetorischem Zierat.

«Das ist der schlimmste Tag meines Lebens», sagst du, läßt eine gesalzene Erdnuß in deinen doppelten Martini plumpsen – an besseren Tagen trinkst du Weißwein – und schaust zu, wie sie nach unten sinkt. Sie trudelt abwärts, träger und graziöser als deine abstürzenden Anlagewerte, und die hübschen kleinen Ginbläschen, die rings an der Nuß haften, stehen im deutlichen Kontrast zu den Klumpen und Kletten und stachligen Dingern, die sich an dein Herz heften.

Ungefähr vier Stunden sind vergangen, seit die Kurse in den Keller fielen, und das erschütterte, bisweilen hysterische Stimmengewirr, das noch am frühen Nachmittag im Bull & Bear herrschte, beginnt einer gedämpfteren Geräuschkulisse raffinierter Überlebensstrategien und zynischer Witzchen zu weichen. Du beteiligst dich weder an den verzweifelt ausgeheckten Schachzügen noch an der falschen Heiterkeit. Du hältst deinen vorzeitig ergrauten Kopf in den Händen und sagst zum zweiten Mal: «Das ist der schlimmste Tag meines Lebens.»

«Ach was, Mädchen», meint Phil Craddock. «Der Markt erholt sich schon wieder.»

«Der Markt erholt sich vielleicht wieder. Aber *ich* nicht. Ich hab meine Kunden so tief ins kalte Wasser fallen lassen, daß sie zum Atmen Kiemen brauchen.» Du schluckst einen Feuerball aus dem

Martiniglas. «Und Posner weiß das auch. Als er nach Börsenschluß in der Lobby an mir vorbeirauschte, fragte er mich, ob ich nicht fände, daß Krankenpflege eine noble Tätigkeit sei.»

«Vielleicht hat er ja sich selbst gemeint.»

Du lachst, auch wenn dir nicht danach zumute ist. «Posner und Bettschüsseln ausleeren? Eher tritt der Papst in einem Porno auf. Nee, Phil, was mir der Alte damit sagen wollte, ist: ‹Stoß deinen Porsche ab, Baby, und stell dich für die Lebensmittelmarken an.› Wenn bis Montag kein Wunder geschieht, bin ich Hundefutter.»

«Bis Montag sind es noch vier Tage.»

«Danke, daß du mich daran erinnerst. Ein freier Tag zusätzlich, um sich die Haare zu raufen. Nun, als Tag für Hinrichtungen ist der Karfreitag ja berühmt.»

«Immer mit der Ruhe, Süße», sagt Phil. «Jetzt wird's Zeit für den kugelsicheren BH.»

Bei der Anspielung auf ein so intimes Wäschestück wirst du prompt rot. Einen Scherz über Pornos zu machen war völlig okay für dich, weil du noch nie einen gesehen hast; Pornos existieren nicht in deiner Welt. Doch wenn dir ein Mann, selbst einer wie Phil Craddock, in die Augen schaut und von persönlichen, ja privaten und etwas anzüglichen Dingen spricht, dann malt dir deine unvermeidliche Nervosität so dicke Pimentkleckse auf die olivfarbenen Wangen, daß man einen Martini damit garnieren könnte – in diesem Fall den dritten für heute, lauter doppelte –, und sobald du es zu unterdrücken versuchst, schießt dir das Rot um so heftiger in die Wangen. Daß du dazu neigst, beim geringsten Anlaß vor Scham zu erröten, ist eins von etlichen Dingen, die du an deinem Los auf dieser Welt als lästig empfindest, und ein weiteres Beispiel dafür, wie gern dir die Parzen in die Consommé spucken. Ein weiteres ist dein Gesellschafter hier am Tisch.

Phil Craddock handelt mit Sojabohnen und Schweinebäuchen und erweckt – abgesehen von dem locker gebundenen Schlips – den Eindruck, als würde er die auch auf seiner Farm produzieren. Wenn man es recht bedenkt, paßt diese Krawatte tatsächlich zu einem

Farmer, eine chronisch unmodische Sorte Schlips, wie man sie beim ländlichen Kirchgang trägt, derb und rustikal, und die Spitze hat sich ein bißchen nach oben gebogen. (Nur ein Mensch im Bull & Bear ist schlampiger gekleidet als Phil, und zwar der Mann, den Ann Louise, deine Tischgenossin neben Phil, schon die ganze Zeit anstarrt.) Eigentlich ist Phil ein freundlicher und rücksichtsvoller Mensch, aber das nervt dich erst recht, weil es dich an den nervtötenden Belford Dunn erinnert, deinen angeblichen Boyfriend. Phil und Belford sind sich wirklich sehr ähnlich, bloß daß Belford zehn Jahre jünger ist und man sich natürlich kaum vorstellen könnte, daß Phil seine Wohnung mit einem wiedergeborenen Affen teilt.

Was Ann Louise betrifft, die kennst du nicht näher. Sie hat vor etwa sechs Monaten bei Posner, Lampard, McEvoy & Jacobsen angefangen und kam aus New York, wo sie sich einen Namen als risikofreudige Brokerin machte, Gerüchten zufolge einer hemmungslosen Vorliebe für Analsex frönte und es praktisch mit jedem großen Tier an der Wall Street trieb, darunter ein paar, deren Namen wirklich jeder kennt. Ann Louise ist mittleren Alters, untersetzt, aber nicht unattraktiv, und du hast den Verdacht, daß du einiges von ihr lernen könntest – in geschäftlichen Dingen –, doch Ann Louise ist wer und hat von deiner Anwesenheit ohnehin kaum Notiz genommen, weil sie die letzte halbe Stunde damit zubrachte, auf den Rücken dieses langmähnigen Fremdlings zu starren (das heißt, *dir* ist er fremd), der da an der Bar hofzuhalten scheint. Du hast nicht den geeigneten Blickwinkel und die nötige Sehschärfe, um ihn dir genauer anzuschauen.

Jedenfalls ist es kein Wunder, daß du dich grämst. Warum mußtest du – bei all den Wertpapierhändlern, Managern und Investmentbankern hier im Bull & Bear, mit denen du in diesem kritischen, sogar historischen Moment mental Händchen halten, vor denen du die Jammeroper deiner persönlichen Niederlage aufführen könntest – ausgerechnet bei diesen zwei ... *Parias* am Tisch landen? Es ist nicht fair, wenn auch nicht untypisch, eine mitten auf deine Wunde gepappte Schmähung und, wie du findest, ein weiterer Beleg dafür, daß dies der schlimmste Tag deines Lebens ist.

Schlimmster Tag? Gwendolyn, du vergißt offenbar den Tag – wie lang ist es her, acht Jahre? –, als dir mit gleicher Post von Stanford, Harvard, Yale und der Wharton School of Business der Uni von Pennsylvania die Ablehnung deiner Bewerbung zum Studium zugestellt wurde; alles am gleichen Tag im Briefkasten, bei all deinen Top-Adressen abgeblitzt, du als Angehörige einer ethnischen Minderheit, und das zu einem Zeitpunkt, wo solche Institutionen in ihrem unbeholfenen, konfusen Bestreben, die Ungerechtigkeiten der Vergangenheit zu kompensieren, und in ihrer fast panischen Eile, als soziologisch korrekt dazustehen, sich schier umbrachten, Leute deines Schlags in ihrer Mitte aufzunehmen.

Dein schlimmster Tag? Es gehört bestimmt mehr dazu als der freie Fall des Aktienmarkts mit dir in den Armen, um den Tag zu überbieten, als deine Mutter ein allerletztes Sonett in ihr lavendelblaues Notizbuch kritzelte und den Kopf in die Backröhre steckte.

Dein schlimmster Tag? Du bist gerade mal neunundzwanzig. Es wird andere Tage geben, andere Katastrophen. Vielleicht schon in nächster Zukunft. In der Tat könnte sich da bereits in diesem Augenblick etwas zusammenbrauen, etwas, das mit dem wiedergeborenen Affen zu tun hat, wenn nicht gar von ihm selbst ausgelöst wurde.

16:50 —•••–• Das im stehengebliebenen Herzen von Seattles Finanzviertel gelegene Bear & Bull Restaurant & Lounge ist ein patriarchalisches Etablissement alter Schule mit ornamentalen Zinkdecken, dunkler Holztäfelung und Durchgängen, deren kastanienbraune Samttapete mit Reihen stilisierter goldener Lilienblüten getüpfelt ist, in denen manche Stammgäste nach einigen Cocktails gern mutierte Dollarzeichen erblicken, glänzende, knackige und – wie sie hoffen – prophetische Währungssymbole. Freitag nachmittags ist die Bar des Bear & Bull stets bevölkert von lärmenden «bookies», wie sie sich selber nennen, die am Ende einer stressigen

Woche ein bißchen von einem stressigen Job entspannen, doch an diesem «Freitag», der in Wirklichkeit ein Donnerstag ist, hat sich die Zahl der Trinker nahezu verdoppelt – und nichts deutet darauf hin, daß es weniger werden. In der Tat werden viele der Broker im Bull & Bear ausharren, bis man sie um zwei Uhr früh an die Luft setzt. Es geht nicht allein darum, Alkohol auf die Wunden zu gießen, es ist nicht bloß der Unwille, heimzufahren und der Familie ins Auge zu blicken. Es gibt praktische Gründe. Jeder sitzt wie auf heißen Kohlen (oder spitzen Lilien) und wartet auf die Reaktion der Auslandsmärkte. Dann und nur dann wird sich zeigen, ob dieser Sturz wirklich einer in den Keller ist, der tödliche Crash, jene Apokalypse der Finanzwelt, die ein für allemal klarmacht, daß «Broker» von «broke», also «pleite», kommt, und die den Vereinigten Staaten von Amerika in der weltökonomischen Rangliste einen Platz zwischen Portugal und der Mongolei bescheren wird.

Aus diesem Grund sind alle Augen auf Tokio gerichtet, wo – bedingt durch sechzehn Stunden Zeitunterschied, internationale Datumsgrenze und Sommerzeit – der Nikkei-Index in diesem Moment gerade dabei ist, Feuer unter dem Wasserkessel seines Morgentees zu machen. Jede Maklerfirma in der City von Seattle hat einen Scout oder zwei im Büro sitzen, die das Telex im Auge behalten, und den ganzen Abend über werden die Späher den letzten Lagebericht in Sachen Nikkei telefonisch ins Bull & Bear melden oder ihn zuweilen gar persönlich überbringen. In Europa ist bereits Karfreitag, dort hatten die Märkte schon lange geschlossen, bevor sich abzeichnete, wie gewaltig in den USA der Misthaufen dampfte, und sie werden auch erst Sonntag nacht, Seattle-Zeit, wieder öffnen.

Als ein Barmann ruft: «Gwen Mati! Telefon für Gwen Mati!», wird es kurz still im Raum. Ob es die erste Meldung von der Front ist? Während du deinen Stuhl zurückschiebst und aufstehst, starren dich die Leute von Merrill Lynch, Prudential Securities und anderen prominenten Firmen gespannt, beinahe eifersüchtig an, ohne dabei zu vergessen, daß du, wenn du wirklich ein As wärst, dein eigenes Handy neben dem Martiniglas liegen hättest. Deine Kollegen bei

Posner, McEvoy & Jacobsen machen sich keine Illusionen über deine Bedeutsamkeit, aber weil sie deinen Ehrgeiz kennen, halten sie kurz im Gespräch inne und fragen sich im stillen, ob du womöglich den Scout im Büro bestochen hast, damit er dich statt Posner anruft, wenn er die ersten Notierungen aus Tokio durchgibt.

«Hier!» rufst du und winkst mit beiden Armen. Das Telefon hängt an der Wand am anderen Ende der Bar, und du machst dich auf den Weg dorthin, schlängelst dich behutsam durch den Mob. Sobald du außer Hörweite bist, eine Sache von wenigen Zentimetern, dreht sich Ann Louise zu Phil hin und sagt: «Dieses Girl ist in der Branche erledigt.»

«Wie kommst du darauf? Hast du irgendwas läuten hören?»

«Sagen wir mal, ich hab da so ein untrügliches Gefühl im Hosenboden.» Ann Louise setzt ein laszives Grinsen auf.

Du arbeitest dich voran, nimmst hin und wieder einen Ellbogenstoß an die Brust in Kauf, eine ins Gesicht geblasene Wolke Zigarettenqualm. Trunkenheit nimmt überhand. Gläser schwappen über. Gehen zu Bruch. Bekenntnisse werden ausgetauscht. Kokain – wann hast du in diesem Milieu zum letzten Mal Kokain gesehen? – wird geschnupft. Broker schäkern ungeniert mit ihrer Assistentin, Manager streicheln die Schenkel ihrer Sekretärin. Es ist wie bei einem jähen Kriegsausbruch, wenn alle gesellschaftlichen Regeln vorübergehend außer Kraft gesetzt sind. Als du dich am Tisch vorbeiquetschst, an dem Sol, der Chefanalytiker deiner Firma, sitzt, schenkt er dir ein schwaches, wehmütiges Lächeln und sagt: «*Après nous le déluge*. Der Spaß ist vorbei, *mon amie*.» Du tätschelst ihm die Schulter und schiebst dich weiter, doch während du dich dem Telefon näherst, hörst du, wie er hinter dir wiederholt: «Der Spaß ist vorbei.»

Du greifst nach dem Hörer. Es wird keiner aus dem Büro dran sein, keine exklusive Blitzmeldung vom Nikkei-Telex. Vielmehr wird es Q-Jo Huffington sein, deine angeblich beste Freundin, die dich anruft und dir mitteilen will, daß sie im Virginia Inn auf dich wartet. Daß Q-Jo auf dich wartet, ist dir bewußt. Du hattest dich um halb fünf mit ihr in dieser Künstlerkneipe verabredet, unter deren Boheme-Publikum Q-Jo sich wie zu Hause fühlt. Dir gefällt es dort nicht so besonders, weil es dich an deine angeblichen Eltern erinnert und genau die Sorte Kneipe ist, in die sie gegangen wären, was aber immer noch besser ist, als Q-Jo mit ihren 300 peinlichen Pfund Lebendgewicht hier ins Bull & Bear kommen zu lassen. Ihre Ungeduld nervt dich. Erwartet sie allen Ernstes, daß du an einem Tag wie diesem deine Verabredung einhältst? Das würde sie wohl kaum, wenn sie die Nachrichten gehört hätte, doch leider ist die Musik der Sphären das einzige, dem Q-Jo zu lauschen pflegt.

«Hallo», bellst du so ruppig in den Hörer, wie es deine zuckersüße kleine Schulmädchenstimme zuläßt. Die Stimme am anderen Ende gehört Belford Dunn, deinem angeblichen Beau. «Auweia, Schatz», sagt er, «tut mir ja leid, dich an diesem furchtbaren Tag mit so was zu nerven» – Belford hat also die Nachrichten gehört –, «aber André ist weg. Er ist entlaufen!»

Belford ist praktisch am Heulen. Trotzdem löst das bei dir eher Ärger als Mitgefühl aus. Soll er doch selber zusehen, wie er klarkommt! Deine Karriere fährt wie ein geölter Blitz zur Hölle, die komplette amerikanische Wirtschaft geht zum Teufel, und Belford jammert und heult wegen seines entlaufenen Haustiers. Andererseits ist André kein gewöhnliches Haustier. André ist ein Affe mit Vergangenheit.

Und er ist nicht entlaufen, sondern regelrecht ausgebrochen.

«Belford, bitte», hörst du dich flehen. Irgendwie hat der Alkohol dich gerade genug von deiner Stimme distanziert, daß du ihr zuhören kannst, als ob sie vom Tonband käme. Trotzdem bist du nicht vollkommen objektiv. Nichts an dir stört dich so furchtbar wie deine Stimme. *Genau so*, findest du, *würde eine Packung Ferrero-Küßchen klingen, wenn eine Packung Ferrero-Küßchen sprechen könnte.* Q-Jo hingegen behauptet, deine Stimme sei deine einzige seligmachende Gnade. Sie ist der Meinung, du bist die einzige ihr bekannte Karrierefrau, die nicht mit zusammengebissenen Zähnen redet. Du erklärst ihr, daß Geschäftsfrauen eine gewisse Schroffheit in der

Sprache an den Tag legen müssen, wenn sie mit den Männern mithalten wollen. Und wenn deine Stimme so lebhaft und warm und verletzlich klingt, wie Q-Jo behauptet, dann nur deshalb, weil es dir nie gelang, das zu ändern. Du hast mal angefangen zu rauchen, in der Hoffnung, davon eine tiefere Stimme zu kriegen, aber von den Zigaretten wurde dir immer nur schlecht. Was Q-Jo als sexy empfindet, ist für dich quieksig. Was dir als Kind auch den bedauernswerten Spitznamen «Quieks» einbrachte. Deine Mutter nannte dich stets nur «Gwendolyn», aber bei deinem Vater und allen anderen hieß es immer nur «Quieks»-dies und «Quieks»-das. Du kamst dir wie eine gottverdammte Maus vor.

«Bitte, Belford...» Du stellst klar, daß du, obwohl die Börse seit ein Uhr geschlossen ist, obwohl der jähe Fall des Index um 900 Punkte deine Karriere vermutlich zu einem einzigen Risk-Limit werden läßt, obwohl du hier in einem vornehmen Salon hockst und Gin säufst, technisch gesehen trotz allem immer noch im Dienst bist. Du bist es deinen Kunden ebenso schuldig wie dir selbst – denn auch dein Privatkonto hat ziemlich schwer bluten müssen –, unter diesen Umständen am Ball zu bleiben, bis sich zeigen wird, ob die unchristlichen Japse, bei denen der Feiertag der Kreuzigung unseres Herrn ein stinknormaler Arbeitstag ist, uns auf den Grund des Ozeans folgen oder nicht. Weil du jedoch in Anbetracht von Belfords Misere nicht unsensibel erscheinen willst, bietest du ihm trotz deiner Verpflichtungen und Nöte einen Deal an. Nämlich: Wenn André bis zur Abendessenszeit nicht wieder aufgetaucht ist – und du gehst davon aus, daß er nicht auf sein Rosinenbrot und sein Bananeneis am Stiel verzichten wird –, dann wirst du dich an der Suche beteiligen. Außerdem wirst du Q-Jo mitbringen, damit sie nötigenfalls ihre bemerkenswerten telepathischen Kräfte einsetzt, um den Aufenthaltsort des Affen zu ergründen.

Überschwenglich bedankt sich der erleichterte Belford. So überschwenglich, daß es dich nervt. «Unterdessen», sagst du in auf größtmögliche Wirksamkeit bedachtem Ton, «kannst du schon mal die Nachbarschaft abklappern. Und melde es lieber der Polizei.»

«Tja, das mach ich dann wohl besser mal», stimmt er niedergeschlagen zu. «Ich glaube nicht, daß André... einen *Rückfall* kriegt oder so was. Aber ich bin wohl moralisch verpflichtet, es zu melden.»

Du willst gerade auflegen – bei Ausdrücken wie ‹moralisch verpflichtet› kriegst du zuviel –, als er sagt: «Als du davon sprachst, daß du auf ‹Neuigkeiten aus Japan› wartest, dachte ich erst, du meinst Dr. Yamaguchi.»

«Wen?»

«Du weißt schon. Dr. Yamaguchi. Dessen Ankunft man heute abend hier in Seattle erwartet.»

«Ach so, dieser Krebstyp. Was hat der damit zu tun?»

«Nun», sagt Belford, «weil er aus Japan kommt. Und gute Neuigkeiten bringt. Was sich positiv auf die Kurse auswirken könnte.»

Du gibst deinen tiefsten Stoßseufzer zum besten und legst auf. Weil du gerade in der Nähe bist, gehst du aufs Damenklo und pinkelst so heftig, wie du kannst, läßt einen Strahl ans Porzellan pladdern, der ein kleineres Tier von den Beinen geholt oder einem Zyklopen die Optik ruiniert hätte. Dann kämpfst du dich wieder zurück durchs Gedränge. Auf dem Weg an der Bar entlang stehst du plötzlich direkt hinter dem Mann, den Ann Louise schon die ganze Zeit über anstarrt: ein großer, schlanker Typ mit sonnengebleichtem, strähnigem Haar, das ihm bis halb über die abgewetzte Lederjacke herabhängt. Er trägt enge, ausgefranste Jeans, und du registrierst einen Goldring am linken Ohrläppchen und irgendeine Tätowierung auf dem Handrücken. Es ist ein Unding, daß ein Kerl in so ungebührlichem Aufzug an der Bar des Bull & Bear steht, und von daher um so unbegreiflicher, daß im Laufe des Nachmittags andere, akzeptabler gekleidete Leute, Leute aus der Branche (sogar Posner!) stehenblieben, um mit ihm zu plaudern. Momentan ist er von einigen Brokern umringt, die ihn vollquatschen, und du denkst: *In den Achtzigern hätte es das nicht gegeben. So was ist bloß am schlimmsten Tag meines Lebens möglich.*

Als der Fremde, einer jähen Eingebung folgend, herumfährt und dich dreckig angrinst, entfährt dir ungewollt ein spitzer kleiner Jauler, und du fährst zusammen wie eine reife Tomate, die das Gartentor quietschen hört. Kein Wunder, daß du perplex bist. Das Grinsen, das sich über die hagere Ebene seiner stoppeligen Visage zieht, ist so fies wie der Schnitt einer messerscharfen Papierkante, und seine Augen sind rot unterlaufen wie wundgelegene Stellen, sondieren wie stochernde Kleiderbügel. Du spürst diesen Blick bis in die Gebärmutter. Ehe du dich weiterschieben kannst, legt er dir einen knochigen Finger aufs Handgelenk und nickt zu Sol, dem Finanzanalytiker, hin. «Jetzt fängt der Spaß erst an», flüstert er vertraulich, und sein fieses Grinsen weitet sich wie der Riß in einem Taucheranzug.

Wieder an deinem Tisch angelangt, läßt du dich mit übertriebener Hilflosigkeit auf deinen Stuhl gleiten und sackst in dich zusammen. «Meine Güte!» rufst du laut. «Wer *ist* dieser Widerling?»

«Na, das ist Larry Diamond», sagt Phil.

Und Ann Louise setzt hinzu, als würde das alles erklären: «Der kommt gerade aus Timbuktu.»

17:15 —••••• Weil dich nach deinem dritten Martini ein leichtes Unwohlsein überkommt, beschließt du, dir etwas zu essen zu bestellen. Du hast dich seit Jahren größtenteils von grünen Salaten ernährt, die aus exotischen Pflanzen mit strengem Geschmack und unaussprechlichen Namen (versuch mal «Rucola» oder «Radicchio» zu sagen nach einem harten Tag im Ring) zubereitet und mit Essigsorten besprenkelt werden, die mehr kosten als ein anständiger Schampus. Heute jedoch sind alle Regeln außer Kraft, und dein flacher Bauch schreit nach tierischem Eiweiß. Da das Bull & Bear eine traditionelle Fleisch-und-Kartoffel-Küche pflegt, ist es durchaus in der Lage, deinen Wunsch nach geschnetzeltem Beefsteak mit glacierten Zwiebeln und gedünstetem Spargel zu erfüllen.

Während die Kellnerin dein Besteck zurechtlegt, dir den Brotkorb und das Butterschälchen hinstellt, rückt Phil mit einigen Fakten über den abstoßenden Kerl namens Larry Diamond heraus. Es hat den Anschein, als sei dieser Diamond mal ein As gewesen, so ziemlich der heißeste Broker an der pazifischen Nordwestküste, doch er warf seine Pfeile ein bißchen sorglos, was ihn beim letzten Crash, dem von '87, seinen Job und sämtliche Anlagewerte kostete.

«Selbst in New York haben wir von dem gehört», wirft Ann Louise ein. «Für 'n Kaff wie das hier machte der enorme Umsätze. Aber im Grunde war das ein Provisionsschneider. Und wer nur immerzu am Telefon hockt und die Kunden keilt, ist irgendwann weg vom Fenster.» Wobei sie dir einen beziehungsreichen Blick zuwirft. Dir bleibt nichts übrig, als zu erbleichen.

«Yep», sagt Phil und fährt sich mit den klobigen Bauernfingern durchs weiße Haar. «Der alte Larry neigte dazu, sich die Finger nach Dollars wund zu wählen. Möchte mal wissen, was der heute so treibt.»

«Er kommt gerade aus Timbuktu.»

«Ja, Ann Louise, das erwähntest du bereits. Aber wieso?» fragst du. «Was treibt einen aus der Branche dorthin?»

Es ist Phil, der die Frage beantwortet. «Vielleicht weiß er was, das wir nicht wissen.»

«Über Timbuktu?»

«Hey, schon mal was von globalen Märkten gehört?»

«Aber Timbuktu? Ich meine, das liegt doch für allgemeine Begriffe am Ende der Welt.»

«Nun, anderswo ist schon alles erschlossen. Thailand. Argentinien. Jetzt die Türkei und Vietnam. Vielleicht ist Timbuktu *die* Chance.»

«Wie sehen denn dort die ökonomischen Grundlagen aus?» fragt Ann Louise. «Ich glaub ja nicht, daß es da was zu holen gibt.»

Und du sagst: «Mr. Diamond sieht mir nicht so aus wie einer, der auf Geschäfte an Auslandsmärkten scharf ist. Eher wie ein Biker, wie ein ... wie so ein wilder ... Rockmusiker oder so was.» Gib dir keine Mühe, das Wort *Musiker* geht dir nicht über die Lippen, ohne daß dir dabei dein Vater einfällt – aber das ist eine andere Geschichte.

Auf Ann Louises Gesicht erscheint ein mildes Lächeln. Sie ist gerade im Begriff, etwas zu erwidern, als eine lärmende Aufgeregtheit durchs Lokal brandet. Die Leute werden unruhig, sie drehen sich erst in die eine Richtung, dann in die andere, so als würde gleich ein berühmter Hollywoodstar nackt zur Tür hereinkommen, und keiner wüßte, durch welche. Doch läßt der Ausdruck auf manchen Gesichtern eher vermuten, daß sie einen bewaffneten Terroristen erwarten anstelle einer Berühmtheit. Offenbar macht ein Gerücht im Raum die Runde, läuft Amok, greift den Leuten von hinten zwischen die Beine, beißt ihnen in die Waden. Das Stimmengewirr schwillt an, verebbt dann in einem Smorzando, pellt weg wie eine Schallstrumpfhose, als ein älterer Herr, ein Senior Vice President vom Merrill Lynch, unsicher auf einen Tisch steigt und krächzend mit seiner heiseren alten Stimme verkündet, daß der Nikkei-Index mit deutlich gefallenen Kursen eröffnete, allerdings nicht so niedrig wie von vielen befürchtet, und daß er Anzeichen der Stabilisierung zeigt.

Es gibt vereinzelte Hurrarufe, es gibt zaghaften Applaus. Dann ergehen sich alle sofort in Spekulationen. Dein Essen wird serviert, und deine Backenzähne wollen gerade zaghaft die erste Gabel voll Fleisch zermahlen, aber die Kiefermuskeln verkrampfen sich, als du von einem Nachbartisch die Bermerkung hörst: «Soll ich dir mal verraten, wieso der Nikkei das verkraftet? *Ich* glaube, das hat mit Dr. Yamaguchi zu tun.»

18:10 —••••• Bis du mit deinem Essen fertig bist, sind zwei neue Meldungen aus Tokio eingetroffen. Der ersten zufolge fällt der japanische Index wie aus dem Fenster gepißt. Die Nachricht vom Absturz wird im Bull & Bear mit Ernüchterung, wenn nicht mit ungeschminktem Fatalismus aufgenommen. Der zweite Bericht über einen erneuten Anstieg des Nikkei wird, je nach individuellem Temperament, entweder mit Optimismus oder Zweifel registriert.

Weil du nicht weißt, wie du darauf reagieren sollst, bestellst du ein

Glas Portwein, bloß damit du ein bißchen Zucker im Tank hast, und rückst deinen Stuhl zurecht, um gemeinsam mit Ann Louise diesen Larry Diamond zu mustern. «So ergeht es also Brokern, wenn sie gefeuert werden?» fragst du. «Werd ich etwa in ein paar Jahren ebenso als Penner enden?»

Es ist eine rhetorische Frage, doch Phil geht darauf ein. «Larry, das war schon ein Genie», sagt er leise. Ann Louise nickt, schaut dich an und grinst.

Also entschuuuldigt mal, sagst du in Gedanken. Aber das «Genie» betrachtest du jetzt etwas vorsichtiger. Was sollte das heißen, als er sagte, jetzt finge der Spaß erst an? Und wo wir schon dabei sind, was meinte Sol damit, als er sagte, der Spaß sei vorbei? Soweit es dich betrifft, war es mit dem richtigen Spaß schon in den Achtzigern vorbei. Vor deiner Zeit. In jenen Tagen konnte jemand in deiner Position noch den großen Reibach machen. Das Geld lag auf der Straße. Du hast davon gelesen, hast während deiner ganzen College-Zeit davon geträumt. Wie bezeichnend für dein Schicksal, daß gerade dann, als du endlich in der Position warst, dir die goldenen Eier in die Pfanne zu hauen, die Gans reif für eine Hysterektomie war. Es scheint, als hätte die Talfahrt von Amerikas Wirtschaft just an dem Tag begonnen, als du deine Maklerzulassung bekamst. Na ja, die Talfahrt muß ja irgendwann zu Ende sein, und dann geht's wieder bergauf, oder? Nee, du erinnerst dich dumpf, irgendwo gehört zu haben, da solle man lieber nicht drauf bauen. In dem Fall hast du nicht die geringste Chance. Und schon gar nicht als Filipina. Ach je, Gwen, das bringt dich jetzt auch nicht weiter. Wenn du dich weigerst, die Zugehörigkeit zu deiner Rasse zu akzeptieren, wie kannst du ihr dann dein Mißgeschick in die Schuhe schieben?

Ziemlich angeschickert sinnierst du über den schlechten Stern, unter dem du – das steht für dich fest – geboren bist. Obwohl dir Selbstmitleid im allgemeinen auf den Geist geht, verpaßt du dir eine große Veterinärspritze voll davon, bis du merkst, daß Larry Diamond seinen Platz an der Bar verlassen hat und auf deinen Tisch zugeschlurft kommt. *Wie ekelhaft*, denkst du. *Er läuft sogar wie ein Penner.*

«Wie geht's, Larry?» fragt ihn Phil.

«Mr. Diamond, nehme ich an», sprudelt Ann Louise hervor. Plötzlich glüht sie wie die Spitze ihres Zigarillos.

Mr. Diamond schenkt keinem der beiden Beachtung. Eine Weile steht er einfach bloß da, scharrt mit den Füßen und wirkt dabei so locker wie der Kragen am Hals der Ewigkeit. Dann sagt er zu dir: «Ich wette, wir haben was gemeinsam.»

«Oh, das möchte ich bezweifeln», erwiderst du. «Ich hab meinen Job noch. Noch.»

Sein Grinsen wirkt beängstigend, weil es zugleich aggressiv und großmütig, feindselig und bewundernd ist. Seine roten Augen, die spanischen Erdnüssen ähneln, tanzen dämonisch, als sie dich von Kopf bis Fuß mustern.

«Ich bin nicht hier, um mit Ihnen zu fachsimpeln», sagt er. Dann, noch immer grinsend, nickt er zu der Stelle hin, wo vorhin dein Teller stand. «Ich hatte auch Spargel», gesteht er. «Wußten Sie, daß unser Urin in den nächsten fünf Stunden genau den gleichen Geruch haben wird?»

18:30 —••••• Wenigstens ist das Wetter erträglich. Die Winterregen von Seattle – die gewöhnlich den Herbstregen hart auf den pilzbefallenen, brombeersaftversauten, von gewaltigen Stockflecken gezeichneten Fersen folgen – hatten sich in der letzten Woche erschöpft, und mit jedem Tag, der ins Land geht, erscheint der Himmel nun leichter und höher, als hätte er sich von seiner Vertäuung gelöst und würde von der Erde forttreiben: die Umkehrung des Symptoms, wenn einer meint, ihm fällt der Himmel auf den Kopf. Es heißt, beim Crash von '29 sei der Himmel schwarz gewesen von Exmillionären, die sich aus den Fenstern stürzten, aber wenn du heute abend hinaufschaust, landet nicht mal der Knopf eines Brooks-Brothers-Anzuges auf deinem hübschen Gesicht.

Ja, Gwendolyn, du *bist* hübsch, eine Tatsache, die dir in regelmäßigen Zeitabständen zu schaffen macht, weil es zu Situationen führen kann wie jener, die dich zur überstürzten Flucht aus dem Bull & Bear veranlaßte. Natürlich hast du nie zuvor einen derart ekelhaften Bewunderer wie Larry Diamond angelockt. Nach seiner perversen Bemerkung, die Ann Louise und Phil erstaunlich amüsant fanden, griffst du nach deiner Handtasche, erhobst dich mit hochrotem Kopf und all der Würde, die du aufbringen konntest, um in Richtung Damenklo davonzustolzieren. Er trat dir in den Weg. Vielleicht wollte er sich ja entschuldigen, aber du gabst ihm keine Chance. «Aus dem Weg, Bozo», sagtest du zu ihm.

Natürlich hattest du die Absicht, ihm das eiskalt hinzuwerfen, und mit gutem Grund. Andererseits, wieviel Eiseskälte kann in einer Stimme mitschwingen, die dazu gemacht scheint, kleine Drosseln auszubrüten? Trotzdem reagierte Diamond, als ob du ihm gleichzeitig eine Ohrfeige verpaßt und den Schlüssel zur Schatzkammer überreicht hättest. Sein Grinsen ging schneller bankrott als ein Rasensprenger-Reparaturdienst in Bangladesch, und der Blick seiner diabolisch glitzernden Augen wurde plötzlich nüchtern, mißtrauisch und forschend. «Bozo wie der Stamm», fragte er leise, «oder Bozo wie der Clown?»

Darauf wußtest du keine Antwort. Aus irgendeinem Grund jagte er dir damit mehr Angst ein als zuvor in der Rolle des Lustmolchs. Du standest da wie betäubt, bis er dich hart an den Schultern packte und sein stoppeliges Gesicht dicht an deins heranschob. Seiner Erscheinung nach hattest du erwartet, daß er stinken würde, doch als du nach Luft schnapptest und unfreiwillig sein Aroma einsogst, entdecktest du, daß er metallisch und zuckrig roch, beinahe wie eine Dose Frucht-Cocktail. Beruhigte dich das? Keineswegs. Er schüttelte dich sanft. «Bozo wie der Stamm oder Bozo wie der Clown?»

«Clown», stießest du hervor, darauf gefaßt, daß er dir die Beleidigung mit physischer Gewalt heimzahlen würde. Doch er ließ dich mit einem enttäuschten kleinen Lächeln auf der Stelle los und trat zur Seite, um dich vorbeizulassen. Mit weichen Knien gingst du an ihm vorbei zum Ausgang und zur Tür hinaus auf die Straße. Wo du jetzt stehst und dir die milde Aprilbrise ins Haar und in den Rock fahren läßt, während du zuschaust, wie der Himmel davontreibt bis weit hinter die Sterne.

18:40 —•••••–• Klugerweise ziehst du es vor, lieber nicht mit dem Auto zu fahren. Für den Porsche sind noch 30 Mille abzustottern, und bei deiner momentanen Pechsträhne kannst du davon ausgehen, daß du ihn gegen irgendwas Solides rammst – und dir zu allem Überfluß eine Vorladung wegen Trunkenheit am Steuer einhandelst. Zum Virginia Inn ist es nicht weit zu laufen, doch nach einer näheren Begutachtung deiner Umgebung beschließt du, daß per pedes ebenfalls nicht in Frage kommt.

Die Innenstadt von Seattle gleicht mittlerweile immer mehr den Slums von Kalkutta, so dicht bevölkert ist sie von Bettlern, Vagabunden, Strichern, Durchgedrehten, Straßensängern, Ganoven, Schnapsleichen, Süchtigen, körperlich und geistig Behinderten. Nun, wo der Regen vorbei ist, sind sie wieder aus Türeingängen, Unterführungen, Abbruchhäusern, Abzugskanälen und brachliegenden Grundstücken in die vornehmsten Straßen der Stadt gewankt, gekrochen und gehumpelt. Dort verhökern sie ihre Waren, spielen Akkordeon und bitten, per Zuruf oder schweigsamem Pappdeckelschild, um Gaben, Gaben, Gaben.

Manche dieser abgewrackten Gestalten wirken bedrohlich, andere eher mitleiderregend. Wie etwa die Familie, die im Halbkreis vor einem Käseladen sitzt: Schnorrer-Papa, Schnorrer-Mama, Schnorrer-Junior und Schnorrer-Baby, in Lumpen drapiert und mit glitzernden Rotzschlieren behängt hocken sie am Boden, verwittert und krätzig, dennoch hoffnungsvoll; sie warten auf den Guten Samariter (von der Kirche oder den Behörden entsandt), der, wie sie unerschütterlich glauben, früher oder später aufkreuzen, ihnen die gefurchte Stirn abwischen und einen Farbfernseher kaufen wird. Es spricht für dich, Gwendolyn, daß du ein kurz aufflackerndes Mitgefühl hegst. Im wesentlichen jedoch ist es Bestürzung, was du empfindest. «Was ist mit diesen Leuten los?» fragst du dich. «Wie konnten sie nur so tief sinken? Wo sind ihre adretten Häuschen, wo ihre niedlichen Farmen? Wo, ach wo ist das ganze Geld bloß hin?»

Das Geld. Das herrliche Geld. Q-Jo behauptet, es sei dein Streben nach materiellem Wohlstand, was dir die 23 grauen Haare einbrachte (sie hat sie gezählt), die in deinem schwarzen Filipinaschopf sprießen – du aber weißt, das stimmt nicht: die hast du dem Waliser Blut des mütterlichen Zweigs deiner Familie zu verdanken. Jedenfalls kannst du bei dir keine Raffzahnmentalität entdecken, keine vulgäre Gier. Vielmehr ist es ein biologischer Trieb. Wirklich. Du gehst auf die Dreißig zu und hörst, wie die Uhr tickt. Nur willst du kein Baby, sondern Cash. Du sehnst dich danach, mit Kohle schwanger zu gehen, die klimpernden Silberdollars auszuspucken wie ein Spielautomat.

Leider wird das Geld immer knapper. Es macht sich rar, es verschwindet aus Amerika, so fix es die kleinen grünen Stummelbeinchen tragen. Aus Amerika, das es so ins Herz geschlossen hat! Die Faulen und die Doofen hat es längst im Stich gelassen – und nun, Gwen, läßt es *dich* sitzen. Es macht dich todunglücklich, und du willst verdammt sein, wenn du diesem Schnorrerbaby den 5-Dollar-Schein gibst, den du halb betrunken, halb schuldbewußt aus deiner Börse gefischt hast. Aber hallo! Schließlich bist du selber knapp bei Kasse. Oder nicht? Immerhin brauchen sich die Leutchen hier keine Sorgen um die Abzahlung eines Porsche und die Hypothek auf eine Eigentumswohnung zu machen.

Bevor du den Taxistand an der Ecke erreichst, trennst du dich dennoch von deinem Fünfer. Du gibst ihn einem alten Knacker, dessen Bart wie eine Handvoll äußerst ungesunder Asbestwolle im Wind flattert. Der Gentleman hat ein Schild um den Hals. Auf dem steht in grotesk hingemalten Lettern: MEIN RUIN HAT VIELE GRÜNDE. Damit kannst du dich identifizieren.

18:50 —•••••— Dein Taxifahrer trägt sein Haar nach jamaikanischer Art, hat unzählige produktive Stunden darauf verschwendet, es zu kämmen und einzudrehen, bis sein Kopf aussieht wie von langen wolligen Würmern befallen. Und schlimmer noch: er riecht wie dein Dad. Will heißen, er stinkt nach frisch verbranntem Marihuana. O Gott! Warum immer du? Was hast du bloß an dir, das solche Leute anzieht? Na ja, wenn man schon so unklug ist, sich mit Q-Jo Huffington zu verabreden, dann paßt es durchaus, daß man sich von einem Freak zu dieser Verabredung kutschieren läßt.

Du erwägst kurz, dem Fahrer zu sagen, daß er dich gleich zu Belford Dunn bringen soll, aber dann fällt dir rechtzeitig ein, daß nur der Gin deinen Hormonhaushalt so anheizt und an dieser nervenden Triebhaftigkeit schuld ist. Es gab mal ein Jahr, wo du ein ziemliches Pensum an Scotch zu dir nahmst in der Hoffnung, es werde dir zu einer wunderschön tiefen Whiskeystimme verhelfen. Leider mußtest du entdecken, daß hochprozentige Drinks bei dir zu sexueller Erregung führen, also bist du wieder auf Weißwein umgestiegen, was sonst. Lieber eine quieksige Stimme als geil. «Herr Chauffeur!»

«Ja, Schwestah?»

«Ach, vergessen Sie's.» Wie dem auch sei, Belford wäre ohnehin nur mit dem Aufstöbern und Heimholen des rückfällig gewordenen Primaten beschäftigt.

Der Fahrer, der trotz karibischen Akzents ein besseres Englisch spricht als der durchschnittliche amerikanische Verbindungsstudent, beginnt dir vom Rastafarikult zu erzählen. Lediglich aus Höflichkeit fragst du, wie zum Teufel es kommt, daß Haile Selassie, ein neuzeitlicher, aber ziemlich toter äthiopischer Kaiser, von den Rastas als Hoherpriester und oberster Heiliger verehrt wird? Worauf er dir erklärt, daß irgendwann mal – er glaubt, es war in den Fünfzigern – Jamaika von einer schrecklichen Dürre heimgesucht wurde. Die Leute wußten schon gar nicht mehr, wie ein Regentropfen aussieht. Da kam Selassie nach Jamaika geflogen, zu einem Staatsbesuch. Im gleichen Augenblick, als die Maschine aufsetzte, gab es einen unerwarteten Wolkenbruch. Und es hörte keine Sekunde auf zu regnen, solange Haile Selassie im Lande weilte. Drei Tage lang goß es in Strömen. Als sein Flugzeug wieder abhob, hörte es auf. «Und das is' der Grund, Schwestah.»

Du kannst nur den Kopf schütteln. *Meine Güte!* denkst du. *Dem Kerl verregnet es den Urlaub, und die machen 'ne Religion draus!* Wieder schüttelst du den Kopf. Die 23 grauen Haare wippen mit.

In der Tat, Gwendolyn, es ist schon eine seltsame Welt. Und sie wird mit jeder Minute seltsamer.

Donnerstag nacht

5. April

Den Mond anbellen

21:00 —••••–• Nun ist es Nacht. Nicht mehr Abend, sondern richtig Nacht wie in «so schwarz wie», wenn auch nicht ganz «mitten in». Dem Abend hängt ja gewöhnlich der Nachmittag an den Jakkenschößen, ihm haften noch ein paar richtige Spritzer Tageslicht wie Flusen am Revers, die Nacht jedoch ist einsam, wahrt Distanz, ist kompromißlos, radikal. Die sicheren Grenzen des Tages, zur Abendzeit noch schwach erkennbar, sind ausgelöscht vom harten Radiergummi der Nacht, getrübt von ihrem Schleier aus Tintenfischspritzern, Pyjamasoße und dem blauen Honig, den die Motten absondern. Ist die Nacht eine Maske, oder ist der Tag nur eine spröde Verkleidung der Nacht? Die meisten von uns sind in der Nacht geboren, und bei Nacht werden die meisten sterben. Nachts, wenn im Radio der Krankenschwester Tangomusik spielt und das Rattengift sein heißes Lied hinter der Kellertür singt. Nachts, wenn die lange Schlange auf Nahrungssuche geht, wenn die schwarze Limousine durch die Vergnügungsviertel rollt, das flackernde Neon sein «Endlich frei» in einem Dutzend vergessener Sprachen buchstabiert und die übriggebliebenen Figuren aus deiner Kindheit verstohlen hinter den mondtrunkenen Ästen der Fichte umhergeistern.

Es ist die Nacht des angeblich schlimmsten Tages in deinem Leben. Hat sich irgendwas gebessert? Nicht wirklich. Während der amerikanische Adler wie ein geköpftes Huhn durch die Börsenmärkte des Orients flattert und die Händler mit einem Schauer von Blutperlen in Panik versetzt, hältst du kleinmädchenhaft die Luft an, drückst ihm die Daumen – und schaust zu, wie Q-Jo Huffington Schweinekoteletts in sich hineinschlingt, als wären die bald ebenso rar wie die Dollars.

Du sitzt in einer gepolsterten Plastiknische im Dog House, einem weniger feinen Restaurant mit dem Slogan «Wir schließen nie», eine Aussage, deren Wahrheitsgehalt sich in der müden Pantomime der Serviererinnen spiegelt, von denen manche hier schon seit der Eröffnung des Restaurants anno 1934 rund um die Uhr zu bedienen scheinen. Die Gäste des Dog House sind größtenteils ältere Malocher, obwohl es in den schrägen Stunden nach Mitternacht von radikaleren Elementen der Jugendkultur infiltriert wird, von Punks und Grungetten, Metalheads, Trashern und Ninjaboys, und von den High-School-Kids aus Hunts Point, Mercer Island und ähnlich feudalen Vororten, die es auf der Suche nach Nervenkitzel in diese Slumgegend zieht. Die schlachterprobten Serviererinnen wissen, wie man die aufmüpfigen Kids in Schach hält; trotzdem bist du erleichtert, daß es noch relativ früh am Abend ist und daß es sich bei den Gästen zwar um Angehörige der Unterschicht handelt, aber wenigstens nicht um Randalierer. Was keineswegs heißt, daß du es deswegen weniger nervend findest, hier zu sitzen.

Als dir Q-Jo das Dog House als Restaurant ihrer Wahl nannte, hieltest du es erst für einen Witz, ein albernes Wortspiel, angeregt von dem Umstand, daß so viele Leute im Virginia Inn bellten. Jawohl, *bellten!* Da waren sie nun, die Dichter, Maler, Musiker und Filmemacher von Seattle, alles Leute, die man wohl als kultiviert und anspruchsvoll eingeschätzt hätte; aber debattierten sie über *Gödel, Escher, Bach*, warfen sie ein sonderlich erhellendes Licht auf den Börsenkrach, brachten ihn mit McLuhans Technologie-Theorie oder dem «Fall des Hauses Usher» in Zusammenhang? Vielleicht taten sie es. Es ließ sich schwerlich jede einzelne Nuance der vielen Gespräche in der Kneipe verfolgen, nicht zuletzt deswegen, weil die Aufnahmen afro-amerikanischer Bluessänger mit solcher Lautstärke liefen, daß die alten Neger ihre selbstgebaute Gitarre hätten fallen lassen und, sich die Ohren zuhaltend, in den Wald geflüchtet wären. Der Gerechtigkeit halber muß gesagt werden, daß möglicherweise an jedem x-beliebigen Tisch ein intellektueller Disput von erfrischender Qualität im Gange war. Du weißt nur eins: daß du nie die Worte «Dow Jones», «Deutsche Mark» oder «Michel Foucault» über jemandes Lippen kommen hörtest – dafür aber eine Unmenge Gebell.

Sobald eine bebrillte, durch seine scharlachrote Baskenmütze als hip ausgewiesene Galerieschwuchtel einen kleinen Beller losließ, fielen sogleich etliche reihum ein. Dann, und das war das Merkwürdigste an der ganzen Sache, strahlten sie allesamt gedankenverloren vor sich hin, als seien sie entzückt, ohne freilich im entferntesten zu begreifen, was sie denn nun so entzückte. Meine Güte! War das irgendeine neue Mode? Als du dich bei Q-Jo danach erkundigtest, zuckte sie die Achseln, meinte: «Oh, Dr. Yamaguchi» und schlug das Dog House vor.

Natürlich hast du ständig darauf gewartet, daß sich dir die verborgenen Zusammenhänge erschließen. Mit der Zeit würden sie das auch, ganz synchronistisch. Aber im Augenblick waren erst mal Schweinekoteletts angesagt.

«Gwendolyn, du gedankenlose bürgerliche Schlampe hast einfach ohne mich gegessen. Und jetzt wirst du gefälligst warten und zusehen, wie der große Hund sein Fressen vertilgt.»

Fürwahr ein Anblick. Q-Jo taucht in den Teller Schweinekoteletts ein wie ein Killerwal, der in einen Lachsschwarm vorstößt; geschmeidig, aber tödlich beißt sie erst aus einem Kotelett ein Stück heraus, dann aus dem nächsten, knöpft sie sich nacheinander vor und läßt sie halb zerfleischt liegen, unfähig, ihr zu entkommen; umkreist sie dann von neuem und gibt ihnen den Rest, vertilgt eins nach dem andern, inklusive der speckigen Schwarten, und lutscht am Ende auch noch den allerletzten Tropfen Bratensaft von den Knochen, bis die Reste so sauber und weiß glänzen wie die Spielmarken eines chinesischen Brettspiels.

Und als du den Tisch verläßt und telefonieren gehst, bestellt sie sich eine zweite Portion.

Eine Badezimmerwaage, deren Mechanik in der Lage wäre, es mit Q-Jo Huffingtons Körpergewicht aufzunehmen, gibt es nicht. Bei ihr schwenkt die Nadel sofort ans äußerste Ende der Skala; sie müßte auf eine Industriewaage umsteigen, um festzustellen, wie weit ihr Gewicht die von den Schranken der Mechanik und öffentlichen Anstandsregeln gesetzte 300-Pfund-Grenze tatsächlich überschreitet. Was ihren Cholesterinspiegel angeht, so hat er noch keinen vierstelligen Wert erreicht, ist jedoch auf dem besten Weg dahin. Überdies raucht sie in ruinösem Ausmaß Zigaretten, die sie sich selber aus schwarzem, kratzigem, finster aussehendem indonesischem Grobschnitt dreht; sie pafft sie nacheinander weg, daß dir schwindlig wird und du dich fragst, inwiefern ihre Lungen – abgesehen von der Größe – sich eigentlich noch von den Teerseen des Mesozoikums unterscheiden.

Man würde annehmen, daß eine sensible und hellwache Frau wie Q-Jo, eine Frau, deren präkognitive Fähigkeiten so überzeugend wirken, daß sie aus einer so skeptischen Skeptikerin wie dir eine Gläubige machten; man würde annehmen, daß so eine Frau – eine professionelle Tarotleserin, verdammt noch mal – ein besonderes Interesse in puncto Ernährung und Gesundheit an den Tag legt. Das tut sie auch, solange es um die Gesundheit anderer geht. Sie leugnet jedoch, daß hier Altruismus oder Heuchelei im Spiel ist. Es stimmt, sie ist ein Mensch, der viel gibt, und Essen ist eine Methode, sich einiges davon zurückzuholen, das Verlorene wieder einzuspeisen; doch es steckt mehr dahinter. «Ich rauche und esse, damit ich nicht wegfliege», erklärt sie, womit sie ein mentales Wegfliegen meint, obwohl du dabei ihren massigen Leib wie einen Goodyear-Zeppelin über der Stadt schweben siehst. «Wenn du dich so viel auf der Astralebene bewegst wie ich, dann brauchst du entsprechend Nahrung und Tabak, damit du wieder in deinen Körper zurückkommst. Für mich sind das Mittel zum Andocken.» Außerdem sind sie ein Schutz. Anscheinend ist Q-Jo ein emotionaler Schwamm, eine wandelnde telepathische Antenne, die, auch wenn sie ein Kotelett nach dem andern verdrückt, alle Mühe hat, die unterschwelligen Botschaften anderer Gäste im Dog House von ihrem Empfangsschirm abzublokken. Die Fettleibigkeit verleiht ihr eine gewisse Isolierung, eine Art Schutzmantel, mit dem sie ihre Feinnervigkeit reduziert. Eingemummelt in ein Sanktuarium aus Fett, fühlt sich ihre Psyche nicht ganz so nackt.

Rein privat hast du Q-Jos körperliche Dimensionen immer anziehend gefunden. Vom Tag an, als ihr euch kennenlerntet, hast du den starken Drang gespürt – und rigoros unterdrückt –, ihr auf den breiten, parfümierten Schoß zu hüpfen, dich an die Buddhas ihrer Brüste zu schmiegen und in ihren Affenbrotarmen zu wiegen. Doch während auch andere Leute von ihr fasziniert sind, von ihren violetten Turbanen, ihren bunten Kaftanen, ihren funkensprühenden Augen und tiefen Grübchen, ihrem Nikolausgelächter, der Patschuli-Ausdünstung, der Zigarettenspitze aus Ebenholz und den Ringen, deren Steine den Umfang eines Kropfes haben, ist es dir dennoch peinlich, dich mit ihr in der Öffentlichkeit zu zeigen. Gott behüte, daß deine Arbeitgeber oder Kunden je spitzkriegen, daß diese aus allen Nähten platzende Irre sich als deine Gefährtin betrachtet. Es demütigt dich ohne Unterlaß, daß es die Parzen für angebracht hielten, dich mit so einer Freundin auszustatten. Sobald du in deine neue Eigentumswohnung umgezogen bist – sofern durch ein Wunder der Absturz der Aktienkurse diese Pläne nicht zunichte macht –, hast du vor, dich nicht mehr so oft mit ihr zu treffen, obwohl weniger bei Q-Jo immer noch eine ganze Menge bedeutet.

21:10 —••••• «Und, was gibt's Neues?» will Q-Jo wissen, als du zum Tisch und deiner frisch gefüllten Kaffeetasse zurückkehrst.

«Von André oder vom Aktienmarkt?»

Sie starrt dich ungläubig an. «André natürlich. Die Aktienkurse gehn mir glatt am Arsch vorbei.»

«Vielleicht doch nicht so ganz. Wenn sich dieser Kollaps so tödlich auswirkt, wie es der Fall sein könnte, dann wird es gravierende Auswirkungen auf das Leben jedes einzelnen in diesem Lande haben.»

«Hua!» wiehert sie und leckt sich einen angetrockneten Kartoffelbreifleck von der Oberlippe. «Es wird *den* Leuten die Petersilie verhageln, die sie sich verhageln *lassen*. Wir anderen werden wunderbar damit klarkommen.»

«Ach ja? Wie wunderbar kommen die Leute damit klar, wenn ihre Kapitalanlagen futsch sind, wenn ihre Pensionskasse pleite macht, wenn die staatlichen Förderprogramme austrocknen, Fabriken und Banken ihnen die Tür vor der Nase zuknallen und sie keinen Job mehr finden? Du hast doch selber 'ne Hypothek laufen, oder?»

«Die kommen genauso klar wie schon immer. Bevor es so was gab wie Banken und Hypotheken, Fabriken und Jobs. Bevor sie sich auf dieses verlogene Melodram einließen.»

«Welches Melodram?»

«Das, worauf du dein Leben aufbaust. Jetzt trink mal deinen Kaffee. Ich will, daß du nüchtern bist wie ein Amtsrichter, wenn wir hier zur Tür rausgehen.»

«Meine Güte, Q-Jo! Du bist ja so was von ... naiv. Du lebst in deiner eigenen kleinen Welt ...»

«So klein ist die gar nicht.»

«... und denkst, alle andern könnten das auch. Na ja, auch wenn es dir schnurz ist – ein Typ im Büro hat mir gerade erzählt, daß sie in Tokio ganz schön am Rotieren sind, momentan. Der Index sackt in den Keller, steigt wieder hoch bis unter die Decke, fällt in den Keller, steigt. Jedesmal, wenn der Nikkei absackt, erholen sich die Pharmawerte und ziehen ihn aus dem Loch. Wie der heute abend schließt, weiß kein Mensch.» Du bist sichtlich erregt.

«Gwen, Baby, tu mir den Gefallen und bitte die Serviererin, uns drei Walnußschalen und eine Trockenerbse zu bringen. Ich weiß 'n lustiges Spiel für uns zwei.»

«Hör mal, es geht schließlich um meine Zukunft!»

«Jaja.» Q-Jo gibt einen Seufzer von sich, der so gewaltig und duftgeschwängert ist wie eine Schiffsladung Katzenminze. «Das erzählst du mir schon den ganzen Abend. Du verwechselst ‹Zukunft› mit ‹Karriere› und ‹Karriere› mit diesem Roulettekessel, den du jeden Tag in Drehung versetzt. Der Crash ist vermutlich das Beste, was dir je passieren konnte.»

«Das erzählst *du* mir schon den ganzen Abend. Und ich kann's nicht mehr hören. Wenn du mir nicht die Karten legen willst, dann vergiß es.»

«Ich bin beim Essen», sagt Q-Jo. Ein Statement, das sich unmöglich widerlegen läßt.

21:15 —••••• Q-Jo knabbert. Du brütest stumm vor dich hin. Was bildet die sich eigentlich ein, deinen Beruf zu geißeln? Sie, eine Wahrsagerin, eine Stufe besser als eine dubiose Zigeunerin, die hinter der verstaubten Scheibe einer alten Ladenfassade praktiziert. Dann gibt es da noch ihren anderen Job, einen, den keiner auf der Welt macht außer Q-Jo Huffington, ein Job, der so daneben ist, daß er nicht mal einen Namen hat. Wie sollte man das auch nennen? Retrospektiver Reiseveranstalter? Stellvertretendes Opfer tödlicher Langeweile? Allerunterste Einkommensgrenze jedenfalls, wie man es auch drehen und wenden mag. Trotzdem behauptet sie, daß *du* Geschäfte mit Illusionen machst. So ein Quatsch! *Ihre* schrulligen, wirren, bizarren Machinationen sind im wahrsten und bedauerlichsten Wortsinn immateriell, während du auf festem Boden träumst, sauber und rein: die süßen, unstillbaren Sehnsüchte einer jungen Braut. Mit einem kleinen Rüschenschürzchen, jodelnd vor Erdbeeren, die du eigenhändig aufgestickt hast, kniest du vor der Ofentür der Welt und wirfst einen nervösen, doch hoffnungsfrohen Blick auf das Geld-Soufflé. In Q-Jos Version dieser Szene bist du ein hinterm Vorhang lauernder Vampir.

«Nun», sagt sie und unterbricht dein Schmollen, «hast du Belford erreicht?»

«Ja. An seinem Autotelefon. Er kutschiert immer noch am Queen Anne Hill herum und sucht nach André. Ist ziemlich sauer, daß wir ihm nicht dabei helfen. Ich hatte ihm unsere Unterstützung zugesagt.»

«Bin gleich soweit», sagt sie. Sie wischt die letzten Reste des saftigen Schweinefleischs von ihren vollen roten Lippen. «Ich bestell mir nur noch schnell 'ne Portion von dem Tapioka-Pudding, den sie hier machen. So was Altmodisches wie Tapioka-Pudding findet man heute kaum noch auf einer Speisekarte.»

«Belford ist außer sich. So aus dem Häuschen hab ich ihn noch nie erlebt. Normalerweise ist er die Ruhe selbst.» Du schweigst. Überlegst. «Natürlich hoffe ich, daß er André findet, aber weißt du, es könnte sich durchaus positiv auf ihn auswirken, wenn er diesen Affen los wäre.»

«Oh, da bin ich anderer Meinung. Die ungeschminkte Wahrheit ist, daß dieser Affe das einzig Interessante an Belford ist. Ohne André ist der so fad wie 'ne Tasse Spülwasser oder 'n Stück nasse Pappe.» Sie schweigt. Überlegt. «Das heißt, soweit ich das beurteilen kann. Wie er im Bett ist, weiß ich nicht. Es ist eine allgemein anerkannte Tatsache, daß manche Männer den Hauptteil ihrer Persönlichkeit zwischen den Beinen verbergen.» Sie schenkt dir ein Grinsen, in das du ein Wörterbuch schieben könntest.

«Oder was meinst du?»

Meine Güte, Gwen! Dein Gesicht läuft so rot an, daß du sehen kannst, wie es sich auf Q-Jos Besteck spiegelt. Das Sittendezernat könnte dich als Detektor anheuern. Du stotterst los, willst irritiert etwas entgegnen, aber Gott sei Dank erscheint eine Serviererin mit Bienenkorbfrisur, um die Bestellung von Q-Jos Nachtisch aufzunehmen. Du entschuldigst dich, machst dich auf den Weg zur Toilette und kommst unterwegs an der Eismaschine vorbei, am Milchspender und einer Vitrine, in der proletarisch bescheidene Puddingschalen und Jell-O mit stillem Groll im Schatten opulenter Kuchenstücke vor sich hin wackeln. Wenn das ein Konfektmodell bevorstehender Klassenkämpfe sein soll, dann ist es kein Geheimnis, wo deine Sympathien liegen. Du nickst kaum wahrnehmbar einem ausnehmend patrizischen Stück Kokosmeringe zu.

Die Toilette ist ein Schock für deine Sinneswahrnehmung, nicht etwa, weil sie versifft wäre, sondern weil man ihr gerade mit unzähligen Eimern Gelb einen Anstrich verpaßt hat, der an einen gelbsüchtigen Kanarienvogel erinnert. Du blinzelst in die gnadenlose Helligkeit, rümpfst die Nase über den Parfümautomaten – 50 Cents für einen Spritzer Evening in Paris –, erinnerst dich mit jäher Zuneigung an die zurückhaltende Eleganz im Damenklo des Bull & Bear und begibst dich, mit einemmal wieder stocknüchtern, in eine der beiden schreiend gelben Kabinen, hebst den Rock, ziehst dein Höschen runter, reibst heftig den Sitz mit einer Handvoll Klopapier ab und setzt dich hin. Obwohl sich die Cocktail Lounge am anderen Ende des Restaurants befindet, hörst du Dick Dickerson an der Orgel so gut, als käme es aus den Rohrleitungen. Dick präsentiert eine Version von «Lazy River», und ein paar der Gäste singen mit. Dein Vater hat immer «Lazy River» gehört (natürlich eine Jazz-Version) und dazu auf seinen Bongos getrommelt – diesen verfluchten Dingern, die dich jeglicher Aussicht auf eine normale Kindheit beraubten.

Halb verträumt und halb genervt sitzt du da, bis dein Körper in einer milden Schreckreaktion zusammenzuckt. Die olfaktorischen Rückstände von schalem Zigarettenqualm, billigem Parfum, Wandfarbe auf Ölbasis und Fichtennadel-Deodorant übertrumpfend, mit einer goldenen Spur die Kloluft durchdringend, macht sich der Geruch deines eigenen Harns bemerkbar, ein Duft, den dein kürzlicher Spargelverzehr ums Hundertfache verstärkt. Und im gleichen Augenblick, als dein Hirn den Geruch identifiziert, denkt es an Larry Diamond. Genau wie der perverse Bastard es dir prophezeite! Du ekelst dich vor dir selber. Du bist wütend auf diesen Kerl. Und, wie du entdeckst, als du dir die Schamlippen abwischst, erkennbar und völlig unerklärlicherweise erregt.

21:25 —••••• Du stürmst an der Kuchenvitrine vorbei, wo das Jell-O mittlerweile alarmierend nach Karrieresprung aussieht, und triffst auf die an der Zigarettentheke stehende Q-Jo. Sie kaut auf einem Zahnstocher und begleicht die Rechnung.

«Belford Dunn ist der netteste und anständigste Mann, den ich kenne, sein Sexleben geht niemanden was an, und nebenbei bemerkt: du hast ja nicht mal einen Freund!» Du sprichst mit zusammengebissenen Zähnen, hast deine kleinen Hände praktisch zu Fäusten geballt.

«Holla, holla. Moment mal. Reg dich ab, Lady. Kein Grund, gleich kratzbürstig zu werden. Belford ist ein Schatz. Die ganze gottverdammte Stadt weiß, daß Belford ein Schatz ist. Sollten die Geistesgegenwärtigen ihn je wegen tödlicher Langeweile anklagen, werd ich unter Eid beschwören, daß er doppelt so nett ist wie fad. Zufrieden?»

Deine Bereitschaft, diese halbherzige Lobpreisung aufs schärfste zu mißbilligen, wird gedämpft durch die Verlegenheit, die du bei der Art und Weise empfindest, wie die Kassiererin euch zwei betrachtet. Du steuerst gereizt auf die Tür zu, und Q-Jo sagt: «Gut. Und jetzt mal los. Sehen wir zu, daß wir den jungen Mann wieder mit seinem rotärschigen Affen vereinen.» Sie legt eine fleischige, schweißfeuchte Pfote auf deine Schulter.

«Ich schlage vor, wir beginnen damit, daß wir die Juweliergeschäfte abklappern.»

21:45 —••••–• Unweit der Kuppe des Queen Anne Hill fährt Q-Jo an den Straßenrand und bugsiert ihren Geo Storm (die Tatsache, daß so viele dicke Leute winzig kleine Autos fahren, könnte es wert sein, daß sich ihr mal ein Verhaltensforscher widmet) dicht an die hintere Stoßstange von Belfords großem Lincoln, wie ein ambitionierter Cockerspaniel, der den Östrogenspiegel einer Dobermannhündin erschnuppert. Als sie die Scheinwerfer ausschaltet, erkennst du die Silhouette – den kantig wirkenden Schädel, die breiten Schultern – des Mannes, den du (du hast es dir geschworen!) bis zum 4. Juli (Unabhängigkeitstag!) aus deinem Leben verabschiedet haben wirst und dessen Ehre, wenn nicht gar Elan du dennoch gerade leidenschaftlich, wenn auch unpassenderweise verteidigt hast. Diese Ambivalenz entgeht dir keineswegs. Im Grunde geht sie dir auf den Geist. Und es könnte noch schlimmer kommen. Dieser Mann wird nun jeden Moment seinen Mund auf deinen drücken und dir die Lippen zerknautschen; für wie lange, hängt davon ab, in welchem Maße ihn Andrés Verschwinden ablenkt. In welchem Ausmaß wirst du dies als angenehm empfinden? Eingedenk der unleugbaren Tatsache, daß du, obsoleter Freund hin, Börsenkrach und schlimmster Tag deines Lebens her, geradezu überfließt vor Lust.

Q-Jo macht ihre Wagentür auf und beginnt sich aus dem Kleinwagen zu befreien wie ein Discount-Houdini, der sich aus einer Golftasche herauszuwinden versucht. Belford öffnet die Tür seines Lincoln, gleitet heraus und eilt herbei, um Q-Jo behilflich zu sein. Du sitzt da. Du musterst ihn. Du bist gespannt.

Belford Dunn war früher Forstwirt. Was man in vergangenen, farbenfrohen Zeiten Holzfäller nannte. Er wohnte in der Nähe seines Geburtsortes auf der Olympic-Halbinsel und bestritt seinen Lebensunterhalt mit dem Fällen von Zedern und Fichten. Eines Tages las er das handgeschriebene Menetekel an der Sägewerkwand. «Die Holzbranche ist ein sterbender Wirtschaftszweig.»

Gleich daneben war eine Wand, auf der stand: «Eine Baumfarm ist kein Wald.» Belford machte sich seinen Reim darauf und kam zu dem Schluß, daß es bei dem Tempo, in dem die Amerikaner ihr Holz an die Japaner verscherbeln, nur eine Frage der Zeit ist, bis es bei uns keinen Wald mehr gibt, und daß der «Aufforstung», die auf den abgeholzten Flächen betrieben wurde, jeglicher Reiz fehlte, Wildheit und Schönheit, Fährnis und Formenreichtum, und daß sie weder Neugier noch Ehrfurcht weckte, jene uralte elementare Ehrfurcht, wie sie unerforschtes Terrain, jener unbekannte Ort, über den höchstens der Mond, der Pilz, die Eule, der Hirsch und ähnliche Botschafter unserer Psyche Bescheid wissen, seit ewigen Zeiten im Menschen weckt.

Als Belford sein Bündel packte und Port Angeles verließ, überraschte dies seine Eltern, die ihren Sohn immer so eingeschätzt hatten, wie er in seinem Schulabschlußzeugnis beschrieben wurde:

«Liebenswert, aber durchschnittlich». (Vielleicht, Gwen, schätzt du ihn nun genauso ein.) So liebenswert er auch gewesen sein mochte, war er indes ein unverheirateter Mann von 33 Jahren und hatte kaum Gewissensbisse, sich von seinen weniger weitblickenden und am Ende dann über den Verlust von Holzfällerjobs jammernden Kumpels zu trennen. Er versuchte ihnen die Lage klarzumachen, doch ihre Vorstellungskraft reichte nicht über die nächste Kneipe, die Motorhaube eines Pick-up oder die Bedienungsarmatur eines Videorecorders hinaus.

Also adios, amigos...

Nachdem er sich in Seattle im YMCA einquartiert hatte, belegte Belford Kurse für Immobilienmakler. Er erwarb eine Maklerlizenz, fand einen Job und verkaufte innerhalb von 18 Monaten so viele Immobilien, sowohl Privat- als auch Geschäftshäuser, wie es nur eine Handvoll Makler am Puget Sound schafften. Er erwies sich als geborener Verkäufer, vor allem deshalb, weil er die Leute mochte und die Leute ihn mochten. Sie vertrauten ihm. Belfords Hirn kaute sein Heu so gemächlich wie eine Muhkuh hinter der breiten, offenherzigen Fassade dessen, was man gemeinhin ein «ehrliches Gesicht» nennt. Und er *war* ehrlich. Von seinem dünnen, hellbraunen Haar bis zu den blank gewienerten Schuhen. Er war in der lutherischen Kirche aktiv, aus einer echten Frömmigkeit heraus, nicht als Masche, um Kontakte zu knüpfen – die knüpfte er ohnehin reichlich. Und Geld verdiente er ebenfalls reichlich. Und nach zehn Jahren macht er immer noch, was du, Gwen, den großen Reibach nennst. Aber das meiste davon spendet er der Kirche oder Wohlfahrtsorganisationen. Und was deiner Meinung nach noch beunruhigender ist: er hat vor, im September seinen Job an den Nagel zu hängen, um dann eventuell zum Sozialarbeiter umzuschulen. Meine Güte! Gar nicht mal so verkehrt, vermutest du, weil Amerika, falls es wirklich keiner schafft, die an einem Dinosaurierknochen erstickende Wirtschaft in den Heimlich-Handgriff zu nehmen, mehr Bedarf an Sozialarbeitern haben wird als an Immobilienmaklern. Aber wer soll die bezahlen? Und wie hoch?

Es war Belford Dunn, der dir dein Apartment verkauft hat. Damals war es *sein* Apartment, doch weil er es zu schick fand, zog er ein paar Blocks weiter in ein kleineres und schlichteres Domizil. Seine Vorstellung von «schick» deckt sich kaum mit deiner. Das Gebäude, kein sehr hohes, Baujahr 1930, ist solide, und jede Wohneinheit hat bleigefaßte Fenster, freiliegende Tragebalken, geflieste Kamine und Böden aus schwedischem Holz, kurz, es hat jede Menge altmodischen Charme, aber niemand könnte behaupten, daß es eine schicke Adresse wäre. Wie denn auch? Q-Jo Huffington wohnt hier. Vor einigen Monaten hast du deine Wohnung zum Verkauf angeboten und den Kaufvertrag für eine reizende Eigentumswohnung mit Meerblick in einem piekfeinen Hochhaus in der Innenstadt unterschrieben. Adieu, marginale Nachbarn, hallo, Concierge! Der Deal soll nächste Woche besiegelt werden.

Aber es könnte sein, daß du nächste Woche den Morgenkaffee in der Schlange vorm Arbeitsamt trinkst – genauso wie der Börsenkollege, mit dem du in Verhandlungen über den Verkauf deiner jetzigen Wohnung stehst. Schlimmer hätte das Timing dieses Crashs wirklich nicht sein können. Wenn du bloß daran denkst, mußt du dich zusammenreißen, um nicht auf der Stelle laut loszufluchen und mit den Füßchen zu stampfen.

Wie dem auch sei, anfangs schien Belford ein guter Fang. Noch heute bist du nicht bereit zuzugeben, daß persönlicher Wohlstand und emotionale Stabilität ein inadäquater Ersatz für *savoir-vivre* wären. Oder daß einem unerschütterliche Anständigkeit auf den Keks gehen kann. Was du allerdings zugibst: Hättest du geahnt, daß du den Rest deines Lebens mit einem Sozialarbeiter verbringen mußt, hättest du dir gleich die Kugel gegeben. Vielleicht wirst du das ohnehin tun. Deine Mutter hat es getan.

Draußen auf dem Gehsteig patscht Q-Jo deinem Belford auf die hingestreckte Hand. «Hey, du großer, extravaganter, beschwingter Tausendsassa!» Er weiß, daß sie ihn veräppelt, so dumm ist er nicht, doch er setzt ein gutmütiges Lächeln auf. Ein Lächeln, das ein Girl mit nach Hause nehmen könnte zu Mom, wenn sie eine hätte; ein

Lächeln, das ein Mädchen streicheln könnte wie ein Pony, schlürfen könnte wie Limonade, trällern wie eine Popmelodie; ein Lächeln, mit dem sich ein Girl in einer dunklen Gasse sicher fühlen würde. Nicht daß Belford je auf die Idee käme, dich in eine dunkle Gasse zu führen. Abgesehen von diversen Camping-Trips und Angelausflügen, die du ermüdend, schmutzig und öde fandest, ist Belford nie irgendwo mit dir hingefahren. Belford hält nichts vom romantischen Kurzurlaub, von Entspannung in luxuriösem Ambiente, dem spontanen Weekend in Palm Springs. Vor drei Jahren, kurz nachdem ihr euch kennenlerntet, fuhr er nach Europa. Er fand, das müßte er sich mal ansehen. Offen gesagt ärgerte es dich, daß er dich nicht einlud – in der Hoffnung, er würde dich bitten, ihn zu begleiten, hast du früher mit ihm geschlafen, als du's normalerweise getan hättest –, doch leider war es eine Pauschalreise. Alles schon fest gebucht. Lange geschmollt hast du nicht. *Es wird ihm Glanz verleihen*, hast du dich getröstet. *Er wird gebildeter sein, nachdem er Rom und London gesehen hat.* Du hättest nie damit gerechnet, daß er den ganzen Monat in Saint-Tropez hängenbleiben und eisern um das Sorgerecht für einen Affen streiten würde, den in ganz Frankreich niemand mit der Kohlenzange anfassen wollte.

22:00 —••••• Auf dem Queen Anne Hill gibt es allerhand Stellen, wo sich ein Affe verkriechen könnte. Es ist eine ruhige Wohngegend von Eigenheimbesitzern. Natürlich ist der Hügel von Apartmenthäusern wie deinem umringt, doch es ist in erster Linie ein Wohnviertel, und zwar ein ausgedehntes Wohnviertel mit Einfamilienhäusern. Und Einfamilienhäuser haben Gärten, Vorgärten und Höfe. Auf diesen Freiflächen wachsen Sträucher und Gebüsch, stehen Hecken und Bäume. Sie sind gesäumt von Werkzeugschuppen, Garagen, Patios. Und Schulhöfe gibt es auch. Einige Parks. Es gibt sogar ein paar verwilderte bewaldete Fleckchen, räumlich begrenzt und trotzdem ein angemessener Aufenthaltsort für kleinere Tiere. Wenn dort Beutelratten, Skunks und Waschbären Zuflucht finden, Jahr um Jahr, Jahrzehnt um Jahrzehnt dort überleben können, beinahe im Zentrum einer brodelnden, vollgepfropften Metropole, dann kannst du dir ausmalen, daß sich dort auch ein unternehmungslustiger Affe wohl fühlen könnte.

Bei der Zerstreutheit, die Belford an den Tag legt – der Kuß, mit dem er dich begrüßte, stellte sich als nicht mehr denn ein ehelicher Schmatz heraus –, würdest du erwarten, daß er kopflos in der Gegend herumkurvt und in jeder Pussykatze, die hinter einen Rosenstrauch flitzt, seinen André zu erkennen glaubt, doch erstaunlicherweise ist ein Minimum an Organisation in seinen Bemühungen zu erkennen. Ein Minimum. Bisher bestand seine Methode darin, zwanzig Minuten lang im Schrittempo einen bestimmten Abschnitt des Queen Anne abzugrasen, dann zur Wohnung zurückzurasen und nachzuschauen, ob der verlorene Affe womöglich wieder heimgekehrt war, um sich anschließend voller Verzweiflung einen neuen Abschnitt vorzunehmen und den Vorgang zu wiederholen. Die Effizienz dieser Operation könntest du erheblich verbessern und hättest normalerweise keine Ruhe gegeben, bis du dein Ziel erreicht hast. Doch heute abend fehlt dir dazu die Energie. Das Schicksal hat die Hexen auf dich gehetzt, und nur ein Wunder in Tokio kann deine Innereien davor bewahren, in ihrer Menudo zu enden.

Also macht Belford genau so weiter wie schon seit Stunden, nur behältst du jetzt halbherzig die eine Straßenseite im Auge, während er sich auf die andere konzentriert. Hinter dir, fast den ganzen Rücksitz des breiten Lincoln einnehmend, saugt Q-Jo an ihren stinkenden Selbstgedrehten aus Grobschnitt, zupft an den Falten des Kaftans und wirft ihren telepathischen Radar an.

«Kriegst du irgendwas rein, Q-Jo?» erkundigt sich Belford.

«*Nada*. Aber das ist kaum verwunderlich. Zu Affen hab ich keinen Draht.»

Über die Schulter wirfst du ihr einen giftigen Blick zu. «Seit wann?»

«Zu Eseln schon. Und Schakalen. Auch hin und wieder mal 'nem Pavian. Aber bloß die zweibeinige Sorte.»

«André hat bloß zwei Beine», wendet Belford ein.

«Nun, ich schätze, da hast du recht. Schließlich muß man Hände und Finger haben, um fertigzubringen, was er schon geleistet hat.»

Das wäre jetzt der ideale Augenblick, um einen Disput über Andrés Aktivitäten in der Vergangenheit und die Möglichkeiten einzuleiten, daß er immerhin *versuchen* könnte, sie wiederaufzunehmen, der ideale Zeitpunkt, um Q-Jos Vorschlag aufzugreifen, der Suchtrupp solle vor den Juweliergeschäften der Innenstadt patrouillieren, vor den Museen und Erster-Klasse-Hotels – doch keine von euch beiden wagt es anzusprechen. Es hat etwas Beängstigendes, mit einem ausgewachsenen Mann im Auto zu sitzen, der jeden Moment in Tränen ausbrechen kann. Außerdem hat Belford immer noch nicht die Polizei über den Vorfall verständigt. *Er weigert sich, der Realität ins Auge zu sehen*, sagst du dir. Dich erneut dem Fenster zuwendend, nimmst du wieder mit halb geschlossenen Augen die Affensuche auf und gehst in Gedanken die Fehler durch, die dazu führten, daß der Zusammenbruch des Aktienmarkts dich am Ende derart persönlich verletzbar machen kann. Schaust mal kurz der eigenen Realität ins Auge.

Ostern fällt auf den ersten Sonntag nach dem ersten Vollmond, der aufs Frühlingsäquinoktium folgt. Und weil die Nacht wolkenlos ist, muß es auch einen Mond am Himmel geben. Und ob er nun zu- oder abnimmt, es muß praktisch Vollmond sein. Aber klar. Dort ist er. Lugt dick und rund über der Spitze des Queen-Anne-Sendeturms hervor, glänzend und großporig wie die Nase eines Vaudevillekomikers.

Leider läßt er dich völlig kalt. Das Gespinst deiner Beklemmung liegt wie eine federige Schichtwolke zwischen dir und dem Mond. Für den Himmel sind deine Augen blind, doch als der Lincoln auf der Heimfahrt zu Belfords Wohnung an einigen Pärchen vorbeigleitet, die im Mondschein draußen vor dem allseits beliebten 5-Spot-Café beisammenstehen, glauben deine Ohren mit ziemlicher Sicherheit Leute bellen zu hören.

22:25 —••••–• «Yamaguchi-san», sagt Q-Jo, wobei sie den Tonfall der Japaner nachäfft. Sie kichert.

«Richtig», stimmt Belford zu. «Dr. Yamaguchi.» Einen knappen, herausgehusteten Lacher bringt auch er zustande.

«Hey! Was hat es denn nun mit Yamaguchi und diesen bellenden Leuten auf sich?» willst du wissen. Irgendwas ist da im Busch, bestimmt bloß irgendwas Blödes und Lächerliches, aber es ärgert dich, daß du offenbar die einzige in Seattle bist, die den Witz nicht kapiert.

«Selber hab ich's nicht gesehen», erklärt Q-Jo, «aber im Fernsehen –»

«Schau!» unterbricht Belford. «Ist er das?»

«Was?»

«Wo?»

Belford bremst ab und steuert so abrupt nach rechts, daß der Vorderreifen den Randstein schwärzt. Du schnupperst etwas wie verbrannten Gummi und hast das Gefühl, als würde der Randstein auf einem Bein knien und jeden Augenblick «Mama» singen. Dann siehst du es: eine anthropoide Gestalt krabbelt auf allen vieren über den Rasen vor einer Doppelhaushälfte. Nur eine Millisekunde trennt die Synapse, die fälschlicherweise den Umriß von André registriert, von jener, die dich korrekt darüber informiert, daß die Gestalt für einen Affen zu groß ist.

«Das ist ein Mann», sagt Q-Jo.

«Ja», stimmt Belford widerstrebend zu. Ein tiefer Stoßseufzer füllt das Innere des Wagens mit dem flüchtigen Kohlendioxid seiner Enttäuschung.

Und während ihr alle drei hinschaut, krabbelt der Mann in den Schatten eines Rhododendronbuschs und ist dahinter so gut wie verschwunden.

«Glaubt ihr, das ist 'n Einbrecher?»

Q-Jo wirft dir einen spöttischen Blick zu. «Gwen, der Kerl ist in *Unterwäsche.*»

«Der arme Mann ist betrunken», sagt Belford. «Oder geistig verwirrt.»

«Dann handelt es sich vermutlich um einen Finanzmakler», sagst du. Du schaust auf deine goldene Rolex. «Könnte sein, daß in 35 Minuten hinter jedem Busch in der Stadt so ein Typ hockt.» Du gibst ein bitteres Lachen von dir und legst deine Hand auf die von Belford. Es ist das erste Mal heute nacht, daß du ihn anfaßt. «Fahr weiter, Liebling.»

Aber Belford hat schon die Hand nach dem Türgriff ausgestreckt. «Vielleicht braucht er Hilfe», sagt er. «Vielleicht tut ihm was weh.»

Völlig zwecklos, einen Mann mit sozialem Gewissen aufhalten zu wollen, wenn er sich aufs leidende Zielobjekt eingepeilt hat. Du nimmst die Hand weg und läßt ihn aussteigen. Q-Jo macht eine Bewegung, als wollte sie ihm folgen, überlegt es sich dann anders und steckt sich wieder eine von ihren stinkenden Kippen an.

«Klug von dir, hierzubleiben», sagst du. «Was ist, wenn der Kerl auf Drogen ist?»

«In dem Fall kann Belford froh sein. Leute auf Drogen sind in der Regel weniger problematisch als Besoffene.»

Während dein angeblicher Freund sich langsamen Schrittes dem nächtlichen Krabbler nähert – für einen ehemaligen Holzfäller bewegt er sich erstaunlich geziert, beinahe zimperlich voran –, versuchst du dich angestrengt daran zu erinnern, ob dein Vater problematischer war, wenn er italienischen Rotwein trank oder wenn er Humboldt-Gras rauchte. «Problematisch» ist vielleicht das falsche Wort. Problematisch war Ferdinand Mati selten, doch er war einfach nicht das, was man von einem Vater erwartet.

Aus dem Dunkeln hinter dem Busch materialisiert sich plötzlich ein Arm. Lang und alabastern im Mondlicht schimmernd, erinnert er an die geisterhaften Extremitäten, die in alten Horrorfilmen die Bewohner gotischer Landhäuser strangulierten und mitten in der Nacht gequälte Rachmaninow-Soli auf Konzertflügeln spielten. Der heftig wedelnde Arm will Belford verzweifelt klarmachen, daß er verschwinden soll. Und Belford bleibt stehen, kapiert es nicht und fragt den schlenkernden Arm: «Alles okay, mein Freund?»

In diesem Augenblick fliegt die Eingangstür des Doppelhauses auf, und ein Mann in Briefträgeruniform kommt auf die winzige Veranda herausgestürzt. Der Mann schwenkt einen Krocketschläger und wirkt erregt, eventuell sogar gefährlich, wenn man von der Tatsache absieht, daß sein Vorwärtskommen von einer ebenso erregten Frau erschwert wird, die einen roten Büstenhalter, jedoch kein Höschen trägt und sich an seinem Kragen festkrallt. Die Frau jammert und heult, und der Mann versucht sie abzuschütteln, während sich seine Augen ans Zwielicht hier draußen gewöhnen.

«Das sind ja zwei», brüllt der Mann. Er macht einen Satz nach vorn, so heftig, daß die Frau seinen Jackenkragen losläßt und hinfällt. «Hast du etwa alle *beide* gefickt?» Während er die Stufen herabpoltert und drohend den Krocketschläger schwingt, rufst du: «Belford!» Deine Stimme erscheint dir dermaßen hoch und piepsig, daß es dir peinlich ist, noch irgend etwas hinzuzufügen.

Im gleichen Augenblick, als der geisterhafte Arm wieder ins Dunkel zurückgezogen wird, hebt Belford seinen Arm zu einer versöhnlichen Geste. Belford will Frieden stiften, Belford will vernünftig über alles reden. Doch weder Vernunft noch Logik, noch die düstere Nacht werden diesen Kurier von seiner festgelegten Route abhalten. Der Postbote holt im Laufen aus und erwischt Belford mitten in seiner beschwichtigenden Geste am Jackenärmel. Nun ist es an Q-Jo, loszubrüllen. «Mach, daß du hinters Steuer kommst!» befiehlt sie.

Aus irgendeinem Grund bist du unfähig, dich zu rühren. Du sitzt da wie von Zahlenreihen auf einem Computerschirm hypnotisiert, während der Schläger um Belfords Kopf herumschwirrt. «Verdammt noch mal! Rutsch hinters Steuer, Gwen, und laß den Motor an!» Q-Jo rammt dir von hinten das Mundstück ihrer Zigarettenspitze zwischen die Schulterblätter. Worauf du auf den Fahrersitz rutschst, den Schlüssel im Zündschloß umdrehst – und einen Wimmerlaut von dir gibst. Hört der schlimmste Tag deines Lebens denn überhaupt nicht mehr auf?

Wopp! Das Geräusch des Schlägers, der Belfords Gesicht trifft, ähnelt sehr dem Geräusch eines Baseballs, der mit vollem Karacho im Handschuh des Fängers landet. Soviel Zellulose hat Belford nicht mehr zu schmecken gekriegt, seit ihn in der ersten Arbeitswoche im Wald ein herabfallender Ast erwischte. In seiner Birne kreisen gescheckte Eulen, von kleinen Putten mit brennenden Windeln gehetzt. Belford wankt, der Schläger holt gerade aus zu einem neuen *Wopp*, als der nächtliche Krabbler aus seinem Versteck hervorgesaust kommt und im Galopp die Straße hinab verschwindet. Der offensichtliche Hahnrei wendet seine Aufmerksamkeit dem Flüchtling zu, heftet sich an seine Fersen. Von Q-Jo angespornt, läßt du den Lincoln anrollen. Sie hält Belford die Beifahrertür auf, während du zugleich erschrocken bist über das Blut, das ihm übers Gesicht rinnt, und eifersüchtig auf die höschenlose Blondine auf der Veranda, der er zum Abschied zuwinkt.

22:55 —••••–• Obwohl in Belfords Apartment alles picobello sauber ist, stinkt es dermaßen nach Affe, daß es dir den Magen umdreht. Q-Jos widerliche Selbstgedrehte werden den Tiergeruch bald kaschieren, aber auch der Tabakqualm drückt dir allmählich auf den Kotzbeutel. Du entschwindest hinaus auf Belfords schmalen Balkon, um kurz frische Luft zu schnappen. Die Nacht ist ein wenig kühl, doch mild genug, daß dein Armani-Trenchcoat dich nichts davon spüren läßt. Bäume in frischem Laubkleid versperren dir den Blick auf die Lichter von Downtown, aber du siehst (gut für dich!), daß es am Himmelszelt nur so prickelt vor lauter Sternen und der Mond einer Strahlenpustel gleicht, die ein ahnungsloser Quacksalber mit Schwefel behandelt hat. Daß deine Hirnzellen unter dem Einfluß dieser weit entfernten fossilen Feuerbälle stehen könnten, erscheint dir grotesk, doch nur wenig grotesker als deine emotionale Bindung zu dem Burschen, der mit seinem Eisbeutel auf dem Kopf drinnen auf dem Sofa liegt.

Weder du noch Q-Jo kann behaupten, daß sie Erfahrung mit Erster Hilfe hätte – die arme Seele, die darauf baut, daß eine von euch beiden ihr bei Herzstillstand eine Wiederbelebungsmassage verpaßt, kann sich getrost von dieser Welt verabschieden –, doch vereint habt ihr nach eingehender Untersuchung festgestellt, daß Belfords Nase lediglich blutet und nicht gebrochen ist und daß die Schnittwunde in seiner Lippe nicht genäht werden muß. Q-Jo hat ihn veranlaßt, sich die Nase zuzuhalten, bis der Blutfluß zum Stillstand kam, und du hast ihm mit einem feuchten Handtuch das Gesicht abgewischt. Du gingst dabei nicht so sanft vor, wie du es hättest tun können – dieser Posner soll verdammt sein, wenn er sich einbildet, du wirst Krankenschwester! –, doch Belford beklagte sich nicht. Wenn er etwas von sich gab, dann nur, um sein Mitgefühl für die Beteiligten der Menage à trois in jener Doppelhaushälfte auszudrücken. Was dich natürlich nervte, weil du der Meinung bist, daß der Abschaum dieser Welt kriegt, was er verdient.

Nun hörst du ihn erneut reden. Vom Eisbeutel gedämpft, dringt kein verständliches Wort bis zu dir auf den Balkon. Du wirfst, vielleicht rein intuitiv, wieder einen neugierigen Blick hinauf zu den Sternen, als hielten ihre Konstellationen eine Antwort für dich bereit. (Und würde dein Blick bis in die Vororte des Sirius reichen, so könnte es durchaus der Fall sein – wenn auch nicht auf irgendeine Frage, die zu stellen dir bisher einfiel.) Dann gehst du wieder hinein.

«Was sagtest du eben, Belford?»

«Er sagt», antwortet Q-Jo an seiner Stelle, «daß er sich gern noch ein bißchen nach André umschauen möchte. Er fragt sich, ob es wohl möglich wäre, daß du ihn fährst.»

«Ich denke schon», erklärst du dich mit einem Minimum an Begeisterung bereit. «Wie spät ist es?» Der rhetorischen Frage läßt du einen Blick auf deine Armbanduhr folgen. «Meine Güte!» rufst du aus. «Es ist...

23:13» —••••-• Bei deinem explosiven Spurt zum Telefon schrammst du gegen eine Ottomane und wirfst einen Stuhl um. Meine Güte, meine Güte, meine Güte! Wie konntest du diesen wichtigen Augenblick glatt verpennen? Zum Teufel mit diesem Belford und seiner Einmischung in fremder Leute Angelegenheiten, zum Teufel mit der Unmoral des Proletariats, zum Teufel mit dem Affen und den Sternen!

Bei Posner, Lampard, McEvoy & Jacobson surrt das Telefon, surrt erneut und surrt dann noch ein paarmal vor sich hin. Die ersten paar Surrer äffen elektronisch den Klang neurologischer Dringlichkeit nach, die folgenden deine seelische Pein. *Die haben sich aber verdammt schnell rar gemacht*, denkst du. *Der Nikkei hat vor noch nicht mal einer Viertelstunde geschlossen, und schon sind sie auf und davon? Was hat das nun zu bedeuten?* Banzai *oder* Harakiri? Eine dumpfe Tonbandstimme ertönt, informiert dich, daß dieses Büro bis Montag geschlossen ist, und wünscht dir frohe Ostern. Wütend legst du auf und fragst dich, ob Gott wohl einen Anrufbeantworter hat, um die flehentlichen Gebete der Korrupten und Langweiler herauszufiltern. Und unter welcher Kategorie du wohl bei ihm läufst?

Die hinter Belfords Eisbeutel hervorgenuschelten Aufmunterungen ignorierend, läßt du deine Finger nicht über die Gelben Seiten spazieren, sondern flitzen. «R» wie «Restaurants». Es gibt ja dermaßen *viele*! Die einzige Abteilung in den Gelben Seiten, die länger ist als die Liste der Restaurants, ist die der Rechtsanwälte. Man geht also essen, man bricht sich einen Zahn ab, findet Glassplitter in der Fischsuppe oder holt sich eine Lebensmittelvergiftung und reicht prompt seine Klage ein. Was sagt uns das über Amerika? Hier ist sie, Gwen. Die Nummer des Bull & Bear. Tipp sie ein.

Wieder bist du Ohrenzeuge einer Attacke chronischer Surrlaute am anderen Ende der Stadt. Du versuchst dir die Umstände auszumalen, unter denen das Bull & Bear sich geleert haben könnte, aber so phantasievoll bist du nicht. Zu guter Letzt wird der Hörer abgenommen, und du hörst das Vogelhausgeschnatter einer vollbesetzten Lounge, gefolgt vom knappen Hallo des Barkeepers.

Du bittest ihn, dir Phil Craddock an den Apparat zu holen, den guten alten Phil, und während er ausgerufen wird, spitzt du die Ohren, ob dem Ton des Bargeplauders ein Hinweis auf das Verhalten des Nikkei zu entnehmen ist. Gebeutelt hört sich das nicht gerade an. Oder ist da eine dünne Panikklinge, die im Stimmengewirr zittert.

«Nicht da», grunzt der Barkeeper.

Jetzt legt er auf – du siehst es vor dir wie auf dem Schirm einer Videoüberwachung. «Moment!» schreist du.

«Ja?»

«Können Sie mir dann bitte mal Sol Finkelstein holen? Danke.»

Phil ist ein Warenmarkt-Broker, das ist eine Sorte für sich, der liegt vermutlich zu Hause im Bett und schnarcht wie ein umgekippter Traktor. Du hättest besser gleich nach Sol gefragt. Dem guten alten Sol. Während du auf ihn wartest, hörst du oder glaubst von irgendwo zu hören, so weit entfernt, daß es gut und gern von einem ganz anderen Ort als dem Bull & Bear kommen könnte und wie der verirrte Funke aus einem fremden Gespräch auf einer anderen Leitung, vielleicht gar aus einer anderen Stadt klingt, hörst du oder glaubst das Wort «Bozo» zu hören. Was dir ein äußerst rätselhaftes Kribbeln im Nacken beschert. Du versuchst dir noch über das Gehörte klarzuwerden, als sich wieder der Barkeeper meldet. «Sol ist nicht da», sagt er.

«Nun, würden Sie mir dann bitte –»

«Lady, ich bin nicht Ihr Privatsekretär, verdammt noch mal! Ich habe hier zu tun!» Er wirft den Hörer auf die Gabel und läßt dich mit einem Ohr voller toter, doch erregt vibrierender Luft allein.

Du vergräbst deinen Kopf in den Händen. Du spürst förmlich, wie sich wahllos Haare, vor einer Sekunde noch glänzend schwarze Strähnen, in den Follikeln grau färben. Nummer 24, 25, 26. Deine angeblichen Freunde sind sogleich mit tröstlichen Worten zur Stelle.

«Wir haben noch nicht das Tarot befragt», mein Q-Jo, die inmitten eines dichten, zum Würgen reizenden Qualmwirbels ihre Kippe ausdrückt. «Könnte die ganze Chose in 'nem anderen Licht erscheinen lassen.»

«Gwen, Schatz», meldet sich Belford, nimmt den Eisbeutel weg und setzt sich auf dem blutbesprenkelten Sofa auf, «laß uns doch mal kurz überlegen. Es muß noch andere Orte geben, wo du die Information kriegen kannst, die du brauchst.»

«Ach, schon gut», sagst du. Deine Stimme klingt so ausgebrannt wie ein Marshmallow, das beim Picknick vom Spieß fiel. «Ist doch egal, wie der Nikkei abgeschlossen hat. Ich bin sowieso erledigt. Ich bin am Ende.»

«Baby, Baby, aber keineswegs», sagt Belford. Er legt einen blutverschmierten Arm um dich.

Q-Jo schaut dich stumm an. Daß das Beben an der Wall Street die Leichen in deinem Keller durchrüttelt, überrascht sie kaum. Sie – und das Tarot – hegen schon seit geraumer Zeit den Verdacht, daß du deine Pilze ohne einen Blick ins Pilzsammlerhandbuch pflückst.

MITTERNACHT —••••• Offenbar flackert in deinem Herzen noch immer ein Hoffnungsschimmer von der Leuchtkraft einer Geburtstagstortenkerze, oder wie kämst du sonst auf die Idee, unterwegs mal kurz im Bull & Bear reinzuschauen, als du dein Auto abholst? Belford hatte dich am Parkhaus abgesetzt, und während er damit beschäftigt war, einer Delegation von Heimatlosen, Freunden des Trunkes und Enteigneten, die ein offenes Ohr bei ihm fand, seine Brieftasche auszuleeren, verschwandest du flugs um die Ecke, noch immer ganz wild auf den Lagebericht aus Asien.

Q-Jo war nach Hause schlafen gegangen. Sie wollte gleich am nächsten Morgen das Tarot konsultieren, wofür man ausgeruht sein muß, und hatte anschließend einen Termin zur Mittagszeit, bei dem sie Gurkensandwiches essen und die unscharfen, von einer betagten Witwe bei einer Tour durch die Gärten und Parks von England gemachten Videos anschauen würde. Gegen Honorar. Das ist Q-Jos zweiter «Job». Bei der kurzen Umarmung zum Abschied habt ihr euch halbherzig auf ein Treffen am Vormittag zwecks Befragung des Tarots geeinigt und auf ein festes Date am Freitag abend, wo ihr gemeinsam ausgehen wollt; in einen netten Unterhaltungsfilm, wenn es nach dir ginge, oder in den Werewolf Club zu einem Gig von Betty Spaghetti & the Meatballs, falls Q-Jo das letzte Wort haben sollte. «Nach fadem Tee und unterbelichteten Schwenks über analfixierte Gartenbaukunst bin ich reif für 'ne akustische Dröhnung, und zwar nicht zu knapp», wie sie meinte. Du haßt Musik-Clubs aus vielerlei Gründen, unter anderem wegen der ernstzunehmenden Gefahr, dort deinem Vater zu begegnen, warst aber bereit, dir das mit dem Werewolf noch mal zu überlegen, weil sein Belüftungssystem auf dem neuesten Stand der Technik ist und sich dort, wie man weiß, hin und wieder Leute von Rang – *richtige* Leute, Leute mit mehr als fünfstelligem Einkommen – blicken lassen (sollten diese dich in Gesellschaft von Miss Huffington sehen, könnte es dir allerdings mehr schaden als nützen).

Kaum war Q-Jo, eine Wolke aus beißendem Qualm hinter sich herziehend, sicher im Innern des Hauses verschwunden, hattest du Belford eine neue Strategie bei der Suche nach André vorgeschlagen. «Zwei Autos können doppelt soviel Terrain absuchen wie eins», gabst du zu bedenken. Sosehr er sich auch nach deiner Gesellschaft sehnen mochte, dagegen konnte er nichts einwenden. Ungeachtet deiner Erschöpfung, eine Folge der Tiefschläge des vergangenen Tages wie auch der Martinis, mit denen du erstere abzufedern versuchtest, wolltest du unbedingt deinen oft nicht gebührend gewürdigten guten Willen demonstrieren. Also ließ Belford den Lincoln die abschüssige Straße am Queen Anne hinabgleiten und brachte dich zu deinem geliebten Porsche, damit du ihn aus dem Parkhaus holen und dich mit ihm an der Suchaktion auf der vom Affen heimgesuchten Hügelkuppe beteiligen kannst.

Belford verabscheut seinen Wagen ebensosehr, wie du deinen anbetest. Die Luxuskarosse ist derzeit ein notwendiges Accessoire seines Immobilienmakler-Images, doch er wartet auf den Tag, an dem er sie gegen ein unscheinbares kleines egalitäres Modell eintauschen kann, wie es Q-Jo fährt. Er hatte das wieder mal angesprochen, als der Lincoln sich dem Fuße des Hügels näherte und die Pappdekkelverschläge in Sicht kamen, in denen die Obdachlosen hausen. Es hat dich genauso genervt wie sonst. Das Problem mit Belford ist deiner Ansicht nach, daß er es zu finanziellem Erfolg brachte, ohne daß er sich ihn je hätte träumen lassen, also genau das Gegenteil des American Way of Life. Der amerikanische Traum wird an jene verschleudert, die überhaupt nie träumten. Jetzt, wo der Spalt zwischen Arm und Reich sich dermaßen verbreitert hat, fallen die althergebrachten Träume vom Land der unbegrenzten Möglichkeiten glatt hindurch. Heutzutage ist die Straße zum Topf voll Gold mit Lotterielosen und beckmesserischen Gerichtsprozessen gepflastert. Alles total geschmacklos. Wie grandios und nobel im Gegensatz dazu noch deine Träume waren! Ach, wenn du bloß ein klein wenig Glück gehabt hättest, wenn dich die Umstände nicht gezwungen hätten, krumme Wege zu gehen, dich irgendwie durchzumogeln...

«Was ist denn da heute passiert, Schätzchen?» Belfords Frage hatte dich aus deiner Grübelei gerissen. «Ich meine, wie konnte der Aktienmarkt dermaßen einbrechen?»

Wurde auch Zeit. Endlich hatte er sich dazu durchgerungen. Dir die Frage vor die Füße geworfen. (Im Gegensatz zu «die Frage aufwerfen», was er auch schon ein paarmal getan hatte, worauf du stets ausweichende Antworten gabst: du wolltest deine Optionen offenhalten.) «Ich hätt es kommen sehen müssen», gestandest du. «Und ich hab's ja auch kommen sehen, nur hab ich nichts unternommen. Warum auch? Hätte ich meinen Kunden zum Ausstieg geraten und die Kurse wären hochgeschnellt wie im letzten Jahr, dann hätten sie mir das sehr übel genommen und wären mir alle davongelaufen. Dann hätte ich als die einsame doofe Nudel dagestanden, die den Aufschwung verpaßte. Andrerseits, bleibe ich am Ball und die Kurse fallen, dann sitzen wir alle im gleichen Boot, und ich steh nicht allein als Depp in der Ecke. Also laß ich meine Kunden mitspielen. Und schlimmer noch, ich spiele selber mit. Gestern haben wir beim Aids-Test den Positiv-Bescheid gekriegt. Heute sind wir auf der Intensivstation gelandet.»

«Ja, aber wie kam es denn nun dazu?»

«Nun, es ist ja kein großes Geheimnis, daß sich die Wirtschaft schon das ganze Jahr über auf sehr dünnem Eis bewegt. Die Aktien sind überbewertet, und gleichzeitig sind die Dividende sehr gering. Das Geld fließt aus diesem Land ab, und es fließt kaum etwas zurück.

Die meisten Amerikaner glaubten im Grunde ihres Herzens daran, daß die Regierung früher oder später etwas unternimmt, um den Strom umzukehren. Aber da traut man der Regierung mehr Hirn und mehr Integrität zu, als sie offenbar hat. Der Aktienmarkt dümpelt vor sich hin, und jeder vertraut darauf, daß schon alles gutgehen wird. Heute mittag war ein absolut widerlicher Typ im Bull & Bear, ehemaliger Broker, früher mal 'ne heiße Nummer, in Ungnade entlassen, wirklich... widerlich, jedenfalls hörte ich, wie dieser Typ sagte: ‹Vertrauen heißt an etwas glauben, dessen man sich keineswegs sicher ist.› Und vermutlich hat er recht. Gestern – mein Gott, das scheint ja schon so lange her! – wurde dieses Vertrauen ziemlich strapaziert, als zwei Städte in Pennsylvania und eine in Maryland mit ihren Kommunalobligationen in Zahlungsverzug gerieten. Wall Street war am Schleudern und kurz davor, die Panik zu kriegen, und heute morgen ließ dann einer von den Top-Analytikern die Katze aus dem Sack. Er prophezeite, daß New York ebenfalls in Zahlungsverzug gerät und die Trace Manhattan Bank zusammenbricht. Da reichte es dann. Die institutionellen Anleger und die Pensionsfonds machten sich Hals über Kopf aus dem Staub, und die Kleinen rannten ihnen hinterher und klammerten sich an ihre Sockenhalter.»

«Um wieviel ist der Index gefallen? 800 Punkte?»

«873, um genau zu sein.»

«Ist ja furchtbar. Aber ich dachte, nach dem Crash von '87 hätte man das soweit geregelt, daß dergleichen nicht mehr passieren kann. Man hat doch Sicherungen eingebaut, automatische Unterbrecher oder so was. War es nicht so ähnlich?»

«Von dem, was ich über '87 gehört habe – da war ich ja noch ein Schulmädchen –, war das Blutbad seinerzeit ein Resultat interner Faktoren. Eine Marktdiskrepanz zwischen der New Yorker Börse und der Future-Börse in Chicago. Das Ergebnis der Absicherungen von Short-Positionen durch Futures. Der Futures-Markt hat jedoch keine *uptick*-Regel. Man konnte in den schwachen Markt hinein short gehen. Bei der schwachen Börse mußten die Wall-Street-Händler auf einen *uptick* warten, bevor sie short gehen konnten. Um im Rennen zu bleiben, haben sie ihre Portfolios in Chicago gehedgt. Dadurch hat es sie bei der vom Programmhandel ausgelösten Umsatzsteigerung einfach voll erwischt.»

Hatte Belford kapiert, was du gerade sagtest? Und wenn nicht, wie konnte er dann erwarten, daß du ihn heiratest? Wie konnte er das überhaupt? Im Schein der vorbeiziehenden Straßenlampen hattest du dir auszumalen versucht, wie Belford wohl in zehn Jahren aussehen mochte. Belford als Sozialarbeiter. Schwammiges Doppelkinn, Nickelbrille, oben kahl, an der Seite flattern graue Fransen. Benjamin Franklin ohne den Drachen.

«Und du hast recht, die SEC hat da einen Riegel vorgeschoben, damit keine internen Faktoren mehr zum Crash führen können. Aber ein Schutz gegen *externe* Ereignisse ist praktisch unmöglich. Was hätten sie denn tun sollen, diesem verdammten Analytiker vielleicht den Mund zukleben? Gegen massive Rückgabe von Investmentfondsanteilen können Handelsbeschränkungen nichts ausrichten. Sie können das vielleicht ein bißchen dämpfen, aber wenn die Sache erst mal ins Rollen kommt, läßt sich nichts mehr stoppen. Zudem gab es heute irgendwelche atmosphärischen Interferenzen, Sonnenflecken oder so was, was dazu führte, daß die Elektronik der Sicherungsprogramme versagte. Einfach ein Haufen Pech. Wahrscheinlich, weil ich selber in großem Stil investiert habe.»

Als Belford dir vorhielt, daß du den Crash so persönlich nahmst, lachtest du, als hättest du einen Scherz gemacht – aber teilweise war es dir Ernst. Du hast festgestellt, daß es Leute gibt, die haben Gene für Geld. Posner zum Beispiel. Sogar Belford. Es ist nicht so, daß ihnen ständig Erbschaften in den Schoß fallen, obwohl sie auch dafür prädestiniert scheinen, sondern daß sie genetisch auf Reichtum getrimmt, auf einer molekularen Ebene damit verbunden sind. Es gibt ein goldenes Extra-Chromosom in ihrer DNS-Helix, und es zieht Geld an, so wie ein deformiertes oder fehlerhaftes Chromosom eben Krankheiten anzieht. Leider bist du nicht mit so einem geboren, und Versuche mit Implantaten haben unweigerlich zu einer Abstoßungsreaktion geführt. Die Pfropfreise halten nicht. Aus dem Grund brauchst du, damit dein dollargrüner Organismus keine braunen Ränder kriegt, regelmäßig häufige, schmerzhafte Injektionen. Vielleicht wäre alles anders, wenn dein Daddy Ferdinand Marcos gewesen wäre statt Ferdinand Mati und deine Mutter sich weniger mit Lyrik beschäftigt hätte? Vielleicht. Aber wie die Dinge stehen, ist deine Beziehung zu Cash wie die eines Diabetikers zu Insulin: Du absorbierst es künstlich in bestimmten Dosen oder riskierst einen Schock. Selbst dann erlebst du in gewissen Zeitabständen allergische Reaktionen, als hätten sich deine weißen Blutkörperchen zur Dollar-Abwehr formiert.

Auf jeden Fall hat es dir gutgetan, mal offen und halbwegs objektiv über den Crash zu reden. Es hat dich so beflügelt, daß du Belford prompt wieder Gwendolyn Matis Theorie der ökonomischen Widersee aufgewärmt hättest – was nämlich passiert, wenn das Geschiebe und Gedrücke konzentrierten Reichtums mit dem auf schwachen Beinen schwankenden Armutsexzeß kollidiert, und warum es zwingend notwendig ist, daß du als Angehörige des Mittelstands wie wild auf den Strom des Wohlstands zuschwimmst –, aber der Lincoln hatte die Innenstadt erreicht, und sein Fahrer war abgelenkt von dem sehr realen, untheoretischen Schauspiel der Armut draußen auf der Straße.

Du hast deine Fingerspitzen geküßt – eine Praktik, die total *safe* ist, weil deine Nägel bis aufs Fleisch abgekaut sind – und sie zart auf Belfords aufgeplatzte Lippe gedrückt. Welche Farbe hatten die Streifen auf jenem Schlagholz, hat sich das irgendwer gemerkt? Würde es je wieder zum Einsatz kommen, bei einem sonntagnachmittäglichen Krocketspiel auf dem Rasen vor jenem Doppelhaus? Der Postbote und seine Gattin als Zweier-Team gegen Schwager und Schwägerin oder Bekannte, ruhig und gelassen jetzt, wieder versöhnt, auf die Winkel zum Tor konzentriert, während einen halben Block weiter, hinters Steuer seines geparkten Wagens geduckt, ihr Lover durch seine dunkle Brille starrt und hoch oben im Wipfel einer Zeder, die Augen glühend wie Räucherstäbchen, die karatsensiblen Finger in stiller Floherernte das Fell furchend, auch ein Affe spioniert?

Du hattest deine Vision von Andrés Verbleib (eine Vorahnung – oder hat dich der Umgang mit Q-Jo spinnert gemacht?) Belford mitteilen wollen, doch der war gerade beschäftigt, gurrte mit den Unterprivilegierten, als ob er seinen eigenen Nachwuchs in der Babywiege vor sich hätte, also bist du entfleucht und um die Ecke in die Union Street gebogen, um möglicherweise ein weiteres ausgefranstes Stück im unerbittlichen grauen Puzzlespiel deines Schicksals aufzustöbern.

Jetzt, wo du auf das Bull & Bear zusteuerst, informiert dich die digitale Laufschrift einer Bank, daß die Außentemperatur neun Grad beträgt und es auf die Sekunde genau Mitternacht ist. Die Stunde der Tagesscheide. Der flüchtige Schlag. Die Glocke der Abergläubischen. Mitternacht, wenn das monotone Ticktack des fortschreitenden Tages einen bibbernden Augenblick lang vom kühlen, rauchigen, zwischen Lockruf und Drohung oszillierenden Signal eines Saxophons abgelöst wird. Mitternacht. Das schwarze Geschwür auf dem Antlitz der Uhr, bei dem alle 24 Stunden anhand einer Gewebeprobe festgestellt wird, ob es gut- oder bösartig ist.

00:01 —•••••— Ein leutseliger Sol Finkelstein und ein noch leutseligerer Phil Craddock stehen auf der Sixth Avenue vor dem Bull & Bear. Falls sie schon länger hier draußen stehen, dann erklärt das auch, weshalb sie nicht ans Telefon kamen. Man kann sich schwerlich vorstellen, was sie so lange hier draußen in der Nachtluft hält, doch zum Glück bellt keiner von ihnen den Mond an.

Na bestens, denkst du dir. So bleibt es dir erspart, da reinzugehen, den Tabakqualm einzuatmen, Posner gegenüberzutreten oder diesem Larry-wie-heißt-er-noch-gleich über den Weg zu laufen, diesem Komiker, der es schaffte, sich in deiner Blase zu verewigen, so daß du beim Pinkeln (sorry) jedesmal sein Gesicht zwischen den Knien hochwabern siehst.

«Hi, Jungs.»

Phil nickt dir zu, aber Sol schaut weg. Das ist merkwürdig, doch andererseits ist klar erkennbar, daß beide ziemlich betrunken sind.

«Hört mal, ich hing am PC fest», lügst du, «weil ich mal sehen wollte, ob ich mir anhand einer Vergleichsanalyse von historischen Performanceausschlägen und den Verschuldungsgraden einen besseren Überblick über das Erholungspotential verschaffen kann, und ich schätze, dabei hab ich Dummchen glatt die Abschlußnotierung des Nikkei verpennt. Wißt ihr, ob –»

«Wie lang bist du jetzt in der Branche?» unterbricht Phil.

«Ich? In der Branche?»

«Mhm.»

«Vier Jahre.»

Phil grinst zu Sol hin. Sol verdreht die Augen.

«Wenn man vier Jahre in der Branche ist, bildet man sich ein, man wüßte alles, was es zu wissen gibt. Wenn man 20 Jahre dabei ist, merkt man, daß man null Ahnung hat. Hab ich recht, Sol?»

«Hab immer null Ahnung gehabt. Wird immer so bleiben.»

Was soll *das* nun? Muß wohl am Whiskey liegen. Der große Bauchredner. Du ringst dir ein Lächeln ab. «Okay, ich werd's mir hinter die Ohren schreiben. Aber ich bin verständlicherweise neugierig auf die Zahlen aus –»

«Ich werd dir mal was sagen, kleine Lady. Sol und ich sind die einzigen in der Firma, die dich halbwegs ertragen.»

«Richtig», sagt Sol. Zum ersten Mal schaut er dir in die Augen. «Und wir hassen dich wie die Pest.»

00:03 —••••• Während du mit bebenden Lippen davoneilst und deine Lider jede Träne niederschlagen, die ihr Köpfchen aus einer Fistel reckt, hörst du eine Stimme, die dir hinterherruft, die Stimme von Ann Louise.

«Provisionsschneiderei, Baby», ruft sie, «funktioniert nur so lange, bis man sich ins eigene Fleisch schneidet.»

00:07 — • • • • – • Wie ein Sack voll kleiner Kätzchen übers Steuer deines Porsche drapiert, heulst du, bis du nicht mehr heulen kannst. Dann fängst du wieder von neuem an. So hast du seit dem Tod deiner Mutter nicht mehr geweint. Nicht mal, daß Harvard und Wharton dich abblitzen ließen, hat so viele Tränen gekostet. Als du dich endlich wieder so weit gefaßt hast, daß du losfahren kannst, verläßt du mit quietschenden Reifen das Parkhaus, ein Kleenex vor der Nase, die verschwommenen Augen auf die Straße geheftet. Du fährst auf dem kürzesten Weg nach Hause. Was dich anbetrifft, ist die Affensuche für heute gelaufen.

Aber du rufst Belford an, sobald du zur Tür herein bist. Er wird sich Sorgen machen, wenn du nicht am vereinbarten Treffpunkt erscheinst, und du willst vermeiden, daß er dich anruft, dich unvorbereitet erwischt und den Schmerz in deiner Stimme heraushört. Wie erwartet, meldet sich sein Anrufbeantworter. Eines schönen Tages wird auch der Ruf der Natur von einer Maschine beantwortet werden. Fürs erste jedoch muß man sich darum noch persönlich kümmern, aber du wartest, bis du dir die Zähne geputzt und das Gesicht eingecremt hast, ehe du dich dem letzten Pipi des Tages gewachsen fühlst und dem Namen, den es gewißlich in der Kloschüssel singen wird. Gerade aus Timbuktu zurück.

Du gräbst deinen alten Flanellpyjama aus, weil der so wohlig bequem ist, du ziehst ihn an und schlurfst zum Bett, hältst unterwegs inne, um den Fernseher anzumachen und auf CNN zu schalten. Meine Güte, Gwen! Irgendwas in dir gibt einfach nicht auf.

Tatsächlich, es sind keine fünf Minuten vergangen, da kommt ein Bericht über die Börsenkrise. Du bist peinlich berührt, kommst dir vor wie ein Amateur, ein Außenstehender, weil du die öffentlichen Medien in Anspruch nehmen mußt, um Informationen über den Aktienmarkt zu erhalten, aber jetzt tappst du wenigstens nicht mehr im dunkeln. Du erfährst, daß Hongkong den Handel vorübergehend aussetzte, Singapur und Taipeh aber ließen ihn weiterlaufen und wurden niedergemacht. Die Nachrichten aus Tokio sind so wenig aufschlußreich wie zuvor. Gesunken, ja, aber immer noch nicht tiefer als bis zu Godzillas Kniekehlen. Was soll man von der relativen Widerstandskraft des Nikkei halten? Der Sprecher zitiert einen Finanzanalytiker, nach dessen Einschätzung es mit den Umsätzen zu tun haben könnte, mit denen bei Dr. Motofusa Yamaguchis Krebsheilverfahren gerechnet wird, Einnahmen, die sich, wie der gute Doktor versprochen hat, gleichmäßig über den japanischen Gesundheitssektor verteilen werden (Pharmahersteller, Kliniken, Hersteller medizinischer Geräte) und von denen andere Aktienkurse (Transportwesen, Hotels, Banken etc.) zweifellos profitieren werden.

Na bitte, da hast du's. Reichlich ungenau, aber es könnte schlimmer sein. «Ob Tokios relative Elastizität zur Entspannung unserer Finanzkrise beitragen wird, muß sich erst noch zeigen», sagt der Sprecher. «Wissen werden wir das allerdings erst am Montag morgen – und dazwischen liegt ein langes Osterwochenende.

Unterdessen gab Dr. Yamaguchi am Donnerstag in Seattle, Washington, der amerikanischen Presse erste Interviews, und der zu jäher Berühmtheit gelangte Klinikdirektor aus Hokkaido hatte eine, ähm, *ungewöhnliche* Mitteilung zu machen. In Kürze mehr darüber.»

Du schaltest den Fernseher aus und schlüpfst ins Bett. Ah! Nichts ist so herrlich angenehm wie ein glattes, reines Laken. Kein Schutz so pfeilsicher wie ein flauschiger Quilt. Doch kaum hat dein Kopf das Kissen gedellt, da schlüpfst du schon wieder heraus und schaltest erneut die Glotze an.

01:06 —•••••• Als vor etwa neun Monaten die Nachricht durchsickerte, daß ein Arzt in einer unbekannten Klinik auf Japans nördlichster Insel routinemäßig die Heilung von Dickdarmkrebs betreibe, fiel so oft das Wort «Quacksalber», daß sich die internationale Medizinergemeinde wie eine Entenzucht anhörte. Als schließlich immer mehr Heilerfolge dokumentiert und Motofusa Yamaguchis Theorien, wenn auch nicht seine Methoden, der Öffentlichkeit zugänglich wurden, räumten Experten ein, daß dem Programm in der Fugetsudo Clinic eine gewisse wissenschaftliche Stichhaltigkeit zu bescheinigen sei, beharrten jedoch darauf, daß Yamaguchis Arbeit rein experimenteller Natur und die Vermarktung experimenteller Versuche als erprobte Behandlung unethisch sei und in dieser Form eine profitorientierte Ausbeutung von Verzweifelten und Kranken darstelle. Die Tatsache, daß *Fugetsudo* mit «der Wind und der Mond» übersetzt wird, war nicht dazu angetan, irgend jemandes Zweifel zu zerstreuen, obgleich ein wenig schleierhaft blieb, weshalb eine simple Anspielung auf die Welt der Naturelemente das Mißtrauen in einen Berufsstand nähren sollte, der auf Beobachtung der Natur gründet.

Nichtsdestoweniger hielten die Erfolgsmeldungen an. Die Boulevardpresse war voll davon. Hätte Prinzessin Di ein Baby mit drei Köpfen zur Welt gebracht, so hätte diese Meldung nur die zweite Geige gespielt neben dem letzten Yamaguchi-«Wunder» – es sei denn natürlich, einer der Köpfe wäre der von Elvis Presley gewesen. Die Schweigsamkeit des *New England Journal of Medicine* zu diesem Thema wurde nur noch übertroffen von Dr. Yamaguchis Schweigen.

Es stellte sich heraus, daß Dr. Yamaguchi sein Heilverfahren nicht «vermarktete» und daß er mittellosen Patienten keineswegs die Behandlung verweigerte. In einem seltenen Interview, das er dem *Texas Monthly* gewährte – er hatte seine medizinische Ausbildung in Houston erhalten –, brachte er die Bereitschaft zum Ausdruck, seine Entdeckung mit der wissenschaftlichen Welt zu teilen, sobald dies technisch machbar war: Es sei nicht ganz so einfach, sagte er, wie ein Stück Kreide zu nehmen und eine geheime Formel an die Tafel zu schreiben oder die Blaupausen für irgendeine Maschine zu übergeben. Paradoxerweise deutete er an, seine Behandlung sei so simpel strukturiert, daß jeder Laie sie begreifen könne. Falls seine ehemaligen Patienten sie begriffen hatten, waren sie indes so wenig mitteilsam wie ihr Arzt. Nicht einer von ihnen hatte der nachbohrenden Presse etwas Enthüllendes mitzuteilen, obwohl dies durchaus dem Opium zuzuschreiben sein mochte, mit dem Yamaguchi sie zugegebenermaßen zu anästhesieren pflegte. Ein Gentleman aus Kioto allerdings ließ den Hinweis auf ein «Ninja-Klistier» fallen, ein Ausdruck, der die Boulevardredakteure so in Hochstimmung versetzte, als hätten sie ihn selber erfunden; seriöse Stimmen aber taten den Hinweis als weiteren Beleg dafür ab, wie wenig ratsam die Anwendung von Opium als klinisches Sedativum sei. Oder als Beleg dafür, daß sich bei der Übersetzung ein gravierender Fehler eingeschlichen hatte.

Mit der Zeit wurde die Fugetsudu Clinic überrollt, die Stadt Kushiro wurde überrollt, die Insel Hokkaido wurde überrollt. Die Zahl der wirklich Kranken wurde übertroffen von den Selbstdiagnostizierten und Hypochondern, und deren Zahl wiederum vom Ansturm der Reporter und Geschäftemacher. Die logistischen Probleme nahmen derartige Formen an, daß sie die Klinik zur Schließung zwangen. Yamaguchi gab bekannt, er wolle mit den Führern der Nation beraten, wie man weiter verfahren solle.

Unterdessen starben die Leute. Darmkrebs ist die dritthäufigste Form bösartiger Tumore, allein Lungenkrebs fordert mehr Menschenleben. Die Opfer und ihre Familien setzten die US-Regierung unter Druck, Dr. Yamaguchis Technologie zu importieren, aber die US-Gesundheitsbehörden stellten sich taub, und die Food & Drug Administration kicherte bloß über Yamaguchis «bedauernswerten Gebrauch von Rauchopium». Und was die hochpolitische, in heftiger Konkurrenz stehende American Cancer Society betraf, so schien sie unverhohlen erfreut darüber, daß die Fugetsudo Clinic dichtgemacht hatte. Drüben in Seattle jedoch begegneten die Forscher am Fred Hutchinson Cancer Research Center der Sache mit einer positiveren, vorurteilsfreieren Haltung. Sie waren von Yamaguchis Resultaten ebenso beeindruckt wie von der Tatsache, daß er über MCC Bescheid wußte, ein neuentdecktes Gen, das im Normalzustand jenes Protein produziert, welches das Zellwachstum im Mastdarmbereich reguliert, im Falle eines Defekts jedoch als Initiator für Polypen- und Tumorbildung wirkt. Hutchinson ging das Wagnis ein und entsandte ein Forscherteam nach Japan, um die Sache zu prüfen. Als es im vergangenen Monat zurückkehrte, gab es mit nur nominellem Zögern bekannt, was selbst das japanische Gesundheitsministerium widerstrebend, jedoch mit wachsender Begeisterung zugab: Motofusa Yamaguchi konnte Darmkrebs heilen.

Wie? Nun, da waren sich die Forscher vom Hutchinson nicht ganz sicher. Es gab noch viele offene Fragen. Dr. Yamaguchi hatte jedoch der Teilnahme an einer Konferenz zugestimmt, die das Hutchinson Anfang April ausrichten wollte – jawohl, der Mann, der seine Klinik ansonsten nur zu nächtlichen Waldspaziergängen verließ, kam nach Seattle gereist! –, und vielleicht würde er dort dann alles erklären. Unterdessen lasset uns jubilieren.

Und hier ist er nun. Stellt sich der Presse bei der Ankunft am Seattle-Tacoma Airport. Der Empfang eines Helden. Blitzlichtgewitter. Stadtväter drängen sich, um mit auf jedes Foto zu kommen. Jede Menge Nationalflaggen, als hungere Amerika so verzweifelt nach etwas, womit es sich brüsten kann, daß es nicht mal davor zurückschreckt, sich aus dem medizinischen Durchbruch eines Ausländers den Vorwand für eine patriotische Kundgebung zu zimmern.

Rein äußerlich macht er ja nicht viel her, denkst du, als ein kleiner Mann um die Fünfzig (von Alter und Größe her deinem Vater ähnelnd, allerdings ohne dessen Pferdeschwanz) in unauffälligem Straßenanzug scheu lächelnd über das große Bukett aus Mikros hinwegblinzelt, die man ihm an wippenden Stengeln vors Gesicht hält. Wenn er spricht, ist seine Stimme so volltönend wie sein Körperbau schmächtig, sein annehmbar flüssiges Englisch von einem leichten texanischen Akzent gefärbt. Die Vorderzähne, die er dabei entblößt, sind so groß und weiß wie Zuckerwürfel, und er hat die komische Angewohnheit, in regelmäßigen Abständen mit einem Bic-Feuerzeug dagegen zu klopfen, das er eigens zu diesem Zweck dabeizuhaben scheint.

01:07 —•••–• (Wiederholung eines aufgezeichneten, bereits ausgestrahlten Interviews) «Danke, danke. Ich bin glücklich wie ein Wels in schlammiges Wasser, wieder in USA zu besuchen. Ich danke Ihnen.» Dr. Yamaguchi klopft sich mit dem Bic an die Zähne.

«Sie haben viele Fragen. Im Lauf von Zeit ich werde versuchen Bestes, mein Bestes, zu beantworten jede von ihnen.» Pause. Klack, klack. «Aber wir dürfen nicht vergessen, daß auch die beste Antwort nicht immer verläßlich ist. Antwort kann verschieden interpretiert werden. Antwort ist heikles Ding.» Yamaguchi spricht «Ding» so aus wie ein Texaner. «Deng.» Es wirkt ziemlich irritierend.

Das fast peinlich scheue Lächeln Yamaguchis verbreitert sich um ein bis zwei Zentimeter. «Bitte gestatten Sie mir, ein kleine Geschichte zu erzählen. In achtes Jahrhundert lebte Joshu, ein große Patriarch von Zen. Eines Tages ein Mönch fragt Meister Joshu: ‹Hat ein Hund Buddhanatur, Meister?›» Pause. Klack.

«‹Hat ein Hund Buddhanatur?› Darauf hat, wie es heißt, Meister Joshu geantwortet: *‹Wu.›*

Nun, bitte schön, *wu* ist in chinesische Sprach ein verneinende Antwort. Negativ. ‹Nein›, ja? Aber die Wort hat viele feine Schattierungen von Bedeutung. Viele Nuance. Je nach Betonung und subtile Nuance in Aussprache *wu* kann also heißen ‹absolut nicht› oder ‹vermutlich nicht› oder ‹vielleicht nicht› oder ‹im allgemeinen nicht›. Kann bedeuten emphatische ‹nein› oder bedeuten ‹Neige eher dazu, zu bezweifeln›.

Also, seit 1200 Jahren die Meister streiten sich. Was genau hat Meister Joshu gemeint mit *wu*? Welche Modulation, welche Nuance von Bedeutung? 1200 Jahre lang sie disputieren und disputieren. Aber ich bin hier und werd Ihnen sagen.» Lange Pause. Kein Klack. Tatsächlich hält Dr. Yamaguchi nun sein Bic mit beiden Händen fest.

«Auf Frage, ob Hund hat Buddhanatur, Meister antwortete nicht: *‹Wu.›* Das ist große Mißverständnis. Wenn gefragt, ob Hund hat Buddhanatur, Meister antwortet: *‹Wuff!›*»

Einen Moment lang strahlt Dr. Yamaguchi die versammelten Reporter und Würdenträger fröhlich an. Dann wirft er den Kopf in den Nacken, bis seine Schlitzaugen hinauf zur Decke gerichtet sind. «*Wuff!*» bellt er. «*Wuff! Wuff! Wuff! Wuff! Wuff!*»

Freitag morgen

6. April

Im Tempel der Pechsträhne

05:30 — • • • • – • «Sears, Philip Morris, Merck, General Electric, American Express, Coca Cola, International Paper, AT and T...»

Du sitzt mit geschlossenen Augen auf der Bettkante, dein Atem ist flach, die Tittchen heben und senken sich noch im Rhythmus des Schlafes, aber du zitierst den Dow Jones Industrial Average, wie du es jeden Morgen seit deinem zweiten College-Jahr als erstes tust.

«... Alcoa, Du Pont, McDonald's, Exxon, General Motors, Texaco, Woolworth, Boeing, Goodyear Tire...»

Wegen des Zeitunterschieds müssen die Börsenmakler an der Westküste in aller Frühe zur Arbeit, um rechtzeitig zur Öffnung der Wall Street auf Posten zu sein. An der Uni hast du dir antrainiert, um 5 Uhr 30 aufzuwachen, auch wenn dein erster Kurs nie vor 9 Uhr anfing. Aufwachen. Die nackten Füße aus dem Bett schwingen und auf den Boden pflanzen. Singen.

«... Union Carbide, United Technologies, Chevron, Three M, Eastman Kodak, Westinghouse, Walt Disney, Procter and Gamble...»

Du hast dich von Anfang an strikt daran gehalten. An dem Morgen, nachdem du deine Jungfräulichkeit verloren hattest – es war dein drittes Jahr am College –, fingst du an, dein «Sears, Philipp Morris, Merck, General Electric...» zu trällern, während der Junge, ein Rugby-Star (ehrlich gesagt wäre dir ein Golfer lieber gewesen), sprachlos dalag und sich fragte, ob er eine Heilige oder eine Verrückte defloriert hatte: Er war noch jung genug, um zu glauben, da gäbe es einen Unterschied. Bei «Exxon» spürtest du ein warmes Rinnsal an der Innenseite deines Schenkels, und eine Sekunde lang warst auch du sprachlos.

Es gab eine Zeit, wo das Rezitieren der Liste eine heilige Passion zum Ausdruck brachte. Hinter deinen sanft geschwungenen, federartigen Wimpern nährtest du Visionen von goldenen Fabrikschloten, höher als der Himalaja, die den Himmel mit heiligem Rauch grüßen, von Reifen, die sich wie Gebetsmühlen drehen, von Registrierkassen, die bimmeln wie Tempelglöckchen, von Kesseln voll geschmolzener Metalle, die den leeren Raum illuminieren. Der Weihrauch ferner Papiermühlen umfächelte deine frommen Nasenlöcher, dein Sein war eingehüllt in jene buddhistische Gelassenheit, wie sie nur ein stattlicher Kreditrahmen gewähren kann. Bis heute ist deine Ehrfurcht vor dem Dow und seiner pulsenden grünen Aura ungebrochen, doch wie Grandma Mati, wenn sie ihre Runden am Rosenkranz drehte, rufst du sein Pantheon rein mechanisch an.

«Caterpillar, J. P. Morgan, Bethlehem (in dessen Stahlkrippe ein gepriesener Profit geboren ward), I ... B ... Mmmmmm.» IBM – das arme alte Big Blue – hebst du dir immer bis zuletzt auf, wegen seiner lange gehaltenen Ehrenposition in der hagiographischen Hierarchie und weil die energiespendende Art und Weise, wie sein Silbenmantra dein Zwerchfell in Schwingung versetzt, die Fronten deines Bewußtseins mobilisieren und dich vollkommen wachrütteln hilft. «I ... B ... Mmmmmm.» Und während das abschließende *m* aus deinem Leib hinaus in den Äther dröhnt, heben sich bedächtig deine Lider, und du schaust der Welt ins Auge. Aber nicht lange.

Die Sonne geht auf, als hätte sie was auf dem Kerbholz. Sie stiehlt sich hervor. Weil sie keine einzige Wolke entdeckt, hinter der sie in Deckung gehen könnte, scheint sie zu zögern, hat Angst, den falschen Gang einzulegen. Ihre Stimmung ist ansteckend. Sobald dir dämmert, daß heute nicht bloß Feiertag, sondern daß es der Morgen nach dem schlimmsten Tag deines Lebens ist, verkriechst du dich wieder im Bett und ziehst dir die Decke über den Kopf. Doch falls du befürchtest, daß du nun bloß daliegen und Trübsal blasen wirst, dann hast du dich erfreulicherweise getäuscht. Bis die Sonne mit dem Auspuff über die Bremsschwellen des Horizonts schrammt, bist du schon wieder fest eingeschlafen.

08:14 —••••–• Der Buddha führt seinen Hund spazieren. Es ist eine Hündin namens Sparky, und ihre Leine ist ein langer Silberfaden.

Der Buddha spaziert mit ihr über einen Golfplatz. «Hey! Sie da!» rufen die Golfer. «Vielleicht schafft bitte mal jemand diesen bescheuerten Fettsack vom Platz.» Am siebzehnten Loch pflückt der Buddha einen Pilz. Am achtzehnten Loch ißt er ihn auf.

Nun läßt der Buddha seine Hündin wie einen Drachen steigen. Der silberne Faden reißt, und Sparky schwebt über die Schieferdächer davon. Ihr Bellen ist eine Art kläffender Donner. Sie wühlt in einer Kumuluswolke, als hätte sie eine Mülltonne vor sich.

Im Restaurantviertel schlagen Köche auf ihre Töpfe und Pfannen, werfen Fleischstücke in die Luft. «Buddhas Hundesuppe» würde einen phantastischen Preis erzielen, wenn sie es nur fertigbrächten, das Tier herunterzulocken. Berühmte Chefs hasten Leitern und Feuerleitern hinauf, schlagen mit hölzernen Löffeln auf ihre Woks. Das Getrommel wird immer lauter. Dann bist du wach. Mit dir erwacht das Getrommel.

«Okay, okay, ich komm ja schon.» Deine neue Eigentumswohnung wird in einem bewachten Gebäude sein, dessen Türsteher rund um die Uhr Dienst tun; dort wird Belford nicht mehr so einfach hereinplatzen können. Du bist dir sicher, daß es Belford ist, der da draußen vor deiner Tür steht. Weil Q-Jo auf ihr Bedürfnis pocht, ihre Psyche so lange wie möglich in der allertiefsten und dicksten Marinade zu marinieren, ist sie nie vor neun auf den Beinen. Höchst unwahrscheinlich, daß es einer aus der Disco ist: Wenn Posner dich feuern wollte oder Phil und Sol das Bedürfnis hätten, sich bei dir zu entschuldigen, dann würden sie das am Montag in der Firma tun.

Natürlich hast du recht. Es ist Belford. Und er sieht äußerst mitgenommen aus.

08:15 —••••–• Seinen stoppeligen Wangen und dem trüben Blick nach hat Belford offenbar die ganze Nacht kein Auge zugetan. Sein Men's-Wearhouse-Anzug ist zerknittert und blutverschmiert, zum ersten Mal in seinem Erwachsenenleben ist sein Haar ungekämmt. Nase und Lippen sind dick geschwollen, seine linke Hand und der Ärmelaufschlag mit einer gelben Substanz verkleistert, was daher kommt, daß er beim ersten Schimmer der Morgenröte auf den Eingangsstufen seines Hauses hockte und mit einem Bananeneis am Stiel wedelte – Andrés Lieblingsfrühstück. Du bist angewidert, doch dann wird dir bewußt, daß du selbst vermutlich nicht gerade auf dem Gipfel der Gepflegtheit operierst. Du verkneifst dir jede kritische Bemerkung über Belfords Erscheinung und fliehst ins Badezimmer, um den Spiegel zu konsultieren.

Die Augen, die dich dort anblinzeln, sind zwar gerötet und geschwollen vom Heulen, aber davon abgesehen verrät dein Spiegelbild nichts Widriges bis auf das übliche Erstaunen über deinen philippinischen Background. In all den Jahren hast du dich noch immer nicht daran gewöhnt. Dank deiner Mutter, in deren Adern hauptsächlich Waliser Blut floß, hast du es geschafft, ohne die übliche Plattnase geboren zu werden, die jede philippinische Frau wie einen Wildfang aussehen läßt, auch wenn sie ganze Lastwagen voller schwarzer Spitzen-BHs und 2000 Paar hochhackige Schuhe ihr eigen nennt. Dein forsches Näschen ist ein Geschenk deiner Mutter, aber alles andere – deine Haut, dein Haar, die Augen, der Mund – kamen mit dem Gen-Boot aus der Manila Bay. Während deiner Jugend hast du etliche Versuche unternommen, dich mit deinem kulturellen Erbe vertraut zu machen, doch ohne Erfolg. Erstens bist du in Oakland geboren und in Seattle aufgewachsen, und zwar eher in einem Boheme-Milieu als einem ethnischen Viertel. Zweitens ist hier das umfassende Manko an Selbstwertgefühl zu nennen, wie es generell die Filipinos kennzeichnet, das Resultat von 300 Jahren spanischer Besatzung und einem halben Jahrhundert Gekuschel unter Amerikas eisengefiederter Schwinge, nicht zu vergessen die japanische Invasion, die anhaltende Immigration der Chinesen und zwei Dekaden rigoroser Diktatur. Überdies war die Heimat deiner Vorfahren die einzige Nation in jenem Teil Asiens, die vom Westen kolonialisiert wurde, noch ehe sie dazu kam, eine zentrale Regierungsgewalt oder eine fortschrittliche Kultur zu entwickeln. Als Teenager hast du beschlossen, mit dem Identitätsproblem fertig zu werden, indem du die Verpackung einfach ignorierst und dich auf den Inhalt konzentrierst, und der ist deiner Überzeugung nach durch und durch Yankee. Es ist verständlich, daß andere in dir nicht immer das All-American-Girl sehen, aber was dich echt nervt, ist die dämliche Art, wie dich Spiegel behandeln, so als wollten sie sagen: «Wen willst du eigentlich zum Narren halten?» Du wünschst, du wüßtest es.

Mit gewaschenem Gesicht, geputzten Zähnen, mühsam gestriegeltem Haar, entleerter Blase (nicht mal ein Hauch von Spargelenzymen, der dich beim Vereinen der Wasser verhöhnt hätte) überprüfst du erneut dein Spiegelbild und beschließt, daß der Flanellpyjama weg muß. Also raus aus dem Ding. Und gleich wieder rein. Du sagst dir: Lieber altmodisch als nackt und kehrst zurück zu deinem Bau.

Belford liegt auf dem Bett, hat die Augen geschlossen und einen Ausdruck im Gesicht, der für das Finale dreier italienischer Opern reichen würde und immer noch genug Seelenpein übrigließe, um einem Existentialisten den Toast zu buttern. Du legst dich neben ihn. Du sagst dir, daß du ihn lediglich trösten willst – als ob Belford sich nicht mit zugeknöpftem Hosenschlitz wohl fühlen könnte. Er wächst in deiner Hand, so wie es das Geld auf deinem Konto sollte. Nun, es ist an der Zeit, Profite abzuschöpfen. Belford reißt die Augen auf. Er kann es kaum fassen, welche Kühnheit du an den Tag legst. Du ebensowenig. In der Tat errötest du, als du dich aus der Pyjamahose windest und auf ihn herabsinken läßt. Hoppla! Ein bißchen daneben gezielt. Sein burgunderroter Knubbel rammt dir ans Perineum. Ein Viertelzoll weiter südlich, und du wärst gewissermaßen dem Pfad von Ann Louise gefolgt. Du erhebst dich, korrigierst deinen Kurs, versuchst es von neuem. Diesmal umschließt du ihn wie die Silotüren einen durch Hitzesensorik ins Ziel gelenkten Marschflugkörper. Du mußt dir auf die Unterlippe beißen, um nicht loszuquieksen. Gib's zu, Gwendolyn, du brauchst es. Diesmal brauchst du es wirklich.

Den Kopf in den Nacken geworfen, das Kreuz durchgedrückt, mit beiden Händen deine Brüste umfassend, dich immerzu windend und hin- und herwerfend, reitest du in den Morgen. Im Grunde ist es ein kurzer Ritt, und kein allzu glatter, aber er bringt dich dahin, wo du hinwillst. Und das ist es auch so ziemlich, was du in Belford Dunn als Lover siehst. Eine preiswerte Transportgelegenheit.

08:40 —•••••– Q-Jo behauptet, du hättest noch nie einen richtigen Orgasmus erlebt. Woher will die das wissen? Selbst mit dem Ohr an deiner Schlafzimmerwand könnte sie das nicht wissen. Gestöhne und Geseufze sind nicht deine Art. Andererseits könnte sie recht haben. Woher willst *du* es wissen? Du weißt bloß, daß du an irgendeinem Punkt der koitalen Vereinigung ein Stadium erreichst, wo es dir vorkommt, als ob du bis zur Hüfte in brodelnd heißes Hühnerfett getaucht wärst. Und hinterher ist es dir peinlich, und du fühlst dich ein bißchen beschmutzt. Wenn das kein Orgasmus ist, was dann?

Zum Glück für euch beide pennt Belford sofort nach der Ejakulation ein. Behutsam, um ihn nicht zu wecken, gleitest du aus dem Bett und wieder ins Badezimmer, wo du ausgiebig duschst, so wie du es jedesmal nach dem Sex tust. Dann starrst du, eingecremt und gepudert, eine Weile lang in deine Kleiderschränke, betrachtest die Chanel-Kostüme, die Ralph-Lauren-Blusen und Donna-Karan-Blazer, von denen viele noch gar nicht bezahlt sind. Je länger du deine Garderobe anstarrst, um so deutlicher wird dir, daß du nett zu Belford Dunn sein mußt – sehr, sehr nett.

Mit der geballten Kraft, die dein Porsche unter der Haube hat, rast du zum Queen Anne Thriftway und kommst wieder mit allem, was zu einem traditionellen Frühstück gehört, einer dieser tödlichen

Eier-mit-Speck-Mahlzeiten, wie sie Holzfäller (und Filipino-Drummer) zu lieben scheinen. Q-Jo behauptet, was Männer mehr lieben als alles andere auf der Welt, sei das, was vulgäre Leute einen «Blowjob» nennen. Q-Jo meint: «Zeig mir 'ne Ehefrau, die nicht Schwanz lutscht, und ich zeig dir 'n Ehemann, den ich ausspannen kann.» Allein schon beim Gedanken daran mußt du – wenn auch zaghaft – ins Spülbecken spucken.

09:30 —••••• Wie sich rausstellt, verzichtet Belford auf den Speck, weil Fastenzeit ist. Aber die Eier schmecken ihm, auch wenn du sie so lange und hart gebraten hast, daß die Ränder so knusprig schwarz sind wie einer von Imeldas Spitzen-BHs und das Eigelb die Konsistenz von Radiergummi hat. Während er nacheinander fünf opulent mit Marmelade bestrichene Toastscheiben verdrückt – seit dem Lunch am Donnerstag hat er nichts mehr gegessen –, überhäuft er dich wegen deiner Kochkünste derart mit Komplimenten, daß es dich zu nerven beginnt. Selbst wenn er keine Toastkrümel spucken würde, wärst du genervt. Ach, aber du löffelst deinen Joghurt und hältst den Mund, und nachdem er abgewaschen hat – er ließ sich nicht davon abbringen –, legst du die Arme um ihn und sagst: «Nun, Liebster, ich merke schon, du willst schleunigst los und noch ein bißchen weitersuchen, und das können wir dann später auch, aber meinst du nicht, daß es in Andrés Interesse läge und auch zum Vorteil aller anderen wäre, wenn wir erst mal runter zur Polizei fahren und die Sache melden?»

Belford zieht eine schmerzliche Grimasse. Was dich ziemlich erfreut. Der gequälte Ausdruck ist dir lieber als sein übliches selbstgefälliges Grinsen. «Ich gebe ja zu, das wäre das Richtige», gibt er zu. «Aber was ist, wenn die Polizei ihn findet und mir nicht mehr zurückgibt? Ich meine, selbst wenn er gar nichts angestellt hat – wenn die rauskriegen, was er für einer ist, dann krieg ich ihn vielleicht nicht wieder.»

«Ach was, Unsinn. Du hast die Franzosen überzeugt, ihn dir anzuvertrauen. Dabei konntest du nicht mal Französisch.»

«Die Franzosen hab ich *bestochen.*»

«Belford! Davon hast du mir nie etwas erzählt! Nun, dann sehe ich da kein Problem. Meinst du vielleicht, die Cops von Seattle würden deine Knete ablehnen?»

Dein Freund, dessen Aktien in umgekehrtem Verhältnis zum steilen Absturz von IBM zu steigen scheinen, denkt kurz darüber nach. «Okay», sagt er schließlich. «Gehen wir.»

«Vielleicht solltest du unterwegs kurz bei dir zu Hause anhalten und dich umziehen.» Ein vernünftiger Vorschlag. Zusätzlich zu den Blutflecken hat der völlig zerknitterte Anzug jetzt auch rings um den Hosenschlitz eine weiße Kruste aus eingetrocknetem Samen und Vaginalsäften, wie ein Salzsee auf dem Mond.

«Keine Zeit», sagt Belford mit einem Blick auf die Küchenuhr. «Wir sollten runter in die Stadt düsen und gleich wieder zurück. Sonst bleiben wir im Verkehrsgewühl stecken.»

«Heute ist Feiertag.»

«Ja, aber heute mittag findet ein Umzug statt.»

«Willst du mich auf den Arm nehmen? Ein Umzug am Karfreitag?»

«Das nicht gerade, nein. Es ist so 'ne Art Feier für Dr. Yamaguchi.»

10:20 —••••• Du nimmst den Porsche, weil du nicht der Ansicht bist, daß Belford auch nur halbwegs in der Verfassung ist, ein Auto zu steuern. Du bist selbst in nicht ganz makelloser Fasson. Oh, du schaust nicht übel aus in deinen italienischen Jeans, der Anne-Klein-Bluse und dem Kaschmirblazer, aber du hast einen Mühlstein um den Hals, so groß wie der Mount Rainier, der Vulkan, dessen titanische Schneekappe den südlichen Himmelsquadranten mit so massiver Majestät ausfüllt, daß sogar Leute, die schon ihr Leben lang hier wohnen, große Augen machen. Aufgrund der Regenwolken, die normalerweise über der Stadt kleben wie der Dreck am Schuh, kriegt man den Berg natürlich nicht oft zu sehen. An raren klaren Tagen wie dem heutigen Aprilmorgen, wenn noch nicht mal ein Zellophanstreifchen seinen offen zur Schau gestellten Busen (die froststarre Brust der Königin der Sasquatch?) zensiert, scheint ganz Seattle von einer wundersamen Fahrigkeit erfaßt, eine Tatsache, die vom gleichzeitigen Anstieg der Unfallquote im Straßenverkehr noch unterstrichen wird. Mit einem Auge behältst du die Straße im Blick, mit dem anderen den Berggipfel, doch können dich weder Natur noch Technik ergötzen. In deiner momentanen Lage erscheinen dir beide wie feindlich gesinnte, bedrohliche Mächte. Weder auf technischen Fortschritt noch auf natürliche Ressourcen kann sich ein Amerikaner mehr verlassen, wenn er Geld wie Heu machen will.

Im Polizeipräsidium angekommen, werdet ihr in den vierten Stock verwiesen. Dort entläßt euch der Lift in eine kleine, schäbige, fensterlose Lobby. Lauter abscheulich geschlossene Türen mit Schildern, auf denen POLICE ONLY steht. Alles ist grau: die Wände, das Linoleum, die drei Holzbänke. Du hast das Gefühl, daß im Hause des Gesetzes ewiger Winter herrscht, selbst wenn draußen Frühling ist. Wirklich, dich fröstelt. Vielleicht weil dir einfällt, wie dein Vater bei diversen Gelegenheiten mit einem Loch im Kopf heimkam. Es kann nicht immer bloß seine Schuld gewesen sein. Wenn du und dein kleiner Bruder ihn fragtet, warum ihn die Cops verprügelt hatten, antwortete er stets: «Schwarzes Haar, braune Augen.»

Um die Ecke befindet sich ein kleiner Empfangsschalter. Nicht daß man euch hier einen Empfang bereiten würde. Der unrasierte, verschlampte Belford tut unterwürfig, während du mit der Arroganz auftrittst, wie du sie dir im Beisein von öffentlichen Bediensteten angewöhnt hast. Man denkt immer, daß Leute, die arrogant zu Gepäckträgern und Portiers sind, damit ihre Überlegenheit zur Schau stellen wollen, obwohl es ihnen vermutlich eher darum geht, die Distanz zwischen sich und ihren Dienern zu vergrößern, um den Golf so weit zu verbreitern, daß das Schicksal Logistikprobleme hätte, wollte es sie je wieder zurück ans jenseitige Ufer schippern. In jeder Karrierefrau, die eine Kellnerin von oben herab behandelt, lauert die Angst, daß sie vielleicht selbst eines Tages wird kellnern müssen. Überheblichkeit ist der pathetische Versuch, einen Voodoo-Schutzschirm aufzubauen.

Die Empfangsdame – ihr offizieller Titel lautet vermutlich anders – ist eine Matrone um die Vierzig und erweckt den Eindruck, als hätte sie lange Zeit in einem Gefrierfach zugebracht. Ihr plattes, schiefes Gesicht ist aschgrau und erinnert an das Reptilsteak eines prähistorischen Barbecue, als hätte sich da ein Höhlenmensch mit dem Steinbeil eine Fleischportion zurechtgehackt. Der schmale Mund ist eine Axtwunde im Filet, die Augen sind zwei Knorpelstücke. Als sie erfährt, daß ihr wegen eines Affen hier seid, ist es an ihr, überheblich zu werden. «Wissen Sie nicht, daß die Polizei Wichtigeres zu tun hat?» fragt sie, als ob du so blöd wärst, nichts aus den Cop-Filmen im TV zu lernen. «Sie hätten zum Veterinäramt gehen sollen!»

Belford knipst seinen Immobilienmakler-Charme an, aber sie wiederholt immer nur: «Veterinäramt! Veterinäramt!» Sie will euch zu der Stelle schicken, die einst als «Tierheim» bekannt war, damit ihr euer Problem dort einem Veterinärbeamten vortragt: «Hundefänger» nannte man den in weniger hochtrabenden Zeiten. Bis Belford sich schließlich auf die geschwollene Lippe beißt und anfängt, ihr einiges aus Andrés Vorleben zu erzählen. Sehr weit kommt er nicht, bevor sie, immerzu einfältig grinsend und die toten gelben Augen zu den anderen Angestellten im Büro hin verdrehend, per Telefon einen Kriminalbeamten herbeizitiert. Du hast eindeutig den Eindruck, sie tut es aus Mißtrauen und nicht etwa aus Mitgefühl. Tatsächlich hörst du sie dem Girl am nächsten Schreibtisch ein überlautes «Harborview» zuflüstern, und Harborview ist das Hospital, wo die Cops jene bedauernswerten Bürger hinverfrachten, die nicht mehr alle Tassen im Schrank haben.

Mehr als eine halbe Stunde lang wartet ihr auf einer der harten grauen Bänke, und es gibt nicht einmal eine wochenalte Zeitschrift, mit der ihr euch die Zeit vertreiben könntet. Dich nervt, wie man euch hier warten läßt, doch es überrascht dich kaum. Kein Zweifel, es war die ungeschminkte Wahrheit, als dieses Weib mit dem Gesicht wie ein angekokeltes Sauriersteak euch mitteilte, daß es in der betreffenden Abteilung nur einen diensttuenden Detective gibt. Die Stadt kann die Dienstleistungen ihrer Behörden nicht länger in angemessenem Umfang finanzieren. Wo man auch hinschaut, zerfällt die Infrastruktur. Fiskalische Totengräber umkreisen wie Geier die Kommunen mit den höchsten Einwohnerzahlen Amerikas; Archäologen deuten mit der Schaufel auf Städte, die noch gar nicht unter der Erde sind. Jedenfalls kannst du, mit nichts Zerstreuenderem als Belford in Reichweite, bloß dahocken und dir den Kopf zermartern, wie es wohl am Montag um die Kurse bestellt sein mag, wobei du auch noch die dürftigste Chance abwägst, bei der ein Feigenblatt für deinen splitternackten Arsch herausspringen könnte. Ein Anfall von Brechreiz erstickt deine Grübeleien.

Als endlich der Detective herausgewatschelt kommt, hat Belford die Geistesgegenwart, ihm seine Visitenkarte zu überreichen, und du beeilst dich, ebenso zu verfahren. Die Karten haben einen positiven Effekt – Immobilienmakler? Wertpapierhändlerin? Wer weiß, womöglich schlürfen diese zwei Bekloppten ja Cocktails mit dem Bürgermeister –, und der rotgesichtige, weißhaarige Detective, der aussieht wie ein irischer Priester, der mit der Nase ein paarmal zu oft ans Beichtstuhlgitter bumste, hört sich höflich, sogar interessiert Belfords Geschichte an.

11:10 — • • • • – • «Sie fragen, um welche Art Affe es sich bei dem vermißten Tier handelt? Nun, Officer, wenn Sie sich mit Affen auskennen, dann können Sie sich Andrés Äußeres gut vorstellen, wenn ich Ihnen sage, daß er ein schwanzloser Makak jener Art ist, die allgemein als Magot bezeichnet wird. Ein Affe der Alten Welt. Ungefähr so groß und so breit. Dunkelbraunes Fell. Lustiges Kerlchen, solange man ihn nicht provoziert. Ganz versessen auf Bananeneis, Rosinenbrot und diese kleinen eingeschweißten Apfelkuchen, die's an jedem Kiosk gibt. Sie wissen schon. Ein ganz normaler Makak, nehme ich an. Wenig oder gar kein Schwanz. Sie werden verzeihen, Officer, aber wenn das alles wäre, dann würden wir Ihnen nicht Ihre kostbare Zeit stehlen, sondern hätten uns gleich ans Veterinäramt gewendet.»

Belford macht eine Pause, um sich zu sammeln, und in der Zwischenzeit schaut der Detective von seinem Notizblock hoch und starrt dich an. Sein Blick durchbohrt dich. Du nimmst an, der Detective fragt sich, ob eine junge, adrette und gutfrisierte Geschäftsfrau wie du möglicherweise für den unübersehbaren Fleck rings um Belfords Hosenschlitz verantwortlich sein könnte. Wie peinlich! Andererseits könnte er dich auch deshalb so anfunkeln, weil er seine Ersparnisse in Aktien angelegt hat. Oder liegt's am schwarzen Haar und den braunen Augen? Dich schaudert, du verlagerst dein Gewicht von der linken Pobacke auf die rechte, weil diese Holzbank so hart ist, daß dir der Hintern taub wird.

«Schauen Sie, ich habe André aus Frankreich mitgebracht. Vor gut drei Jahren. Er steckte in Schwierigkeiten. In einem ganzen Haufen Schwierigkeiten.»

«In welchen Schwierigkeiten befand sich dieser Affe denn genau, Sir?» Aus irgendeinem Grund starrt er wieder *dich* an. Meine Güte! Welche ekelhaften Gedanken mögen diesem Angehörigen des öffentlichen Dienstes durch den Kopf gehen? Und wie kannst du verhindern, daß du eine knallrote Birne kriegst?

«André war kein neuer Affe. Ich meine damit, er hatte schon einen Vorbesitzer. Und sein vorheriges Herrchen war ein belgischer Tierdresseur, der auf die schiefe Bahn geriet. Zum Juwelendieb wurde, um es mal offen zu sagen. *Berühmter* Juwelendieb. Oder sagt man *berüchtigt*?»

«Erzählen Sie weiter.» Der Detective macht offenbar keinen Nebenjob beim Linguistik-Dezernat.

«Vielleicht haben Sie schon von dem Burschen gehört. Kongo van den Bos. Nee? Wirklich nicht? Nun, jedenfalls war es einzig und allein Kongos Schuld. Ich meine, was sollte ein Affe mit der Smaragdhalskette eines Filmstars oder mit antiken aztekischen Jadestükken anfangen? Oder dem Hope-Diamanten, was das betrifft? Ich meine, wissen Sie, so ein Affe mag ja ein kluges Kerlchen sein, aber letztendlich sind es doch bloß Tiere, und sie begreifen nicht, daß diese leuchtendbunten Steine und goldenen Metalle für uns Menschen so wertvoll sind. André tat lediglich, was Kongo van den Bos – mich überrascht, daß einer in Ihrem Fach noch nie von ihm gehört hat – ihm beigebracht hatte. Wissen Sie, soweit es den kleinen André betraf, war das wie eine Zirkusnummer. Ganz ausgeschlossen, daß ein Affe begreifen könnte, daß es sich hierbei um eine kriminelle Tat handelt. Würden Sie mir vom Standpunkt des Kriminalbeamten her nicht zustimmen?»

«Erzählen Sie weiter, Sir.»

«Okay. Schauen Sie, ein paar Monate nachdem Mr. Van den Bos verhaftet wurde, machte ich eine Frankreich-Rundreise. Man hatte den Mann damals auf frischer Tat ertappt, in Saint-Tropez – das ist eine Stadt an der Riviera, und nicht etwa 'ne Bar, wo ich abends immer hingehe, haha –, und damals kamen die Ermittlungsbehörden gerade darauf, daß er diesen Affen dazu dressiert hatte, für ihn die schmutzige Arbeit zu machen. Das erklärte auch seinen Erfolg. Ich meine, wer könnte sich besser dazu eignen als ein Affe, um heimlich in die Schlafzimmer von Milliardären und unbemerkt wieder hinaus zu schlüpfen? Nun, es gab einen Prozeß, und Kongo wurde verurteilt und ins Gefängnis geschickt. Aber dann stellte sich die Frage, was man mit André tun sollte. André heißt der Affe. Ich nehme an, es gab einen ziemlichen Aufruhr, weil die Behörden André einschläfern lassen wollten. Sie schworen Stein und Bein, daß er den kriminellen Habitus verinnerlicht hatte und man dem Tier nicht mehr über den Weg trauen konnte. Aber die örtlichen Tierschützer intervenierten, und schließlich hat man diese arme, ausgenutzte Kreatur dem städtischen Zoo von Saint-Tropez übergeben – das geschah etwa eine Woche bevor meine Reisegruppe an der Riviera eintraf. Nun, unglücklicherweise war André erst ein paar Tage im

Zoo, als er, ähm, nachts ausbrach und, ähm ...» Belford fällt in kummervolles Schweigen.

«Fahren Sie bitte fort.» An diesem Punkt hast du das Gefühl, daß der Detective weniger in Eile als neugierig ist. «Erzählen Sie weiter», befiehlt er, also erzählt Belford weiter.

Sich immer wieder aufs neue entschuldigend, was dich total nervt, erzählt er dem Detective, wie der Affe aus dem Zoo ausbrach und auf Raubzug ging. In einer einzigen Nacht suchte André ein halbes Dutzend Villen heim und fast ebenso viele Hotels, klaute Uhren, Ringe und Broschen, alles nur vom Feinsten, wählte und verschmähte mit Kennerblick, obwohl er dann kurz vor Tagesanbruch das Gebiß aus dem Wasserglas stahl, das auf der Kommode im Schlafzimmer des Polizeichefs stand. Der Mann empfand dies als ganz persönlich gemeinte Beleidigung. Und als man André am folgenden Nachmittag einfing, als er gerade im Krähennest einer im Hafen ankernden Yacht Siesta hielt, da schwor der Polizeichef, daß dieser Affe sein Leben verwirkt hatte. Es war nicht ganz leicht, dafür zu plädieren, das Tier am Leben zu lassen. Einst hatte André vermutlich die Befehle seines Herrn ausgeführt, ein armes, tumbes Tier unter der Kontrolle eines Schurken. Nun aber hatte er aus eigenem Entschluß geraubt, mit dem Scharfblick eines Experten, und vor allem in rauhen Mengen. (Unter Kongos Anleitung hatte er selten mehr als zwei Raubzüge pro Monat unternommen.) André, sicherlich kein gewöhnliches Tier, war in den Worten des Polizeichefs «von diabolischer Gerissenheit, eine Bedrohung für kostbares Privateigentum». Witzbolde behaupteten, der Mann hätte krampfhaft sein repatriiertes Gebiß festgehalten, als er das verkündete. Trotzdem setzten sich die Tierschützer erneut für den Affen ein. Angeführt von einem Ex-Filmstar, kam es in ganz Frankreich zu Protestkundgebungen. Eine dieser Demos hatte Belford in Paris vom Fenster seines Hotelzimmers aus verfolgt. In den Straßen und im Fernsehen sah er die Bilder des angeprangerten Affen. In seinem Herzen spürte er ein Leuchten wie von einem heißen, doch fernen Planeten. Unbewußt streckte er die Hand nach dem abgebildeten Affen aus, als wollte er ihn am Händchen nehmen.

Dann war die Stunde von Andrés Hinrichtung gekommen. Der Polizeichef und drei seiner Männer hielten ihn fest, damit ihm der Tierarzt die tödliche Spritze setzen konnte. Die Nadel war nur noch Zentimeter vom rasierten Affenschenkel entfernt, da hörte man das Splittern von berstendem Glas, und Brigitte Bardot persönlich kam durchs Fenster des Tierarztes gestürzt, gefolgt von einem Dutzend weiterer Aktivisten. Während beide Seiten miteinander rangen, gab in einem wenige Häuserblocks entfernten Gerichtssaal ein Richter dem Antrag des Anwalts der Bardot auf eine einstweilige Verfügung statt. Der Anwalt raste zur Praxis des Tierarztes, zerrte den Polizeichef von seiner Klientin weg und präsentierte ihm das amtliche Schriftstück. Als Belford mit seiner Reisegruppe in Saint-Tropez eintraf, erfuhr er, daß der «kleine Halunke», wie er den Makaken zu nennen begonnen hatte, fürs erste verschont geblieben war. Belford brüllte «Halleluja!» Mitten an der sonnigen Riviera. Er konnte es sich nicht verkneifen.

«Ich habe Tiere immer geliebt, Officer. Bringt mich total auf die Palme, wenn ich sehe, wie jemand seinen Hund mißhandelt. Dieser französische Affe war ein so niedliches Kerlchen, und er hatte im Leben schon viel erdulden müssen. Na, ich hab mir sofort einen Dolmetscher besorgt, bin zum Rathaus, zur Polizei und zum Gericht gefahren und hab mich erboten, ihnen den Affen abzunehmen. Ihn mit nach Amerika zu nehmen. Ins Land der Freien, die Heimat der Tapferen.» (*Meine Güte!* denkst du. *Wann hört das Süßholzgeraspel auf und er kommt endlich zur Sache?*) «Sie wollten mir erst kein Gehör schenken, aber ich ließ nicht locker. So was kann man eben als gelernter Verkäufer. Nicht lockerlassen und immer höflich bleiben. Meine Reisegruppe flog weiter nach Spanien, aber ich blieb in Saint-Tropez, schaute fast jeden Tag im Büro des einen oder anderen Beamten vorbei und wiederholte mein Angebot. Ich weiß nicht, was dem Polizeichef dann mehr auf den Wecker ging, die Medienkontroverse oder mein ständiges Aufkreuzen, doch eines Tages, nachdem ich ihn vier Wochen lang bekniet hatte, rief er mich zu sich und eröffnete mir in tadellosem Englisch: ‹Wenn Sie das verdammte

Affenviech bis morgen abend außer Landes schaffen, dann gehört es Ihnen!› Genau das waren seine Worte. Und hocherfreut nahm ich das Angebot an.»

Der Detective mustert ihn mit finsterem Blick. «Der Franzose hat den US-Behörden keine Meldung darüber gemacht? Und Sie ebenfalls nicht?»

«Nein, Officer, er nicht und ich auch nicht. Vielleicht hab ich da falsch gehandelt, aber ich wollte diesem armen Äffchen ein neues Leben schenken. Warum seine Vergangenheit mit nach Seattle schleppen? Schauen Sie, ich war überzeugt, daß ich ihm seine Untugenden abgewöhnen kann. Und ich hab es geschafft. Wie Ihnen Miss Mati hier bezeugen kann.»

Der Blick, mit dem dich der Detective streift, ist wie eine Münze, die man einem Leprakranken hinwirft. «Nun», fragt er Belford, «woraus schließen Sie das, Sir?»

«Weil ich nach etwa sechs oder sieben Monaten – so etwas braucht seine Zeit – in der ganzen Wohnung Perlen, Glitzerkram und Edelsteinimitate herumliegen lassen konnte, ohne daß André sie auch nur angefaßt hätte. Ja doch, sobald ich ein Bergkristall-Armband vor seiner Nase baumeln ließ, kreischte er und rannte aus dem Zimmer.» (*Vielleicht,* denkst du, *war das Kreischen ja bloß die Reaktion auf deine Geschmacklosigkeit. Meinst du etwa, der Affe könnte plötzlich nicht mehr billige Klunker von Diamanten unterscheiden?*). «Wie ich das fertigbrachte? Nun, zum einen Teil mit Hilfe simpler Dressurmethoden, reine Konditionierung – auch wenn das nicht immer so ganz einfach ist, es erfordert nämlich eine unendliche Geduld. Und zum anderen Teil durch meinen Glauben. Ich rede hier vom Gebet. Allmächtiger, wie habe ich immer wieder für diesen Affen gebetet. Und auch André selbst hab ich das Beten beigebracht. Okay, Sie können mich gern für einen Spinner halten, aber das letzte halbe Jahr hat André jeden Abend vorm Schlafengehen mit geneigtem Haupt neben mir gekniet – man weiß ja, wie perfekt der Affe den Menschen imitieren kann, aber ich glaube ganz ehrlich, hier steckt mehr dahinter. André ist fromm. Ist er wirklich. Wenn Sie sehen würden, wie der kleine

Halunke auf Bilder von Jesus Christus reagiert! Ich weiß, ich weiß, es ist nur ein tumbes Tier, doch wer wollte behaupten, daß André keine Seele hat, eine kleine Affenseele? Zweifellos hat er seine alten Verhaltensmuster abgelegt, doch ich wage es, noch einen Schritt weiterzugehen. André ist *wiedergeboren.*»

Der Detective räuspert sich. Hebt kaum den Blick, fragt Belford nach den näheren Umständen von Andrés Verschwinden – «Gestern früh, nachdem ich zur Arbeit gefahren war. Er hat die Wohnungstür aufgeschlossen und ist einfach abgehauen. Ohne jede Vorwarnung, nichts» – und versichert ihm dann, daß die Polizei André nicht festhalten würde, keinerlei Anlaß dazu hätte, falls man seiner habhaft werde, es sei denn, er hätte was verbrochen. Tatsächlich ist das einzige, was der Detective überhaupt in dieser Angelegenheit tun kann, die Sache zu protokollieren und weiterzuleiten. Eine informelle Durchsage (keine Notfallmeldung) werde über Funk an sämtliche Streifenwagen ergehen, mit dem Hinweis, auf einen streunenden Affen zu achten. An dieser Stelle entschuldigt sich der Detective, leicht benommen wirkend wie ein Priester, der gerade einem Schlafsaal voll hormonell aufgeputschter Schulmädchen die Beichte abgenommen hat, und eilt von dannen, zurück in den sicheren Schutz seines Büros.

«Na, so was», sagt Belford. «Sehr befriedigend war das ja nicht, oder?»

«Nun, hab ich dir nicht gesagt, du sollst ihm ein finanzielles Angebot machen? Das hätte ihn vielleicht ein bißchen beflügelt.»

11:30 —••••• Draußen ist es überraschend warm geworden. Und, weniger überraschend, dunstig trüb. Die Luft schmeckt nach Sauerkraut, die Ozonschicht über der Metropole wabbelt wie ein gestürzter Rattenpudding. Obwohl kaum ein Wölkchen am Himmel steht, ist der Mount Rainier so gut wie verschwunden. Ist nur mehr ein Geistergipfel, eine gespenstische Titte hinterm Dunstschleier, und auch die Sonne wirkt eher wie ein Gespenst; ihre gleißenden Ozeane nuklearer Strahlung können dem Expektorat von Zigtausenden japanischer Kleinwagen kein Paroli bieten. «Atme nicht diese Luft», sagst du dir, «du weißt nicht, wo die schon überall war.» Hinter ihrer Kohlenwasserstoffkapuze zeichnet sich vage die Stadtkontur ab, wie ein Räubergesicht mit Strumpfmaske. «Ich kann mich noch erinnern», sagt Belford, «wie es in Seattle keinerlei Smog gab. Ist gar nicht mal so lange her.» – «Wir sollten uns nicht beklagen», erwiderst du. «Es ist der Geruch des Geldes.»

Zu deinem Glück bezahlt Belford die Parkgebühr. Denn dir schwant, daß du von nun an deine Pennies zusammenhalten mußt; eine zutiefst deprimierende Aussicht. Aus irgendeinem komischen Grund fällt dir wieder der Widerling im Bull & Bear ein, und sein Spruch von wegen *jetzt fängt der Spaß erst an.* «Harborview», zischelst du vor dich hin. In der Annahme, du meinst die polizeiliche Empfangsdame, beeilt sich Belford hinzuzufügen: «Die arme Frau hielt uns wohl einfach für ein bißchen debil.»

Indem du die Elliott Avenue nimmst, die nahe am Wasser entlangführt, vermeidest du, in eventuell vom Yamaguchi-Umzug hervorgerufene Staus zu geraten. Wie sich erweist, handelt es sich hier ohnedies um keinen Umzug, sondern um eine Kundgebung in der Westlake Mall in der City. Der Bürgermeister überreicht Dr. Yamaguchi den Schlüssel der Stadt. Aus fünf angrenzenden Bundesstaaten sowie British Columbia angereiste Krebspatienten haben sich versammelt und begehren lauthals seinen Segen. Der gute Doktor verspricht Publikum und Presse, bei der am Montag stattfindenden Konferenz Erkenntnisse von einiger Bedeutsamkeit zu enthüllen – und erzählt dann, scheu lächelnd und von Bio-Klopfern begleitet, eine kleine Geschichte: wie seine Eltern ihm das Studium in Houston nur deshalb erlaubten, weil sie im Namen «Rice University» ein gewisses Verständnis für die dietätischen Bedürfnisse eines heimwehkranken Asiaten zu entdecken glaubten.

Nun geht es wieder die steile Strecke am Queen Anne Hill hinauf, da erkundigst du dich törichterweise bei Belford, ob er schon mal daran gedacht hat, daß André möglicherweise entführt worden sein könnte. Er schüttelt heftig den Kopf. Seine Zuversicht verwandelt sich aber schnell in Panik, als du deutlicher wirst. «Ich rede hier von einem Komplott. Einem Profi-Job. Ich meine, es gibt doch sicher in ganz Europa Kriminelle, die über André und sein spezielles Talent Bescheid wissen. Vielleicht hat ihn ja einer von denen hier aufgespürt. Okay, die wissen nicht, wie man den Affen unter Kontrolle hält, ihm seine Anweisungen gibt und so weiter. Aber was ist, wenn Kongo van den Bos sie über alles informiert hat? Angenommen, er hat die Informationen einem Knastgenossen verkauft, oder sie haben sie aus ihm rausgeprügelt? Angenommen, Kongo wurde eine bedingte Haftentlassung gewährt? Die Sache ist jetzt drei Jahre her. Vorzeitige Entlassung gibt's in Amerika oft, warum also nicht auch in Frankreich? Mal angenommen, Kongo ist hier? Angenommen ...»

«Allmächtiger», stöhnt Belford. «Allmächtiger Herr im Himmel, wieso hab ich daran nicht gedacht?» Er besteht darauf, daß du mit deinem Porsche auf der Stelle umdrehst und ihn zurück zum Polizeipräsidium kutschierst, damit er den Detective warnen kann. Es stellt deine Überredungskunst auf eine harte Probe, ihn schließlich davon zu überzeugen, daß er das ebensogut telefonisch erledigen kann. «Ruf ihn an, sobald du zu Hause bist. Dann leg dich um Himmels willen hin und schlaf mal ein bißchen. Trink ein Glas Küchensherry. Du bist völlig mit den Nerven runter.» Vielleicht bist du nicht so gefühlvoll, wie du sein solltest, aber du hast den ganzen Morgen Belford geopfert, auf Kosten deiner Agenda. Du mußt unbedingt Q-Jo erwischen, ehe sie aus dem Haus geht. Ihr Tarot erwartet dich, mit seinen grellen Farben und obskuren Archetypen, ein extravagant aufgemachtes, wenn auch mit Spuckebällchen verklebtes Schlüsselloch in der Tür zum Tempel deiner Pechsträhne.

11:50 —••••–• Du kommst zu spät. Sie hat um zwölf einen Termin bei der Gartenclub-Touristin, und es sieht ganz so aus, als sei sie zur Abwechslung mal pünktlich. Dir, deren Credo lautet, nie zu *irgendwas* zu spät zu kommen, zitierte sie einmal Oliver Goldsmith: «Pünktlichkeit gehört nicht zu den bewundernswerten Eigenschaften einer anmutigen Frau.» Worauf du ihre wabbelnden Fleischwülste mustertest und eine Travestie der Anmut sahst, doch fiel dir keine bessere Antwort ein als «Morgenstund hat Gold im Mund». Worüber sie sich auf deine Kosten köstlich amüsierte.

Wie dem auch sei, ausgerechnet heute ist Q-Jo pünktlich los zum Job, in diesem Fall allerdings nicht in ihrer primären Eigenschaft als Tarotleserin, sondern in ihrer Nebenrolle als verzücktes Profi-Publikum für weitgereiste Langweiler.

Vor beinahe einem Jahrzehnt ließ Q-Jo in einem städtischen Bus die tektonischen Platten ihrer entwaffnenden Tonnage auf den Sitz neben einer (zum Glück) winzigen, schwarzgekleideten Alten sinken, die, wie sich herausstellte, kürzlich von einer Reise zum Haus ihrer Vorfahren in Griechenland zurückgekehrt war. Als Q-Jo mit einem Anflug von Begeisterung auf die bereits eselsohrigen Schnappschüsse reagierte, welche die Alte aus ihrer Handtasche zog, meinte die Frau: «Zu Hause hab ich noch mehr Bilder, kommen Sie doch mal mit und schauen sich die an, Sie kriegen dafür auch 10 Dollar von mir!» Und weil Q-Jo die Dame leid tat und weil sie die 10 Dollar gebrauchen konnte, nahm sie die Offerte an. Später ging ihr auf, daß die Welt voller Leute mit ähnlichen Bedürfnissen war. Manche waren alt und einsam, manche hatten eine kleine Macke und deswegen keine Freunde, manche hatten welche und liefen Gefahr, sie zu verlieren, falls sie ihnen noch ein einziges Mal mit ihrem illustrierten Bericht vom letzten Urlaub kamen, manche waren unverbesserliche Aufschneider. Eins hatten sie alle gemein: jeder von ihnen war irgendwo gewesen und wollte jemand anderem davon erzählen. Und zwar in allen Einzelheiten. Also ließ Q-Jo sich anheuern. Sie hockte sich zu ihnen in die gemütliche Stube, in den Salon, ins vollgestopfte Apartment – hin und wieder in die Chefsuite

– und beugte sich über Fotoalben und vollgeklebte Kladden, applaudierte bei ihren Diashows und Videopräsentationen, ohte und ahte über Souvenirs und Erinnerungsstücke, lauschte aufmerksam den Tagebucheinträgen und Passagen aus Reiseführern und hyperbolischen Broschüren und legte generell eine verständnisvolle Neugier an den Tag. (Schon früh lernte sie, daß ihr Trinkgeld um so großzügiger ausfiel, je mehr Fragen sie stellte, wobei es ratsam war, nur solche zu stellen, bei denen sie halbwegs sicher war, daß ihr Klient sie beantworten konnte.) Vom Familientreff-Picknick in Iowa bis zum Folies-Bergère in Paris, von den magischen Mäusen in Disneyland bis zu den Killerratten Kabuls, immer bekam Q-Jo Gelegenheit, ihren Senf dazuzugeben. Mitunter mehr als einmal. Ihre Kunden waren eher Menschen, die nicht so oft verreisten – manche machten im ganzen Leben nur eine einzige Reise –, und es geschah nicht selten, daß man sie einlud, ein und dieselbe Reise ein zweites und drittes Mal oder noch öfter durchzukauen.

Du kannst ihr hundertmal erklären, daß ihr kleiner Dreh zwar kreativ und clever sein mag, aber kein Geld damit zu machen ist, jedenfalls keine nennenswerten Summen. Sie sagt, das sei ihr egal. «Das sind Nebeneinkünfte. Im Tarotgeschäft herrscht ziemliche Fluktuation, das hängt immer davon ab, wie die Planeten stehen.» Wie es ökonomisch steht, wenn man dich fragt. «Jedenfalls bauen meine Kunden emotional auf mich», behauptet sie, eine Gefühlsduselei, die sich nach deinem Dafürhalten kaum merklich von den Schwärmereien des mitfühlenden Belford Dunn unterscheidet, über den sich Q-Jo oft und gern mit dir lustig macht.

Wie dem auch sei. Genau jetzt, wo du Q-Jo dringend brauchst, ist sie weg. Doch wie du beim Gang über den Flur zu deiner eigenen, etwas geräumigeren Wohnung erkennst, hat sie dir eine Nachricht hinterlassen.

11:53 —•••—• In deinem Türspalt klemmt ein kleines Viereck aus schwarzem Reispapier, welches dir nach dem Auseinanderfalten folgende, in silberner Tinte geschriebene Botschaft vermittelt:

Gwen Baby,
bedaure, daß wir uns verpaßt haben. Bin bis 3 zurück. Meine Karten liegen auf dem Tisch. Ich hab sie gemischt, meditiert über dich und die Fragen, die du (da möchte ich meinen Kopf drauf wetten) brennend gern stellen willst. Also zieh eine Karte. Du weißt, wie es geht. Studiere sie, und wir setzen uns dann später zusammen.
Tschüssi,
Q Huff

Sie will, daß du eine einzige Karte ziehst. So macht ihr das nämlich jetzt. Seit ihr enger befreundet seid, hat sie Schwierigkeiten, das Tarot in aller Ausführlichkeit zu befragen. Die Gefühle, Ängste und Hoffnungen, die sie für dich hegt, legen sich wie atmosphärisches Rauschen über die telepathischen Signale. Das Tarot, so erklärt sie, kann eine ungeheure Fülle an Bedeutungen haben, und wenn sie sich die Karten anschaut, die bei einem Freund erscheinen, dann neigt sie aufgrund eines Beschützerinstinkts dazu, die Objektivität sausenzulassen und zu sehr das Positive zu betonen. Die Folge ist, daß Q-Jos Talent korrumpiert und der Freund in die Irre geführt wird. «Tarot mit einem Fremden ist ungefähr so, als würd man 'ne Nacht mit ihm ins Bett steigen», erklärt sie. «Und so was ist normalerweise riskanter und ehrlicher als Sex mit 'nem Partner, den du liebst.»

Wenn du daran zurückdenkst, wie sie dir zum ersten Mal aus dem Tarot las, mußt du ihr recht geben. Das ist nun fast drei Jahre her. Du hattest erst vor kurzem dein Apartment von Belford Dunn gekauft, warst neu hier im Haus. Du warst auch ziemlich neu in Posners Disco, und eine Mischung aus Karriere-Angst und Karriere-Ehrgeiz veranlaßte dich, bei Q-Jo zu läuten, auch wenn sie steif und fest behauptet, ganz andere Dinge hätten den Ausschlag gegeben.

So wie die University of Washington als einzige Lehranstalt von Rang bereit war, dich als Studentin aufzunehmen, war Posner, Lampard, McEvoy & Jacobson die einzige Brokerfirma, die sich bereit fand, dich einzustellen. Weiß Gott, bei den Großen hattest du's wirklich probiert. Zugegeben, du warst nie eine akademische Leuchte, aber deinen MBA hast du dir ehrlich verdient (abgesehen von dem Minimum an Spickzetteln und In-den-Hintern-Gekrieche, auf das jeder gestreßte Student gelegentlich zurückgreift), im Vertrauen darauf, daß am Ende der Erfolg winkt. Schließlich war er das einzige, was du je haben wolltest. Okay, und wenn du gezwungen warst, deine Karriere bei einer regional operierenden Firma zu starten, um so besser. Du konntest im kleinen Teich zum großen Fisch werden, wo dich schon sehr bald der Ruf ereilen würde, den Fluß hinabzuschwimmen. Hin zum Meer, wo das große Geld plätschert. Natürlich fuchste es dich, daß dein MBA auf Posner null Eindruck machte. «Wir sind zum Verkaufen da», sagte er, «und ich geb Ihnen 'ne Chance, weil Sie Verkaufserfahrung haben.» Du hattest dir dein College-Studium damit finanziert, nachmittags, am Wochenende und in den Sommerferien bei Nordstrom zu jobben. Dort hatte man dich erst in die Abteilung für Damenunterwäsche gesteckt, aber du wurdest jedesmal dermaßen rot und verwirrt, wenn ein männlicher Kunde dir eine Frage über was so Intimes wie Dessous stellte, daß man dich in die Abteilung für Sport- und Freizeitbekleidung versetzen mußte. O ja, du hast im Lauf der Jahre einen Berg von Skijacken abgesetzt, aber das ist eine andere Geschichte. Wenn Posner nicht zwischen Gore-Tex und Bundesanleihen zu differenzieren wußte, war das sein Problem.

Deins war, daß alles Ranklotzen in deinem ersten Jahr in Posners Disco nicht ganz deine Erfolgserwartungen erfüllen konnte. Stimmt, finanziell warst du besser dran als je zuvor in deinem Leben, aber das große Geld schien nervenderweise immer knapp außer Reichweite deiner Schöpfkelle, und Mr. Dunn, wie du ihn damals nanntest, mußte bei der Bank ein paar Beziehungen spielen lassen, damit dein Darlehen genehmigt wurde.

Wie und wann genau dir klar wurde, daß es sich bei der Nachbarin unten im Flur um die angesehenste Tarotleserin von Seattle handelt, weißt du nicht mehr. Hast aber noch lebhaft den Abend in Erinnerung, als du mit viel Zagen und Zynik und mehr als einem Tupfer Schamröte bei ihr den Zeigefinger mit dem abgekauten Nagel auf den Klingelknopf legtest. Irritiert über ihren Aufzug und ihre Körperfülle, platztest du damit heraus, daß du gern einen Termin ausmachen wolltest – «Bloß mal zum Spaß, wissen Sie» –, und sie meinte: «Was halten Sie denn von jetzt gleich? Mein 6-Uhr-30-Job hat gerade abgesagt.» Ausflüchte stammelnd, wolltest du den Rückzug antreten, aber sie schlang ihren massigen Brotlaib von Arm – die Baguette eines Herkules – um dich und zog dich über die Schwelle. «Kommen Sie! Sie scheinen mir ein Girl zu sein, das rasche Zufriedenstellung erwartet. Wozu also unnötig etwas auf die lange Bank schieben, wenn wir jetzt schon sehn können, wohin es führt?»

Ehe du weiter protestieren konntest, hatte sie dich schon am ovalen Kirschholztisch in einem Wohnzimmer – «Salon» wäre ein treffenderes Wort – Platz nehmen lassen, das aussah, als hätte eine Grandma aus dem Mittleren Westen es anno 1939 nach einer Kauforgie bei Sears ausstaffiert. Alle Sitzmöbel waren mit dieser knubbeligen Polsterung versehen, die eine milde, aber fortwährende Irritation auf der Haut wie auch im Geiste bewirkt, die Sofakissen steif und kratzig, die Vorhänge aus schäbigem Tüll, und an den Wänden, wo man, wenn schon nicht heidnische Mandalas, so doch wenigstens in Bilder von Regenbogen und Sonnenuntergängen gebettete Lebensweisheiten erwartet hätte, hingen Landschaftsgemälde von der Sorte, wie sie in permanent Bankrott machenden Möbelgeschäften in den Randbezirken der Stadt verkauft werden. Als sie merkte, mit welch finsterem Blick du das Dekor mustertest, breitete sie die Arme aus und sagte: «In dieser Atmosphäre fühlen sich die übersinnlichen Kräfte zu Hause.» *Meine Güte!* dachtest du. *Will sie damit sagen, das Höhere Selbst schläft unter einer Chenilledecke?*

Wie unbehaglich es dir beim Mischen der Karten war! Q-Jo erkannte sofort, daß du von Tarot keine Ahnung hattest, enthüllte an jenem Abend jedoch sehr wenig hinsichtlich der Hintergründe oder Geschichte des Tarot. In den folgenden Jahren hielt sie dir lange Vorträge zu diesem Thema, obschon du ohne Zögern zugeben würdest, das meiste davon ging dir zum einen Ohr herein und zum anderen hinaus. Du gabst ihr die Karten zurück. «Hören Sie», sagtest du damals zu ihr, «ich bin Wertpapiermaklerin, und der Grund, weshalb ich zu Ihnen kam, ist, daß ich, ähm, daß ich mich frage... mein Timing in bezug aufs Marktgeschehen hat in letzter Zeit nachgelassen, und ähm, ehrlich gesagt, ich hab ein paar Verluste an Land gezogen und mich ein bißchen verspekuliert, und...» Du kramtest in deiner Handtasche. «Ich hab keinen Börsenführer dabei, aber ich kann schnell zu mir rüberlaufen und ihn holen. Ich hab mir gedacht, daß wir den einfach mal kurz durchgehen, und Sie könnten –»

Q-Jo legte dir eine Riesenbanane auf die Lippen, gab ein kurzes, spöttisches Glucksen von sich und sagte: «Jetzt hören *Sie* mal zu, Schätzchen, und passen Sie gut auf. Glauben Sie im Ernst, wenn ich wüßte, welche Aktienwerte sich verdoppeln oder welche Rennpferde oder Losnummern gewinnen, dann würde ich hier in dieser Zweizimmerwohnung hausen, stinkenden Knaster rauchen und den Turban der letzten Saison tragen? Ich bitte Sie! Ich würde mich gepflegt und grinsend in 'ner hübschen kleinen Villa in den Vorbergen des Himalaja zurücklehnen, hätte Brunnen und Pfauen im Innenhof, Ram Dass in der Gästesuite, rund um die Uhr einen französischen Küchenchef und einen Abmagerungsdoktor zu Diensten et cetera. Sie verstehen schon. Und noch was: Ich kann Ihnen nicht haarklein Ihre Zukunft vorhersagen. Darüber sollten wir uns ebenfalls klar sein. Ich kann es nicht, kein Hellseher kann es, und wenn einer so was behauptet, dann ist er ein Schwindler.»

Mit demselben zu den Bananengewächsen gehörenden Zeigefinger, mit dem sie dich zum Schweigen gebracht hatte, klopfte sie nun auf den Kartenstapel. «Das hier ist keine Kristallkugel. Und Sie sollten verdammt froh drüber sein. Es sind auch keine Teeblätter oder die Ziegeneingeweide. Sondern es ist ein äußerst raffiniertes, höchst effizientes symbolisches Wissenssystem. Die Symbole, die sorgfältig im Lauf von Jahrhunderten ausgewählt wurden, sprechen unmittelbar zu den tieferen Schichten des Bewußtseins. Des westlichen Bewußtseins. Im Osten schlägt das I Ging in dieselbe Kerbe, aber mit einem, sagen wir mal, kniffligeren Dreh des Schnitzmessers. Na, egal. Die Sinnbilder hier im Tarot werden dazu dienen, gewisse Aspekte Ihres Unterbewußtseins zu erschließen und offenzulegen. Sobald die Symbole Ihr Unterbewußtsein geknackt haben, kann ich meine eigenen medialen Kräfte einsetzen und mir anschauen, was zum Teufel da in den verborgenen Winkeln Ihrer Birne vorgeht. Ich lese Ihre unbewußten Gedanken – die sind für mich fast so lesbar wie die *Seattle Times* –, aber ich kann nicht in die Zukunft schauen. *Comprende?*»

Eingeschüchtert und enttäuscht warst du, deine Antwort ein Kopfnicken. Auf Q-Jos Anweisung hin zogst du die Karten. Eine nach der andern vom verdeckten Stapel wegnehmend, begann sie die Karten umzudrehen und sie systematisch nach einem Muster zu legen, das bald der Form eines keltischen Kreuzes zu ähneln begann. «Nun, aus bestimmten Gründen weiß Ihr Unterbewußtsein Dinge, die Ihr Bewußtsein nicht weiß. Oft ist es Ihrem Bewußtsein ein Stück voraus, wenn es etwa um die Richtung geht, in die Sie in einer bestimmten Situation oder Entscheidungsfrage tendieren. In Anbetracht dessen mag Ihnen also das, was ich heute abend für Sie an Informationen sammle, zu einem späteren Zeitpunkt wie eine Vorhersage erscheinen, die sich bewahrheitet. Können Sie mir folgen? Mmm … was haben wir denn da? Ebenso, wenn das Tarot und ich Trends in Ihrem Verhalten entdecken, bestimmte Muster und dergleichen, *können* wir zumindest halbwegs präzise bei unseren Vorhersagen sein. Wissen Sie, wenn man jemand mit 70 Meilen und verbundenen Augen die I-5 runterbrettern sieht, läßt sich mit Sicherheit ‹vorhersagen›, daß Verwandte dieses Jemands zu Geld kommen werden, vorausgesetzt, er ist entsprechend versichert. Okay, Gwen? Aber wenn ein Hellseher behauptet, er *wüßte* tatsächlich, daß dieses oder jenes in der Zukunft passiert, nun, das hieße zu leugnen, daß es einen freien Willen gibt, und an den glaube ich nun zufällig mal. Die Zukunft ist nicht vorherbestimmt. Alles, was ich Ihnen heute abend enthülle, kann sich ändern. Sie können es ändern, aus Ihrem eigenen freien Willen heraus. Es umkehren, ihm eine neue Richtung geben, was auch immer. Sie können die Augenbinde abnehmen und langsamer fahren, zum Teufel noch mal. Denken Sie dran. Also, schauen wir mal. Was dagegen, wenn ich rauche?»

Obwohl Tabakrauch dir normalerweise den Magen umdreht, gabst du ihr zu verstehen, es sei gestattet. Sie setzte ihr Stinkkraut in Brand, sie blähte die Segel, sie fiel in eine leichte Trance. In diesem Zustand wurde ihre Stimme wohltuend sanft, fast hypnotisch, die Ausdrucksweise förmlicher, schärfer artikuliert. Trotzdem dauerte es nicht lange, bis sie ihren Supertanker an deinen Vergnügungspier rammte.

«In der dritten Position, und das ist die Karte, die gegenwärtige Belange und Einflüsse repräsentiert, haben wir die Vier Münzen. Was passiert in diesem Bild, Gwen? Versuchen Sie nicht, es zu analysieren. Betrachten Sie es einfach, wie ein Kind die bunten Bilder seines Lieblingsbuchs betrachtet. So sollten Sie *immer* die Karten betrachten. Okay. Was macht die Figur? Sie hält etwas fest, nicht wahr? Ihre Füße ruhen auf zwei Goldstücken, sie hat die Arme fest um ein weiteres Goldstück geschlungen, und ein viertes balanciert sie auf dem Kopf; mit anderen Worten: ihr Denken wird vom Gold beherrscht. Was die Vier Münzen in dieser Position andeuten, ist Unsicherheit in bezug auf Geld, Angst vor finanziellen Verlusten. Es geht hier um fundamentale Sicherheitsfragen. Sie machen sich offenbar Sorgen, ob Sie ausreichende Geldmittel anhäufen können oder zu verlieren, was Sie bereits besitzen. Und falls Sie Ihr Geld verlieren sollten, welchen Wert hätten Sie dann als Mensch, wer wären Sie dann? Ihre Identität ist an materiellen Wohlstand gebunden. Das Problem dabei ist, Gwen, je verzweifelter Sie auf finanziellen Erfolg hinarbeiten und je fester Sie sich an das klammern, was Sie besitzen, desto größer sind Ihre Chancen, es zu verlieren. In dieser Hinsicht ist es beim Geld wie in der Liebe. Vielleicht sollten

Sie sich zur Abwechslung mal auf andere Aspekte des Lebens konzentrieren. Es könnte Ihnen guttun, den Griff zu lockern.»

Schock der Erkenntnis? Nicht unbedingt. Weder informiert noch beeindruckt von dem, was du da zu hören bekamst, dachtest du: *Was für ein Schwindel! Das hätte sie sich alles aus dem zusammenreimen können, was ich ihr beim Reinkommen erzählt habe.* Natürlich warst du verärgert, aber es sollte noch schlimmer kommen. Ein vier Zoll großes Stück Pappe mit Namen Fünf Stäbe schien so weit mit deinem Modus operandi vertraut, daß man dir vorhalten konnte, du würdest dir selber Knüppel zwischen die Beine werfen, ohne es zu merken, dich zu sehr abrackern und sinnlos verausgaben. Dann gab es noch eine dritte Karte, die auf Streß in finanziellen Angelegenheiten schließen ließ, während in jener Position, die angeblich enthüllte, wie dich andere sehen, ein schon fast comichaft aggressiver Bursche auf einem Schlachtroß einhergedonnert kam, der Ritter der Schwerter, den Miss Huffington als eifernd und penetrant bezeichnete, ein Typ, der nicht zuläßt, daß ihm irgendwer oder irgendwas seinen Anteil der Beute streitig macht.

Falls es in diesem Nesselsalat einen Croûton der Wahrheit gab – und du hattest zugeben müssen, den gab es –, dann konnte man ihn deiner Ansicht nach als triviale, temporäre Erscheinung abtun. Und ihn gewiß nicht, wie es die fettleibige Hokuspokus-Expertin tat, hernehmen und daraus folgern, daß du dir entweder die falschen Ziele gesetzt oder den falschen Weg gewählt hast, sie zu erreichen. Du warst schon drauf und dran, sie zu entlohnen – «Nehmen Sie Visa? Na, *das* ist eine Karte, die weiß, was Frauen wünschen» – und dich in die Geborgenheit deiner vier Wände zu flüchten, als sie sich der Königin der Kelche zuwandte und erneut deine Aufmerksamkeit fesselte wie etwas, das im TV zur besten Sendezeit kommt.

Eine schlanke, hellhäutige Blondine in königlicher Robe sitzt auf einem hölzernen Thron am Ufer des Meeres. Rings um ihre Füße haben sich Muscheln versammelt, vermutlich um sie mit ihrem Gesang zu preisen; die Brandung leckt an ihren Zehen. Weder von Salz und Sonnenglast noch von perlender Gischt und den Schiffen am Horizont Notiz nehmend, starrt die

Königin angestrengt auf einen prunkvollen Goldkelch, den sie auf den ausgestreckten Händen balanciert. Sie erweckt den Eindruck, als könnte der Himmel einstürzen, ohne daß sie auch nur ein einziges Mal ihren Blick von diesem Gral wenden, ihre Treue zu dessen harter Schönheit aufgeben wird.

«Diese Dame hier, die Königin der Kelche, ist zart und verträumt», sagte Q-Jo. «Sie ist eine Romantikerin, eine Ästhetin, wenn auch mitunter auf morbide Weise. Sie kann sanft sein und voller Zuneigung, ist aber heillos besessen von philosophischen Fragen, von denen sie nichts begreift.» Q-Jo schaute von den Karten auf. «Gwen, diese Frau, das sind offenbar nicht Sie. Es muß Ihre Mutter sein. Ja, das ist Ihre Mutter. Ihre Mutter war ein liebevolles Wesen, aber emotional nicht im Gleichgewicht. Sie versuchte wohl, für Sie dazusein, wußte aber nicht wie, weil sie nicht mal für sich selber dasein konnte. Ich sage ‹versuchte›, weil ich spüre, daß sie auf die andere Seite ging, von der sie immer sehr fasziniert war. Ihre Mutter hat sich das Leben genommen. Und Sie wissen bis heute nicht, warum.»

Wie konnte die fette Schwindlerin das wissen? Was fiel der eigentlich ein? In die Zukunft sollte sie schauen, das war ihr Job – nicht in die Vergangenheit! Du warst empört. Aber deine Tränen, die du nur mühsam unterdrücken konntest, waren keine Tränen des Zorns.

Und deinen Vater entdeckte Q-Jo auch – den unreifen und unzuverlässigen Buben der Kelche. Sie verwies auf die Fünf Kelche und die Sieben Schwerter, wobei erstere, wie sie erklärte, auf Verlust und Einsamkeit hindeuteten, die du im familiären Bereich erlebt hast, und letztere auf wachsenden Groll und Trennung schließen ließen. Sie ließ ein paar Anspielungen fallen – auf geprellte Vermieter, Matratzenlager und verschütteten Chianti, auf revolutionäre Brandreden und Schulklamotten aus dem Billigladen, sogar am Umdrucker erstellte Poetry-Blättchen tauchten auf und jene Bongo-Partys bis spät in die Nacht, die schuld daran waren, wenn dir in Algebra die Augen zufielen. Sie sprach von einer «Karte der Vergebung», aber dir war unklar, welche sie damit meinte. Unterdessen hattest du die Kontrolle verloren, deine Schluchzer wurden feucht und konvulsivisch. Die Arme, in welche die Seherin dich schloß, waren wie aufgeblasene Strandspielzeuge: Gummipferdchen, vollgepumpt mit Sirup. Du entzogst dich ihr, warst indes gleichermaßen geläutert und getröstet, und du wußtest, du würdest wiederkommen.

11:55 —•••–• Du schließt die Tür zu Q-Jos Wohnung auf. Sie hat die gleichen freiliegenden Deckenbalken und den gleichen gefliesten Kamin wie deine, doch während deine Ahornböden glänzend blank sind, liegen ihre fast gänzlich unter zerschlissenen Orientteppichen begraben; während deine bleigefaßten Fenster schmucklos schimmern, sind ihre mit mürbem Tüll drapiert; während deine Wohnung luftig, modern und minimalistisch wirkt, ist ihre vollgestopft und verursacht Juckreiz. Wie stets in ihrem Domizil befällt dich eine seltsame Mischung von Trost und Atemnot.

Das Tarot liegt auf dem Kirschholztisch, dreht seine -zig Däumchen und wippt mit seinen -zig Füßchen. Statt in Kreuzformation sind die umgedrehten Karten zum Fächer gebreitet, als hätte ein Spieler seine Hand abgelegt. Du hältst dich nicht damit auf, erst deine Frage zu formulieren – was könntest du schon anderes im Kopf haben als den Börsenkrach und wie schlimm er sich auf dein Leben auswirkt? –, und deutest sofort mit dem Finger auf eine Karte. Du willst gerade nach ihr greifen, ziehst aber die Hand wieder zurück. Irgendwie hast du kein gutes Gefühl bei dieser Karte.

Mit einem nervösen Kichern blickst du kurz um dich, als könnte dir hier drin jemand zuschauen. Kommst dir plötzlich bescheuert vor. Dein Land, wenn nicht die ganze Welt, steht am Rand einer Wirtschaftskrise, deine Karriere steht auf dem Spiel, all deine Träume könnten zerplatzen wie eine Seifenblase und dein abgesichertes Leben im Nu dahin sein, und du verplemperst deine Zeit damit, einen Fächer pittoresker Karten zu konsultieren, *in absentia* der wohlgenährten Okkultistin, die sie dir zurechtgelegt hat. Ach, was soll's.

Q-Jo beklagt, daß du den Rat des Tarot ohnehin nie akzeptierst, was kann also schon passieren? Es ist ein Spiel, ein flüchtiges Vergnügen, und wer hätte nicht ein bißchen Ablenkung nötig?

Ohne Eile läßt du deine Hand über die Karten gleiten. Bis ... sie einen leichten Zug wahrnimmt. *Das* hast du noch nie gespürt. Wie die Astgabel eines Rutengängers, die eine unterirdische Quelle aufgespürt hat, zieht es deinen zuckenden, hibbeligen Zeigefinger abwärts, bis er eine bestimmte Karte berührt. Du ergreifst sie, drückst sie, ohne draufzuschauen, ans Herz, wie es dir Q-Jo beigebracht hat, und kehrst zurück zu den weniger beklemmenden Oxygenen deiner eigenen Wohnung.

11:59 —••••• Als du zur Tür hereinkommst, läutet das Telefon. Du beschließt, nicht dranzugehen. Du hast Angst, einer deiner Kunden könnte sich deine nicht im Telefonbuch stehende Nummer besorgt haben und ruft an, um dich zu beschimpfen, obwohl es wahrscheinlicher ist, daß es sich bei dem Anrufer um Belford handelt. André ist zurück. André ist nicht zurück. André wird als Geisel gehalten. André ist hinüber. André wurde mit blonder Perücke und Sonnenbrille in Las Vegas gesichtet, oder beim Billy-Graham-Kreuzzug auf der Bühne im Gospel-Chor. Gönn dir mal 'ne Pause. Im Moment ist André Luft für dich.

Aber die Stimme, die voller akustischer Wollmäuse aus dem Lautsprecher des Anrufbeantworters knistert, gehört nicht Belford, sonder Q-Jo. «Gwen, Baby – ich bin's, Huff», sagt sie. «Ich bin nur mal kurz auf 'n Eisbecher und 'n Milkshake bei Fratelli's rein, bin also 'n bißchen spät dran, aber ich wollte dich informieren, daß wir's wahrscheinlich nicht zur ersten Vorführung des Films schaffen, weil ich nämlich 'n neuen Job aufgetan hab und kaum vor sechs zu Hause sein werde. Ein Typ hat mich angeheuert, und zur Abwechslung krieg ich mal 'n paar interessante Dias zu sehen. Zumindest *könnten* sie interessant sein. Er kommt gerade aus Timbuktu.»

Freitag nachmittag

6. April

Sag ihnen, Salvador Dalí schickt dich

16:00 —•••••—• Der Nachmittag dauert ungefähr so lang wie das vierte Schuljahr. Wie lange auch immer ein Licht-*Wuff* vom Hundsstern Sirius brauchen mag, bis es sich in einer Teerpfütze auf dem Dach des Dog House spiegelt – so lange braucht auch der Nachmittag, um vorbeizugehen. Der Nachmittag ist ein Zug mit einer Million Waggons, der mit halber Kraft über den Bahnübergang einer Präriestadt rattert. Die Güterwagen sind leer, und du versuchst sie mit Marktanalysen vollzupacken. Zumindest erzählst du das jedesmal Belford, wenn er dich anruft. «Nee du, ich kann dir jetzt wirklich nicht bei der Suche nach André helfen. Ich mache hier Marktanalysen.»

Was du tatsächlich tust, ist die Freitagsausgabe des *Wall Street Journal* lesen. Jeden einzelnen Absatz kämmst du auf der ziemlich fruchtlosen Suche nach einer Heilsbotschaft durch. Eine entmutigende Erfahrung; du fühlst dich zu einer Figur am Rande der Ereignisse degradiert. Es gab mal eine Zeit, da konntest du am Wochenende oder an Feiertagen kurzerhand in die Disco gehen und hattest den in deiner Branche erforderlichen Gerätepark zur Verfügung, aber vor fünf oder sechs Monaten verlangte Posner von dir den Schlüssel zurück mit der Begründung, er und seine Partner fänden, es sei nicht im Interesse der Firma, daß ihre Broker Überstunden machten, sie sollten sich lieber erholen und Energie tanken. Damals hieltest du das für eine wohlmeinende, wenn auch irrige Politik. Nun allerdings fragst du dich, ob er außer deinem eigentlich auch die Schlüssel von anderen einkassiert hat.

Das *Journal* nach dem Crash ist ein grauer Blizzard aus Statistiken, Studien, Verlustzahlen, Retrospektiven, Vorhersagen und Interviews. Sie müssen an die hundert Analytiker, Manager, Händler,

Börsianer, Investoren und Berater jeder Schattierung (einschließlich dieses heuchlerischen Sol Finkelstein) befragt haben, die zwar allesamt auf heißen Kohlen ihr Baissier-Tänzchen machten, sich aber dennoch genötigt sahen, jede Menge rationale Erklärungen zu dem Desaster abzugeben. Die meisten berufen sich auf das «Ausmaß der Staats- und Industrieverschuldung» und das «geringe Geldmengenwachstum». Es gibt die üblichen Verweise auf überbewertete Aktien, magere Profite und die stark zunehmende Konkurrenz aus dem Ausland. Ein paar klagen wieder mal über die Gefahren des computerisierten Handels, während zwei *Finance-Newsletter*-Autoren das Ganze dem kriminellen Gebaren innerhalb der Bankbranche anlasten wollen. «Jesse James hat sich in den Vorstand der Bank wählen lassen. Da spart er sich den Pferdeverschleiß.» Und Sol Finkelstein wird mit dem Ausspruch zitiert: «Nach grundlegender Einschätzung der Lage operiert Amerika seit Reagans erster Amtsperiode in einem ökonomischen Wolkenkuckucksheim.» Komisch, so was hast du Sol bei Meetings in der Firma noch nie sagen hören.

So endlos dieser Nachmittag ist, so sonnig ist er aber auch. Du öffnest ein Fenster und läßt die Sonnenstrahlen herein. Sie benehmen sich wie Touristen, was sie in Seattle ja praktisch auch sind. Bekleidet mit einem Höschen (weiß, mit zwei winzigen rosa Schleifen) und einem Sweatshirt mit dem Exxon-Logo, hockst du dich aufs Bett, im Rücken eine Wolkenbank aus Kissen, die sich über dem Kamm des Kopfbords türmt. Hier auf dem Bett, die Zeitung rings um dich ausgebreitet wie die Mitgift einer versoffenen Pennerbraut, in Griffweite eine Karaffe mit Eistee nach Filipino-Art, müßtest du eigentlich heiter und gelassen sein, was natürlich nicht der Fall ist. Du bist beunruhigt. Du könntest ebensogut auf einem spinnenübersäten Stück Treibholz in einer Abwasserlagune dümpeln, so beunruhigt bist du. Und es ist praktisch unmöglich, die beruflich bedingte Beunruhigung von deiner Unruhe wegen Q-Jo zu trennen.

Wenn du es dir recht überlegst, ist es überhaupt nicht unmöglich. Obschon du dir ernstlich Sorgen machst um Q-Jo, ist es keine beängstigende Sorge von karrierezermalmender Dimension. Ehrlich gesagt ist es weniger Besorgnis als Empörung. Und totale Verblüffung. Ist das ein monströser Zufall – wieder so einer von diesen geschmacklosen Streichen, die dir die Parzen gern spielen, um sich dann lachend übers Linoleum zu kugeln? Oder reichen sich hier Ursache und Wirkung die Hand? Weiß dieser Larry Diamond – so hieß der Bastard doch, oder? –, daß du angeblich mit Q-Jo befreundet bist? Und falls er von dieser angeblichen Freundschaft weiß, wäre es dann nicht einleuchtend, daß sein Engagement von Q-Jo in irgendeiner perversen Art und Weise mit dir zu tun hat? Daß er dabei eigentlich dich im Visier hat? Aber warum? Du nimmst an, daß es genau andersrum war: er sprach dich im Bull & Bear an, weil er hoffte, daß du ihm den Weg zu Q-Jo ebnen könntest. Es gibt ja Männer, Nachfahren der Walfänger von New England vielleicht, die schwergewichtige Frauen erregend finden. Wärst du doch nur rechtzeitig ans Telefon gegangen, dann hättest du sie warnen können! Huff kann ein ganz schönes Tempo vorlegen, vor allem wenn sie gerade Zucker getankt hat.

Gequält wechselst du deine Lage auf dem Bett, wobei dir das Sweatshirt hochrutscht und ein Stück Bauch entblößt. Sofort stellen sich die Sonnenstrahlen der Reihe nach an, alle mit Fotoapparat um den Hals, und wollen in deinen Bauchnabel.

16:30 —••••-• Der Nachmittag schleppt sich in leiernder Eintönigkeit dahin. Die Spezialisten im *Wall Street Journal* leiern mit. Das Management bezichtigt die Arbeiterschaft: «Der amerikanische Arbeiter ist unterproduktiv und überbezahlt.» Die Arbeiterschaft bezichtigt das Management: «Wer einen goldenen Fallschirm trägt, dem kann's egal sein, ob das Flugzeug brennt.» Während die Besonnenen etwa «die Unberechenbarkeit der internationalen Ölpreise» anführen, kommen die Zyniker mit Sachen wie der «dicken Augenbinde des patriotisch gefärbten Optimismus, die uns vom militärisch-industriellen Komplex und seinen politischen Lakaien verpaßt wurde». Ein überreizter Weiser mahnt: «Amerikas Wirtschaft ist ein sinkendes Schiff, das die Ratten verläßt.» *Ähem*, räusperst du dich, *wen meint der mit Ratten?* Bis gestern hat keiner dieser Experten etwas Traumatischeres als einschneidende Korrekturmaßnahmen prophezeit. «Wir erwarteten eine Tracht Prügel und bekamen eine Enthauptung», bekennt einer. Entnervt schleuderst du die Interviews zur Seite und widmest dich wieder den Tabellen. Technische Analyse war nie deine Stärke, und du plagst dich gerade damit, eine bestimmte Konfiguration linearer Daten zu kapieren, als das Telefon läutet. Was dich so heftig zusammenzucken läßt, daß du dir deinen Eistee über den Bauchnabel schüttest. Über das Schicksal der Sonnenstrahlen sei der Mantel des Schweigens gebreitet.

Du bist dir ziemlich sicher, daß es Belford ist, aber solange er nicht mitzuteilen hat, daß sein wiedergeborener Affe mit einem Diamanten nach Hause kam, der so groß ist wie das Motel 6, bist du nicht sonderlich scharf drauf, ans Telefon zu gehen. Andrerseits könnte es auch Q-Jo sein – eine verzweifelte Q-Jo in den Klauen eines Bösewichts. Da du dich weigerst, die Möglichkeit in Betracht zu ziehen, daß Q-Jo es *genießen* könnte, in den Klauen eines Bösewichts zu sein (aus deinem Gedächtnis getilgt ist die Szene, als du mal bei ihr reinschneitest und nicht bloß einer, nicht bloß zwei, nein: drei russische Kadetten des Schulschiffs *Pallada* in ihrer Takelage herumkrabbelten), springst du vom Bett und hältst überm Telefon inne. Falls es Q-Jo ist, könnte schnelles Reagieren angebracht sein, aber du riskierst es und wartest ab.

Nach dem fünften Läuten hörst du deine eigene Stimme und krümmst dich ein wenig. Du hast Stunden damit verbracht, die Ansage immer wieder von neuem aufzunehmen, und haßt es nach wie vor, wie du dich anhörst. «Hallo. Sie haben die derzeitige Wohnung von Gwendolyn Mati erreicht. Ich bin im Moment nicht da, aber wenn Sie Ihren Namen, Ihre Nummer und die Zeit Ihres Anrufs hinterlassen, rufe ich zurück, sobald es mein voller Terminkalender zuläßt. Sprechen Sie langsam und deutlich, sobald Sie den

Piepton hören.» *Klick. Piep.* «Hey, Quieks! Biste das wirklich? Wo steckste denn, Quieks?»

Meine Güte. *Der!* Wie froh du bist, daß du der Versuchung widerstanden und nicht abgenommen hast!

«Hey, Mann, ich red nicht gern, wenn keiner dran ist. Wenn du mich aufnehmen willst, wende dich an meinen Agenten. Haha. Aber hey, Quieks, ich tret heut abend auf, Mann. Yeah. Neuer Club in Belltown. Woman Ray's. Dermaßen cool, du denkst, du bist auf'm andern Stern. Hey, die ham da so 'n Andy-Warhol-Roboter als Barkeeper. Richtiger Roboter, Mann, aber das Ding hat echte Andy-Warhol-Körperteile innendrin. Sieht total aus wie Andy, ist aber 'n Roboter. Ich tret ohne Band auf, Mann, solo! Drums und Poetry. Und les auch 'n paar Gedichte von deiner Mama. ‹Liebe, das ist ein über die Tundra rasendes Schneemobil / Es überschlägt sich, du liegst drunter begraben / Bei Nacht kommen die Eiswiesel.› Bop-boppa-wop! Na, du weißt schon. Also komm vorbei, Quieks Baby, und schau dir Papa an. Heute und morgen abend, Woman Ray's, okay? Die ham da noch 'n Roboter, der macht Türsteher. Heißt Marcel Duchamp. Ist rigoros, aber er läßt dich rein. Sag ihm, Salvador Dalí schickt dich. Okay? *Ciao.*»

17:10 —••••• Als erneut das Telefon läutet, ist es wirklich Belford. Während du zuhörst, wie er sich erst mal lang und breit dafür entschuldigt, daß er dich beim Arbeiten stört, mußt du lachen. Du lachst aus Ironie, denn seit dem Anruf deines Vaters warst du außerstande, dich auf Tabellen zu konzentrieren, und was dich außerdem zum Lachen bringt, ist etwas, das echter Belustigung sehr nahekommt: nämlich die Vorstellung, wie du mit Belford Dunn im Schlepptau versuchst, beim Woman Ray Club reingelassen zu werden. Von Salvador Dalí hat Belford noch nie gehört. Was völlig in Ordnung ist. Salvador Dalí also, und für 50 Cents gibt's einen Pappbecher voll Uhrschmelz. Jedenfalls hat es ganz den Anschein, als sei

André weiter auf freiem Fuß, und Belford hat sich deinen Verdacht zu eigen gemacht, den er für das Naheliegendste hält: nämlich, daß der Affe von seinem früheren Besitzer oder Partnern seines früheren Besitzers entführt wurde. Denn nie wäre André aus eigenem Antrieb entfleucht, dazu ist das Äffchen einfach zu charakterfest, zu loyal und zu lieb. Belford hat versucht, den französischen Generalkonsul in San Francisco zu erreichen, um zu ermitteln, ob Kongo van den Bos noch hinter Gittern sitzt oder nicht, aber das Konsulat ist über die Osterfeiertage geschlossen. Also hat dein angeblicher Beau einen Nachtflug nach San Francisco gebucht, wo er den Generalkonsul ausfindig machen und beknien will, damit ihm der mit Informationen und helfender Hand zur Seite steht. Schließlich handelt es sich jetzt um eine internationale Angelegenheit.

«Ich würd dich ja zu gern einladen, übers Wochenende mitzukommen, Schatzi – es ist eine wirklich inspirierende Frühmesse bei Sonnenaufgang im Golden Gate Park geplant –, aber statt dessen muß ich dich jetzt innigst bitten, hierzubleiben und in meiner Abwesenheit nach dem kleinen Halunken Ausschau zu halten. Du weißt schon, für alle Fälle.»

Was dir ein Lächeln ins Gesicht zaubert, das jeden Winterapfel im Happy Valley auf Hochglanz polieren könnte. So 'ne gute Nachricht hast du seit der letzten Zinssenkung der Fed nicht mehr gehört. Wie herrlich, Belford weit fort von Seattle zu wissen, ihn für das restliche Wochenende vom Leib zu haben! Nun bist du frei, kannst alle Aufmerksamkeit deiner wackeligen Karriere widmen und den externen und internen Faktoren, die an der Wackelei schuld sind. In Belfords Abwesenheit solltest du zudem in der Lage sein, dir eine klare Perspektive über die Rolle zu bilden, die er in deiner Zukunft spielen wird. Und mußt, so verbissen du es auch leugnen möchtest, leider zugeben, daß ein Abba-dabba-Honeymoon mit Mr. Dunn durchaus eine geeignete Lösung für dein momentanes Problem sein könnte.

Oh, was aber, wenn du Belford heiraten solltest und er dann spitzkriegt, daß dein Problem ein bißchen ... sagen wir mal, «komplizierter» ist als beim normalen, vom Crash gebeutelten Broker?

Auf der Sorgenbühne, die dein Gedankentheater zu beherrschen scheint, imaginierst du eine Szene, in der ein aufgewühlter Gatte heimkehrt – aus seinem florierenden Maklerbüro, wie du hoffst, keinem miesen grauen Kabuff im Sozialamt – und es dir auf den Kopf zusagt: «Gwendolyn», spricht er und setzt eine todernste Miene auf, «es ist allgemein bekannt, daß Broker bestimmte Aktien und andere Wertpapiere pushen, je nachdem, was ihre Maklerfirma an diesem Tag oder in dieser Woche losschlagen will. Ebenso ist bekannt, daß nichtsahnenden Anlegern bestimmte Effekten verkauft werden – Investmentfonds sind ein gutes Beispiel –, die dem Broker eine möglichst hohe Kommission einbringen. Eine traurige, doch leider wahre Tatsache ist weiterhin, daß die meisten Broker bei jedem Tip, mit dem sie zu einem An- oder Verkauf raten, zuallererst ihre eigenen Interessen im Blick haben. Das gehört da einfach zum Handwerk, nehme ich an. Doch wie Mr. Posner mich informierte, Gwen, hast du mit den Kundenkonten Schindluder getrieben und warst einzig und allein auf deine Provisionen bedacht. Was er übrigens von Anfang an in Betracht zog. Posner hat dich nicht aufgrund deines MBA oder guten Aussehens oder deiner außergewöhnlichen Stimme eingestellt, sondern weil du bei Nordstrom seiner Tochter mal drei Paar Skihosen verkauft hast, obwohl sie nur eine wollte. Daß du so profitorientiert bist, gefiel ihm und machte ihm zugleich angst. Und seine schlimmsten Befürchtungen haben sich bewahrheitet. Du hast den Kunden Tag und Nacht Orders aus den Rippen geleiert und wie besessen ihr Geld von einem Investmentfonds zum andern verschoben, ohne daß dies sinnvoll oder nachvollziehbar war. Du hast grobe Nachlässigkeit beim Aufbau von Portfolios walten lassen. Du hattest die falschen Kunden mit falschen Erwartungen für die falschen Aktien zu den falschen Preisen. Als am Ende der Markt kollabierte, hast du ein wahres Trümmerfeld hinterlassen.»

Zeit für deine Erythrophobie. Wie üblich führt deine Angst vorm Erröten unweigerlich dazu, daß du rot anläufst. Doch findet sich im Blutwurzton deiner Wangen kein Schuldpigment. Statt Scham spürst du Groll in dir aufsteigen. Du hättest ja anders gehandelt, wenn andere Bedingungen geherrscht hätten. Hast dich gleichsam von den Umständen aufs Glatteis führen lassen, wurdest von der Geschichte betrogen. Erwartet man jetzt, daß du vorm Zeitgeist zu Kreuze kriechst? So tust, als ob du ein Kieselsteinchen wärst? Und bleibst, wo man dich hinkickt?

In deiner Phantasie wird dir vom Bräutigam vergeben. Im Vergeben ist Belford Dunn Weltmeister. Natürlich mußt du dir die Vergebung erst *verdienen.* «Ich möchte, daß du niederkniest», befiehlt Belford. Nicht etwa zu einem Blowjob, sondern zu etwas, das nicht minder erniedrigend und geschmacklos ist. «Ich möchte, daß du zum Herrn Jesus betest, Gwendolyn. André und ich werden es dir gleichtun.» Also kniest du dich auf den Boden, flankiert vom flohverseuchten Makaken und diesem vierkantschädligen Hünen im Men's-Wearhouse-Anzug, und läßt das dreifache Martyrium von Beichte, Reue und Buße über dich ergehen. Dann, als sei eine neue Seite in deinem Leben aufgeschlagen, bist du entlassen. Bist aus dem Schneider, juhuu!

Bis die simulierte Standpauke sich erschöpft hat, geht's dir schon wieder ganz prächtig. So prächtig wie die letzten 48 Stunden nicht mehr. In der Tat summst du leise vor dich hin («Lazy River»), als du dir ein Paar Jeans übers Höschen ziehst, das Fenster vor der kühler werdenden Luft verschließt, dein *Wall Street Journal* ordentlich zusammenfaltest und beiseite legst, den Eistee gegen ein Glas Chardonnay eintauschst, einen Blick auf die Uhr wirfst – bis in 'ner halben Stunde müßte Q-Jo dasein – und auf der Jagd nach frischen Hoffnungsschimmern den Fernseher einschaltest. Sollte der Präsident außergewöhnliche Maßnahmen ergriffen haben, sollten er und seine Administration zur Abwechslung mal die Kühnheit besitzen, etwas zu unternehmen, könnte deine Vermählung mit Belford eine Option sein, deren Borsten du nicht länger zu streicheln genötigt sein wirst.

Leider ist es weder der Präsident noch einer seiner Wirtschaftsberater, dessen Antlitz das leuchtende Glasviereck füllt. Sondern Dr. Yamaguchi.

«Doktor!» ruft ein Reporter. «Doktor! Sie kamen von einer kleinen Klinik an der Nordspitze Japans hierhergereist, unser Bürgermeister hat Ihnen den Schlüssel der Stadt überreicht, und der Gouverneur hat vor, Ihnen zu Ehren ein Bankett zu geben. Es gab eine große öffentliche Kundgebung, das Volk jubelt, es schreit nach Ihnen, Sie sind pausenlos von den Fotografen der Weltpresse umringt. Wie fühlt man sich, wenn man derart im Rampenlicht steht, Doktor? Was ist das für ein Gefühl?»

Mit einem klitzekleinen Lächeln, das verstohlen aus seinen Mundwinkeln lugt, läßt Dr. Yamaguchi sein Bic sinken, gibt einen Seufzer von sich und zuckt die Achseln. «Nur ein neuer Tag im Leben eines Narren.»

17:31 —••••–• Du schnappst dermaßen nach Luft, daß dein Atem sämtliche Zitronenblüten im Happy Valley zerknautscht hätte. Die Karte! Die Karte, die Karte, die Karte! Du hattest sie beim Mithören von Q-Jos Anruf beiseite gelegt, warst so perplex über das, was dir da ans Ohr drang – «Er kommt gerade aus Timbuktu» –, daß du sie völlig vergessen hast. Den ganzen Nachmittag über, während du dir mißgelaunt den Kopf über das Schicksal der Finanzmärkte, Larry Diamonds Unverfrorenheit und die Unversehrtheit von Huff zerbrachst, lag die Karte umgedreht auf deinem Bücherregal, unbefragt, glatt ignoriert. Wer weiß, wann sie dir wieder eingefallen wäre, ohne Dr. Yamaguchi!

«Narr», sagte er. *Narr.* Bei den letzten vier Tarot-Sessions hast du dreimal die Karte des Narren gezogen. Bei vier Befragungen dreimal. «Baby, das Tarot hat dich durchschaut», meinte Q-Jo. «Das ist *deine* Karte.»

«Na, vielen Dank. Wirklich ein Scheißtrost.» Du mußt wirklich sehr aufgebracht gewesen sein, so ein Wort in den Mund zu nehmen.

«Hey, ich hatte immer schon den Verdacht, daß du insgeheim ein Narr bist. Sonst hätt ich's nämlich schon längst aufgegeben mit dir.»

Na, wenn das ein Kompliment ist, dann frißt du einen Besen!

Trotzdem solltest du wohl dankbar sein, daß Q-Jo diese Figur, die manche Experten für die erste, andere für die letzte Karte des Tarot halten, positiver einschätzt als du.

Ein heiterer junger Mann spaziert unbeschwert durch die Wildnis, sich offenbar nicht der ringsum lauernden Gefahren bewußt. Die Mütze hat er verkehrt herum auf, als wüßte er nicht – oder als wär's ihm gleich –, ob er kommt oder geht. Dam-dam-di-dam. Munter wippt sein Schritt. In der Linken hält er, wie um sie aller Welt zu präsentieren, eine weiße Rose, Gegenpol des Apfels, Symbol von Reinheit und Unschuld. Über der rechten Schulter trägt er nach Art der Vagabunden einen langen Stecken, an dessen Ende ein Beutel hängt. Was hast du denn in deinem Beutel, Narr? Dam-dam-di-dam. Wir bieten dir ein Kilo Gold für den Inhalt dieses Beutels. Dam-dam-di-dam. Er bestaunt die Wolken. Den Blick nach oben gerichtet, steuert er auf den Rand einer tiefen Felsenschlucht zu. Schon bröckeln die ersten Steine unter den Stiefeln. Doch unbeirrt spaziert er weiter, sein Beutel mit wertlosem Tand schaukelt bei jedem Schritt, er hat ein Lächeln auf den Lippen und blinzelt mit wasserhellen Augen in die Sonne.

Q-Jo zufolge kann man das ganze Tarotdeck, zumindest die 22 Trumpfkarten der Großen Arkana, als die Reise des Narren betrachten. «Auf einer wichtigen Ebene», so erklärte sie, «stellen die Hauptkarten die einzelnen Kapitel der Geschichte einer Suche dar. Ich rede hier vom universellen Streben des Menschen nach Verstehen und Vereinigung mit dem Göttlichen. Wobei es keine Rolle spielt, ob die Suche mit dem Narren beginnt oder mit ihm endet, weil es ohnehin eine Schleife ist, ein Zyklus, der sich endlos wiederholt. Wenn der naive junge Narr schließlich in den Abgrund stolpert, fällt er in die Welt der Erfahrung. Nun hat seine wirkliche Reise begonnen. Unterwegs wird er dann mit all den Lehrern, Verführern – die Verführer sind zugleich Lehrer – und Prüfungen konfrontiert, vor die ein Mensch sich gestellt sieht, wenn er seine Pflicht des Wachsens erfüllt. Der Narr, das kann im Grunde jedermann sein, aber nicht jeder hat die Weisheit oder den Mumm, den Narren zu spielen. Viele Leute wissen gar nicht, was in dem Beutel drinsteckt, den sie da mitschleppen. Und alle sind sofort bereit, es in bare Münze umzutauschen. In diesem Beutel haben sie alles, was sie für das Vorankommen auf ihrer Lebensreise brauchen, aber sie knüpfen ihn erst gar nicht auf und schauen rein. Unbewußt haben wir außer Kontrolle geratenen Primaten im wesentlichen alle das gleiche Ziel, aber ich kann dir versichern: die einzigen, die das Ziel je erreichen werden, sind jene, die den Mut haben, sich unterwegs zum Narren zu machen.»

Ist ja alles gut und schön, sagst du dir, aber das Wort «Narr» klingt in *deinen* Ohren genau so, wie wenn sich jemand auf eins dieser Scherzkissen setzt. Ein Etikett, das du ganz fix von deiner Schublade kratzen würdest, mit dem erstbesten scharfkantigen Gegenstand, den du in die Finger kriegst. Und als du erfuhrst, daß man in den Tarotdecks des Mittelalters den Narren bisweilen als Bettler identifizierte, da wußtest du genau: Mit dem willst du nichts zu tun haben. Wer sich Armut auf die Fahne schreibt, kann dein Freund nicht sein. Transportmittel deiner Wahl ist der Geldtransporter von Brinks, und kein Zirkuswagen. Es reicht dir nicht, mit Geld zu tun zu haben, sondern eins werden willst du mit ihm, willst ihm innewohnen wie einer dieser toten Präsidenten, die aus den grünen Scheinchen rausschauen. «Wer sich keine Festung aus Geld baut, ist ein Narr», sagtest du mal.

«Haargenau», gab Q-Jo spöttisch zurück.

17:35 —••••• Mit zwanghafter Nonchalance schlenderst du an dein Bücherregal. Da stehen lauter Bücher über Investment-Strategien, bis auf die Enzyklopädie des Weines, den Porsche-Fotoband und ein dünnes Lyrik-Bändchen deiner Mutter: *Cupido spiegelt sich im Speichelfaden eines Zombies, während sich der weiße Schmetterling nach Abflauen der Hitze der Lilien annimmt.* Posthum veröffentlicht. Die Karte liegt auf dem Regal, gleich neben der Bauhausvase, und mit eisern gewahrter Nonchalance greifst du nach ihr. *Wenn ich* *wieder den Narren erwischt hab*, sagst du dir, *bin ich glatt imstande, ihn zurückzustecken und 'ne neue Karte zu ziehen.* Wahrsagerin oder nicht, Q-Jo merkt das doch nie.

Hoppla! Augenblick mal! «Ja verfi...!» Zwei Silben sind dir schon rausgerutscht, bevor du gerade noch rechtzeitig bremsen kannst. Wer wollte es dir verübeln? Die Karte... nun, diese Karte hier siehst du zum allerersten Mal. Irgendwann hast du auf jede Karte im Tarot zumindest mal einen kurzen Blick geworfen, und du bist felsenfest überzeugt, die hier war nie dabei. Ja ver*flixt* noch mal!

Sie ähnelt bis zum gewissen Grad der Stern-Karte, allerdings ist die untere Körperhälfte der am Teich knienden Nackten hier mit grünen Schuppen bedeckt, Hände und Fußzehen haben Schwimmhäute wie bei einem Frosch. Außerdem trägt sie einen Kopfputz, der wie ein Fischschwanz aussieht. Unten am Kartenrand, wo normalerweise DER MAGIER, DER TURM, DIE KÖNIGIN oder in diesem Fall DER STERN steht, liest du, genau in derselben Schrift: DER NOMMO. *Der Nommo?* Ja ver...?

Am Himmel über der knienden Nackten prangen die gleichen sieben Silbersterne mit dem riesigen Goldstern in der Mitte, wie du sie von der Stern-Karte kennst. Nur sind die Silbersterne hier sehr blaß, wie hinter Wolkenschleiern hängend, und der große dicke Goldstern hat irgendwelche Markierungen. Nach einer Weile erkennst du in diesen Kritzelstrichen die angedeutete Kontur eines Hundekopfes. *Huch?*

Wie die Maid auf der Stern-Karte, so hält auch diese hier in jeder Hand einen Krug – oder sollte man sagen, in jeder Flosse? Mit dem Krug in der linken... Extremität gießt sie Wasser auf die Erde, und mit dem in der rechten gießt sie Wasser zurück in den Teich. Auf dem Weg ans Fenster, wo du helleres Licht hast, erkennst du, daß der linke Krug aus Gold ist, der andere aus Silber. Und dann fällt dir noch etwas auf. Hinter dem Teich, unterm dramatischen Sternengepränge steht – genau wie auf der Stern-Karte auch – ein kleiner Baum, auf dessen höchstem Ast ein Vogel sitzt. Hier allerdings steht ein Wort quer über die Vogelbrust geschrieben. Und dieses Wort (oje, wie viele Gänsehautknubbelchen braucht es, um die Epidermis einer ausgewachsenen Filipina von Kopf bis Fuß zu pflastern?), dieses Wort heißt *Bozo*.

Die Fassungslosigkeit steht dir im Gesicht wie die Lettern auf einem Haftbefehl. Du sackst in den nächstbesten Sessel wie ein zurückgespulter Phoenix in seine Asche. Q-Jo soll schleunigst zusehen, daß sie nach Hause kommt.

Freitag abend

6. April

Träume nur, träume, bis der weiße Zwerg singt

19:50 —••••• Warum sind wir nach dem Aufwachen nie so schlau wie in unseren Träumen?

Es war ein phänomenaler Sonnenuntergang gewesen. Die Luftverschmutzung hat in den letzten Jahren die solare Palette sowohl erweitert als auch intensiviert, und heute abend – ohne den üblichen Wolkenwust, der die Farben trübt und den Himmel über Seattle nicht selten genug wie eine Heilpackung aus Quecksilber und Pfirsichsaft aussehen läßt – zog er sich wie das *nuée-ardente*-Blutmal eines Leuchtfarben-Christus über die volle Breite des westlichen Horizonts. Der ultimative Karfreitags-Sonnenuntergang also, und du hattest ihn von deinem Sessel aus verfolgt, bis der allerletzte Blutstropfen im schmutzgrauen Wasser des Puget Sound zerronnen war. Das Scharlachrot am Himmel war so kräftig wie die Farbe deiner Wangen beim Erröten, nur saß hier weit mehr Leuchtkraft dahinter, und an einer Stelle hattest du wahrhaftig an Jesus gedacht und daran, daß Belford und Grandma Mati den immer als «Licht der Welt» zu bezeichnen pflegten. Du warst drauf und dran, dies als tröstlich, womöglich gar aufrichtend zu empfinden – dann aber wälzte sich aus allen Himmelsrichtungen die Dunkelheit heran, und du sagtest dir: *Das paßt.* Kurz darauf warst du eingenickt.

Im Traum hieltest du diese bizarr verwandelte Tarotkarte hoch – in Wirklichkeit lag sie auf deinem Schoß –, allerdings wirkte sie im Traum jetzt abgewetzt, uralt, wie aus Pergament oder Papyrus oder so was, und sie war von einer Aura umgeben. Was dich im Traum nicht störte; was es bedeutete, errietest du intuitiv, begriffst du genau. Hinter dir stand ein Mann und sah dir über die Schulter. Seine Identität wurde nicht offenbart, doch seine Stimme kam dir bekannt vor. Selbst jetzt, wo du wach bist, bist du nur eine Synapse vom Wiedererkennen entfernt. Dieser Mann sagte folgendes:

«Sarah Bernhardt war eine so überaus populäre und eindrucksvolle Schauspielerin, daß bei ihrer Nordamerika-Tournee alle Auftritte ausverkauft waren, obwohl sie kaum ein Wort Englisch sprach. Was sie auch spielte, sei es Shakespeare, Molière, Marlowe oder sonstwas, sie tat es stets auf französisch – in einer Sprache also, die im 19. Jahrhundert nur wenige Amerikaner verstanden. An die Theaterbesucher wurden Libretti verteilt, damit sie das Geschehen in Englisch verfolgen konnten. Nun, es kam dabei mindestens zweimal vor, daß die Platzanweiser das falsche Libretto austeilten, den Text für ein ganz anderes Stück als das aufgeführte. Trotzdem geht aus sämtlichen Berichten hervor, daß keine Menschenseele in den vollbesetzten Häusern je einen Kommentar dazu abgab oder sich beschwert hätte. Hinzu kommt, daß kein einziger Kritiker je diese Diskrepanz in seinem Artikel erwähnte.» An der Stelle, das weißt du noch genau, gab dir der Mann einen Stups. Dann fuhr er fort.

«Wir modernen Menschen schauen uns das Leben an und versuchen, einen Sinn darin zu finden, beobachten eine ‹Realität›, die sich oft wie in einer fremden Sprache zu entfalten scheint – nur hat man uns allen das falsche Libretto ausgeteilt. Als Text gibt man uns die Bibel. Oder den Talmud oder den Koran. Wir kriegen *Time Magazine* und *Reader's Digest*, Tageszeitungen und die 6-Uhr-Nachrichten, wir kriegen Schulbücher, TV-Komödien und revisionistische Histörchen; wir kriegen psychologische Beratung, Kulte, Workshops, Anzeigenwerbung, Verkaufsargumente und autoritativ klingende Äußerungen von selbsternannten Experten, opportunistischen Wissenschaftlern, politischen Aktivisten und Staatsoberhäuptern. Dummerweise weist keine dieser Übersetzungen auch nur eine entfernte Ähnlichkeit mit dem auf, was auf der Bühne des wirklichen Lebens abläuft, und die meisten davon sind gefährlich irreführend. Wir versuchen die spiralisierenden Feinheiten einer majestätisch komplexen Tragikomödie anhand von Libretti zu begreifen, die Kneipenmelodramen oder Kindergartensketche schildern. Und wann hast du das letzte Mal gehört, daß sich einer deswegen beim Management beschwert hätte?»

Genau das waren seine Worte, an die du dich mit auffallender Klarheit erinnerst. Und gewiß war es bloß pseudophilosophisches leeres Geschwätz, doch woher kam es? Selbst wenn es im realen Leben so einen Mann gab – du hast seine Rede geträumt, also müssen diese Worte auch in *dir* entstanden sein. Gibt es einen Teil von dir, der solche Gedanken hegt? Wie ärgerlich, falls dem so wäre. Und was ist von jenem Teil von dir zu halten, der so gut über Sarah Bernhardt Bescheid zu wissen scheint? Du kannst dich vage erinnern, daß deine Mutter mal ihren Namen fallenließ. Bevor sie all diese Barbiturate schluckte und in den tiefen Schnarcherich sank.

19:53 —••••–• Hastig knipst du die Stehlampe neben dem Sessel an. Sobald sich deine Augen an das grelle Licht gewöhnt haben, inspizierst du erneut die abnorme Tarotkarte – und machst im gnadenlos enthüllenden 150-Watt-Schein eine epochale Entdeckung. Nämlich: die Karte wurde manipuliert.

Jawohl, es ist so offenkundig wie die Waliser Nase in deinem Filipina-Gesicht. Mit Filzmalstiften und schwarzem Kuli wurde die Sternkarte zu der fischigen Mißbildung umgemodelt, die dich so in Erstaunen versetzte. Ein blaßblauer Pastellstift tönte die Silbersterne ab, ein hellgrüner Filzstift machte die Füße der Maid zu Schwimmflossen, und DER NOMMO wurde über den zuvor weiß übermalten Originaltitel DER STERN geschrieben. In gewisser Weise bist du sehr erleichtert über diese Entdeckung. Denn sie bedeutet, daß du weder diese Karte in der Vergangenheit übersehen hast noch daß hier irgendwas, ähm, *Übernatürliches* im Spiel ist. Gut. Aber nun wunderst du dich, wieso Q-Jo so was Bescheuertes tut und auf ihrem Tarot rumkritzelt, das sie normalerweise mit allergrößtem Respekt behandelt. Und mußt dich obendrein wundern über das Wort *Bozo*. Wie sich das hier eingeschlichen hat. Ehrlich gesagt, es beginnt dich allmählich ein wenig zu beunruhigen, dieses *Bozo*.

Deine Unruhe wächst, als du einen Blick auf deine Rolex wirfst.

Q-Jo ist seit fast zwei Stunden überfällig. Und sie hat es nicht für nötig gehalten, dich anzurufen. Oh, aber was ist, wenn sie nicht anrufen kann? Was ist, wenn sie gefesselt auf einer mit giftigen Dämpfen desinfizierten Matratze liegt, Opfer undenklicher Untersuchungen und Spritzereien, verübt von diesem... diesem Pipi-Schnüffler? Und wieder einmal schwanken deine Emotionen: Wut, Sorge. Wut, Sorge.

21:00 —••••–• Wut. Sorge. Das unbehagliche Wechselbad hält an, eskaliert jetzt auf beiden Seiten, mit jedem Ausschlag des Pendels. *WUT! SORGE!* Na ja, wenn man mal ganz genau hinsieht, ist es eher *WUT! Sorge*. Weil du nämlich mehr darauf vertraust, daß Q-Jo auf sich selber aufpassen kann als auf ihre Pünktlichkeit – zumindest wenn Männer im Spiel sind. Als jedoch ein paar Minuten nach neun dein Telefon läutet, zögerst du keine Sekunde. Du schießt hin wie die Forelle zur mit klebrigem Schmant gefüllten Fliege.

«Oh, Schatzi, du bist ja zu Hause. Wollte mich nur kurz melden und dir ein Good-bye aufs Band sprechen. Ich dachte, du hattest vor, mit Q-Jo auszugehen. Ich dachte, deswegen könntest du mir nicht helfen. Bei der Suche nach André.»

«Ich bin hier. Q-Jo ist nicht da. Weiß der Henker, wo die steckt. Und der Grund, weshalb ich dir nicht bei der Suche nach André helfe, ist...» Dir fehlen die Worte. Na wenn schon. Dein Ton ist säuerlich genug, ohne daß du näher erklären müßtest, was Belford deiner Ansicht nach mit seiner Andréitis tun kann.

Nach kurzem Schweigen sagt Belford: «Ich verstehe nicht.»

«Hör zu, Belford, ich mache mir Sorgen um Q-Jo. Sie hatte heute nachmittag einen Termin mit einem echt abseitigen Typ, und sie ist bis jetzt nicht aufgetaucht und hat sich auch nicht gemeldet oder sonstwas.»

«Das ist es also. Nun, Honey, tut mir leid, daß du dir Sorgen machen mußt. Ich will nicht, daß du Sorgen hast. Aber Q-Jo ist eine energische Dame, und zwar eine mit Breitenwirkung, wenn ich so sagen darf. Es wird also kaum jemandem auf der Welt gelingen, sie zu irgendwas zu zwingen, was sie nicht will. Was bringt dich denn auf den Gedanken, ihr Kunde sei abseitig?»

«Ich *kenne* ihn als abseitigen Typ.»

«Oh? Du bist mit diesem Gentleman persönlich bekannt?» Unter den Fingernägeln seiner Stimme ist das grüne Smegma des Mißtrauens herauszuhören.

«*Gentleman?* Ja! Nein! Ich meine, ich hab ihn gestern im Bull & Bear kennengelernt. Er versuchte ... er redete von ... ach, vergiß es. Glaub mir, er ist ein unberechenbarer Zeitgenosse. Q-Jo ist seit drei Stunden überfällig und hat nicht angerufen. Und es passieren merkwürdige Dinge.»

«Was für merkwürdige Dinge denn?»

Autsch, jetzt hat er dich. Würdest du versuchen, es in Worte zu fassen, dann würden die «merkwürdigen Dinge» ziemlich harmlos klingen. Wie sollst du ihm erklären, daß eine gefälschte Tarotkarte und das blöde Wort *Bozo* dich von geschäftlichen Überlegungen abhalten und dein Ostern zum Halloween machen? «Belford», sagst du schließlich, «glaubst du, daß wir versuchen, der Show mit dem falschen Libretto in der Hand zu folgen?»

In der Leitung herrscht Schweigen. Dann fragt er: «Was ist denn ein Libretto?»

Meine Güte! Schaff diesen Mann aus der Stadt, bevor du ihn heiratest. «Um wieviel Uhr geht deine Maschine? Wann kommst du zurück?»

«Abflug um elf. Ich werde am späten Sonntagabend zurück sein. Und, Zuckerhasi, wo du ja nun frei bist – ob du da wohl Lust hättest, mich raus zum Airport zu fahren? In meinem Wagen, wenn's dir recht ist. Ich würde dir gern den Lincoln überlassen, damit André dann, weißt du, das Auto erkennt, wenn du umherfährst und ihn suchst. Hast du gewußt» – er gibt ein kummervolles, stolzes Kichern von sich –, «daß der kleine Halunke manchmal beim Fahren auf meinem Schoß sitzt? Ich glaube, er würde gern mal steuern.»

«Wann soll ich dich abholen?» fragst du kühl. Alles, auch das hier, ist noch besser, als rumzuhocken und auf die Heimkehr der Okkult-Schlampe zu warten.

«Um halb zehn.»

«Ich bin bis dreiviertel da.»

22:40 —••••• Auf der Heimfahrt vom Airport läßt du den Lincoln auf 80 Meilen die Stunde hochschnurren. Du bist zwar nicht *so* sehr in Eile, trotz deiner akuten Neugier über Q-Jos Verbleib; aber du würdest drauf wetten, daß Belford den Stadtwagen noch nie über 55 Meilen hochgepusht hat, und irgendwie geht dir das gegen den Strich. «Na, wie gefällt dir das, Baby?» fragst du den dahinrasenden Lincoln und errötest bis runter ans Gaspedal, als dir die Anzüglichkeit deiner Bemerkung klar wird.

Aus einer jähen, vielleicht aber auch nicht so jähen Laune heraus nimmst du die Ausfahrt zur Seneca Street und findest dich in der City wieder. Von hier aus ist es so selbstverständlich wie billig einkaufen und teuer verkaufen, mal bei Posner, Lampard, McEvoy & Jacobsen vorbeizugondeln. Bloß mal sehen, ob Licht brennt. Ach du meine Güte, da *ist* Licht! Obendrein wissen es die Parzen einzurichten, daß genau gegenüber eine Parklücke frei ist. Du fährst rein und stellst den Motor ab. Du bist dermaßen nervös, daß dir die Nippel vibrieren. Aber, hey, du hast alles Recht der Welt, raufzugehen und nachzuschauen, was da abgeht – und bei dieser Gelegenheit, wenn dich keiner beobachtet, ein paar deiner Spuren zu verwischen.

Hoppla. Der Eingang zum Foyer mit den Aufzügen ist von einer Erscheinung blockiert, die man «street person» nennt. Und der Mann ist mit einer dieser Hi-Tech-Waffen bewehrt, die sich seit dem letzten Golfkrieg großer Beliebtheit erfreuen. Nein, nein, immer mit der Ruhe, das hier ist schließlich keine Mini-Missile, sondern ein Teleskop auf einem Stativ.

«Für einen Dollar, Lady, können Sie den Mann im Mond sehn. Für zwei Dollar können Sie einen Blick auf den Sirius werfen.»

«Wieso ist der Sirius teurer?»

«Ist weiter weg.»

Das kannst du nicht abstreiten. Nun, ein Blick zu den Sternen ist besser als eine Serenade auf der Quetschkommode (erst letzte Woche wollte ein Streuner 50 Cents für «Strangers in the Night» auf der Maultrommel), und wenn du dem Mann seinen Willen läßt, dann macht er vielleicht Platz und läßt dich ins Haus. Sein Gesicht wirkt freundlich, wenn auch ein bißchen hohläugig und von Ausschweifung gezeichnet; vermutlich ein von Etatkürzungen wegrationalisierter Astronomieprofessor. Du schiebst ihm die zwei Kröten rüber, beugst dich aus der Hüfte nach vorn und hältst die braune Pupille ans Okular.

«Wo denn? Ich seh nichts ... Moment, ich glaub, jetzt hab ich's.» Du drückst dein Auge an die Linse, bis deine Wimpern wie die steifen Borsten am Bein einer Laus das optische Glas kämmen und striegeln. «Da ist ein heller Fleck. Ist er das? Viel macht er ja nicht her.»

Der Astronomiepenner schnaubt, gibt einen kurzen, bellenden Huster von sich und spuckt einen Batzen Substanz auf den Gehsteig, den du richtig aufplatschen hörst. «Lady, zwischen dem und uns hier liegen acht Komma sechs Lichtjahre.»

«Klingt gar nicht mal *so* weit entfernt. Ist das 'n gutes Teleskop?»

«Ja, Scheiße, Lady, das sind Billionen von Meilen, Billionen! Aber selbst damit ist er uns noch verdammt schön nah. Ist relativ nah und relativ groß. Der hellste Stern am Himmel.»

«Ach, was Sie nicht sagen.» Was glaubt dieser Tramp eigentlich, wen er hier vollsabbert? «Ich hab schon hellere gesehn. Und zwar ohne Teleskop.»

Erst kommt ein kurzes, belferndes Lachen, dann ein Schnauben, der Huster, und platsch. Du erschauderst, stellst dir was in der Konsistenz von Pfannkuchenteig vor, vom Farbton her den Lebensformen in einem Junggesellen-Kühlschrank ähnelnd, und hältst tapfer den Blick auf den tanzenden Punkt aus gelbem Feuer am Ende des Rohres gerichtet. «Was Sie da gesehn haben, Missy», wagt der vulgäre Kerl dich zu verbessern, «das war Venus oder Mars oder Jupiter. Das sind *Planeten*, Herrgott noch mal. Dieser Sirius da ist ein *Stern*.»

Okay, da mag er ja recht haben. Du wirst dich mit einer Randfigur der Astronomie auf keine Diskussion einlassen. An seinem Aroma merkst du, daß der Mann sich genähert hat. «In Wirklichkeit», sagt er, «handelt es sich bei Sirius um einen Doppelstern. Es gibt nämlich zwei. Der große funkelnde ist Sirius A, der sogenannte Hundsstern. Aber der hat 'n kleinen Kumpel, Sirius B. Der Kleine ist ein weißer Zwerg. Ist 'n technischer Begriff, könnt mir aber vorstellen, daß ein Mensch wie Sie so was poetisch findet.»

«Kann ich den sehen? Den kleinen Stern?» So sehr interessiert es dich zwar nicht, aber für deine zwei Dollars willst du den vollen Gegenwert.

«Durchaus möglich, wenn Sie mal die Augen zusammenkneifen und sich Mühe geben. Unten rechts neben dem Großen.»

Während du dich plagst, Sirius B auszumachen, gibt es einen Knall und einen Blitz, als wäre Sirius A explodiert – und das Himmelszelt und alles, was da oben leucht' und drunter fleucht und kreucht, löst sich in nichts auf.

Als du Minuten später wieder zu Bewußtsein kommst, liegst du flach auf dem Gehsteig, deine Jeans samt Höschen runtergezogen bis auf die Füße, der Inhalt deiner Tasche rings am Boden ausgebreitet wie die Lieblingssachen einer toten Pharaonette.

23:00 —••••• Ganz Seattle sitzt in der ersten Reihe bei der Premiere deiner freigelegten Spalte: Man kann jedes Härchen zählen, die Labialstraßenkarte ist entfaltet für alle, die gern einen Blick drauf werfen möchten, die Clit ein schimmernder kleiner Leckerbissen in Erwartung einer Cocktailgabel oder zweier Stäbchen. Aber du errötest nicht. Du bist jenseits aller Schamröte. Du bist vor ihr geflüchtet. Es ist Der schlimmste Tag deines Lebens, Teil zwo, und du hast den Fluß durchschwommen und bist am andern Ufer auf einen Baum geklettert.

Wie dem auch sei, nach und nach zerrt es dich wieder rein in deine körperliche Existenz. Du spürst das eiskalte Pflaster unterm blanken Hintern; das grelle Licht der Straßenlaterne knallt dir wie ein Brett auf die Augen. Du setzt dich auf. Kein stechender Schmerz läßt dich zusammenzucken; nichts baumelt, als wenn es gebrochen wäre. Unterhose und Hose hochziehend, stehst du vom Boden auf. Schnallst den Gürtel zu und schaust um dich. Ebenso erstaunt wie erleichtert stellst du fest, daß außer dir kein Mensch auf der Straße ist. Dein verlotterter Sagan ist verschwunden, und mit ihm diverse Bettler und Straßenmusikanten, die vorhin den Block bevölkert hatten, obwohl du in der Ferne eine Gruppe schemenhafter Gestalten ausmachen kannst, aus deren Mitte der unverkennbare Refrain von «Strangers in the Night» hervorschwebt, auf einer Maultrommel gespielt. Du sammelst dein Eigentum vom Boden auf und wirfst es in dein Täschchen.

Man hat mich vergewaltigt und ausgeraubt, sagst du dir, *ich muß die Polizei verständigen.* Aber nicht von hier aus. Nicht am öffentlichen Telefon in diesem Foyer, und ganz bestimmt nicht da oben in Posners Disco. Immerzu über die Schulter nach hinten blickend, eilst du quer über die Sixth Avenue zum Wagen. Kaum hockst du im Lincoln, hast die Türen verriegelt und den Motor laufen, fängst du an zu bibbern und zu schluchzen. Und als der Schock nachläßt, kommen dir erste Zweifel, ob man dich tatsächlich vergewaltigt hat. Zwischen deinen Beinen ist weder was feucht noch irgendwas wund. Das herbe, stechende Odium der Schändung haftet nirgends an dir. Wachsam wie ein am Regenwurm zerrendes Rotkehlchen, damit sich kein Obdachloser unbemerkt hinterm Lincoln anschleichen kann, machst du eine Bestandsaufnahme des Tascheninhalts. Die 40 Dollar Bargeld sind noch da, minus die zwei, mit denen du dir diesen letzten Affront eingekauft hast. Und – welche Freude! – auch deine goldene Visa-Card. Desgleichen die gefälschte Tarotkarte, die du mitgenommen hast, um sie Belford zu zeigen, sofern er dafür empfänglich sein sollte: das war nicht der Fall. Nach allem, was du in letzter Zeit erlebtest, hätte es dich nicht gewundert, wenn ausgerechnet diese dämliche Karte gefehlt hätte.

Irgendwie bist du sehr erleichtert. So erleichtert, daß du am liebsten «Danke, lieber Gott!» zu einer Wesenheit sagen möchtest, die du seit langem im Verdacht hast, die dreistesten Insidergeschäfte zu machen. Andererseits fühlst du dich auf irgendeine verkorkste Art übers Ohr gehauen – als könnte man dich nicht mal ordentlich vergewaltigen und ausrauben. Du massierst deinen Nacken, wo sich ein Schmerz bemerkbar macht: der Gossen-Galilei muß dich per Genickschlag betäubt haben, wie man es bei 'nem Hasen macht. Wie passend zu Ostern. Da all deine diversen Reichtümer unangetastet blieben, muß das Motiv des Überfalls darin bestanden haben, dich zu demütigen. Wie du hörtest, nehmen diese von Habenichtsen an Besitzenden verübten Untaten in letzter Zeit zu, angestachelt durch Neid, Groll und die Hollywoodfilme, in denen Racheakte glorifiziert werden. Wenn sie nur wüßten, wie wenig dich von einem Leben als Habenichts trennt!

23:14 —••••–• Auf der Rückfahrt nach Hause machst du kuriose Umwege, weil du jedesmal, wenn du in der Ferne eine Ansammlung von Streunern oder eine Gang bedrohlich wirkender Teenager (soso, schwarzes Haar plus braune Augen gleich bedrohlich, Gwen?) auftauchen siehst, sofort abbiegst, damit du nicht an ihnen vorbei mußt. Vielleicht fürchtest du auch, daß du – falls dir irgendwo der Astronom unter die Augen kommt – einfach nicht widerstehen kannst, den Lincoln kurz auf den Bürgersteig schlenkern läßt und ihn mit deinem Kotflügel auf den Mond schießt. Vielleicht ist es auch die Angst, daß eine gepflegte Frau, allein hinterm Steuer einer Luxuskarosse, als günstige Gelegenheit aufgefaßt wird und dich an einer Ampel oder einem Stoppschild zum zweiten Mal der Schlag trifft. Wohlstand hat auch seine Schattenseiten.

Auf jeden Fall befindest du dich, immer noch ein bißchen bibbernd und schluchzend, jetzt auf der Second Avenue, einer Einbahn-Verkehrsader nach Süden, was bedeutet, daß du dich eigentlich vom Queen Anne Hill entfernst, statt auf ihn zuzusteuern, also ist eine Kurskorrektur fällig. Als du dein Tempo drosselst, um die Tauglichkeit der nächsten Querstraße zu erkunden, wird der Lincoln von einer Breitseite Musik gerammt, die dich kurz vom Sitz hebt. Du drehst dich um, siehst eine im Zickzack leuchtende Neonreklame mit dem Schriftzug LIVE FRIDAY! BETTY SPAGHETTI & THE MEATBALLS. Aha, der Werewolf Club! Hättest du Q-Jo den Gefallen getan, heut abend mit ihr dort hinzugehen, dann wäre sie womöglich rechtzeitig nach Haus gekommen, und dir wäre vieles erspart geblieben. Hätte andererseits Q-Jo einen besseren Musikgeschmack, dann hätte der Werewolf Club erst gar nicht zur Debatte gestanden. Was das angeht, hattet ihr euch auch auf keinen Film einigen können. Du hattest ins Cary Grant Double-Feature in einem Revival-Kino gewollt, Q-Jo ganz begeistert für einen transzendentalistischen Porno mit dem Titel *Deep Thoreau* geschwärmt. Meine Güte! Eure Freundschaft ist ein gar fruchtlos Ding – aber du hoffst inbrünstig, daß sie nun endlich zu Hause sein wird.

Beim Einbiegen in die Seitenstraße bemerkst du eine Menschentraube ein Stück weiter vorn. Du bremst auf der Stelle ab und legst den Rückwärtsgang ein, setzt an zum Rückzug auf die Second. Aber nee, ist gar nicht nötig. Wie du nun erkennen kannst, ist das Völkchen da vorne trendig in Leder gekleidet und steht – mehr oder weniger – vor einer gespannten Samtkordel aufgereiht. Du läßt den Wagen vorwärts gleiten. Hier gibt es kein Neon und keine Markise. Ein dezentes Messingschild weist den Ort als Club Woman Ray aus. Der Marcel-Duchamp-Roboter hat eine qualmende Zigarette zwischen den mit Gummi überzogenen Lippen hängen und läßt Einlaß heischende Gäste erst nach eingehendem Taxieren von Habitus und Garderobe passieren. Die Dumpfbacken, die Insolventen und die allzu Beflissenen werden in Bausch und Bogen abgewiesen. Das gefällt dir. Wie in den Achtzigern. Die meisten Clubs und Restaurants stecken heute finanziell dermaßen in der Klemme, daß sie ihre Gäste praktisch am Kragen ins Lokal zerren. Marcel – wie schafften die es nur, ihm dieses Urteilsvermögen einzuprogrammieren? – öffnet die schwere Stahltür und läßt ein Pärchen in identischem pinkfarbenem Schlangenleder-Outfit ein. Einen kurzen Moment lang kannst du bis ganz nach vorne auf die Bühne schauen. Dort hockt, im Filipino-Guerilla-Dress mit seinen Bongos, wie du ihn tausendmal hast am Boden hocken sehen, dein Vater. Bevor die schwere Stahltür wieder zufällt, schnappst du ein paar altbekannte Strophen auf.

«Den dürren Teddybär, gewonnen
an der Losbude vom Liebesrummel,
unter meine berankte
Achsel geklemmt,
steig ich
zu Gevatter Tod in den Pick-up,
verführt von seinem hypnotischen Killekille
der ewiglichen Lakritze
seiner Lollipops.»

Genau. Du erinnerst dich. Das hier hieß «All-Day Sucker». Sie schrieb es, kurz bevor sie von der Aurora-Brücke sprang. Du bleibst stehen und wartest, ob du noch mal einen Blick auf deinen Dad ergattern kannst, doch hinter dir taucht eine dieser extralangen Limousinen auf und hupt. Du fährst davon.

23:22 —• • • • –• Wenn du es nun in diesem Moment elterlichen Gedenkens wolltest, dann könntest du zum Queen Anne Hill die Strecke über die Aurora-Brücke nehmen und den Hügel von der Nordseite aus hochfahren. Was aber einen Riesenumweg bedeutet, außerdem bist du nicht sicher, ob deine Mutter wirklich von dieser Brücke sprang. Die Wahrheit ist: Du weißt nicht, welche Methode sie wählte, um ihre sterblichen Anlagewerte zu liquidieren. Woran du dich erinnerst, und zwar lebhaft, ist ein Juniabend in deinem zwölften Lebensjahr, als deine Mutter, in Anlehnung an ihr poetisches Idol namens Sylvia Irgendwas, die Backröhre einschaltete und den Kopf hineinschob. Dummerweise oder zum Glück, wie immer man das nun nennen will, hatte sie eines sträflich übersehen. Ihr hattet einen *Elektroherd*.

Statt sich per Gastod ins Jenseits zu befördern, kam sie bloß gewaltig ins Schwitzen und setzte ihr Haar in Brand. Ein fürchterlicher Gestank breitete sich in der Wohnung aus. Als du aus dem Bett krochst und nachschautest, warum es so stank, sahst du sie qualmend wie eine Räucherkerze gegen Ungeziefer mitten in der Küche knien, während ihr dein Vater gerade einen Krug Rotwein über den Kopf goß. Danach hast du sie nie wieder gesehen. Die Nacht über war sie zur Behandlung ihrer Kopfhautverbrennungen in der Klinik, und am nächsten Morgen wurdet du und dein Bruder nach Oakland geschickt, um den restlichen Sommer bei Grandma Mati zu verbringen. Eines Tages im August gelang es deiner Mutter dann, sich wirklich umzubringen. Man beschloß, die kleine Quieks mit den Einzelheiten zu verschonen.

23:35 —••••• Du parkst den Lincoln vor deinem Apartmenthaus. Wenn Belford sich auch nur eine Sekunde lang einbildet, du würdest den Queen Anne Hill nach seinem André abkämmen, dann hat er sie nicht mehr alle. Auch wenn du keinen brutalen Überfall hinter dir hättest, würdest du nicht nach diesem Affen suchen. Jedenfalls nicht heute nacht. Morgen ist auch noch ein Tag.

Bevor du ins Haus gehst, wirfst du rasch einen verstohlenen Blick zum Sirius hinauf. Sirius A. Sirius B ist mit bloßem Auge nicht sichtbar. Falls es tatsächlich so was wie Sirius B geben sollte. Der Kerl kann dich genausogut auf den Arm genommen haben. «Pssst, Kleine, willste mal mit raufkommen und meinen weißen Zwerg sehn?» Du wirst dich bei Q-Jo erkundigen. Q-Jo hat dir mal erzählt, daß sämtliche schweren Elemente, inklusive jener im menschlichen Körper, durch die furchtbaren Todeskrämpfe des Eisens auf fernen Sternen erschaffen wurden. Dieses Wissen, sagte sie, gebe ihr ein Gefühl der Verwandtschaft mit den entferntesten Galaxien. Alles, was dir dazu einfiel, war, daß du an diesem Morgen vergessen hattest, deine Vitaminpillen zu nehmen.

Nun, der Blick hinauf zum Sirius (hell strahlt er, das stimmt) tut deinem lädierten Genick gar nicht gut. Du steigst die Treppe hinauf, du hämmerst an Q-Jos Wohnungstür. Keine Antwort. Du huschst den Flur runter, hörst das Band deines Anrufbeantworters ab. Es enthält nur eine Nachricht, und zwar von Belford, der vom Airport angerufen hat, um dir zu sagen, daß er dich bereits vermißt. Du denkst: *Belford ist ein Volltrottel*, aber irgendwie fehlt er dir auch. Du bräuchtest unbedingt einen Menschen, mit dem du reden kannst.

Aus einer spontanen Eingebung heraus gehst du wieder den Flur runter, schließt Q-Jos Wohnungstür auf und gehst hinein. Nichts hat sich verändert. Sie ist nicht zu Hause gewesen. Die ausgebreiteten Karten liegen nach wie vor auf dem Tisch, der Terminkalender aufgeschlagen auf der alten, wackligen Chiffonniere. Hey! Ihr Terminkalender! Gute Idee, Gwendolyn. Leider ist der einzige Eintrag am Freitag nach dem Mittagstreff mit der Gartenkunstliebhaberin nur ein hastig hingekritzeltes «L. D. anrufen». Das ist alles. Also offensichtlich: Larry Diamond anrufen. Aber keine verfi-, keine verflixte Nummer, sorry wegen dem schweinischen Wort. Du probierst es mit dem Telefonbuch. Natürlich steht er nicht drin. Möglicherweise hat Posner ja Diamonds Nummer. Und Posner ist 'ne Nachteule, aber im Augenblick fühlst du dich einfach zu verwundbar, um den anzurufen. Bevor du wieder mit Posner sprichst, mußt du dir erst ein paar frische Kalkschichten auf die Schale legen.

Du setzt dich an den Kirschholztisch, wo du im trüben Schein einer mit Troddeln besetzten Lampe erst wie in Zeitlupe, in Gedanken verloren, dann rasch und mit Vorsatz die Tarotkarten umdrehst. Beruhigt stellst du fest, daß alle Karten unversehrt sind, auch wenn es das Rätsel der Nommo-Karte um so verzwickter macht. Du kramst im Durcheinander deiner Tasche und holst die fragliche Karte hervor, willst sie wieder zu den anderen legen. Soll sich doch jemand anders einen Reim drauf machen. Dir schwirrt der Kopf schon genug, als daß du ihn dir auch noch über Sternmaiden mit Schwimmhäuten zermartern könntest. Doch als dir nun die Karte durch die Finger gleitet, spürst du in den Nervenenden ein elektrisches Kribbeln – und ohne jeden logischen Grund stehst du auf und schaust noch einmal in Q-Jos Terminkalender.

Da ist es, liegt vor dir auf der Kalenderseite wie eine Qualle am Strand: unsichtbar, bis du gerade drauftreten willst, aber dann, auweia, riesengroß siehst du es plötzlich. «Freitag morgen 9 Uhr 30, Larry Diamond, Thunder House, 783-0190».

23:55 —••••• Was wirst du sagen, wenn er abnimmt? Wär's nicht schlauer, die Stimme zu verstellen? Kriegst du es hin, nach Q-Jo Huffington zu fragen, ohne quieksig oder zittrig zu klingen? Vor einer Stunde wurdest du Opfer eines Überfalls, wieso bist du nicht längst im Bett? Unter der Dusche? Bei deinem Arzt? Rufst die Polizei an? Du fängst schon wieder an zu bibbern, als du nun auf die 7 tippst, die 8, die 3...

Gottes Äther hat ein Loch, in dem alles Läuten verschwindet. Ein Summton nach dem andern driftet durch dein Hirn auf dem Weg ins Geräuschnirwana, wo er sich entweder zum Chor im Jenseits gesellt oder als, na, sagen wir, Brutzeln einer Blätterteigpastete oder Maunzen eines Katzenjungen wiedergeboren wird. Noch einmal willst du es läuten lassen. Nur ein einziges Mal, dann wirst du auflegen. Okay. Und jetzt noch ein allerletztes Mal, zum Abschluß. Das abschließende Summen wird unterbrochen zwischen dem *Sum* und dem *men*. Ein oder zwei Sekunden lang folgt Stille vom Band, leicht zu unterscheiden vom guten altmodischen, farmfrisch-organischen Schweigen. Dann lauschst du mit angehaltenem Atem folgender Ansage:

«Reine Zeitverschwendung, diese Nummer zu wählen. Es sei denn, Sie hätten das passende Libretto zur Hand.»

Abgesehen von der rein inhaltlichen Schockwirkung, fallen dir zwei Dinge auf: erstens ein Rumpeln und dumpfes Scheppern im Hintergrund, während der Mann spricht. Zweitens: das ist die Stimme aus deinem Traum.

Samstag morgen

7. April

: Theaterdonner

: |

6:00 — • • • • – • In einem Anfall spastischer Dämlichkeit hast du Q-Jo mal gefragt, ob sie glaubt, daß deine Träume wahr werden. «Du redest nicht von deinen Träumen», verbesserte sie dich, «du meinst deinen pathetischen bourgeoisen Ehrgeiz. Träume werden nicht wahr. Träume *sind* wahr.»

Das ging dir durch den Kopf, als du dich – schlaflos, traumlos – die ganze Nacht lang von einer Seite auf die andere warfst, doch gab es so viele karriolende Gedanken, die in deinem Hirn Autoscooter spielten, daß du jedem bestenfalls ein paar Sekunden widmen konntest, ehe ihm ein neuer Gedanke hinten draufknallte oder in die Seite rammte, der dann seinerseits kurz die Führung übernahm. Du versuchtest dich auf den Markt zu konzentrieren, auf deine Überlebenschancen im Falle, daß es am Montag keinen größeren Umschwung gibt, aber es schlingerten und karambolierten einfach zu viele andere Autos in deinem zerebralen Motodrom. Auch wenn du dich beispielsweise bei der peniblen Untersuchung deiner Vagina davon hast überzeugen können, daß dir bei deinem Martyrium vor Posners Disco ein Akt der Schändung erspart geblieben war, kamst du nicht umhin, allen Ernstes einen Aidstest in Erwägung zu ziehen. So wie das mit der Seuche heute überhandnimmt, könnte ein Test klug sein und nur mäßig kompromittierend. Bestimmt weniger peinlich, als mit deiner Hosen-runter-Geschichte zur Polizei zu laufen. Apropos Polizei, vielleicht solltest du ... Nee, nee, bis morgen früh ist Q-Jo wieder da, nun vergiß das Orakelflittchen doch mal. Aber allzu lange konntest du sie nicht vergessen. Dreimal bist du in dieser schrecklichen Nacht aufgestanden und hast bei ihr angerufen, und nach dem dritten erfolglosen Versuch hast du auch wieder Larry Diamonds Nummer gewählt und warst fast erleichtert, als du die gleiche pompöse Ansage hörtest wie zuvor, aber es brachte dich zum Nachdenken über deinen Librettotraum. Und über dieses blöde Wort *Bozo*. Offenbar war Diamond am Freitag morgen schon Q-Jos Tarot-Kunde gewesen, bevor sie dann am Nachmittag loszog, um gegen Honorar seine Timbuktu-Souvenirs zu begutachten – also steckte wahrscheinlich dieser Diamond dahinter; du würdest hundert Microsoft-Anteile drauf wetten, daß er es war, der Huffs Sternkarte verunstaltet hat. Aber wozu? Sie muß ihm das erlaubt haben. Warum? Ihn dabei unterstützt haben. Unruhig den Kopf auf dem Kissen hin und her werfend, spürtest du einen Schmerz im Nacken, einen willkommenen Schmerz, weil er dieses verdammte Diamond-Auto krachend gegen das Geländer der Arena schob und wiederum einen neuen Gedanken – tuut, tuut, blink, blink – triumphal aus dem Gewühl hervorsausen ließ.

Jetzt, um sechs Uhr früh, sind deine Lider schwer wie die Hartgummidämpfer einer Stoßstange, aber dein Getriebe ist zu biestig und überdreht (und vom Broker-Business konditioniert), um dich ruhen zu lassen, also springst du aus dem Bett und tappst zum Fenster, wo du mit mildem Erstaunen feststellst, daß der Regen zurückgekehrt ist.

06:15 —••••• Der Regen ist zurückgekehrt. Als hinge er am Bungee-Seil, hat es den ausgebüchsten Himmel wieder zur Erde zurückschnalzen lassen, wo ihm Berggipfel die Blase perforieren und Hügelkämme die Drüsen auswringen. Dein Haus ist ringsum von einem feucht wabernden Grau umgeben, als würde es gerade von einer Auster verdaut.

Wir sind in Seattle, der kurze, strahlende Frühling ist abgewürgt, und der Regen ist wieder da. Hat sich von den Hängen des Sasquatch heruntergeschlichen. Hat sich mit den Gänsen aus den Marschen erhoben. Es regnet klappernde Totemzähne. Es regnet eine Schwitzhütte voll uralter Dämpfe. Die City mit ihren Bürotürmen und ihrer

Elektrizität wird vom Regen gewissermaßen ins Primitive zurückgeworfen: jeder Farbton abgedunkelt, jedes Rädchen gebremst, jeder Blick verkürzt, jedes moderne, kommerziell orientierte Bewußtsein auf sich selbst beschränkt, auf engstem Raum zusammengepfercht mit dem alten Salamander, der in der Seele schläft. Stunde um Stunde wird der Regen fallen, als Bühne ausstaffierte Apartments werden den Charakter von Nestern oder Schlupflöchern annehmen; und die Espressowägelchen, die Pumpstatiönchen von Seattles Herzblut, werden unter ihren Schirmen leuchten wie die Hütten von Schamanen. Tropfen rinnen spiralig von jedem Sims, jeder Antenne, jeder Markise. Tropfen glitzern auf jeder verspiegelten Fensterscheibe, jeder Heckklappe, jedem Zoll Neon, der im Dunst vor sich hin sirrt. Der durchdringende, dichte Regen mildert ab, reduziert die Kluft zwischen Natur und Zivilisation zu einem Spalt, in dem sich vergessene Sehnsüchte regen.

Irgendwo hast du gelesen, daß in Botswana das Wort *pul* sowohl «Geld» als auch «Hallo» bedeutet. Das gefällt dir. Jedesmal, wenn dir jemand begegnet, sagst du «Geld!», und er erwidert: «Geld!» Was für ein fröhlicher Gruß! Wie sachlich und unverblümt! Außerdem hast du gelesen, daß *pula* auch mit «Regen» übersetzt werden kann. Auch das gefällt dir. Pennies vom Himmel sozusagen. Die alten Botswaner wissen, es kommt bald Regen, weil ihre Brieftaschen ganz hart und steif werden. Deshalb muß auch kein Mensch einen Notgroschen zurücklegen für den Fall, daß er später mal auf dem trockenen sitzt. In die Partitur des Regenschleiers starrend, versuchst du ihn dir als Kaskaden aus Cash vorzustellen, bist dir aber zumindest ansatzweise der Tatsache bewußt, daß sich irgendwo da draußen, nicht allzu viele Straßenzüge entfernt, gescheiterte Geschäftsleute samt familiärem Anhang vor den Niederschlägen unter Freeway-Rampen oder in Pappdeckelverschläge verkriechen. Vielleicht wäre *aloha* ein besseres Wort für Geld als *pula*. In jedem Hallo steckt das Good-bye schon drin.

Im Regen jedenfalls manifestiert sich die ganze Ambivalenz, die in *aloha* mitschwingt. Regen hat auf seine Weise etwas Anheimelndes, gewährt einen Schutz, dem der scheinbar herzlichere Sonnenschein nicht das Wasser reichen kann. Er dämpft das Funkeln in den Augen des Monsters, den lodernden Feueratmen des Drachen. Doch wie die Taschen eines ertrunkenen Seemanns kann er halb aufgeweichte Päckchen verbotener Opiate und jede Menge rostige Messer verbergen.

Du braust dir einen *latte*, ziehst dir einen Morgenmantel über – mit dem feuchten Wetter kam auch die Kühle –, kehrst ans Fenster zurück und starrst noch ein bißchen hinaus. *André ist aquaphobisch*, geht es dir durch den Kopf, *vielleicht wird ja dieser Regenguß das Mistviech nach Hause treiben*. Aber das einzige, was nach Hause kommt, sind diese seltsamen alten Sehnsüchte. Die, von denen du annahmst, daß sie schon längst von deinen finanziellen Traumzielen ersetzt worden seien.

«Sears, Philip Morris, Merck, General Electric», beginnst du zu singen. Aber gegen den Regen sind die magischen Worte ziemlich machtlos.

09:10 —•••••• Q-Jo Huffington liebt den Regen. Für sie ist der vorherrschende meteorologische Zustand von Seattle eine Erfrischung und ein Segen. Er segnet die Stirn jener, die ihm tapfer trotzen, und läßt die kleinen Pilze wachsen. Nichts kann sie in ihrem Glauben erschüttern, daß die Regenfälle aus Nordwest nicht bloß nähren und erneuern, sondern weihen und heiligen, auch wenn sie die Berichte über den vernichtenden Säuregehalt jedes Regentröpfchens kennt. Diesen Widerspruch betrachtest du als weiteren Beleg für ihren Hang zur Selbsttäuschung, obschon du zugeben mußt, daß selbst das Weihwasser, mit dem Taufkinder besprenkelt werden, nur so wimmelt von bakteriologischem Leben, welches bei entsprechender Vergrößerung so finster und gefährlich wirkt wie ein Rudel Vielfraße und sich dennoch als weniger schädlich denn nützlich erweist.

Die Wiederkehr des Regenwetters nach einer Trockenperiode ist eines der wenigen Dinge, die Q-Jo noch vor neun Uhr früh aus den Federn treiben können, und du hoffst, daß es sie heute ebenfalls wachgerüttelt hat, daß es sie aus den verlotterten Laken, in denen sie sich zweifelsohne gewälzt hat, heimwärts spült. So unerschütterlich rechnest du mit ihrem Auftauchen innerhalb der nächsten Stunde, daß du es auf dem Weg an deinen Computer fertigbringst, dich mit ziemlich klarem Blick auf das Riechsalz zu konzentrieren, das die Götter des Geldes aus ihrer Betäubung reißen könnte.

Die Reichen, in deren Goldenem Buch dein Name unbegreiflicherweise und zu deinem Verdruß nicht verzeichnet ist, behaupten, daß ein hübsches, energisches Kappen der Kapitalertragssteuer genau das Tonikum sei, das die komatöse Wirtschaft braucht, auch wenn Sol Finkelstein und andere geltend machen, daß eine solche Maßnahme nur dazu führe, die Burggräben rings um die Paläste zu verbreitern. Es gab mal 'ne Zeit, wo man darauf zählen konnte, daß eine Zinssenkung der Federal Reserve die Kreditaufnahme stimulierte und somit zur Steigerung der Kaufkraft beitrug, doch wie bei den schwunglosen Gebärden eines alternden arthritischen Zauberers ist dieser Taschenspielertrick so knarrend offenkundig geworden, daß nur noch die Kurzsichtigen im Publikum darauf reinfallen.

Es gibt ja Leute – vor allem die Randfiguren und die Uninformierten –, die behaupten, an allem sei das Haushaltsdefizit schuld, doch Insider wie du wissen sehr gut, daß das Finanzministerium stapelweise frisches Geld drucken lassen – eine Vorstellung von solchem Liebreiz, daß dir die Augen feucht werden – und damit das Defizit von heute auf morgen aus der Welt schaffen könnte. Das Haar in der grünen Druckfarbe ist, daß die guten alten abgegriffenen Scheinchen dann nicht mehr soviel wert sind und die Palastgräben womöglich zu einer Breite schrumpfen, die von den springfreudigeren Angehörigen der Mittelklasse (wozu auch du mit deinen strammen Waden zu rechnen wärst) überwunden werden könnte, und weil das Münzamt sowieso nicht auf ahnungslose arme Schlukker hört, brauchst du nicht so lange die Luft anzuhalten, bis man irgendwann die Notenpresse anwirft.

Ein viel ärgeres Dilemma ist Amerikas Außenhandelsdefizit. Es gibt viele Möglichkeiten, die Kongreß und Präsident hätten, um die Handelsbilanz auszugleichen, doch würde jeder einzelne bedeuten, Terpentin ins Rektum dieser oder jener Wählerschicht zu reiben, und inzwischen ist allen außer den rettungslos Naiven klar, daß so gut wie jedem Politiker mehr an der nächsten Wiederwahl liegt als an einer unpopulären Entscheidung zur Rettung der Nation. Wirklich mächtige «Amerikaner» sind ohnehin Multinationale, und zwar schon seit Jahrzehnten, was kümmert die das also? Du kannst es ihnen nicht mal übelnehmen. Du wünschst, *du* hättest eine Villa in der Toskana, in die du dich verkriechen kannst. Auf den Bahamas. Wo auch immer. Außer in Timbuktu. Was einen Finanzprofi wohl an so einen entlegenen Ort zieht? fragst du dich. Eine Sekunde lang. Heiliger Bimbam, dein Hirn muß ganz schön morbid sein, um *den* wieder aufs Tapet zu bringen. Und wie um Mr. Diamond zu exorzieren, schüttelst du dein Haupt, bis ein einzelnes Haar, fraglos grau, sich löst und auf dein Computer-Keyboard herabschwebt, wo es sich wie der Strang einer Medusen-Fadennudel quer über das W, das E, das R und das T legt.

Nun, Gwen, eine Ferienoase in einem Auslandsparadies kannst du dir nicht leisten, und versuch erst mal, Belford Dunn zu überreden, in der Stunde der Not sein Heimatland im Stich zu lassen. Aller Wahrscheinlichkeit nach werden keine der oben erwähnten Heilmittel zur Anwendung kommen, und falls doch, kämen sie wohl ohnehin zu spät und würden nicht ausreichen, weil die Leiter zum Mond längst umgefallen ist. Was also ist die Lösung? *Die Lösung*, sagst du dir, *heißt Krieg*.

Ja, warum nicht? Du tippst das Wort «Krieg» ein (schubst beim Anschlag der R-Taste das abtrünnige Haar zu Seite) und siehst es wie eine Spur phosphoreszierenden Schlachtstaubs auf dem Monitor deines PC schimmern. Soweit dir bekannt, operieren die Vereinigten Staaten seit 1941 nach den Maßgaben einer Kriegswirtschaft. Nach dem Ende des Zweiten Weltkriegs fürchteten manche eine Wiederkehr der Großen Depression, und andere waren der Ansicht, daß ein fortdauernder Militärstaat eine hervorragende Methode sei, sowohl die amerikanische Bevölkerung als auch die ausländische Konkurrenz in Schach zu halten. Also erfanden wir, statt unsre Schwerter zu Pflugscharen zu schmieden, einen neuen Feind – die runtergewirtschaftete, ausgelaugte, aber «gottlose» Sowjetunion – und widmeten unsere Talente der Produktion immer größerer und besserer Schwerter. Dieser Geschichtsunterricht wurde dir, wie du zugeben mußt, durch deinen Dad und seine radikalen Potraucherfreunde zuteil und ist von daher als höchst zweifelhaft einzustufen. Nichtsdestotrotz entdeckst du heute morgen ein Hanfsamenkorn Wahrheit in alldem. Keiner kann leugnen, daß wir es in unserer auf nationale Sicherheit gegründeten Gesellschaft, wo die Schlote der Verteidigungsindustrie rund um die Uhr qualmen, zu Wohlstand brachten. Eine Zeitlang. Aber eine Kriegswirtschaft, die Steuerdollars schluckt wie ein tausend Fuß großer Teenager Zucker und Fett, kann im Frieden nur eine gewisse Zeit lang florieren. Zu guter Letzt sank die Produktivitätsrate, die Konkurrenzfähigkeit der Industrie schwand dahin, die Löhne stagnierten, der permanente Anstieg des Lebensstandards verkrümelte sich auf Nimmerwiedersehen, und die zu gering geförderten nichtmilitärischen Prioritäten wie Erziehungswesen, Gesundheitsfürsorge und Umweltschutz gingen zum Teufel. Unterdessen begannen die besiegten Mächte Deutschland und Japan, indem sie das Militär links liegenließen und sich auf die Herstellung ziviler Güter konzentrierten, uns in den Arsch zu treten, daß er vom Fabriktor zum Bankportal und wieder zurück flog, und tun es, auch wenn sie Anfang der Neunziger ein paar finanzielle Einbrüche hinnehmen mußten, bis heute. Auch das kann niemand leugnen. Vielleicht gelingt es uns eines Tages, indem wir die Schwerpunkte verlagern, unsere Industrien zu Friedenszeiten so weit zu revitalisieren, daß wir mit den fortschrittlichsten mithalten können, aber das sind langfristige Ziele. Kurzfristig liegt der Aktienmarkt in seiner Blutlache, und dein Porsche versteckt sich hinterm Gebüsch vor dem Gerichtsvollzieher. Kurzfristig gibt es nur eins, was bei diesem Halbtoten mit der Nullinie einen Ausschlag aufs EKG zaubern könnte: ihm mal wieder eine frische Glasphiole Krieg unter die Nasenlöcher halten.

Ist das so weit hergeholt? Moralische Skrupel hätte der Präsident bestimmt keine. Kriegspräsidenten erfreuen sich größerer Beliebtheit als der Weihnachtsmann, und dieser hier sehnt sich nach seiner Wiederwahl. Und was Feinde angeht, herrscht kaum Mangel an reizvollen Kandidaten. Jetzt, wo es die UdSSR nicht mehr gibt, sind die meisten auf ziemlich verlorenem Posten, aber sie könnten uns lange genug Paroli bieten, um den Saftpegel in unserer Karaffe erheblich steigen zu lassen, und wer weiß, einer davon könnte sich als ebenso würdiger Gegner erweisen wie seinerzeit Nordvietnam. Aber um *dir* irgendwas zu nützen, müßte Krieg oder ein unmittelbar drohender Kriegsausbruch mit schwindelerregendem Tempo Gestalt annehmen. Genauer gesagt, bis Montag früh.

Okay, dir wird klar, daß diese Aussicht etwa so wahrscheinlich ist wie der Anruf eines Kunden, der sich für deinen aufopfernden Einsatz bedanken will, mit dem du ihn um die Ersparnisse seines Lebens brachtest. Nichtsdestoweniger schaltest du mit einer beiläufigen Geste, die bezeichnend für deinen mädchenhaften Optimismus ist, einer Geste, die nun wirklich etliche Kilometer südlich jeder Rationalität liegt, gedankenverloren die Kurzwelle deines Radios an – bloß mal sehn, und man soll ja die Hoffnung nie aufgeben, ob es da irgendein ominöses Grummeln auf internationaler Ebene gibt?

Was du reinkriegst, ist jede Menge Rauschen, ein Anzeichen dafür, daß die Sonnenstürme – oder was immer für die kosmischen Interferenzen der letzten paar Tage verantwortlich sein mag – noch immer wüten. An einer Stelle erwischst du eine klar verständliche Sendung, doch sie stellt sich als Auflistung der Ergebnisse der indischen Basketball-Liga heraus. Die Bengal Tigers haben die Singapore Slings geschlagen, die Bombay Gins und die Calcutta Black Holes gehen in die Verlängerung, und die Madras Shorts liegen nun klar vor den Kashmir Sweaters. Die Poona Tangs hatten spielfrei.

10:15 —••••–• Du hast dich wieder ans Fenster gestellt, noch immer im Morgenmantel, und schaust den Regentropfen zu, die sich wie verträumte Kaulquappen die Scheibe hinabschlängeln. Sie erscheinen dir kerngesund, perfekt geformt. Ein runder Kopf. Ein nach hinten verjüngter Schwanz. So durchsichtig wie nur was. Das Standardmodell. Wie aus dem Handbuch. Falls sie durch Kontamination mutiert sind, lassen sie sich nichts anmerken. Außerdem würdest du gern mal in die Umweltdebatte werfen, daß saurer Regen ein Zeichen intakter Umwelt ist. Denn gehört die Industrie etwa nicht zur Umwelt?

In vom Wind orchestrierten Wellen werfen sich die Tropfen klatschend ans Fenster, wo sie ihre possenhafte Wildheit, ihr selbstvergessenes Sichtreibenlassen, ihr Wasserroulette aufgeben, um ins Zen-do der Tagträumer einzugehen und in träger, sanfter, schlängelnder Meditation auf die Pfütze des Seins zuzugleiten, den wäßrigen Nimbus der Seele. Der Regen macht ein Geräusch, das irgendwo zwischen Fingertrommeln (dein Vater am Lunchtisch, ungeduldig auf sein Adobo wartend?) und der gemurmelten Ehebett-Unterhaltung, der jedes Kind im Haus angestrengt lauscht, anzusiedeln ist. Lauert in seinen Nuancen eine Bedeutung, ist es das, was übrigblieb von der Ursprache, wie sie einst der gemeinsame Vorfahr von Mensch und Delphin gesprochen hat; oder sind die Regentropfen nichts weiter als «Rhabarber, Rhabarber» brabbelnde Statisten auf dem Set eines Films, dessen Drehbuch sie nie lesen durften? Du lauschst sorgfältiger dem Regen, als du es je zuvor im Leben tatest, angespannter, als es jemand in deiner Position und mit deinen Zielen tun sollte – da wird die Stimmung Gott sei Dank vom Läuten des Telefons zerstört, das sich anhört wie ein UFO mit loser Radkappe.

Endlich, Q-Jo! Du spürst es. Du weißt es. Gar kein Zweifel. Vermutlich ruft sie dich aus ihrer Wohnung an oder vom Münztelefon im Dog House nach einem Schweinskotelett-Frühstück, oder aus dem Quartier dieses abgerissenen Ex-Brokers, der mit ziemlicher Wahrscheinlichkeit ihre Winnebago-Silhouette, ihre für Normalos wenig attraktive Korpulenz benutzt hat, um seine ekelhaftesten Triebe auszutoben. Wo der Anruf herkommt, ist dir völlig schnuppe. Was zählt, ist einzig und allein, daß sie sich meldet und daß jener Teil deines Hirns, der mit dem Ärger und der Sorge um Q-Jo belegt ist, nun für produktivere Aktivitäten frei wird. Außerdem kann sie, nachdem sie deine Strafpredigt über sich ergehen ließ, deine klitzekleine zwickende Neugier betreffs der gefälschten Tarotkarte und anderer Merkwürdigkeiten befriedigen, die dir seither in die Quere kamen. Zuallermindest wird Q-Jo dir mitfühlend Gehör schenken, wenn du ihr von der entwürdigenden Attacke auf deine Person gestern abend erzählst, und sie könnte dich durchaus dazu bringen, die Sache mit einer Art fatalistischer Grazie zu akzeptieren. Auch wenn sie, zynisch, wie sie gegenüber Profit und Profiteuren nun mal ist, sich wenig um die tragischen Unglücksfälle schert, die deine berufliche Karriere verkrüppeln, wird sich dennoch zeigen, daß sie deine körperliche Unversehrtheit grimmigst und rachsüchtig gegen alles und jeden verteidigt, der sie gefährdet.

Mit geradzu geschwisterlicher Innigkeit nimmst du den Hörer ab, die ganze Peinlichkeit eurer Verbindung weicht in diesem Moment einem Geysir der Erleichterung. Aber es ist nicht Q-Jo. Es ist nicht Q-Jo! Du willst es nicht fassen. Du kriegst die Motten. Nicht Q-Jo meldet sich, sondern Belford.

«Hi, Schätzchen. Sorry, daß ich mich nicht früher gemeldet habe, aber ich hab versucht, den französischen Generalkonsul ausfindig zu machen. Ich hab rausgefunden, daß er übers Wochenende raus ins Napa Valley gefahren ist, zu irgendeinem Weingut oder so was. Ich wollte mir eben gerade einen Wagen mieten und dort hinfahren, da fiel mir plötzlich ein, daß mein kleiner Halunke unterdessen ja möglicherweise heimgekehrt sein könnte.» Er macht eine erwartungsvolle Pause. Die erwartungsvolle Pause ist so riesig, daß man, wäre sie ein Haus, Jesus und sämtliche 12 Apostel drin unterbringen könnte, auch wenn Judas Ischarioth draußen auf der Veranda pennen müßte. Die gespannte Erwartung, auch wenn sie als vollkommene Stille daherkommt, ist so enorm und beharrlich, daß du dich nun erst recht weigerst, darauf einzugehen, und als Belford schließlich wieder das

Wort ergreift, schwingt nackte Panik mit. Sie höhlt die Stimme aus wie eine Termitenoper. Es quiekst schlimmer aus dem Hörer, als man es im allgemeinen von dir, seiner Angebeteten, kennt, und er fragt: «Es gibt doch hoffentlich keine schlechten Nachrichten, oder?»

«Meine Güte, Belford! Machst du Witze? Es gibt *nur* schlechte Nachrichten. Lebst du in 'nem Kürbis oder was?» Du fummelst am Regelwiderstand deines Wutventils. «Sofern du von André sprichst, und ich nehme an, das tust du, weil es das einzige in der ganzen verdammten Welt ist, was dir von Belang scheint – nee, da gibt es keine schlechten Nachrichten. Und gute auch nicht. Alles noch genau so wie bei deiner Abreise, zumindest was dein Affentier angeht.»

«Du klingst sauer.»

«Ich? Sauer? Wie kommst du denn auf so was? Hast du da unten in San Francisco etwa einen von diesen Giftstengeln gepafft? Ich wette, das hast du. Ich wette, du –»

«Gwen! Schatz! Was hast du denn?»

«Was ich hab? Alles in allerbester Ordnung. Nur ‹ein neuer Tag im Leben eines Narren›, um eine fernöstliche Weisheit zu zitieren. Also. Penn du mal deinen Kiff-Rausch aus, und falls mir André über den Weg läuft, werd ich ihm ausrichten, daß er dich im Hotel anrufen soll. Bye.»

Du knallst den Hörer auf, gibst ein gepreßtes «Bozo!» von dir. Und mußt, du weißt nicht wieso, plötzlich lauthals loslachen.

10:30 —•••••• Irgendwas hat sich verändert. Du hast dich verändert. Dein Dad hat dir mal erzählt, wie Dizzy Gillespie sich aus Versehen auf seine Trompete setzte, sie dabei verbog und per Zufall ein Instrument schuf, das seiner Karriere eine ganz neue Richtung gab. So schnell kann das gehen. *Schnips!* Und hoppla, eh man sich versieht, spielt man 'ne ganz neue Melodie. Hat irgendwie mit dem Anruf zu tun, der Enttäuschung bei diesem Gespräch, dem «Bozo», das dir am Ende rausrutschte, gleichsam ein letzter Strohhalm – etwas Hundsgewöhnliches und doch undefinierbar, prosaisch und doch geheimnisvoll, albern und doch ernst. Etwas Winziges, aber sehr, sehr Reines ist passiert, und du wirst vielleicht nie wieder die gleiche sein.

In der Natur, so heißt es, zahlen sich Energie und Aggression immer aus. Nun, du warst energiegeladen und aggressiv für fünf, und was hat es gebracht? Vielleicht liegt es daran, daß es mit der Richtung nicht ganz stimmte. Dein Sax zeigte immer schnurstracks nach vorn, wenn es sich besser ein wenig zur Decke krümmen sollte. Und jetzt... Alles reine Spekulation, wohlgemerkt, nur Phantasterei. Sollte freilich irgendwer bezweifeln, daß du in außergewöhnlicher Stimmung bist, dann müßte er bloß mal sehen, wie fix du aus deinem Morgenmantel und dem Pyjama fährst und dir ein enges schwarzes Kleidchen über den ungewaschenen Leib ziehst – nicht mal Unterwäsche! –, wie spontan du Lider und Lippen schminkst und mit welch unbeirrter hämischer Arroganz du Larry Diamonds Nummer drückst.

«Falls Sie anrufen, um über den Börsenkrach zu jammern», antwortet seine Stimme vom Band mit dem bereits bekannten Gerumpel und Geschepper im Hintergrund, «dann werden Sie hier keinerlei Mitgefühl ernten. Haben Sie im Ernst erwartet, daß eine Kultur, die an die Wiederkunft Christi glaubt und sich allen Ernstes einbildet, der Bursche wartet bloß um die Ecke, lutscht auf 'ner Atempastille und streicht sich den Schlips glatt, langfristig so was wie eine Vision oder auch nur den Willen hätte, die Wirtschaft einer Supermacht geregelt zu kriegen? Ihr Leute seid echt zum Piepen.» Er gackert wie eine Aufzieh-Elster, die ein Stacheldrahtei legt.

Du schluckst einmal kurz, blinzelst zweimal, verblüfft sowohl über den Inhalt der Ansage als auch über die Tatsache, daß es schon wieder eine neue gibt, aber du hast Nerven wie Drahtseile und sagst nach dem Piepton: «Hören Sie. Hier ist Gwendolyn Mati. Ich möchte mit Q-Jo Huffington sprechen, und zwar pronto. Sollte sie sich nicht innerhalb von zehn Minuten mit mir in Verbindung setzen, schalte ich die Polizei ein.» Deine Stimme hat die Sägezähne der Entschlossenheit, aber wenn man jetzt wirklich mal offen und ehrlich sein will, fehlen dir immer noch ein oder zwei Oktaven, um ganz wie eine Erwachsene zu klingen.

Während du wartest, suchst du dir ein Paar schwarze Pumps und die Handtasche *du jour* aus. In letztere schüttest du den Inhalt der gestrigen, ohne die blöde Nommo-Karte natürlich, die nun wieder in Q-Jos Deck ruht, wo sie hingehört. Du schaltest kurz mal CNN ein, und tatsächlich handeln die News von der Finanzkrise. «News» ist vermutlich ein zu hochgegriffenes Wort dafür. Es sind in erster Linie Mutmaßungen darüber, wie sich die Börse am Montag verhalten könnte, angenommen, die SEC läßt zu, daß sie öffnet. «Wenn sie am Montag nicht öffnet, wann *dann*?» fragt ein Experte. «Wenn wir abwarten wollen, bis sich die Situation merklich bessert, dann wird sie wohl bis an unser Lebensende nicht mehr öffnen.» Sehr fröhlich klingt er nicht. Aber wenigstens versucht man bei CNN den Börsenkrach nicht christlichem Dogma in die Schuhe zu schieben.

10:45 —••••• Zehn Minuten vergehen. In Wirklichkeit sind es fünfzehn: du willst nicht unfair sein. Als um zehn Uhr fünfundvierzig immer noch kein Anruf von Q-Jo kommt, schlüpfst du in deinen Burberry-Regenmantel, schnappst dir einen großgepunkteten Schirm, als wäre er ein Bolzenschußgerät, und marschierst zur Tür hinaus. Draußen vorm Haus entscheidest du dich für Belfords Lincoln, denn falls durch ein Wunder André unterwegs im Geniesel auftauchen sollte, wird er ja vielleicht gern bereit sein, einzusteigen. In deinen Porsche würdest du den nicht mehr lassen, nicht mal, wenn er mit gebrochenem Ärmchen mitten auf der Kreuzung steht und mit der SOS-Banane winkt. Du wirst nie den Tag vergessen, als du dich bereit fandest, André zwecks seiner alljährlichen Grippeimpfung zum Tierarzt zu fahren. (Belford tätigte gerade einen größeren Verkaufsabschluß.) Auf der Heimfahrt riß der reizende kleine Bengel dir sämtliche Knöpfe und Schalter vom Armaturenbrett, biß Löcher ins Lederpolster und machte Klimmzüge am Rückspiegel. Als du in Belfords Einfahrt bogst, riß er sein Glas Affenvitamine auf, stopfte sein Maul mit violetten Pillen voll und spuckte das widerlich schmeckende Zeug kreischend wieder aus, was bleibende Flecken auf den Sitzen und Bodenmatten deines Porsche sowie auf deinem neuen Armani-Hosenanzug hinterließ. Belford vergatterte das kleine Ungetüm dazu, auf haarigen Knien Gott um Vergebung zu bitten, was bestimmt rührend ist, aber die peinlichen violetten Sprenkel auf deinem 900 Dollar teuren Hermès-Attachékoffer sieht man bis heute.

Die Entscheidung für den Lincoln erweist sich indessen als akademisch. Auf der Fahrt zum Polizeipräsidium begegnen dir keinerlei streunende Tiere und nur wenige menschliche Passanten. Der hartnäckige Regen fordert seinen Tribut bei jenem Bruchteil der Bevölkerung, der ihm weiterhin tapfer trotzt und noch wohlhabend genug ist zum Einkaufen. Aus Türeingängen und Pappdeckeldomizilen sieht man hin und wieder einen Arm, der sich mit einer aufgeweichten leeren Schachtel ins graue Zwielicht hervorschiebt, in der Hoffnung, es möge jemand eine Münze oder Zigarette hineinlegen. Und ansonsten läuft nicht viel auf Seattles Gehsteigen, außer Regenrinnsalen. Als dir zwischen U-Park und Polizeipräsidium ein böiger Nieselschauer unter den Schirm fährt und ihn wie das Röntgenbild einer Krähenbrust aussehen läßt, bereust du zum ersten Mal, daß *du* dein Heim verlassen hast.

So wie du hier empfangen wirst, ist das Klima im vierten Stock des Polizeipräsidiums nicht freundlicher als draußen. Das hättest du dir denken können. Versetz dich mal in deren Lage. Du trittst an den Schalter in diesem von Kafkas Proktorologen dekorierten Flur und verkündest: «Ich möchte eine Vermißtenanzeige erstatten.» Die Frau mit dem Gesicht wie eine Cro-Magnon-Speckseite mustert dich, und ein leichtes Kräuseln im Gelb ihrer Ochsengallaugen verrät, daß sie dich wiedererkennt. Sie sagt: «Sie meinen, es wird ein Affe vermißt.»

«Nein. Eine Person.»

«‹Person› heißt soviel wie ‹Mensch›?»

«Genau.»

«‹Person› heißt demnach Ihr werter Freund, der sich auf die Suche nach seinem Affen machte und dabei selber verschütt ging?»

«Negativ. Ich möchte gern den Detective sprechen.» Dein Temperament zügeln ist ungefähr so, als wollte man einen Bullterrier in einen Kopfkissenbezug stopfen.

«Der Detective ist nicht da. Er ist in einem richtigen Fall unterwegs.»

«Wollen Sie damit andeuten, das hier sei kein richtiger Fall?»

«Ich will gar nichts andeuten, Lady.»

«Kann ich 'ne Anzeige machen oder nicht?»

«Kommt drauf an.»

«Worauf?»

«Auf die Situation.»

Also versuchst du die Situation zu erklären, aber sie unterbricht dich ständig. «Der Name der Betreffenden lautet *wie*?», «Sie wiegt *wieviel*?», «Sie wird vermißt seit *wann*?»

Schließlich stiefelt das aasgesichtige Weib zu einem Telefon, das auf einem Schreibtisch außer Hörweite steht, wo sie zweifellos den Detective anruft, der angeblich außer Haus ist, obwohl dir schwant, es könnte genausogut das Irrendezernat in Harborview sein. Während sie spricht, läßt sie dich nicht aus den Augen. Auch ihre Kolleginnen beobachten dich. Welcher Argwohn! Welches Mißtrauen! Plötzlich wird dir in aller Deutlichkeit bewußt, daß du kein Höschen anhast. Nachdem sie aufgelegt hat, kommt sie wieder zum Schalter und hat vor, dich einfach wegzuschicken. Die Polizei, erklärt sie, untersucht den Verbleib einer seit weniger als 24 Stunden vermißten Person nur dann, wenn entsprechende Verdachtsmomente vorliegen.

«Ja, verdammt noch mal, die *liegen vor*!»

«Ja, verdammt noch mal, tun sie nicht! Sie sagten doch selbst, daß die betreffende Person schon öfter die Nacht mit männlichen Personen

außerhalb ihrer Wohnung verbrachte. Der Umstand, daß die in Frage kommende männliche Person eine Tätowierung auf der Hand trägt und in einer Bar Ihnen gegenüber unflätige Bemerkungen machte, läßt sie noch lange nicht verdächtig erscheinen. Wenn Ihre Vermißte bis heute abend um sieben nicht aufgetaucht ist, können Sie gern wiederkommen, und ein Beamter wird eine Anzeige aufnehmen. Mehr kann ich Ihnen dazu nicht sagen. Ich *persönlich* glaube . . .» Sie beißt sich auf die talgige Zunge und verläßt mit einer Mischung von höhnischem Grinsen und wütendem Funkeln den Schalter.

«Vielen Dank, sehr hilfreich!» schreist du ihr hinterher. Du kochst vor Wut – aber kannst du es den Cops denn übelnehmen? Erst rückst du hier mit deinem bekleckerten Verlobten an und bittest um Amtshilfe beim Auffinden eines wiedergeborenen französischen Juwelendieb-Affen, und am nächsten Tag kommst du und behauptest, eine 300 Pfund schwere Frau mit Turban und dubiosem Vornamen könnte möglicherweise von einem Mann entführt worden sein, der sie dafür bezahlte, seine Urlaubsfotos aus Timbuktu zu betrachten. Die denken doch, deine Phantasie ist ein Zirkus mit mindestens sechs Manegen! Okay, von dir aus sollen sie an pulverisierten Doughnuts ersticken. Du wirst Q-Jo Huffington schon finden. Tot oder lebendig.

11:32 —•••–• Der Regen hat zugelegt, unerklärlicherweise auch der Straßenverkehr. Die Autos witschen mit eingeschalteten Scheinwerfern vorbei und decken einander mit Spritzwasserfontänen ein. (Habt Mitleid mit dem armen Scheibenwischer, denn seine Sisyphusarbeit wird nie in die Mythologie eingehen.) Seit Jahren schon haben die meisten Automobile eine Formgebung, die ziemliche Ähnlichkeit mit einem Ei hat. Die Hersteller behaupten, die Eiform maximiere die Aerodynamik, aber wenn das stimmt, wie kommt es dann, daß ein Vogel sich erst von der Eierschale befreien muß, ehe er fliegen kann?

Bei Grandpa Matis Beerdigung fragtest du während des Gottesdienstes deine Mutter, wieso Männer in der Kirche den Hut abnehmen müssen und Frauen nicht, worauf sie dir antwortete: «Im Mittelalter hat man beschlossen, daß nur Männer den Hut abnehmen sollen, weil Frauen schon Eier *sind.*» So ganz hast du diese Entscheidung bis heute nicht begriffen. Und überhaupt macht dies ganze ungewollte Meditieren über Eier dich allmählich nervös. Mehr als einmal hast du in der Vergangenheit Schreckensvisionen von Belfords Spermien gehabt: mit welch unerschütterlicher Geduld, wie nervend hartnäckig sie bestrebt waren, ihre kleinen Säckchen voll Saatgut über die Barrikaden zu hieven, die du am Portal deines Schoßes errichtet hast. Meine Güte! Du schauderst ein bißchen und schaltest das Autoradio ein.

Ein Zen-Alptraum klatschender Hände dröhnt dir aus den Lautsprechern entgegen. Du nimmst an, der Applaus gilt dem Präsidenten, der gleich der Nation in groben Zügen seinen Aktionsplan darlegen wird, mit dem er auf den Crash vom Donnerstag zu reagieren gedenkt. Lieber spät als nie, sagst du dir. Ach, aber was nun folgt, ist keine Verlautbarung aus dem Oval Office, sondern bloß wieder so ein aufmunterndes Häppchen Nonsens von Dr. Motofusa Yamaguchi. Der Gouverneur von Washington hat ihn gerade gefragt, ob seine Krebsheilmethode der Menschheit eine bessere Zukunft eröffnen wird. «Wenn ein Ding besser wird», erwidert der gute Doktor mit der Spur eines Kicherns, «muß ein andere Ding schlechter werden. Ein breite Front hat auch ein breite Kehrseite.»

«Genau. Gib's ihnen, Doc!» Heiliger Bimbam! Irgendwie hast du immer erwartet, daß der Durchbruch in der Krebsforschung von einem sehr nüchternen und sehr ernsthaften Team weißbekittelter, metallisch reiner, hochdotierter Schweizer Chemiker mit scharf geschnittenen Gesichtszügen käme, die bei einer dieser riesigen Pharmafirmen angestellt sind, von deren angeblichem Nettogewinn du tagein, tagaus ganze Berge von Anteilen verhökert hast. Das Leben ist voller Überraschungen, und auf die meisten könnte man glatt verzichten. «Wuff!» antwortest du dem Autoradio und stellst es ab.

Da hörst du dir ja noch lieber die Verwünschungen unsichtbarer Straßenstreuner – «Komm, fahr mich mal ins Krankenhaus mit deinem Lincoln, Schlampe!» – und das Prasseln des ewigen Regens an.

Eine weiblich wirkende Gestalt mit rotem Turban duckt sich in den Eingang eines ausgebrannten Gebäudes. Instinktiv tippt dein Fuß auf die Bremse, obgleich dir ein kurzer Blick verrät, daß es sich bei dieser Person nicht um Q-Jo handeln kann, die, lebender Beweis von Yamaguchis Gesetz, hinten so breit ist wie vorn. Die Frau eben war viel zu schmal, und außerdem war es vermutlich ein blutiger Verband, was sie da um den Kopf trug. Als du deiner voluminösen Wahrsagerfreundin mal offenbartest, mit ihrem Turban sähe sie aus wie der Swami aus einem Comic, erwiderte sie: «Für 'n schmalbrüstigen Spatz wie dich mag's ein Klischee sein, aber für normale Menschen ist mein Turban wie die Kuppel einer Kathedrale oder der Turm einer Kirche. Er zeigt an, was sie darunter erwarten können, und weist ihnen den Weg zu einer ganz speziellen Variante seelischen Beistands.» Ob das nun stimmt oder nicht, ihr Handtuch um den Kopf findest du nach wie vor peinlich, auch wenn du an diesem Morgen ein Vermögen hinblättern würdest – sofern du noch eins hast –, um einen Blick auf diesen Turban zu ergattern.

Doch allein der Regen füllt die Leere von Q-Jos Parkbucht, und nur Schweigen antwortet auf dein Klopfen an ihrer Tür. Die einzige Nachricht auf deinem Anrufbeantworter stammt überdies von Belford, der sich dafür entschuldigt, daß er zuvor so unsensibel auf dein PMS reagierte. PMS? Welches PMS? Normalerweise hätte dies deine gute Laune auf eine schwere Probe gestellt, und in der Tat bist du nahe dran, wütend zu werden, aber hey, dein Horn ist jetzt leicht den Sternen zugewandt, und es gibt da eine ganz neue Methode, unbekümmert und selbstvergnügt, der du zu folgen scheinst.

11:55 —••••–• Am anderen Ende braucht Barbara Posner, eine huldvolle blauhaarige Matrone, der du schon bei diversen gesellschaftlichen Anlässen begegnet bist, einen Augenblick, bis sie deinen Namen registriert. O ja, natürlich, Miss Mati», sagt sie endlich und entschuldigt sich, um ihren Gatten zu holen. Doch es ist ihre Stimme, die sich dann wieder meldet. «Tut mir sehr leid, Mr. Posner ist es im Augenblick unmöglich, mit Ihnen zu sprechen, aber er sagt, daß er einer Unterredung mit Ihnen am Montag in seinem Büro entgegensieht. Die hatte er sich ohnehin vorgemerkt.»

«Sagen Sie ihm, es hat nichts mit meiner Arbeit zu tun.»

«Oh? Falls es sich um eine persönliche Angelegenheit handelt, Miss Mati, könnte die ja vielleicht auch dann bei Ihrer Unterredung zur Sprache kommen.»

«Schauen Sie, ich wollte Ihren Mann nur um eine Adresse bitten. Die Adresse von Larry Diamond.»

«Von wem bitte? Ich bin mir nicht sicher, ob uns diese Person bekannt ist.»

«Würden Sie ihn bitte fragen? Larry Diamond. Es ist äußerst wichtig.»

Als Barbara Posner wieder zum Hörer greift, sagt sie: «Ja, o ja, wir erinnern uns. Mr. Diamond. Schon eine illustre Figur. Stieg unter nebulösen Umständen bei Dean Witter aus, glaube ich, obwohl es heißt, er sei kürzlich schwer mit Weisheit beladen aus der Wildnis Afrikas heimgekehrt.»

«Genau das ist er», erklärst du, auch wenn du privat nicht gewillt bist, dem mit der «Weisheit» zuzustimmen.

«Tut mir leid. Mr. Posner hat keine Ahnung, wo Mr. Diamond wohnt.»

Du schluckst heftig. «Nein?»

«Frohe Ostern, meine Liebe.»

Weder Phil Craddock noch Sol Finkelstein sind zu Hause, und Ann Louise ist zu neu hier, als daß sie Diamond mit Erfolg ihren Arsch hingehalten haben könnte. An wen könntest du dich denn noch wenden? Was nun? Du richtest dir einen kleinen Salat an, nimmst dazu Mizuna und Patsoi, die du vom Manager der Obst- und-Gemüseabteilung in Thriftway eigens für dich hast ordern lassen. Grünzeug wie dieses hat der Laden seit den Achtzigern nicht mehr im Angebot. Es schmeckt bitter genug, um jedes Kaninchen zum Fleischfresser zu machen, aber du bist zu sehr in Gedanken versunken, als daß es dir auffallen könnte.

Du hast gerade den halben Salat vertilgt, die Mizunablätter zersägen dir buchstäblich die Zunge, da springst du auf und tippst schon wieder Diamonds Nummer ins Telefon. Die Ansage ist noch die gleiche, aber dich interessiert jetzt keine Ansage. Das Geboller, das Rumpeln im Hintergrund! Das kennst du doch von irgendwo. Du legst auf und wählst erneut. Und noch einmal. Beim fünften Abhören kommt jäh der Synapsenklick, in deinem Hirn flackert die Flurbeleuchtung auf. Beim sechsten Anruf rollt eine schwere, marmorierte Kugel den Flur runter.

Erregt läßt du den Hörer fallen und flitzt zum Bücherregal, aus dem du ein schmales Bändchen mit Gedichten deiner Mutter ziehst. Hier ist es. Auf Seite 14. «Hommage an den chinesischen Meister Bo Ling».

Finger tauchen wie Rattenzähne
in die schwarze Käsekugel
– O Mond, der seine Bahn über Milwaukee zieht! –
du hievst sie auf den Pfad,
den weglosen Weg,
die lange und glattpolierte Straße,
an deren Ende
im Donnergroll
zehn Buddhas warten.

Bo Ling, in der Tat. Deine Mom hatte es verfaßt, nachdem sie widerstrebend deinen Vater und seine Freunde zu einem asiatisch-amerikanischen Bowlingturnier begleitet hatte – wenn du bloß noch wüßtest, auf welcher Bahn! Na, egal. Du bist ihm auf der Spur. Das

Rumpeln an Diamonds Telefon! Thunder House! Ja, heiliger Bimbam, der in seinem bestickten Hemd! Sei es aus Spinnerei, sei es, daß Korruption im Spiel ist, aus welchen Gründen auch immer – Larry Diamond hat seine Operationsbasis in einer Bowlinghalle.

Samstag nachmittag

7. April

Wo sind die Amphibien?

12:20 —• • • • –• Vierzehn Bowlingbahnen stehen in den Gelben Seiten des Telefonbuchs von Seattle. Wie du dir schon gedacht hast, findet sich darunter kein Thunder House. Allerdings gibt es eine im Ballard-Distrikt, die sich Thunderbird Bowl nennt, und die solltest du dir gleich mal als erste vorknöpfen.

Du nimmst dir gerade noch Zeit, in ein Höschen zu schlüpfen – auf keinen Fall wirst du riskieren, Larry Diamond mit deiner unbeschalten kleinen Muschel gegenüberzutreten –, greifst dir deinen Ersatzschirm und die Porsche-Schlüssel und machst dich auf den Weg. Fünf Sekunden lang überlegst du, ob du nicht den Lincoln nehmen sollst, verwirfst diesen Gedanken aber, denn wo immer sich Belfords kleiner Halunke rumtreiben mag, in Ballard ist er bestimmt nicht. Ein Juwelendieb in Ballard? Daß du nicht lachst. Dort gibt's höchstens Lutefisk-Diebe.

Ballard ist als Klein-Norwegen oder Klein-Schweden bekannt, je nachdem, welche Seite des Skagerraks einem mehr ans Herz gewachsen ist. Die Pietätlosen nennen es Snus-Junction, hergeleitet von dem Schnupftabak, dem einige der Anwohner zugetan sind. «Snus ist Schmus», sagte dein Dad einmal und weigerte sich, mit Familie Mati in eins dieser gemütlichen Häuschen in Ballard umzusiedeln, auch wenn die Mieten in diesem Stadtteil zu den niedrigsten in ganz Seattle gehörten. Komisch, daß die Bowlingbahn in Ballard dann nach dem Donnervogel und nicht nach, na sagen wir mal, Thor benannt ist. Doch andrerseits haben hier schon Indianer gelebt, lange bevor irgendein Skandinavier aufkreuzte, von daher mag es also gerechtfertigt sein. *Ethnisch geht heute sowieso alles drunter und drüber*, sagst du dir. Kulturen liegen zwischen anderen Kulturen verstreut wie Schindeln nach einem Tornado. Japanische Touristen mit deutschen Autos übernachten im South Seas Motel in Moscow, Idaho. Dein Filipinovater schlägt auf karibische Trommeln und redet, als sei er auf den Straßen Harlems aufgewachsen. Du fragst dich, ob dieser Multikulturalismus, den Belford Dunn und Leute seines Schlages so toll finden, nicht wenigstens teilweise an der wirtschaftlichen Pleite dieser Nation schuld ist. In der Tat ist Amerika *immer* schon multikulturell gewesen, doch bis vor kurzem war die Nation ein symbolischer Topf, in dem die Angehörigen der unterschiedlichen Völker metaphorisch zu einer prächtigen Legierung verschmolzen; und diese Fusion der Talente, Philosophien, Attribute und Neigungen – erneuerbar und anpassungsfähig – war es, die den USA ihren Pfiff und die Würze gab. Heutzutage scheinen jedoch wenige Immigranten zur Assimilation bereit. Sie bringen die Kultur ihrer Heimat mit, praktisch intakt, und an der halten sie eisern fest, weigern sich sogar, die englische Sprache zu lernen, und reagieren total sauer, wenn man sie in den sozialen Einrichtungen ihrer Wahlheimat nicht in ihrer Muttersprache anredet. Was ihnen natürlich den Zugang zum Arbeitsmarkt verwehrt und sie in eine von Egoismus und Selbstmitleid geprägte Opferrolle drängt, deren Eigendynamik auf hinterlistige Weise von den Linken für ihre politischen Ziele ausgeschlachtet wird. Anstelle der kräftigen, nährenden Brühe von einst, pikant gewürzt mit den aromatischen Ingredienzen von Arbeit und Erfolg, ist Amerika zu einer miesen Pampe mit lauter kleinen unverdaulichen Bröckchen geworden. Wie Kotze, irgendwie. Adieu, Schmelztiegel, hallo, Pißpott.

Ach ja, Gwendolyn, wie wär's denn aber nun, wenn es eine Möglichkeit gäbe, aus *deinem* Minoritätenstatus Kapital zu schlagen, wenn am Montag der Sensenmann kommt? Du kannst nicht leugnen, daß dir auch schon mal in den Sinn kam, Posner, Lampart, McEvoy & Jacobsen wegen Rassendiskriminierung oder sexueller Belästigung zu verklagen, oder beidem. Zumindest ein Vergleich müßte dabei raussspringen, und möglicherweise kassierst du auf die Art ein Schmerzensgeld oder behältst deinen Job. Das ging dir gestern durch den Kopf. Irgendwann im Laufe der Nacht. Heute freilich erscheint dir der Gedanke so vollkommen fremd, als wärst du irgendwie über ihn hinausgewachsen.

Meine Güte! Hört dieser Regen denn gar nicht mehr auf?

Ballard ist der Heimathafen von Seattles Fischereiflotte, und als dein Porsche durch stehendes Wasser auf die lange Brücke fährt, die Snus Junction mit dem unteren Teil des Queen Anne Hill verbindet, kannst du durch die Wirtschaftsseite des Nebels (endlose graue Spalten kleingedruckter Firmennamen, hingezaubert von einem atmosphärischen Äquivalent der New York Stock Exchange) hinunterschauen und siehst Schiffe von diverser Länge und Tonnage am Kai vertäut, vom Bantamkutter mit Bootswaden bis hin zur monströsen schwimmenden Konservenfabrik, die Antennen im Schoß gefaltet, der sommerlichen Lachswanderung harrend. Bei all den vielen Booten im Hafen könnte man glatt vergessen, daß der Lachsbestand deutlich abnimmt – wie der von Krabbe und Heilbutt. «Fisch», sagst du laut vor dich hin, gefolgt von einem quieksigen und ziemlich freudlosen Kichern. Man könnte auf den Gedanken kommen, daß es doch sehr verwunderlich ist, wie sehr wir Menschen – hochentwickelt, zivilisiert, kultiviert, nach Gottes eigenem Bilde erschaffen – auf diese kaltblütigen, langgezogenen, schuppigen Wirbeltiere (glitschig, glotzäugig und obszön riechend) angewiesen sind, die sich in zahlloser Menge in tiefen wie seichten, frischen wie salzigen, stürmischen wie stillen Gewässern der Welt vor uns verbergen. Gott behüte – jetzt bloß nicht an die Nommo-Karte denken.

Unterdessen hast du die Brücke überquert, lenkst den Porsche nach rechts und fährst ein paar Blocks weit durch ein Industrieviertel, das unmittelbar an den gewerbsmäßigen Fischfang angegliedert ist. Dann biegst du wieder nach Norden, fort von den Hafenanlagen, und fährst in sehr gemächlichem Tempo eine Straße lang, die auf beiden Seiten von den bescheidenen Holzhäuschen gesäumt wird, die dein Vater nicht so cool fand, bis sie eine breite Verkehrsader kreuzt, wo du einen fäkalbraunen, drakonisch überdimensionierten, fensterlosen Teufelskasten entdeckst, bei dem es sich entweder um eine albanische Psychiatrie, ein Schulhaus des Mittelwestens oder eine Bowlingbahn handeln muß; und obwohl das Neonschild abgeschaltet ist – wie bei vielen der örtlichen Etablissements scheint man auch hier verbissen Strom sparen zu wollen –, ist dir klar, daß es sich um letzteres handeln muß. Du legst einen höheren Gang ein und schlenkerst mit angemessenem Reifenquietschen auf den Parkplatz. Das ist also das Thunderbird Bowl. Du starrst auf einen Mann in Nylonwindjacke, der eine ausgebeulte Ledertasche trägt, in der exakt ein menschlicher Kopf Platz hätte, auch einer mit feisten Backen und Turban. Als er die breite Eingangstür aufzieht, hörst du es von drinnen rumpeln und scheppern. Das nächste, was du hörst, sind deine quietschenden Reifen auf dem Weg zurück auf die Straße.

12:45 —•••••– Viermal fährst du rings um den Block, der Porsche fädelt sich in den regnerisch trägen Verkehr und wieder heraus, wie die Essenz eines Henry-James-Satzes sich durch präpositionale Einschübe, Nebensätze und anmerkende Parenthesen fädelt (regelmäßig auf die Bremse tretend, um ja keine Einschränkung falsch zu setzen). Unterdessen sagst du dir immer wieder, daß es am vernünftigsten, am klügsten, am sichersten und am einfachsten wäre, auf der Stelle nach Hause zu fahren – oder Richtung Downtown zur Disco, sofern du es schaffst, da reinzukommen – und dir Gedanken darüber zu machen, wie du deine einsturzgefährdete Karriere sanierst: es muß doch einen Dreh geben, Posner ein bißchen Qualm in die Augen zu blasen, wenn er dich am Montag vor seinen Teakholzschreibtisch zitiert. Du kannst dir jede Menge Gründe vorstellen, Ballard schleunigst den Rücken zu kehren, wozu nicht zuletzt jener gehört, daß du hier ganz bestimmt nicht Belfords kostbaren Affen finden wirst, und kaum einen einzigen Grund, sich länger hier aufzuhalten. Am Ende aber kehrst du zurück zum Thunderbird Bowl, parkst und steigst aus dem Wagen. Wie sagte noch dieser penetrante Yamaguchi? Ein neuer Tag im Leben eines Narren.

Und als hättest du nicht schon Grund genug, dir wie ein Narr vorzukommen, läßt du zu, daß dein kapitulierender Parapluie seinen zarten weißen Bauch den Fängen des Windes entblößt, so daß binnen Sekunden nach dem Öffnen sein Konkav zum Konvex wird und er seinem großgepunkteten Partner im Walhalla der Regenschirme Gesellschaft leistet. Bis du den Eingang erreicht hast, sind die Haare auf deinem Kopf, schwarze wie graue, geperlt mit Regentröpfchen, die bei jedem Rumpeln, jedem Scheppern zitternd auf und ab wippen.

12:55 —••••-• Bowling, wie sehr verabscheut Gwendolyn Mati dich? Zählen wir mal auf. Erstens, Bowling ist ein marginaler Sport (seinen Praktikern verlangt er herzlich wenig athletische Fähigkeiten ab, und den meisten scheint mehr am Biertrinken und Miteinanderquatschen zu liegen als an den Raffinessen ihres Spiels – sofern es die überhaupt gibt). Zweitens sind Bowler Randexistenzen (im Bienenstock Amerika gehen nur die Drohnen zum Bowling). Drittens sind Bowlingbahnen marginale Aufenthaltsorte (es gibt kaum eine, die nicht aussieht wie von Mussolini entworfen, von seinem Schwiegersohn gebaut und von seiner minderjährigen Mätresse ausstaffiert). Viertens ist Bowling beliebt bei den Massen (jetzt aber genug).

Kaum hast du das Thunderbird betreten, überkommt dich ein abgrundtiefer Abscheu und eine bohrende Depression. Im totalitären Gleißen eines halben Hektars Neonröhren bist du plötzlich mitten unter Malochern und aufgetakelten Bienen, genau dem Proletenpack, um das du gewöhnlich einen gewaltigen Bogen machst. Du glaubst förmlich zu hören, wie sie rülpsen und furzen und mit Clint-Eastwood-Zitaten um sich werfen, einander zotige Sprüche zurufen und all die derben und bedrohlichen Geräusche machen, mit denen die Unterschicht sich eben zu artikulieren pflegt, mußt dir freilich bald eingestehen, daß das meiste davon nur in deiner Einbildung stattfindet. Von der Lounge her grienen dir zwar etliche

Rüpel zu und winken dich einladend zu ihrem jeweiligen Tisch, von den aktiven Bowlern aber wirst du im großen und ganzen ignoriert, und von einer Minute zur nächsten schwindet deine Furcht, wenn nicht gar deine Aversion. Wenigstens bellt hier keiner.

Verbissen darauf bedacht, unauffällig zu wirken, schlenderst du umher und suchst vergeblich jede Ecke, jede Nische ab nach Larry Diamond oder jemandem, der den Anschein erweckt, als könnte er in irgendeiner Weise mit Mr. Diamond bekannt oder verbündet sein. Vor allem inspizierst du den Bereich um die beiden Münztelefone, die in der Nähe des Eingangs an die Wand geschraubt sind, kaum mehr als einen Kugelwurf entfernt von der ersten der sechzehn Bahnen, die es im Thunderbird gibt. Nichts Ungewöhnliches, wie du findest. Du fischst einen Quarter aus deiner Börse und beschließt, einen Anruf zu machen. Der Apparat funktioniert genau wie jedes andere öffentliche Telefon, du erregst keine übermäßige Aufmerksamkeit seitens der Gäste oder des Personals – und Q-Jo meldet sich nicht am heimischen Telefon. «Kruzifix!» fluchst du laut, ohne dir bewußt zu sein, daß vor dir keine Filipina auf der ganzen Welt je «Kruzifix!» sagte.

Könnte es sein, daß Diamond in der Nachbarschaft wohnt, in einem dieser gräßlich schäbigen kleinen snusfleckigen Häuschen, und immer ins Thunderbird geht, um von hier aus zu telefonieren? Natürlich nicht, Dummkopf! Seinen Anrufbeantworter könnte er wohl kaum ans Münztelefon klemmen. Und keine der Rufnummern der beiden Apparate ist mit seiner identisch. Nicht mal die Vorwahl ist gleich. Zweifellos ist das hier ein fruchtloses Unterfangen von regierungsamtlicher Dimension. Thunderbird Bowl und Thunder House haben offenbar so viel gemein wie Toilettenschüssel und Toilettenwasser. Okay, aber Moment mal. Wie wär's denn mit der *Vorwahl*? Du könntest die Auskunft anrufen, die Vorwahl durchgeben, und man sagt dir, zu welchem Bezirk sie gehört! Meine Güte! So lange hast du gebraucht, um darauf zu kommen? Mit Detektivarbeit hast du soviel am Hut wie Grandma Moses mit den deutschen Expressionisten.

Die Telefonistin der Auskunft scheint den ganzen Morgen darauf gewartet zu haben, dir deine Frage zu beantworten. «Sieben-acht-drei», flötet sie sogleich, «ist eine der Vorwahlnummern von Ballard.»

Beim Auflegen wirfst du erst einen Blick über die linke, dann über die rechte Schulter, während dir etwas Eiskaltes und Borstiges die Wirbelsäule rauf- und runterfährt, das sich wie die Zahnbürste von Nanook aus dem Norden anfühlt.

13:09 —••••–• Das Büro des Thunderbird befindet sich im Dachgeschoß über der Cocktail Lounge. Während du die Treppe hinaufsteigst, bist du zugleich erfreut und beängstigt darüber, daß du, vielleicht gerade wie an unsichtbaren Fäden gezogen, genau auf dein Ziel zusteuerst. Du nimmst den feuchten Zeigefinger mit dem abgekauten Nagel vom Mund, drückst auf den Summer. Auf der anderen Seite der Tür hörst du ein Trippeln, das Rennmäuse, Hamster, Feldmäuse, Weißfußmäuse, Wühlmäuse, Bisamratten, Waldratten, Lemminge und alles, was flinke kleine Füßchen hat, vor deinem geistigen Auge vorbeihuschen läßt. «Was wolln Sie?» fragt jemand. Und du dachtest, *deine* Stimme sei quieksig. Die Tür wird von einer Frau geöffnet, die nicht sehr viel größer ist als ein Bowlingpin. Und du dachtest immer, *du* wärst klein!

«Ähm, ist der, ähm, Manager da?»

«Heut nicht. Es ist Samstag.»

Während die Frau dir antwortet, schielst du verstohlen an ihr vorbei – was nicht schwierig ist: man kann so problemlos an ihr vorbei- und über sie hinwegschauen wie bei einem Gartenzwerg; ja, man könnte sie komplett in einen von Q-Jos Turbanen einwickeln und hätte noch genug Stoff übrig, um die Birne des alten King Tut dazuzupacken. Wobei dir einfällt, wie Q-Jo mal in einem ihrer Esoterikmagazine las, daß Gentechniker eines Tages in der Lage sein könnten, mittels eingetrockneter Blutpartikel aus den Bandagen der

Mumie ganze Pharaonen zu klonen. «Ganz nett», meintest du zu ihr, «aber bei dieser Firma würd ich keine Aktien kaufen. Wenn man bedenkt, daß der Markt für wiedererweckte Pharaonen vermutlich kaum sehr groß sein wird.» – «Das schon», stimmte Q-Jo zu, «aber für diese Technologie gibt's ja noch andere Einsatzmöglichkeiten. Ich schlage vor, daß du und ich schon mal 'n paar gebrauchte Tampons beiseite legen, für alle Fälle.»

Die Erinnerung an dieses Gespräch läßt dich erröten. Offenbar im Glauben, ihr Äußeres sei der Grund deiner Verlegenheit, fängt die Zwergin an, mit den Ärmchen zu fuchteln, und scharrt heftig mit den Füßchen. Rennmäuse, Hamster, Feldmäuse, Wühlmäuse usw. huschen an deinem geistigen Auge vorbei. Du beeilst dich, irgendwas von dir zu geben. «Ich werde ... ich werd dann nächste Woche anrufen», sagst du zu ihr. «Könnten Sie mir bitte mal die Nummer von hier geben?» Das enge, vollgestopfte und ungeheuer banal wirkende Büro hat nichts, was auf eine Verbindung zu Larry Diamond hinweisen könnte. Trotzdem bist du dir sicher, daß der Mann hier irgendwo in Ballard steckt, entweder in einer Bowlingbahn oder mit Soundeffekten einer solchen auf seinem Ansageband, also darfst du nichts unversucht lassen.

«Sieben ...», rennmäuselt die Zwergin.

Mh-hm.

«Acht ...», feldmäuselt sie.

Ja? Ja?

«Eins ...», wühlmäuselt sie.

Und bevor sie sich die nächste Zahl abhamstern kann, machst du auf dem Absatz kehrt und gehst. Enttäuschung und Erleichterung liegen zur Liebesschleife verknotet auf dem ungemachten Bett deines Herzens.

13:14 —••••• Weil Bowling im allgemeinen keine sonderlich anstrengende Angelegenheit ist, saugt die Kleidung des Bowlers selten jene Feuchtigkeit auf, die ein Körper bei Strapazen absondert. Zum Beispiel bei Basketball oder Tennis. (Der Dress eines Bowlingspielers ist gefährdet durch verschüttetes Bier, aber das ist ein anderes Thema.) Wenn es eines gibt, das du am Bowling positiv findest, dann seine relative Trockenheit. Wenn irgend möglich, vermeidest du jeglichen Kontakt mit verschwitzten Personen. Abgesehen von seiner abstrakten Bedeutung, findest du den Ausdruck «redlicher Schweiß» bedauerlich. Auch «im Schweiße des Angesichts» ist kein Ausdruck, der eigens für dich im Paradies geprägt wurde, und aus deinem Mund wird er wohl auch kaum je zu hören sein, schon deshalb nicht, weil «Schweiß» eins dieser Worte ist, wo die Zunge dick wird. Deine Mutter transpirierte nicht. Nie. So behauptete sie jedenfalls. Was dich selbst betrifft, bist du unsicher, ob du dich des Verbrechens der Transpiration schuldig machst oder nicht. Zu gern würdest du geltend machen, daß deine Mutter dir ihre Reinheit der Drüsen vererbt hat, nur kommt es mitunter vor, daß deine Brüste und dein Bauch dermaßen naß sind, daß du dich fragen mußt, ob es sich bei all der Nässe ganz allein um den Output von Belford Dunns Poren handelt. Wie dem auch sei, nach dem Sex brauchst du immer gleich 'ne Dusche.

Ist ein Mensch dermaßen anspruchsvoll, daß es schon fast den Punkt erreicht, wo er zimperlich oder zickig wird, dann stehen in Vegas die Wetten 40 zu 1, daß dieser Mensch ein verkorkstes Innenleben hat. Man muß kein Riverboat-Zocker, kein Psychiater und kein Weiser aus dem Morgenland sein, um das zu kapieren. Durch die turbulente Basilika des Thunderbird tragen deine etwas kurz geratenen, doch wohlgeformten Beine das ungemachte Bett deines Herzens. Zum Glück, falls dies kein zu hochgegriffenes Wort ist, sind keine der Bowler, an denen du unterwegs vorbeikommst, erkennbar am Schwitzen (wie schon bemerkt, rangiert Bowling nicht unter den anstrengenden Sportarten), viele aber sehen aus, als hätten sie durchaus die Veranlagung zur Transpiration, und zwar so richtig wie ein Eber zu schwitzen, was vollauf genügt, dich zu einer schnelleren Gangart zu bewegen.

Du legst also eine schnellere Gangart ein. Aber wohin willst du, Gwen? Nun, dein erster Halt ist bei den Münzfernsprechern, wo du durch Blättern im Telefonbuch herausfindest, daß es noch eine zweite Bowlingbahn in Ballard gibt, Sunset Bowl & Recreation heißt sie, aber die Vorwahl der Sunset-Bahn lautet 782, nicht 783. Trotzdem wirst du sie in Augenschein nehmen müssen, obwohl du aus irgendeinem Grund nicht dazu neigst, das Thunderbird auf der Stelle hinter dir zu lassen. Während die Jukebox-Stimmen von Bruce Springsteen und Waylon Jennings die Pausen zwischen dem Rumpeln und Scheppern füllen, während der Flüssigkeitspegel in Gläsern, Flaschen und Blasen steigt und fällt, während Hähnchenflügel ein letztes Mal in der Friteuse flappen, wie um der Hühnerhausgefährten zu gedenken, denen sie nie wieder Luft zufächeln werden, während Spares mit Freudengeschrei und Splits mit Seufzern quittiert werden, während der Tabakqualm, der sich in einem fort ansammelt, deine Sinusnerven attackiert und die hungrigen Blicke der *lounge lizards* deinen Hintern attackieren, schreitest du zielstrebig hinüber an die große Pinnwand und tust so, als ob du dort eine Nachricht vorzufinden erwartest.

Die Rangliste der diversen Teams ist auf dem neuesten Stand. Ihr kannst du entnehmen, daß die Swedish Pancakes Tabellenführer sind in ihrer Liga; sie lassen problemlos Danish Moderns und Norwegian Wood hinter sich. In der Dienstagabendliga führt die Troll Patrol vor... ach je, wen interessiert das? An anderer Stelle der Pinnwand gibt's Geschichtsunterricht. Bowling, so scheint es, ist ein sehr altes Spiel. «Die alten Ägypter erfreuten sich vor etwa 7000 Jahren beim Bowling im Freien.» Was sagt man dazu? Wenn das mit dem Mumien-Cloning hinhaut, können die Pharaonen 'ne Bowling-Mannschaft aufstellen.

Die Anschläge weisen dich außerdem auf die Existenz einer Bowling-Ruhmeshalle hin. In Ehren hält man dort Champions mit Namen wie Marion Ladewig, Andy Veripapa und Ed Lubanski, aus

Städten wie Grand Rapids, Milwaukee – das Gedicht deiner Mutter hat den Nagel auf den Kopf getroffen –, und Akron, Ohio, kommend. Auch lag die Lyrik deiner Mutter vollkommen richtig mit der Verbindung, die sie zwischen Bowling und Religion knüpfte, selbst wenn die Connection jetzt nicht zu den Buddhisten, sondern den Protestanten führt. Kein geringerer Protestant als Luther hat es sich zur Aufgabe gemacht, die Zahl der Kegel offiziell auf neun festzulegen. Vor Luthers Edikt – womöglich an die Tür einer Bowlinghalle des 16. Jahrhunderts genagelt – hatte es erheblichen Streit unter deutschen Kirchenmännern um die richtige Anzahl der Kegel gegeben. Überrascht? Solltest du nicht sein. Was denkst du denn, worum es geht, wenn Theologen die Frage diskutieren, wie viele Engel auf dem Kopf eines Pins tanzen können? Heutzutage stehen natürlich zehn Pins auf der Bahn. Vielleicht haben die Schriftrollen vom Toten Meer ja Luther widerlegt.

Der fesselnden Literatur zufolge, die hier ausliegt – und das Thema liegt eher auf deiner Bahn, sozusagen –, florieren Bowlingzentren gerade in schlechten Zeiten, wenn die finanziell gestreßte Bevölkerung vermehrt zu preiswerter, gesunder Entspannung tendiert. Aber natürlich. Wenn es knapp wird in der Kasse, gehen die Knapser bowlen. Hmmm. Welche Schlüsse über die Tiefe und potentielle Breite des gegenwärtigen ökonomischen Grabens könnte ein Finanzanalytiker aus der Tatsache ziehen, daß am frühen Samstagnachmittag im Thunderbird Bowl die drangvolle Enge einer norwegischen Sardinenbüchse herrscht?

Eine Gesellschaft schlohweißer, rotgesichtiger, *snus* konsumierender Siebzigjähriger hat es übernommen, die Jukebox zu füttern. Mit dem Resultat, daß Bruce Springsteen und Waylon Jennings von Lawrence Welk verdrängt wurden. Keinen im Thunderbird scheint es zu stören, am allerwenigsten dich. Deiner Ansicht nach ist eine Variante von Malochermusik so tödlich wie die andere. Es ist dann aber keine Lawrence-Welk-Polka, sondern das widerwillige Eingeständnis, daß du eigentlich mal die wirtschaftlichen Indikatoren drüben im Sunset Bowl (ob es dort auch so voll ist?) inspizieren solltest, was dich am Ende dann aus dieser kakophonischen Kaverne kretinöser Kegler hinaus in den strömenden Regen treibt.

Trotz Fehlens eines funktionierenden Schirms bleibst du auf halbem Weg zu deinem Porsche stehen. Das ungemachte Bett deines Herzens stoppt mit dir. Bist du sicher, Gwendolyn, absolut sicher, daß du hier nichts übersehen hast? Weiß Gott, an diesen Ort willst du nicht zurückkehren müssen.

13:30 —•••••– Wie ein Reisbauer in einem umgedrehten Reisfeld stehst du inmitten der selbsterntenden Regenhalme. Dünn wie Eßstäbchen, ebenso stäbchengerade und grünlichgrau wie die Saiten der Ozeanzither hängen sie von den Wolken herunter und schütteln ihre strotzenden Körner ab. Die Reisschale deines Kragens fließt bald über. Als du die Schultern hebst, gibt es Regensushi.

Auf dem Parkplatz sind drei Viertel der Parkbuchten belegt. Ist das ein Anzeichen für wirtschaftliche Rezession, während volle Belegung eine hundertprozentige Depression bedeuten würde? Daß es sich bei den Fahrzeugen hier auf dem Platz zumeist um klapprige Pick-ups und in die Jahre gekommene japanische Kleinstwagen handelt, ist vermutlich ohne Bedeutung: Du hast den Verdacht, daß begeisterte Bowlingfans auch in Zeiten der Hochkonjunktur nur solche Schrottkisten fahren. Dein Porsche leuchtet hervor wie eine Orchidee in einer Klärgrube. Und wo wir gerade von diesem Porsche reden: es wird einfach grandios sein, da reinzusteigen und abzudüsen. Doch zuerst solltest du mal ein klein wenig näher zu dieser Rampe dort hingehen – eine abschüssige Bahn, die, wie du gerade entdecktest, zu einer Art Souterrain hinabführt, einem Tageslichtkeller des Thunderbird. Hmmm? Unten am Ende dieser Rampe befindet sich eine hübsche Holztür, die sich von ihrem Design und ihrer Beschaffenheit her in geradezu absurder Weise von der abscheulichen Todeszonen-Ästhetik der übrigen Bausubstanz abhebt. Wenn das ein Lieferanteneingang ist, dann ist er aber ganz schön vornehm. Es sieht aus, als wäre da unten ein Schild an der Tür. Schwer zu erkennen bei den Regentropfen, die dir auf die astigmatischen Augäpfel pladdern. Ja doch – nun bist du näher heran –, es handelt sich um ein Schild, oder eher so was wie eine Plakette: eine von diesen handgeschnitzten Redwood-Tafeln, die Sorte, wo in unbeholfenen Lettern «The Schicklgrubers» oder «Bob & Mary Ann» oder «Loafing ‹R› Us» eingekerbt steht. Du bist gut den halben Weg die Rampe runter, als dein bibbernder Verdacht bestätigt wird. Auf dem Schild steht: «Thunder House».

13:36 —••••• Die Wolken werfen mit Schuhen, auch mit Reiskörnern. Du fühlst dich wie die Braut bei einer Vermählung der Elemente. Somalia könnte dein Haar auswringen und wäre von seiner Dürre erlöst. Trotzdem bleibst du noch eine Minute oder zwei im strömenden Regen stehen, wägst Alternativen ab, raffst all deinen Mut zusammen. Am gescheitesten wäre es nun, auf dem Parkplatz und in den angrenzenden Straßen nachzuschauen, ob du irgendwo Q-Jos Auto stehen siehst. Aber was würde dir seine An- oder Abwesenheit denn verraten? Diese Geschichte zieht sich jetzt schon lange genug hin! Du wirst womöglich bis Montag warten müssen, um zu erfahren, wie viele Löffelvoll noch in deinem goldenen Honigtopf sind oder welche Stechbienen seinen Rand umkreisen, aber hier ist ein Rätsel, das auf der Stelle gelöst werden kann. Jetzt sofort!

Du eilst die Rampe hinunter und hämmerst an die Tür.

Es ist ein schweres, solides Ding mit starken Eisenscharnieren; in der Mitte ist die Füllung mit dem Relief einer Schnitzerei geschmückt: lauter Kumuluswolken, aus denen Zickzackblitze hervorzucken. Das flache Relief wirkt unauffällig und ist bei dem dunklen Holz nicht auf Anhieb zu erkennen. Daß die Tür zum näheren Betrachten anregt, hat einiges für sich, weil es dir beim Warten die Zeit vertreibt.

Daß Larry Diamond dich warten läßt, überrascht dich kaum. Du hast den Eindruck, daß er zu der Sorte Mensch gehört, die auf ein Klopfen an der Tür nicht reagiert. Larry Diamond würde möglicherweise nicht einmal dann öffnen, wenn er *nicht* deine beste Freundin Q-Jo mit Lederriemen und Gummiutensilien an sein rundes Wasserbett gefesselt hätte. Was er wahrscheinlich nicht hat, aber trotzdem: Die Sache nervt dich jetzt schon lange genug! Kapiert es denn keiner? Der US-Aktienmarkt strudelt den Bach runter, droht die Auslandsmärkte mitzureißen, läßt die Weltwirtschaftsordnung aus den Fugen kippen und schafft Chaos und Verzweiflung. Kapiert das keiner? Chaos und Verzweiflung! Alles auf der Kippe! Du hast keine Zeit für diesen Unsinn... Q-Jo! Diamond! Als deine kleine harte Faust der Tür einen weiteren Hieb versetzt, registrierst du, daß die stilisierte Gewitterwolke, an die deine Knöchel klopfen, ein Indianermotiv ist. Diese Erkenntnis hätte dein Erstaunen darüber mildern sollen, daß die Tür nun von einem stattlichen Indianer geöffnet wird. Hätte sie, tut sie aber nicht.

Ein muskulöser Mann, eher stämmig als groß, steht vor dir, in sauber gewaschenem und gebügeltem Jeansanzug, sein mit Perlen besetztes Stirnband hält eine Haarmähne zusammen, die so schwarz ist, wie deine mal war, ehe beruflicher Streß, Pech und die Wechselfälle des Lebens ihren Tribut forderten. Sein Alter läßt sich nicht abschätzen, das ist bei euch Nichteuropäern immer schwierig. Er hat eine tiefe Stirn, die Nase schaut eher nach gebrochen als nach Hakennase aus, einen Mund mit dünnen, schnurgeraden Lippen und dichte Brauen, die sich wie Elchfellbaldachine über einem Paar klarer, wenn auch leicht vorstehender brauner Augen krümmen. Reglos und schweigend erwidert der Mann deine unverschämte Gafferei. Sein ganzes Wesen und vor allem seine Augen suggerieren, daß hier jemand beim Blick in die inneren Tiefen gestört wurde. Weil du das Gefühl hast, du seist mitten in eine mystische Träumerei hineingeplatzt, kannst du nur kleinlaut stammeln: «Ähm, hi, hallo. Ich, ähm, ich – ich suche jemanden namens Larry Diamond.»

Das Lächeln des Indianers ist so flüchtig und scheu, daß es dich an

Dr. Yamaguchi erinnert. Welch ein Kontrast zu dem Grinsen der Bowler da oben, schlotterig wie der Wischlappen des Barkeepers und breit genug, daß man eine Katze hindurch ins Freie hätte befördern können. «Larry ist nicht da», sagt er leise. Der Satz hat einen synkopierten Rhythmus.

«Ähm, nun, wo ist er denn hin?» Es platzt schier aus dir heraus, du vergißt die Manieren, die deine Mutter dir beibringen konnte, auch wenn dein Vater gute Manieren immer als Taktik verhöhnte, die nur dazu erfunden war, die heimtückischen Machinationen der Bourgeoisie zu verschleiern.

Wieder das haarfeine Lächeln wie der erste Kreidestrich des Tageslichts auf der Schiefertafel im kleinen roten Schulhaus der Dämmerung. «Larry ist sich die Amphibien anschauen», sagt er. Dabei wird sein Lächeln breiter. Aber die Tür geht zu.

Als ob sie dir helfen wollten – vielleicht wollen sie dich auch bloß piesacken –, wiederholen die prasselnden Regentropfen die Abschiedsworte des Indianers in deinem Ohr. «Larry ist sich die Amphibien anschauen.»

Meine Güte!

13:41 —••••–• Die Szene ist folgende: Du stehst in Regen und Wind, hämmerst an die Kellertür einer Bowlinghalle in Snus Junction und kreischst in deinem quieksenden Falsett: «Wo? Wo? Wo sind die Amphibien?» Und die Bowler – jene, die ins Thunderbird reingehn, und jene, die es verlassen – schauen dich an wie eine Irre. Sie lachen dich aus, sie johlen, und eine Frau ruft: «Hey, du bist wohl schlecht drauf?», dabei bist du noch im Schlaf besser drauf, als diese aufgedonnerte Schickse es verfi... verflixt noch mal je sein wird. Was dich hier auslacht, sind Bowler – armselige *Bowler*, verdammt noch mal; und du bist rot bis auf die Knochen. Doch weder die Peinlichkeit der Situation noch dein Zorn halten dich vom Hämmern oder deinem schrillen «Wo sind die Amphibien?» ab – obwohl du alles ein bißchen runterfährst, als zwei Bonvivants in dünnen Nylonjäckchen und Baseballmützen unisono wie Frösche zu quaken beginnen.

Du bist derart in Rage, daß es ein wenig dauert, bis dir dämmert, daß du den Aufenthaltsort dieser «Amphibien» vielleicht gar nicht wissen willst. Es gibt Informationen, die einem nicht unbedingt nützlich sind (obwohl das jeder selbst entscheiden muß; diese Entscheidung sollte nie einer Regierung, den Medien oder der Ärzteschaft vorbehalten sein). Außerdem, solange man die Information nicht hat, ist es so gut wie unmöglich, ihre Auswirkungen abzuschätzen. Wie dem auch sei, beginnt in deinem Bewußtsein nun das Bild der Nommo-Karte, vielmehr der verunstalteten Sternkarte aufzuflackern. Du erinnerst dich an die junge Frau mit den grünen Schuppen und flossenartigen Füßen. Grüne Schuppen und Schwimmhäute zwischen den Zehen sind kaum normale Attribute einer gesunden Menschenfrau, können aber als Allgemeingut, wenn nicht definitiver Bestandteil der amphibischen Welt betrachtet werden. Aber hallo! Wird hier etwa mit Dingen okkulter Natur hantiert? Allein die Tatsache, daß Q-Jo Huffington involviert ist, läßt darauf schließen, daß dem so ist.

Eiswürfel klimpern gegen den Sektquirl deiner Wirbelsäule, und du beginnst dich zu fragen, ob das jetzt nicht der ideale Augenblick wäre, um nach Hause zu fahren, eine heiße Dusche zu nehmen und es sich mit einem Glas Chardonnay vor einem freundlichen Computer gemütlich zu machen. Aber wenn man auf 'ner geknickten Trompete spielt, zieht man sich nicht so ohne weiteres aufs Erprobte und Althergebrachte zurück. Du straffst die Schultern und klopfst von neuem an die Tür des Thunder House. Im gleichen Moment, als deine Knöchel mit ihr kollidieren, geht sie knarzend auf, und da steht der mächtige Indianer mit dem Blick eines Mannes, der mit geschlossenen Augen im Totenbuch gelesen hat. Schon wieder hast du das schuldbewußte Gefühl, mit schlammverklebten Schuhen über einen Gebetsteppich zu latschen. «Lassen Sie mich erklären –», sagst du, bemüht, deine beschwörende Syrinx zu ölen, die du für

Kunden reserviert hast, denen du eine besonders riskante Investition aufschwatzen willst. Das Interesse, das der Indianer an deiner Rhetorik bekundet, ist sehr dürftig. Er schenkt dir ein kaum sichtbares, fast mitleidiges Lächeln, reicht dir ein Blatt Papier und schlägt dir – mit dem Selbstvertrauen und der Leichtigkeit eines Menschen, der sich allmählich daran gewöhnt – die Tür vor der Nase zu.

14:00 —•••••• Das Pacific Science Center, anläßlich der Weltausstellung in Seattle im Jahre 1962 erbaut, ist bis heute eines der stattlichsten Bauwerke der Stadt. Vielleicht ist «stattlich» zu maskulin. Mit seinen spiegelnden Wasserflächen und hoch aufragenden, freistehenden Bögen aus schwanenweißer Filigranarbeit erinnert es an einen Tadsch Mahal, der von innen heraus von Milliarden marmorfressender Termiten zernagt wurde, bis nur eine hauchdünne Schale übrigblieb, die sich mit ihrem eigenen Spiegelbild blendet, eine von Engeln abgesonderte, schneeweiße Honigwabe, die bei Regenwetter ebenso hell schimmert wie bei Sonne. Nein, beim Science Center muß man eher von Schönheit als von Stattlichkeit reden, vor allem, wenn man es mit den beige, hochkant gestellten Kleenexschachteln vergleicht, die als monotone Monolithen downtown stehen, Gebäude, die weniger dem Geschmack feingliedriger Insekten gemäß sind als dem von Kloakengewürm und ähnlich scheußlichem Getier.

Architektonisch ist das Science Center dezidiert feminin, auch wenn der menschliche Unternehmungsgeist, zu dessen Ehren man es errichtet hat, mitunter ziemlich gründlich von den allerschlimmsten Facetten maskuliner Sensibilität usurpiert zu sein scheint. An diesem regnerischen Ostersamstag jedoch haben die Aktivitäten im Science Center kaum etwas mit Profit, Besitz oder Macht zu schaffen. Der Themenschwerpunkt verspricht heute ein kleiner und stiller zu sein, der eher mit der Neugier auf kleine, stille Dinge zu tun hat als mit bahnbrechenden Erkenntnissen, die sich als Wegweiser zu neuen Goldadern entpuppen. Nicht daß du letztere verschmähen würdest. Doch was dich hier herführt, ist der Zettel, den dir der Thunder-House-Indianer in die Hand drückte, und wohl oder übel hast du eine ungefähre Vorstellung davon, was dich erwartet.

Der Werbezettel annonciert die alljährlich stattfindende Reptilien- und Amphibienschau, als deren Schirmherr die Pacific Northwest Herpetological Society fungiert. «Sind Kröten wirklich schleimig? Drücken Boas ihre Beute wirklich tot? Hier erfahren Sie alles, was Sie schon immer über Reptilien und Amphibien wissen wollten.» Ach ja, Gwen, und welche Fragen hast *du* zu Reptilien und Amphibien? Dir fällt nur eine ein: Wie kommt man am besten durchs Leben, ohne je einem dieser Viecher begegnen zu müssen? «Ausgestellt sind über 100 lebende, ungiftige Reptilien und Amphibien, von allseits bekannten bis zu exotischen Exemplaren.» Außerdem muß ein Event, zu dessen Attraktionen «das Basteln von Handpuppen aus braunen Papiertüten, darunter Schildkröten und Frösche» gehört, relativ harmlos sein. Andererseits finden die lieben Kleinen ja großen Gefallen am Grusligen und Widerlichen. Dein schlimmster Alptraum wäre, einen Belford Dunn Junior abzulaichen und mit ansehen zu müssen, wie er am liebsten mit Gartenschnecken und dem Inhalt seiner Windeln spielt.

Der Wind gönnt sich eine Pause, und der Regen ist zu dünnem Geniesel zerfieselt – ein bißchen spät, was deine Frisur und deinen Lidschatten angeht. Aus einem völlig unlogischen und ärgerlichen Grund hast du ein unbehagliches Gefühl bei der Vorstellung, in deinem momentan leicht verwahrlost wirkenden Zustand Larry Diamond zu begegnen, und mit gemächlichen, wenn nicht gar behutsamen Schritten überquerst du den geräumigen Lichthof des Science Center. Pausierst unter einem der osterweißen Bögen und denkst: *Wenn es im Himmel ein McDonald's gibt, dann sieht es so aus.* Dann – die Einlaßregeln an der Himmelspforte in Betracht ziehend – fragst du dich, ob es dort wohl genug Kundschaft gibt, daß sich ein McDonald's *rentiert*? Und wäre Fast food in der Ewigkeit nicht irrelevant?

Beim Gedanken an die Ewigkeit wurde dir schon in Kindertagen leicht mulmig. Du kannst ja verstehen, daß das Leben im Jenseits noch extrem lange weitergehen mag. Millionen von Jahren. Ach was, sogar Milliarden oder Billionen von Jahren. Aber daß es nie aufhört? Nie endet?! Wie geht das, daß da nicht früher oder später mal Schluß ist? Manche Leute mögen ja Trost in der Vorstellung der Ewigkeit finden, aber für dich ist sie bestürzend, erdrückend, richtig entsetzlich. Das Ewige kann einem schwer aufs Gemüt schlagen.

Du willst gerade zum Ticketschalter weitermarschieren, wo du, nichts Gutes ahnend, fünf kostbare Dollars opfern wirst, um zwischen Glaskästen mit Kriechern und Schleichern, unter gefleckten Salamandern und Chorfröschen aus Illinois, unter Dosenschildkröten, Diamantschildkröten, roten Milchschlangen, Nachteidechsen, Schlammteufeln, Furchenmolchen und rauhhäutigen Wassermolchen zu wandeln, du bist drauf und dran, deine gefährdete Kapitalreserve zwecks Finanzierung einer Exkursion ins Reich erbarmungsloser Scheußlichkeiten anzugreifen, als eine Stimme dicht an deinem Ohr sagt: «In der Ewigkeit gibt es keine Zeit.»

Du springst fast aus deinen aufgeweichten Pumps. Und als du sein Gesicht derart nahe an deinem erblickst, machst du gleich noch einen Satz. «Die Ewigkeit ist zeitlos», fährt er fort. «Sie definiert sich dadurch, daß sie außerhalb der Zeit existiert. Begriffe wie ‹Anfang› und ‹Ende› sind hier also bedeutungslos.»

Deine erste Reaktion ist: Wie können Sie es wagen, mich so zu überfallen, bevor ich Gelegenheit hatte, mich vorm Spiegel im Damenklo wieder in Ordnung zu bringen! Aber was du wirklich zu ihm sagst, ist: «Wie haben Sie meine Gedanken erraten?»

Worauf er entgegnet: «Kleiner Trick. Hab ich in Timbuktu gelernt.»

14:04 —••••• «Was machen Sie hier?» fragst du ihn. Es klingt halb wie ein Vorwurf.

«Fragt sich eher, was *Sie* hier machen? Erst kommen Sie mir mit den Bozo, nun kreuzen Sie hier bei den Amphibien auf. Aus alldem könnte ich schließen, daß Sie auf der Liste stehen.»

«Auf welcher Liste?»

«Der Liste der Fremden.»

«Ich hab nicht die leiseste Ahnung, wovon Sie reden. Ich bin eine gebürtige Amerikanerin, deren Vater zufällig von den Philippinen stammt. Und wenn Sie meine Gedanken lesen können, Mr. Diamond, dann müßten Sie wissen, weshalb ich hier bin.»

Er lacht sein Dschungelfilm-Lachen. Würde Belford es hören, dächte er glatt, du hättest André gefunden. «Ich kann keine Gedanken lesen», sagt Diamond. «Es liegt nun mal in der Natur des menschlichen Bewußtseins, daß jeder hin und wieder die Gedanken von anderen aufschnappt, sofern die Gedanken ausgeprägt sind und der Empfänger sensibel genug dafür ist. Seit *ich* auf der Liste bin, hab ich festgestellt, daß ich mich manchmal in anderer Leute Gedanken reintasten kann, oder in ihre Träume.» Er stemmt die Hände in die Hüften und schenkt dir ein so unverschämt anzügliches Grinsen, daß es die Samttapete von den Wänden der Tugend pellen könnte. «Aber wo ich mich wirklich gern mal reintasten würde, ist Ihr Höschen.»

Du machst auf dem Absatz kehrt und läufst in raschem Tempo davon. Wenn er dir folgt, wirst du zetermordio schreien. Etliche Familien kommen gerade über den Lichthof geschlendert, die Eltern hauen das wöchentliche Freizeitbudget auf den Kopf, damit ihre Kids beim «Basteln von Handfiguren aus braunen Papiertüten, darunter Schildkröten und Frösche» mitmachen können. Bestimmt wird dir ein strammer Dad zur Hilfe eilen. Dieser Perverse! Dieser nasse Willi!

Aber deine aufgeweichten Pumps haben noch keine zehn Meter zurückgelegt, als dir einfällt, weshalb du ihn eigentlich hier zu finden hofftest. Du bleibst stehen und fährst herum. Seit mindestens einem Jahr bräuchtest du schon eine Brille – Eitelkeit versperrt dir den Weg zum Augenarzt –, aber Diamonds Sägezahnlächeln sticht ziemlich deutlich aus dem Nebel heraus. «Wo ist sie?» brüllst du ihn an. «Wo ist Q-Jo Huffington?»

«Sie meinen, Sie wissen es nicht?»

«Teufel nein, ich weiß es nicht! Was haben Sie mit ihr angestellt?»

Er kommt auf dich zu. Du machst dich bereit zum Schreien. Aber das anzügliche Grinsen – die Vulgärkomik – ist von der Bühne geschoben, und an seiner Stelle steht eine vertrauenerweckende und besorgte Miene, der Hamlet-Blick eines TV-Moderators während einer der zahlreichen nationalen Krisen. «Ich glaube, Sie und ich sollten uns mal hinsetzen und miteinander reden», eröffnet er dir seelenruhig. Und ergänzt, als du zauderst: «Über Q-Jo. Kein Tête-à-tête. Um die Wahrheit zu sagen, find ich's keine sehr gute Idee, Ihnen ans Höschen zu gehn.»

Dem könntest du gar nicht genug beipflichten. Doch auf dem Weg zum Coffeeshop fragst du dich immer wieder, was ihn wohl dazu bewog, seine Meinung zu ändern.

14:10 —••••– • Du läufst schweigend, obwohl Diamond leise vor sich hin zu summen scheint. Soweit es nur irgend geht, vermeidest du direkten Augenkontakt, hast ihn aber gut genug im Blickfeld, um zu erkennen, daß seine Augen viel von ihrer wüsten Rötung verloren haben; es müssen wohl der Alkohol und der Qualm gewesen sein, die sie am Donnerstag färbten. Aber ein rauhes Stoppelfeld überschattet noch immer die kargen Ebenen von Kinn und Wangen; sein langes Haar schwingt hin und her wie der Schwanz eines wohlig trägen Araberhengstes, den man von der Stute heimführt. Er hat sich nicht die Mühe gemacht, seine Lederjacke zu wechseln, die alt und fettig aussieht wie die Haut eines Ziegenbocks, oder den goldenen Ohrring abzulegen (das feine Nieseln hat ihn mit Edelsteinsplittern besetzt). Das Tageslicht fingert sich erfolglos durch die zerfransten Partien seiner Jeans. Seine Schlangenlederstiefel scheinen dir nicht so ganz das passende Schuhwerk zum Besuch einer Reptilien- und Amphibienschau – echot da nicht bei jedem Schritt eine Welle des Grauens durch die Vivarien? –, und vor seiner Tätowierung zuckst du unwillkürlich zurück, weil sie dir ausgesprochen plump und unreif erscheint, obwohl du erst dann einen ungehinderten Blick auf sie erhältst, als du ihm in einer Sitznische im Pony Espresso gegenübersitzt.

Während er bestellt – schamlos mit der Bedienung flirtend, die seine Bestellung aufnimmt –, spähst du verstohlen auf den Rücken seiner linken Hand, die gerade zwei Zuckerstücke schüttelt, als seien es Würfel; doch wo du einen Totenkopf, eine aufgerichtete Kobra oder eine Hula-Schlampe mit Baströckchen erwartest, prangt statt dessen eine eigentümliche Konfiguration himmlischer Symbole. Weil Diamonds Aufmerksamkeit von anderen Dingen beansprucht wird (was ist so verdammt interessant an dieser Kellnerjule?), gönnst du dir einen ausführlicheren Blick. Abgebildet sind drei Kreise, einer über dem anderen. Sie haben große Ähnlichkeit mit Sonnensymbolen, oder eher mit Varianten von Sonnensymbolen, denn jeder ist anders: der oberste Kreis ist an vier Stellen durchbrochen, ebenso die Strahlen; der in der Mitte, der konventionellste von allen, ähnelt einer Sonne, wie sie ein Kind mit sicherem Strich malen würde, ganz so wie *du* sie im Kindergarten gemalt hättest; während die unterste, seinem knochigen Handgelenk am nächsten liegende und kunstvoller wirkende «Sonne» aus zwei konzentrischen Kreisen besteht, von denen zweifach konturierte, geschlossene Strahlen ausgehen, die große Ähnlichkeit mit Blütenblättern haben.

«Aha, Sie bewundern die Kunst auf meiner Haut.»

Du zuckst zusammen, dann steigt dir, selbstredend, die Schamröte ins Gesicht. «Eigentlich nicht», sagst du, um einen beiläufigen und desinteressierten Ton bemüht.

«Möchten Sie gern Näheres darüber erfahren?»

«Ähm, nein. Möchte ich nicht. Ich möchte was über Q-Jo hören. Das ist alles, was mich interessiert, danke.» Deinem Zentralnervensystem entgeht nicht, daß es möglicherweise einen Tisch mit einem gefährlichen Maniak teilt. Deine Hände zittern, und du fragst dich, wie du mit deinem großen Vanille-*latte* klarkommen sollst, ohne deine Ängstlichkeit zu verraten. Bisher hast du dem Drang widerstanden, ins Damenklo zu gehen, dein Make-up aufzufrischen und dein nasses Haar zu bürsten, weil du fürchtest, jegliche Verbesserung an deinem Äußeren könnte Raubtiertrieben Vorschub leisten. Allerdings hast du den triefnassen Regenmantel abgelegt und dein einigermaßen trockenes, gnadenlos enges schwarzes Kleid enthüllt.

«Q-Jo ist Ihre Freundin?»

«Ja», fauchst du. Dann dämmert dir, daß du dich jetzt schon zum zweiten Mal offen zu dieser Freundschaft bekannt hast. Das erste Mal war heute früh im Polizeipräsidium. Eine Extraportion Erdbeer zeigt sich in deiner Röte.

«Und soweit Ihnen bekannt ist, war sie bisher nicht zu Hause.»

«Richtig.»

«Sie haben keine Ahnung, wo sie steckt?»

«Nee, hab ich nicht. Das letzte, was ich gehört habe, war, daß sie bei Ihnen ist.» Du bringst den Mut auf, ihm ins Gesicht zu starren. Nun, wo die geplatzten Äderchen verschwunden sind, haben seine Augen ein tiefes Blau und würden ganz hübsch aussehen, wenn sie nicht so spöttisch wie Krähen und so lüstern wie Flöhe wären.

«Gestern.»

«Ich verstehe nicht.»

«Gestern war sie bei mir, gestern nachmittag. Q-Jo kam in meine Wohnung, um sich Dias von einer Reise anzuschauen, die ich vor kurzem gemacht habe. Es war ein geschäftliches Treffen.»

«Richtig. Und nachdem das Geschäftliche erledigt war, beschloß sie, noch ein bißchen dazubleiben. Man ging, wie soll ich sagen, zum geselligen Teil über.»

Diamond lächelt. Es ist ein grausames, stechendes Lächeln, als würde dich eine Katze kratzen. Seltsamerweise hat es etwas Verzeihliches, gar Sympathisches, als ob du dir den Kratzer bei deinem Lieblingskätzchen eingehandelt hättest und überzeugt wärst, daß es bloß spielen wollte. «Ganz im Gegenteil», korrigiert er dich. «Sie ging, noch ehe der geschäftliche Teil abgeschlossen war.»

«Ach ja?» Du siehst es bildlich vor dir, wie er sie auf eine so dreiste, verkorkste Art anmacht, daß selbst Q-Jo, die einer klitzekleinen Perversion manchmal nicht abgeneigt ist, wie der Blitz zur Tür saust. «Sie haben ihr wohl einen Schrecken eingejagt.»

Er lächelt wieder. Du spürst, wie dir die Tatze die Stirn aufschrammt. «Wenn sie Angst hatte, was ich ernstlich bezweifle, dann nicht vor mir. Nicht persönlich. Ich war nicht mal im Zimmer.»

«Was soll das heißen?»

Die Bedienung kommt mit deinem *latte* und seinem Mandelsoda, doch ihr nehmt beide keine Notiz von ihr.

«Gwendolyn» – die Art, wie er deinen Namen ausspricht, ungefähr so, als würde William S. Burroughs ein Kräuterbier mit Eiskrembällchen bestellen, läßt dich im Innersten erbeben – «das soll heißen, Ihre Freundin und ich haben uns Dias von Timbuktu angeschaut, und ich habe mich kurz entschuldigt. Weil ich aufs Klo wollte. Als ich wiederkam, war sie weg.»

14:20 —•••••–• «Weg?»

«Weg.»

Die Bedienung hat euch die Getränke hingestellt, steht aber noch immer an eurem Tisch. Genauer gesagt, sie lungert herum. Du schaust sie verärgert an – und voller Mitleid, weil dir einfällt, welche Anziehungskraft naive junge Opfer angeblich auf gewisse Serienkiller ausüben. Diamond schaut sie ebenfalls an, was kaum verwundert, aber so, wie sie da am Tisch steht, bleibt keinem von euch eine andere Wahl.

«Ich hoffe, ihr zwei habt nichts dagegen», sagt sie entschuldigend, «aber der Boß wird jetzt mal kurz das Ballspiel abschalten.» Sie hebt eine Schulter in Richtung des Fernsehers, der auf einem Bord hoch über dem Tresen steht, und dir fällt zum ersten Mal auf, daß auf dem 47-Zentimeter-Bildschirm ein Spiel der Mariners läuft. «Ich schätze, der Präsident will 'ne wichtige Ansprache halten oder so was.»

Du funkelst sie an, weil sie dich mit einem dieser Quatschköpfe verwechselt, die ihr geistiges Potential auf Null fahren, indem sie ihren IQ bei Sportübertragungen im Fernsehen verkümmern lassen. Diamond seinerseits blinzelt und sagt: «Nur zu, Darling. Drehn Sie die aufgeblasene Kröte an. Ich lach mich gern 'n bißchen kaputt.»

Auf Zehenspitzen auf einem Barhocker balancierend, schaltet der Manager manuell auf einen anderen Kanal. Ein Pitcher, der gerade zum Wurf ausholt, löst sich in nichts auf und wird nicht etwa von einem engelshäuptigen Ersatzmann auf der Reservebank ersetzt, auch nicht von Dr. Yamaguchi, wie du schon halb erwartet hast, sondern von dem Mann, der von Journalisten, die es besser wissen müßten, noch immer als «Oberhaupt der freien Welt» bezeichnet wird. Nach kurzem Räuspern und dem Feintuning seiner Contenance ist der Präsident bereit, sich an den stetig schrumpfenden Teil der Bevölkerung zu wenden, der gerade nicht aktiv mit Schnorren, Crackrauchen oder Bowlen beschäftigt ist.

«Nun, Gwendolyn, wie ich schon sagte, als ich aus der Toilette kam, war Ihre Freundin...»

Du bringst ihn mit einem «Pscht!» zum Schweigen. «Ich will das hören.»

Diamond legt den Kopf schief und wirft dir einen Blick zu, für den sarkastisch ein Kosewort wäre, ein Blick, der bis in seine letzte zynische Nuance die Ernsthaftigkeit deiner Sorge um Q-Jo in Frage stellt. «Hören Sie», sagst du zu ihm, «ich habe einen Job, ich habe Kunden, die ich schützen muß. Es könnte wichtig sein, was der sagt.»

«Nur zu», sagt er und hebt sein italienisches Soda. Du hättest nie gedacht, daß jemand ein hämisches Grinsen aufsetzen und gleichzeitig aus einem Glas trinken kann.

Unterdessen erzählt der Präsident, daß er die jüngsten beunruhigenden Ereignisse in unserer großen Nation nicht bagatellisieren will. Dann fängt er an, jeden einzelnen Posten auf der Höllenliste herunterzuspielen: Bankzusammenbrüche, Kreditumschuldung, notleidende Kommunalobligationen, steigendes Staatsdefizit, Verfall der Immobilienpreise, fallende Ölpreise, Zwangsvollstreckung von Hypotheken, unbezahlbar gewordenes Gesundheitswesen, private und Firmen-Insolvenzen, Wasserknappheit, Rassenunruhen, Armutskrawalle, Straßenkriminalität, die enorme Abwanderung aus New York City und die Versuche von Hawaii und Vermont, sich aus der Union zu lösen. Die schwarze Kirsche oben auf dem Zyankali-Eisbecher ist natürlich der Börsenkrach vom Donnerstag. Jeder dieser verflixten Ziesel auf dem breiten grünen Rasen des Amerikanischen Traums kann verjagt werden, versichert der Präsident seinen Wählern. Das Gras rings um die Fahnenstange jeder amerikanischen Familie wird saftig und hoch sprießen – wenn auch nicht *zu* hoch. Leider wird das Wiedererstarken von Amerikas Finanzkraft erfordern, den Gürtel enger zu schnallen, es wird einen niedrigeren Lebensstandard erfordern, es wird (stöhn!) persönliche Opfer erfordern. Der Präsident hat Tag und Nacht mit seinem Expertenstab beraten, so scheint es, und sie haben sich ein paar brillante Maßnahmen ausgedacht, die uns beim Opfern helfen, falls wir nicht in ausreichendem Maße von selbst Verzicht leisten können.

«Auweia», sagt der Manager des Coffeeshops. «Jetzt heißt es den Kopf einziehen.»

Du würdest ihm nickend beipflichten, nur willst du nicht dabei ertappt werden, wie du einem Mann seines niederen Standes nikkend beipflichtest. Du ersparst dir also das Nicken, aber vor deinem geistigen Auge siehst du einen amtlich grünen Abschleppwagen auftauchen, der deinen Porsche wegschleppt, und malst dir aus, wie du bis ans Ende aller Tage auf dem gleichen Flur wie Q-Jo Huffington wohnen bleibst. Vorausgesetzt natürlich, Q-Jo ist noch am Leben. Du wirfst einen schuldbewußten Blick auf Diamond, der zurückgrinst wie ein unreifer Kürbis, aus dem jemand mit der Nagelfeile eine Halloweenlaterne zu schnitzen versucht hat.

«Die alte Dumpfkröte wird den Kongreß auffordern, Steuererhöhungen zu beschließen», sagt Diamond nüchtern. «Er wird die Fed ersuchen, die Geldmenge zu erhöhen. Er wird Restriktionen bei Auslandsinvestitionen durchdrücken und Devisenbeschränkungen erlassen. Er könnte sogar fordern, daß ein Teil der Sozialversicherungsreserven und Pensionsrücklagen dazu herangezogen wird, die Staatsverschuldung auszugleichen. Dann wird er den Dienstleistungssektor der Behörden kappen und eine ganze Reihe von Staatsdienern feuern. Und dem Wohlfahrtsstaat können Sie einen saftigen Abschiedskuß geben.» Er schürzt die Lippen und gibt einen lauten Schmatzlaut von sich, der der Bedienung ein Kichern entlockt und dir eine finstere Miene.

An dieser Stelle beginnt der Präsident seine Maßnahmen zu spezifizieren, und sie korrespondieren genau mit dem, was Diamond soeben prophezeit hat, nur daß der Präsident sie derart in Watte verpackt, daß sie beinahe gütig erscheinen. Zum Beispiel sagt er nicht, daß er den Dienstleistungsbereich kappen wird, sondern daß er ihn «aussetzt», und die Bürokraten, die er auf dem Kieker hat, werden nicht gefeuert, sondern «vorübergehend ihres Dienstes enthoben». Außerdem läßt er durchblicken, daß viele dieser Maßnahmen nicht ergriffen werden müssen, falls die globalen Finanzmärkte am kommenden Montag wieder ein fröhliches Lächeln aufsetzen.

Du hättest Diamond voller Bewunderung anschauen können, wenn das nicht schon die kleine Metze von Kellnerin täte. «Hat da jemand was im voraus ausgeplaudert?» fragst du. «Oder können Sie auch dessen Gedanken lesen?»

Er grinst spöttisch. «Das konnte sich doch jeder Trottel ausrechnen. Ich meine, was soll er denn *sonst* machen? Das Problem ist nur, für viele dieser Maßnahmen ist es zu spät, die hätte man schon vor Jahren ergreifen sollen. Und die Geldmenge verdoppeln ist etwas, was man auf keinen Fall tun sollte. Es wird die Zinssätze hochschnellen lassen bis zum Gehtnichtmehr. Hoffentlich hatten Sie nicht gerade vor, sich in Immobilien einzukaufen.»

Ja, lieber Gott, da geht sie hin, deine neue Eigentumswohnung, überholt sogar noch den Porsche, so fix verschwindet sie aus deinem Leben. Als wäre das noch ein Leben zu nennen. Ab kommenden Montag.

14:35 —••••• Der Präsident schließt seine Ansprache mit der eindringlichen Bitte an alle Amerikaner, sparsam und tapfer zu sein.

«Zwei Zwölftel Pfadfinder», sagt Diamond.

«Zwölf Zwölftel Katastrophe», sagst du. «Heiliger Bimbam, das ist ja eine ziemlich häßliche Geschichte!»

«Häßlich? Ich find sie ziemlich grandios.»

«Jetzt geht der Spaß erst richtig los.»

«Genau. Vor allem für die auf der Liste. Für die auf dem Blatt.»

Der Manager schaltet wieder zurück zum Baseballspiel und fällt dabei beinahe vom Barhocker. Die Bedienung kommt hüftschlenkernd herbei und sieht nach, ob Diamond noch ein Mandel-Soda will. Du kannst spüren, wie der Feuchtigkeitspegel unter ihrem Rock steigt, als sie mit ihm redet. Da drunter ist es wie in Miami. «Hier!» keifst du und schiebst ihr deinen unberührten *latte* hin. «Der müßte noch wal warm gemacht werden.» Vermutlich könnte sie ihn zwischen ihren Schenkeln zum Kochen bringen. Wenn du mal kurz ins Damenklo gingst und dich wieder ein bißchen zurechtmachen würdest, könntest du dieses lästige Geturtel zweifellos im Keim ersticken – aber du willst verdammt sein, wenn du dich so tief sinken läßt. Oder das Risiko eingehst.

«Verzeihen Sie meine Offenheit, Mr. Diamond», sagst du, als das Girl sich wieder losgerissen hat, «aber ich glaube, Sie lutschen hier an einem ganzen Weinberg saurer Trauben.»

«Und wie steht's bei Ihnen?»

«Ich glaube, Sie haben ein kindisches Vergnügen an dieser Krise, weil... weil Sie nicht länger involviert sind. Im Finanzgeschäft, meine ich. Sie haben Mist gebaut, und man hat Sie rausgeworfen, und jetzt freuen Sie sich, daß die Branche in der Klemme steckt. Schadenfreude, wenn Sie mich fragen. Pure Gehässigkeit. Wenn Sie Ihren Job wiederkriegen könnten, würden Sie ganz anders reden.»

Das irritierende Grinsen auf seinem Gesicht wird noch strahlender, was dich um so mehr irritiert. «Dann würde ich leiden wie ihr andern auch?»

«Ja. So könnte man es ausdrücken.»

Als er lacht, schaut die Bedienung vom andern Ende des Raumes neidisch zu dir her, ohne Zweifel eifersüchtig, daß er dich so unterhaltsam findet. «Ach, Gwendolyn», seufzt er. «Eine solche Naivität könnte in diesen Zeiten ganz erfrischend sein, wenn sie nicht so rührend pathetisch wäre.» Du wirst so rot wie das Köpfchen eines Kardinals und erhebst dich von deinem Sitz, was Diamond aber gar nicht zu bemerken scheint. «Die NASD hat es nie für nötig gehalten, mir die Lizenz zu entziehen», fährt er fort, «und selbst wenn sie's getan hätte – es gibt an der Wall Street ganze Firmen, die ausschließlich aus Brokern bestehen, denen irgendwann mal die Lizenz entzogen wurde.»

Hmmm. Klingt interessant. Du läßt dich wieder auf die Bank zurücksinken.

«Binnen dreier Monate nach meinem Rausschmiß hätte ich für jede Disco im ganzen Land arbeiten können, vielleicht – ich betone: *vielleicht* – ausgenommen jene, die mich rausgeworfen hat. Und ich hab meine Arbeitgeber ebenso reingerissen wie meine Kunden.»

Ach ja. Das wird ja immer interessanter.

«Im Ernst?»

«Natürlich. Es gibt nur eine Regel in der Investmentbranche: Profit machen. Das wissen Sie ja. Solange man sich an diese Regel hält, ist es gleichgültig, über welche anderen Regeln man sich hinwegsetzt. Wall Street liebt Jungs wie mich genausosehr wie ein Zuhälter 'ne engfotzige Nutte auf Äitsch.»

Du bist so gebannt von seinen Enthüllungen, daß du den undelikaten Vergleich geflissentlich überhörst. «Ähm, ich würde Sie gerne mal was fragen», sagst du. «Im Vertrauen. Wenn Posner mich am Montag entlassen würde, falls man mir Profitschneiderei und so vorwirft – und ich sage nicht, daß man das tun wird –, glauben Sie, daß ich dann bei 'ner anderen Firma unterkäme? Ich meine, nach gewisser Zeit? Nach relativ kurzer Zeit?»

Nach der Art, wie Diamond in sich hineingluckst, muß die Bedienung annehmen, du seist die Enkelin von Dorothy Parker. An einem regnerisch trüben Nachmittag hast du das Pony Espresso ins

Algonquin verwandelt. «Oh, schon möglich», sagt er. «Wie ich höre, verstehen Sie was vom Verkaufen, und es gibt Häuser, die heuern *jeden* an, der so was kann. Sofern Sie also bei 'ner kleineren Klitsche einsteigen wollen, keine Sorge, die werden Ihnen die Tür einrennen. Aber ehrlich gesagt kann ich mir nicht vorstellen, daß Sie bei 'ner großen Firma was werden, nicht mal dann, wenn Sie 'ne weiße Weste hätten. Weil Sie nie mit richtig großen Summen jongliert haben.»

«Könnte ich aber ohne weiteres tun.»

«Fraglich, Gwendolyn. Das ist fraglich. Sie haben den Drive, na schön, aber Ihnen fehlt es an Talent. Die Wahrheit ist, Sie haben sich einen Beruf gewählt, in dem Sie kaum je mehr als marginalen Erfolg haben werden.»

Marginalen Erfolg! Was fällt dem ein! Du bist so empört, daß du jede Furcht vor ihm verlierst. «Warum? Weil ich ein paar Fehler gemacht habe? Die gleichen verdammten Fehler, die auch Sie gemacht haben, bloß nicht so schlimm. Weil ich eine Frau bin? Deswegen? Weil ich eine Filipina bin? Ich hab 'n MBA! Woher wollen *Sie* wissen, was ich für Fähigkeiten habe?» Je lauter deine Stimme wird, desto quieksiger wird sie. Die Bedienung sieht dich jetzt in einem ganz neuen Licht. Das Glück hat sich auf ihre Seite des Spielfelds geschlagen, wie man im Sport sagen würde.

«Immer mit der Ruhe. Kein Grund zur Aufregung. Wäre es ein Verbrechen, Honorar für einen Job einzustreichen, in dem man nicht gut ist, dann würde das halbe Land aus dem Blechnapf fressen – einschließlich der üblen Dumpfkröte, die gerade aus dem Oval Office zu uns sprach. Ich behaupte ja nicht, Sie seien unfähig. Sie sind wahrscheinlich ein Broker mit durchschnittlichen Qualitäten. Aber weshalb seine ganze Seele dranhängen, bei irgendwas bloß durchschnittlich zu sein? Mittelmaß: *da* haben Sie was echt Häßliches. Mittelmaß ist das Gewölle, das auf den Perserteppich der Schöpfung gehustet wird.» Er nimmt einen Schluck von seinem Soda. «Woher ich weiß, daß Sie nie ein As sein werden? Ganz einfach. Vorgestern nach Börsenschluß, nach dem Crash, hab ich zugesehen, wie die

Broker ins Bull & Bear strömten, zerknirscht, gebeutelt, total auf der Rolle. Sie rangen die Hände und greinten – und mittendrin Sie, greinend wie der Rest. Nun, wenn Sie das Zeug zu 'nem wirklichen As hätten, dann hätten Sie an Ihrem Schreibtisch gehockt, sich in aller Ruhe umgesehen und aufgekauft, was da verschleudert wurde. Glauben Sie mir, genau das haben die Stars der Branche gemacht.»

Du protestierst. «Ich konnte nichts kaufen. Nicht mal auf dem Wühltisch. Ich war nicht liquide.»

«Sie hatten doch Ihren Computer, oder? Wenn Sie wissen, wie man einen Computer überlistet, dann ist es egal, ob Sie Cash in der Schublade haben oder nicht. Hey, genau in diesem Moment könnten Sie Ihrem Desktop die Sporen geben und vermutlich Ihren Arsch retten, egal, wieviel Provisionen Sie abgezockt haben. Wenn Sie das Zeug dazu hätten.»

Äußerst interessant. «Haben Sie es denn?»

Er zuckt mit den Schultern. «Hatte ich mal.»

«Aber *Ihren* Job haben Sie nicht gerettet.»

«Hatte gar nicht die Absicht. Und ich kann mir auch nicht vorstellen, weshalb Sie es wollen.» Er grinst. «Wo Sie nun mich kennengelernt haben und allmählich Wind davon kriegen, daß es in diesem Universum Dinge gibt, neben denen der Kapitalmarkt aussieht wie 'ne Kreuzung von Rudelvergewaltigung und Tupperware-Party.»

Du weißt nicht, wovon Diamond hier redet, und willst es auch gar nicht wissen. Du beschließt, dir seine Sympathie zunutze zu machen. «Nun, Sie kommen wahrscheinlich aus 'ner wohlhabenden Familie», sagst du. «Für mich geht's zuallererst mal um Sicherheit. Ich weiß, wie es ist, wenn man kein Geld hat.»

«Sich wohl fühlen im Leben, wenn der Markt ein Hoch hat, und am Boden sein, wenn die Kurse im Keller sind: Das ist Ihre Vorstellung von Sicherheit? Und versuchen Sie nicht, meine Sympathie auszunutzen. Ich war als Kind Autist und bin immer noch so narzißtisch, daß ich praktisch immun gegen Jammergeschichten bin. Jeder hat eine. Nur die auf der Liste nicht.»

Okay, du hast ihn unterschätzt. Vielleicht ist er ja mehr als nur ein bißchen verrückt. Um Nutzen aus seinen Disco-Fähigkeiten zu ziehen, mußt du womöglich zu riskanteren, zu skandalöseren Taktiken greifen. Du entschuldigst dich und verläßt, dein Täschchen mit seiner Kosmetikfracht umklammernd, den Tisch mit Kurs auf die Damentoilette.

14:59 —••••• Als du wiederkommst, turtelt die Bedienung gerade mit Diamond. Die Augen quellen ihr aus dem Kopf, so brodeln ihre Hormone. Aber das macht nichts. Ein Blick auf dich – tipptopp jetzt, putzmunter, ein selbstsicheres Lächeln auf den Lippen (mit gutem Grund, denn du hast wunderbare Neuigkeiten erfahren) – und die Verandatür knallt ihr voll auf die vorwitzige kleine Clit. «Versuchen Sie's mal mit Spargelessen», rätst du ihr von Frau zu Frau, als du dich an ihr vorbei auf deinen Platz zwängst.

Du findest Anklang bei Diamond, soviel steht fest, doch obschon die roten Lustlaternen an seiner Markise blinken, ist er nicht der Typ, der zu aalglattem Gesülze oder Latin-Lover-Sprüchen neigt. In der Tat verliert er kein Wort über dein Äußeres, sondern verlegt sich statt dessen darauf, Q-Jo wieder ins Rampenlicht zu holen. «Nach dem, was Sie mir erzählt haben, ist also Ihre Freundin wie vom Erdboden verschluckt, seit sie gestern nachmittag aus dem Thunder House kam. Ich fürchte, ich kann Ihnen da nicht viel weiterhelfen, aber ich werde ...»

«Schon gut», sagst du mit einem strahlenden Lächeln von solcher Wattstärke, daß ein Beobachter dich mit einer der hemmungslosen Feengestalten verwechseln könnte, die in den Werbespots für Softdrinks in die Welt grienen. («Gurus und Philosophen könnten genausogut das Handtuch schmeißen», wie Q-Jo mal bemerkte. «Anscheinend braucht es nur die richtige Kombination von Zucker, mit Kohlensäure angereichertem Wasser, Karamelfarbstoff, Phosphorsäure, Kaliumbenzoat, Koffein, Zitronensäure und natürlichen Geschmacksstoffen, um menschliche Wesen in ekstatische Verzükkung zu versetzen.» Worauf du entgegnetest: «Coke ging heut eineinachtel Punkte rauf, Pepsi ein viertel. *Ich* bin glücklich.»)

«Was soll das heißen, schon gut?» Die schlangengleiche Art, wie Diamonds Augen schmal werden, das aufschnappende Messer in seiner Stimme warnen dich erneut, daß mit diesem Mann nicht zu spaßen ist. Aber du spaßt nicht.

«Ich meine, sie ist zu Hause. Q-Jo ist wieder da! Heimgekehrt von wo immer sie auch gesteckt haben mag.» Er schaut dich ungläubig an. «Ich hab gerade angerufen, als ich weg war», erklärst du ihm.

«Na, lieber Himmel, was hat sie denn gesagt?»

«Mit ihr gesprochen hab ich nicht. Es war besetzt.»

«Gwendolyn, das bedeutet nicht, daß sie daheim ist. Vielleicht hat ihr gerade jemand was aufs Band gesprochen.»

«Nee, ich hab über zwei Minuten lang gewartet und es dann noch mal probiert. War immer noch besetzt. Doch, sie ist zu Hause. Die ganze Geschichte mag Ihnen vielleicht bizarr vorkommen, aber schauen Sie, sie war die ganze Nacht und den größten Teil dieses Tages wie vom Erdboden verschluckt, und ich glaubte ehrlich, ihr sei irgendwas Schlimmes zugestoßen. Tut mir leid, daß ich Sie da mit reingezogen habe, tut mir echt leid. Aber Q-Jo ist nichts passiert, und das ist das Entscheidende. Ihr ist nichts passiert.»

15:10 —••••• Larry Diamond war mit dem Bus zur Amphibienschau gekommen, also bietest du an, ihn nach Hause zu fahren. Er ist sparsam, du bist tapfer. Der Präsident wird stolz auf euch sein. Aber was bleibt dir denn anderes übrig? Hättest du dich einfach verabschiedet und ihn in dieser Espressobar sitzenlassen, der und die struppige kleine Bedienung hätten es doch binnen kurzem wie zwei Hinterhofkatzen getrieben. Es stand im Dampf geschrieben. Aus Gründen, die dir selbst etwas schleierhaft sind, hast du was gegen diese Verbindung. «Nein, nein, ich bestehe darauf», beharrst du. «Es liegt praktisch auf meinem Weg.»

«Wie der Donnervogel fliegt», grummelt er leise, denn selbst jemand, der mit dem lokalen Terrain so wenig vertraut ist wie der durchschnittliche Taxifahrer von Seattle (reden die alle Bengali?), weiß, daß Ballard weit hinter deinem Zielort liegt.

Auf der Heimfahrt wirkt Diamond unverhältnismäßig still, gar mürrisch. Vielleicht hypnotisiert ihn der dünne, pausenlose Regen. Oder das Schnurren des Porsche erinnert ihn an die nette Zweisamkeit, die er sich verscherzt hat, indem er den Coffeeshop verließ. Nun, du hast gewiß nicht vor, ihn dafür zu entschädigen, doch für den Fall, daß er den Verdacht hegt, deine Q-Jo-Story sei nur ein Trick, biegst du einen Block vor der Brücke bei einer Tankstelle ab, wo du ihm vorschlägst, daß ihr gemeinsam von der Telefonzelle aus bei ihr anruft.

«Was ist mit dem Autotelefon?»

«Geht nicht.»

«Sieht arg mitgenommen aus.»

«Ja. Irgendwie schon.» Wie sollst du ihm erklären, daß es der zahme Affe deines Freundes mit einem Turngerät verwechselt hat?

Du läßt Diamond wählen – in der Zelle kommt ihr euch gefährlich nahe –, und als er das Besetztzeichen hört, scheint er zufrieden. Wieder im Porsche, zeigt er sich etwas gesprächiger. «Sie sind also tatsächlich zu der Amphibienschau gekommen, weil Sie Q-Jo suchten?»

«Na klar. Warum denn sonst?»

«Reines Wunschdenken, nehme ich an.»

Heißt das, daß er wünscht, du hättest nach *ihm* gesucht? Oder daß er sich wünscht, du wärst ‹auf der Liste›? Du beschließt, das nicht weiter zu eruieren. «Sind Sie nicht neugierig zu erfahren, wie ich Sie dort ausfindig gemacht habe?»

«Mich überrascht nichts mehr. Aber gut, wie haben Sie mich gefunden?»

«Der Indianer hat's mir gesagt.»

«Oh. Dann haben Sie also Twister kennengelernt.»

«‹Kennengelernt› ist übertrieben. Sagen Sie mal, Mr. Diamond…»

«Larry.»

«Larry. Geht's Ihnen wirklich so dreckig, daß Sie im Keller einer Bowlingbahn hausen müssen?»

Er schrammt dir erneut mit diesem grausigen Lächeln die Haut auf. «Ich wohnte da auch, als ich noch in der Branche tätig war, Gwendolyn. Ich wohne da seit '68.» Dein mühsam verhohlenes Erstaunen amüsiert ihn noch mehr. «Sie, Gwendolyn, arbeiten am Finanzmarkt um der materiellen Gewinne willen. Das ist okay. Ich schätze, der Finanzmarkt ist genauso ein guter Platz wie jeder andere, um dem Sicherheitswahn nachzujagen, der diese Primatenrasse in Atem hält, zu der wir einstigen Amphibien devolviert sind. Aber mir hat das Geld nie sonderlich viel bedeutet.»

Ach Gott, denkst du. *Sag bloß, der Knabe hier ist nichts weiter als 'ne hippere, abgedrehtere Version von Belford Dunn?* «Wenn ich recht verstehe», sagst du, «haben Sie durch Ihr Jonglieren mit immer größeren Summen Ihre Karriere und beinah auch Ihre Disco ruiniert.»

Er kichert – ein bißchen wie ein Dämon und ein bißchen wie ein kleiner Junge. «Wenn ich am großen Geld Interesse gehabt hätte, dann wär ich zu 'ner Investmentbank gegangen», sagt er. «Aber ich hab die Grenzen des Wertpapierhandels so weit ausgereizt, wie es ging. Jawohl, das hab ich. Ich hab es als ein Spiel betrachtet. Und ein paar Jahre lang hatte es die Spannung und Romantik eines gut gespielten Spiels. Dann wurde es langweilig. Es war zu einfach. Ich war zu gut. Da saß ich nun in Seattle, Washington, und beharkte die hochkarätigen Asse an der Wall Street mit Michael-Jordan-Methoden. Das gehörte zum Charme des Ganzen, war Teil der Herausforderung. Aber es wurde öde. Denn soviel auch dabei rumkam, es kam nichts dabei raus. Sie wissen, was ich meine?» Er seufzt. «Ich schätze, Sie wissen's nicht.»

Nein.

«Als das legale Abzocken keinen Spaß mehr machte, ging ich zu illegalen Varianten über. Das brachte dann wieder den alten Kick, die alte Romantik. Eine Zeitlang. Irgendwann wurde auch das langweilig. Ich hab mich mit Absicht reingeritten, und zwar so, daß ich –

sobald es zu einem Crash kam – völlig pleite sein würde. Der Crash kam am 19. Oktober 1987. War ’ne ungeheure Erleichterung.»

«Und die Leute, die Sie um ihr Geld brachten?»

«Zunächst mal traf es keine armen Schlucker. Es hat keinen alten Leutchen den Lebensabend verhagelt, es traf keine sich abstrampelnden jungen Pärchen und keine *boat people*, die den üblichen Einwandererträumen auf den Leim gingen. Was die größeren Investoren angeht, nun, die taten mir wohl ein bißchen leid. Aber letztendlich waren das genau solche Abzocker wie ich, auch wenn sie zu blind oder zu scheinheilig waren, das zuzugeben. Die glaubten doch nicht im Ernst, bei diesem Spiel gibt die heilige Mutter Teresa die Karten? Wieviel Sympathie kann man für Leute empfinden, die sich der Lüge verschreiben, sich an sie kuscheln, von ihrem Teller essen, ihr den Arsch küssen und dann jammern und greinen, wenn die Lüge sie auflaufen läßt? Früher oder später tut sie das immer.»

Du bist dir nicht ganz sicher, aber irgendwie gefällt dir der Tenor dieser Bemerkungen. Der trotzige Teil zumindest. Während der Porsche auf den Parkplatz des Thunderbird Bowl rollt, fragst du ihn: «Am Ende haben Sie sich also mit Absicht erwischen lassen? Faszinierend. Sie wollten da raus. Aber angenommen, jemand will das nicht?» Du gibst dir Mühe, die Gedanken in deinem Kopf möglichst nebulös zu halten, damit er sich da nicht ‹reintasten› kann.

«Jemand wie Sie, beispielsweise?»

«Okay. Jemand wie ich. Glauben Sie, es gibt eine realistische Chance, daß ich es irgendwie hinbiegen kann, in der Branche zu bleiben?»

«Na klar. Sofern die Branche am Montag noch existiert.»

«Was soll das heißen?»

«Ich meine, es könnte der GAU sein. Das Ende der Lüge. Wird es wahrscheinlich nicht, könnte es aber. Kann sein, daß wir das Todesröcheln der amerikanischen Finanzwirtschaft zu hören kriegen.»

Dein Herz fällt dir in die Hose wie eine Rolle Quarter in einen Wunschbrunnen. Die Tonhöhe deiner Stimme entspricht der eines Zeichentrick-Bunny, der gerade den bösen Wauwau Rodney zwischen sich und dem Karottenbeet entdeckt. «Glauben Sie das wirklich?»

Wieder dieses Grinsen. «Könnte sein», sagt er. «Grandios, was?»

15:25 —••••-• Du stoppst den Porsche vor der abschüssigen Rampe. Etliche Minuten lang sitzt ihr beide schweigend im Wagen. Du bringst keinen Ton heraus; Diamond hat sich vorgenommen, keinen von sich zu geben. Der Regen trommelt mit seinen körnigen Fingern auf die Windschutzscheibe. Jedesmal, wenn die Tür des Thunderbird Bowl aufschwingt, hört man es von drinnen rumpeln und scheppern.

Schließlich greift er zum Türgriff. Das verrät dir der periphere Blick, den du im Büro perfektioniert hast. «Danke fürs Mitnehmen», sagt er. «Und nachdem Sie Miss Huffington die Leviten gelesen haben für die Sorgen, die sie Ihnen gemacht hat, fragen Sie sie doch mal, wieso sie bei mir einfach auf und davon ist. Wüßte ich schon gern.»

Dann, kurz bevor er aus dem Porsche in den Regen entschwindet, lehnt er sich blitzschnell wie ein Mungo herüber – und drückt dir einen sehr kurzen, doch elektrisierenden Kuß auf den Mund.

15:35 —••••-• George Washingtons Gebiß: war es aus Hartholz oder einer weicheren Sorte? Aus Mahagoni wegen seiner Härte oder aus Fichtenholz wegen seiner Wärme und Farbe? Angemalt, mit Klarlack behandelt oder unbehandeltes Holz? Aus einem Stück geschnitzt oder zusammengesetzt aus lauter kleinen Einzelteilen? Falls letzteres der Fall war, wurden die Zähne verleimt, genagelt oder einfach mit Zapfen versehen und eingepaßt? Litten sie unter Fäulnis? Holzwürmern? Splitterten sie? Färbten Kirschen sie rot, Senf sie gelb? Klapperten sie bei Gebrauch so ästhetisch wie das

Klappern in der traditionellen Musik Japans, oder klangen sie vielleicht eher wie der Specht an einer Platane? Angenommen, das Gebiß wäre beim Überqueren des Delaware durch eine Unachtsamkeit ins Wasser gefallen, wäre es dann in den Fluten versunken oder auf den Wellen geschwommen wie ein Spielzeugboot? Blieb es beim Liebesakt drin, oder nahm er es raus? Was für Spuren könnte es in Marthas Nacken hinterlassen haben? Was für Schatten warf es bei Kerzenschein an die Wand eines Eßzimmers aus dem 18. Jahrhundert?

Auf der ganzen Heimfahrt denkst du an George Washingtons Gebiß. Von deiner Mutter hast du gelernt, daß ein Mensch ein paar Minuten abschalten und über irgendwas aus der Geschichte meditieren sollte, wenn er verwirrt, erschöpft und keines klaren Gedankens mehr fähig ist. Du hast es schon oft versucht, aber das einzige, was dir aus dem Geschichtsunterricht im Gedächtnis blieb, mal abgesehen von der Großen Depression, über die zu meditieren du dich glattweg weigerst, scheint das Gebiß von George Washington zu sein.

Welch beruhigende Wirkung – wenn überhaupt – die Vorstellung des heldenhaften Beißwerkzeugs auch immer auf dein Bewußtsein ausüben mag, es überträgt sich nicht auf deine Fahrweise, die – milde ausgedrückt – unstet ist. Du fährst sehr schnell, zu schnell für die nassen Straßen, und dann wieder sehr langsam. Schnell und langsam, schnell und langsam. Ein italienisches Automobil hätte vielleicht Verständnis für ein derart schwankendes Temperament, doch für die germanische Sensibilität des Porsche bedeutet es eine schwere Prüfung. Wahrscheinlich wirst du hinterher die Zündung neu einstellen lassen müssen.

Einerseits bist du wild drauf, nach Hause zu kommen und zu erfahren, was mit Q-Jo los gewesen ist. Andererseits möchtest du dahingondeln und die Wellen der widersprüchlichen Emotionen, die Larry Diamond ausgelöst hat, über dir zusammenschlagen lassen. Du spürst neuen Optimismus, neue Ängste. Du spürst ein elektrisierendes Prickeln in dir, das heraus will wie der Geist aus der Flasche.

Also fährst du zu schnell. Und denkst: *Wäre der Vater unserer Nation ein unachtsamer Raucher gewesen, hätte er dann sein Gebiß in Brand setzen können?*

15:59 — • • • • – • «Q-Jo! Hallo, Q-Jo?!»

Als sie auf dein Klopfen nicht reagierte, hast du dir mit dem Zweitschlüssel Zutritt verschafft. Es war sofort klar, daß sie – oder sonstwer – vor kurzem in der Wohnung gewesen war. Sie war nicht gerade verwüstet, als hätten Einbrecher oder Cops sie auf den Kopf gestellt, befand sich jedoch in deutlich sichtbarer Unordnung. Ein schauriges Gruseln kriecht dir den Rücken hinauf, als du argwöhnisch vom Wohnzimmer ins Schlafzimmer und weiter ins Bad gehst und ihren Namen rufst. «Q-Jo?» Keine Antwort. Die Wohnung ist menschenleer.

Vergeblich suchst du nach Anzeichen dafür, daß sie nach Hause gekommen und dann wieder weggegangen ist. Ihr bunter Schal hängt nicht im Schrank, ihre überdimensionale Handtasche steht nicht auf der Kommode, nirgends finden sich neu eingekaufte Lebensmittel (Q-Jo kehrt selten ohne Essensvorräte heim), und die Tarotkarten liegen immer noch ausgebreitet auf dem Tisch. Geschwind drehst du die Karten um und hältst den Atem an, bis du zu der übermalten Sternkarte kommst. Du hast vergessen, Larry Diamond nach dieser Karte zu fragen! Es gibt einiges, was du vergessen hast zu fragen.

Du bist gerade damit beschäftigt, die verstreuten Stengel des getrockneten Rittersporns von Q-Jos Knubbelsofa aufzusammeln und wieder in die Vase aus dem Billigladen zu stecken, als dir auffällt, daß der Hörer neben dem Telefon liegt. Das schaurige Gruselgefühl nimmt zu, obwohl du den Eindruck hast, der Hörer sei eher aus Versehen heruntergestoßen als absichtlich abgehoben worden. Wie dem auch sei, du legst ihn wieder auf, dann eilst du über den Flur zu deiner eigenen Wohnung.

Es war auch jemand in deiner Wohnung!

Heiliger Dow Bimbam Jones! Du bist drauf und dran, auf dem Absatz kehrtzumachen und die Flucht zu ergreifen. Du stolperst gerade rückwärts zur Tür raus, da klärt sich das Rätsel jäh auf. Mehr noch als die umgekippte Dale-Chihuly-Obstschale (die verstreuten Orangenschalen, die Überreste von Äpfeln) ist es die offenstehende Kühlschranktür, die den Eindringling verrät. O ja. Der Fall liegt klar. Das Gefrierfach war mal eine mit Bananeneis gefüllte Schatztruhe.

16:15 —•••••–• Erst nachdem du den Burberry-Regenmantel und die Schuhe zum Trocknen in der Duschkabine deponiert und das von André angerichtete Durcheinander aufgeräumt, dir ein Glas Chardonnay eingeschenkt und die Anrufe auf deinem Beantworter abgehört hast, läßt du dich erschöpft auf dein Bett fallen und fragst dich im stillen, aber um so energischer: *Womit hab ich das verdient?*

Drei der vier Anrufe stammen natürlich von Belford. Er war im Napa Valley herumgerast, von Weingut zu Weingut, doch der französische Generalkonsul und seiner Entourage gelang es, ihm immer eine Weinprobe vorauszubleiben. Weil du nicht zu Hause warst und keine Nachricht in seinem Hotel in San Francisco hinterlassen hast, kann er nur annehmen, daß du voll und ganz – und bisher erfolglos – mit der Fahndung nach André beschäftigt bist. Er weiß deine Hingabe zu schätzen und bedauert erneut seine Gefühllosigkeit im Hinblick auf die psychologischen Härten deiner allmonatlichen Unpäßlichkeit. Oder Äußerungen eines ehemaligen Holzfällers in diesem Sinne. Meine Güte! Welcher Lover erinnert sich nicht daran, daß seine angebliche Freundin vor 'ner Woche ihre Periode hatte? Der vierte Anruf begann so: «Hey, Quieks! Gestern abend im Woman Ray! *Mas* cool, echt! Wieso biste denn nicht...» An der Stelle schaltest du ab.

Okay. Jetzt nipp mal an deinem Wein. Mach den Reißverschluß an deinem Kleid auf (weil es den Rumpf einschnürt). Krieg einen klaren Kopf (vielleicht auch ohne Mithilfe von George Washingtons Gebiß). Und geh mal durch, was es jetzt für Möglichkeiten gibt.

Zuerst sagst du dir, daß du schleunigst rüber zu Belford sausen und nachsehen solltest, ob André dort ist. Doch wenn der kleine Halunke in der Wohnung seines Herrchens gefunden hätte, wonach er suchte, ist es höchst unwahrscheinlich, daß er bei dir oder Q-Jo herumgestöbert hätte. Die Wahrheit ist, daß André nicht allzuviel Sympathie für dich hegt, wahrscheinlich deshalb, weil du ihm seinen faulen Zauber von wegen wiedergeboren nicht abnimmst. Nee, kein Mensch kann wissen, wo er in diesem Moment steckt oder als nächstes zuschlagen könnte. Nun, wo der Regen einige Punktverluste verbuchen muß, kann man davon ausgehen, daß der Affe wieder ungehindert sein Unwesen treibt. Zum allermindesten solltest du Belford davon in Kenntnis setzen, daß sein kleiner Halunke gesund und munter ist und Beute macht. Sobald er diese Nachricht erhält, wird dein künftiger Gatte natürlich die nächste Maschine nach Seattle nehmen – und auf seine Heimkehr, ob nun berechtigt oder nicht, würdest du lieber noch ein Weilchen verzichten.

In Anbetracht von Q-Jos anhaltender Abwesenheit ist es zunehmend problematisch geworden, den geeigneten Kurs für dein weiteres Vorgehen zu finden. Angenommen, Larry Diamond ist am Ende doch für ihr Verschwinden verantwortlich. Das würde bedeuten, daß er ein noch weitaus schlimmerer, weitaus gefährlicherer Psychopath ist, als du ursprünglich angenommen hattest. Umgekehrt, falls Diamond so unschuldig ist, wie du in der letzten halben Stunde allmählich und nur ungern anzunehmen begannst, dann könnte er möglicherweise – als die einzig bekannte Person, die Q-Jo zuletzt lebend gesehen hat, bevor ihre ganzen 300 Pfund sich in Luft auflösten – wertvolle Hinweise über ihren Verbleib liefern. Ganz zu schweigen von dem Auftrieb, den er dir geben könnte bei deinem Bestreben, deine Karriere zu retten. Und das ist eine Aussicht, die zu ignorieren du dir nicht leisten kannst. Die Frage lautet: Ist Diamond nützlich oder gefährlich – oder beides?

Zwischen den Hörnern dieses Dilemmas pendelst du so rasch und so lange hin und her, bis dir schlecht davon wird. Am Waschbecken im Badezimmer, beim Runterwürgen eines Teelöffels voll Pepto-Bismol («Champagner der Broker») entscheidest du dich endlich für die Karte, die du spielen willst.

17:38 —••••• Wie Taubenwettflug ist Fangenspielen per Anrufbeantworter ein Sport ohne Zuschauer, und wenn du dich auch in der Vergangenheit schon oft daran beteiligt hast – heute, unter diesen Umständen, lehnst du es rundweg ab. Als Diamonds Tonbandstimme dann aus dem Hörer dringt (nun lächelst du bei dem Rumpeln und Scheppern, kriegst eine Gänsehaut bei dem boshaft trockenen Ton seiner Stimme) und sagt: «Sollten Sie wegen der Präsidentenrede anrufen, rate ich Ihnen, in den Garten zu gehen und ein paar Kartoffeln anzupflanzen. Und am besten, Sie pflanzen auch gleich welche im Vorgarten. Und wenn Sie schon dabei sind, buddeln Sie sich auch gleich 'n Froschteich. Und nicht vergessen: *Feed your head*. Ahhh-ha-ha-ha-ha!», erwiderst du nach dem üblichen Piepton: «Verdammt noch mal, Larry, hier ist Gwen Mati. Ich muß unbedingt mit Ihnen reden, und ich werde nicht eher auflegen, bis Sie drangehen!»

Du hattest mit einer längeren, womöglich endlosen Wartezeit gerechnet, doch es sind kaum vierzig Sekunden vergangen, da meldet er sich schon: «Gwendolyn, wieso hat das so lange gedauert?»

Natürlich ärgert dich sein anmaßender Ton. «Sie haben meinen Anruf erwartet?»

«Na, dann ist Q-Jo also nicht zu Hause?»

«Woher wußten Sie das?»

«Nur so 'ne Ahnung.»

Ach ja? Vielleicht liegt es ja an seiner ausgeprägten Intuition, vielleicht aber auch daran, daß er weiß, wo sie *wirklich* steckt. Vielleicht hat er ja die zwei Stunden seit seinem Abschiedskuß im Porsche damit verbracht, Q-Jo durch den Fleischwolf zu leiern und zu Wurst zu verarbeiten. Dir kommt das Pepto-Bismol hoch, schäumt in der Kehle wie gequirlte Flamingo-Kacke.

«Sorry, daß ich nicht gleich drangegangen bin», sagt er, «aber ich kann nicht meine Zeit damit vergeuden, am Boden zerstörte Bookies zu bemitleiden. Selbst Ihr verehrter Posner hat mich vorhin angerufen. Können Sie sich Posner vorstellen, wie er den Rasen vor seinem Haus umgräbt? Ahhh-ha-ha-ha.»

«So, Posner hat Sie angerufen? Sagen Sie mal, war Posner je im Thunder House?» Es ist eine Fangfrage, aber du schaffst es, den mißtrauischen Unterton rauszufiltern.

«Wohl kaum», sagt er. «Posner kennt mich vor allem wegen meines Rufes. Wieso? Hat er meinen Namen erwähnt?»

Du gibst ein angedeutetes Seufzen von dir, bist andeutungsweise erleichtert. «Nee, nee. Er hat nie von Ihnen gesprochen – obwohl seine *Frau* der Ansicht ist, Sie seien schwer mit Weisheit beladen aus Afrika heimgekehrt.»

«Nun, da irrt sie sich. Weisheit ist alles andere als 'ne schwere Bürde. Sie wirkt erleichternd. Je weiser man wird, desto leichter wird man. Dies ist ein ungebetenes Bekenntnis zur Unbeschwertheit, Gwendolyn. Ich hoffe, Sie haben's vernommen.»

«Klar. Okay. Aber was ist mit Q-Jo? In *dieser* Angelegenheit bin ich nicht gerade unbeschwert.» Geschweige denn in irgendeiner aus dem ganzen Bündel weiterer, hättest du hinzufügen können.

«Warum kommen Sie dann nicht rüber ins Thunder House, und wir –»

«Nein!» entfährt es dir, ein bißchen zu hastig und ein bißchen zu heftig. Du hast aufs Lyrikbändchen deiner Mutter geschworen, niemals zuzulassen, daß diese Spinne dich in ihr polterndes, scheppterndes Netz lockt. Also bitte – sollst du dich etwa sicher fühlen, weil eine Figur namens «Twister» sich dort herumtreibt? Dieser abgedrehte Indianer ist nicht gerade die Sorte Anstandswauwau, wie sie den Gralshütern von Fitneß und Anstand vorschwebt. «Nein.» Diesmal sagst du es leiser. «Wie wär's damit: Ich hab in der City zu tun.» Das ist gelogen, aber diesen Diamond in vertrauter Umgebung, an einem öffentlichen Ort zu treffen, gehört wesentlich zu dem Kompromiß, zu dem du dich gerade durchgerungen hast. «Könnten wir uns im, oh, sagen wir, im Bull & Bear treffen? In einer halben Stunde?»

«Tut mir leid.»

«Oh.»

«Nix Bull & Bear. Ich glaub nicht, daß ich... Ach, na gut. Sonderlich viel Privatsphäre wird uns dort ja nicht vergönnt sein – aber dieses ökonomische Desaster ist so unendlich unterhaltsam, daß es die Störungen wert ist, wenn man mithören kann, was von der Klippe springende Lemminge zueinander sagen. Aber bis in 'ner halben Stunde schaff ich das nicht. Mein Motorroller ist in seine Einzelteile zerlegt...»

«Ihr Motorroller?»

«Na ja, mein fahrbarer Untersatz, wissen Sie. Im Gegensatz zu manch anderem, was ich zu nennen wüßte, funktioniert er bei Nässe weniger gut.» Du krümmst und windest dich. *Redet er von Amphibien oder von ...?* «Ich bossel schon den ganzen Tag an dem Ding herum. Bis in 'ner Stunde hab ich ihn wieder zusammen, doch es könnte sein, daß ich anderweitig aufgehalten werde. Ich erwarte einen Anruf. Sagen wir mal, wir treffen uns um Viertel nach sieben. Aber kriegen Sie nicht gleich die Motten, falls ich nicht pünktlich auf die Minute erscheine.»

«Der Anruf kann nicht warten?» Aus irgendeinem Grund bist du dir sicher, daß die heiße Schnepfe aus der Espressobar dahintersteckt. Tiere! Haben die noch nie was von AIDS gehört?

«Leider nicht. Ist nämlich gar nicht so einfach, diesen Motofusa Yamaguchi an die Strippe zu kriegen.»

Samstag abend

7. April

Der Süffel Ihrer Majestät

19:15 —••••• Um Viertel nach sechs ist der Himmel so kahl wie eine Flasche Haarwasser. Nicht ein Regensträhnchen hängt ihm von der blanken grauen Platte. Um Viertel nach sieben wimmelt es auf den Straßen der Innenstadt wieder von Enteigneten, in manchen Fällen fast katatonisch passiv, in anderen bedrohlich aggressiv. Du eilst geschwind zwischen ihnen hindurch und achtest darauf, jeglichen Augenkontakt zu vermeiden.

Der Seufzer der Erleichterung, den du beim Erreichen der sicheren Umgebung des Bull & Bear von dir zu geben hoffst, erstirbt kraftlos in deiner Brust. Das Bull & Bear ist geschlossen!

Deine erste Reaktion: Das Restaurant hat mit dem Aktienmarkt das Handtuch geschmissen. Dann kommst du zu dir. Heute ist Samstag. Natürlich ist das Bull & Bear geschlossen! Am Wochenende hat das Bull & Bear *nie* geöffnet. Das weißt du schon seit Jahren.

Na komm, nun schimpf mal nicht mit dir. Du bist kein hoffnungsloser Schwachkopf. War halt ein bißchen viel, womit du in letzter Zeit zu kämpfen hattest, mehr als die übliche Portion Streß; und diese Arbeitswoche war wegen Karfreitag einen Tag kürzer. Da ist es schon verständlich, daß du nicht mehr weißt, was heute für ein Tag ist. Aber was ist mit Larry Diamond? Hat der ebenfalls vergessen, daß heute Samstag ist? Oder läßt er dich zum Bull & Bear kommen, obwohl er ganz genau weiß, daß du hier vor der verrammelten Tür stehen wirst? Dazu fähig wäre er. Auch wenn er keine physische Gefahr bedeutet, hältst du ihn für den Typ Mann, der Leute gern auf die Probe stellt, gern mit ihrem Bewußtsein spielt. Wahrscheinlich fände er das auf seine trockene, sarkastische Art witzig, wenn er sehen könnte, wie du dich hier im Türeingang des Restaurants versteckst, dich windest und klein machst, unsichtbar für das Gesindel auf der Straße – durchaus möglich, daß der eine oder andere hier dich noch von gestern nacht in Erinnerung hat, als du mit runtergezogenem Höschen auf dem Trottoir lagst.

Du mußt dich entscheiden, ob du dich noch länger hier herumdrücken willst – es ist ja Gott sei Dank noch hell – oder zurück zum Auto laufen sollst. Du sagst dir, daß du einfach so lange um den Block fahren könntest, bis Diamond aufkreuzt. Während du mit dir über dein weiteres Vorgehen haderst, kommt ein Penner auf dich zugestürzt. Er sieht dermaßen einem Bankangestellten ähnlich, der dich am Schalter der SeaFirst zu bedienen pflegte, daß du zögerst, ihn zu verscheuchen. «Ich weiß, meine Körpersprache läßt zu wünschen übrig», sagt der Mann nuschelnd, doch höflich, «aber ich brauch mal fünf Dollar.»

Du starrst ihn stumm an. Den kennst du doch! Er fängt wieder an: «Ich weiß, mein Atem riecht möglicherweise abstoßend...»

«Haben Sie...»

«... aber ich brauch fünf Dollar.»

«... nicht früher mal bei der...»

«In kleinen, unregistrierten Scheinen.»

Meine Güte! Hättest du ihm jetzt bloß nicht in die Augen geschaut! Wie kannst du ihn loswerden, ohne die fünf Kröten zu opfern, die du beim Verzicht auf die Amphibienschau gespart hast? Sollst du ihm sagen, daß du selber pleite bist? Das nimmt er dir nicht ab. Du bist schick in Schale, trägst einen ganz süßen, eng anliegenden Hosenanzug von Ellen Tracy, dessen Wollstoff mit auffälligen Ethno-Dessins bedruckt ist; nicht um Diamond zu beeindrucken, das gewiß nicht, sondern für den Fall, daß in der Bull & Bear Lounge ein Broker von Rang in Johnny Walker investieren sollte. Großer Fehler. Oh, und jetzt gesellt sich ein zweiter Penner zu dir, eine kleinwüchsige, krumme, zerlumpte Gestalt mit Melone.

«Wenn Sie einen Hundehaufen essen würden», sagt der Neue, «und den wieder auskacken, wär das dann Hundescheiße oder menschliche?»

In dir gärt es vor Ekel, dir schwindelt vor Abscheu. Dein Magen schreit nach einem Löffel Pepto-Bismol. Der Schalterpenner indessen überdenkt diese Frage. Nachdem er sich ein paarmal heftig am Brustkorb gekratzt hat, sagt er: «Wir hatten mal 'n Hund, der kaute immer seinen eigenen . . .» Du rammst dir rechts und links den Zeigefinger in die Ohren. Als du sie wieder rausziehst, sagt der zweite Obdachlose: «Richtig, und genau aus dem Grund war der *Hound dog* kein Freund von Mr. Presley. Aber das beantwortet nicht meine Frage, Sportsfreund.»

«Kannste der mal einen Fünf-Dollar-Kredit geben?» fragt ihn der Ex-Bankangestellte, mit dem Daumen auf dich zeigend. Er rammt ihn dir fast ins Auge dabei.

«In meiner Heimat England», gibt der andere mit einer gewissen Würde zu bedenken, «war ich Hofsüffel Ihrer Majestät der Königin.»

«Kannste dann mal mit fünf Pfund aushelfen?»

«Der Süffel Ihrer Majestät!»

«Im Vergleich zu andern Währungen der Welt steht der Dollar mickrig da, aber in Gary's Mini-Mart ist er Gold wert.»

Meine Güte! Du sehnst dich plötzlich nach der guten alten Zeit zurück, wo Pennern kaum mehr über die Lippen kam als «Mal 'n bißchen Kleingeld übrig?» Nestelst am Verschluß deiner Handtasche und bist drauf und dran, jedem einen Dollar zuzustecken, willst dich schlicht loskaufen von dieser Plage – als du drüben auf der anderen Seite der Sixth Avenue ausgerechnet den Jack the Ripper der Astronomie erblickst, der gerade vor einem schicken Floristikgeschäft sein Teleskop aufbaut – der triebtäterische Sterngucker, der aller Welt deinen Mond zeigte.

19:20 —• • • • –• Du schiebst die zwei Penner so energisch beiseite, daß der eine seine Melone, der andere sein Gleichgewicht verliert. Eine luxuriöse Mercedes-Limousine und einen alten, qualmspuckenden japanischen Kleinwagen zum Abbremsen nötigend, saust du über die Straße.

«Hab noch nicht geöffnet, Lady. Muß erst warten, bis der Himmel aufklart.»

«Ich werd Ihnen schon aufklaren.»

«Ach, Sie sind's.»

«Ja, ich bin's, Mistkerl. Und gleich wird's auch noch die Polizei sein. Meinten Sie etwa, daß Sie mit so was ungeschoren davonkommen?»

«Ich war's nicht, Missy.»

In seiner Stimme liegt eine solche Aufrichtigkeit, so viel Mitgefühl, daß es dir einen Moment lang die Sprache verschlägt. Unter deinem bohrenden Blick beginnt er sich zu räuspern, worauf du unwillkürlich ein paar Schritte rückwärts machst, falls er eins von seinen Schleimprojektilen auf die Reise schickt. «Was soll das heißen, Sie waren's nicht? Sie standen genau neben mir!»

«Es waren die Rich Boys. Als ich die sah, war's schon zu spät. Die hätten auch mir eins übergebraten, wenn ich nicht mein Teleskop geschnappt hätte und losgerannt wär.»

«Sie lügen!» Aber von den Rich Boys hast du auch schon gehört. Junge Burschen aus den wohlhabenden Familien an der Eastside, die in der Gegend rumgondeln und *street people* terrorisieren, in ganz ähnlicher Weise, wie einige *street people* schon die Besserverdienenden terrorisierten.

«Nee. Stimmt wirklich. Die kamen mit'm nagelneuen BMW. Zugekifft oder auf was weiß ich drauf, die ganze Karre voll. Sind einfach rausgesprungen und über Sie hergefallen. Reiner Jux für die, wissen Sie. Man wollte Ihnen die Klamotten klauen und Sie nackt liegenlassen. Den Streich spielen sie obdachlosen Frauen gern. Aber irgendwer schrie nach der Polizei, und da kriegten sie dann Muffe und fuhren los.»

«Aber … aber ich bin keine Obdachlose.»

Der Astronom hustet. Vorm Spucken grinst er: «Bis jetzt nicht.»

19:24 —•••–• Einer der Penner ist dir über die Straße gefolgt. «Ich erinner mich an Sie», sagt er vorwurfsvoll mit seiner schleppenden Nuschelstimme. «Sie sind doch das Weib, das damals in meiner Bank verlangt hat, daß ich gefeuert werde.»

«Sie haben mich beim Rausgeben betrogen.»

«Die gibt andern Leuten die Schuld daran, daß sie kein Geld zählen kann», sagt er zu dem Astronomen. «Meint, sie könnte die Leute rumschubsen.»

«Wenn's aufklart, gibt's heute abend 'ne herrliche Aussicht auf den Sirius.»

«Sie Drecksweib, Sie haben meinen Job auf'm Gewissen.»

«Der Stamm der Bozo in Mali beschreibt den Sirius als sitzend.»

«Was sagen Sie da?»

«Sie glauben wohl, Sie wär'n 'ne heiße Nummer.»

«Sie hab ich nicht gemeint! Verschwinden Sie!» Du wendest dich an den Astronomen. «Über die Bozo?»

«Daß er sitzt. Behaupten die. Wie soll man sich das vorstellen, daß sich ein Stern irgendwo draufhockt? Es sei denn...»

Jetzt schubst der Penner *dich*, schubst dich von dem Astronomen weg, bei dessen Worten du gerade die Ohren aufsperrst.

«...er sitzt...» *Schnaub.*

«Sie meinen, Sie wär'n was Besseres, aber mich können Sie damit nicht täuschen.» Er stößt dich gegen die Marmorfassade eines piekfeinen Reisebüros.

«...vielleicht wie ein Frosch...» *Hust.*

«Ihr Konto war doch ständig überzogen!»

«...auf 'nem großen alten...» *Platsch.*

«Jetzt bin ich an der Reihe, Gnädigste. Ich möcht fünf Mäuse abheben.»

Weil du vollauf damit beschäftigt bist, knallrot anzulaufen – wie kann jemand es wagen, sich in aller Öffentlichkeit über deinen Kontostand auszulassen! – und dem gefeuerten Schalterbeamten die Hände von deiner Handtasche wegzuschlagen, weißt du nicht, ob du den Astronomen richtig verstehst, doch wenn sich nicht dein

Gehör plus deine Phantasie gegen dich verschworen haben, gebraucht er das Wort «Blatt». Er sagt: «... sitzt wie ein Frosch auf'nem großen alten Blatt.»

19:27 —••••–• Das Gesicht des Penners ist dicht an deinem, sein Atem in der Tat abstoßend. Auf seine Körpersprache scheint er überhaupt keinen Wert mehr zu legen. Nun, was zuviel ist, ist zuviel. Mit der Spitze deines neuen Kenneth-Cole-Slingpumps gibst du ihm einen kräftigen Tritt ans Schienbein. Während er losjault wie die Alarmsirene einer Bank, ergreifst du die Flucht. Als du an dem Astronomen vorbeiflitzt, rufst du: «Ich komme wieder!»

«Vergessen Sie's, Lady. Den Rich Boys werden Sie nie was anhängen können.» Als du quer über die Sixth Avenue zurücksaust, hörst du ihn noch sagen: «Der Sirius hat Sie für Ihre zwei Dollars voll entschädigt.»

Dir schwirrt der Kopf, dein Herz wummert wie das Tape einer Bongo-Party deines Vaters. Das Adrenalin treibt dich zu deinem Auto, doch darüber, was du tun oder wohin du fahren willst, sobald du drinsitzt, hast du dir noch keine Gedanken gemacht. Eine hellgrüne Vespa taucht neben dir auf – sie fährt auf dem Gehsteig, verdammt noch mal –, und du greifst instinktiv nach dem Tränengasspray in der Handtasche, das du um ein Haar gegen den übergeschnappten Bankangestellten eingesetzt hättest. «Weshalb so eilig?» fragt eine Stimme, die sich anhört wie durch einen Napf billiges Hundefutter gefiltert. «Gerade auf 'nem unerwarteten Karrieresprung?»

Auch wenn es sich hier zweifellos nur um eine vorübergehende, situationsbedingte Gefühlsregung handelt, bist du erleichtert – sogar glücklich –, Larry Diamond vor dir zu sehen. Mit all der Schicklichkeit, die du aufbieten kannst – du hältst es für deine Pflicht, in diesem besonders barbarischen Moment deiner Kulturgeschichte ein Minimum an Schicklichkeit zu wahren –, wagst du es, ein Bein über die lächerlich tuckernde Vespa zu schwingen. (Irgendwie hast du dir vorgestellt, der würde auf 'ner großen schwarzen Harley durch die Gegend brausen.) Du schaffst es, auf den Sozius zu steigen – aber die Fahrt währt nur kurz. Anstatt dich zu entführen, kurzerhand mit dir in die Nacht zu entschwinden, eine Aussicht, die deinen Herztakt um drei Bongopaare verstärkt, fährt Diamond im Kreis und bringt die Vespa ein paar Meter weiter zum Stehen, direkt vor dem Bull & Bear.

«Hier ist heute geschlossen», erinnerst du ihn, dich von hinten zaghaft an die Lederjacke klammernd.

«Bloß für Anfänger», sagt er, steigt ab und humpelt zum Eingang.

19:45 —••••• Du bist so gedemütigt, daß du am liebsten in die Schale mit gesalzenen Erdnüssen krabbeln und dich zwischen dem Knabberzeug verstecken möchtest. Samstag abends fungiert das Bull & Bear offenbar als Privatclub. Der Öffentlichkeit bleibt die Tür verschlossen, die Rolläden sind runter, doch «Mitglieder» finden Einlaß, indem sie einen bestimmten Code in eine kleine Tastatur neben der Tür tippen. Und wer sind diese «Mitglieder»? Na, eben jeder, der was gilt in der Gemeinschaft der Broker von Seattle. Larry Diamond gehört dazu, und dabei ist der seit Jahren nicht mehr in der Branche aktiv. Auch Ann Louise, Neuling in der Stadt, ist offenbar Mitglied; du erkennst ihren verkehrserprobten Hintern an der Bar. Du hingegen ahntest nicht mal was von der Existenz dieses Clubs. In gewisser Hinsicht ist das ein noch härterer Schlag für dich als der Börsenkrach.

«Was ist denn los?» fragt Diamond.

Deine Augenlider wollen die Tränen im Zaum halten wie Ordner bei einem Rockkonzert den Ansturm der Fans. «Ach je», sagst du und beißt dir auf die Lippe. «Ich schwör Ihnen, das war das schlimmste Wochenende meines Lebens.»

«Es ist noch nicht vorbei.»

«Richtig. Das macht mir ja gerade angst.» Du greifst zum Gespritzten und leerst dein Glas um ein Drittel, tupfst dir mit einer Cocktailserviette die Lippen ab. «Alles in meinem Leben ist völlig verdreht und im Eimer.»

«Ein gutes Zeichen. Kastastrophen sind immer am besten, wenn sie entsprechende Breitenwirkung haben. Eine breite Kehrseite hat auch 'ne breite Vorderseite, wie Yamaguchi sagen würde.»

«Mhm. Bloß sehe ich von da, wo ich sitze, immer bloß die Kehrseite und kein Vorne. Wo ist die andere Seite, Mr. Diamond? Und wo wir schon dabei sind, wo ist all der verdammte Spaß, der, wie Sie behaupten, jetzt erst anfängt?»

«Der ist rings um uns, Gwendolyn, überall. Wir müssen bloß mal die Augen aufmachen und hinschauen.»

Du hast den Eindruck, daß Diamonds Vorstellung von Spaß auch Ereignisse und Aktivitäten einbezieht, die ein normaler Mensch als Katastrophen empfindet. Aber du sagst: «Offenbar haben Sie bessere Augen als ich. Wenn die Spaß sehen, der für den Rest von uns unsichtbar ist, sollte man doch meinen dürfen, daß ihnen auf keinen Fall etwas von der Größe Q-Jo Huffingtons entgeht.» Du machst eine Pause und nippst an deinem Glas. «Wo zum Teufel steckt sie?»

Im Bull & Bear ist die Beleuchtung schummriger als sonst, auch die Musik ist leiser gestellt, die Unterhaltung der Gäste – es sind weniger als ein Dutzend – gedämpfter. Die Atmosphäre könnte man schon fast romantisch nennen, auch wenn du das Fehlen der üblichen Hektik als Spiegelung des ökonomischen Traumas empfindest. Trotzdem bist du dankbar für ein ruhiges, sicheres Plätzchen, wo du sitzen und über alles nachdenken kannst. Hier bist du sicher vor den reichen und den armen Boys auf der Straße, und was die Gefährlichkeit dieses Diamond angeht, nun, Ann Louise hat bereits neugierige Blicke zu eurem Tisch herübergeworfen: sollte er zudringlich werden, kannst du ihn getrost ihr überlassen.

Dein Begleiter hat seine Lederjacke abgelegt. Darunter trägt er ein kragenloses Baumwollhemd mit wunderlichen Stickereien am Halsausschnitt und am Ärmelsaum. Du würdest auf afrikanischen

Ursprung tippen, und während es als modisches Statement nicht sonderlich viel hermacht, harmonisiert sein Motiv ganz gut mit dem aufgedruckten Ethno-Dessin deines etwas kostspieligeren, etwas eleganteren Anzuges. Er trinkt einen Tequila mit Zitrone, dem er allerdings nicht so verwegen zuspricht, wie du vielleicht erwartet hast.

«Was ich von Q-Jo Huffington weiß, würde auf dieses Tellerchen voll Erdnüsse passen» (tja, vorbei ist es mit deinem Versteck), «und es wär immer noch genug Platz, um 'ne ausgewogene Mahlzeit darauf unterzubringen. Sie scheinen zu glauben, daß ihr Verschwinden was mit mir zu tun hat, deshalb werd ich Ihnen jetzt mal die beiden Treffen schildern, die ich mit ihr hatte, so kurz sie auch gewesen sein mögen. Ich werd nichts auslassen, was mir dazu einfällt, denn irgendeine Kleinigkeit, die mir bisher irrelevant schien, könnte sich ja vielleicht als Hinweis entpuppen. Okay? Wie Goethe mal sagte, und 'n berühmter Architekt hat sich darauf seine Karriere aufgebaut: ‹Gott steckt im Detail.› Vielleicht steckt dort auch Q-Jo.»

19:50 —••••• «Darf ich Sie zuerst mal was fragen?»

Er bedient dich mit dem sarkastischen Grinsen, das sein Wissen darum andeutet, daß Q-Jo nicht der allererste Programmpunkt bei dir ist. «Geht es bei dieser Frage um Branchentrends oder Erwerbstätigkeit?»

Du schüttelst den Kopf.

«Dann schießen Sie los.»

Du kannst also mit Sicherheit davon ausgehen, daß ihn deine berufliche Situation als Gesprächsthema nicht interessiert – kein gutes Omen, Gwen, kein gutes Omen. Aber unter den gegebenen Umständen wirst du ihn jederzeit dazu bringen können, seine Meinung zu ändern. Unterdessen hast du eine Frage ganz anderer Art. «Nun», hebst du an, «Sie haben uns beiden hier heute abend Zutritt verschafft, indem Sie diverse Knöpfe auf dem elektronischen Türschloß drückten. Und ich dachte mir: es muß etliche Clubs in Seattle und auch anderswo geben, in die nur reinkommt, wer den entsprechenden Code kennt. Bedeutet ‹auf der Liste› oder ‹auf dem Blatt› demnach, daß Sie zu einer Gruppierung der gesellschaftlichen Elite gehören, die all die Codes kennt, die man auf der kleinen Tastatur an der Tür drücken muß? Oder» – du hältst einen Herzklopfer lang die Luft an – «bezieht es sich in irgendeiner Weise auf Sirius, will heißen: Sirius A, und die Vorstellung der Bozo, daß der wie ein Frosch auf 'nem Seerosenblatt sitzt?»

Natürlich hast du keinen blassen Schimmer, wovon du hier redest. Bloß mal ein paar tastende Vorstöße ins Dunkel. Der Wirkung nach, die das bei Diamond zeigt, könnte man denken, du wärst am hellichten Tag mit der Heugabel auf ihn losgegangen. Voll erwischt! Er mustert dich mit einer Miene, in der sich Verblüffung mit widerwilligem Respekt paart. Mustert dich eine ganze Weile, bis er erwidert: «Sie spielen ein Spielchen mit Onkel Larry, Sweetheart. Das ist in Ordnung, denn für ein nettes Spielchen hat Onkel Larry immer was übrig – vorausgesetzt, es geht um entsprechend hohe Einsätze. Onkel Larrys Instinkt aber sagt ihm, daß Sie bluffen: er glaubt nicht, daß Sie viel Ahnung vom Sirius und den Bozo haben. Aber offenbar wissen Sie genug, um die beiden in Verbindung zu bringen und zu erkennen, daß ihn das Thema interessiert, was zeigt, daß Sie wenigstens 'n halbes Löffelchen Marmelade auf Ihrem Toast haben. Also wird er Ihre Frage für bare Münze nehmen und sie ehrlich beantworten, auch wenn er die erste Hälfte für 'ne Beleidigung hält und die zweite für Kokolores.»

Nur zu, Onkel Larry, tu dir keinen Zwang an.

«Welcher bis ins Mark verunsicherte, an seinem sozialen Status verzweifelte Kakerlak mit defizitären IQ- und Blutzuckerwerten würde sich der Halluzination hingeben, es könnte auch nur einen Hühnerschiß wert sein, den Einlaß-Code zu einem exklusiven Club zu besitzen? Die ganze Idee von dem ‹Auf-der-Liste-Stehen› ist Dünkel, zugegeben, aber kein *hohler* Dünkel. Hoffe ich wenigstens. Und was die Bozo angeht, deren Name für Sirius A lautet *Sima kayne*, was korrekt übersetzt ‹sitzende Hose› heißt. Jawohl, Sie haben richtig gehört, hehe, ‹sitzende Hose›. Nicht mal bei Disney ziehen die Ausstatter den Fröschen Hosen an, ich weiß also nicht, wo Sie diese Falschinformation herhaben. Aber es gibt eine Verbindung zwischen Sirius und den Amphibien, in der Ecke wird's also schon mal 'n bißchen warm, und wer weiß, vielleicht wird's ja noch wärmer. Ein bißchen was davon wird im Laufe unserer weiteren Unterhaltung zum Vorschein kommen, ob wir wollen oder nicht, und deshalb schlage ich vor, daß wir einfach mal weiter vorstoßen. Sofern Sie keine weitere faszinierende Frage mehr haben, die unmöglich warten kann, bis Q-Jo ... Sie haben eine, ich seh's Ihnen an.»

«Nein, nein. Vergessen Sie's.»

«Nur zu. Ich bestehe darauf.»

«Also gut. Sie sind nicht zufällig im Mittelwesten aufgewachsen?»

«Wie kommen Sie auf so was?»

«Ihr Akzent. Die Art, wie Sie reden. Sie hören sich 'n bißchen an wie W. C. Fields.»

«W. C. Fields kam aus Philadelphia.»

19:53 —•••••— Bis jetzt lassen euch die anderen Gäste im Bull & Bear in Frieden, obschon es sich manche, vor allem Ann Louise, nicht verkneifen können, immer mal wieder einen Blick zu euch rüberzuwerfen. Der Kellner nimmt deine Bestellung für einen weiteren Gespritzten entgegen. Diamond bleibt standhaft. «Ich habe mich an Q-Jo Huffington gewandt, weil ich keine Pilze essen kann», erzählt er.

«Hoppla, Moment mal. Sie haben einen Termin bei einer Tarotleserin gemacht, um eine Nahrungsmittelallergie loszuwerden?»

«Sorry. Ich vergaß, mit wem ich's hier zu tun habe. In Zukunft werd ich versuchen, auf Ihr Tempo runterzuschalten.»

«Nicht nötig. Sie müssen sich nur klar ausdrücken.»

«Wenn Sie darauf bestehen. Die Story ist folgende. Ich hab mir kürzlich das Hirn neu einrichten lassen. Kognitiver Tapetenwechsel. Fing an in Timbuktu und ging nach meiner Rückkehr hier weiter; umbauen dauert immer doppelt so lang, wie es sollte, Sie wissen ja, wie's so geht. Ist alles ganz hübsch geworden, aber an manchen Tagen wach ich auf, schau mich um und betrachte mir den Anstrich, die neuen Möbel, die neuen Teppiche und die Gobelins und brauche ein oder zwei Minuten, bis ich weiß, wo ich bin; ich fühl mich einfach nicht wie zu Hause. Sie kennen das Gefühl?»

«Nein.»

«Ich war, so könnte man sagen, nicht voll in meinen neuen zerebralen Raum integriert. Nun, bei so einer Neuorientierung bringt nichts das alte ontologische Gyroskop wieder so gut ins Gleichgewicht wie 15 oder 20 Milligramm Psilocybin-Pilze. Allerdings ...»

«Sie reden von Drogen!»

«Von *Pflanzen*, Gwendolyn. Von Gottes eigenen kleinen Pflänzchen. Jedenfalls hatte ich, ähm, ich hatte da in letzter Zeit so ein medizinisches Problem, ein Gesundheitsproblem, und der Bursche, der mich behandelt, hat mir von Pilzen abgeraten. Die sind wie Eichhörnchen, sagt er: Man kann viel von ihnen lernen, aber sie schnattern zuviel. Schlecht fürs Immunsystem, meinte er wohl. Wie dem auch sei, ich klapperte also den Markt nach einem nichtmedizinischen Reorientierungsverfahren ab, und als ich erfuhr, daß Ihre Freundin Q-Jo die begnadetste Tarotleserin im ganzen Nordwesten ist, beschloß ich, es mal mit ihr zu versuchen.»

«Sie haben kaum Ihren Drink angerührt. Sind Sie wirklich krank oder so was?»

«Ts, ts, Gwendolyn. Nicht vergessen: keine Jammergeschichten. Wenn Ihr Elend Gesellschaft braucht, dann gehen Sie zu einem der Bookies dort an der Bar und unterhalten sich mit dem.»

«In Ordnung, Mister Kompliziert. Machen Sie doch, was Sie wollen. Und, wie kamen Sie mit ihr klar?»

«Mit Q-Jo? Bestens, bestens. Auch wenn die Tarot-Session nicht unbedingt gerade Nostradamus-on-Ice war. Zum Beispiel vertrat Q-Jo die Ansicht, die Karte der Liebenden in Position sieben weise auf eine bevorstehende Romanze hin, aber da ich Sie bereits am Abend zuvor kennengelernt hatte, war das keine große Überraschung.»

«Ha!» Du bist so mit Erröten beschäftigt, daß du bloß dieses «Ha!» rausbringst, doch insgeheim denkst du: *Als Sie Ihr Dachstübchen renovierten, Mister, haben Sie leider die Bilder falsch herum aufgehängt.*

«Die Fünf Münzen erschienen, was auf angegriffene Gesundheit schließen läßt, als ob man mich daran erinnern müßte. Auf fünftem Platz hatte ich den Turm, was Aufruhr oder grundlegende Veränderung in meiner Vergangenheit signalisiert. Hey, ich hatte schon immer meinen ständigen Wohnsitz im Turm. Woanders könnt ich es gar nicht aushalten. So umwerfend neu war das alles nicht, aber amüsant fand ich dann, daß neben den Liebenden der Narr zu liegen kam. In voller Größe. Position Nummer drei, gegenwärtige Einflüsse. Q-Jo war sich nicht sicher, ob der Narr an dieser Stelle nun auf mich gemünzt war oder auf die neue Frau in meinem Leben. Auf mich oder Sie, Gwen? Was meinen Sie?»

«Das ist so offenkundig, daß es schon fast weh tut.»

«Tja, ich bin ebenfalls der Meinung, daß Sie damit gemeint sind. Haben Sie nicht die Bozo und den Sirius aus Ihrem Beutel gezogen? In diesem Narrenbeutel sind ja ganz erstaunliche Sachen drin. Wenn Sie die bloß mal rausholen und genau anschauen würden, könnte sich unsere Beziehung vielleicht über die Ebene rein physischer Anziehungskraft hinaus entwickeln.»

«Welche Beziehung? Würden Sie bitte einfach weitererzählen! Mein Gott, Larry!» Bei der Wütendmacholympiade würde dieser Kerl sämtliche Goldmedaillen abräumen!

«Andererseits könnte der Narr auch Dr. Yamaguchi sein. Bloß hat der mich nie zurückgerufen.»

«Tut mir leid. Würden Sie bitte fortfahren.» Diamond, so fürchtest du, würde über den Tisch hechten und dich umarmen oder aber davonrennen und irgendwo in Deckung gehen, wenn er wüßte, wie oft du in den vergangenen Monaten die Karte des Narren gezogen hast.

«Wie bereits angedeutet, lief es mit dem Tarot auf Routine hinaus.

Keine Wolken teilten sich, kein Schleier fiel, keine dringenden Faxe aus dem Jenseits. Aber wenn wir aus einer neuen Erfahrung nichts lernen, dann liegt es gewöhnlich daran, daß wir nicht genau hinschauen. Oder wir folgen dem falschen Libretto. Also hab ich die Karten mal aus ’nem anderen Blickwinkel betrachtet, und als erstes fiel mir auf, wieviel Wasser die enthalten.»

«Wasser?»

«H zwei O. Auf mindestens einem Drittel aller Tarotkarten ist Wasser abgebildet. Ein Ozean, ein See, ein Teich, ein Fluß, ein Bach, ein Brunnen: das nasse Element in all seinen Erscheinungsformen. Das As der Kelche hat ’n paar hübsche Seerosen. Sie haben doch gerade ein Interesse an Seerosen bekundet, wenn ich das recht verstand. Fische gibt’s auch, einschließlich eines Hummers, der jedes Steak auf den *Surf-and-Turf*-Tellern dieser Stadt das Fürchten lehren könnte. Der Bube der Kelche ...»

«Der gute alte Dad», murmelst du leise vor dich hin.

«... ist ein Knabe, der einen prunkvollen goldenen Kelch hält, und es schwimmt ein Fisch in diesem Kelch oder Pokal oder was auch immer zum Teufel das ist, da ist ein lebender Fisch drin, und es sieht aus, als würde er mit dem Burschen reden, als wolle er ihm was mitteilen. Zusätzlich zu all dem Wasserzeug gibt es das Himmelszeug, die Monde, Sonnen und Sterne, und der Ort, wo sich die Sphäre des Wassers mit der des Himmlischen trifft, ist genau da, wo ich mich in der letzten Saison rumgetrieben hab, intellektuell ausgedrückt. Ich weiß, die Bilder des Tarots repräsentieren ein uraltes, hochentwickeltes Symbolsystem offenbar europäischen Ursprungs, und die Tatsache, daß dieser Bilderzyklus, dieses System nun Symbole enthält, die auf die gleichen Themen, jedenfalls *manche* der gleichen Themen anspielen, wie sie bei den Bozo in Afrika zu finden sind, bei den Leuten ‹auf der Liste›, sofern Sie mir meinen Dünkel nachsehen wollen, das gab mir dann doch zu denken, da klingelte es nämlich bei mir. Und das hab ich Q-Jo auch gesagt.»

«Ich wette, sie hat geantwortet, Sie sollen mal die Luft anhalten und mit Ihrer Analysiererei aufhören.»

«Sie kennen sie gut. Ja, sie erinnerte mich daran, daß das Tarot unseren Träumen ähnelt, daß es auf einer Ebene zu uns spricht, die außer Reichweite aller Verstandeslogik liegt. ‹Die Tarotfiguren sind Geschöpfe der Imagination›, sagte sie. ‹Das kalte Licht des Intellekts läßt sie bloß wieder unter die Erde davonhuschen.› Weil ich davon überzeugt bin, daß die Realität von der Imagination erschaffen wird und nicht umgekehrt, konnte ich das akzeptieren, obwohl ‹ins Wasser› vielleicht der bessere Ausdruck gewesen wäre. Aber es hatte geklingelt bei mir, und als ich anfing, ihr meine Begeisterung näherzubringen, sperrte sie beide Ohren auf. Ich nehme an, sie hat Ohren unter diesem Turban. Sie fischte einen Schlüssel aus ihrem Ausschnitt – wie sie etwas so Kleines dort drin finden konnte, wird mir ewig ein Rätsel bleiben: was für ein Dekolleté! Zwischen diesen Titten hätt ich meine Vespa parken können.»

«Bitte!»

«Sie fischte diesen Schlüssel aus ihrem – wo kauft man eigentlich Unterwäsche für diese Anden?»

«Bitte!»

«... und mit dem schloß sie eine kleine Schatulle aus Ebenholz auf und zeigte mir eine Narrenkarte, die aus einem vier oder fünf Jahrhunderte alten französischen Tarot stammte. Unten links in der Ecke gab es da einen Alligator oder vielmehr ein Krokodil. Wußten Sie, daß in der Bibel Krokodile als ‹Lider der Dämmerung› bezeichnet werden? Nee? Jedenfalls ist da nun eine ausgewachsene Amphibie im Tarot zu sehn. Inzwischen sind wir beide erregt –»

«Physisch erregt?»

«Bitte!»

Du wirst rot und forderst ihn auf fortzufahren.

«Wir unterhalten uns also sehr lebhaft, und dabei nehm ich einen ihrer Filzstifte zur Hand und beginne impulsiv auf der Sternkarte herumzumalen, will ihr bloß mal zeigen, wie die Sache aussehen könnte, wenn ... Aber egal jetzt. Wir hätten bestimmt noch 'ne Stunde lang weitergequasselt, aber sie hatte noch einen Termin, wo sie sich bei jemandem gegen Honorar dessen Reisefotos anschauen wollte, wie sie sagte, und als ich das hörte, bot ich ihr an, sie zu einer genaueren Betrachtung meiner Timbuktu-Dias zu engagieren. Ich dachte, sie geht die Sache möglicherweise aus ’nem anderen Blickwinkel an, Sie wissen schon, was ich meine. Sie war sich nicht sicher, ob sie es noch in dieser Woche einrichten konnte, und meinte, sie würde mich später anrufen und ein Date ausmachen, aber es war keine Stunde vergangen, da rief sie mich aus einem Eissalon an und erklärte, sie werde um drei im Thunder House vorbeikommen. Offenbar hatte ich da eine ziemliche Neugier bei ihr erregt.»

«Die war das einzige, was Sie erregt haben?»

Diamond stemmt sich vom Tisch hoch. «Gwendolyn, ich verschwinde jetzt mal auf die Toilette und geb Ihnen Gelegenheit, Ihre Gedanken aus der Gosse aufzulesen. Sollte Ihnen das nicht gelingen, können Sie jederzeit nachkommen und mir Gesellschaft leisten. Ich versichere Ihnen, es wäre nicht das erste Mal, daß ein Pärchen in ’ner Klokabine des Bull & Bear seinen fleischlichen Begierden nachgibt.»

Er läßt dich in deinen isochronen Säften brodeln, humpelt auf die Toilette und taucht eine Viertelstunde lang nicht mehr auf.

20:29 —••••–• Du denkst: *Er muß einen Kollegen von früher getroffen haben, und sie debattieren über den Crash.*

Du denkst: *Der fährt sich Drogen ein.*

Du denkst: *Vielleicht ist er ja durch die Küche raus, hat sich aus dem Staub gemacht? Soll mir recht sein.*

Du denkst: *Was mach ich bloß, wenn er nicht mehr auftaucht?*

Du denkst: *Ob Washingtons Beißwerkzeug wohl in der bitteren Kälte von Valley Forge geschrumpft ist?*

Du denkst: *Da kommt er! Die Bookies winken ihm zu, aber die ignoriert er. So ist er noch nie gehumpelt.*

«Sind Sie okay? Sie humpeln ja so!»

«Das kommt vom Motorrollerfahren. Die Vibrationen verschlimmern es.»

«Verschlimmern *was*?»

«Alte Verwundungen. Pork Chop Hill, Battle of the Bulge, Dien Bien Phu – was weiß ich. Ich red nicht gern über meine Kriegserlebnisse. Sie als Frau würden's eh nicht kapieren.»

Du denkst: *Der nimmt mich auf den Arm. Aber er weiß, daß ich das weiß. Also ist es eingedenk seiner generell ungeschminkten Ausdrucksweise wohl zu akzeptieren.*

«Ich möchte ein Thema anschneiden», sagt er, «das auch Ihnen am Herzen liegt. Die Welt unterscheidet sich wesentlich von dem, wofür 98 Prozent ihrer Bewohner sie halten. Q-Jo und ich sind uns darüber im klaren und respektieren das. Wenn es ein Band zwischen uns gibt, dann ist es das. Kein einziges Sexpollenstäubchen trieb durch die Luft, als wir beisammensaßen. Wie könnte es auch, Gwendolyn, wo ich allein für Sie polliniere?»

«Ach ja? Und was war das für Feenstaub, den Sie heute nachmittag im Coffeeshop verstreut haben?»

Er strahlt dich mit einem Grinsen an, das dich fuchsteufelswild macht. «Ach ja – Natalie. Was sollte ich denn machen? Der kleine Löwenzahn ist nun mal eine extrovertierte Person.»

Du denkst: *Woher weiß er, daß sie Natalie heißt?*

20:30 —••••• «Mit zwanzig Minuten Verspätung traf Q-Jo dann im Thunder House ein. Sie hatte sich unterwegs ein Baguette-Sandwich mit Fleischbällchen genehmigt.»

«Klingt vernünftig.»

«Ich führte sie kurz durch meine Wohnung, wie das ein höflicher Gastgeber tut, dann dunkelte ich ab und begann mit der Dia-Show. Sicher verstehen Sie, daß die Verdunklung der besseren Auflösung visueller Bilder auf der Leinwand dienen sollte und nicht –»

«Larry, ich will mal was klarstellen. Mich interessiert nicht im geringsten, in welcher Form Sie Ihre elementaren Triebbedürfnisse gegenüber bereitwilligen Erwachsenen auszudrücken pflegen. Ich habe mich nur deshalb nach... diesen Dingen erkundigt – weil – weil ich versuche, irgendein Motiv für das zu finden, was meiner... was Q-Jo passiert sein könnte.»

«Dafür habe ich volles Verständnis.»

«Ich will nicht, daß Sie auf falsche Gedanken kommen.»

«Ich versichere Ihnen, meine Gedanken sind makellos rein.»

«Na – dann ist es ja gut.»

«Gut, soweit alles klar.»

«Und warum grinsen Sie jetzt so?»

«Ich grinse, weil ich munter und fröhlich bin. In den Kreisen, in denen Sie verkehren, sind Sie vermutlich noch nie einem Mann begegnet, der munter und fröhlich war.» Sein leicht gequält wirkendes Grinsen weicht ganz allmählich einem leicht gequält wirkenden Stirnrunzeln. «Gwendolyn, Sie haben nicht zufällig Angst vor einem bevorstehenden Zahnarzttermin?»

Du schüttelst den Kopf. «Mein nächster Check-up ist erst im Juli fällig.»

«Hmmm. Interessant. Na, ich schätze, das mit dem Gedankenlesen sollte ich besser Q-Jo überlassen.» Er schabt mit den Fingernägeln über die Stoppeln am Kinn. «Wissen Sie, wenn ihr Mojo in diesem Moment voll auf Touren wäre, dann würde sie aller Wahrscheinlichkeit mitkriegen, daß wir hier sitzen und von ihr reden. Zumindest würde sie spüren, daß Sie sich Sorgen um sie machen.» Ja, das hattest du dir auch schon überlegt, weigertest dich aber, der Tatsache ins Auge zu sehen, daß dies nur den Schluß zuließ, Q-Jo sei tot, bewußtlos oder gar unfähig. Q-Jo ist eine komplexe, schwierige Persönlichkeit, deiner gegenwärtigen Gesellschaft nicht unähnlich. Warum, ach warum nur weidet sich das Schicksal daran, dich immerzu an solche Leute geraten zu lassen? «Wenn natürlich alles», fährt Diamond fort, «was sie von Ihnen als telepathisches Signal empfängt, das Bild eines künstlichen Gebisses ist...»

«Würden Sie bitte fortfahren!» Wütend schaust du auf deine Rolex, als hättest du noch andere Termine, außer die TV-Nachrichten zu verfolgen oder nach einem Affen zu fahnden.

20:33 —••••• «Als erstes zeigte ich ihr Dias, die ich in den Dörfern der Bozo und Dogon gemacht hatte. Wir unterhielten uns noch ein Weilchen über das Nommo-Phänomen, über das wir schon nach der Tarot-Session bei ihr zu Hause gesprochen hatten. Sie schien total gefesselt und löcherte mich mit Fragen. Ich stellte ihr einen Teller Schokoplätzchen hin und führte meine Dias von Timbuktu vor. Vielleicht überraschte es sie, wie desolat es dort aussieht. Jedenfalls war sie danach recht schweigsam. Könnte an der trostlosen Einsamkeit in diesen Bildern gelegen haben, vielleicht auch an den Plätzchen. Die hatte ich selbst gebacken, und sie waren mir ein bißchen verbrannt. Paßten eigentlich sehr gut zu der trostlosen Aura. Wir hatten rund zwei Drittel der Dias hinter uns, als Ansichten der Uni – der Universität von Timbuktu – auf der Leinwand erschienen. Sie ließ mich bei jedem Bild verweilen, mampfte die verkohlten Plätzchen und gab nuschelnd ihre Kommentare ab. Dann mußte ich mal aufs Klo. Ich konnte es mir nicht länger verkneifen, also ließ ich sie allein im Zimmer, während sie gerade auf ein Gruppenbild der versammelten Fakultät starrte. Als ich wiederkam, war sie weg. Keine Nachricht, nichts. Auf dem Teller lagen noch drei Plätzchen, eins angeknabbert. Ihr Honorar hat sie auch noch nicht.»

Du könntest einen neuen Gespritzten vertragen, doch weil Diamond noch bei seinem ersten Drink ist, könnte es unschicklich wirken, wenn du schon das dritte Glas orderst. «Weglaufen und irgendwas Eßbares und ihr Honorar im Stich lassen», sagst du, «das klingt nicht nach Q-Jo. Wenn Sie erlauben, möchte ich Sie gern was fragen. Na ja, wie soll ich sagen? Ähm, vorhin, als Sie aufs Klo gingen ... da dauerte es, ähm, relativ lange, bis Sie wiederkamen.»

«Relativ zu was?»

«Wenn man bedenkt, wie lange ein normaler Mensch braucht, um aufs verdammte Klo zu gehen.»

«Reden Sie nun vom großen oder vom kleinen –»

«Um diese Einzelheiten geht es mir nicht! Okay? Herrje! Mich interessiert bloß eins: Ich möchte wissen, ob Sie da zu Hause auch so lange weg waren wie vorhin auf dem Klo hier.»

«Ja, so in etwa. Ich habe –»

«Stopp, reicht schon. Ist mir egal, *was* Sie gemacht haben. Man kann also sagen, daß Q-Jo zehn Minuten oder sogar länger allein in Ihrer Wohnung herumsaß?»

«Ja, aber deswegen machte ich mir keine Gedanken. Im Gegensatz zum Durchschnittsamerikaner besitzt sie eine Konzentrationsspanne, die länger ist als der Orgasmus eines Mormonen.»

«Und was ist mit dem Indianer?»

«Sie meinen Twister? Oh, der verfügt über eine ganz außerordentliche Konzentrationsspanne.»

«Twister oder wie immer er heißt – wo steckte er denn während der ganzen Zeit?»

«Twister war in seinem Wigwam und meditierte über seine Geldanlage.»

«In seinem Wigwam?»

«Vielleicht ist Ihnen ‹Tipi› lieber.»

«Wovon *reden* Sie?»

«Twister bezeichnet seine Wohnung als sein Tipi. Entweder aus Ironie oder aus Gefühlsduselei; bei 'nem Indianer weiß man das nie so genau. Das Thunder House besteht aus zwei Wohnungen, seiner und meiner.»

«Die grenzen aneinander? Hat er Zugang zu Ihrer?»

«In beiden Punkten positiv.» Diamond grinst zufrieden, wenn auch besorgt, wie die Ma in «Ma, guck mal, freihändig!» – «Wissen Sie, Gwendolyn, Sie haben ein angeborenes Talent, Leute auszuquetschen. Wenn Sie die falsche Kurve kriegen, enden Sie noch mal als Rechtsanwältin unter Republikanern.»

Du zuckst die Achseln. Immer noch besser als 'n Job in der Krankenpflege. «Wie gut kennen Sie diesen amerikanischen Ureinwohner?»

Diamond winkt dem Kellner und bestellt dir einen Drink. Durch sein Signal zieht er die Aufmerksamkeit eines an der Bar stehenden Mannes auf sich – ein Broker von PaineWebber, wenn du dich nicht täuschst –, der prompt mit einer Frage auf euren Tisch zugesteuert kommt, die sich wie eine Petroleumblase auf seinen Lippen formt: ob die Ölkonzerne bei Zuspitzung der Vertrauenskrise möglicherweise industriespezifische Anlagewerte abstoßen würden. Mit einer Handbewegung scheucht Diamond ihn fort. «Öl!» schnaubt er. «Wie anheimelnd altmodisch.»

Weil du im Besitz von einhundert Exxon-Anteilen bist, die noch ein Drittel dessen wert sind, was du mal dafür hingeblättert hast, liegt dir sehr daran, bei dem Thema zu bleiben. «Wenn der Dollar als weltweite Leitwährung weiter absackt, wird's wohl noch größere Einschnitte bei amerikanischen Ölimporten geben, aber –»

«Ich erzähl Ihnen mal, wie's Twister erging», fällt dir Diamond ins Wort. «Wo wir gerade vom Öl reden. Sein Komantschenname lautet übersetzt Tornadowarnung! Für den Geschäftsverkehr legte er sich dann den Namen Tory Warren zu, aber einer seiner Partner, vielleicht sogar ich, gab ihm dann den Spitznamen Twister. In den Achtzigern verkaufte er irgendwelche Bohrlizenzen in Oklahoma an ein Konsortium von Bleichgesichtern und hatte 'ne halbe Million in seinen Jeanstaschen, als er nach Seattle umsiedelte. Sein Vater ist ein berühmter Komantschen-Medizinmann; der fand den Ortswechsel seines Sprößlings weniger gut. Aber der junge Spund kam in der großen Stadt bestens zurecht. Durch reinen Zufall wurde ich sein Investmentberater und verhalf ihm mit Börsendeals zu tonnenweise Wampum. Tonnenweise. Trotzdem litt er an Heimweh, ihm fehlte sein Oklahoma, und was er am meisten vermißte, waren die Gewitterstürme. Als er eines Tages von einer Fahrt nach Ballard Locks zurückkam, wo er die alljährliche Lachswanderung beobachtet hatte, fiel ihm das Neonschild der Thunderbird Bowl ins Auge, und er hielt spontan an. Wie sich zeigte, erinnerte ihn das Rumpeln auf den Bahnen tatsächlich an Donnergrollen, und er begann sich regelmäßig dort rumzutreiben. Obwohl er nie ein einziges Mal gebowlt hat. Und eines Tages entschloß er sich kurzerhand, die ganze Bude zu kaufen.»

«Die Bowlingbahn gehört Twister?»

«Ihm gehört die Bowlingbahn und obendrein noch etwas, worauf ich gleich kommen werde. Er baute das Kellergeschoß zum Wohnraum aus, damit er im Bett liegen und dem ‹Donner› am ‹Himmel› lauschen konnte, so wie er das früher immer auf der Prärie getan hatte. Bei dem Preis, den er bezahlt hat, war's wohl keine so gute Geldanlage, aber Freude hat immer den Vorrang vor Kohle. Finden Sie nicht? Das Thunder House bot genug Platz für zwei große Wohnungen, und als er mir eine zur Miete anbot, kam ich mir vor wie dieser Typ im Film, Sie wissen schon, ‹der einzige Weiße, dem die Eingeborenen trauen›. Ich hauste damals in 'nem Motelzimmer an der Aurora Avenue, von daher war das Thunder House in jedem Fall ein Fortschritt. Aber als sie sich dann entschlossen, die Öffnungszeiten bis zum frühen Morgen auszudehnen, hatte das seinen Preis, und bis ich mich daran gewöhnt hatte, ging mir allerhand Schönheitsschlaf flöten. Früher hieß es mal, ich sähe umwerfend gut aus.»

Bei wem? fragst du dich. *Bei Biker-Schicksen, deren Freunde im Knast saßen?* Aber dein Drink kommt und mit ihm ein frischgefüllter Unterteller mit Erdnüssen, also begnügst du dich statt einer Antwort damit, die Augen zu verdrehen.

«Zwei Jahre nachdem das Thunder House mein Hauptdomizil geworden war, fiel Twister den Lockungen des Kunstmarkts zum Opfer. Ließ sich mit den falschen Leuten ein und fing an, auf Partys zu gehen, wo die Gäste splitternackt rumhüpften und sich die Auktionen bei Sotheby's via Satellit reinzogen. Zugegeben, die Kunstszene machte gewaltige Umsätze damals, die Preise verdoppelten sich buchstäblich über Nacht – jeder farbbekleckste Kakerlak in SoHo ließ sich in 'ner extralangen Limo rumkutschieren, und wenn Sie 'n toter europäischer Maler waren, konnte es sein, daß Sie sich bei jedem Hammerschlag des Auktionators im Grab umdrehten. Ich war also nicht allzu geschockt, als Twister drei Millionen Piepen für eine Zeichnung von van Gogh lockermachte.»

«Wow! Drei Millionen für 'ne Zeichnung von van Gogh?»

«Richtig, aber eine von *Vincent* van Gogh, Gwendolyn, nicht seinem Bruder Elmer. Damals war dieser Preis nichts Ungewöhnliches. Das Problem war nur, die drei Millionen waren so ziemlich die Summe all dessen, was Twister an Anlagewerten besaß, mal abgesehen von der Bowlingbahn. Einige Jahre später, während er darauf wartete, daß sich der Wert seiner verwischten kleinen Zeichnung vervierfachte, kamen die japanischen Sammler zur Vernunft, und die Preise am Kunstmarkt fielen in den Keller. Ein holländischer Industrieller bot ihm 800 Mille für das Stück, aber ich schätze, Twister hat da so 'ne genetische Erinnerung an den Kuhhandel von Manhattan Island. Er verkaufte nicht. Irgendwann bekam sein Daddy Wind von den Torheiten, die sein Sohn sich auf dem Kunstsektor leistete, und Daddy kriegte sein schamanistisches Zipperlein. Er tauchte eines Nachts in seiner Büffelrobe im Thunder House auf und verlangte die Zeichnung zu sehen. Nun, seit dem Ankauf lag der van Gogh in einem Banktresor, und das brachte den Alten auf die Palme. ‹Du verschwendest ein Vermögen für ein Bild, das du dir nicht mal anschaust?› Er zwang Twister, den van Gogh aus dem Tresor zu holen und ihn zu Hause an die Wand zu hängen. ‹Jetzt schauen wir uns das Bild mal an›, sagte er, und die beiden setzten sich aufs Sofa und starrten es etwa eine Woche lang an – es handelt sich hier um eine trübe, düstere Skizze rübenschälender Bauern. Danach reiste der alte Mann wieder heim nach Oklahoma. Doch mittlerweile hatte Twister eine regelrechte Sucht entwickelt, er konnte gar nicht mehr aufhören, dieses Bild anzuschauen. Es wurde für ihn zur Meditation. Es brachte ihm Frieden und Weisheit. Er sitzt heute noch davor und starrt es an – Tag für Tag, von früh bis spät. Alle paar Monate erhöht der Holländer sein Angebot, aber Twister geht nicht drauf ein.»

«Wie hoch war denn sein letztes Gebot?»

«Ja Scheiße, Gwendolyn, was juckt mich das? Darum geht's doch gar nicht. Es geht darum, daß Twister den ganzen Tag lang auf seinem Arsch hockt und total in die kompositorische und räumliche Flächigkeit versunken ist, mit der der expressive Antinaturalist van Gogh ein ganz gewöhnliches Alltagssujet zum Vehikel für ein neues Bedeutungsraster machte, das sich über die historische Renaissance-Perspektive hinwegsetzte. Ich will damit bloß sagen, Twister ist so hypnotisiert von seinen Rübenschälern, daß er sich unmöglich an Q-Jo vergriffen haben kann. Selbst wenn er zu der Sorte Indianer gehören würde, die gern extrem übergewichtige weiße Frauen verführt, was nicht der Fall ist.»

«Schon gut», sagst du. «War ja bloß 'ne Frage.»

20:45 —••••• «Ober», rufst du, als dein Ministrant an dir vorbeikommt. Du weißt, daß er Brian heißt, doch es widerstrebt dir, Dienstpersonal zu duzen. «Ober, dieser Gespritzte schmeckt nicht so wie der davor. Offen gesagt schmeckte auch der zweite anders als der erste!»

«Sie haben's bemerkt! Au fein! Unser Barmann testet heute abend die neuen Walt-Disney-Weine. Für Ihren ersten Gespritzten nahm er, wenn ich mich nicht sehr irre, den Donald-Duck-Chardonnay. Für den zweiten die Minnie-Mouse-Liebfrauenmilch und für diesen hier den Goofy-Pinot-Blanc. Macht Spaß, finden Sie nicht?»

«Jetzt fängt der Spaß erst an», grummelst du und schiebst das Glas von dir. Es kostet dich einiges an Beherrschung, nicht die Hände vors Gesicht zu schlagen.

20:46 —••••• «Gwendolyn, ich bin automatisch davon ausgegangen, daß Sie längst bei Q-Jos Freunden, Liebhabern, Verwandten et cetera herumtelefoniert haben, um zu hören, ob sie vielleicht bei einem von denen steckt. Nun sehe ich mich gezwungen zu der Frage: War das ein Trugschluß?»

«Hätt ich ja gemacht, wenn ich wüßte, wen ich da anrufen soll. Ich meine, ihre Familie lebt irgendwo in Ohio, da hätte ich mir die Nummer aus ihrem Adreßbuch raussuchen können, aber ich wollte die Leute nicht beunruhigen. Jedenfalls wäre sie kaum aus Ihrer Wohnung geflüchtet, um nach Ohio zu fahren. Q-Jo haßt Ohio.»

«Da ist sie nicht die einzige, nehme ich an. Was ist mit ihrem Freundeskreis?»

«Es gibt zwei Astrologen, mit denen sie befreundet ist, aber bei denen würde sie bestimmt nie übernachten. An die Namen kann ich mich nicht erinnern.»

«Lover?»

«Nichts Festes. Sie arbeitet auf freier Basis. Nimmt, was sie kriegt. Sie wissen ja, bei dem Gewicht.»

«Tja. Und trotzdem dachten Sie, *ich* könnte sie womöglich unwiderstehlich finden ...»

«Na, weil Sie halt – irgendwie ungewöhnlich sind.»

«Nicht, wenn Sie mich näher kennen.» Diamond legt seine Hand, die mit der mystischen Tätowierung, auf deine. Du wirst stocksteif. Dann ziehst du ganz langsam und verstohlen, wie beiläufig deine Hand fort und täuschst vor, am Gespritzten nippen zu wollen, an dem du jeden Geschmack verloren hast, seit du weißt, daß da ein *vin de Goofy* im Spiel ist. Die befreite Hand vibriert noch volle 40 Sekunden nach.

«Irgendwelche Vorschläge?» fragst du.

«Jederzeit.» Er greift erneut nach deiner Hand. Du ziehst sie endgültig außer Reichweite.

«Ich meinte hinsichtlich ...»

«Q-Jo?»

«Ja, natürlich. Aber auch im Hinblick auf meine Situation – was meinen Job angeht.» Ganz langsam und verstohlen, wie beiläufig läßt du deine Hand wieder in seine Reichweite wandern.

Er schüttelt wie in Zeitlupe den Kopf, einmal nach rechts und einmal nach links, schaut dich dann mit dem gleichen kummervollen Blick an, wie es früher immer dein Vater nach deiner Gesangsstunde tat. Du warst etwa vierzehn, als Freddy Mati auf die fixe Idee kam, daß du den Spieß umdrehen und dein lustiges kleines Quiekstimmchen für dich arbeiten lassen könntest. Er hegte den Traum, aus dir könnte eine Jazzsängerin vom Kaliber einer Blossom Dearie werden. Einen ganzen Monat lang ließ er dich zweimal die Woche nach der Schule mit dem Bus in den Central District rausfahren, wo du Unterricht von einer Schwarzen bekamst, die kaum wesentlich schlanker war als Q-Jo. Gegen Ende der Stunde kreuzte jedesmal dein Dad auf, lauschte mit geschlossenen Augen deiner Stimme, die von einer Tonlage zur nächsten hüpfte wie ein Eichhörnchen zur Erntezeit. «Ach, Quieks», seufzte er dann, wenn die Stunde vorüber war, und schüttelte genau so den Kopf, wie es nun Larry Diamond tut.

«Werden Sie endlich mal gescheit», sagt Diamond.

«Pardon?»

«Werden Sie endlich mal gescheit.» Er fällt zurück in seinen W. C. Fields-Ton. «Nur weil Sie den süßesten Hintern westlich von Chicago und nördlich von L. A. haben, heißt das noch lange nicht, daß Sie immerzu Ihren Kopf hinten drinhaben müssen. Da bleibt ja gar kein Platz mehr für mich.» Ehe du mehr als ein Stottern hervorbringen kannst, sagt er: «Reißen Sie sich mal von dieser Job-Fixierung los, Gwendolyn, lassen Sie das hinter sich – oder finden Sie sich damit ab, den Rest Ihres Lebens unter Kröten zu fristen.»

«Welchen Kröten?»

«Die meisten Kröten können zwar schwimmen, wenn ihnen sonst nichts mehr übrigbleibt, gehen im Gegensatz zu Fröschen aber selten ins Wasser. Wenn der Planet zu zwei Dritteln aus Wasser besteht, wer von beiden ist dann Ihrer Meinung nach besser dran: die Frösche oder die Kröten? Frösche sind schlank, glatt und feucht; Kröten unförmig, trocken und voller Warzen.» Er kratzt sich am Kinn. «Und noch ein Problem haben die Kröten.»

«Verraten Sie's mir. Ich kann's kaum erwarten.»

«Sie können sich nicht mit Fröschen paaren.»

Du trinkst den Rest deines blöden Gespritzten aus und tust so, als wolltest du deinen Stuhl zurückschieben. «Reißen Sie sich mal von dieser Paarungsfixiertheit los, Diamond, lassen Sie das hinter sich – oder finden Sie sich damit ab, den Rest des Abends ohne mich zu verbringen.»

«Touché. Touché. Und verzeihen Sie, daß ich wieder mit meinen amphibischen Obsessionen anfing. Werd in Zukunft versuchen, sie unterm Deckel zu lassen.» Er hebt kurz den Blick, registriert, daß du halb vom Stuhl aufgestanden bist, und sagt: «Bleiben Sie, wenn ich Ihnen bei Ihrem Job weiterhelfe?»

20:50 — • • • • – • Natürlich klingt es zu schön, um wahr zu sein. Diamonds Vorstellung von Job-Beratung besteht darin, daß er dir einen Vortrag darüber hält, wie veraltet und rückschrittlich im Grunde das lohnabhängige Angestelltendasein ist. In seinem gepreßten, näselnden Ton erläutert er dir in aller Ausführlichkeit, weshalb Jobs im Kontext unserer Sozialgeschichte eine Aberration sind, eine krasse Fehlentwicklung. Seit einer Million Jahren ist die Erde von Menschen bevölkert, wie er sagt (du bist der Ansicht, daß er da irrt), doch erst seit den letzten 500 Jahren haben sie Jobs (auch das klingt nicht ganz zutreffend), relativ gesehen ein unbedeutender Zeitraum. Gearbeitet haben die Leute seit eh und je, erklärt er, aber Jobs – mit Chef und Gehalt, Urlaub und Kündigung – kennen sie erst seit ganz kurzer Zeit. Und mittlerweile, durch die Fortschritte der Kybernetik, der Robotik und Automation in allen Bereichen, sind die Jobs wieder am Aussterben. Im historischen Kontext waren Jobs nur eine vorübergehende Erscheinung.

Heutzutage, so will er dich glauben machen, benutzt der Staat Jobs, besser gesagt, die Illusion von Jobs, als Kontrollinstrument. Bei jedem öffentlichen Aufschrei, der auf einen besonders krassen Fall von Kahlschlag, Havarie oder Luftverschmutzung folgt, beeilen sich die «aufgeblasenen Kröten», den Umweltfrevel zu rechtfertigen, indem sie lauthals die Zahl der Arbeitsplätze ins Feld führen, die er angeblich rettet oder schafft – und aller Protest ist dahin wie das Knistern bei 'nem alten, lappigen Dollarschein. Außenpolitische Entscheidungen inklusive illegaler und unmoralischer Akte bewaffneter Intervention werden in gleicher Weise konsensfähig, sogar populär gemacht mit der Begründung, daß solche Aktionen zum

Erhalt amerikanischer Arbeitsplätze erforderlich sind. Praktisch jeder Kandidat für ein öffentliches Amt, der in den letzten 70 Jahren auf Stimmenfang ging, ließ diesen Arbeitsplatz-Gummiwurm an seinem rostigen Angelhaken baumeln. Und der Kandidat, dessen Gummiwurm am täuschendsten einem lebendigen ähnelt, sackt die meisten Stimmen ein, auch wenn allen Wählern außer den zerebral paralysierten klar sein müßte, daß es mit fortschreitender technischer Entwicklung automatisch immer weniger Arbeitsplätze gibt.

«Wollen Sie damit sagen, daß die Leute, die sich um ihren Job sorgen, das falsche Libretto lesen?»

Er strahlt dich so herzlich an, daß es unwillkürlich den Infrarotsensor in deinem Unterleib aktiviert und du den Blick abwenden und zu Ann Louise hinschauen mußt, um der nervenden warmen Springflut Einhalt zu gebieten, die an die Schleusen deines perinealen Panamakanals schwappt. «Noch ist bei Ihnen nicht alles verloren», verkündet er.

«Darauf würde ich nicht bauen.»

In der Annahme, daß dein Blick ihm galt, eilt der Kellner herbei, um deine Bestellung aufzunehmen. «Ich hätte gern einen Martini», eröffnest du ihm, «und falls auf dem Etikett der Ginflasche eine Comicfigur abgebildet sein sollte, werde ich mein Tränengas-Spray aus dieser Handtasche holen und Sie und den Barmann einnebeln, daß Ihnen Hören und Sehen vergeht.»

Diamonds strahlendes Grinsen wird noch breiter, und jetzt kannst du nicht anders und mußt selber grinsen. Du mußt dir sogar auf die Lippe beißen, um zu einer halbwegs nüchternen Haltung zurückzufinden. Interessant, wie die verbogene Trompete der Frivolität Vorschub leistet.

«Schon vor dem Schwarzen Donnerstag hatten wir zweistellige Arbeitslosenzahlen», nimmt Diamond den Faden wieder auf. «Sofern es nicht eine wundersame Wende gibt, könnten sie in den kommenden Wochen über die 20-Prozent-Marke steigen. Aber selbst das ist ein von den Gewerkschaften gezimmertes Paradies. In 20 oder 30 Jahren könnte es durchaus sein, daß 80 Prozent der arbeitsfähigen Bevölkerung ohne Job ist. Wie Sie merken, sage ich ‹ohne Job›, nicht ‹ohne Arbeit›. Der Haken ist nur, daß wir ohne die Fessel des Jobs gar nicht mehr arbeiten *können*. Wir sind Job-Junkies. Und es gibt keine einzige Institution, die darauf vorbereitet oder dazu qualifiziert wäre, uns bei der Entwöhnung behilflich zu sein.»

«Weil die Kröten viel zu eifrig damit beschäftigt sind, irrelevante Librettos zusammenzustoppeln.»

«Überaus blumig ausgedrückt und sehr zutreffend zugleich, meine Liebe. Nicht schlecht für 'ne Amateurin. Hier kommt Ihr Cocktail. Ich hoffe für Brian, daß es ein Martini ist und kein Marcomic.»

«Oh, der wurde mit Tanqueray gemacht, Mr. D., ich schwör's. Darf ich Ihnen noch einen Tequila bringen?»

«Bring mir einfach 'n Club Soda, Brian. Mit'm Kringel Zitronenschale. Und Gwendolyn, nun legen Sie mal dieses unattraktive blöde Grinsen ab und sagen Sie mir, wer besser gewappnet ist, dem Veraltetsein zu entgehen, die Kröte des industriellen Fundamentalismus – hysterisch und verloren in einer Welt ohne Jobs – oder der wandlungsfähige Frosch, der –»

«Wenn er seine Rechnung beim Lebensmittelhändler nicht mehr bezahlen kann, ist einer so aufgeschmissen wie der andere.»

«Kein Job heißt nichts zu beißen, meinen Sie? Bei Ihrer Hirnwäsche muß ja 'n aggressives Waschpulver in der Maschine gewesen sein. Wir könnten auf dem Dach des Thunder House genug anpflanzen, um jedermann im Umkreis von sechs Häuserblocks das ganze Jahr über zu ernähren. Auf dem Dach Ihres Apartmenthauses kämen Sie fast auf den gleichen Ertrag. Und Sie bräuchten nicht mal schweren Mutterboden hinaufzuschaffen. Schon in feuchtem, zerkleinertem Zeitungspapier wuchern Tomatenstöcke wie Unkraut.»

«Mit Tomaten kann ich nicht die Raten meines Porsche abzahlen.»

«Stimmt, und der Porsche taugt auch nicht für Unterwasserfahrten.»

«Was soll das mit dem ‹unter Wasser› schon wieder? Meine Kundenkonten liegen am Grund des Ozeans, *das* macht mir Sorgen.»

Sein Club Soda kommt. «Erwarten Sie eine Sintflut oder so was?

Wenn ich mich recht entsinne, heißt es in der Bibel doch, daß es beim nächsten Mal Feuer sein wird.» Der Martini schmeckt dir, aber euer Gespräch scheint ständig vom Thema wegzuschlittern.

«Ja, stimmt. Also dann Feuer. Aber Feuer ist die Kehrseite von Wasser – und eine breite Kehrseite hat auch 'ne...»

«Breite Front. Ich weiß.» Trotzdem bist du auf eine Art und Weise betört, wie du es selten bei einem Gespräch hier im Bull & Bear erlebt hast.

«Hören Sie, kleiner Hopsfrosch, ich werd Ihnen jetzt einen Vorschlag machen.»

«Ich dachte, das hätten Sie bereits.»

«Ich werde jetzt aufs Klo gehn...»

«Aber nicht in meiner Begleitung.»

«Ich werd mich auf die Toilette verziehen...»

«Da waren Sie doch erst.»

«... und ich möchte, daß Sie während meiner Abwesenheit zwei Dinge tun. Erstens, uns was zu essen bestellen. Die Küche schließt bald, und von Liebe allein werden wir nicht satt. Zweitens möchte ich, daß Sie sich entscheiden. Wenn ich wiederkomme, werd ich mit Ihnen über Ihre irrtümlich gewählte und unglückselige Karriere reden. Ich werde Ihnen auch das allerletzte öde Fitzelchen Information geben, das mir zu Verfügung steht und einer verzweifelten Seele von Nutzen sein könnte, die in einer total fertigen Branche total fertig ist. Oder – *oder* – ich werde Ihnen mit demselben Aufwand an Zeit und Energie ein paar wirklich interessante Dinge erzählen. Informationen, mit denen Sie erheblich mehr werden anfangen können als mit Ihrem MBA. Vielleicht aber auch nicht. Wie dem auch sei, die Entscheidung liegt bei Ihnen. Entweder – oder. Ganz wie Sie wollen.»

Kaum hat er geendet, steht er auf und humpelt los, schleppt sich mit wippender Mähne davon wie ein Tier, dem man eine Ladung Tranquilizer in den Schenkel geballert hat.

21:04 —•••–• «Ich nehme das gebratene Gemüse. Aber ohne Spargel. Ich wiederhole: *ohne Spargel.*»

«Hab's kapiert», sagt Brian, ein bißchen zu schnippisch für einen Untergebenen. «Und was darf es heute abend für Mr. D. sein?»

«Ähm, Mr. D. wird... ich glaube, Mr. D. hätte gern...» Das ist jetzt fies, aber du kannst nicht anders. «Bringen Sie Mr. D. die Froschschenkel.»

21:05 —•••••–• Das Bull & Bear hat etwas Erhebendes an sich, was nicht allein an seiner Ausstattung liegt – den dunklen, warmen Farben ringsum, dem polierten Glanz, seiner Gewichtigkeit und Alterswürde –, und am Publikum – gepflegt, elegant gekleidet, gebildet, clever –, sondern auch daran, daß es Zuflucht vorm Chaos bietet: dem kontrollierten Chaos des Finanzmarkts und, in steigendem Maße, dem weit weniger kalkulierbaren Chaos auf den Straßen. In der Welt draußen wird Zivilisation oft und vielleicht sehr zutreffend als eine dünne Schicht empfunden, die das Gezeter und Gerangel einer im wesentlichen barbarischen Spezies kaschiert. Im Bull & Bear hingegen scheinen der Suff und das Bramarbasieren wie eine dünne Schicht Atavismus über dem Grundgestein des Kultivierten und Wohlgeordneten zu liegen. Jener Teil Amerikas, der wohlhabend bleibt, weder in Flammen noch zum Verkauf steht, nicht von Kugeln durchsiebt ist oder vor sich hin rostet, dieser wohlhabende Teil erscheint dir oftmals undurchschaubar und wie in Trance. In dieser Zitadelle jedoch, so laut, verqualmt oder ungebührlich es hier auch zu gewissen Tageszeiten zugehen mag, hat jene Stabilität und Ruhe, wie sie Buddha der Banker von alters her verleiht, die Oberhand behalten. Seit damals, als du vor etwa sechs Jahren während deiner Mittagspause in der Nordstrom-Wintersportabteilung auf dieses Etablissement gestoßen bist, hat das Mysterium des Bull & Bear einen tiefen Einfluß auf dich ausgeübt.

Heute abend spürst du, wie er schwindet.

Du empfindest eine seltsame, fast quälende Distanz zu dem Knäuel von Brokern auf der anderen Seite des Raums. Sie wirken ungewöhnlich zurückhaltend an diesem Abend, jeder konzentriert sich auf seinen narkotisierenden Kelch und den TV-Schirm hinter der Bar. Doch herrscht ein stillschweigendes Gemeinschaftsgefühl unter ihnen, das du vermutlich nicht teilen würdest, wenn du jetzt deinen kleinen flachen Bauch dort an den Bartresen drücken würdest. Sie ziehen sich garantiert den Börsen-Channel rein; du fragst dich, ob dir vielleicht was Wichtiges entgeht. Von deinem Tisch aus siehst du nur ein tanzendes Miasma aus Rot und Grün, wie ein atomisierter Adventskranz. Du mußt unbedingt zum Augenarzt. Börsennotierungen sind, ähnlich wie die Bibel, häufig Ursache optischer Erosion. Endlose Spalten winzig kleiner Namen und Ziffern. So schwer zu lesen und so befrachtet mit geheimen Heilsversprechen – wenn die Augenmuskeln sie doch nur loseisen könnten!

Zum Teil mag das quälende Gefühl, das dir zu schaffen macht, der Tatsache zuzuschreiben sein, daß du eine randvolle Blase hast. Du hattest nicht zur gleichen Zeit wie Larry Diamond aufs Klo gehen wollen, damit er nicht etwa im synchronen Abschlagen eurer Wasser eine abseitige Intimität entdeckt und als solche zelebriert. Aber du hältst es nicht länger aus. So unauffällig wie möglich läufst du an der Bar vorbei, wirfst verstohlen einen Blick aufs Fernsehbild. Was sich deine Kollegen anschauen, stellt sich als südamerikanischer Horrorfilm heraus, in dem eine aus Vampiren bestehende Mariachi-Band ihr Unwesen treibt. Kein Wunder, daß immer so viel Rot und Grün im Bild ist. Wenn diese Musikanten über die Plazas des nächtlichen Tijuana ziehen, bekommt *«Besame Mucho»* eine ganz neue Dimension.

21:08 — • • • • – Im Damenklo herrscht offenbar Stromausfall. Es ist so finster wie im Weltall hier drin, und der Lichtschalter flippt so nutzlos auf und ab wie die Lippen des Präsidenten. Ach je, arm ist die

Frau dran, die nicht im Dunkeln pinkeln kann. Weil du in einem Haushalt aufgewachsen bist, wo es zur Routine gehörte, daß wegen Zahlungsverzug der Strom abgeklemmt wurde, bist du geübt in der Kunst, dich blind an die Klobrille heranzutasten. Und ist das Ziel erfaßt, kann der kompakte Urinstrahl des weiblichen Geschlechts, anders als der völlig unberechenbare Gartenschlauch des männlichen Gegenparts, nahezu mit haargenauer Präzision losschießen.

Durchaus passend, das mußt du zugeben, hier jetzt in buchstäblicher Dunkelheit zu hocken, wo du schon gut drei Tage lang, bildlich gesprochen, im dunkeln tappst. Und würde nicht etwas von der Ahnungslosigkeit des Außenseiters mitschwingen (die breite Masse wird ja im allgemeinen im dunkeln gelassen), so könnte man einen gewissen aufmunternden Trost in diesem Blackout finden. Dunkelheit kann ebenso Schutz bieten wie bedrohlich sein. Natürlich sind der Dauer des Asyls, das du hier im Damenklo genießt, Grenzen gesetzt. Und wenn du diesen Ort am Ende verlassen wirst, mußt du eine Entscheidung getroffen haben – nicht daß es da viel zu entscheiden gäbe. Oder?

Als die letzte Note deiner Wassermusik verklungen ist, wischst du den kleinen Sprinkler mit einem Papierchen ab und lehnst dich, noch immer sitzend, gegen die rechte Wand der Kabine. Eines der vielen wie Fledermäuse über den Ruinen des Aktienmarkts kreisenden Gerüchte, das nur darauf zu warten scheint, sich kopfüber ins Gebälk deiner Hirnschale zu hängen, ist das Szenario, in dem die Araber durch weiteres Anheben der Ölpreise die Ruinen restlos schleifen werden. Und wenn der Markt sämtliche Schäden überstanden hat, die er ohne völliges Ausgelöschtwerden verkraften kann, dann werden die Scheichs zuschlagen und mit Tresoren voll gehorteter Petrodollars den ganzen Laden aufkaufen. Anschließend werden sie die Ölpreise wieder auf den heutigen Stand senken, werden oben an der Treppe stehen und zuschauen, wie der Aktienindex aus dem Keller kommt, bis zu ihnen raufklettert und ihnen die Hand schüttelt, während sie aus jeder Pore Megadollars schwitzen. Durchaus schlüssig. Und es muß für ein smartes Girl wie dich doch einen Weg geben, sich ein Stückchen vom großen Kuchen abzuschneiden. Zum Beispiel, indem du long gehst in Öl-Futures. Aber du könntest nur mit entsprechender Deckung kaufen, und wahrscheinlich müßtest du in London kaufen, am besten morgen spät in der Nacht, sobald in Europa die Börsen öffnen. Du hast nicht die Vollmacht, ohne Eigenmittel Kontrakte zu kaufen, und es fehlt dir an Geschick, kurzfristig im Ausland zu kaufen. Larry Diamond allerdings, wenn er wirklich der Crack ist, für den ihn alle ausgeben ...

Dummerweise hat Diamond ganz anderes im Sinn. Der will dich vögeln (hättest du nicht all den Wein und Gin intus, könntest du es nicht mal denken, dieses Wort, das einen salzigen Rand um dein Hirn hinterläßt wie einen Dreckrand in der Badewanne). Aber das ist noch längst nicht alles. Der fordert dich auf Gebieten heraus, die wenig oder gar nichts mit Sex zu tun haben.

Dein Daddy erzählte dir immer Gutenachtgeschichten, wobei er sich auf den Bongos begleitete. Seine Lieblingsstory, wenn auch nicht unbedingt deine, war «Hans und die Bohnenstange». Schon erstaunlich, wie er auf seinen Trommeln das *fe fi fo fum* buchstabieren konnte. Als du älter wurdest, stellte er sein Entertainment auf der Bettkante nach und nach ein, doch eines Abends, als du neun oder vielleicht zehn Jahre alt warst, erzählte er dir «Hans und die Bohnenstange» zum letzten Mal. Pflichtschuldig, wenn auch ein wenig peinlich berührt, hörtest du ihm zu. Als er die Geschichte mit einem heftigen, lautmalerisch den erledigten Riesen nachahmenden *blop* der Trommel abschloß, sagte er: «Das ist 'ne pfiffige Story, Quieks. Das ist 'ne Story mit einer Lehre. Aus der kann man ordentlich was lernen, Mann. Vergiß das nie.» Er patschte dir auf die hingestreckte Hand und ging aus dem Zimmer, wahrscheinlich in irgendeinen Club oder zu einer Party. Am nächsten Morgen fragtest du deine Mutter, was er damit gemeint haben könnte. «Ich glaube», erwiderte sie, «er meint damit, daß du nie zögern solltest, deine Kuh gegen eine Handvoll Zauberbohnen einzutauschen.» Auf dem Weg zur Schule ließest du dir den väterlichen Rat durch den Kopf gehen – und fandest, das sei Unsinn. *Wieso nicht die Kuh melken*, dachtest du dir, *und jeweils immer für einen Eimer Milch eine oder zwei Bohnen eintauschen?* Auf die Weise kann man die Kuh behalten, und wie viele Zauberbohnen braucht der Mensch denn im Leben?

Nun, du hast die Stalltür nicht zugeriegelt, eine Windbö hat sie auffliegen lassen, und deine Kuh ist auf und davon. Du willst ihr hinterher, sie wieder heimlocken oder mit Zwang zurückholen. Larry Diamond drängt dich dazu, sie laufenzulassen. Kühe sind unwichtig, sagt er: Vergiß die Kuh und versuch's mal mit diesen Zauberbohnen hier. Diamond will dich dazu verleiten, das Terrain normierter Erwartungshaltung zu verlassen und dich auf etwas völlig Unbekanntes einzulassen. Es reizt dich schon; vor allem, weil er keine Kuh als Gegenwert verlangt. Aber ganz offensichtlich *will* er was. Will er bloß Sex, oder gibt es da noch was anderes? Und wie kannst du sicher sein, daß seine Bohnen auch keimen und wachsen? Es könnten ja Springbohnen oder Geleebohnen sein – oder Giftkapseln.

Du verlagerst dein Gewicht auf dem Klositz von der rechten auf die linke Pobacke, lehnst nun mit Kopf und Schultern an der linken Kabinenwand. Radschlagend und singend wie eine Minstrel-Truppe wandern Wein- und Ginmoleküle durch deinen Blutstrom. Unten kommen noch ein paar einsame Tröpfchen, tröpfeln dir aus der Harnröhre. Die Herausforderung, so wie du sie begreifst, besteht darin, Diamond so weit zu kriegen, daß er sein Lasso schwingt, deine Kuh einfängt und dir obendrein noch ein, zwei Böhnchen rüberschiebt, ohne daß du dafür mit ihm schlafen mußt.

Ein Alkoholbläschen prallt dir an die Libido und hüpft verschmitzt an der unbewachten Außenseite entlang. Mit Diamond zu schlafen könnte, nun ... zumindest eine Überlegung wert sein – sofern du überzeugt wärst, daß er nicht in irgendeiner gräßlichen Weise an Q-Jos Verschwinden schuld ist.

Ein Lichtfinger zeigt plötzlich ins Damenklo. Zwei Finger, dann drei. Spreizen sich. Vier Finger, fünf. Ein Knarzen folgt, und Finger um Finger schließt sich die Lichthand mit einem Klicken zur Faust. Die Tür hat sich geöffnet und wieder geschlossen. Du spürst, daß jemand im Raum steht, unweit der Tür, vermutlich erfolglos am Lichtschalter rumfummelt. Zweifellos ist es Ann Louise oder die einzige andere Frau, die sich außer ihr bei dem Klüngel an der Bar befand. Du räusperst dich und machst dir geräuschvoll am Klopapierspender zu schaffen, willst signalisieren, daß hier besetzt ist. Ein Alptraum, wenn sich Ann Louise im Dunkeln reinschieben und mit ihrem liederlichen Hintern auf dich draufsetzen würde.

Die Person kommt ein Stück weiter in den Raum. Und mit leichtem Frösteln erkennst du, daß diese Schritte – schwer, plattfüßig, ausgreifend, ohne Pfennigabsätze – nur die eines Mannes sein können.

21:13 —••••• Die Schritte kommen an die Tür deiner Kabine – die keinen Riegel hat und ohnehin nicht allzudicht schließt – und halten inne. Kein Laut ist zu hören außer Atemzügen. Deinen. Seinen.

Ganz langsam ziehst du dein Höschen hoch, wobei dir schlagartig und mit leisem Kribbeln einfällt, daß du es, würde der Mann etwas sagen und wäre es Diamonds Stimme und wäre diese Stimme sanft und vertrauenerweckend, genausogut unten lassen könntest.

Er gibt kein Wort von sich. Er flüstert nicht deinen Namen. Noch rührt er sich von der Stelle. Er steht einfach da und atmet. Deinen Atem hörst du nicht mehr, der ist wie ein Sauerstofferment, wie ein destillierter Schrei im Bocksbeutel deiner Lungen verkorkt. *Sein* Atem geht gleichmäßig, ohne Hast, und der völlig normale Rhythmus, das Fehlen jeglichen Rasselns, Schnaufens oder Pfeifens läßt ihn um so bedrohlicher wirken.

Minuten vergehen. Die Panik hallt in dir wider wie eine Zigeunergitarre. Aus der Handtasche zu deinen Füßen, nur wenige Zentimeter von seinen entfernt, angelst du die Sprühdose mit Tränengas. *Was ist das nur für eine Welt?* denkst du. *Was ist das nur für 'ne Welt?*

Da dreht er sich wortlos um, geht gemächlichen Schrittes zur Tür und verschwindet nach draußen, läßt einen schwachen Geruch nach verbranntem Zucker im Raum zurück.

Du brauchst etliche Minuten, bis du dich wieder so weit beruhigt hast, daß du ihm folgen kannst. Als deine Augen sich wieder ans Licht gewöhnt haben, läßt du den Blick durchs Restaurant wandern. Nichts hat sich verändert. Der Barmann bemannt die Bar, der Kellner kellnert, und die Bookies, deren Blicke am Fernsehschirm kleben (Mariachi-Vampire geben einem Flitterwochen-Pärchen aus Brooklyn ein Ständchen), zeigen keinerlei Reaktion, als du an ihnen vorbeischlotterst.

«Hab ohne Sie angefangen», sagt er. «Ich hoffe, es stört Sie nicht.»

Er ißt dein gebratenes Gemüse.

21:23 —••••• Zwiebeln mit ihren perlweißen Schichten, wie die Seiten einer von Austern gedruckten Zeitung.

Möhrchen, hellrot und in der Mitte durchhängend, als wollten sie Schnauzer bei Yosemite Sam spielen.

Grüne Erbsenschoten, die herausgelösten Wirbelsäulen von Elfen.

Brokkoli-Boutonnieren, vom taufeuchten Revers dandyfizierter Kreaturen der Sümpfe gepflückt.

Scheiben gelben und roten Paprikas, bauchig um die Nabe gewölbt, wie die Aufrisse karibischer Kathedralen.

Zucchini, arme Italiener, grün vor Neid auf die Auberginen.

Pilzknöpfchen – aber was knöpfen sie zu? Das Clownskostüm des Erdenreichs? Den Hosenlatz der Wiese? An Satan denkt man, seine Braut entblätternd.

Rote Bete, unbarmherzig wie Serienmörder, Sellerie, so zart besaitet wie ein Hintergrundorchester, Sesamkörner, so stumpf wie die Augen einer Termitenkönigin.

Ein Gemüsestückchen ums andere gabelt Diamond in den Mund,

während du mit abgewandtem Blick vor dem Teller hockst, den du geerbt hast, und deine Fassung wiederzugewinnen suchst. Von Zeit zu Zeit schaut Diamond dich kurz an, fragt jedoch weder, wie du dich entschieden hast, noch warum du bisher in kein Froschbein gebissen hast. Falls er es war, der dich im Klo terrorisiert hat, läßt er sich keinerlei Schadenfreude anmerken. Er gabelt, er kaut, er wirft dir seltsame Blicke zu, bis du am Ende, weil das Schweigen dich schier erdrückt, einen Seufzer von dir gibst und sagst: «Larry, glauben Sie, George Washington hat anstelle von Zahnseide 'ne Ahle benutzt?»

Diamond ist hellwach. «Falls der Vater unserer Nation zu derlei gezwungen war, dann hatte er das allein dem Christentum zu verdanken», erwidert er, ein Brokkoliblümchen zum Mund führend.

«Wie bitte?»

«Christentum», sagte er, «Feind der Zähne, der Klitoris und des Gehirns.»

«Feind der *Zähne*?» fragst du und hoffst, daß er das mit der Klitoris schnell wieder vergißt.

«Die Zahnheilkunde war bereits im alten Ägypten eine beachtlich weit entwickelte Wissenschaft. Es gibt Mumien mit Zahnfüllungen, Brücken und Wurzelkanalaufbereitung, wie nur allzu gern vergessen wird.» Er kaut Brokkoli und du denkst: *Gut zu wissen für die geklonten Pharaonen. Die können vom Sarkophag aus gleich unbesorgt das nächste Steak-House ansteuern.*

«Bei den Juden galt diese Praxis als eine Form der Verstümmelung, und unsere christlichen Vorfahren in Europa hielten es für Blasphemie, dem Allmächtigen ins Handwerk zu pfuschen, wo wir doch nach seinem Bilde erschaffen sind, mit Überbiß und allem. Höllische Schmerzen im Backenzahn? Keiner muckte, das war eben die Quittung für Sünden oder der böse Wille eines Dämons. Als sechzehnhundert-was-weiß-ich die King-James-Bibel erschien, war die Zahnheilkunde der englischsprachigen Welt ein derber Bauernwitz, und so kam es, daß, viertausend Jahre nachdem sie Imhotep die Zähne plombiert haben, der Präsident der Vereinigten Staaten gezwungen war, *seine* angegriffenen Zähne durch stumpfe, aus einem umgefallenen Baum geschnitzte Holzdinger zu ersetzen. Die Christen haben die Dentalwissenschaft ans Kreuz genagelt, genauso wie sie die Astronomie gekreuzigt haben – Sie wissen, wie es Kopernikus und Galilei erging – und alles andere, was es an intellektuellem und künstlerischem Fortschritt der menschlichen Rasse gab. Ja, in der Tat. Es war ein Bischof der Kirche Roms, der die große Bibliothek von Alexandria in Brand stecken ließ, weil ihm unbehaglich war angesichts einer so gewaltigen Sammlung von Beweisstücken, daß es erfolgreiche menschliche Unternehmungen auch schon *vor* Christus gab. Können Sie sich einen Begriff davon machen, was da alles verbrannt ist? An aufgezeichnetem Wissen, Archiviertem, an Kenntnis, Weisheit, Literatur? Jedes Begreifen unserer Vergangenheit und dessen, was sie für die Zukunft bedeuten könnte, wurde von arroganten christlichen Brandstiftern irreparabel sabotiert. Die zweitgrößte Bibliothek der Welt befand sich übrigens in Timbuktu, und *die* wurde von islamischen Revisionisten aus dem gleichen Grund eingeäschert. Mohammed sei der Anbeginn aller Geschichte! Wenn all diese Religionsfanatiker wirklich von der Macht und Wahrheit ihrer großen Weisen überzeugt sind, wieso haben sie dann solche Angst vor historischen Fakten, vor Gedanken, überliefertem Wissen?» Er pikst mit der Gabelspitze in eine Erbsenschote. «Eine rhetorische Frage. Jetzt greifen Sie doch endlich mal zu.»

Wenn Hähnchen Basketball spielen würden, dann sähen ihre Schlegel aus wie die frittierten Gliedmaßen auf dem Teller vor dir. Lang und graziös, athletisch gekrümmt. Gut, daß die Füße nicht mehr dran sind. Die hätten dann wahrscheinlich ein Paar Nikes an. Für Diamond ist klar erkennbar, daß du noch keins von den Dingern angerührt hast. «Sei es nun aus finanziellen, sei es aus seelischen Gründen», gibst du zu bedenken, «die meisten Menschen neigen doch zu einer gewissen Unsicherheit. Aber für die haben Sie keine Sympathie, nicht wahr? Haben Sie nie Unsicherheit erlebt?»

«Unsicherheit? Ich?» Er nuschelt es hinter einem Mundvoll Erbsbrei hervor. «Ständig. Jeden wachen Moment des Tages, und wahrscheinlich noch im Schlaf. Sicherheit, die gibt es nicht in diesem Leben, Sweetheart, und je eher Sie diese Tatsache akzeptieren, um so besser für Sie. Ein Mensch, der nach Sicherheit trachtet, wird niemals frei sein. Ein Mensch, der glaubt, er hätte alle Sicherheit, kommt nie ins Paradies. Was er für Sicherheit hält, entpuppt sich als Fegefeuer. Sie wissen, was das Fegefeuer ist, Gwendolyn? Das ist der Wartesaal. Das Foyer. So einer hat nicht bloß das falsche Libretto, sondern er sitzt auch im Foyer fest, wo er nichts von der Show mitkriegt.»

«Ist vielleicht gar nicht mal so schlimm. Was, wenn die Show absolut mies ist?»

«Jesus, dieser bettelarme Schlucker, dessen fehlgeschlagene Versuche, den Judaismus zu reformieren und ihn weniger kommerziell und korrupt zu gestalten, ausgeschlachtet wurden, um daraus das größte und profitabelste Geschäft der Menschheitsgeschichte zu machen – hätten Sie sich nicht gern eingekauft, als das Christentum für einen Schekel pro Aktie zu haben war? –, der gute Jesus also sagte: ‹Das Himmelreich ist auf Erden, aber die Menschen sehen es nicht.› Ich persönlich vermute, daß es sich beim Himmelreich um 'ne ziemlich heiße Show handeln muß, obwohl ich einräume, daß die Kritiken eher oberflächlich blieben. Selbst wenn es sich als Flop erweist, ist das immer noch besser, als draußen im Foyer zu versauern. Man kann sich zumindest 'ne eigene Meinung bilden. Aber dazu müssen Sie erst mal in den Saal rein und sich die Sache anschauen.»

«Jeder wartet doch auf irgendwas.»

«Richtig, und jeder kann es sich schenken. Es macht die Leute irr. Schlimmer noch, es reduziert sie auf Mittelmaß. Sogar die Dogon und die Bozo. Genau wie die andern Deppen auf ihren Messias warten, so warten sie auf den Nommo – und werden mit jedem Jahrzehnt, das ins Land geht, dämlicher.» Er spießt ein Möhrchen auf. «Was ist schlimmer, sich ein Geschwür aufschneiden zu lassen oder Stunde um Stunde im Wartezimmer des Arztes zu hocken, wo Sie Anträge ausfüllen und in zerfledderten Zeitschriften blättern, während Nieser und Huster Sie mit wildlebenden Mikroben einnebeln, Babys heulen, Jammergeschichten ausgetauscht werden wie Baseball-Sammelbildchen? Lieber im Sprechzimmer erfahren, daß es sich bei dem Geschwür in Wahrheit um Krebs handelt, als sein Leben zwischen unseligen Gefährten auf Stühlen mit Plastikbezug abzusitzen. Das Fegefeuer ist nicht bloß übler als der Himmel, es ist noch schlimmer als die Hölle.»

Während er das Möhrchen zwischen sein schmales Lächeln schiebt wie eine Patrone in die Kammer eines antiken Gewehrs, sagst du: «Wir wissen beide, worauf *ich* warte ...»

«Unter anderem, daß ich aufhöre zu predigen.»

»... aber wie steht's denn bei Ihnen? Gibt es nichts, worauf Sie warten, Larry?»

«Unter anderem darauf, daß ich aufhöre zu predigen.»

«Und auf was noch?»

«Nun, kurzfristig – da harre ich mit angehaltenem Atem Ihrer Entscheidung. Wie wird sie ausfallen, Kakao-Auge? Weisheit oder Angestelltenverhältnis?»

Du setzt dich kerzengerade auf und schiebst den Teller mit Froschschenkeln von dir. «Larry, Sie werden sehr enttäuscht von mir sein. Aber ich –»

Du wirst unterbrochen von halblauten Äußerungen drüben an der Bar. «Oh, Scheiße!» ruft jemand. «Nicht zu fassen», ruft eine zweite Stimme. Selbst die Gäste, die nicht den Film verfolgten, starren nun gebannt auf den Schirm. Bild und Ton haben sich drastisch gewandelt, statt mexikanischer Volksweisen und knarrender Sargdeckel ist die erregte Stimme eines Reporters zu hören; die Farbe hat von Blutrot und Vampirgrün zu grauen und beige Tönen gewechselt. Der kontraktierende Ziliarmuskel deiner Myopie läßt die Bilder unscharf erscheinen, du erkennst nichts, obgleich du am seltenen Flackern wechselnder Helligkeit merkst, daß die Abläufe zu statisch sind, als daß es sich um ein weiteres Gefecht rivalisierender Banden oder Straßenkrawalle handeln könnte. Impulsiv stehst du auf und eilst zur Bar hinüber.

21:30 —••••• Vielleicht könnte man dir zugute halten, daß dein erster Gedanke dabei Q-Jo galt: Auweia, wenn man nun ihren kopflosen Leib in einem Müllcontainer entdeckt hatte? Doch kein Sender würde den Samstagabendspielfilm unterbrechen, um über ein Grauen zu berichten, das in Amerika mittlerweile schon beinahe zum Alltag gehört; die Reaktion der Bookies läßt ohnehin auf Neuigkeiten mit Auswirkungen finanzieller Art schließen. Was dich dazu veranlaßt, noch ein Stück näher heranzugehen.

In der Meldung geht es, wie du gleich erfährst, um Motofusa Yamaguchi. Der Doktor, so scheint es, kehrte unlängst von einem frühabendlichen Dinner zurück und mußte feststellen, daß man in seine Hotelsuite eingebrochen hatte. Was seit dem Raub fehlt, ist ein nicht näher beschriebenes «Gerät» oder «Instrument», von dem es heißt, daß es bei Yamaguchis Krebsheilung absolut unverzichtbar sei. Ohne es würde sein Auftreten bei der Konferenz am Montag sinnlos sein, sein Lebenswerk beschnitten, wenn nicht ruiniert.

«Na, dann tschüs, Nikkei», sagt einer der Broker.

«Gute Nacht, Nikkei, Hang Seng, DAX, Crédit Suisse, Bourse CAC, Footsie 100...», elaboriert ein zweiter, bis ihm vor Verzweiflung die Stimme versagt.

Wiederholt schwenkt die Kamera über den Tatort, eine reichlich bevölkerte, nur in bescheidener Unordnung befindliche Luxussuite, wo man in einer Ecke Dr. Yamaguchi im Gespräch mit Kriminalbeamten sieht, achselzuckend, scheu lächelnd, sich mit dem Bic an die Schneidezähne tippend.

«Der Doc wirkt ja nicht allzu betroffen», sagt Ann Louise. «Für jemand, der einen so herben Verlust erlitten hat.»

«Diese Asiaten lassen sich nie was anmerken, weißt du.»

«Vielleicht ist das ja alles bloß getürkt. Ich meine, von Anfang an. Ich für meinen Teil hab schon immer stark bezweifelt, daß der Kerl Krebs heilen kann.»

«Ach komm, Joel. Was hätte er davon, wenn er die ganze Welt an der Nase herumführt?»

«Wuff», bellt Joel.

Der Film wird fortgesetzt, doch keiner der Broker interessiert sich noch für Yamaguchi und *frijoles*. Die Bar ist von regem Stimmengewirr erfüllt, alle Anwesenden – außer dir – reden gleichzeitig.

«Ich wüßte ja gern mal, was Larry Diamond von der Sache hält», sagt Ann Louise ziemlich laut. «Aber anscheinend hat ihm unsere Miss Mati hier das Hirn aus dem Leib gevögelt.» Alle, dich eingeschlossen, schauen in die Richtung, in die sie zeigt. Diamond sitzt zurückgelehnt auf seinem Stuhl, hat die Augen geschlossen, wirkt bleich und leblos. Ann Louise senkt die Stimme zu einem weithin hörbaren Flüstern. «Habt ihr den vorhin gesehen? Der arme Hengst konnte ja kaum noch laufen.»

Das wird mit einer Runde anzüglichen Gelächters quittiert; bis du jedoch den Kopf herumgeworfen hast, samt all deinen grauen Strähnchen, und halb zu deinem Tisch stolziert bist, hat das Gespräch sich wieder dem Einbruch bei Yamaguchi zugewendet. «An Verdächtigen wird es nicht mangeln», hörst du einen Bookie sagen. «Pharmahersteller. Das National Cancer Institute. Alle möglichen Terroristen-Organisationen, inklusive der American Medical Association.»

«Larry? Alles in Ordnung bei Ihnen?»

Die Schweißperlen auf seiner Stirn sind dicker als Marienkäfer. Einige rollen herab, als er die Augen aufschlägt. «Gesund wie ein Fisch im Wasser», sagt er matt. Dann, mit festerer Stimme: «Sehen wir zu, daß wir hier verschwinden.» Aus seinen zerschlissenen Jeans zieht er ein Geldscheinbündel, mit dem man in Texas eine Bausparkasse aufmachen könnte. Er zupft drei Fünfziger heraus und läßt sie in den Brotkorb fallen, dann wirft er sich die Lederjacke wie ein Cape über die Schultern. Du erkennst, daß er Mühe hat, normal zu laufen.

«Larry! Haste mal 'ne Sekunde Zeit?»

«Larry, kann ich dir eine Frage ...»

Ein Chor von «Larry dies» und «Larry das» ertönt, als ihr euch der Bar nähert. Erneut zieht er dieses wunderbare Knäuel Cash hervor, schält wieder einen Fünfziger ab und wirft ihn dem Barkeeper hin.

«Um einige Hoffnungen ärmer, doch um so freier von mancher Illusion», sagt er fröhlich. «Die Drinks gehn auf mich.»

«Aber Larry – glaubst du, daß ...»

«Ich glaube, daß Buddha ein Frosch war. Und daß der Frosch Buddha ist. Sehet die Frösche, wie sie auf ihrem Seerosenblatt meditieren, und erzählt mir, das seien keine Mönche.» Die Bookies verstummen. Sie machen Platz, um ihn vorbeizulassen. «Vielleicht war auch die Muttergottes ein Frosch. Das würde die Unbefleckte Empfängnis erklären.»

Diamond steuert auf die Tür zu, du folgst ihm auf den Fersen. Als du dich an Ann Louise vorbeidrängst, schießt deine Hand nach vorn und packt ihre Nase. Du zwirbelst sie, bis sie sich wie ein Kaugummipapierchen anfühlt und Ann Louise vor Schmerzen aufjault.

Es wäre ein grandioser Abgang gewesen, ein ernsthafter Kandidat für die Abgang-Ruhmeshalle, wenn nicht das Fernsehen alles verdorben hätte, so wie es schon vieles verdorben hat. Diamond, vom Jesuskind murmelnd, bei dem es sich in Wahrheit um eine Kaulquappe gehandelt habe, hat gerade drei oder vier Schritte zur Tür hin gemacht und du kaum die zerknäulte Nase von Ann Louise losgelassen, als eine aktuelle Kurzmeldung den gerade zubeißenden Blutsauger samt Sombrero vom Schirm radiert. Zugleich erleichtert, amüsiert und peinlich berührt wirkend, erscheint der Reporter von vorhin wieder im Bild und gibt bekannt, daß Yamaguchis Antikrebsgerät gefunden wurde. Es war die ganze Zeit über in seinem Zimmer gewesen. Unterm Bett. «Inoffiziell läßt die Polizei durchblicken, daß Dr. Yamaguchi beim Dinner zwei Schälchen Sake zuviel geleert hat und nach seiner Rückkehr im Hotel dann den Tisch umwarf, auf dem sein Attachékoffer lag, wobei das Instrument unters Bett rollte.»

Ein ziemlich betreten dreinschauender Yamaguchi wird gezeigt, er hält ein Objekt hoch, das wie ein durchscheinender Zweig aussieht. Die Broker bringen zischelnd die hysterisch kreischende Ann Louise zum Schweigen, weil sie hören wollen, welche Erklärungen der Doktor dazu abgeben wird, doch Yamaguchi schwankt nur giggelnd von links nach rechts.

«Um Gottes willen, der Kerl ist ja sternhagelvoll», meint angewidert ein Bookie von PaineWebber.

«Ach ja? Wir sind hier auch bald soweit.»

«Tja, aber wir sind kein berühmter Wissenschaftler. Wir sind kein Genie, das angeblich Krebs heilen kann.»

«Einer, auf den die Welt zählt.»

«Genau. Ich trau diesem schrägen Japs nicht.»

«Morgen nacht, wenn die Auslandsmärkte mit Aufwärtstrend öffnen, dann küßt du den. Wo nie die aufgehende Sonne aufgeht, küßt du den.»

«Habt ihr gesehn, was die kleine Schlampe gemacht hat?» Ann Louise reibt sich schluchzend die Nase, doch keiner nimmt von ihr Notiz.

«Der Vater ein Frosch, der Sohn eine Kaulquappe, der Heilige Geist eine Wolke aus Sumpfgas», verkündet Diamond. Er packt deine Hand, er zieht dich mit – und so vollendet sich dein Abgang.

21:42 —•••••• Draußen auf der Straße strahlt Diamond wieder übers ganze Gesicht. Er wirft einer armlosen Frau ein Geldstück hin, die es mit ihrem Dekolleté auffängt. Es fällt durch und rollt auf der Sixth Avenue gen Süden. «Die Rich Boys haben mir den BH geklaut», erklärt sie. Sie rennt hinter der Münze her und schnappt sie mit den Zähnen vom Boden auf. In Diamonds Gesicht, das mitunter von beängstigender Grimmigkeit sein kann, leuchtet nun eine unirdische Freude. So, wie in letzter Zeit alles hin- und hergeht und die Vorzeichen wechseln, kommst du dir vor wie Alice im Wunderland.

Er hält deine Hand in seiner. Ein abnehmender, doch immer noch praller Mond bumst mit seinem goldenen Bierbauch an den asketischeren Solarplexus urbanen Lichterglanzes. Auch wenn fernes Sirenengeheul und das Jaulen diebstahlgesicherter Personenwagen die trockene, kühle Luft kräuseln, kannst du irgendwo eine Maultrommel «Strangers in the Night» spielen hören. Entweder zieht

Diamond dich an sich, oder deine Füße sind zu Spielzeuglastern geworden, aufgezogen bis zum Anschlag und geradewegs auf ihn zusteuernd. Du schließt die Augen, als dein Gesicht sich seinem nähert.

«Wenn Sie 'n Hundehaufen essen und ihn wieder auskacken, ist das dann Hundescheiße oder 'n menschlicher Haufen?»

Meine Güte! Du greifst in dein Täschchen und hast fest vor, den königlich bestallten Vagabunden eine Ladung bestes amerikanisches Tränengas schmecken zu lassen, doch Diamond fixiert den Süffel Ihrer Majestät und erwidert mit vollem Ernst: «Ich glaub, das käm ganz auf die Sauce an.»

Der kleine Mann schiebt sich wie zur Begrüßung die Melone aus der Stirn. «Und auf den Wein, wie? Hmmm. Eine interessante Lösung, Gouverneur, für ein verzwicktes Problem.»

Mit einer Schmerzgrimasse schwingt sich Diamond auf seine Vespa. «Steigen Sie auf», sagt er. «Ich bring Sie zu Ihrem Auto.» Der Süffel Ihrer Majestät schnappt die Münze aus der Luft, die er ihm zuwirft.

«Dann verschwinden Sie also jetzt?»

«Scheint, als würde ich doch auf irgendwas warten», sagt er. «Ich warte drauf, mit Dr. Yamaguchi in Kontakt zu treten – und allzu lange kann ich nicht mehr warten.»

«Was ist los mit Ihnen, Larry?» Du sagst es zu seinem Hinterkopf, der Motorroller hüpft gerade über den Randstein runter in den Verkehr – sofern man das hier am Samstag abend im Finanzviertel noch Verkehr nennen kann.

«Bloß wieder so 'ne Jammergeschichte. Und dummerweise eine von der unromantischen Sorte.»

«Sie haben Krebs. Stimmt's?»

«Ich war der Bursche, der sich das Geschwür aufschneiden lassen wollte.»

«Darmkrebs?

«Mastdarmkrebs.»

«Ach, Larry.»

«Ich hab Sie gewarnt, daß so gut wie keine Romantik im Spiel ist.»

«Larry, es tut mir so leid.»

«Ach, irgendwas ist immer. Irgendwas versucht uns immer vom Blatt zu pusten. Twisters Vater, Breites Stück Straße, hat mich behandelt, und seither hatten wir den Tumor unter Kontrolle. Heut abend allerdings hat der kleine Scheißkerl beschlossen, allen Anstand zu vergessen und auf Rock 'n' Roll zu machen.»

Er stoppt die Vespa neben deinem Porsche, aber du steigst nicht ab. «Warum haben Sie mir nichts davon gesagt? Das ist ja furchtbar. Was können Sie dagegen tun?»

«Die Trumpfkarte hat Yamaguchi. Ich muß warten, bis er sie ausspielt. Und bis dahin» – er senkt lasiziv die Lider – «könnten Sie mit rüber ins Thunder House kommen und sich meine Timbuktu-Dias anschauen. Wollen Sie?»

Wie dem auch sei, ob aus Angst um deine Karriere, ob nun aus Leidenschaft, Mitgefühl oder genereller Konfusion, du hast jeden Grund der Welt, laut *ja* zu sagen, doch als er sich umdreht und sein Gesicht deinem nähert, als du dich gefaßt machst auf seinen Kuß, hüllt dich sein Atem mit dem Aroma gebrannten Zuckers ein, derselben süßen Duftnote, die der Eindringling im Damenklo verbreitete.

Du entziehst dich und steigst vom Roller.

«Ich, öh, ähm, muß nachsehen, ob Q-Jo wieder da ist», stammelst du. «Und die Polizei verständigen, falls nicht. Bei sämtlichen Krankenhäusern in der Stadt anrufen. All so was.» Obwohl du nichts davon erwähnst, mußt du auch jemand ganz Bestimmtes in San Francisco anrufen. Belford nagt sich vermutlich schon die Fingerknöchel wund.

Diamond lächelt. «Zweifellos eine kluge Entscheidung. Ich wünsche Ihnen viel Glück.» Er startet die Vespa. «Danke für den wunderschönen Abend. Nur schade, daß Sie nicht ein Mal von den Froschschenkeln probiert haben.» Er fährt los, und vom Rest seiner Rede schnappst du nur die Worte «Ostern», «Hostie» und «Heilige Kommunion» auf.

22:00 —••••• Es ist bezeichnend für deine seelische Verfassung, daß du am Continental Place vorbeirauschst, ohne auch nur einen kurzen Blick hinauf zu den Fenstern der luxuriösen Eigentumswohnung im achten Stock zu werfen, an der dein ganzes Herz hängt und für die du binnen einer Woche eine Anzahlung leisten mußt, falls sie dir nicht durch die Lappen gehen soll, samt der Summe, die du bereits als Kaufverpflichtung gelöhnt hast. Es kommt dir vor, als ob man dein Hirn, das noch vor wenigen Tagen wie eine wohlgenährte, über Strategien brütende und im Walzertakt gackernde Henne im Nest aus wärmenden Zahlen hockte, erst mit Radium angepinselt und dann mit der Fliegenklatsche bearbeitet hätte. Es ist ein Wunder, daß du den Weg nach Hause findest.

Nachdem du überprüft hast, daß Q-Jo noch immer abwesend ist, rufst du die Vermißtenabteilung im Polizeipräsidium an. Und mußt beim Weiterverbinden dermaßen lange warten, daß sich wieder drei deiner Haare grau färben. Schließlich darfst du eine vorläufige Vermißtenanzeige aufgeben, mußt aber am Montag persönlich erscheinen, damit der Vorgang offiziell zum «Fall» gestempelt wird.

Du erreichst Belford Dunn in seinem Hotelzimmer, schier außer Atem vom rastlosen Aufundabgehen. Im Bemühen, eine pechschwarze Lüge mit ein bißchen Weiß zu übertünchen, erzählst du ihm, daß es zwar keinen handfesten Hinweis auf André gibt, du jedoch glaubst, ihn möglicherweise draußen im Ahornbaum vor deinem Fenster gehört zu haben. Als Belford erregt darauf eingeht und androht, mit der nächsten Maschine nach Hause zu kommen, machst du einen Rückzieher und sagst, daß es ja genausogut auch ein Waschbär oder reine Einbildung gewesen sein könnte. Du bedrängst ihn, dazubleiben, weil ihm sonst die interkonfessionelle Frühmesse im Golden Gate Park und der Termin mit irgendeinem Lakaien aus dem französischen Konsulat entgeht, den der zerstreute und ziemlich berauschte Generalkonsul, als Belford ihn letztendlich in Sonoma abfing, am Sonntag nachmittag zu ihm ins Hotel zu schicken versprach.

«Bist du müde, Gwen? Du klingst – ich weiß nicht – *komisch.*»

«Muß das PMS sein.»

Dein Sarkasmus entgeht ihm. «Aber ja. Hätt ich ja wissen müssen. Armes Baby. Tut mir leid.»

Meine Güte!

Du kickst deine Schuhe von den Füßen und wirfst dich aufs Bett – und landest natürlich zwischen Millionen von Milben. Würdest du auch nur im geringsten ahnen, wie deine Bettstatt vor arthropodischen Krabbeltierchen wimmelt, die emsig die Partikel deiner abgeschuppten Haut mampfen, fändest du sie so abstoßend, daß du dich vermutlich lieber auf den Boden legen würdest. Und doch schlafen wir alle, auch die Reichen, auch die Frommen, auch die von königlichem Geblüt, jede Nacht zwischen ganzen Kolonien solcher Tierchen. Sie sind die ultimativen Zeitzeugen, die allerintimsten Voyeure. Was die für Bücher schreiben, was die für Geschichten erzählen könnten! Man stelle sich die Memoiren einer Masse winzig kleiner Malcolm Lowrys vor, die sich als Exilanten in einem Mini-Mexiko eingenistet haben, besoffen von Schuppentequila, lebend und schreibend unter dem Vulkan der Liebe. Aufgeschreckt von Matratzenbeben, begraben unter tektonischen Schenkelverschiebungen, fortgeschwemmt von Ergüssen seminaler Lava, klammern sie sich mit ihren klitzekleinen Kneifscherchen ans Bettuch, nehmen mit literarischer Objektivität unsere Orgasmen und Träume, Fieberhitze und Bettgeflüster zu Protokoll. Wer wüßte besser über unsere Geheimnisse Bescheid? Wer? Nacht für Nacht, und gar nicht selten auch bei Tag, segeln sie mit uns in der Mondbarke, wird ihr Schuppensteak im Wasser unsrer Tränenseen mariniert, ihr Frühstück in dem unsres Schweißes gekocht, und die Winde unsrer Fürze spielen in ihrem Haar. Sie sind vertraut mit Eheweib und Mätresse, mit Gatte und Liebhaber, mit Klistierball und Fetisch, Lieblingsserie im Fernsehen und Droge der Wahl; haben sich Beichte und Delir, Gebet und Gegenbeschuldigung eingeprägt und den süßen Namen, den wir schmachtend im Schlaf rufen. In ihrer Mitte werden unsere Babys sowohl empfangen als auch geboren; unsere Eltern (und dereinst auch wir) sterben, so könnte man sagen, in ihren Armen. Ja, alles kriegen sie mit: aber die Tierchen verraten uns nie. Wenn sie tratschen, dann nur unter ihresgleichen. Vielleicht erkennen sie eine höhere Ordnung in unserem zerwühlten Bettleben – dem Hin- und Hergewerfe, dem Gestöhne und den Alpträumen, dem nächtlichen Imbiß, Geschnarche, Wechsel der Partner –, die uns stets verborgen blieb. Vielleicht halten sie uns sogar für glorreich, für die Agenten des ungeschminkten Wunders, allzeit fähig – nicht trotz, sondern dank unsrer Torheit – zu einer Transzendenz, die alle Transformanz übersteigt. Wir singen ja grundsätzlich nicht im Bett. Brauchen wir auch nicht. Für uns singen die Milben. Besingen uns. Sie sind unser griechischer Chor, unser freakiger Chor mikroskopischer Engel, immer bereit für das Tänzchen auf dem Stecknadelkopf. Ihr Appetit ist barbarisch, ihr Hunger göttlich. Sie sind, was sie essen.

Exzerpt aus einem dickleibigen Bettmilben-Wälzer:

> Kurz vor elf am Abend vor Ostersonntag legte sich unsere Gastgeberin Gwendolyn Mati (dummerweise vollkommen angekleidet) hernieder auf unsere Stadt, um ihre Gedanken zu sammeln und die Lage zu überdenken – alles von Darmkrebs bis Zuckeraroma, von spurlos verschwundenen Freundinnen bis vielleicht sogar hin zum Abschied von der festen und ausdauernden Überzeugung, daß jede Generation von Amerikanern sozial wie ökonomisch eine Stufe höher steigen kann und wird als ihre Vorläuferin. Doch erschöpft, wie sie war, überwältigt, eine chaotische Person obendrein, sorgengeplagt, einfach fix und fertig, zutiefst enttäuscht, doch wie ein Wunder befreit, gerannen ihre diversen Gedanken, ihr Hirn schaltete um aufs Testbild, und sie fiel rasch in Schlummer. Binnen Minuten begann sie zu träumen. Im Traum sprach eine Stimme zu ihr, so laut und klar (auch wenn sie, getreu dem Vorbild jenes knollennasigen alten Komikers in der Spätvorstellung, jede Silbe verächtlich durchs Riechorgan zog), daß sie unser Mampfen übertönte und wir sie trotz unserer Betriebsamkeit so deutlich

hörten, als käme sie hier aus dem Bett. Aufgeschreckt fuhr Ms. Mati hoch. Und wiederholte in verwundertem Flüsterton den Satz, der keinem von uns entgangen war.

«Die Reise des Narren endet auf Sirius C.»

Sonntag morgen

8. April

Auf dem trockenen

5:30 — • • • • – • In düsteres Wolkenleinen gehüllt, wälzt die Sonne, der ein wenig Hasenmilch aus der Seite sickert, den Stein vom Grabmal der Nacht und erscheint fahl und blinzelnd, doch triumphierend auf dem österlichen Rasen, irgendwo zwischen «Coca-Cola» und «I-B-Mmmm». Als du allmählich zu dir kommst und dir dämmert, welcher Tag heute ist, beflügelt dich die Hoffnung auf Wiederauferstehung ebensosehr, wie dich die Angst vor dem Opfertod betrübt – ungeachtet der Tatsache, daß dir, dank Q-Jo Huffington, die ganze Suche mit dem Osterfest mittlerweile ziemlich schleierhaft geworden ist: wieder so ein rundes Loch, auf das der Vierkantschlüssel deiner Konditionierung nicht paßt.

Q-Jo zufolge ist Ostern ein uraltes heidnisches Fest, benannt nach der angelsächsischen Göttin Eostre. Eostre ist eine nordische Variante der großen Schöpferin und Zerstörerin Astarte, die in den indoeuropäischen Kulturen zigtausend Jahre lang verehrt wurde: Mutter Natur in ihrer elementaren, unzensierten, paradoxen, lebenspendenden und blutrünstigen Gestalt. Na, diese Gott sei Dank längst eingemotteten Uraltgeschichten stinken für deinen Geschmack zum Himmel, so barbarisch sind sie. Ihnen haftet der Geruch atavistischer Ackerbau-und-Viehzucht-Kulturen an – der Geruch von feuchter Wolle, Nachgeburt, Holzrauch und Misthaufen. Und Schweiß, kübelweise stinkendem Schweiß, Pferdeschweiß, Männerschweiß, dem Schweiß harter Arbeit und grober, gefühlloser Paarung. Außerdem müßte man, selbst wenn man sich im Schoß der Kirche nicht wohl fühlt, wie es bei dir zu Belfords großem Kummer der Fall ist, schon sehr zynisch sein, um zu glauben, die frühen christlichen Rapper hätten sich das Eostre-Fest nur deshalb unter den Nagel gerissen, weil sie seine Beliebtheit bei der bäuerlichen Bevölkerung für sich ausnutzen und obendrein mit einem schnell hingezimmerten Wunder Eindruck schinden wollten.

Larry Diamond würde ihr diese Theorie allerdings gern abnehmen, so wie der über die Unterdrückung der Zahnheilkunde und verbrannte Bibliotheken irgendwo in Afrika redete. In dieser Hinsicht sind sich Diamond und Q-Jo ziemlich ähnlich. Aber eins muß man ihr lassen, Q-Jo gehört nicht zu den Spinnerinnen, die behaupten, man müsse Gott bloß zu einer Geschlechtsumwandlung kriegen, und alles wäre Friede, Freude, Eierkuchen. Ihr Widerstand gegen diesen neumodischen Göttinnenkult ist der Hauptgrund dafür, daß Huff sowenig Freunde unter ihresgleichen hat. In ihren Augen ist das Göttliche weder weiblich noch männlich, sondern geschlechtslos oder jenseits des Geschlechtlichen. Möglich, daß es weibliche und männliche Aspekte hat, doch sind dies, wie Q-Jo findet, bloß zwei Facetten der endlos gefächerten Unendlichkeit, die es der Welt präsentiert, und jeder Versuch, es auf ein Geschlecht festzulegen, zeugt von albernem Chauvinismus, der sich vergeblich bemüht, dem Grenzenlosen Grenzen zu setzen. Oder so ähnlich.

Klingt einerseits nicht unvernünftig, sagst du dir, aber warum nerven sich die Leute mit derart ausgelutschten Fragen, auf die es sowieso keine Antwort gibt – es sei denn natürlich, es wäre ihre Version von Washingtons Gebiß. Man hat doch heutzutage genug damit zu tun, der allgegenwärtigen Gewalt aus dem Weg zu gehen und seine Pflichten zu erfüllen. Vorstellungen von Gott und der Art und Weise, wie man seine oder ihre Feiertage zu begehen hat, haben sich über Jahrhunderte entwickelt und seit ihren primitiven Ursprüngen gründlich verändert. Der Kampf ums Überleben aber ist immer gleich geblieben. Überleben, das ist das Wichtigste, an Ostern wie an jedem anderen Tag. Der nächste Schritt ist dann Überleben mit Stil, geprägt von Status, Annehmlichkeit und gutem Geschmack, was heutzutage weitaus leichter vorstellbar ist als zu Eostres Zeiten, obwohl, wie die jüngsten Ereignisse gezeigt haben, noch immer rasend schwer.

Und wo du schon mal dabei bist, Q-Jo hat auch behauptet, wenn wir die Möglichkeit hätten, Gott eine vertrauliche Frage zu stellen, käme bestimmt kein Mensch auf die Idee, sich zu erkundigen: «Sind Sie ein Mann oder eine Frau?» oder «Welche Hautfarbe haben Sie?» Was nur beweist, daß das Thema Rasse und Geschlecht letztlich belanglos ist. Viel wahrscheinlicher wären solche Fragen: «Hab ich irgendeine Chance, heil hier rauszukommen?» – «Wo lande ich, wenn ich nicht mehr hier bin?» – «Werde ich Soundso je wiedersehen?» – «Wo ist die Pointe?» oder «Hat's Ihnen die Sprache verschlagen?» Fragen, die wir einander selten stellen, zum einen, weil unsere intellektuellen Besserwisser sie für pubertär halten, und zum anderen, weil wir insgeheim nicht davon überzeugt sind, daß Normalsterbliche, inklusive des Klerus, ermutigende Antworten darauf geben können, die sich auf mehr als bloße Indizien stützen.

Nun, es ist noch zu früh am Morgen für diesen Unsinn, obgleich du zugeben mußt, daß du erstaunlich ausgeruht bist. Du hast in Kleidern geschlafen, in deinem Kopf meldete sich eine Stimme, die jeden Traum übertönte, und irgendwann mitten in der Nacht bist du wach geworden und hast zum ersten Mal seit Milbengedenken masturbiert. Wie üblich hast du dir dabei Cary Grant vorgestellt, aber letzte Nacht, als das weiße Pony über den Hügel galoppierte, hast du einen Namen geflüstert, der verdächtig wenig nach «Cary», dafür um so mehr nach «Larry» klang, ein Lapsus, den du am liebsten sofort vergessen würdest – und doch bist du nicht bloß ausgeruht, sondern gestärkt und, wie du naiverweise glaubst, bestens vorbereitet auf die Ereignisse des Tages.

Du taperst in die Küche, um dir ein Glas Tomatensaft zu holen. Im Kühlschrank liegen noch ein paar von den Eiern, die du für Belfords Frühstück am Freitag gekauft hattest. Gäbe es Kinder in deinem Haus, könntest du ihnen die Eier zu ihrer kleinen Feier schenken. Vielleicht hat Q-Jo doch recht mit Ostern. Was soll das Färben und Verstecken von weiblichen Fruchtbarkeitssymbolen schon mit den dramatischen Ereignissen um die Kreuzigung Christi zu tun haben? Es sei denn, beim letzten Abendmahl wären Omeletts aufgetischt worden. Das muß man sich mal reinziehen: die berühmteste Mahlzeit der Geschichte, und kein Mensch hat einen Schimmer, was auf der Speisekarte stand. Ein grauslicher Gedanke für Feinschmecker. Früher hast du mit deinem Bruder im zugigen Downtownloft eurer Eltern Ostereier gesucht. Freddy Mati, der unglaubwürdigste aller Osterhasen, hatte sie für euch bemalt. Jedes einzelne, von oben bis unten einheitlich und existentiell schwarz.

5:50 — • • • • – • Eins ist so klar wie das Wasser in deiner frühmorgendlichen Badewanne: Du hast die Wahl, dich deinem Schicksal zu unterwerfen – dann endest du arbeitslos und verarmt oder als Ehehure – oder in die Offensive zu gehen. Letzteres erfordert, wie du die Sache siehst, eine Spekulation mit Öl-Futures: Du setzt darauf, daß der Rohölpreis nach einem kurzfristigen Anstieg langfristig wieder sinken wird, und plazierst deinen Einsatz morgen früh um eins, Seattle-Zeit, also kurz nach Eröffnung der Londoner Warenterminbörse. Solltest du dich dafür entscheiden, die Ölkarte auszuspielen, gibt es eine Reihe von Möglichkeiten. Mit Larry Diamonds Hilfe könntest du es schaffen, ohne Sicherheitsdeckung zu kaufen. Da aber dein Kreditrahmen im Moment so hauchdünn ist wie das Blattgold auf der Ladenglocke eines Pfandleihers, wäre ein solcher elektronischer Coup riskant und grenzte an Betrug. Falls irgendwo was schiefläuft, könntest du hinter Gittern landen. Angesichts deiner ohnehin wackligen Lage erscheint es dir angemessener, dich an einer legitimen Bargeldtransaktion zu beteiligen. Doch wenn du wirklich mit dem Rücken an der Wand stündest...

Jedenfalls solltest du dich zumindest auf die Suche nach potentiellen Geldquellen machen. Du klatschst dir eine bernsteingelbe Shampooauster auf den Kopf, und bevor du noch die Hälfte deiner schwarzen und zwei Drittel deiner grauen Haare eingeschäumt hast, bist du die Liste durch.

Erstens: Würdest du alle verbleibenden Posten in deinem Privatdepot unter Verlust abstoßen, könntest du, wenn's hoch kommt, neun oder zehn Riesen zusammenkratzen. Peanuts. Winzige Peanuts. Ein Zwergenpups, und damit meinst du nicht etwa eine Emission von Sirius B.

Zweitens: Belford müßte trotz seiner albernen Menschenfreundlichkeit noch was auf der hohen Kante haben. Geht gar nicht anders. Er wird Geld zum Leben brauchen, solange er die Schulbank drückt und sich zum blöden Sozialarbeiter ausbilden läßt. Du nimmst mal an, daß er mehr als hundert Riesen hat, hundertfünfzig vielleicht, aber versteckt auf irgendeiner unscheinbaren kleinen Bank. Und während er sich jederzeit erweichen ließe, einen Batzen davon einem abgerissenen, lutherischen Missionar mit wildem Blick und Mittelwestakzent zu überlassen, der in, sagen wir, Timbuktu vor einem gelangweilten Publikum Bibelgeschichten rezitiert, ist die Hoffnung, daß er dir was leiht, gleich null, obwohl *du* es ihm binnen weniger Monate garantiert mit Zins und Zinseszins zurückzahlen würdest.

Drittens: Diamond selbst. Ziemlich dick, das Geldbündel, mit dem er gestern abend rumgefuchtelt hat. Das hätte allerdings auch bloße Angeberei sein können, wenngleich er in anderen Dingen nicht so großtuerisch ist. Eben seine gesamte Barschaft. Bei so einem Querkopf wie Diamond weiß man das nie. Wie Milken und viele andere Schlitzohren aus den achtziger Jahren, hochbegabte Bookies, die bestraft wurden, weil sie das kapitalistische Spiel zu gut beherrschten, um dem Kapitalismus zu nutzen, hatte Diamond zweifellos so manches Juwel in seiner Butterbrotdose verschwinden lassen, ehe man ihn aus der Smaragdmine warf. Schon wahr, daß er offenbar seit zehn Jahren nicht mehr in der Branche tätig ist, auf einer Schrottbeule von Motorroller durch die Gegend tuckert, rumläuft wie ein Grunge-Rocker und unter einer Bowlingbahn haust, aber es ist nicht auszuschließen, daß er ein hübsches Sümmchen unter der Matratze bunkert. Die Frage ist, wäre er bereit, mit dir einen Deal zu machen? Sollte man nicht annehmen, daß so ein alter Feuerwehrgaul auf ein letztes Bimmeln der Glocke reagiert? Doch Diamond scheint völlig in anderen Interessen aufzugehen, sich seltsamen Phantastereien hinzugeben, die auf den Verlust praktischer Fähigkeiten und schwärende Wunden eines willensschwachen Geistes schließen lassen. Er könnte sogar gefährlich sein. Für dich ganz persönlich. Er ist ein ... ein Lustmolch! Kein bißchen verantwortungsbewußt oder sonstwie umsichtig. Außerdem ist er ernsthaft krank oder tut zumindest so: noch eine Komplikation mehr.

Sieh der Sache ins Auge: Mit Belford fährst du am sichersten. Den hast du bisher noch nie gebeten, dir Geld zu leihen, also kannst du nicht automatisch davon ausgehen, daß er ablehnen wird. Außerdem gibt es Wege, ihn einzuwickeln. Ein Gespräch über eure angebliche gemeinsame Zukunft zum Beispiel, egal, wie verschwommen deine Versprechungen auch sein mögen. Und vermutlich würde es sein triefendes Herz zum Überfließen bringen, wenn du seinen durchgebrannten Makaken heil und unversehrt wieder zu Hause abliefern könntest. Drum beschließt du – während du mit dem seifigen Schwamm einen winzigen Baumwollflusen von deinem Nabel wischst (das kommt davon, wenn man in Klamotten schläft) –, daß du auf der Stelle zu einem Laden mußt, wo du eine größere Summe in Bananeneis am Stiel investieren kannst.

Ja, du wirst dir das Gefrierfach vollstopfen und die Gefrierfächer deiner Freunde gleich mit. Du wirst die Oberlichter wieder öffnen, deine und Q-Jos, die du nach den verbrecherischen Beutezügen gestern geschlossen hattest, und auf jedes Oberlicht als Köder ein Eis legen. Du wirst Bananeneis auf den Fensterbänken plazieren, wo es glänzt wie das Gebiß eines Kettenrauchers, und auf Balkonen verteilen, wo es glüht wie die Insektenlampe auf einer Veranda im Süden. Beim Schmelzen wird es die Nachbarschaft mit seinem Duft erfüllen wie ein gewaltiger Harry-Belafonte-Rülpser, und ein gewisser kleiner Halunke, der der olfaktorischen Verlockung von Bananengewächsen genausowenig widerstehen kann wie ein kleiner Junge seinem Modellbaukasten, wird mit gelb verschmiertem Maul und klebrigem Pelz in deine wartende Falle tänzeln.

Mit einem letzten Schwammstreich versiegelst du den an dich selbst adressierten Umschlag zwischen deinen Schenkeln. Abgetrocknet, gepudert und eingecremt schlüpfst du in goldfarbene Christian-Dior-Unterwäsche, einen mittellangen schwarzen Wollrock von Perry Ellis, streifst einen dunkelblauen Ralph-Lauren-Pullover über die weiße Seidenbluse und läufst die Treppe runter, nur um am Eingang auf zwei ziemlich ernst dreinblickende uniformierte Polizisten zu stoßen.

6:30 —••••• Dein erster Gedanke ist, daß die Cops wegen Q-Jo hier sind: sie ist im Krankenhaus, in der Leichenhalle, im Knast, im – Lügnerin! Sei ehrlich, Gwendolyn. Dein erster Gedanke ist, daß die Steuerprüfer in der Disco waren, daß Posner voreilige Schlüsse gezogen, die SEC informiert und die Polizei angerufen hat, ohne dir eine Chance zu geben, dich zu rechtfertigen. Erst nachdem diese Befürchtungen ein Weilchen Gummitwist mit deinem Herzen gespielt haben, kommst du auf die Idee, daß sie schlechte Nachrichten über Q-Jo haben könnten. Anständigerweise verkneifst du dir das Stoßgebet, daß die Uniformierten ihretwegen und nicht deinetwegen hier sein mögen. Doch dann stellt sich raus, daß sie wegen des Safe-Sex-Schänders da sind.

Der Safe-Sex-Schänder heißt so, weil er bei seinen Überfällen ein Kondom trägt. Innerhalb von dreißig Tagen hat er zwanzig Frauen vergewaltigt. Er legt ein so rasantes Tempo vor, daß manche Einwohner von Seattle den Verdacht äußerten, mehr als ein Mann müsse dahinterstecken (und dabei vergessen, daß sie selbst mal jung waren). Mehr als einmal ist auch die Rede von den Rich Boys. Obwohl die Opfer keinesfalls nur Obdachlose oder Arme sind, werden die Rich Boys von fast jedermann verdächtigt, nur nicht vom Bürgermeister, den Stadtratsabgeordneten und Zeitungsredakteuren, die mit den Vätern der Rich Boys Golf spielen. Auf alle Fälle hat laut Aussage der Cops der Safe-Sex-Schänder gestern nacht erneut zugeschlagen, besser gesagt, am frühen Morgen. Diesmal hat es eine Nachtschwester auf dem Heimweg von der Bushaltestelle erwischt.

Scheinbar wurde die Aktion mittendrin von einem Taxifahrer unterbrochen, der den flüchtenden Angreifer mit seinem Wagen verfolgte. Die Polizei kam dazu, und es wird vermutet, daß der Schänder eingekreist ist und sich jetzt irgendwo in deiner Nachbarschaft versteckt hält.

«Wir raten allen Bewohnern dieses Viertels, besonders den Frauen, zu Hause zu bleiben und die Türen abzuschließen, bis wir den Burschen haben», erklärt einer der Beamten.

«Aber es ist doch schon hell», protestierst du. «Ich muß was einkaufen. Ich fahr bloß schnell zum Queen Anne Thriftway.»

«Tut mir leid», erwidert der Cop. «Das geht im Moment nicht. Der Kerl treibt sich noch hier in der Gegend rum, und er ist gefährlich.»

«Glauben Sie uns, Lady», sagt der andere. «Am Thriftway-Parkplatz hat er nämlich seinen Motorroller abgestellt.»

6:33 —••••• Dein Herz stolpert über das Gummiseil und schrammt sich die Ellbogen auf. «Ach du meine Güte», murmelst du.

«Gibt es ein Problem?»

«Nein. Doch. Ich meine, ich weiß, wer es ist.»

«Was sagen Sie da?»

«Der Schänder. Ich kenne ihn.»

«Sind Sie sicher? Woher kennen Sie ihn? Wohnt er hier?»

«Schauen Sie, das ist eine lange Geschichte. Aber er muß es sein. Er ist es bestimmt. Wenn ich sein Fahrzeug sehen könnte, wüßte ich es genau.»

«Cecil», sagte der ältere der beiden Beamten, «warum rufst du nicht Smokey, und ihr beide fahrt mit ihr hin, damit sie sich den Motorroller ansieht? Ich schnapp mir inzwischen den Hausmeister und sorg dafür, daß er die übrigen Mieter warnt.»

«Eigentümer», verbesserst du ihn.

«Wie?»

«Wir sind Eigentümer unserer Wohnungen, nicht Mieter.»
«Tja, okay, Lady», meint Cecil. «Kommen Sie mit.»

6:39 —••••• Der verlassene Motorroller, der gerade in einen Polizeitransporter verfrachtet wird, ist eine der ausgeflippten neuen Glitzerhondas, rot wie ein kandierter Apfel. Deine erhitzten Wangen haben genau die gleiche Färbung, ihnen fehlt bloß der Metallic-Ton. «Tut mir leid», sagst du. Es braucht keinen Detective, um zu erkennen, daß du eher erleichtert als zerknirscht und eher verlegen als erleichtert bist.

«Schon gut. Wir machen alle mal Fehler.» Smokey zieht einen Notizblock und einen Stift aus der Tasche. «Wie lauten Name und Anschrift des Verdächtigen?»

«Welches Verdächtigen?»

«Der Typ, den Sie für den Schänder gehalten haben?»

«Aber er war's doch gar nicht.»

«Kann man nie wissen. Vielleicht hat er sich einen neuen Motorroller zugelegt.»

Eine Stimme im Funkgerät des Streifenwagens quetscht sich mit «Wagen 47» zwischen zwei Portionen statisches Rauschen.

«Hier 47.»

«47, wir haben hier die Meldung, daß sich ein Affe in der Gegend rumtreibt und die Frühmesse im Kinnear Park stört. Könnt ihr hin?»

«Negativ», erwidert Smokey. «Geht nicht. Ihr wißt doch, daß wir eine Zehn-sechzig am Laufen haben. Ruft das Veterinäramt an, verdammt noch mal!»

«Roger, 47.»

«Ist denn das zu fassen? Wollen uns von einer Zehn-sechzig abziehen, um einen gottverdammten Affen einzufangen?»

«Ich weiß, wer das ist.»

«Der Schänder?»

«Der Affe. Ich kenne diesen Affen.»

Die beiden Cops wechseln einen Blick und verdrehen die Augen.

«Sie verstehen nicht. Es ist ein Freund. Ich meine, er gehört einem Freund von –»

«Lady», unterbricht dich Cecil. «Bitte steigen Sie aus.»

«Aber wirklich, ich –»

«Raus! Und zwar dalli! Wenn Sie meinen, Sie könnten uns hier verscheißern, schaffe ich Sie nach Harborview, denn da gehören Sie hin. Ich würde es auf der Stelle tun, wenn ich verdammt noch mal die Zeit dazu hätte.» Er klopft seinem Partner auf den Rücken. «Auf geht's, Smokey.»

Kaum hast du die Tür zugeknallt, da schießt Wagen 47 mit heulenden Sirenen und in allen Farben des Sternenbanners flackernden Lichtern vom Parkplatz des Thriftway in Richtung deines Viertels davon, das du vor nicht allzu langer Zeit noch als Übergangslösung betrachtet hast. Und läßt dich schäumend in einem *cioppino* aus Wut, Erniedrigung, Gewissensbissen und noch ein, zwei anderen, ebenso vertrauten Gefühlen zurück.

6:51 —••••• Als die Kassiererin dir einen schönen Tag wünscht, wirfst du ihr einen so finsteren Blick zu, daß sie sich fragt, wie eine Frau, die gerade zwei Dutzend Bananeneis am Stiel gekauft hat, bloß so eine Scheißlaune haben kann.

Teilweise schuld an deiner miesen Verfassung ist die Tatsache, daß du jetzt, da du im Besitz eines beachtlichen Vorrats an Affenfutter bist, nicht genau weißt, wie du es verteilen sollst. Offensichtlich hat sich André auf Kosten einiger frommer Mitbürger im Kinnear Park amüsiert, doch bis du zu Fuß dort hinkommst, sind er und die Gottesfürchtigen wahrscheinlich längst wieder weg, denn die Sonne klettert schneller den östlichen Quadranten rauf als ein Spanner die Regenrinne eines Schwesternwohnheims. Selbst wenn die Ostermette noch nicht vorbei wäre, könntest du kaum durch die Gläubigen schlendern und mit gelbem Bananeneis wedeln. Du würdest unweigerlich die falsche Art von Aufmerksamkeit auf dich lenken, diejenige nämlich, die Smokey und Cecil in dein Leben zurückkatapultieren könnte. Wie dem auch sei, statt André nachzujagen, ein Vorhaben, das von vornherein zum Scheitern verurteilt scheint und höchstens Slapstick-Effekte verspricht, wäre es bestimmt klüger, ihn zu dir zu locken. Das Problem ist, daß du im Moment nicht nach Hause kannst, obwohl es zu Fuß höchstens zehn Minuten wären. Dein Viertel ist abgeriegelt, und an jeder Straßenkreuzung stehen zwei oder noch mehr Streifenwagen. Der Weg zu Belford dagegen ist frei, und da du ohnehin vorhattest, seine Wohnung mit Eisködern auszulegen, ist der Marsch zu seiner Wohnung die einzige logische Wahl, die dir bleibt.

Du fröstelst ein wenig in der morgendlichen Kühle, auch wenn die Temperatur eigentlich ein paar Grad zu hoch für den optimalen Zustand deiner Einkäufe ist. Unterwegs machst du dir Gedanken über Andrés angebliches Auftauchen bei der Frühmesse. Zufall? Ein Akt der Rebellion? Oder trieb es ihn dorthin, weil was dran ist an diesem «wiedergeboren»...? Nein, nein, nein. Lächerlich. Tiere, selbst intelligente Tiere – vielleicht sogar gerade intelligente Tiere – teilen nicht das pathetische Bedürfnis des Menschen, Seligkeit zu vergesellschaften, heilige Scheu in ein System und Mysterium in eine Schublade zu zwängen, alles Göttliche zu zähmen. Ob er wiedergeboren wird oder nicht, ist einem Affen völlig schnurz, denn er kapiert auf Anhieb, worum's geht. So jedenfalls hat Q-Jo es ausgedrückt. Du selbst hast keinen Schimmer von spirituellen Angelegenheiten, aber du weißt oder hast zumindest den starken Verdacht, daß ein Affe, der einst mit Aristokraten in Schweizer Skiorten und Filmstars an der französischen Riviera verkehrte, die Gesellschaft von Lutheranern aus Seattle sterbenslangweilig und über alle Glaubensmaße dämlich fände.

7:10 —•••••–• Wie an der geräuberten Keksdose und der offenen Kühlschranktür abzulesen ist, muß André in Belfords Abwesenheit mindestens einmal zu Hause vorbeigeschaut haben. Von neuer Zuversicht erfüllt, packst du drei oder vier Eisportionen ins Tiefkühlfach und legst mit dem Rest aus der ersten Großpackung eine Art Hänsel-und-Gretel-Spur, die vom Garagendach über den Balkon zu einem Besenschrank führt, wo man einen verfressenen kleinen Makaken problemlos überraschen und einfangen könnte, wenn man schnell genug die Tür zuknallte. Befriedigt, wenn auch nicht allzu optimistisch – dir ist klar, daß das als Juwelendieb berüchtigte Affentier sich nicht zum Narren halten läßt –, sinkst du in Belfords Lieblingssessel. Per Fernbedienung stellst du das Radio auf den Sender KIRO, damit du es sofort mitkriegst, wenn die Großfahndung in deinem Viertel beendet wird. In den 7:15-Nachrichten heißt es erst, daß der Schänder sich immer noch irgendwo in deinem abgeriegelten Block versteckt hält, und dann einen Augenblick später, daß Dr. Yamaguchi für zehn Uhr vormittags eine Pressekonferenz anberaumt hat, vermutlich, so spekuliert der Sprecher, um sein Verhalten von gestern abend zu erläutern. Könnte wirklich nicht schaden. Meine Güte!

Das Nachdenken über den mit Sake abgefüllten Wissenschaftler führt wie eine Hänsel-und-Gretel-Spur aus synaptischem Bananeneis zum Nachdenken über Larry Diamond. Und es dauert nicht lange, bis du dir selbst in die Falle deines schlechten Gewissens tappst. Du warst drauf und dran, Diamond öffentlich der mehrfachen Vergewaltigung zu bezichtigen; du warst geradezu versessen drauf, seinen Namen preiszugeben! Wenn schon dieser Verdacht ungerechtfertigt, ja unverantwortlich war, wieviel mehr trifft das für deine Bereitschaft zu, ihm auch noch Q-Jos Verschwinden in die Schuhe zu schieben? Zum Teil ist er selber schuld, weil er sich von vulgären Impulsen leiten läßt, jeden Anstand vermissen läßt und sich wie ein Bekloppter aufführt. Trotzdem, er ist krank und hat Schmerzen – liegt im Sterben, soviel du weißt –, und du hast ihm unrecht getan. Du hast falsches Zeugnis wider ihn abgelegt.

Und wieviel macht dir das aus? Nicht genug, um beichten und dich entschuldigen zu gehen. Was dieser sexbesessene Verrückte nicht weiß, macht ihn nicht heiß. Ja, aber wenn er es irgendwie doch weiß? Seit er «auf der Liste» ist, was immer das in einer marginalen Nebenhölle bedeuten mag, besitzt er die Fähigkeit, in die Träume und das Bewußtsein anderer Menschen einzudringen. Jetzt, wo du in Belfords affenverseuchtem Sessel sitzt und der zweite Karton mit Bananeneis auf deinem Schoß dahinschmilzt, hast du den Eindruck, daß du dich entweder sehr bald mit Diamond unterhalten oder für den Rest deines Lebens genauso einen Bogen um ihn machen solltest wie ums Finanzamt.

Es dauert nicht mal neun Minuten, bis das Funktaxi vor Belfords Haus erscheint. Der Fahrer scheint verwirrt und murmelt was in Sanskrit, Aramäisch oder Urdu, als du sagst: «Thunder House, bitte», aber das hast du schnell gedeichselt, und als er dich nach der üblichen Zahl von falschen Abzweigungen und Beinahekollisionen am Thunderbird Bowl absetzt, überreichst du ihm statt eines Trinkgelds den durchweichten Karton, aus dem mittlerweile dicker, sattgelber Schweiß sickert. «Für Ihre Kinder», sagst du großzügig, in der Annahme, daß diese unzivilisierten Dritte-Welt-Typen doch alle massenhaft Sprößlinge in die Welt setzen.

Die blonde Natalie, die gerade unten aus dem Thunder House kommt, als du auf den Eingang zusteuerst, muß dich wegen deiner olivfarbenen Haut und den jodfarbenen Augen für die Frau des Taxifahrers halten.

7:57 — • • • • - Ein paar angespannte Sekunden lang feuert ihr gegenseitig Leuchtspurmunition in eure Umlaufbahnen. Du denkst: *Espresso-Bimbo!*, und Natalie denkt: *Blöde Kuh!* Dann machst du auf dem Absatz kehrt und marschierst die Rampe wieder hoch.

«Gwendolyn! Warte!»

Du wirst langsamer und wirfst einen Blick über die Schulter, stoppst den Rückzug aber erst, als du Diamond sagen hörst: «Natalie, ich möchte dir Gwen Mati vorstellen, die Frau, die ich unerklärlicherweise, aber unabwendbar liebe.»

Auf halber Höhe bleibst du leicht verblüfft stehen, die Hände in die Hüften gestemmt, trotzig, aber auch gebannt, unsicher, ob dieser Lustmolch und sein Flittchen Witze auf deine Kosten reißen, ob Diamond mit dir *und* mit Natalie spielt oder ob er es tatsächlich ernst meint, und wenn er es ernst meint, ob er bei oder von Sinnen ist.

«Das erklärt wohl alles», sagt Natalie.

Ein heftiges Zucken bohrt sich wie ein Angelhaken in die linke Ecke von Diamonds beschwichtigendem Lächeln.

«Klasse», fährt Natalie fort, «jetzt weiß ich wenigstens, daß ich es nicht war.»

«Kleiner Nebenschauplatz», sagt Diamond und schaut ein wenig belemmert drein.

«Kann mal wohl sagen!» seufzt Natalie.

«Ich will aber nicht stören», mischst du dich ein, und dein Sarkasmus ist noch einen Zentimeter dicker als ihrer.

«Hast du bereits», sagt Natalie. «Vor Stunden.» Sie wirft ihr blondes Haar zurück und stolziert die Rampe hoch. Als sie an dir vorbeikommt und dir durch den Kopf schießt, daß sie stinkt wie eine Dose aufgewärmtes Katzenfutter, zischt sie noch: «Ich hoffe, ihr zwei werdet glücklich miteinander!»

«Werden wir!» ruft Larry fröhlich. «Du kannst dich drauf verlassen.»

«Hören Sie, ich wollte Mr. Diamond bloß eine kurze Nachricht überbringen», sagst du, aber zum Glück eilt die Kellnerin zu einem japanischen Kleinwagen, der aussieht, als hätte er mindestens einen Tritt von Godzilla abgekriegt, und läßt dich mit deinem nichtsnutzigen Don Juan einfach am Fuß der Rampe stehen. Der wiederum beschenkt dich mit einem Grinsen, das einem Schaf als Briefbeschwerer hätte dienen können.

8:30 —••••–• «Timbuktu. Das Ende aller Routen. Die Hauptstadt des Nirgendwo. Unverwüstliche Avantgarde der Geographie und unausweichliche Sackgasse für jeden, der im Sessel sitzend von fernen Ländern träumt. Timbuktu. Hort aller Geheimnisse, letzte Zuflucht für Vertriebene, abgelegener Knotenpunkt, wo das Obskure ins Exotische mündet, wo sich Tagtraum und Exil kreuzen. Timbuktu. Das Ferne, hinter dem es nichts Ferneres mehr gibt. Weit weg. Weggetreten. Mehr hinter dem Mond als New Jersey. Vergleichbar nur mit Katmandu als dem musikalischsten aller poetischen Städtenamen dieses Planeten. Tim-buk-tu. Eins der phonetischen Weltwunder. Ein großartiger Name, aber leben würden Sie dort nicht wollen.»

Nein, ganz recht, leben würdest du dort bestimmt nicht wollen. Du würdest nicht mal anderthalb Minuten in Timbuktu verbringen wollen. Und was das betrifft, du hattest auch nicht vor, länger als anderthalb Minuten im Thunder House zu bleiben – «Ich war gerade in der Nähe, also dachte ich, ich schau kurz rein und erzähle Ihnen, daß Yamaguchi um zehn Uhr eine Pressekonferenz gibt» –, doch Diamond hat dich reingelockt (auf den wohlgeformten Fersen dieses Kaffeehausflittchens), nachdem er dich endlich davon überzeugt hatte, daß dir seine Dias von Timbuktu möglicherweise Aufschluß über Q-Jos Verbleib geben könnten. Er hat dich in einen großen, schwach erleuchteten Raum geführt, der völlig leer ist bis auf ein gemütliches, karamelbonbonbraunes Ledersofa. Dafür liegen auf dem Boden die dicksten und herrlichsten, vermutlich sündhaft teuren orientalischen Teppiche, die du je gesehen hast, und die Wände sind mit afrikanischen Masken geschmückt, darunter welche, die offenbar Frösche darstellen sollen. Er hat dich auf dem Sofa Platz nehmen lassen (auf dem du nach Spuren von Natalie schnüffelst), dir Minztee serviert (mit Drogen versetzt? fragst du dich), den Diaprojektor eingeschaltet und dich mit seiner eigentümlichen Ausdrucksweise gründlich und ganz gegen deinen Willen hypnotisiert – ja, hypnotisiert, ein anderes Wort gibt es dafür nicht.

«Timbuktu. Der letzte unberührte Ort. Abgeschiedenheit ist die

Mutter des Unberührten. Die Menschen sind neidisch auf Timbuktu, denn Timbuktu ist weit entfernt von den Menschen; es ist die Ganzheit, die von den Menschen zerstört wurde, das heilige Extrem, das sie verraten und verkauft haben. Wie Himmel und Hölle ist Timbuktu ein Platz im Bewußtsein, ein Ort, dessen Existenz häufig in Zweifel gezogen wurde, doch ohne daß man sie je verworfen hätte. Timbuktu. Eine Konstellation, die der Phantasie beim Navigieren nützlich ist, der Joker, der das Kartenhaus des Kartographen zum Einsturz bringt.»

8:33 —••••–• Du bist möglicherweise hypnotisiert, aber nicht gerade gesprächig. Du hältst auf Distanz zu deinem Gastgeber, machst dir nicht mal die Mühe, dich nach seinem Befinden zu erkundigen – schließlich ging es ihm gut genug, um die Nacht mit Natalie zu verbringen, oder? –, und als er das erste Dia auf die Leinwand wirft, das nichts weiter zeigt als einen leeren, grenzenlosen Ozean, der aus Milliarden Tonnen von schmelzendem Bananeneis zu bestehen scheint, schnaubst du verächtlich: «Pah! Kein Wunder, daß Timbuktu so schwer zu finden ist», als gäbe es da überhaupt nichts zu sehen.

«Das, meine Liebe, ist die Sahara. Leer, ja; unfruchtbar, ja; glühend und trügerisch eintönig, aber unvergeßlich, glauben Sie mir.»

«Ja, vermutlich. Wenn man auf Beige steht.»

Diamond geht weiter zum nächsten Dia, das buchstäblich dieselbe Szenerie zeigt. «Obwohl sie auf dem Foto grenzenlos erscheint, zeigt es in Wirklichkeit nur einen Ausschnitt. Sie könnten die gesamten Vereinigten Staaten inklusive Alaska hineinsetzen, und es bliebe immer noch Platz für Q-Jos Lebensmittelvorräte.»

«So viel Sand. Was für eine Verschwendung von Grund und Boden!»

«Es ist mindestens soviel Stein wie Sand, glauben Sie mir. Und zweimal im Lauf seiner Geschichte war alles von Wasser bedeckt.

Frösche und Fische haben sich hier getummelt, Gwendolyn. Schildkröten und Krokodile. Ihre Skelette sind überall verstreut.»

«Wie hübsch.»

«Wenn es den großen Wüsten und den großen Meeren zu langweilig wird, tauschen sie einfach die Plätze. Zum Glück passiert das nicht jedes Wochenende. Sie haben eine Menge gemeinsam, die Wüste und die Meere. Für unsere Zwecke, egal, ob kurz- oder langfristig, sind die Meere wichtiger, aber ich habe eine Schwäche für die Wüste. Sie zeigt uns, wie schön die Erde sein könnte, wenn sie nicht von Menschen bewohnt wäre. Die Sahara ist vielleicht die letzte Gegend der Welt, die wir noch nicht vermurkst haben. Wenn Sie sie betrachten, kriegen Sie eine Vorstellung davon, wie der Planet ausgesehen hat, bevor unsere Vorfahren aus der Schlammsuppe krochen, und wie er aussehen wird, wenn wir wieder reingehüpft sind. Im übertragenen oder im wörtlichen Sinne des Wortes. Noch Tee?»

«Nein danke. Liegt Timbuktu irgendwo in dieser Wüste?» Unbewußt wünschst du dir, daß er wieder mit der Hypnose anfängt.

«Noch nicht. Aber bald.» Es folgt ein drittes Foto von ausgedörrten Senken, vulkanischen Aschekegeln und gelben Dünen.

«Timbuktu bewegt sich?»

«Die Sahara bewegt sich. Sie wandert nach Süden wie ein heimwehkranker Bluessänger. Während wir uns hier unterhalten, nuckelt die Wüste bereits an Timbuktus Zehen, wenn auch kaum so hingebungsvoll, wie ich es bei Ihnen täte. Tatsache ist, daß Timbuktu langsam, aber sicher von der Wüste verschluckt wird. So köstlich Sie Schnuckelchen auch sind, ich würde Sie nie bei lebendigem Leib verschlingen.»

«Sie sind ein Gentleman, Larry. Ich bewundere Ihre Zurückhaltung. Können wir jetzt bitte weitermachen?»

«Sie möchten immer mit irgendwas weitermachen. Ist Ihnen eigentlich klar, daß auf ein Ziel loszurasen Ausdruck einer sublimierten Todessehnsucht ist? Kein Wunder, daß die Amerikaner von *deadlines* sprechen, wenn sie Termine meinen. Die Sahara wäre gut für ein Wiesel wie Sie. Wie das Meer uns Demut lehrt, so lehrt uns die Wüste Geduld. Timbuktu ist nie in Eile. Und Sie und ich werden nicht nach Timbuktu rasen. Ich glaube, wir hatten vereinbart, daß ich Ihnen die Dias in der gleichen Reihenfolge zeige, wie auch Q-Jo sie gesehen hat. Und ich befürchte, das bedeutet, daß Timbuktu noch mindestens eine Viertelstunde entfernt ist. Zuerst müssen wir uns kurz mit...»

Klickediklack. Diamond wechselt das Dia, und ein breiter, flacher Fluß kommt ins Bild.

«... den Bozo beschäftigen.»

8:44 —••••• Mali, nicht zu verwechseln mit Bali und erst recht nicht mit Malibu und Maui, ist ein ausgedehnter, größtenteils unfruchtbarer, landumschlossener Staat im Nordwesten Afrikas. Sechs Jahrhunderte lang, von etwa 1000 bis 1600, war Timbuktu die reichste und mächtigste Stadt von Mali, eine der reichsten, mächtigsten – und gebildetsten – Städte außerhalb der gut erschlossenen «zivilisierten» Welt. Der Erfolg dieser abgelegenen Oase erklärte sich allein aus ihrer Lage am südlichen Endpunkt der transsaharischen Karawanenrouten und ihrer Nachbarschaft zum Niger. Auf diesem Fluß ließen sich Salz, Gewürze, Sklaven, Stoffe und Manuskripte, die von den Kamelkarawanen in Timbuktu gegen Gold eingetauscht wurden, per Schiff bis zum Atlantik transportieren.

«Der Niger», so fuhr Diamond fort, «der gewaltige Niger sieht aus wie ein von einem achtzigjährigen, linkshändigen Dipsomanen gezeichnetes Fragezeichen, ein sehr passendes Bild, denn die europäischen Geographen wurden fast meschugge bei der Suche nach seiner Quelle, seiner Mündung und seinem Verlauf. In seiner exzentrischen Art fließt der Niger genau in die entgegengesetzte Richtung, die man als informierter Laie erwarten würde. Ich versichere Ihnen, daß so mancher Entdecker bei dem Versuch, den Niger zu begreifen, ein frühes Grab fand. Die Anstrengungen der Pioniere wurden nicht gerade unterstützt durch die Tatsache, daß das Schätzchen zweitausendsechshundert Meilen lang ist und daß hinter jeder Biegung neue Krankheiten und neue Feindseligkeiten lauerten. Was wir sehen, sind Ansichten von der Fünfhundertmeilenstrecke zwischen der Hauptstadt Bamako in nordöstlicher Richtung bis fast nach Timbuktu. Bozo-Wasser.»

«Bozo-Wasser», murmelst du unhörbar. Ein perfekter Name für das mit Kohlensäure versetzte Leitungswasser, das viele amerikanische Abfüllbetriebe als *eau minérale* verscherbeln. Ein Dia folgt dem anderen, und du siehst pittoreske Szenen von langen, niedrigen Einbäumen und Einheimischen am Heck, die sie mit Stangen vorwärts staken. Einige dieser Pirogen scheinen öffentliche Verkehrsmittel, andere Frachtboote und wieder andere, vielleicht die meisten, Fischerboote zu sein. Jedenfalls werden ständig Netze ausgeworfen und eingeholt.

«Ursprünglich sind die Bozo Ägypter. Aus unbekannten Gründen haben sie den Nil verlassen und sind vor etwa fünftausend Jahren quer durch den Kontinent bis zum Niger gezogen. Eine winzige Nation von Flußbewohnern, die einen ägyptischen Dialekt mitgebracht haben und ihn heute noch sprechen, aber auch eine komplexe, hochritualisierte animistische Religion, der sie trotz islamischer Übergriffe niemals untreu wurden. Im Mittelpunkt dieser Religion steht der Hundsstern, Sirius.»

«Sitzende Hose.»

«Ja. Haha. Sitzende Hose.» Er wirft dir einen bewundernden Blick zu. «Neuerdings frage ich mich allerdings, ob das nicht ein Übersetzungsfehler ist. Vielleicht nannten die Bozo den Sirius auch ‹sitzende Rose›.»

«Wuff», bellst du, worauf Diamond dich mit einem Lächeln belohnt, das eine ganze Hundehütte hätte bestrahlen können.

Von nahem betrachtet, entpuppen sich die Bozo als herbe Enttäuschung. Offenbar hast du eine Rasse von expatriierten Tuts und Kleopatras erwartet, doch mit Ausnahme ihrer relativ feinen Züge haben sie mehr Ähnlichkeit mit Kleinpächtern aus Mississippi als mit mystischen Ägyptern. Die Männer stecken in schmutzigen T-Shirts, Plastiksandalen und Baumwollhosen, die aussehen, als stammten sie von einem Wühltisch im K-Mart und seien durch den Reißwolf gedreht worden. Die Frauen tragen die traditionellen, langen, bunt gemusterten Kleider Westafrikas. Alle wirken zerknittert und abgerissen. Von geweihten Gewändern und heiligen Schmuckstücken keine Spur, und sollte es Tempel geben, so sind sie nicht von den ärmlichen Hütten zu unterscheiden, die sich an den Flußufern aneinanderdrängen, halb versunken in einem Nebenfluß von nackten Kindern, mageren Hühnchen und Schlamm.

«Wie ich sehe, reißt Sie das nicht gerade vom Hocker», sagt Diamond. «Gleich kommen wir zu den Dogon, die Sie vermutlich beeindruckender finden werden. Das geht fast allen so.»

Die Dogon sind Felsenbewohner, die in abgeschiedenen Pueblos, Höhlen und seltsamen Lehmtürmen am Rand einer gewaltigen Steilwand hausen, die sich ein paar öde, rauhe Meilen vom Niger entfernt aus der sonnenverbrannten Savanne erhebt. Ihre Vorfahren flüchteten sich an diesen abweisenden natürlichen Felswall, um fremden Einflüssen zu entgehen, und die Dogon haben modernen Sitten, panmalischer Assimilation und islamischen Bekehrungsversuchen gegenüber heftigen Widerstand geleistet. Angesichts von Diamonds Bildern fällt auf, daß die Dogon sich keineswegs eleganter kleiden als die Bozo, und du würdest offen gestanden lieber steif und starr auf einem x-beliebigen, gut gepflegten amerikanischen Friedhof ruhen, als bei lebendigem Leib in einem Ambiente leben zu müssen, dem es an jeder Art von Bequemlichkeit und Stil fehlt. Du mußt jedoch einräumen, daß die Masken und hölzernen Figuren der Dogon, ihre kunstvoll geschnitzten Türpfosten und Altäre und ihre phantastischen Tanzkostüme kulturell gesehen beeindruckender sind als die schlammigen Grundformen der Bozo.

«Stammten diese Leute auch aus Ägypten?» fragst du, weniger aus Neugier, als um höfliche Konversation zu machen. Diamonds Diashow erinnert dich an ethnologische Dokumentarfilme im Fernsehen, und du hast, um ehrlich zu sein, schon immer viel lieber alte Filme gesehen, in denen Dandys mit Zylinder und Schwalbenschwanz herumwieseln und alle Welt Champagner nippt.

«Nein, die Dogon kamen aus Libyen und stammten möglicherweise von schiffbrüchigen Griechen ab. Einer Theorie zufolge handelte es sich um die verlorene Mannschaft der *Argo*, die sich, als sie nicht nach Griechenland heimkehren konnte, mit schwarzen Libyerinnen zusammentat.»

«Was Sie nicht sagen.»

«Gwendolyn?»

«Ja?»

«Denken Sie zufälligerweise gerade an Fred Astaire?»

«Aber nein! Wie kommen Sie denn darauf?»

«Egal. Bevor sie Schiffbruch erlitten, waren die Argonauten auf der Suche nach dem Goldenen Vlies. Richtig? Sie wissen das alles, Sie sind eine gebildete Frau. Angeblich haben Sie ja sogar einen akademischen Grad. Wie auch immer, das Goldene Vlies ist ein göttliches Symbol. Es bezieht sich auf das Sternbild Canis Maior – den Anführer der Meute, sozusagen –, das direkt über dem Orakelzentrum von Kolchis stand, wenn jedes Jahr die Herbstzeitlose, auch Falscher Safran genannt, dort in Blüte stand. Sie spielte eine bedeutende Rolle in der medizinischen Kunst des antiken Mittelmeerraums. Klar, Sirius A ist der Verkaufsschlager und der absolute Star im Canis Maior, für die Dogon aber zählt bloß Sirius B. Und für die Bozo auch. Beide Stämme glauben an die gleichen Mythen. Die Dogon haben ihre Rituale vollständiger erhalten, ihre rituellen Objekte sind zahlreicher und kunstvoller verarbeitet, aber mein Herz schlägt trotzdem mehr für die Bozo, aus dem einfachen Grund, weil sie der Welt des Wassers treu geblieben sind. Sie sind Flußmenschen durch und durch. Die ersten Spielzeuge, die ein Bozokind bekommt, sind Fischgräten und Fischköpfe. Sie essen alles, was schwimmt, und bewegen sich selbst wie Fische im Wasser. Ein Bozo glaubt, daß sein Vater das Krokodil ist, und deshalb, so behauptet er, hat er einen Pakt mit den Krokodilen geschlossen: Ein Bozo jagt keine Krokodile, und Krokodile jagen keine Bozo. Eine Art Blutsbrüderschaft also. Zeugen schwören, daß es wahr ist. Allein daraus wird ersichtlich, daß die Bozo engere Verbindungen mit dem Nommo bewahrt haben als die Dogon, aber ich vermute, das interessiert Sie weniger, wie?»

Dem Nommo, ha? Nun, Tatsache ist, daß du dich durchaus ein wenig für dieses Thema interessierst, nach dem Schreck, den dir die lächerliche Tarotkarte eingejagt hat, doch eigentlich willst du, daß Diamond seine Vorführung möglichst rasch beendet – sie enthielt übrigens bisher nicht den kleinsten Hinweis darauf, warum Q-Jo aus dem Thunder House getürmt ist –, damit du endlich seinen Rat zur Spekulation mit Öl-Futures einholen kannst. Natürlich wird er darauf beharren, daß alle Börsenspekulationen trivial sind, eine Verschwendung von Zeit und Bewußtsein. Trotzdem könnte er, was die technische Seite des Deals angeht, ganz hilfreich sein. Außerdem mußt du allmählich zurück zu Belford, um nachzusehen, ob deine Affenköder schon angeknabbert sind. Aber egal, ob oder ob nicht, am liebsten würdest du jetzt deine eigene Wohnung in eine Bananeneisplantage verwandeln, denn Belford wäre bestimmt beeindruckter, wenn André bei dir statt bei ihm festgesetzt würde.

«Nein?» fragt Diamond. «Nix Nommo? Bedauerlich. Nun, man kann eine Kröte zum Wasser führen, aber man kann ihr nicht das Denken beibringen. Gehen wir also direkt weiter nach Timbuktu.»

«Gut», antwortest du knapp. Du würdest deine letzte abgehalfterte Aktie von Union Carbide wetten, daß Nachdenken über sein Bozo-Geschwafel nicht zu den Dingen gehört, die er von Natalie verlangt.

9:00 —••••• «Timbuktu. Eine Stadt aus Kuchenteig und Sternenschein. Eine Fata Morgana, in der man herumspazieren kann – wenn man die Hitze verträgt. Einsam, verschlossen und versiegelt, trägt sie unter ihrem Schleier nicht nur eine, sondern mindestens zwei Masken. Timbuktu. Ein dehydriertes Venedig, das allmählich in ein Gewirr von Staubkanälen zerfällt. Gezeugt, als sich die Sphinx an einem Lagerplatz, der halb so alt war wie die Zeit, mit dem Goldkäfer paarte. Die Sahara knirscht in jedem Bissen von seinem Brot, die

Asche der toten Bücher weht durch seine Straßen, die verlorene Weisheit unzähliger Rassen ist unter seinen Verwehungen begraben, da, wo kein Archäologenspaten je hinreicht. Timbuktu. Eine Stadt, in die sich nur Abenteurer wagen, der nur Romantiker vergeben, die nur Nomaden einladend finden und nur Kamele lieben können.»

Geschwafel, hypnotisches Spinnergeschwafel. Doch mit einem hat Diamond recht: Timbuktu sieht wirklich so aus, als sei es aus Kuchenteig und Sternenschein gebaut. Was nicht heißt, daß es süß, strahlend oder auch nur im mindesten ansprechend wäre. Es hat etwas definitiv Mystisches, jawohl, bedingt vor allem durch die Unerschrockenheit, mit der es von der Leere Besitz ergreift. Stolz erhebt es sich da, wo keine Stadt existieren sollte, aber es verfügt auch über eine unglaublich exotische Architektur, ein seltsam organisches Durcheinander von verschachtelten Lehmhäusern, die über- und aneinander lehnen wie die Bausteine eines eigensinnigen Kindes, eines Kindes, das sich keine Türme, Bögen oder Kuppeln vorstellen kann, doch aus einer infantilen Laune heraus jede dritte oder vierte Tür leuchtend blau angemalt hat. Dennoch untergräbt eine unvorstellbare Öde die Mystik dieses Ortes, in dem das monochrome Gelbbraun nur hin und wieder von einer flimmernden blauen Tür unterbrochen wird. Die Stille ist so still, daß sie selbst die Dias erfaßt. Hätte Diamond eine Filmkamera benutzt, wäre der Effekt der gleiche gewesen – eine Geisterstadt, die ihren Geist nicht ganz aufgeben will, ein Ort, wo die Menschen ihr Leben damit verbringen, dem Brausen des Windes zuzuhören.

«Sie sind nicht die erste, die enttäuscht ist», meint Diamond, als läse er schon wieder deine Gedanken. «Das ganze Mittelalter hindurch bedeutete Timbuktu für die Europäer einen herrlich quälenden Stachel im Fleisch, eine unerreichbare, magische und dennoch durch und durch materielle Stadt voller Reichtum, Eleganz, Intrigen und Bildung, ein verträumtes Einkaufsparadies sozusagen, wo man Salz, Pfeffer, Einhornhörner, Tarotkarten, Bücher, Jungfrauen, Eunuchen, Zwerge und Reisetaschen voll rohem Erz kaufen, wo man sich mit seinem frisch erworbenen Sklavenmädchen auf üppigen Dachgärten vergnügen und an jeder Straßenecke ein Schwätzchen mit Gelehrten oder weisen Männer halten konnte. Ah, ja. Doch als im neunzehnten Jahrhundert die ersten weißen Männer hier aufkreuzten, waren schon mindestens drei Jahrhunderte seit seiner Blütezeit vergangen. Die Paläste waren zerbröckelt, die Basare hatten dichtgemacht, und die Universität war den Flammen zum Opfer gefallen. Statt sich in Goldstaub zu wälzen, wie sie geträumt hatten, mußten sich die Weißen nun gefallen lassen, daß ihnen heißer Sand ins Gesicht wehte. Das afrikanische Eldorado. In der Tat. Ist Ihnen klar, meine Liebe, daß Marlon Brando das Innerste eines Kamelmauls als die häßlichste Sache der Welt bezeichnet hat?»

«Warum?»

«Warum? Streifen Sie mal einem die Lippen zurück, dann wissen Sie's ...»

«Nein, nein, Larry. Um Himmels willen. Ich meine Timbuktu. Wenn es so reich und prachtvoll war, wie konnte es dann zu diesem – Mausoleum werden?»

«Dasselbe könnten Sie über die Wall Street fragen. Dinge nehmen nun mal ihren Lauf in der materiellen Welt. Wenn Sie es wirklich wissen wollen: Timbuktus Stern begann zu sinken, als europäische Händler im fünfzehnten Jahrhundert an der afrikanischen Westküste landeten und für eine Alternative zu den transsaharischen Karawanenrouten sorgten. Ihren schlimmsten Schlag erhielt die Stadt, als sie 1591 von marokkanischen Söldnern und fundamentalistischen Guerillakämpfern überrannt wurde. Doch solche Ereignisse sind nur die Vehikel, in denen sich der Wandel am liebsten fortbewegt. Die Evolution fährt einen als Heimtrainer verkleideten Bulldozer. Mit der Geschichte verhält es sich genau umgekehrt.»

Könnte es sein, fragst du dich, von Diamonds Trugschlüssen mal abgesehen, daß du tatsächlich Ähnlichkeit mit einem dieser europäischen Entdecker hast? Daß du voller Optimismus ausgezogen bist, um am Reichtum einer sagenumwobenen Stadt teilzuhaben, nur um nach mancherlei Mühen am Zielort anzukommen, als dessen Glanzzeit bereits um einiges überschritten war? Es ist nicht zu übersehen, daß die Zeiten schwindelerregenden Wohlstands fürs erste vorüber sind, doch wird dieser Abwärtstrend anhalten? Sind Amerikas einst mächtige Finanzzentren dazu verurteilt, tiefer und tiefer in einer sich ausbreitenden ökonomischen Sahara zu versinken, bis sie eines Tages, in zehn, zwanzig Jahren, relativ gesagt, Sandkastendörfer sind, deren Einwohner, einschließlich deiner selbst, nichts Besseres zu tun haben, als über ihren Verfall nachzugrübeln und dem Brausen des Windes zu lauschen?

«Oder die Sterne zu betrachten.»

«Wie bitte?»

«Dem Brausen des Windes zu lauschen – ich lese Ihre Gedanken heute wie eine Kontaktanzeige in der Zeitung, nicht wahr? – oder die Sterne zu betrachten.» Diamond gießt dir Tee nach. «Wissen Sie, selbst heute kommen Reisende nach Timbuktu mit der Hoffnung auf irgendwas, ich weiß nicht, was Großes, Gewaltiges. Dann reisen sie wieder ab mit dem Gefühl, betrogen worden zu sein, und beschweren sich, daß gar nichts da ist. Doch vielleicht ist das gar nicht der Punkt, daß nichts da ist. Vielleicht wissen sie einfach nicht, wonach sie suchen müssen.»

«Nicht alle sind Gedankenleser wie Sie, Larry. Wonach sollten sie denn, realistisch gesehen, suchen? Und wo?»

«Oh, sie könnten mit der Universität beginnen. Timbuktu besitzt heute wieder eine Universität, und ich kann Ihnen versichern, sie ist eine Klasse für sich. Mir hat sie auch das eine oder andere beigebracht. In der Tat. Ein, zwei Lektionen.» *Klickediklack. Klickediklick.* Die Dias wechseln in rascher Folge und verschwimmen zu einem abgehackten Film, bis Diamond schließlich beim Blick auf eine hohe, dünenfarbene Mauer innehält. Timbuktu ist keine abgeschlossene Stadt, eine Tatsache, die dich erstaunt angesichts ihrer legendären Geheimnisse, doch in den Randbezirken der Stadt gibt es mehrere ummauerte Höfe, von denen einer offenbar als eine Art Schule dient. Ein weiteres Foto zeigt ein kunstvoll geschmiedetes Tor, hinter dem sich ein prachtvoller Garten auftut, voller Bananenpflanzen, blühender Bäume und, glaub es oder glaub es nicht...

«Einen See?»

«Ja. Dachten Sie etwa, daß es an einem Ort, an dem der Mond so groß ist, keine Frösche gibt, um ihn zu preisen? Timbuktu ist immerhin eine Oase.»

Das nächste Dia zeigt ein ziemlich großes, quadratisches, zweistöckiges Gebäude aus Lehm im sudanesischen Stil mit blauen (geschlossenen) Fensterläden im Obergeschoß. Du stellst dir vor, daß es inmitten eines schattigen grünen Gartens so etwas wie eine Zuflucht vor den düsteren Gassen und der sonnenverbrannten Sandkastenumgebung ist (eine Oase innerhalb der Oase), doch das ist eine armselige Entschuldigung für eine Universität. Gerade als du das aussprechen willst, drückt Diamond auf den Knopf, und ein anderes Bild von dem Tor erscheint, diesmal mit einer Gruppe westlicher Besucher, die für den Fotografen posieren.

«Der Lehrkörper?» fragst du.

«Ja und nein. Ja und nein. Da ist Robert Anton Wilson in der ersten Reihe links, zu seiner Linken Terence McKenna, Diane di Prima und, ich glaube, John Lilly. In der zweiten Reihe erkennen Sie Timothy Leary neben Carlos Castaneda – übrigens das einzige Foto, das von ihm existiert – und daneben Andrei Codrescu, Ted Joans, ähm, Rupert Sheldrake, Fritjof Capra, Gary Snyder und, na ja, mehrere Mathematiker, Quantenphysiker und Künstler, von denen Sie bestimmt noch nie gehört haben.»

«Die anderen kenne ich auch nicht besser», sagst du, ein bißchen unaufrichtig, denn du meinst dich zu erinnern, daß Q-Jo einige dieser Namen mal erwähnt hat – oder waren es deine Eltern?

«Es erübrigt sich, darauf hinzuweisen, daß diese Leuchten keinen ständigen Wohnsitz hier haben. Die Nichtafrikaner kommen und gehen buchstäblich, wie es ihnen paßt. Und immer heimlich. Hin und wieder halten sie Vorträge oder Seminare ab, sofern man von ‹Seminaren› sprechen kann – wo sie übrigens kein Blatt vor den Mund nehmen –, aber sie scheinen ebensoviel lernen wie lehren zu wollen. Lehrer oder Schüler, es ist schwer, hier die Trennlinie zu ziehen. Aber sie sind nicht der eigentliche Lehrkörper. Hier ...»

Klickediklack.

«...ist der Lehrkörper.»

Dasselbe Tor, dieselbe Pose, dieselbe Anzahl von Leuten, plus/minus ein oder zwei, doch die Hautfarbe dieser Gruppe rangiert von Zimt bis Asphalt, und sie tragen unterschiedlichste Modelle afrikanischer Mode zur Schau, von weißen Gewändern und Turbanen bis zu Leinenanzügen, von knalligen zweiteiligen Ensembles bis zu Lendenschurzen, von wogenden Dashikis bis zu Tierfellen.

«Schamanen, Wahrsager, Medizinmänner und andere Kapazitäten», sagt Diamond. «Wie, glauben Sie, würde diese Fakultät wohl Ihren Magister in Wirtschaftswissenschaften beurteilen?»

Du gibst keine Antwort, weil du gar nicht zugehört hast. Seit dir Q-Jo durch den Kopf geschossen ist, versuchst du dich darauf zu konzentrieren, warum du eigentlich an dieser blöden Ostersonntagsveranstaltung teilnimmst. «Vor ein paar Minuten haben Sie erzählt, daß im, ähm, Mittelalter, glaube ich, in Timbuktu auch Tarotkarten verkauft wurden», sagst du. «Haben Sie das Q-Jo auch erzählt? Ich frag mich nämlich gerade, ob das irgendwas ausgelöst haben könnte, ob es da einen Schlüssel gibt oder...»

Trotz des Halbdunkels kannst du sehen, wie sich silberzwiebelgroße Schweißperlen auf Diamonds Stirn bilden. Dann spürst sogar du das Fieber in seinem Körper. «Ich... ich kann mich im Moment nicht erinnern.» Er zittert. «Bitte entschuldigen Sie mich. Ich muß mal kurz ins Bad, wie die denaturierten Amerikaner sagen. Obwohl das, was sie da machen, mit Baden nichts zu tun hat.»

Er schlurft davon und verschwindet im Dunkeln.

9:28 —••••• Sei ehrlich, Gwen, du bist ganz schön blöd. Blöder, als die Polizei erlaubt, dämlicher als Sackhüpfen im Altersheim oder Weihnachten in Saudiarabien. So langsam, daß du aus einem Flugzeug springen könntest, und es würde eher landen als du. So schwer von Kapee, daß volle fünf Minuten vergehen, bevor – bevor dir klar wird, was schockierenderweise längst feststeht. Doch als dann endlich der Groschen fällt, schwappt der Tee aus der Tasse und das Adrenalin aus deinen Adrenalen.

Na los, Sherlock, zähl eins und eins zusammen: Es ist noch keine achtundvierzig Stunden her, da saß Q-Jo Huffington auf der nämlichen Couch und betrachtete das nämliche Foto, als Larry Diamond sich entschuldigte, um aufs Klo zu gehen, was er auch jetzt getan hat, wie auf ein unsichtbares Zeichen hin, und während seiner nämlichen Abwesenheit ist Q-Jo was passiert, irgendwas Dramatisches, denn immerhin ist sie jetzt wie vom Erdboden verschluckt. Das ist mehr als Zufall, geht über jedes Déjà-vu hinaus, das ist Geschichte, die sich bewußt wiederholt, und sie ist höchstens noch einen einzigen schrecklichen Schritt entfernt.

9:30 —• • • • – • Einen endlosen Augenblick lang sitzt du einfach da, und deine Hände versuchen, die Teetasse auf der bebenden Untertasse zu balancieren. Deine weit aufgerissenen Augen konzentrieren sich auf die Leinwand, als könnte ein Mitglied der Fakultät der Universität von Timbuktu die Stimme erheben und dir einen guten Rat geben. Dann springst du auf, wobei du den Teppich mit Tee bespritzt, und wirbelst unbeholfen herum wie ein Tai-Chi-Anfänger, der sich mit beiden Beinen in einer Bärenschlinge verfangen hat. Keiner da, der sich an dich ranschleicht. Das Zimmer ist leer. Und bis auf das leise, nervöse Summen des Diaprojektors ist alles still. Totenstill.

So stehst du da, wachsam, bemüht, deine Panik zu überwinden und deine Gedanken zu sammeln. Die Angst verstopft dir die Gehirnleitungen wie zäher Instant-Cholesterinbrei, wie zelluläres, durch Epinephrin verklumptes Entenfett. Du kannst nur noch eines denken. Du mußt um jeden Preis verhindern, daß dir dasselbe passiert wie Q-Jo Huffington – was immer es war.

Natürlich kommst du auf die Idee, einfach wegzulaufen, aber die

Vorstellung löst automatisch Widerstand aus, weil auf der Flucht erwischt zu werden ziemlich peinlich wäre. (Lieber tot als rot, was, Gwen?) Also stellst du Tasse und Untertasse auf der Couch ab und fängst an, zur Tür zu *schlendern*, ganz lässig zu schlendern, *dam-dam-di-dam*, und versuchst dabei, in den grausigen Schatten der diversen afrikanischen Masken nicht lauter mit Messern bewaffnete Verrückte zu entdecken. Zwischen dem großen Wohnzimmer und der Haustür befindet sich ein Flur, und als du ihn betrittst, mit unschuldig schlenkernden Armen, *dam-dam-di-dam*, fällt dir eine Tür auf, die vom Flur abgeht, und ein schmaler Streifen Licht, der über die Schwelle fällt. Das Bad! An dem du vorbeimußt, um den Ausgang zu erreichen.

Du zögerst. Und wenn es eine Falle ist? Allein die Vorstellung bringt dich auf die Palme, egal, ob es ein heimtückischer Hinterhalt ist oder einer von Diamonds angeblich lehrreichen Streichen. Kalte Angstklümpchen lösen sich im heißen Säurebad deiner Wut. Und als du dann in deiner Handtasche nach dem guten alten Tränengas wühlst, spürst du, wie sich deine Trompete so kühn aufbäumt, daß sogar ein Gillespie dizzy geworden wäre.

9:34 —••••–• Auf Zehenspitzen, die Tränengasdose in der Hand, stiehlst du dich am Badezimmer vorbei. Soll er kommen! Dein Herz hämmert gegen den Brustkorb wie die Faust eines Vermieters gegen die Tür deines Daddys, doch deine Wut und dein Trotz sind so groß, daß es dir schon fast leid tut, als du den Ausgang ohne Zwischenfall erreichst.

Du hältst inne. Bist du absolut sicher, daß du dich verkrümeln willst? Ja. Ja, bist du. Du flüchtest nicht bloß vor einer unangenehmen Situation; es könnte sein, daß du gerade dabei bist, dein Leben zu retten. Na los! Mach, daß du rauskommst!

Doch ach – der Türknauf läßt sich nicht bewegen. Weder in die eine noch in die andere Richtung. Du zerrst und ziehst, du drehst und biegst, alles umsonst, die Tür ist fester verschlossen als die Lippen einer prüden Jungfer. Vergeblich suchst du nach einem Riegel oder ähnlichem. Offenbar hat man dich eingeschlossen.

Langsam läßt du den starren Knauf los und drehst dich um. Nichts hat sich verändert. Das Thunder House liegt leer, dunkel und still da. Um die Ecke, im Wohnzimmer, summt der Diaprojektor wie ein Insekt im Glas. Zu deiner Linken, zwei Meter entfernt, zeigt sich immer noch ein Lichtsaum unter der Badezimmertür.

Deine Möglichkeiten sind begrenzt, das steht fest. Du könntest das Telefon suchen und Roulette mit der Notrufzentrale spielen. (Angerufen wird dort ständig, bloß reagiert die Polizei selten darauf.) Du könntest Hilfe bei diesem amerikanischen Ureinwohner suchen, dieser Figur namens Twister, vorausgesetzt, er ist da und nicht beteiligt an dem, was hier abgeht. Du könntest einfach im Flur stehenbleiben, auf Diamonds nächsten Schachzug warten und ihm damit Gelegenheit geben, dein Schicksal zu bestimmen. Oder aber du ergreifst die Initiative, drehst voll auf und wirst zur Power-Brokerin in der Börsenklitsche des Lebens. In deiner momentanen Verzweiflung scheint diese letzte Möglichkeit unausweichlich.

Also schwenkst du dein rasant ergrauendes Haar nach hinten und stürmst mit der kindischen Quieks-Version eines Schlachtrufs auf den Lippen durch die Badezimmertür – bereit, den Kerl mit deinem Tränengas von hier bis nach Timbuktu zu jagen.

9:37 —••••–• Nichts, nicht mal die Betrachtung von Boschs «Versuchung des hl. Antonius», die deine Mutter an die Wand des Kinderzimmers gepinnt hatte, so daß dir nichts anderes übriggeblieben war, als dich in dessen unerschöpfliche Absurditäten zu versenken, statt fernzusehen (bis Grandma Mati sich so automatisch, wie ein Patronengurt ein MG füttert, bekreuzigte und das Ding abriß), nein, nichts, nicht mal der Pit der Future-Börse von Chicago hat dich auf den Anblick vorbereitet, der dich in Larry Diamonds Badezimmer erwartet.

Von der Taille abwärts nackt, hockt Diamond auf allen vieren auf einem hübschen, vermutlich sauteuren afghanischen Kelim und stopft sich grüne Blätter in den Arsch.

«O Gott!» keuchst du. Das einstige große As des Aktienmarktes der pazifischen Nordwestküste sieht aus wie ein unfertiger Mutant, eine außerirdische Lebensform aus einem selbstgemachten Sciencefiction-Film, ein billiges Mittelding zwischen Mensch und Pflanze, das zum nächstbesten Gartencenter-Bethlehem krabbelt, um sich zur Welt bringen zu lassen. Oder aber er lebt einen Alptraum aus, in dem er selbst einem überdimensionalen Salat das Leben schenkt. «O Gott!»

«Ich glaub nicht, daß ich nach dem Dienstmädchen geklingelt habe», sagt Diamond trocken. Dabei legt er den Kopf auf die Seite und sieht zu dir auf.

Wie betäubt ziehst du dich, einer Geisha gleich, mit winzigen Trippelschritten zurück, unterbrochen von unterwürfigen, besorgten Verbeugungen, und versteckst dabei die Tränengasdose hinter dir wie eine Flasche minderwertigen Sake. Diamond bedeutet dir zu bleiben, obgleich die Art, wie er das tut, ein wenig unklar ist. Immerhin ist er gerade vollauf damit beschäftigt, einen dreibeinigen Köter darzustellen, der versucht, sein Hinterteil aus einem Azaleenstrauch zu befreien. «Verzeihen Sie meine primitive Vorstellung», sagt er noch, doch es ist gar nicht leicht, einem halbnackten Kerl, der an einem Ende ein fieses Grinsen und am anderen ominöses Frischgemüse zur Schau trägt, so ohne weiteres die Absolution zu erteilen.

«Das ist meine Therapie», erklärt er. «Große Medizin.» Er zieht das Büschel Blätter, das er gerade implantiert hatte, wieder raus und greift nach einem frischen, das in durchgeweichtes Zeitungspapier eingewickelt ist. «Hier», sagt er, als er spürt, daß du schon wieder drauf und dran bist, wie Madame Butterfly rückwärts Richtung Flur zu trippeln. Er reicht dir das feuchte Bukett, das du widerstrebend inspizierst. «Twisters Daddy schickt mir diese Vertreter der feinsten Flora in ganz Oklahoma. Große Medizin.»

«Damit behandeln Sie Ihre – Ihren ...»

«Meinen Krebs? Ja. Ja, in der Tat. Breites Stück Straße ist ein berühmter Heiler, obwohl ich leider sagen muß, daß die Wirkung der von ihm verordneten Kräuter in meinem speziellen Fall nachzulassen scheint. Vielleicht sollte ich das Zeug lieber rauchen.»

O Gott, sagst du dir. Der Arme, der arme Kerl. Wie konnte ich bloß glauben . . .?

Dein Herz, das ihm bereits entgegenfliegt, hört «Hüa» und «Brrrrrr» zugleich, als du die Nase tiefer in die Blätter steckst und entdeckst, daß sie nach angebranntem Zucker, Karamel oder Fruchtcocktail aus der Dose duften.

9:41 —••••• «Sie – Sie – Sie haben sicher Schmerzen», stammelst du und hast das Gefühl, daß du ihm die Stirn abwischen solltest oder so was, aber du hast die feuchten Blätter in der einen und das Tränengas in der anderen Hand und bist ohnehin nicht ganz sicher, ob du ihm eine tröstende Hand auflegen oder dich lieber auf Nimmerwiedersehen verabschieden willst.

«Oh, es ist ein bißchen, wie auf einem Lötkolben zu sitzen, aber so hat eben jeder sein Päckchen zu tragen. Als wir klein waren, hat man uns eingetrichtert, daß auch wir eines Tages leiden müssen, nur vergessen zu erwähnen, wie unwürdig das ist. Welcher Fötus mit einem Funken Selbstachtung würde sich noch für die Geburt entscheiden, wenn man ihm seine Zukunft als Proktologiepatient, Rekrut in der Grundausbildung oder Quizshow-Kandidat zeigte?» Er wendet den Blick ab, und du nutzt die Gelegenheit, das Tränengas im Wäschekorb verschwinden zu lassen. «Andererseits», fährt er fort, «hat eine breite Kehrseite auch eine breite Front. Yamaguchi, der Schlawiner, könnte sich als mein Held erweisen, wenn er seine Karten richtig spielt. Doch bis dahin bleibt mir wohl nichts anderes übrig, als in die Knie zu gehen.»

«Wie schlimm ist es denn?» Du schiebst dich einen Geishaschritt näher an ihn heran.

«Es tut nur weh, wenn ich nicht lache», sagt er. Bei diesen Worten richtet er sich auf den Knien auf, und dein Blick fällt direkt auf sein ... sein ... Dingsbums. Dieses erwidert deinen Blick mit seinem einsamen Schlupflid. Als erstes fällt dir auf, wie ... wie unglaublich stilvoll es aussieht. Jedenfalls wenn man es mit Belfords vergleicht. Belfords Penis ist wahrscheinlich länger und dicker als der von Diamond, dafür aber ein runzliges, krummes, blutgefülltes Ding, das dich dermaßen an einen gekochten Truthahnhals erinnert, daß du den Anblick kaum erträgst. Diamonds Schaft dagegen ist wie ein Gewehrlauf aus Alabaster – glatt, aufrecht und mondweiß. Die Spitze erinnert an einen glänzenden Apfel, die rosige Kreuzung zwischen einem jungfräulichen Nadelkissen, einer Tulpenzwiebel und dem Kopf einer Kaugummikobra. Und wenn sie eine Kobra ist, bist du die Flöte des Schlangenbeschwörers, denn wohin du dich in deinem nervösen Hin und Her auch wendest, folgt sie dir – schwankend, tanzend, dich schamlos im Blick behaltend.

Obgleich du so heftig errötest wie noch nie zuvor im Leben, bist du fasziniert, ebenso verzaubert von der Anmut und Vollkommenheit seines kräftigen Pimmels wie zuvor von seinen fiebrigen Monologen. Im übrigen fühlen sich deine Knie an, als wären sie aus Helium und Hühnerbrühe, und als Diamond den Arm ausstreckt, um dich am Handgelenk zu packen, werden sie nicht bloß noch wackliger, sondern streben diametral auseinander – eins nach rechts, das andere nach links, als wollten sie Platz machen für die feuchte Stelle, die sich, von einem Gefühl des Dahinschmelzens begleitet, in deinem Höschen breitmacht. So ähnlich muß es auch gerade dem Bananeneis in Belfords Wohnung ergehen.

Diamond zieht dich an sich. Als nächstes fällt dir auf, daß auch du auf dem Kelim kniest. Erst schüchtern, dann rückhaltlos prallen eure Lippen aufeinander. Als seine heiße Zunge in deinem Mund explodiert, wie eine Forelle am Angelhaken zappelt, und dabei die deine hin und her und um und um wendet, wie ein fanatischer Fleischbeschauer es mit einem Kotelett tun würde, als sie über die Kuppel deines Gaumens fährt und sie mit Fresken bemalt wie ein mäusegroßer, vom Espresso überdrehter Michelangelo – als das passiert, schleuderst du die nassen Blätter, ei- und spießförmig, gefingert und gefiedert, ganzrandig und gesägt, Richtung Wand, Kloschüssel und Badewanne. Sekunden später hast du das Grünfutter ersetzt durch sein ... o Gott! Noch nie haben deine Finger etwas so Glänzendes, Steifes und Lebendiges umfaßt. So lebendig, daß es beinahe klingt, so lebendig, daß du nichts anderes tun kannst, als dich daran festzuklammern. Es ist, als hättest du ein Stück Kabel in der Hand, das dermaßen unter Strom steht, daß es sich zischelnd und funkensprühend selbständig macht.

Du spürst, wie seine Hand – irgendwie weißt du, daß es die mit der geheimnisvollen Tätowierung ist – unter deinem Rock nach oben krabbelt. Gleich darauf folgt das unverwechselbare Geräusch von malträtiertem Gewebe. Aus dem Augenwinkel siehst du Fetzen deines Höschens vorbeifliegen. Das ist das letzte, was du siehst, denn wie ein Teenager, der von den heftigen roten Stürmen der Lust und Leidenschaft (denen, die dem Chlorbecken der Seele entsteigen) so geblendet ist, daß Vorstellungen wie «Krankheit», «Schwangerschaft» oder «Demütigung» einfach ausgeblendet werden, kneifst du überflüssigerweise die Augen zu und läßt dich langsam nach hinten fallen, wobei du kleine, wimmernde Laute ausstößt wie ein Hundebaby in einer Schneewehe.

Worauf wartet er? Na klar, auf das Kondom. Wie unverantwortlich von dir, nicht selbst daran zu denken. Aber was sagt er da? Tief zwischen deinen Beinen hörst du ihn brummen, ächzen, ahh und ohh murmeln. «Das ist mehr als eine Vagina, das ist ein *monstre sacré*! Das ist das Schlagloch, an dem sich Imperien die Radachse brechen. Das sind die Tore, die Samson nicht bezwingen konnte. Das Grinsen der Molluske. Der Ameisenhügel des Unergründlichen!» Und so weiter.

Meine Güte! Du schlägst die Augen auf, nur um sie ganz schnell wieder zuzumachen, als du spürst, wie seine lange Zunge dich vom Anus bis zum Nabel beschlabbert. O Gott! Was macht er bloß? Die schweinigelige Q-Jo hat dir davon erzählt, aber noch nie im Leben ...! Dein ganzer Körper zittert, als er deine Möse lutscht, du schreist auf, als sich seine Zunge in dich reinschlängelt und wieder raus, als er unendlich zärtlich die Klitoris zwischen seine Zähne nimmt. O Gott!

Einen Augenblick später schwebt sein Gesicht – naßglänzend vom Tauchbad in dem tragbaren Tümpel – über dem deinen und küßt deine Lider, bis du die Augen aufschlägst und spürst, wie sein steifes Glied langsam, langsam, Zoll für schamlosen Zoll in dich hineinflutscht und die Ekstase vor sich herschiebt wie einen Embolus.

Und mit einemmal fängt das ganze Haus an zu wackeln, eine Zahnbürste fällt von der Ablage und landet direkt neben deinem Kopf auf dem Kelim. In deinen Ohren ertönt ein lautes Rumpeln und Scheppern wie der Lärm von einem fernen Schlachtfeld, und du denkst: *Und die Erde bewegt sich doch!*

Doch halt mal, warte. Dieser Lärm. Dieser Lärm. Er klingt vertraut ... Diamond lächelt fatalistisch, bringt seine Lokomotive kurz vor deiner Gebärmutter zum Stehen, nickt in Richtung Zimmerdecke und flüstert: «Zehn Uhr. Die Bowlingbahn hat aufgemacht.»

10:00 —•••••– Die sexuelle Umarmung wirkt abkapselnd. Rasch und selbstsicher erstickt sie alle anderen biologischen Triebe, schaltet den Intellekt aus und löscht das Bewußtsein aus. Wenn sie es schafft, Hunger, Müdigkeit, Schmerz, Zeitempfinden, Vernunft, Verantwortungsgefühl und Schuldbewußtsein auszublenden, dann wird sie wohl erst recht das banale Dröhnen einer Bowlingbahn dämpfen können. Und so ist es. Wenig später wird das Poltern der zehn Kegel vom weichen Klatschen eurer Bäuche übertönt. Mittlerweile ist dir der Rock bis zum Hals hochgerutscht, und du klammerst dich mit letzten Kräften an Diamond, um nicht im bodenlosen, aber engwandigen Abgrund des Ficks zu versinken.

Genau so, wie sich deine Vaginalmuskeln um seinen Phallus

schlingen, ziehen die größeren Muskeln des Ficks dein ganzes Ich zusammen, und du hast das Gefühl, zu einem einzigen, nach Moschus duftenden Tropfen Öl ausgepreßt zu werden, einem Klümpchen elektrisierten Fetts, das auf einem seidenen Herd vor sich hin brutzelt. Deine Bartholin-Drüsen schmoren in ihrem eigenen Saft, und wenn hin und wieder sein Skrotum dagegen bumst, bäumt sich das weiße Pony vor den sanftgeschwungenen Hügeln auf. Die Knochen sollen knirschen! Die Schwarte soll krachen! Die Fetzen sollen fliegen! Die...

Meine Güte! Was denn noch?

Und wieder grinst Diamond fatalistisch, bevor sein rhythmisches Stoßen plötzlich in ruckartiges Bremsen übergeht. *Was ist los, Darling?* willst du fragen. *Bitte hör nicht auf. Hör nie mehr auf.* Doch du bringst keinen Ton heraus. Über der Schulter deines Liebhabers entdeckst du die Gestalt, die sein Tun unterbrochen und das weiße Pony vom Hinterhof zurück ins wuchernde Gestrüpp der Mesquitebäume gescheucht hat.

Es ist Twister, verflixt und zugenäht! Twister. Der große amerikanische Ureinwohner steht in der Badezimmertür, unbewegt, verwirrt und zerstreut. Es scheint ihm völlig zu entgehen, daß er die ultimative Störung darstellt, die Personifizierung dessen, was neben dem Tod und dem Warten auf einen Anruf die unverzeihlichste aller Geißeln im menschlichen Universum ist: Coitus interruptus. Und als dir das Blut mit der Geschwindigkeit einer Bowlingkugel ins Gesicht schießt – du hörst es beinahe rumpeln –, sagt er mit leiser Stimme, die aus seinem tiefsten Innern zu kommen scheint: «Entschuldige, Larry, aber du wolltest, daß ich dir Bescheid sage, wenn dieser japanische Arzt im Fernsehen kommt.»

10:05 —••••• Twister zieht sich zurück. Diamond nicht – aber du spürst, wie er in dir schrumpft. «Schlechtes Timing», sagt er.

«Mhm!»

«Erfolg im Leben und in der Liebe hängt immer vom richtigen Timing ab.»

«An der Börse auch.»

«Genau. Gutes Timing gegen schlechtes Timing. Das hier war schlechtes.»

«Mhm!»

«Sehr unpassend.»

«Ja.» Du spürst, wie er immer mehr schrumpelt. Wo geht er hin, wenn er geht?

«Aber es werden andere Gelegenheiten kommen.»

Du kannst nicht sagen, ob das eine Feststellung oder eine Frage war, deshalb antwortest du: «Wir sollten aufstehen. Vielleicht kommt er wieder.»

«Nein, Twister ist in seinem Tipi. Allerdings ...» Mit einer einzigen raschen Bewegung hebt er die Hüften, löst sich von dir und senkt den Kopf, um dich zärtlich zu küssen. Noch immer auf allen vieren, beugt er sich über deine Schenkel und drückt dir einen kraftvollen Kuß ins Zentrum der Aktivitäten. Dann leckt er sich die Lippen wie ein Vielfraß beim Anblick eines Barbecue und springt auf. Du fühlst dich plötzlich sehr entblößt und sehr schüchtern und rappelst dich ebenfalls hoch. «Aber da wir nun schon mal aufgestanden sind ...», murmelt er.

«Wie?»

«Also ich würde wirklich gern einen kurzen Blick auf Yamaguchi werfen. Macht's dir was aus?»

«Ich ... ähm ...» Du entdeckst dein Höschen zwischen einem Haufen Blattwerk auf dem Boden. Ramponiert und feucht, ähnelt es dem, was von Rotkäppchen übriggeblieben wäre, wenn nicht rechtzeitig der Jägersmann aufgetaucht wäre. «Ich sollte mich ein bißchen frisch machen.»

Diamond nimmt dir das Höschen weg, hält es sich vors Gesicht und atmet tief ein. «Ein frischeres Pfläumchen als deins, meine Süße, kann nur noch am Baum hängen.»

Du willst gerade protestieren, als ein Aroma, nicht von deinem ruinierten Höschen, sondern von den verstreuten Blättern, dich an seine Krankheit erinnert und an die Hoffnung, die dieser vertrottelte Yamaguchi vielleicht im Hinblick auf eine mögliche Heilung verkörpert. Also sagst du nichts, als Diamond in seine Jeans steigt, deine Hand nimmt und dich aus dem Badezimmer führt. Beim Hinausgehen wirfst du noch einen Blick zurück, halb lächelnd, halb stirnrunzelnd, als strengte sich dein verwirrtes Hirn an zu begreifen. Ist dir tatsächlich soeben das Aufregendste im Leben passiert, zumindest außerhalb des Posner-Lampard-McEvoy-&-Jacobsen-Territoriums, und zwar genau hier auf diesem Badezimmerboden?

10:06 —••••• Twisters Wohnung, die man durch eine unauffällige Tür auf der rechten Seite des Flurs betritt, ist mit Möbelstükken aus der frühamerikanischen Heritage-House-Phase eingerichtet, die einem Komantschen, so deine Vermutung, eher spätamerikanisch vorkommen müssen und wer weiß was sonst noch. Du findest sie einfach geschmacklos, aber auf alle Fälle akzeptabler als Q-Jos Familienerbstücke aus dem Secondhandshop. Sein Wohnzimmer ist genauso geräumig wie das von Diamond, bloß sind die meisten Möbel auf einer Seite zusammengepfercht, wo sie Staub ansetzen und im Einklang mit den polternden Pins vibrieren. Auf der anderen Seite erhebt sich ein wuchtiger alter Fernsehschrank. Davor und mitten im Zimmer – wahrscheinlich hat der Indianer bessere Augen als du – steht ein unbequemes Sofa, dessen Polster mit einem folkloristisch gemusterten Kattunstoff bezogen sind, und etwas weiter weg, mit dem Rücken zum Sofa, ein hölzerner Schaukelstuhl aus der Kolonialzeit. Du weißt, daß er eine Imitation ist, und ahnst, daß er obendrein einen harten Sitz hat. Twister sitzt im Schaukelstuhl, ohne zu schaukeln. Tatsächlich ist er so versunken, daß er genausogut auf einer Felsspitze sitzen könnte. Er starrt auf die Wand, besser gesagt, auf ein kleines Bild an der Wand. Das muß der berühmte van Gogh sein. Natürlich brennst du darauf, es zu betrachten, doch Diamond führt dich geradewegs zum Sofa und fordert dich auf, neben ihm Platz zu nehmen.

«Hast du denn keinen Fernseher?» flüsterst du ihm ins Ohr, in das bedauernswerte mit dem Ring.

«Ich hab ihn verschrottet», antwortet er. «Als ich aus Timbuktu zurückkam.» Er konzentriert sich auf den Bildschirm und legt dabei dieselbe Aufmerksamkeit an den Tag, die Twister seinem van Gogh widmet. Trotzdem ist er flexibel genug, mit einer Hand unter deinen Rock zu fassen und deinen nackten, klebrigen Schenkel zu drücken. Du zuckst zusammen, verzichtest aber auf Widerstand. *Wahrscheinlich liegt es dran, daß die Börse zusammengebrochen ist*, sagst du dir. *Ich habe wirklich jede Scham verloren.*

10:07 —••••–• Offenbar hat Motofusa Yamaguchi die ersten paar Minuten seiner Pressekonferenz einer weitschweifigen, unzusammenhängenden Entschuldigung gegenüber Seattle und all seinen Männern, Frauen und Kindern gewidmet, eigentlich sogar der Menschheit im allgemeinen, weil er sich am Abend zuvor vom Alkohol seiner rationalen Fähigkeiten und seines Urteilsvermögens berauben ließ. Nur so hatte es zu jenem absurden Zwischenfall kommen können, der das Vertrauen der Öffentlichkeit in ihn und seine wissenschaftlichen Methoden ins Wanken bringen könnte. Sollte der gute Doc jedoch sein Gesicht verloren haben und an Harakiri denken, um weiterer Schande zu entgehen, so ist das an seinem Verhalten keinesfalls zu erkennen. Im Gegenteil, seine Augen blinzeln belustigt, als er ganz allein an einem kleinen, von einem einzigen Scheinwerfer beleuchteten Tisch im Konferenzraum des Hotels sitzt und mit dem Bic gegen seine bemerkenswerten Zähne klopft. Ein im Vergleich dazu eher nüchtern wirkender Mensch, einer aus dem Stab des Hutchinson Cancer Research Center, verkündet gerade, Dr. Yamaguchi habe entschieden, hier und jetzt einige Details seiner Behandlungsmethode zu erläutern, die er ursprünglich erst auf der morgigen internationalen Konferenz hatte preisgeben wollen. Vermutlich ein Versuch, seine Glaubwürdigkeit wiederherzustellen. Auf alle Fälle hört man erregtes Raunen in dem von Reportern wimmelnden Saal, und Larry Diamond verstärkt fast unmerklich den Druck auf deinen Schenkel. Du wirfst ihm einen Blick zu und versuchst zu ergründen, wie es ihm wohl gerade ergeht. Doch so groß dein Mitgefühl auch ist, du bist nach wie vor unschlüssig darüber, ob die Tatsache seiner Krebserkrankung den Eindruck deiner Verkommenheit eher verstärkt oder verringert.

Yamaguchi: Zuerst, es gibt irgendwelche Fragen?

Reporter: Ja, Doktor. Haben Sie ein Alkoholproblem?

Yamaguchi: Natürlich. Jeder Mann, der trinkt Alkohol, hat ein Problem. Deswegen Alkohol ist so beliebt. Macht neues Problem zu unsere Entertainment.

Der Wissenschaftler gibt ein schüchternes Glucksen von sich, der Reporter wirkt perplex, Diamond grinst und schlägt mit der freien Hand, also der, die dich nicht gerade betatscht, auf das Sofa. «Den Burschen müssen wir an die Universität von Timbuktu holen», sagt er.

Reporter (ein anderer): Können Sie uns etwas über Ihre Vorgehensweise sagen? Diejenige, die...

Yamaguchi: Ah! Bin sehr froh, daß Sie fragen. Einen Augenblick, bitte.

Der Doktor legt das Feuerzeug weg, öffnet seinen Attachékoffer, nimmt ein kleines Futteral heraus, öffnet auch dieses und entnimmt ihm ein etwa zwölf Zentimeter großes Objekt. Soweit du es beurteilen kannst, ist das Objekt identisch mit dem, dessen vorübergehendes Verschwinden gestern abend den ganzen Aufruhr verursacht hat. Er hält es hoch.

Reporter (mehrere einstimmig): Was ist das?

Yamaguchi: Ich glaube, in Englisch Sie sagen «Mundstück». Mundstück für Klistier.

Aufgeregtes Murmeln erhebt sich im Saal. Fotografen und Kameramänner drängen sich dichter zusammen auf der Suche nach besseren Aufnahmewinkeln.

Reporter (vorsichtig): Gibt es etwas Besonderes an diesem Klistier? Diesem Mundstück?

Yamaguchi (achselzuckend): Oh, ein bißchen was Besonderes. Einmal ist sehr alt. Zweitens besteht aus Jade. Jade und Mineralkristall. Sie sehen? (Hält es höher, dreht es in den Fingern. Es leuchtet in schwachem Pfefferminzgrün.)

Reporter (von ganz hinten): Was hat dieses Mundstück für eine Funktion?

Yamaguchi: Soll regulieren und erleichtern die Injizierung von Flüssigkeit in Darm.

Reporter (wieder ein anderer): Okay, das haben wir verstanden, aber was ist daran Besonderes?

Yamaguchi: Erst mal ist sehr alt. (Betrachtet es bewundernd.) War persönliche Klistiermundstück für Kaiserin von China, vor zwei-, dreihundert Jahren. Zweitens besteht aus –

Reporter (verzweifelt): Ja, aber kann es etwas, das gewöhnliche Mundstücke nicht können?

Yamaguchi: Natürlich. Ja. (Zögert.) Es kaut die Reis.

Du drehst dich zu Diamond um. «Hat er gesagt, es kaut die Reis?» Die Reporter werfen einander Blicke zu und stellen sich dieselbe Frage. Der Hutchinson-Vertreter, der seine Panik kaum verhehlen kann und retten will, was von der angeblichen soteriologischen Natur der Veranstaltung noch übrig ist, ergreift das Wort: Könnten Sie unseren Gästen bitte erläutern, Dr. Yamaguchi ... Könnten Sie bitte genau erklären, was Sie damit bezwecken? An die Presse gewandt, setzt er hinzu: Sie dürfen nicht vergessen, daß Dr. Yamaguchi das Englische noch etwas schwer von der Zunge geht, meine Damen und Herren.

«Was hältst du übrigens von Diamonds Zunge, Gwendolyn?»

Klar, daß du knallrot wirst, aber trotz aller Mühe kannst du dir ein Lächeln nicht verkneifen.

Yamaguchi: Geheimnis von Gesundheit ist Kauen. Man ißt gesunde Nahrung, spielt keine Rolle, wenn nicht gut gekaut. Viele, viele Menschen in Industriestaaten insgeheim sind unterernährt, weil kauen nicht genug ihre Essen. Sie wollen langes, gesundes

Leben? Dann Sie kauen, kauen, kauen. Okay? Also. Die Einlauf, was ich gebe meine Patienten, besteckt – besteht – aus Reis, Betakarotin und ein, zwei andere Dinge. Reis ungeschält, was Sie heißen braune Reis, stellt wieder her normale Kondition, gute Gesundheit für MCC-Gene. MCC können produzieren gute Proteine. Das gestatten Tumor oder Polyp zu werden kleiner. Zu schrumpfen. Ganz einfach, nein? Ah, aber fehlt noch eins. Wo kauen? Braucht Kauwerkzeug für Reislösung. Zähne (er greift nach dem Bic und spielt auf seinen hervorstehenden Beißerchen wie auf einem Xylophon) sind im Mund, nicht in Rektum. Nein? Keine Zähne im Darm, deshalb muß Mundstück übernehmen die Kauen. (Er hält inne.) Wie kommt, daß die Menschen hier nicht kauen?

Reporter (welcher, spielt keine Rolle): Wie genau «kaut» Ihr Mundstück die Lösung aus Reis und Betakarotin?

Yamaguchi: In Houston, Texas, man würde sagen, habe ich nicht blassesten Schimmer.

Reporter: Sie wollen sagen, daß Sie keine Vorstellung davon haben, wie es funktioniert?

Yamaguchi: Vorstellung habe ich. Ich denke an Brechung von Licht durch Jade und Kristall, was gestattet das Mundstück zu kauen. Natürlich steckt das Mundstück dort, wo nie die Sonne scheint, wie man sagt in Houston, Texas, also ich meine nicht Licht wörtlich gesinnt, sondern ich meine poetische Licht, Energie.

Noch nie hast du Pressefritzen derart sprachlos gesehen. Selbst diejenigen, die Gesichter machen, als wären sie gerade einem monumentalen Schwindel auf die Schliche gekommen, selbst die finden jetzt keine Worte, um ihn abzuschießen. Diamond dagegen ist anscheinend völlig hingerissen von der Vorstellung des Doktors, jedenfalls hat er vorübergehend das Interesse an seinen kleinen, aufreizenden Vorstößen zur Peripherie deines Schambeins verloren.

Reporter (endlich): Mit anderen Worten, Einläufe aus braunem Reis durch ein Mundstück aus Jade und Kristall sollen uns ermöglichen, Tumore zu zerstören, Dr. Yamaguchi? Krebs zu besiegen?

Yamaguchi: Was meinen Sie, «besiegen»? Was meinen Sie, «zerstören»? Westliche Medizin immer denkt in Begriffen von Zerstörung. Im Westen ein Mensch fängt Virus und wünscht ihn zu zerstören. Entwickelt Tumor und wünscht sich Zauberkugel, um ihn zu erledigen. Nicht Heilung, sondern Feuergefecht. Okay, Rauchende Colts, ja? (Er zeigt mit dem Mundstück auf das Pressekorps und feuert einen imaginären Schuß ab.) Meine Methode ist nicht Krieg. Meine Methode ist Versöhnung. Freundschaft schließen mit Tumor. Freundschaft mit Krebs. Die Diät von diese Freund verändern, ihm gute Manieren beibringen.

Allgemeines Gemurmel.

Reporter: Gestern abend waren Sie sehr beunruhigt, als Sie glaubten, man hätte Ihnen das Mundstück gestohlen. Haben Sie Reservemundstücke, oder ist dieses das einzig existierende?

Yamaguchi: Hinter jede Stern am Himmel ist andere Stern. Aber sie sind weit auseinander.

Reporter: Doktor, Sie müssen verstehen, daß einige von uns Schwierigkeiten haben, Sie ernst zu nehmen.

Yamaguchi (achselzuckend): Daniel Düsentrieb würde sagen, ist nichts zu schwör dem Ingeniör.

An diesem Punkt erhebt sich der sichtlich erschütterte Hutchinson-Vertreter und gibt ein Zeichen, daß die Pressekonferenz beendet ist. «Wir danken Ihnen für Ihr Interesse, meine Damen und Herren. Weitere Informationen erhalten Sie nach der morgigen Konferenz. Bis dahin möchte ich Ihnen ins Gedächtnis rufen, daß die Kommunikation zwischen Ost und West zwar gelegentlich schwierig sein kann, Dr. Yamaguchis Erfolge bei der Bekämpfung bösartiger Erkrankungen des Dickdarms jedoch höchst eindrucksvoll und nachweisbar sind. Noch einmal vielen Dank.»

Nachdem er das Mundstück wieder in seinem Futteral verstaut hat, erhebt sich Dr. Yamaguchi. In diesem Augenblick beugt Diamond sich vor und brüllt den Bildschirm an: «Hey? Können Ihre Einläufe auch Mastdarmkrebs heilen?»

Armer Kerl, denkst du. Hinter seiner schrulligen Maske ist er ganz einfach verzweifelt. Was muß er durchmachen!

Yamaguchi (in die Kamera blickend): Behandlung kann auch wirken bei bösartige Erkrankung des Mastdarms.

Damit winkt er in die Kamera.

10:20 —••••• «O Gott, Larry! Wie hast du denn das gemacht?»

«In Houston, Texas, würde man sagen: Ich hab nicht den blassesten Schimmer. Ich hab bloß was von dem nachgemacht, was ich an der Timbuk U. mit eigenen Augen gesehen habe. Manchmal klappt es, meistens nicht.»

«Also, ich finde es unheimlich. Du nicht?»

«Och, nicht unheimlicher als die intimen Kenntnisse der Bozo vom Sirius B. Die meisten Leute fürchten sich vor allem, was nicht einfach stillsitzt und für unser offizielles Porträt der Realität posiert. Mit anderen Worten, es gibt eine ganze Menge, vor dem sie sich fürchten könnten. Vermutlich ist das der Grund, warum die meisten lieber nicht allzu weit über ihren Tellerrand gucken.»

Apropos stillsitzen – Twister hatte sich nicht gerührt. Yamaguchis Pressekonferenz, Diamonds Schrei, die ständige Fummelei – ist das zu fassen? –, all das keine zwei Meter von seinem Rücken entfernt, und es blieb völlig unbemerkt, soweit du beurteilen kannst. Du kneifst die Augen zusammen, um die kostbare Zeichnung, die ihn dermaßen in Bann zieht, besser erkennen zu können – du wirst dir wohl endlich Kontaktlinsen besorgen müssen –, doch es bleibt ein verschwommenes kleines Viereck an einer großen zitternden Wand (die Aktivitäten oben in der Bowlinghalle haben allmählich zugenommen).

Als Diamond dich zur Tür führt, rutscht dir die Frage raus: «Wie hoch ist denn das Angebot des Holländers inzwischen?» Was soll's ... nach dem *in flagrante delicto* müßtet ihr beiden doch auf einigermaßen vertrautem Fuß sein.

Twister bleibt reglos und stumm. Na schön, okay, es ist nicht das erste Mal, daß dich jemand schneidet. Zum Glück kostet Fragen nichts.

Als du Diamond in den Flur folgst, hörst du hinter dir eine Stimme, eine von diesen flachen Tortilla-Stimmen, die so klingen, als seien sie durch Jahrhunderte von Maismehl und Asche gefiltert, und diese Stimme hörst du jetzt sagen: «Zwei Komma fünf Millionen ...»

Rumpel. Schepper.

Meine Güte! Noch bevor der Blitz der Brunswick Corporation aufflackert, faselt Twister von bombastischen Summen.

10:25 —••••• «Einläufe», sagte Diamond ebensosehr zu sich selbst wie zu dir. «Bewässerung. Timbuktu braucht Bewässerung, und ich offenbar auch. Eine geile kleine Tülle, dieses Mundstück. Die Spitze durchscheinend, aus irgendeinem farblosen Kristall geschliffen, und die Röhre aus grüner Jade.» Er fröstelt. «Ich wette, sie ist kalt, meinst du nicht? Die chinesische Kaiserin muß ein ziemlicher Drachen gewesen sein, wenn sie sich diesen Eispickel in den Hintern geschoben hat. Die Jade oder das Kristall oder auch beides reagieren anscheinend auf Molekularebene mit Yamaguchis Hausmittel – hast du gemerkt, daß der alte Fuchs ein paar Zutaten unterschlagen hat? – und verändern es, so daß es auf einer subzellularen Ebene elektrochemisch aktiv wird. Wenn wir es mit einem karzinogenen Virus zu tun haben, würde das Sinn machen, schätze ich. Viren ernähren sich von Fett und Zucker. Gesundes Essen wie brauner Reis und Brokkoli vergrault sie, selbst wenn sie nicht elektrochemisch verändert worden sind. Sie würden lieber sterben, als sich so was einzuverleiben. Übrigens, wenn ich so drüber nachdenke, sind wir Menschen ganz genauso. Denk dran, wenn du das nächste Mal tiefgekühlte Froschschenkel bestellst, Gwendolyn. Wenn du einen Virus in dir hast, wird er dich anstacheln: ‹Na los, Süße, nimm sie! Gönn mir doch ein bißchen Fett hier unten. Und wie wär's mit Mousse au chocolat zum Nachtisch? Hmmm!› Natürlich gibt's wahrscheinlich keinen Virus in deinem niedlichen kleinen Organismus. Dazu ist dein niedlicher kleiner Organismus nämlich viel zu schlau.» Er fährt sich durch das lange, strähnige Haar und schenkt dir sein schönstes Halloween-Kichern. «Na, jetzt aber genug davon, mein kleiner Hopsfrosch. Mal sehen. Wo waren wir stehengeblieben?»

Offensichtlich will Diamond irgendeinen Faden wiederaufnehmen, doch ob es die Diashow oder der Sex ist, kannst du nicht genau sagen. Du sitzt stumm auf dem Ledersofa, während er zwischen dir und dem Foto von der T.U.-Fakultät auf der Leinwand hin und her marschiert und dein zerfetztes Höschen aus seiner Hintertasche lugt wie die Fahne des Linienrichters, die auf ihren Einsatz wartet. Die Wahrheit ist, eigentlich hast du weder für die Dias noch für Sex Zeit. Immerhin soll Bedford heute abend um zehn wieder zu Hause sein, die Londoner Börse öffnet ein paar Stunden später, und morgen früh um sechs, o Gott, wirst du wieder in der Disco sein, um dich Posner, deinen Kunden, dem, was vom Markt noch übrig ist, und den Parzen, die dich deine ganze verdammte Karriere hindurch verarscht haben, zu stellen. Bis dahin muß irgendeine Art von Deal laufen und ein Affe ausgetrickst werden, ganz zu schweigen von Q-Jo. Arme Q-Jo. Du solltest versuchen, sie anzurufen, jetzt sofort.

Du stehst auf und suchst das Telefon. Da schlingt Diamond den Arm um deine Taille und zieht dich an sich. Nun ja, es ist ohnehin zweifelhaft, ob du in der Lage wärst, dich auf die vor dir liegenden Aufgaben zu konzentrieren, solange *das* nicht vom Tisch ist. *Wenn Larry mich doch bloß zum Bett schleifen und lieben – okay, vögeln würde – zwanzig Minuten bloß – okay, eine Stunde – ich bin sicher, dann könnte ich viel klarer denken. Und er auch. Armer Kerl.*

Du preßt dich gegen die Ausbuchtung in seiner Hose. Als ihr euch küßt, steckst du deine Zunge in seinen Mund. Ziemlich aufregend da drin. Natürlich ärgerst du dich über dich selbst. Noch nie hast du dich so sehr wie eine läufige Hündin gefühlt. Klar, erregt warst du vorher auch schon. Sexuelle Erregung ist wohl oder übel ein Teil der Conditio humana, und nicht mal Nonnen, nicht mal weibliche Verwaltungsangestellte schaffen es, sie völlig zu transzendieren, hast du gehört. Die Erregung ist der ewige Stachel im Fleisch, und als Frau muß man lernen, damit zu leben. Nein, als Frau muß man lernen, sie zu begrenzen, ihren Einfluß zu nutzen, sie zu kontrollieren, sie für sich arbeiten zu lassen, ihre unbestreitbaren, wenn auch trügerischen Freuden artig zu akzeptieren und von stressigen Fastenzeiten ebenso abzusehen wie von hemmungslosen Orgien. Man muß sich mit ihr anfreunden, sie ausnutzen, wenn es zweckmäßig ist, doch niemals sorglos werden im Umgang mit ihr. Sonst wird sich die Erregung gegen einen wenden wie der abgemagerte, halb verhungerte Wolf, den das Mädchen in seiner Unschuld eingeladen hat, am Herd zu schlafen, und einen verschlingen, zu ihrer Sklavin oder, noch schlimmer, zu ihrer Rivalin machen: eine halb verhungerte Wölfin, die eigenhändig ihr emotionales Gleichgewicht und ihre Unabhängigkeit zerstört. Die über dem Vögeln ihre Träume vergißt und ihre Ziele zurückschraubt.

Nein, der Wolf ist dir nicht fremd, aber du kannst dich nicht erinnern, daß sein Heulen je so verführerisch, sein Fell so weich, sein Raubtierodem so süß war. Zum ersten Mal macht es dir nichts aus, daß Sex klebrig ist und stinkt wie Cupidos dreckige Socken. Du ertappst dich bei dem Wunsch, daß Diamond unanständige, widerliche, unaussprechliche Dinge mit dir anstellt, obwohl du kaum ahnst, was das für Dinge sein könnten. Sie liegen jenseits deiner Vorstellungskraft. Du weißt bloß, daß sie schmerzhaft oder ziemlich aufreibend sein könnten. Und ganz bestimmt zeitaufwendig; sie würden deinen Tag komplett durcheinanderbringen.

Ich hab mir wirklich die beste Zeit ausgesucht, um mich aufzugeilen, denkst du. Du verziehst das Gesicht, sofern das beim Küssen überhaupt möglich ist. «Geil» ist ein proletarischer Ausdruck. Comic-Sprache. Ein Wort für Clowns, Hinterwäldler oder Jugendliche. *Kann sein, daß mein Verlangen geschmacklos ist, aber bestimmt nicht leichtfertig. Es bedarf eines viel komplizierteren und tiefer empfundenen Ausdrucks als «geil», um die Dimensionen* meiner *feuchten Begierde zu messen.*

Du greifst nach hinten und öffnest einen Knopf. Das Rascheln deines Rocks, als er zu Boden fällt, ein Geräusch so gedämpft, knapp und doch entschieden, so kühn und durchdrungen vom Gefühl der Befreiung – wie das Flattern eines Segels, das sich auf der Schaluppe eines Blockadebrechers entfaltet –, dieses Rascheln jagt dir einen lustvollen Schauer über den Rücken.

Diamond reagiert, indem er sich langsam aus der Umklammerung deiner Zunge löst. Er kneift dich zärtlich in den nackten Hintern und sagt: «Gwendolyn, ich weiß nicht recht, ob ich dir so was vorschlagen kann, aber ich frage mich, ob es dir was ausmacht, mich …»

Ja? Ja? Was denn, Larry? Was für unanständige, widerliche, unaussprechliche Dinge hat er mit dir vor? Oder du (keuch!) mit ihm? An welche Perversionen, welche Erniedrigungen denkt er? (Du zitterst wie ein Gospelsänger vor dem Osterfeuer.) Welche archaischen, schweinischen, aufrührerischen, ketzerischen … welche abstoßenden und verbotenen Praktiken hat er im Sinn, welche Accessoires wird er fordern, welche Körperöffnungen einbeziehen? *Ja, Larry? Ja?*

«… Ich frage mich, ob es dir was ausmachen würde, mich zu einem Vortrag über Frösche zu begleiten?»

10:47 —•••••–• Und so findest du dich frustriert, gedemütigt und doch seltsam euphorisch auf dem Rücksitz von Diamonds Motorroller wieder (als du erklärtest, daß du mit dem Taxi gekommen warst, grinste er dich wissend und auf seine aufreizendste Art an). Mit knallendem Auspuff saust er über die Ballard Bridge, läßt das Thunder House mitsamt seinem Theaterdonner, seiner timbuktischen Poetik, seiner düsteren kleinen van-Gogh-Zeichnung (in Amsterdam zwei Millionen und ein paar Zerquetschte wert), seinen harten Schatten und dem von der Liebe befleckten Kelim hinter sich und steuert am Queen Anne Hill vorbei zum Pacific Science Center, wo als Teil der Abschlußfeierlichkeiten für die Reptilien- und Amphibienausstellung um halb zwölf ein Vortrag mit dem Titel «Das Schweigen des Sumpfes» angesetzt ist.

Du hast darauf bestanden, über den Queen Anne Hill zu fahren, um schnell zu Hause vorbeischauen zu können. «Nachsehen, ob's was Neues von Q-Jo gibt», hast du zu Diamond gesagt, obgleich du genauso begierig auf Neuigkeiten von André hoffst, und deshalb wirst du Diamond zuerst zu Belfords Wohnung dirigieren und dann, wenn die Ereignisse es rechtfertigen, zum nächstbesten Lebensmittelgeschäft.

Die Leichentücher und der Eischnee, durch die die aufgehende Sonne sich hatte kämpfen müssen, bedecken noch immer einen Großteil des Himmels. Die Luft ist einigermaßen mild, wenn man zu Fuß unterwegs ist, doch auf dem Rücksitz eines Motorrollers wird es doch ein bißchen kühl. Du klammerst dich an Diamond, zum Schutz vor dem Wind und zum Schutz vor Entdeckung. Es ist eher unwahrscheinlich, aber wenn dich nun einer, mit dem du geschäftliche Beziehungen unterhältst, am Ostersonntag morgen mit deinem ungekämmten Begleiter an Bord dieses lächerlichen Vehikels sieht? Er müßte nicht mal erfahren, daß du mit nacktem – klebrigem, kaltem – Hintern auf dem schäbigen Ledersitz hockst.

Diamond riecht nach abgewetztem Leder, nach karamelisierten Pflanzen und nach dir; eine widersprüchliche Mischung, die eine gewisse Zärtlichkeit in dir auslöst. Du schlingst deine Arme um seine Hüften und schmiegst dein Gesicht an seinen Rücken. Dann fällt dein gesenkter Blick auf das zerfetzte Höschen, das wie das Taschentuch eines Zauberers aus seiner Hintertasche erblüht. Du ziehst es raus, widerstehst dem Drang, es zur Freude überholender Autofahrer über deinem Kopf zu schwenken, und wirfst es erst, als der Motorroller von der Elliott Avenue abbiegt, um mühsam den Hill zu erklimmen, über eine Hecke, die eine bescheidene Grünfläche säumt. «Flieg davon! Sei frei!» singst du und machst dir im gleichen Augenblick Vorwürfe wegen deines Leichtsinns. *Irgendwer wird vermutlich dieses Höschen finden und es der Polizei übergeben.* Ein Gruß vom Safe-Sex-Schänder, würden die Beamten glauben, oder das Souvenir eines Rich-Boy-Angebers, obgleich nur wenige Frauen, wenn überhaupt, die je von den Rich Boys entkleidet wurden, derart elegante Schlüpfer getragen haben dürften.

11:23 —••••–• Erwischt!

Du hast ihn erwischt! Soll die Wirtschaft ihre Räder und die Menschheit den Verstand verlieren, sollen Hormone durchdrehen und der liebe Gott mit nicht erhörten Gebeten spielen, sollen Daddys Bongos spielen und Arbeitgeber Angestellte herumschubsen, sollen Haare ergrauen und Tinte erröten, sollen die Parzen sich an ihrem Gegacker verschlucken, denn es war von Anfang an klar, daß Gwendolyn Maria Mati sie früher oder später austricksen würde. Du hast André geschnappt! Der ausgeflippte Affe ist in deiner Hand.

Schon eine flüchtige Inspektion von Belfords Wohnung (du hast ein ziemlich schlechtes Gewissen Belford gegenüber, aber daran willst du jetzt nicht denken) ergab, daß André den Ködern von heute morgen nicht hatte widerstehen können. Die Tür des Kühlschranks stand erneut offen, und nackte Eisstiele lagen überall verstreut wie Schafgarbenstengel nach einem I-Ging-Taifun. Man mußte weder Primatologe noch Schnüffler bei Interpol sein, um zu wissen, daß der Makak zu deiner Wohnung weiterziehen würde, in der zuvor Belford residiert hatte, auf der Suche nach weiteren Leckerchen, sobald diese hier verdaut waren. Du brachtest Diamond dazu, einen kurzen Schlenker bei Thriftway vorbeizumachen, und er tuckerte direkt vor den Eingang – fuhr praktisch in den Laden rein –, was dir schrecklich peinlich war. Dem Blick der Kassiererin ausweichend, kauftest du eine neue Großpackung Bananeneis. Man muß es Diamond hoch anrechnen, daß er nicht nach dem Grund für diesen Einkauf fragte (ihn scheint wirklich nichts zu erschüttern), sondern dich und deine Plastiktüte nach Hause brachte, wo er parkte und sich damit begnügte, auf deine Rückkehr zu warten. Du fuhrst ihm beim Küssen blitzschnell mit der Zunge in den Mund, damit er wußte, es würde nicht lange dauern.

Auch die Tür deines Kühlschranks stand offen, und mitten im Wohnzimmer taute eine Packung Baby Bok Choy auf, neben den Gedichten deiner Mutter, die auf dem Boden herumflogen. Es gibt Leute, die verstecken ihren Schmuck in ausgehöhlten Büchern, aber wenn dieser Affe glaubt, jemand könnte auf die Idee kommen, ein

Bananeneis in einen Gedichtband zu stecken, ist er nicht gerade der Schlaukopf, für den ihn alle halten. Wie auch immer, du hattest ihn verpaßt. Jedenfalls standen die Chancen nicht schlecht, daß er wiederkommen würde, also präpariertest du mehrere Fensterbänke mit Eisportionen und packtest den Rest ins Tiefkühlfach. *Ich hoffe, dieser dämliche Dozent quakt nicht den ganzen Tag,* dachtest du, als du dich in ein frisches Unterhöschen zwängtest. Dann hörtest du die Nachrichten auf dem Anrufbeantworter ab, sämtlich von Belford und meist gottserbärmlich, und gingst raus, ohne abzuschließen, obgleich Schlösser André kaum abgeschreckt hatten, bevor er den Herrn zu seinem Erlöser erklärte.

Es erfolgte keine Reaktion auf dein hoffnungsvolles Läuten an Q-Jos Tür, und du warst schon drauf und dran, die Treppe runterzulaufen, als sich deine Nüstern zusammenzogen und dein unverhältnismäßig schmaler Rüssel sich benahm, als wäre er mit Springbohnen und Schießpulver vollgestopft. Das Aroma, das durch die Türritzen quoll, stammte von Q-Jos Tabak! Dieser Gestank war unverkennbar. Q-Jo raucht ein Kraut, das auch der Teufel qualmen würde, wäre Rauchen in der Hölle nicht überflüssig. Nur das Marihuana deines Vaters ist dir vertrauter und beleidigt deine Nase mehr.

Diesmal hast du ohne Tränengas und trotzdem tollkühn die Tür aufgeschlossen. Weiß der Kuckuck, was du erwartet hast, Q-Jo vielleicht, die, von ihrer Spielerei mit übernatürlichen Kräften durchgedreht, zusammengekauert in einer Ecke saß und sabbernd, rauchend, mit gallertartigen Augen ins Leere starrte. Statt dessen entdecktest du André. Der Affe hüpfte schmollend auf einem dick gepolsterten Sessel auf und ab und sah aus wie eine Bonsai-Version von Elvis in einem kongolesischen Herrenclub. Zu allem Überfluß paffte er eine selbstgedrehte Zigarette. Die Zigarette war locker, schief und krumm, aber Q-Jo dreht sie auch nicht besser, und die hat zwei opponierbare Daumen.

Du heucheltest Nonchalance und sagtest mit deiner sanftesten Märchenbuchstimme: «Hallo, André. Hallo, mein Schatz. Schön, dich zu sehen. Setz dich brav hin, und Tante Gwen bringt dir was Leckeres. Okay, Freundchen? Okay?» Langsam, sachte zogst du die Tür hinter dir zu. Dann ranntest du den Flur entlang wie Jackie Joyner-Kersee mit einer Wespe in den Shorts. Du schnapptest die Packung Bananeneis aus deinem Tiefkühlfach und ranntest zurück zu Q-Jos Bude, und die ganze Zeit hast du gebetet, daß er nicht abhaut.

«Hier, mein Schatz. Sieh mal. Sieh mal, was ich für dich habe.» Als er dir das Geschenk aus der Hand riß, blies er dir einen Schwall von beißendem Rauch ins Gesicht, worauf du dermaßen husten mußtest, daß du beinahe anfingst zu kotzen. Du zogst dir fast einen Bruch zu bei dem Versuch, das Würgen zu unterdrücken, bliebst aber standhaft und zeigtest ihm auch noch die restlichen Eisportionen. Während André damit beschäftigt war, die Verpackung aufzureißen und rauszukriegen, wie man gleichzeitig essen und rauchen kann, ein Trick, den er in jedem Redneck-Restaurant hätte lernen können, holtest du einen Hammer und Nägel aus der Speisekammer und vernageltest so unauffällig wie möglich jedes einzelne Fenster, einschließlich der Oberlichter. Dann mischtest du Wasser und Fruchtsaft aus der Dose in einer Schüssel und löstest den Rest deines letzten Valiumröhrchens in der Flüssigkeit auf. Du stelltest die Schüssel neben seinen Sessel auf den Fußboden («Hier, mein Schatz, falls du Durst bekommst!»), stampftest das Feuer aus, das drohte, den Teppichboden abzufackeln, nachdem er die Zigarette einfach weggeworfen hatte, und zogst dich wie eine Geisha (du wirst allmählich gut darin) Richtung Tür zurück. «Wiedersehn. Wiedersehen, mein Schatz. Amüsier dich gut, Gwendolyn ist bald wieder da. Wiedersehn. Und fröhliche Ostern.» Du hast beide Schlösser abgeschlossen und zum guten Schluß noch ein paar Nägel reingehauen. «So. Das müßte dich eigentlich bändigen, du kleiner Halunke. Jetzt hab ich dich!»

11:24 — • • • • – • «Erwischt!»

Ein halbes Dutzend Hausbewohner hat sich unten im Foyer versammelt, und einer davon sagt zu dir: «Erwischt!»

«Wie bitte?» Wie zum Teufel konnten sie das wissen? Diese Leute sind ebenso neugierig wie primitiv. Du mußt wirklich umgehend in eine bessere Gegend ziehen.

«Sie haben ihn!»

«Wen?»

«Na, den Schänder. Zuerst ist er ihnen entwischt, aber jetzt haben sie ihn.»

O mein Gott!

«Mrs. Kudahl hat ihn auf dem Parkplatz entdeckt und die Polizei gerufen.»

Ach du meine Güte!

Du schiebst die Nachbarn beiseite und rennst nach draußen, wo du die nächsten zehn Minuten damit verbringst, die Polizei davon zu überzeugen, daß der Mann, den sie gestellt haben, ein Freund von dir – von dir, einer Wohnungsbesitzerin hier! – und trotz seiner äußeren Erscheinung ein gesetzestreuer Bürger ist. Smokey und Cecil, die nicht übel Lust hätten, dich ebenfalls hopszunehmen, halten mit ihrem Spott nicht hinter dem Berg und verdrehen die Augen, als sie dann auch noch den Hammer entdecken, den du in deiner Zerstreutheit immer noch in der Hand hast. Aber am Ende sind sie aus Mangel an Beweisen wie auch aufgrund deiner börsenerprobten Einwickeltechnik gezwungen, ihn wieder freizulassen. Nur eins liegt ihnen noch auf dem Herzen. Als er den Verdächtigen abgeklopft hat – auf der Suche nach Waffen, Kondomen oder was? –, hat Smokey ein dickes Geldbündel gefunden, und jetzt will er wissen, warum Diamond so viel Bargeld bei sich hat.

«Sicher ist es jemandem, der so aufmerksam ist wie Sie, Officer, nicht entgangen, daß ich auch im Besitz von Flugtickets bin. Ich werde morgen meine lieben Eltern besuchen, Missionare, die das Wort Gottes in einem fernen, heidnischen Land verkünden. Und sicher ist jemand, der so informiert ist wie Sie, sich der traurigen und schändlichen Tatsache bewußt, daß amerikanische Kreditkarten im Ausland heute bei weitem nicht mehr so euphorisch aufgenommen werden wie früher. Das sieht nach einem dicken Batzen aus, aber solange der Dollar so schwach ist wie im Augenblick, ist er für gottlose fremde Gauner kaum einen Pfifferling wert.»

Na schön, sie lassen ihn gehen. Cecils Abschiedsworte lauten: «Ich weiß nicht, was mit Ihnen los ist, Lady, aber ich möchte Ihnen nie wieder begegnen, und damit meine ich *nie* wieder.»

«Keine Sorge, Officer.» Als sie in ihren Streifenwagen klettern, drehst du dich zu Diamond um. «Wo fährst du hin, Larry?»

«Die Reptilien- und Amphibienausstellung ist mein erklärtes Ziel.»

«Ich meine morgen.» Hast du etwa einen Kloß im Hals?

«Das erklär ich dir später, Pussy Dumpling. Der Vortrag hat vor fünf Minuten angefangen, und ich fürchte, mein Motorroller hat seinen Geist aufgegeben.»

«Na schön. Nehmen wir den Porsche.»

11:50 —••••• Wo sind all die Fröschchen hin? Das ist das Thema des Vortrags in der Aula des Pacific Science Center. Du mußt zugeben, daß du sie nicht im mindesten vermißt hast, doch einigen Leuten ist ihr Verschwinden offensichtlich aufgefallen, denn der Dozent, ein sanfter, bärtiger Herpetologe um die fünfunddreißig in Jeans, blauem Arbeitshemd (warum müssen sich eigentlich Leute, die sich was Besseres leisten könnten, mit ihren Feldarbeiterklamotten unbedingt selbst ausgrenzen?) und Tweedsakko, leiert Statistiken runter, als Diamond und du euch unter das erstaunlich große Publikum mischt – achtzig bis hundert Zuhörer, schätzt du. Es sieht so aus, als sei er schon eine ganze Weile dabei. Die Zahlen sind die Ergebnisse diverser unabhängiger wissenschaftlicher Erhebungen, die weltweit durchgeführt wurden. Sie weisen auf einen verblüffenden und alarmierenden Rückgang der planetarischen Froschpopulation hin. Bei jedem Forschungsergebnis, das der Herpetologe jetzt auflistet, schreibt er mit Kreide den Namen einer weiteren aussterbenden Spezies auf die Tafel. Mehr als ein Dutzend war schon aufgelistet, als ihr ankamt, und zu denen fügt er noch «Goldkröte», «Bufo boreas», «Harlekinfrosch», «gelbbeiniger Bergfrosch» und «kanadischer Chorfrosch» hinzu. Meine Güte. Du hoffst, daß der Koch im Bull & Bear gestern abend nicht die Extremitäten einer dieser bedauernswerten Kreaturen auf deinen Teller drapiert hat.

Andererseits – was spielt das schon für eine Rolle? Der letzte Frosch, den du ganz gesehen hast, war, soweit du dich erinnern kannst, der, den du in der Biologiestunde sezieren mußtest (igitt!), und wenn du ganz ehrlich bist, haben dir die Viecher seitdem nicht im mindesten gefehlt. Wenn diese Spinner ebenso besorgt über den Untergang des knisternden grünen Dollars wären wie über den des schleimigen grünen Frosches, wärst du deiner neuen Eigentumswohnung bereits einen großen Schritt näher.

«Zweihundert Millionen Jahre lang haben die Frösche Überschwemmungen, Dürren, Eiszeiten, Meteoriten, Vulkanausbrüche und alles andere überlebt, an dem die Dinosaurier möglicherweise zugrunde gingen. Zweihundert Millionen Frühlinge lang, in Eiszeiten ebenso wie in Zeiten feuriger Umwälzungen, quakten sie zu Ehren von Mutter Erde. Und jetzt ist ihr Lied beinahe verklungen. Wenn nicht eine wunderbare Erholung eintritt, wird nach unserer Einschätzung innerhalb der nächsten zwanzig Jahre die Hälfte aller dreitausendachthundert bekannten Spezies von Fröschen und Kröten ausgestorben sein.»

Na und, denkst du, *damit bleiben immer noch neunzehnhundert übrig. Wie viele Arten dieser ekligen kleinen Quaker braucht denn ein Planet?* Du wirfst einen Blick auf Diamond. Er zwinkert dir zu.

Wie als Antwort auf deine Frage erklärt der Dozent jetzt, daß für jeden ekligen kleinen Quaker, der verschwindet, unzählige Insekten wachsen und gedeihen. «Der Untergang der Frösche sorgt dafür, daß Insekten sich nach Belieben ausbreiten können», sagt er und führt als Beweis die Zunahme von vernichteten Ernten, Moskitos und Malaria in bestimmten Gegenden von Asien an, wo die einheimischen Frösche den Löffel bereits abgegeben haben. (Ob das gute Nachrichten für deine Union-Carbide-Aktien sind?) Und je eindeutiger der Frosch schlappmacht, um so mehr Vögel, Fische, Eidechsen, Schlangen und kleine Säugetiere verschwinden, denn viele, viele Geschöpfe ernähren sich regelmäßig, wenn nicht ausschließlich von Amphibien. Sie sind also ein wichtiges Glied in der Nahrungskette. (Q-Jo hat dir mal erzählt, daß ihre Mutter ihr immer Buchstabensuppe gekocht hat, wenn sie krank war und nicht zur Schule gehen konnte. Und jedesmal, wenn sie sich übergeben mußte, hat Q-Jo genau aufgepaßt, ob die kleinen Nudel-Buchstaben in der Kotzlache ein Wort ergaben. Übersinnlich Veranlagte sehen wahrscheinlich überall Omen, aber aus irgendeinem Grund kannst du das Wort «Nahrungskette» nicht mehr hören, ohne an Q-Jos Geschichte zu denken – und einen Anflug von Übelkeit zu verspüren.)

«Es geht nicht bloß darum, die Frösche zu retten.»

Äh?

«Hier ist eine Art Dominoeffekt am Werk, und der Frosch ist einfach der erste Stein in der Reihe. Je mehr biologische Vielfalt wir verlieren, um so unflexibler sind wir im Auftun von neuen Nahrungsquellen, die die vom Fortschritt verursachten Umweltbedingungen vertragen. Heute der Frosch, morgen der Vogel und übermorgen wer weiß? Dr. Richard L. Wyman von der State University von New York hat einmal gesagt: ‹Wir wissen nicht, wie viele Spezies wir verlieren können, bevor das System als Ganzes aufhört zu funktionieren. In der Vergangenheit hat das Leben auf Veränderungen mit evolutionären Schritten reagiert, und das ist ein Prozeß, der von genetischer Vielfalt abhängig ist. Wenn alles gleich ist, gibt es keine Evolution mehr.› Ist das nicht ein ziemlich unheimlicher Gedanke?»

Ein leises, besorgtes Raunen erhebt sich in dem kleinen Auditorium. Als du dich im Publikum umsiehst, fällt dir seine mangelnde Vielfalt auf. Fast alle Zuhörer tragen, unabhängig von Geschlecht oder Alter, eine daunengefütterte Nylonweste über einem karierten

Flanellhemd. Seit Jahrzehnten ist dieser Ausdruck von Naturburschenschick die inoffizielle Uniform der weißen Mittelklasse von Seattle, und jetzt mußt du dich ernsthaft fragen, ob Uniformierung nicht der Anfang vom Ende der Bourgeoisie sein könnte. Aber gibt es bei den Armen, deren Zahl stetig zunimmt, oder den Reichen, die an ihren eigenen Standards festhalten (und sich damit erfolgreich gegen Versuche deinerseits und vieler anderer, sie zu infiltrieren, verteidigen) etwa weniger Gleichmacherei? Dieser Gedankengang führt dich geradewegs zu einer introspektiven Analyse deiner augenblicklichen Situation, sowohl in finanzieller als auch in persönlicher Hinsicht, und deshalb kriegst du nur auf einem Ohr mit, wie der Dozent sich über mögliche Gründe für die dramatische und geheimnisvolle Dezimierung der Amphibien ausläßt.

«Ginge es bloß um die Beeinträchtigung des Menschen und die Zerstörung von Lebensräumen, wäre es lange nicht so problematisch. Pestizide und Herbizide haben verheerend gewirkt, sicher, und viele Leute reden vom sauren Regen, aber fünfzig Meilen von hier, in den Cascade Mountains, verschwinden die Frösche aus den sauberen Seen, wo wiederholte Messungen keinerlei Indizien für Übersäuerung oder auch andere Arten von Verschmutzung ergeben haben. Das deutet darauf hin, daß möglicherweise die Zunahme von ultravioletten Strahlen dafür verantwortlich sein könnte; da wir aber dank des Widerstands von seiten der Regierung und Konzerne keine Daten darüber erhalten, ob die UV-Strahlen tatsächlich zunehmen oder nicht, können wir nur spekulieren. Der wahrscheinlichste Grund für das Aussterben unserer Frösche ist eine komplexe Mischung von globalen Umweltveränderungen.

Da Frösche im Verlauf ihres Lebens sowohl unter Wasser als auch auf dem Land leben, sich von Pflanzen und Insekten gleichermaßen ernähren und von einer durchlässigen Haut bedeckt sind, die wenig Schutz vor der Außenwelt bietet, sind sie ein ideales Barometer für die Gesundheit unseres Planeten. Sie verraten uns etwas über den allgemeinen Zustand der Umwelt, und was sie verraten, ist keineswegs beruhigend. Seit zig Millionen Jahren haben sie sich als solche

Überlebensprofis gezeigt, daß die Tatsache, daß sie jetzt urplötzlich vom Aussterben bedroht sind, eine düstere Warnung darstellt. Frösche könnten die sprichwörtlichen Kanarienvögel in der Kohlengrube sein – bloß wenn der Kanarienvogel umkippte, konnten die Bergleute die Grube verlassen. Wir aber können den Planeten nicht verlassen. Deshalb darf es nicht so weit kommen.» Er macht eine Verschnaufpause, und die plötzliche Stille reißt dich aus deiner Grübelei. «Irgendwelche Fragen?»

Du beugst dich rüber zu Diamond. «Ich hab gleich mehrere», flüsterst du. «Fährst du wirklich morgen weg, und wenn ja, wohin fährst du? Wie gedenkst du mit Dr. Yamaguchi in Kontakt zu treten, damit er dich therapieren kann? War Q-Jo im Thunder House genauso eingesperrt wie ich? Wieso stehst du auf jemanden wie mich, obwohl wir völlig gegensätzlich sind? Ist es der blanke animalische Trieb, und wußtest du von Anfang an, daß ich eine leichte Beute sein würde? Und gibt es eigentlich auch einen Sirius C?»

Es ist unübersehbar für Diamond, daß du dem Vortrag keine Beachtung geschenkt hast. Er starrt dich vorwurfsvoll an. «Sorry, Zuckerpussy», sagt er, «aber Fragen sind nur zum vorliegenden Thema erlaubt.» Er grinst dich auf seine beunruhigende, verrückte Art an, und dann steht er auf und grinst den Herpetologen und die Zuhörer an – genau so.

«Da die einzige Funktion des größten Teils der menschlichen Rasse darin besteht, zu essen, zu scheißen, sich zu vermehren und Fernsehen zu gucken ...», beginnt er mit schleppender, nasaler Stimme.

Ach du meine Güte!

«... und die Minderheit, die nicht unverfroren klaut oder Gewalt anwendet, ängstlich, unwissend, vor allem aber unsensibel ist ...»

Jetzt ertönt das Scharren jeder Menge Birkenstock- und Rockport-Treter. Offenbar ist das Publikum nicht gerade begeistert von den Kommentaren dieses exotischen Individuums, und du offen gestanden auch nicht.

«... da ihre kollektive Habgier und Blödheit die gesamte Biosphäre an den Abgrund der Vernichtung katapultiert hat ...»

Vereinzeltes zustimmendes Nicken.

«... da unsere sogenannten Politiker, Wirtschaftsexperten und religiösen Führer verdient hätten, daß man ihnen das Hirn zu Brei schlägt und zwischen zwei Stücke reifen Limburger klemmt...»

«Vorsicht, Mister!» hörst du jemanden rufen.

«... da die Zeitungen und Zeitschriften, die solche Gauner unterstützen, zu nichts Besserem taugen als Klopapier im Scheißhaus...»

Einzelne Aufforderungen, er soll sich hinsetzen und den Mund halten.

«... und da alle ihr Päckchen zu tragen haben, auch die Frösche...»

«Entschuldigen Sie, Sir», sagt der Herpetologe. «Entschuldigen Sie. Haben Sie eine Frage?»

«... zögere ich ein wenig, darauf hinzuweisen, daß das Verschwinden unserer Amphibienpopulation einen anderen Grund haben könnte als die widerlichen, nichtswürdigen Launen unserer Mitmenschen oder daß das, was auf den ersten Blick als biosphärische Katastrophe erscheint, in Wirklichkeit ein positives und hoffnungsvolles Zeichen sein könnte. Ich zögere, auf diese Möglichkeit hinzuweisen, aber ich muß es tun.»

Mit einemmal sitzen alle auf der Kante ihres Stuhls, und der Herpetologe, der höflich versucht hat, Diamond zum Schweigen zu bringen, fordert ihn zurückhaltend auf fortzufahren. Diamond ist munter und fröhlich, wie er es nennen würde. Sieht so aus, als wärst du die einzige, die sich innerlich windet.

«Wie Sie als gebildete Damen und Herren wissen, leitet sich das Wort Amphibie von den griechischen Begriffen *amphi* und *bios* her und hat die Bedeutung ‹ein Doppelleben führen›. Das bezieht sich, wie ich nicht ausdrücklich ausführen muß, auf die Fähigkeit der Amphibien, sowohl im Wasser als auch auf dem Land zu leben. In dieser Hinsicht sind Amphibien die anpassungsfähigsten Kreaturen der Welt, diejenigen, die ironischerweise am besten geeignet sind, sie zu bewohnen. Aber wie manche von Ihnen wissen, wenn sie schon mal einen Agententhriller gelesen oder eine außereheliche

Affäre gehabt haben, impliziert ein Doppelleben eben auch Heimlichkeiten oder nicht unbedingt sichtbare Verhaltensweisen. Nun, ein Frosch ist ein dummes kleines Tier mit einem Gehirn, das kaum der Rede wert ist. Es ist höchst unwahrscheinlich, daß er jede Menge Geheiminformationen mit sich rumschleppt. In der Tat. Aber nehmen wir an, der Frosch ist selbst das Geheimnis, statt daß er Geheimnisse hütet. Eine geheime Verbindung.»

Das wäre genau der richtige Augenblick, um ins Damenklo zu verschwinden, wenn nicht zum Porsche, bloß blockiert Diamond, der Mann, den jeder im Publikum als deinen Begleiter kennt, den Gang.

«Die Amphibie ist die Brücke zwischen dem Leben auf dem Land und dem Leben im Wasser. Ich lade Sie ein, darüber nachzudenken, ob sie nicht gleichzeitig eine Brücke zwischen unserem Wasserplaneten und der größtenteils staubtrockenen Galaxie sein könnte. Eine Verbindung zwischen der Erde und den Sternen. Ein Bindeglied vor allem zwischen dem Geist des Menschen und dem kosmischen Über-Ich. Und natürlich ist sie die biologische Brücke zwischen den Fischen, die viele Leute mit Jesus Christus identifizieren, und den Reptilien, die häufig mit dem Teufel gleichgestellt werden.»

Einzelne Zuhörer betrachten ihn, als hätte er nicht alle Tassen im Schrank, einige belustigt, andere unbehaglich oder gar besorgt. Dein Gesicht brennt wie ein frisch aufgeschürftes Knie, und du weigerst dich, auch nur einen Blick in seine Richtung zu werfen. Nicht auszudenken, daß du noch vor wenigen Minuten die alberne Vorstellung hattest, eine romantische Beziehung zu ihm entwickeln zu können!

Der Fairneß halber muß man zugeben, daß Diamond, wenn er die Möglichkeit kriegt, sich zu erklären, durchaus eine Patina von Glaubwürdigkeit über seine wahnwitzigen Gedankenverbindungen legen kann. Doch als er sagt: «Ich möchte Sie bitten, darüber nachzudenken, ob hyperintelligente Wesen – Agenten des Über-Ich, Außerirdische, wenn Sie so wollen – unsere Frösche entführen könnten als Teil eines wohlmeinenden Planes, nämlich uns von der

Tyrannei des historischen Kontinuums zu befreien und unsere Seele mit dem Andersdimensionalen wiederzuvereinigen», verdirbst du alles, indem du aufspringst, dich an ihm vorbeidrängst und aus dem Saal stürmst.

Du betest, daß er dir nicht folgt, doch als du an den spiegelnden Teichen vorbei und durch salzweiße Kuppelgänge hastest, buchstäblich schluchzend vor Scham und Reue – wie hast du zulassen können, daß ungezügelte körperliche Begierden dich vorübergehend blind für seinen Wahnsinn machen konnten? –, hörst du ihn rufen: «Warte, Pussy Pudding! Bleib stehen! Wart auf mich! Du kennst die Pointe noch nicht!»

Sonntag nachmittag

8. April

Meeresfrüchte

12:17 —••••–• Das Wesen ist so groß wie ein durchschnittlicher Pudel, sein Körper ein knirschender Panzer. Es hat mehr Beine, als guter Geschmack erlaubt, und dazu lange, zitternde Antennen, die sich durch die Moleküle der Atmosphäre tasten wie Finger alter Frauen, wenn sie Tomaten einkaufen. Die Augen bestehen nur aus Pupillen, ohne jeden Ausdruck und doch jeder deiner Bewegungen folgend, als hätte man zwei wärmeempfindliche Scanner in ein Paar schwarze Golfbälle eingepflanzt. Es ist ein abstoßendes, ekliges Ding – und trotzdem jagt dir nur das Ungeheuer neben ihm wirklich Angst ein.

Nachdem sich deine Mutter vor einen mit Zement beladenen Lastwagen geworfen hatte, schnipselte Grandma Mati mit ihrer Handarbeitsschere ihr Bild aus jedem Foto im Familienalbum, ob aus philippinischem Aberglauben oder stinknormaler Boshaftigkeit, wußtest du nicht zu sagen. Jedenfalls wünschtest du dir eine Schere, um Larry Diamond aus der Reflexion schneiden zu können, die ihr beide auf dieses spiegelverglaste Fenster werft. Doch wenn du es dir recht überlegst, solltest du vielleicht dein eigenes Bild ausschneiden und seins hierlassen. Die Ladenfront, vor der dein Porsche parkt, gehört zu einer Firma, die auf Schädlingsbekämpfung spezialisiert ist, und wird vollkommen von der holographischen Darstellung eines Kakerlaken beherrscht, so groß wie ein Ozelot. Der Kakerlak ist fehl am Platz, denn Kakerlaken dringen nur sehr selten ins nördliche Klima von Seattle vor, wohingegen Diamond aus deiner Sicht auf sämtlichen Breitengraden der Welt eine Plage wäre.

«Junge, Junge», sagt Diamond und ignoriert die Tatsache, daß du versucht hast, *ihn* zu ignorieren, «ein Frosch müßte schon mächtig groß sein, wenn er diese entomologische Vorspeise verputzen wollte. Was mich auf die Frage bringt, wovon die Nommo sich wohl ernährt haben.»

«Hör zu, Larry», sagst du und gibst dir Mühe, deine Piepsstimme mit einem möglichst rauhen Überzug zu versehen, «es funktioniert einfach nicht zwischen dir und mir.»

«Funktioniert?» Er scheint aufrichtig überrascht.

«Ja, es führt zu nichts, verstehst du?»

«Oh, du würdest staunen, wo es hinführen könnte.»

«Ganz bestimmt. Aber es bringt nichts. Ich meine, als Beziehung hat es nicht die geringste Zukunft.»

«Zukunft? Ah, jetzt verstehe ich. Du meinst, du siehst keine mit Gold gefüllte Truhe am Ende unseres glitzernden Regenbogens. Du meinst, es sieht nicht so aus, als würde unsere Intimität eine Dividende abwerfen. Du enttäuschst mich, Gwendolyn. Ich hoffte, du hättest ein oder zwei Watt mehr in der Birne als die armen Irren, die in der Liebe eine Investition sehen wie bei 'ner Eigentumswohnung am Meer oder irgendwelchen Kommunalobligationen. Würdest du darüber jammern, daß ein schöner Sonnenuntergang oder eine Sternschnuppe keinen Gewinn abwirft? Und warum soll die Liebe ‹irgendwo hinführen›? Leidenschaft ist doch kein Weg, der durch einen Wald führt. Leidenschaft *ist* der Wald. Sie ist der tiefste, wildeste Teil des Waldes, der Hain, wo noch Feen tanzen und obszöne alte Vipern auf Baumästen liegen und ein Nickerchen halten. Bis auf die total Verhutzelten und Paralysierten fühlen sich alle Menschen von dem Hain angezogen und von seinen Geheimnissen verzaubert, aber dann können sie es nicht abwarten, mit Motorsägen und Bulldozern anzurücken und ihn durch ein familienfreundliches Restaurant oder ein neues Einkaufsparadies zu ersetzen. Das ist Gewinnstreben, schätze ich. Sicherheit. Schutz. Gewißheit. Ja wirklich. Nur darfst du nicht vergessen, Pussy latte: Was uns beide verbindet, ist keine ‹Beziehung›, sondern eine Kollision. Kollisionen eignen sich nicht besonders als Grundlage von Plänen für eine sichere Zukunft, aber das Aufeinanderprallen an sich ist so ziemlich das Interessanteste, was es gibt. Korrigier mich ruhig, wenn ich falsch liege.»

Du kannst beim besten Willen nicht behaupten, daß deine Begegnung mit Diamond nicht interessant gewesen ist. Und ganz egal, was er denken mag, du gehörst garantiert nicht zu den Frauen, die in jedem Mann, der ihnen begegnet, einen potentiellen Partner in einem häuslichen Arrangement sehen. Aber Feen? Erst macht er euch beide zu Narren – Narren! –, indem er in aller Öffentlichkeit von außerirdischen Froschkidnappern faselt, und jetzt sind es Feen. Wenn das alles ein Witz sein soll, dann soll er ihn bitte schön mit dem Kakerlaken teilen. Du hast anderes zu tun.

«Es ist bloß deshalb enttäuschend, weil ich eigentlich hoffte, daß wir beide irgendwie ins Geschäft kommen könnten: Ich hatte da einen Plan ... Aber wahrscheinlich ist es besser, wenn ich das allein durchziehe. Und was den, ähm, Sex angeht, so was passiert. Ich bereue nichts. Jedenfalls, solange wir beide nicht krank sind. Bist du doch nicht, oder?» Er grinst bloß zur Antwort, und das reflektierte Grinsen wirkt keineswegs fehl am Platz neben dem Ungeziefer im Schaufenster. «Siehst du? Du bist unmöglich.» (Wie zynisch es ist, ein Krebsopfer zu fragen, ob es krank ist, kommt dir gar nicht in den Sinn.) «Und außerdem finde ich es einfach unmöglich, wie du dich in der Öffentlichkeit produzierst. Diese Szenen.»

«Wirklich? Ich fand, daß du gestern abend im Bull & Bear ein echter Kumpel warst.»

«Okay, verdammt, ich bin in letzter Zeit ein bißchen außer mir. Solche Zustände gibt es. Und ich hab es im Moment nicht gerade leicht. Aber das bin ich nicht wirklich.»

«Wer bist du, Gwendolyn?»

Du seufzt, beißt dir auf den Schmollmund und wendest dich vom Schaufenster ab. «Ich bin ein abgehalfterter Jockey auf einem lahmen Gaul in einem Rennen, wo der Sieger schon im voraus feststeht. Aber ich gebe nicht auf. Ich reite bis zum Ziel. Und ich reite allein. Also. Wenn du willst, bin ich bereit, dich zur Bowlingbahn zurückzubringen. Aber das ist auch alles. Ich habe noch einiges zu erledigen.»

Als du nach dem Autoschlüssel kramst, klopft er mit dem Finger auf die Scheibe neben dem riesigen Kakerlaken. «Gwendolyn», sagt er. «Wenn unser Kind so aussehen würde, würdest du es trotzdem lieben?»

12:22 —••••–• Diamond nimmt dein Angebot an, will aber nicht zum Thunder House, sondern zum Sorrento, einem überalterten, aber noch immer eleganten Hotel auf dem First Hill, wo Dr. Yamaguchi abgestiegen sein soll. «Ich habe auch noch was zu erledigen», sagt er. Dann legt er dir die Hand auf den Schenkel. Du schiebst sie weg.

«Nein, Larry! Bitte. Ich bin bereits am Boden. Okay? Mein Leben ist im Moment hektisch genug. Ich weiß nicht mal, ob ich mit einer normalen Beziehung klarkäme, aber das letzte, das ich jetzt gebrauchen kann, ist eine ‹Kollision›.»

«*Au contraire*. Eine Kollision ist genau das, was du jetzt brauchst, denn Kollisionen verändern einen. Eine Beziehung kann einen Menschen gelegentlich erfüllen, aber nur eine Kollision kann ihn verändern. Das gilt für eine Zivilisation genauso wie für ein Individuum. Soll ich dir ein paar Beispiele aus der Geschichte nennen?»

«Und warum glauben Sie, daß ich mich verändern sollte, Mr. Naseweis?»

«Weil wir dazu geschaffen sind. Es liegt doch auf der Hand. Oder glaubst du etwa, wir sind hier, um unsere Schulden zu bezahlen?»

«Ich bin ein erwachsener Mensch. Ich habe mich weiterentwikkelt. Woher willst du wissen, ob ich mich verändert habe oder nicht?»

«Ich rede nicht von erwachsen. Kleine Kaulquappen werden nicht einfach große Kaulquappen und nennen sich Frosch, so wie kleine Kinder zu großen Kindern heranwachsen und sich Erwachsene nennen. Kaulquappen werden zu was völlig anderem.»

Du willst gerade losschreien: «Was zum Teufel gehen mich Kaulquappen an?», als du voll auf die Bremse treten mußt. Um ein Haar hättest du einen Einkaufswagenzug gerammt, der trotz roter Ampel die Kreuzung First Avenue und Denny überquert. Vor etwa sechs Monaten kamen einige der Obdachlosen, die ihr ganzes irdisches Hab und Gut – und häufig auch die Tageseinnahmen aus diversen Mülleimern – in Einkaufswagen die Straßen entlangschieben, auf die kluge Idee, Konvois zu bilden. Ihr Beispiel machte schnell Schule. Heutzutage gibt es Konvois oder «Züge», wie sie auch genannt werden, die dreißig oder vierzig Wagen lang sind. Sie gewährleisten ein gewisses Maß an Schutz – vor den Bullen, den Rich Boys und Schlägertypen unter ihresgleichen – und ein gewisses Maß an Macht, besonders über die Autofahrer, denn der Verkehr in Richtung Downtown wird immer wieder lahmgelegt von diesen quietschrädrigen, trägen, respektlosen Karawanen aus Müll und Verzweiflung.

Das Verkehrshindernis ärgert dich ebenso, wie dich seine Ursache aus der Fassung bringt; Diamond jedoch betrachtet die Szene voller Erstaunen. «Kannst du dir vorstellen, wie sie die Sahara durchqueren?» fragt er. «Auf dem Weg nach Timbuktu?» Und sein Erstaunen nimmt noch zu, als ihr ein paar Häuserblocks weiter einen werkzeuglosen Autoknacker eine Windschutzscheibe mit dem blanken Schädel zerschmettern seht, dann eine Prozession von halbnackten hysterischen Christen, die sich mit Stücken von stahlverstärkten Gürtelreifen geißeln, und schließlich einen Kader Neo-Marxisten, die vor einem Publikum aus blaulippigen Säufern, hip-hoppenden Crack-Kurieren und ein paar weggetretenen Pärchen aus Vorstädten, in die kein Whirlpool-Vertreter je einen Fuß setzen würde, die Freuden und Vorzüge der gewaltsamen Revolution preisen. Die Bürgersteige sind gesäumt von Schnorrern jeden Alters, aller möglichen Rassen, sozialen Hintergründe und Graden geistiger Gesundheit. Da hocken sie wie Vögel auf der Stange und kreischen, murmeln, lallen und leiern ihre Bitte um eine milde Gabe herunter. Manchmal vollführen sie mitten im Verkehr eine Veronica, als sei Stierkampf eine Disziplin der Behinderten-Olympiade. Als du um die Ecke der First Avenue und Stewart biegst, könntest du schwören,

Fetzen einer auf der Maultrommel gespielten, vertrauten Melodie zu hören.

Diamond muß deine Grimasse bemerkt haben, denn er sagt: «Ja, ja, du hast recht. Viel zu früh für ‹Strangers in the Night›. Wenn der Typ auf Zack wäre, würde er uns ein Osterständchen bringen.» Dann wirft er den Kopf in den Nacken und stimmt «Zip-A-Dee-Doo-Dah» an.

«Ich versteh einfach nicht, wie du dich über ein solches Elend noch amüsieren kannst.»

«Herzlichen Glückwunsch, Hopsfrosch. Schon wieder daneben getroffen. Das menschliche Theater ist nicht immer ‹amüsant›, aber es ist Theater, und das Theater kann man bewundern, selbst wenn der Inhalt düster und schwer ist. Kennst du dich mit griechischer Mythologie aus?»

Und dann fällt dir auf, daß du dich plötzlich wie Belford Dunn anhörst. «Diese Leute spielen kein Theater, Herrgott noch mal. Ihr Elend ist echt.»

«Wir spielen alle Theater. Wir glauben nur, daß es echt ist.»

«Ach ja? Ist das vielleicht auch so ein Körnchen Weisheit, das du aus Timbuktu mitgebracht hast? Ich hoffe, du schaffst es, Yamagoofy zu treffen. Er wird dir den Einlauf gratis verpassen, bloß um dir zuzuhören.» Du scherst aus, um einem auf die Straße torkelnden Penner und gleich danach noch einem auszuweichen. Wäre die Titanic ein Porsche gewesen, würde sie heute noch munter über die Weltmeere schippern. Aber wenn Penner Eisberge wären, dann trügen die Läuse Schneeschuhe und die Flöhe bräuchten Eispickel. «Ich habe einen Freund», sagst du, «der glaubt, daß es unsere Schuld ist, daß diese Leute auf der Straße liegen, und daß wir die Pflicht haben, ihnen ein Dach über dem Kopf und was zu essen zu besorgen. Vielleicht machte das ja mal Sinn, aber heute gibt es einfach zu viele davon.»

«Ja, ist das nicht klasse? Ein Penner oder zwei an einer Ecke sind ein herzzerreißender Anblick, aber das hier – das ist ein echtes Spektakel! Mal ganz abgesehen von der schieren Masse – dein Freund ist ein aufgeblasener Trottel, wenn er sich einbildet, Schuldzuweisungen vornehmen und Pflichten verteilen zu können. Er beleidigt die Obdachlosen, weil er nicht respektiert, daß sie eine Entscheidung getroffen haben, die ihr Leben prägt, und erniedrigt sie noch weiter, indem er ihnen die Fähigkeit abspricht, ihre Situation aus eigenen Kräften zu verändern. Es gibt viele Arten, Menschen zu Opfern zu erklären, meine Liebe. Die hinterhältigste ist die, ihnen einzureden, sie seien Opfer.»

«Also, jetzt paß mal auf, Larry.» Ziemlich heuchlerisch versuchst du, die Sache aus Belfords Sicht anzugehen. «Ich glaube wirklich nicht, daß irgendwer sich so ein Leben ausgesucht hat. Ich meine, stell dir ein paar Kids vor, die nach der Schule in der Videothek rumhängen, einer sagt, er will Ingenieur werden, ein paar andere träumen von einer gemeinsamen Anwaltskanzlei, ein Mädchen hat sich in den Kopf gesetzt, Tiermedizin zu studieren, und dann ist da noch einer, der sagt: ‹Hey, ich glaube, ich werde Penner – oder ein stinkiger, zahnloser Säufer, der auf kalten Betonhöfen schläft.› Das nehme ich dir nicht ab.»

«Ich auch nicht. Und trotzdem ist, abgesehen von den legitimen und angeborenen Verrückten, jeder einzelne von ihnen da, wo er ist, weil er eine bestimmte Entscheidung getroffen hat. Eine dumme Entscheidung. An irgendeinem Punkt haben die Götter jedem zwei verschlossene Tüten hingestellt und gesagt: ‹Wähle!› In der einen Tüte war ein Peperone, und in der anderen ein Stück Scheiße. Nun, wenn sie sich die Mühe gemacht hätten, die beiden Tüten zu untersuchen, sie zu betasten oder zu schütteln oder an ihnen zu riechen – immerhin haben Peperoni eine völlig andere Konsistenz und ein anderes Aroma als ihr exkrementales Gegenstück –, na ja, du verstehst, was ich meine. Aber weil die Tüte mit der Scheiße näher stand und sie sich nicht groß anstrengen mußten, um sie zu packen, oder weil sie leichter aussah und daher einfacher zu tragen schien, oder größer und deshalb ohne jeden Grund vielversprechender, oder auch bloß, weil sie durchs viele Fernsehen abgelenkt waren – wobei, wenn sie wirklich so oft vor der Glotze säßen, hätten sie die Scheiße längst durchschaut –, oder weil die Tüte mit der Scheiße zufälligerweise die Farben ihrer Lieblingsmannschaft hatte ...»

«Vielleicht hat jemand anders für sie gewählt.»

«Das ist sehr oft der Fall. Aber man kann sich auch entscheiden, seine Wahl selbst zu treffen.»

«Leichter gesagt als getan.»

«Wo ist das nicht so? Wenn du dich beschweren willst, weil die Umstände so schlecht sind oder weil man gezwungen ist, zwischen zwei Tüten zu entscheiden, wenn man noch viel zu jung oder unerfahren ist, um zu wissen, was man tut, wirst du dich mit den Göttern rumstreiten müssen. Onkel Larry hat das System nicht erfunden. Onkel Larry sagt bloß, daß man die Verantwortung für seine eigenen falschen Entscheidungen übernehmen muß. Würde uns die Gesellschaft jedesmal, wenn wir uns für ein Stück Scheiße entscheiden, die Möglichkeit geben, es gegen ein Peperone einzutauschen, und das unter erheblichen Kosten, würden wir erstens nicht lernen, richtige Entscheidungen zu treffen, und zweitens auch die Freiheit der Wahl aufs Spiel setzen, denn eine Entscheidung ohne Konsequenzen ist überhaupt keine Entscheidung. Vielleicht läuft es letztlich darauf hinaus, welchen Preis wir für die Freiheit bezahlen wollen. Auf Onkel Larrys Liste rangiert sie ganz oben, weit vor Essen und Wohnung, wenn auch nur eine Nasenlänge vor deinem kleinen –»

«Hör auf!»

Wenn der Porsche lieber mit Vollgas über die Autobahn preschen würde, statt sich durch einen Strom von beinahe feindselig wirkenden Fußgängern an der Ecke First Avenue und Pike zu schlängeln, dem Zugang zum legendären Pike Place Market, Mittelpunkt des Penner-Universums, so läßt er sich nichts anmerken. Der gedrosselte Porsche benimmt sich, als nippte er in der Bibliothek einer bayrischen Jagdhütte einen Brandy und paffte dabei eine Zigarre. Wenn du bloß auch so gelassen wärst. Seit Jahren haben die menschlichen Wracks dich insgeheim geärgert, und seit Jahren hat Belfords weinerliches Getue um sie dir ein schlechtes Gewissen eingejagt. Und jetzt taucht da dieser Typ auf, der behauptet, daß sowohl dein Ärger als auch Belfords Sorge möglicherweise deplaziert sind, daß die Obdachlosen bloß Figuren in einem großen Spiel mit vielleicht entscheidenden, ja, unentbehrlichen Rollen für den Handlungsablauf sind. Zumindest verstehst du ihn so. Mehr aus Angst als aus Nettigkeit widerstehst du dem Drang, die «Schauspieler», die sich auf der Kreuzung zusammenrotten, mit der Hupe zu vertreiben, und sagst: «Tatsache ist doch, daß es auch Leute gibt, die sich *für* dein Peperone entschieden haben. Sie haben ihn geschnappt und sind damit losgerannt, sie haben weder die Schule geschwänzt noch sie abgebrochen, sie haben keinen Tante-Emma-Laden ausgeraubt, kein Auto geklaut, sind nicht schwanger geworden, haben weder zu früh geheiratet, noch sind sie alkohol- oder cracksüchtig geworden. Es sind Leute, die das meiste aus einer glücklichen Kindheit gemacht oder eine schreckliche überwunden haben, Leute, die hart arbeiten mußten und erfolgreich in ihrem Beruf waren, bis ihnen der Teppich unter den Füßen weggezogen wurde, als es mit der Wirtschaft bergab ging. Was ist mit denen? Sind die etwa keine Opfer?»

«Doch, wenn sie sich selbst so sehen wollen. Jeder hat...»

«...sein Päckchen zu tragen. Ist das alles, was du dazu sagen kannst?» Du siehst eine Lücke in der Prozession und gibst Gas, um die Kreuzung zu passieren.

«Tut mir leid, wenn meine aufkommende Langeweile ein Mühlstein am Hals dieser Unterhaltung sein sollte, aber was mich angeht, so ist das alles soziologischer Krampf und Geschwafel. Geschwafel und soziologischer Krampf. Ich sollte dich jedoch darauf aufmerksam machen, daß Autoritäten – und sogar das Schicksal – sich austricksen lassen und daß es für jedes echte Opfer in unserer Kultur hundert andere gibt, die sich selbst zu Opfern stempeln und damit degradieren, nur weil sie sich unbedingt in Wut und Bitterkeit wälzen müssen. ‹Zip-A-Dee-Doo-Dah.›»

«Ist das alles, was du dazu zu sagen hast?»

«Ich hätte nicht mal soviel gesagt, wenn du nicht so eine süße kleine Mangopresse wärst. Komm schon, Pussy Butter...»

«Hör auf, mich so zu nennen!»

«Offensichtlich möchtest du, daß ich in das allgemeine Klagelied für unsere Brüder und Schwestern im Finanzsektor einstimme, aber eher touren die Ice Capades durch die Hölle, als daß deine dem Untergang geweihten Kollegen eine einzige mit Sympathie gefüllte Kohlensäureblase in meiner schmutzigen Brust aufsteigen lassen. Sowohl die ruinierten Investoren als auch die bankrotten Bookies haben sich doch selber reingeritten – indem sie sich mit Leib und Seele der Lüge verschrieben.»

«Ach ja? Und was für eine Lüge ist das?»

«Die Lüge vom Fortschritt. Die Lüge vom unbegrenzten Wachstum. Die Lüge vom Expandieren oder Untergehen. Hör zu. Wir haben ein hübsches Handels- und Wirtschaftsfeuerchen zum Flakkern gebracht, doch statt uns an seiner Wärme zu freuen, Marshmallows drin zu rösten und in seinem Schein die Klassiker zu lesen, waren wir wie besessen von der Vorstellung, es immer größer und heißer zu machen. Und mit einemmal war es ein Grund zu äußerster Besorgnis und Unzufriedenheit, wenn die Flammen nicht von einem Quartal zum nächsten immer höher schlugen. Nun, jeder Bozo an seinem Flußufer hätte uns sagen können, daß man früher oder später allen Brennstoff verbraucht hat und das Feuer erlischt, wenn man es schürt und schürt. Oder aber es wird zu groß, gerät außer Kontrolle und verschlingt am Ende das Land und seine Bewohner. Die Natur hat dem Wachstum schon immer Grenzen gesetzt: Grenzen sowohl bei der physikalischen Größe einer bestimmten Spezies als auch bei der Größe ganzer Populationen. Haben wir wirklich geglaubt, der Kapitalismus wäre von den Naturgesetzen ausgenommen? Haben wir ungebremsten Konsum wirklich mit ungebremstem Fortschritt verwechselt? Benjamin DeCasseres, ein Franzose, der an der Timbuk U. lehrte, hat Fortschritt einmal als ‹Sieg des Lachens über das Dogma› definiert. Nun, das ist wenigstens ein Sieg, den man feiern kann.»

Im Englischen gibt es die ulkige Redensart «making good time», ein umgangssprachlicher Ausdruck, der, wenn man ihn wörtlich nimmt, impliziert, daß Zeit etwas ist, das man fertigen oder herstellen kann, und dies entweder schlecht oder fachmännisch. Es ist eine ebenso phantastische oder unlogische Vorstellung wie einen Stern «sitzende Hose» zu nennen – bis man tiefer in die Quantenphysik einsteigt und lernt, daß Zeit, so wie man sie auf der Erde mit Hilfe von Uhren einteilt, in Wirklichkeit eine Erfindung ist, eine Sache, die wir uns aus Bequemlichkeitsgründen zurechtgelegt haben. Mehr noch, je «besser» unsere Zeit ist, also, je schneller wir sind, um so weniger Zeit bleibt, so daß «in dem Moment», da wir Lichtgeschwindigkeit erreichen, überhaupt keine Zeit mehr da ist, was vielleicht darauf hinweist, daß die einzig gute Zeit tote Zeit ist. Eine andere Sache, über die es nachzudenken lohnt, ist folgende: Wenn die höhere Wissenschaft der Redewendung «making good time» eine Daseinsberechtigung verschafft hat, könnte sie dann eines Tages nicht auch den Namen «sitzende Hose» für rechtsgültig erklären? Für den Augenblick genügt es, zu sagen, daß du ziemlich schnell über die First Avenue rast und damit auf deinem Trip zum Hotel Sorrento endlich doch noch «Zeit gutmachst».

Du schaltest runter, biegst östlich in die Marion ein und läßt innerhalb weniger steiler Häuserblocks die letzten Reste des «Spektakels» hinter dir. Bald sind sämtliche Einkaufswagen-Konvois durch Luxuskarossen und die Ausgestoßenen durch österlich herausgeputzte feine Pinkel ersetzt. Das hebt deine Laune, und deshalb ist kaum noch ein vorwurfsvolles Schnarren in deiner Stimme, als du zu Diamond sagst: «Du bist ein Mann, der nichts für Geld übrig hat.»

Er stößt ein halbes Kichern aus. Die untere Hälfte. «Das ist so, als wenn man sagte, ich hätte nichts für ein Brecheisen oder eine Spitzhacke übrig.»

«Aber ...»

«Oder ich hätte nichts für das Stunt Double übrig.»

«Das was?»

«Denjenigen, der bei gefährlichen Szenen für den Hauptdarsteller einspringt.»

«Oh», sagst du, ohne ganz zu kapieren.

«Ich bin doch wohl nicht so bescheuert, daß man mich für asketisch halten könnte, meine Liebe. Für einen dieser selbstzerstörerischen Armut-Junkies. Hast du je einen Asketen gesehen, der munter und fröhlich war? Hast du je von einem Heiligen gehört, der kreativ, intelligent und attraktiv war – statt masochistisch, sexuell gestört oder auf so perverse Art egoistisch, daß er oder sie glaubte, dir spirituell überlegen zu sein, bloß weil er oder sie das Elend in vollen Zügen genießt und du nicht? Leute, die sich mit der Armut verbrüdern, sind genauso hohle Ausbeuter wie die, die den Reichtum gepachtet haben. Beide sind aus Mangel an Phantasie verblödet.»

«Nun, das ist bestimmt nicht dein Problem.»

«Ich nehme das als Kompliment. Besonders, da ich das Leben als autistisches Kind ohne jeden Funken Phantasie begonnen habe. Stell dir vor, als sechsjähriges Kind war ich so borniert wie ein Erbsenzähler in einem Behördenbüro.»

«Wirklich? Ich kann mich erinnern, daß du gesagt hast, du seist autistisch gewesen, aber das hab ich für einen deiner komischen Witze gehalten.»

«Vom Seerosenblatt aus gesehen ist alles ein Witz, selbst der Autismus – aber es gibt gute und schlechte Witze, und Autismus, für sich allein genommen, ist schlimmer als die Henne, die nicht aufhören kann, über die Straße zu laufen.»

«Ich fürchte, davon habe ich nicht viel Ahnung, aber die Ärzte vermutlich auch nicht.»

«Meine Theorie, die allerdings – wenn überhaupt – nur von wenigen Ärzten geteilt wird, lautet, daß im Unterschied zu gewöhnlichen seelischen Störungen, die, wie Papa Freud uns beigebracht hat, normalerweise das Resultat kindlicher Traumata sind, Autismus das Ergebnis eines foetalen Traumas ist, etwas, das uns stört, während wir noch als völlig unbeschriebenes Blatt im Fruchtwasser schwimmen. Das meine ich übrigens wörtlich. Wir fangen sozusagen als Meeresfrucht an.»

Da du keine Lust hast, ausgerechnet in dieses Wasser zu springen, fragst du: «Wie hast du es geschafft, das zu überwinden? Den Autismus, meine ich?»

«Mit Hilfe von Delphinen.»

Meine Güte! Du wirfst ihm einen Blick zu, worauf er sagt: «Sieh mich nicht so an. Heb dir diesen Blick für die Apologeten in deiner Disco morgen früh auf. Als ich acht war, fuhren meine Eltern mit meinen Schwestern und mir nach Florida. Da gab es Delphine, mit denen wir spielen konnten. Nach einer Stunde kam ich aus dem Wasser und bat um ein Sandwich mit Erdnußbutter. Bis zu diesem Augenblick hatte ich noch nie gesprochen. Kein einziges Wort. Am nächsten Tag passierte dasselbe. Diesmal stieg ich aus dem Wasser und umarmte meinen Vater. Es war das erste Mal, daß ich freiwillig einen anderen Menschen berührte. Mein Dad nahm sich von der Arbeit frei, und wir blieben mehrere Monate in Grassy Key. Jeden Tag bin ich mit den Delphinen rausgeschwommen, und als ich neun wurde, war ich ein sogenanntes ‹normales› Kind. Ein sehr ungezogenes Kind, aber vom psychiatrischen Standpunkt aus normal.»

«Aber wie...?»

«Autistische Kinder ziehen sich in sich selbst zurück. Die Delphine haben meine unsichtbare Mauer durchbrochen und mich zurückgeholt. Wie? Wir konnten kommunizieren, die Delphine und ich, weil wir auf gleicher Wellenlänge waren. Einer autarken, intrauterinen Wellenlänge. Einer Unterwasser-Ebene. Emotional gesehen, befinden sich autistische Kinder immer noch im Mutterleib. Im Wasser. Sie können mit Tieren auf dem Land nichts anfangen. Auch nicht mit dem Leben in der Luft. Irgendwie haben mir die Delphine gezeigt, wie ich den Übergang von einer flüssigen in eine gasförmige Umgebung bewältigen konnte. Scheint mir völlig logisch. Es ist allgemein bekannt, daß sich Depressionen und erhöhter Blutdruck ganz einfach durch das Beobachten von Fischen in einem Becken mildern lassen.»

«Vielleicht erklärt das...»

«Warum ich nommophil bin? Nicht ganz. Man kann jedoch mit einiger Gewißheit behaupten, daß ich aus den geheimen Wassertraditionen der Bozo größere Schlüsse ziehe als die meisten anderen. Aber darüber willst du bestimmt nicht reden. Du willst über Geld reden.»

«Das ist unfair. Geld ist nicht das einzige, was mich ...»

«Du brauchst dich nicht zu verteidigen. Es wäre ein schlechtes Zeichen, wenn du nichts für Überfluß übrig hättest. Überfluß in jeder Hinsicht – materieller, emotionaler, intellektueller und spiritueller Art – ist das Ziel jeder hochfliegenden Seele. Aber in welche dieser Kategorien paßt das Geld? Automatisch würdest du sagen, in die materielle. Onkel Larry ist anderer Meinung. Onkel Larry sagt, in die spirituelle. Geld ist vielleicht unser größter spiritueller Führer. Erbaulicher als ein Stadion voller Swamis. Nichts kann einen Pilger so schnell vom Weg abbringen wie Geld. Das ist der Job des spirituellen Führers, weißt du. Nicht uns den Weg zu zeigen, sondern uns davon abzubringen. Solange wir dem Weg nicht folgen können, ohne uns abbringen oder weglocken zu lassen, solange wir nicht der Möhre des Führers widerstehen und seinem Stock trotzen können, ist unsere Reise nicht viel mehr als ein immer wieder verhinderter Aufbruch. Wenn es um die Erhellung der inneren Struktur des Bewußtseins und die Sichtbarmachung seiner Schwächen und Fehler geht, wirft nichts, nicht einmal die Liebe, einen helleren Strahl als das Geld. Es ist erstaunlich entlarvend, was wir alles anstellen würden, um dranzukommen, es zu behalten oder unserem schlechten Gewissen darüber Ausdruck zu verleihen, daß wir es haben. Zwischen Barmherzigkeit und Habgier verläuft nur eine schmale Grenze: Im Grunde ist beides Ausdruck von Unsicherheit und eine Manifestation des Egos. Wenn du wissen willst, wie unsicher du bist, wie aufgeblasen und starr dein Ego ist, wie groß deine Chancen sind, auf dem Weg zu bleiben, dann sieh dir an, wie du zu Macht und Einfluß stehst. Geld ist ein schrecklicher Diener, aber ein wunderbarer Meister, und nichts liegt Onkel Larry ferner, als zwischen eine Suchende und ihren Guru treten zu wollen, meine Kleine.»

O Gott! Was soll das nun wieder heißen? Du bist noch dabei, die Feinheiten von Diamonds jüngster pädagogischer Lektion zu interpretieren – könnte es eine versteckte Einladung gewesen sein, seine Hilfe bei deinem Dreh mit den Öl-Futures in Anspruch zu nehmen? –, als du vor den Straßensperren anlangst, die das Sorrento Hotel abriegeln.

12:45 — • • • • – • Der First Hill hat weder eine äußere noch innere Verbindung zur First Avenue. Die beiden sind durch fast ein Dutzend Häuserblocks voneinander getrennt. Außerdem sind viele Einwohner von Seattle dazu übergegangen, den First Hill als Pill Hill zu titulieren, ein Tribut an die hohe Konzentration von Krankenhäusern, Kliniken, Arztpraxen und Apotheken dort oben. Harborview, die öffentliche Irrenanstalt, wohin die ungehobelten Bullen Cecil und Smokey dich am liebsten verfrachtet hätten, liegt auf dem Pill Hill, ebenso wie das Hutchinson Cancer Research Center. Und am äußersten nordwestlichen Rand der Hügelspitze, hoch über der Altstadt und dem Puget Sound, befindet sich auch das Sorrento Hotel, eine um die Jahrhundertwende im mediterranen Stil erbaute Herberge, hauptsächlich von Gästen frequentiert, die Zurückgezogenheit, Ruhe und Kultiviertheit in urbaner Umgebung schätzen. Vielleicht sind das genau die Forderungen, die Motofusa Yamaguchi an seine Unterkunft stellt, wahrscheinlicher aber ist, daß seine Gastgeber ihn im Sorrento untergebracht haben, weil es ganz in der Nähe der Hutchinson-Labors liegt. Wie auch immer. Zwar hat sich schon so manche Showbiz-Größe erfolgreich im Sorrento verstecken können, Dr. Yamaguchis Aufenthalt jedoch hat den Anschein von Abgeschiedenheit oder Ruhe zerstört.

Eine Menschenmenge hat sich vor dem Hotel versammelt. Vierhundert Menschen sind zwar noch keine Masse, aber mehr als genug, um den Zugang zu dem friedlichen kleinen Garten des Sorrento mit seinem Springbrunnen, dem schmiedeeisernen Gitter und den stacheligen Palmen zu blockieren. Egal, ob sie verzweifelt medizinische Hilfe brauchen, Geschäftsverbindungen knüpfen wollen oder einfach neugierig sind – die Besucher haben bereits den gesamten Garten mit Beschlag belegt und bevölkern die ganze Madison Street bis zur Ecke Terry Avenue. Die überarbeitete und erschöpfte Polizei hat das eigentliche Hotelgebäude abgesperrt. Zwei Beamte leiten den Verkehr um und konzentrieren sich darauf, die Terry Avenue freizuhalten, weil sie für Krankenwagen die kürzeste Verbindung zum einen Block entfernten Schwedischen Hospital ist.

Du bugsierst den Porsche in eine Seitenstraße abseits der Terry Avenue. Alle Parkbuchten sind besetzt, doch du brauchst nur Platz, um kurz anzuhalten und deinen Passagier abzusetzen. Diamond läßt die Fensterscheibe runter und fragt eine Passantin, was da vorn los ist. Die zerbrechliche ältere Dame antwortet, Yamaguchi sei gerade zum Lunch abgeholt worden, werde aber gegen drei zurückerwartet.

«Was willst du tun?» Es ist nicht zu übersehen, daß ihm erneut Schweißperlen auf die Stirn treten. So gern du ihn auch loswerden würdest, ganz ohne Mitgefühl bist du auch wieder nicht.

«Zuerst schlage ich mich durch zum Foyer. Wenn mir die Hotelleitung den Zugang zur Toilette verweigert, komme ich hier raus und hocke mich zwischen die parkenden Autos.» Er zieht eine Ziploc-Tüte voller Komantschenblätter aus der Innentasche seiner Lederjacke. «Die Schmerzen machen mir weniger zu schaffen als die Banalität dieser Krankheit.»

«Es tut mir leid, Larry.» Du hast keinen Krebs, aber du weißt, was er meint.

«Und dann warte ich hier zusammen mit all den anderen Nieten drauf, ob ich nicht doch noch an Yamaguchi-san rankomme.»

«Ich hoffe, er redet mit dir.»

«Auf alle Fälle wird es gutes Theater.» Er dreht sich um und sieht dich an. «Bevor ich mich verabschiede, will ich aber noch kurz deine anderen Fragen beantworten, wenn auch wahrscheinlich nicht in der Reihenfolge, in der du sie gestellt hast.» Offenbar wirkst du einigermaßen verstört, denn er setzt erklärend hinzu: «Die Fragen, die du im Auditorium gestellt hast.»

«Ach so, die.»

«Niemand außer den Bozo und den Dogon behauptet, daß es einen Sirius C gibt. Doch die Bozo und die Dogon genießen einzigartige Glaubwürdigkeit in diesem Bereich. Wenn sie recht behalten, wenn der Sirius tatsächlich eine zweite Schwester hat, von der die Astronomen keine Ahnung haben, und es tatsächlich einen Sirius C gibt, dann steht der Pudding, den wir als Realität bezeichnen, auf echt wackligen Beinen.

Im Hinblick darauf und um eine andere Frage von dir zu beantworten, muß ich dir folgendes mitteilen: Wegen des automatischen Schlosses, das wir im Thunder House haben, kann niemand den Ausgang benutzen, ohne daß er einen entsprechenden Schlüssel hat. Ich habe nicht den leisesten Schimmer, wie Q-Jo es geschafft hat rauszukommen. Ich wollte dir das vorher nicht erzählen, weil ich Angst hatte, dich abzuschrecken.»

Bei diesen Worten würgst du den Motor ab und zögerst, ihn erneut anzulassen.

«Und was die Anziehungskraft betrifft, meine Liebe, seit ich dich zum ersten Mal sah, wollte ich dir an die Wäsche, so wie andere an ein Girokonto bei einer Bank, die keine Sollzinsen verlangt. Und ob du's glaubst oder nicht, aber an dein Bewußtsein wollte ich auch. Ich sagte mir: ‹Larry, wäre es nicht klasse, wäre es nicht wirklich toll und ein Segen für die menschliche Gemeinschaft und alle Geschöpfe, klein oder groß, wenn die Seele dieser Frau genauso reif und umwerfend wäre wie ihr Arsch?› Ist sie natürlich nicht, aber vielleicht könnte sie es werden. Du kommst mir vor wie ein superneuer, teurer Fernsehapparat, der nur zwei oder drei Programme empfängt. Ich will dir einen Kabelanschluß verpassen, Süße. Ich will deine Satellitenschüssel sein.»

Während du noch überlegst, ob du geschmeichelt oder beleidigt sein sollst, zieht er ein Bündel Flugscheine aus der Brusttasche. Grüne Flecken, die von der unmittelbaren Nähe seiner medizinischen Kräuter zeugen, haben den Namen der Fluglinie beinahe unleserlich gemacht. «Morgen fliege ich zurück nach Timbuktu», sagt er und beantwortet damit deine letzte Frage.

12:52 —••••• «Timbuktu? Morgen?» Du schluckst und versuchst, das Schlucken zu verbergen.

«Ja. Im Morgengrauen. Noch ehe der Hahn dreimal kräht. Es ist mir klar, daß dir diese Neuigkeit das Herz bricht, aber du brauchst nicht zu verzweifeln. Ich bin sicher, daß wir eine Strategie finden, mit der sich jede Kalamität in ein Vergnügen verwandeln läßt. Aber solange diese Conga-Schlange von Idioten hinter uns Radau macht» – mehrere Wagen, deren vergebliches Kreisen um das Hotel du blockierst, haben angefangen zu hupen –, «können wir keine weitreichenden Entscheidungen treffen, also verdrücke ich mich in der Gewißheit, daß die Liebe immer einen Weg findet und wir alles lösen werden, wenn wir uns das nächste Mal begegnen.»

Bau nicht auf ein nächstes Mal, willst du gerade sagen, doch da küßt er dich, und der Kuß erinnert dermaßen an ein mexikanisches Hochzeitskleid mit schichtenweise Rüschen, meterweise Spitzen, Tüll, Stickerei, reihenweise Perlmuttknöpfen und Unmengen von bunten Schleifen, daß der wütende Verkehr sich von einer Sekunde auf die andere in eine Fiesta verwandelt und der Autofahrer, der hinter dir auf einen Parkplatz hofft und mit der geballten Faust droht, zu einem betrunkenen Priester wird, der dir seinen Segen erteilt. Als Diamond endlich abhaut, einen Speichelfaden hinter sich herziehend, stürmen deine Gonaden Richtung Durango.

13:00 —••••• Fester Boden. Danach sehnst du dich. Eine Weile auf festem Boden zu stehen. Gewachsener Fels. Terra firma. Stahlbeton. O Schwerkraft, wo ist dein Haken, wo deine Schnur, dein Lot?

Du wählst einen Umweg, umfährst gewissenhaft die dichteren Populationen von Straßenbewohnern und vermeidest so, von Fußgängern eingekeilt zu werden, sowie mögliche Akte von Vandalismus und Gewalt und die Versuchung, die obdachlosen Horden mit Diamonds Augen zu sehen. (Wenn sie tatsächlich Statisten und zugleich Stars eines großen, lebensprühenden Spektakels sind, würdest du gern mal ein Wörtchen mit dem Produzenten reden und wüßtest gern, was bei dem wohl auf der Casting-Couch abgeht.)

Du erreichst dein Haus ohne Zwischenfälle, und das allein ist ein

Triumph, wenn auch noch kein Anzeichen für Stabilität, denn jetzt mußt du dich um André kümmern, eine Verpflichtung, die jede Illusion von festem Boden unter den Füßen ausschließt. Glücklicherweise, denn es ist ein altes Gebäude und schrecklich *démodé*, haben alle Türen Schlüssellöcher. Als du ein Auge an den abgewetzten Messingbeschlag von Q-Jos Domizil hältst, kannst du dich vergewissern, daß der Makak tatsächlich noch da ist. Und wie er da ist! Er liegt auf Huffs Kirschbaumtisch zwischen lauter verstreuten Tarotkarten wie das geweihte Opfer einer Toupet-Sekte. Wegen deiner verfluchten Kurzsichtigkeit kannst du nicht mit Bestimmtheit sagen, ob André noch atmet, und dir kommt der schreckliche Gedanke, daß du ihn vielleicht umgebracht hast. Wer zum Teufel weiß schon, wieviel Valium ein zehn Kilo schwerer Affe verträgt?

Du kneifst die Augen zusammen, du blinzelst, du drückst dich so dicht ans Schlüsselloch, daß dein Augapfel an eine Weintraube erinnert, die in ein Blasrohr gepreßt wird. Doch leider gelingt es dir immer noch nicht, ein Heben oder Senken der behaarten Brust zu erkennen. Wenn du Belfords kleinen Halunken leichtsinnig vom Leben zum Tod befördert hast – nun, die Konsequenzen sind zu düster, als daß du sie dir in allen Einzelheiten ausmalen willst. Als du mit der Nagelfeile die Nägel an der Tür löst und dich auf Zehenspitzen reinstiehlst, um einen Spiegel an die Affennüstern zu halten und den Affenpuls zu messen, suchst du im Geist schon nach Alibis und Möglichkeiten, die fatale Missetat jemand anderem in die Schuhe zu schieben.

Doch kaum bist du über die Schwelle geschlichen, als André dich damit verblüfft, daß er gereizt unter sein Hinterteil faßt, eine Geste, die darin gipfelt, daß er eine Tarotkarte unter sich hervorzieht, als hätte sie ihn in den straffen kleinen Hodensack gepikst, und sie achtlos zu Boden wirft. Obgleich er weder die Augen geöffnet hat noch eine weitere Bewegung macht, genügt es dir zu wissen, daß er lebt (auf Koma oder Gehirnschaden kommst du gar nicht erst), und dir fällt ein Stein vom Herzen. Je länger er schläft, um so leichter wird es sein, ihn festzuhalten. Wenigstens das geht gut. Du willst gerade wieder aus der Wohnung schlüpfen, als dein Blick auf die Karte fällt, die André aus dem verstreuten Spiel herausgepickt hat. Sie ist mit dem Bild nach unten auf dem Fußboden gelandet. Plötzlich packt dich brennende Neugier. Eine Karte, die mit so traumwandlerischer Sicherheit ergriffen wurde, muß eine besondere Bedeutung haben. Du fragst dich, welche es wohl ist. Außerdem fragst du dich, ob die Karte sich spezifisch auf das Unterbewußtsein des Affen beziehen würde, vorausgesetzt, ein Affe hat ein Unterbewußtsein, oder ob die Botschaft auch dir gelten könnte. Könnte es sein, daß sie beispielsweise einen Hinweis auf den Plan enthält, mit dem du aus der Heimkehr des verlorenen Affen Kapital schlagen willst – und zwar in Form eines kurzfristigen Darlehens bei Belford Dunn? Das nächste, was du weißt, ist, daß du auf allen vieren auf die runtergefallene Karte zukrabbelst.

Auf halbem Weg fällt dir auf, daß dies wohl kaum ein angemessenes Verhalten für jemand ist, der sich danach sehnte, seine Füße auf den sicheren Boden von Routine und Vernunft zu setzen. Du hältst inne, um dein Tun zu überdenken, und hörst in diesem kurzen gefrorenen Augenblick des Zögerns, wie sich hinter dir jemand räuspert.

Essie Kudahl, die pensionierte Floristin, die auf der anderen Seite des Gangs wohnt, steht mit offenem Mund und schreckgeweiteten Augen im Eingang. Es ist vielleicht ein Beweis für deine Willenskraft, daß du zwar heftig errötest, aber dennoch so viel Geistesgegenwart besitzt, einen Finger auf den Mund zu legen und damit jegliche Lautäußerung seitens der Witwe Kudahl zu unterbinden, die den schlafenden Prinzen hätte wecken können.

14:40 —••••• Im Lauf des Nachmittags wandern deine Gedanken immer wieder zu der nicht umgedrehten Tarotkarte. Doch jetzt, wo du all deine Überredungskünste verbraucht hast, um Mrs.

Kudahl davon zu überzeugen, daß die kleine Szene, die sie miterlebt hat, keineswegs so pervers war, wie es den Anschein hatte, hast du keine Lust, Q-Jos Wohnung erneut zu betreten, es sei denn, André wacht auf und schlägt Radau. Alle Viertelstunde schleichst du auf Zehenspitzen den Gang entlang und wirfst einen Blick auf deinen Gefangenen – nicht ohne das deutliche Gefühl, daß Mrs. Kudahl hinter ihrem Schlüsselloch beobachtet, wie du durch Q-Jos Schlüsselloch spähst.

Noch häufiger wandern deine Gedanken zu Larry Diamond. Beispielsweise so:

Eins. Weil du heute noch nichts gegessen hast, wärmst du dir einen Teller Hummersuppe auf – und während du sie löffelst, fragst du dich, ob Diamond sich die Mühe gemacht hat, etwas zu essen, oder ob der Krebs ihm den Appetit genommen hat, wie es gelegentlich der Fall sein soll.

Zwei. Als dir nichts anderes mehr einfällt, rufst du in sämtlichen Krankenhäusern an, um zu fragen, ob jemand eingeliefert wurde, auf den Q-Jos Beschreibung paßt – und jedesmal, wenn du auf die unvermeidliche negative Antwort wartest, versuchst du dir vorzustellen, wo sich das jeweilige Krankenhaus auf dem Pill Hill im Verhältnis zu Diamond und dem Sorrento befindet.

Drei. Da du Grandma Mati einen Brief schuldest, seit sie Oakland im Februar verlassen hat, um auf die Philippinen zurückzukehren, zückst du deinen Mont Blanc, um ihr ein paar Zeilen zu schreiben – und als die Tinte das Papier berührt, stellst du dir vor, wie die alte Dame bei Diamonds Anblick die Hände über dem Kopf zusammenschlägt und ruft: «Er sieht aus komplett verrückt, genau wie deine Papa!»

Vier. Da du kaum Erfahrung mit dem Rohstoffmarkt hast, nimmst du ein College-Lehrbuch aus dem Regal – und als du das Kapitel über Futures-Investitionen überfliegst, entbrennt die Hoffnung, daß Diamond dir bei deinem verzweifelten Plan doch noch helfen wird.

Fünf. Als du den Punkt erreichst, wo Schuldgefühle und allgemeiner Anstand dir nicht länger gestatten, Belfords pathetische

Anrufe zu ignorieren, wählst du die Nummer seines Hotels – und während in San Francisco das Telefon klingelt, ertappst du dich dabei, wie du dir widerwillig und völlig unvernünftig wünschst, daß Diamond und nicht Dunn den Hörer abnimmt.

14:42 —••••• Belford klingt so down, daß er auf eine Leiter steigen müßte, um die Birne in einer Taschenlampe zu wechseln. Sein Treffen mit dem französichen Beamten ist gerade ziemlich niederschmetternd zu Ende gegangen, und er kann sich nicht erklären, warum du auf seine Anrufe nicht reagiert hast. «Wo warst du?» fragt er und strapaziert seinen Kehlkopf bis zum äußersten, um nicht allzu weinerlich oder vorwurfsvoll zu klingen.

«Na, wo wohl – unterwegs, um André zu suchen, natürlich», antwortest du so unschuldig, daß keine Turteltaube zögern würde, in den Quittenblüten deiner Modulation ein Nest zu bauen. «Und ich habe gute Nachrichten.»

«Wirklich?»

«Nun ja, mehr oder weniger. Ich hab ihn gesehen.»

«Wirklich?»

«Ähm, ich glaube ja.»

«Was soll das heißen?»

«Ich bin ziemlich sicher, daß er in den Bäumen unweit der Schule hockte. Und ich habe einen Plan, um ihn in meinen Wagen zu locken.»

«Oh, Dank sei dem Herrn! Ich hoffe, du hast recht. Ich würde auf der Stelle zurückkommen, aber alle Flüge sind ausgebucht wegen der Feiertage. Fröhliche Ostern, übrigens.»

«Ach, ja. Fröhliche Ostern, Belford.»

«Vor heute abend um zehn kann ich unmöglich in Seattle sein.»

«Gut.»

«Wie meinst du das?»

«Oh, sorry, ich meinte, das wird reichen, denn es könnte eine

Weile dauern, bis ich ihn, ähm, einfangen kann, aber es ist gut möglich, daß ich ihn bis dahin habe.»

«Und wie willst du das anstellen?»

«Egal. Zerbrich dir deswegen nicht den Kopf. Ich hab schon einen Plan. Vertrau mir.»

«Oh, ich vertraue dir, Schatz, aber ich muß dich darauf hinweisen – und ich sage das wirklich nicht, um dich zu verletzen –, ich muß dich daran erinnern, nun, daß André nicht gerade dazu neigt, dir zu gehorchen, verstehst du?»

«André und ich hatten unsere Schwierigkeiten, aber das ist vorbei, und ich habe das Gefühl, daß wir mittlerweile ganz gut miteinander klarkommen.»

«Ich werde unablässig für euch beide beten. Weißt du, Gwen, wenn er es wirklich ist, dann könnte vielleicht ein Bananeneis ganz hilfreich sein.»

«Oh, gute Idee, Belford. Vielleicht versuch ich's mal damit.»

14:55 —••••–• Du starrst mehrere Minuten aus dem Fenster, bevor dir aufgeht, daß es schon wieder regnet. Als du das letzte Mal einen Blick auf den Himmel geworfen hast, war er noch ziemlich blau. Nun ja, so ist es eben in Seattle. Ehe du dich versiehst, hat er sich von Azurblau in Blechgrau verfärbt. Und im nächsten Augenblick ist dein Espresso verwässert. Die Stadt wird schneller naß, als sie trocknen kann, und hat sich damit abgefunden, daß es sich von einer Minute auf die andere zuzieht und dann stundenlang regnet. Neuankömmlinge wringen ihre feuchten Handschuhe aus und ärgern sich über modrige Wände, Eingeweihte fluchen und tun ihre Arbeit in dem Bewußtsein, daß der nächste sonnige Tag, auch wenn es bis dahin noch Wochen dauern kann, eine solche Phalanx an Sonnenschirmen, Eisbechern, eindrucksvollen Gebirgsmassiven und steil aufragenden Felsformationen, eine solche Palette von Jell-O, Kool-Aid, Vegas Strip und Karottenrot zum Sonnenuntergang, eine solche

Seeblick-Sammlung von endlosen Wasserflächen, kiefernbewachsenen Inseln, Walfontänen und Segelbooten, zahlreicher als Dreiecke in einem Geometriebuch, mit sich bringen wird, daß jede Erinnerung an Regen in Anfällen blendender Amnesie aufsprudelt und untergeht.

Du hast dich schon lange an die Hexenmasern des stetigen Nieselregens gewöhnt. Zwar stellen die Angriffe auf dein Make-up und deine Frisur immer noch ein ständiges Ärgernis dar, doch tendierst du dazu, sie mit Verachtung zu strafen. An diesem Nachmittag aber liegt ein schwerverdaulicher Klotz auf dem Amboß des Trübsinns. Du fragst dich, ob der Regen Larry Diamond beim Warten vor dem Sorrento Hotel überrascht hat. Du siehst ihn vor dir, traurig, einsam und verlassen. Womöglich riskiert er gerade eine Lungenentzündung, die seine Krankheit erheblich verschlimmern und seine Widerstandskräfte gegen ihre Attacken herabsetzen könnte. Sicher, Diamond ist ein unmoralischer Verführer und ein leichtsinniger Spinner, der dir nicht das geringste bedeutet, und außerdem fliegt er morgen nach Timufftu, wo man froh sein kann, wenn man ein unbenutztes Pflaster auftut, ganz zu schweigen von Chemotherapie: wie krank oder wie blöd ist er also wirklich? Trotzdem kommt es dir ein bißchen gemein vor, ihn ganz ohne Schutz oder Fahrgelegenheit im Regen stehenzulassen, jedenfalls in seinem Zustand. Würdest du dir etwa einen Zacken aus der Krone brechen, wenn du ihn zum Thunder House zurückfährst? Du wolltest doch sowieso noch die Nachbarschaft der Bowlingbahn abklappern, um nachzusehen, ob Q-Jos Wagen da irgendwo steht. Du kannst einfach nicht glauben, daß sie ohne Schlüssel eine verriegelte Tür passiert hat.

15:06 —••••• «Was glotzen Sie so?» fragst du die Kassiererin bei Thriftway. Es liegt auf der Hand, warum sie glotzt, immerhin ist es das dritte Mal an diesem Ostersonntag, daß du reinkommst und ungewöhnlich große Mengen Bananeneis kaufst. Aber das geht sie nichts an, und du willst verflucht sein, wenn du ihr diese Unverschämtheit durchgehen läßt.

«Entschuldigen Sie», sagt sie und weicht deinem Blick aus, während sie deine Einkäufe einpackt. Nicht schlecht, zur Abwechslung mal jemand anderen erröten zu sehen.

Du greifst nach der Tasche. «Die Dinger sind das einzig bekannte Heilmittel gegen Stigmata», sagst du streng. «Wenn Sie eine echte Christin und nicht so eine Heuchlerin wären» – und damit deutest du mit dem Kinn auf das kleine goldene Kruzifix um ihren Hals –, «würden Sie das wissen.»

«Jawohl, Ma'am.»

«Und das nächste Mal fragen Sie gefälligst, ob ich eine Papier- oder Plastiktüte will.»

So. Jetzt geht's dir besser. Du grinst den ganzen Weg bis zu Belfords Wohnung, wo du die Leine für den Affen holen willst.

15:16 —••••–• Essie Kudahl, die dich zwar wegfahren sah, deine Rückkehr jedoch verpaßt hat, kniet vor Q-Jos Wohnungstür und späht durchs Schlüsselloch. Diesmal bist du dran mit Räuspern. Junge, Junge, wie schnell so ein fahles Gesicht doch rot anlaufen kann! Macht echt Spaß, den Spieß umzudrehen und ihre Verlegenheit auszukosten.

Schwankend rappelt sich Mrs. Kudahl auf. Ihre Füße stecken in flauschigen Hausschuhen. Sie rafft den Morgenmantel um die Brust, als würde sie in dir den Safe-Sex-Schänder vermuten, und sagt: «Er macht was. Was Komisches.»

Du schiebst sie zur Seite und hältst dein eigenes schokoladenbraunes Auge ans Schlüsselloch. Einen Augenblick später weißt du, daß der Makak dabei ist, sich eine Zigarette zu drehen. Ein bißchen groggy, wie er ist, schafft er es noch weniger als beim letzten Mal. In seiner Ungeduld schüttet er handvollweise Tabak auf das Zigarettenpapierchen, seinen Schoß und das ausgesessene alte Sofa.

Ohne auf Mrs. Kudahl zu achten, obwohl du sie liebend gern noch ein wenig mehr zum Erröten gebracht hättest, löst du die Nägel und schließt die Tür auf. «Hallo, André. Hallo, mein Kleiner. Hast du gut geschlafen?» Du gehst vorsichtig auf ihn zu, doch er wirkt lammfromm trotz des Zigarettenfrusts. «Sieh mal, Tante Gwen hat dir was mitgebracht.»

Während der Affe das Eis verdrückt, streifst du ihm die Leine über und schnallst sie fest. «Braves Tier. Braves Äffchen. Hier hast du noch eins. Gwendolyn macht einen kleinen Ausflug mit dir. Und wenn du spurst, gibt's noch jede Menge Eis. *Beaucoup*. Okay?»

Als du den leicht weggetretenen Makaken aus der Wohnung führen willst, kommst du an den verstreuten Tarotkarten vorbei. Die meisten liegen mittlerweile auf der Erde, so daß es leider unmöglich ist, diejenige auszumachen, die André impulsiv ergriffen hatte. Du erhaschst jedoch einen Blick auf die Nommo-Karte, und das reicht, um dich zur Eile anzutreiben. Mrs. Kudahl, die den mit Lockenwicklern bedeckten Kopf wie am Seil aus der Wohnungstür hängt, rufst du zu: «Fröhliche Ostern. Der Vater ist ein Frosch, der Sohn eine Kaulquappe und der Heilige Geist eine Wolke Sumpfgas.»

15:27 —•••••– Du hast es dir schwieriger vorgestellt, André in den Kofferraum des Porsche zu verfrachten, doch kaum hast du den Karton voll Bananeneis reingeworfen, hechtet er hinterher. Er kreischt ein bißchen, als du die Haube zuschlägst, aber dann gibt er allmählich wieder Ruhe. Erst als du zufrieden den Kofferraum tätschelst und dich abwendest, bemerkst du den Streifenwagen, der auf der anderen Straßenseite parkt. *Verflixt*, denkst du. *Verflixt und zugenäht.*

«Es ist ein Magot», rufst du. «Er kann Regen nicht ausstehen.»

Smokey verdreht die Augen und schüttelt den Kopf. «Ich hab nichts gesehen. Du etwa, Cecil?»

Cecil würdigt dich keines Blickes. Cecil ist dermaßen in den

Anblick einiger überquellender Mülltonnen versunken, daß man meinen könnte, er würde dafür bezahlt, den Einfluß des sauren Regens auf gebrauchte Katzenstreu zu untersuchen. «Ich hab gar nix gesehn, verdammt», brummt er. Es ist die Stimme eines geschlagenen Mannes.

Den ganzen Weg bis zum Queen Anne Hill spähst du immer wieder im Rückspiegel nach dem Flackern von Blaulicht, kannst aber nichts entdecken und fährst zügig weiter. Sogar downtown behältst du das schnelle Tempo bei, denn der Regen hat die Mehrheit der Obdachlosen und Kriminellen von den Straßen in die Hauseingänge und diversen provisorischen Unterstände vertrieben, wo ihre Mülltonnenfeuerchen gegen das Wetter anzischen. Trotzdem entscheidest du dich für die Third Avenue statt der normalerweise belebteren First Avenue. Auf dem Weg kommst du am Werewolf Club vorbei, wo demnächst die Drunk Drivers und Tijuana Diaper Service auftreten werden, wie du im Vorbeifahren erfährst. Klar, daß der Club dich an deine letzte Unterhaltung mit Q-Jo erinnert, aber es bedarf schon mehr als dieser Erinnerung, um deine augenblickliche Hochstimmung zu trüben.

Der Regen, dieser hagere graue Sheriff, hat seine hartherzige Räumungsklage auch der Menschenmenge vor dem Sorrento präsentiert. Diejenigen, die sich nicht wie Sardinen ins Foyer gedrängt haben, sind zu ihren Autos oder nach Hause zurückgekehrt. Kaum ein Dutzend lungert noch im Garten herum, darunter allerdings auch Diamond. Er ist völlig durchnäßt, das ja, aber alles andere als einsam und verlassen. Im Gegenteil, er unterhält sich angeregt mit einer attraktiven Asiatin mittleren Alters, und die Streichholzflamme seines Grinsens erfüllt die feuchte Luft mit einem Hauch von Schwefel.

Zufällig hat ein Minivan gerade eine der limitierten Parkbuchten auf der Terry Avenue verlassen. Du schiebst dich vorsichtig rein und hupst, um Diamonds Aufmerksamkeit auf dich zu lenken. Endlich bemerkt er dich und kommt fröhlich rüber zum Porsche geschlendert, die klatschnasse lange Mähne wippt hin und her und verspritzt lauter kleine Tröpfchen.

«Ich war gerade in der Gegend», sagst du und läßt die Fensterscheibe runter.

«Ach ja? Ich auch.» Aus irgendeinem Grund macht dir der Spott in seinem Lächeln nichts aus.

«Ich bin überrascht, daß du noch hier bist. Was ist denn los?»

«Nun, der gute Doktor kam vor etwa zwanzig Minuten wieder. Keine besonders imposante Erscheinung, in natura noch weniger als im Fernsehen. Offenbar hatte er schon wieder zu tief ins Sake-Glas geschaut. Er hat kurz mit uns gesprochen, wenn auch nicht besonders zusammenhängend. Hat ein Plastikröhrchen mit 'ner Flüssigkeit rumgehen lassen, die aussah wie das Rückenmark einer Vogelscheuche. Das Einlaufelixier. Das Analambrosia. Er ließ durchblicken, daß, abgesehen von Mineralwasser, gekochtem braunem Reis und Betakarotin, nichts weiter drin ist als ein Spritzer Kaffee. Angeblich kann man es selbst machen, wenn man sich mit den exakten Mengenverhältnissen auskennt.»

«Mist!»

«Warum sagst du das?»

«Wenn sich rumspricht, daß es in Wirklichkeit keine Geheimformel gibt, die patentiert und gesetzlich geschützt werden kann, werden spätestens morgen die Schwimmflügel des Nikkei platzen, und wenn Tokio sich in Oktopus' Garten zu uns gesellt, wer bleibt dann noch, um Lebensretter zu spielen? Wir marschieren mit Bleischuhen am Meeresgrund entlang.»

«Du vergißt das Mundstück. Ohne Yamaguchis Spezialmundstück ist die Formel so viel wert wie schmutziges Spülwasser.»

«Ein kleines Klistier-Mundstück kann nicht die Weltwirtschaft stützen.» Es ist erst das zweite Mal, daß du das Wort «Klistier» in gemischter Gesellschaft benutzt, aber du bist zu aufgeregt, um rot zu werden. «Mist! Nun ja, trotzdem – soll ich dich nach Hause bringen?»

«Nett von dir, Pussy Nougat, aber ich glaube, ich bleib noch ein Weilchen. Yamaguchi hat angedeutet, daß er vielleicht noch mal runterkommt und mit uns über die Möglichkeit einer Behandlung spricht, wenn er umgezogen ist. Die Hotelleitung hat ihn ins Penthouse im siebten Stockwerk verlegt. Aus Sicherheitsgründen. Es ist nicht sehr wahrscheinlich, daß es mir in Timbuktu was nützen wird, aber ich habe das Gefühl, ich sollte hierbleiben und mich über alternative Methoden informieren.»

«Du kannst unmöglich da draußen im Regen stehen und warten. Du bist schon völlig aufgeweicht. Komm, setz dich in den Wagen. Ich mache die Heizung an.»

«Zip-A-Dee-Dooh-Da», singt Diamond. «Zip-A-Dee-Ay.»

16:00 —••••–• *Am Anfang war das Ding. Und eins führte zum anderen.*

Die schlichte, aber nach wie vor gültige Wahrheit dieser gekürzten Fassung des ersten Kapitels der Genesis zeigt sich wieder einmal am Cockpit des Porsche. Es ist ein Raum, den die Allgemeinheit, die Mehrheit deutscher Automobilkonstrukteure und auch du für den Geschlechtsverkehr denkbar ungeeignet finden würden, doch dann ziehst du dein Exxon Sweatshirt aus, um ihm damit die Haare trokkenzurubbeln, er schiebt seine tätowierte Hand unter dein Seidenhemdchen, die Scheiben beschlagen bequemerweise von selbst, und so führt eins zum anderen.

Es wird dir für den Rest deines Lebens ein Rätsel bleiben, wie ihr beide es geschafft habt. Aber ihr schafft es – leidenschaftlich, zärtlich und ziemlich ausdauernd. Schnaubend und wiehernd kommt das weiße Pony über den Hügel, erst im Trab, dann im Galopp, und es kommt und kommt, bis es deinen Vorgarten erreicht, wo es ein paar Mal kräftig auskeilt und sich dann träge im Klee wälzt. (Q-Jo hatte recht: all die anderen Male waren falscher Alarm, Schmelzkäse, Gelächter vom Band, Placebos.) Die beschlagenen Scheiben geben dir ein übersteigertes Gefühl von Privatsphäre, doch so, wie der Porsche auf dem Höhepunkt deiner Lust schaukelt, muß die ganze Nachbarschaft mitgekriegt haben, daß sich irgendwas Unziemliches in dem kleinen Sportwagen tut, und der arme André hat wahrscheinlich das Gefühl, in einem Faß die Niagarafälle runterzusausen. Die Bullen sind zum Glück schon abgezogen.

«Was ist denn so komisch, Gwendolyn?»

«Mmmm. Nichts.» Warum sollst du eine wunderbare postkoitale Träumerei damit verderben, daß du Diamond von dem Affen an Bord erzählst? Auch nach der körperlichen Hingabe muß man als Frau imstande sein, Geheimnisse zu behalten. Du schmiegst dich an ihn. «Larry», sagst du entrückt.

«Ja.»

«Erzähl mir von den guten alten Zeiten. Erzähl mir von den Achtzigern.»

Er seufzt. «Ach, mein Hopsfrosch.» Aber was hat er denn erwartet? Mittlerweile müßte er doch gemerkt haben, daß du nicht die Frau bist, die hinterher fragt, ob es auch gut für ihn war, oder? Wieder seufzt er.

Auch du stößt einen Seufzer aus. «Wenn du mir nicht von dem Boot erzählen willst, das ich verpaßt habe, dann erzähl mir wenigstens von dem, das ich vielleicht noch erwischen kann.»

«Nun ja, es gibt immer noch das Naturboot, das Kunstboot, das Sexboot und das Rauschboot. Sie tanzen am Ende fast jeden Piers und warten nur darauf, einen über die persönlichen Flauten, gesellschaftlichen Stromschnellen und institutionalisierten Abwassertümpel hinwegzutragen. Die besten werden sogar mit den Fluten der Mittelmäßigkeit fertig.»

Das «Sexboot» hat eine lohnendere Fahrt gebracht, als du es je für möglich gehalten hättest, aber jetzt bist du gestrandet und hast wieder festen Boden unter den Füßen. An Natur, Kunst oder Rausch hast du ohnehin noch nie einen Gedanken verschwendet. Du befreist dein Höschen, das sich um die Kupplung geknäuelt hat. Beim Anziehen mußt du dich ziemlich verrenken und kannst dir kaum noch vorstellen, wie problemlos es sich vorher abstreifen ließ. Als du dich wieder einigermaßen in Form gebracht hast, siehst du Diamond in die Augen. Und dann spuckst du es aus. Du erläuterst ihm deinen Dreh mit den Öl-Futures.

«Wie du dir vorstellen kannst», sagst du am Schluß, «würde ich nicht mal im Traum dran denken können, das von der Börse geforderte Minimum für marginpflichtige Titel in einer lohnenswerten Größenordnung aufzubringen. Aber wie du gestern vorgeschlagen hast – war das wirklich erst gestern? –, gibt es vielleicht eine Möglichkeit, das zu umgehen. Es muß sie einfach geben. Larry?» Du küßt ihn auf beide stoppelbärtigen Wangen und dann auf den Mund. «Glaubst du, du könntest...»

«Vielleicht. Schon möglich. Laß mich drüber nachdenken. Offen gesagt, ich finde die Vorstellung weniger amoralisch als irrelevant. Sie ist so verlockend wie eine Tasse kalter Kaffee und ein altbackenes Croissant. Aber ich laß sie mal eine Weile durch die alte zerebrale Schleudertrommel laufen. Ist das fair genug? Zum Dank besteht Onkel Larry darauf, daß du dich selbst ins Zeug legst. Nicht nur mit dem Köpfchen, sondern mit allem, was du hast. Genau wie beim Schwimmen. Denn alle Boote, die ich erwähnt habe, sind mehr oder weniger leck, und das, worauf du wartest, ist möglicherweise schon gesunken. Um so besser. Es könnte an der Zeit sein, das Schiff zu verlassen und ins Wasser zurückzukehren. Oder mindestens auf ein Blatt. Also vergiß deine manipulierenden, habsüchtigen Begierden für eine Weile und hör dir ein oder zwei Geschichten an.»

Okay, Onkel Larry. Solange du es so ausdrückst.

16:45 —•••••–• «Mir ist nicht entgangen, wie bewundernd du die Knospe meiner Männlichkeit angestarrt hast», sagt Diamond.

«Hab ich nicht!»

«Selbst bei einem unbeabsichtigten Blick wäre dir aufgefallen, daß ich beschnitten bin.»

«Na und? Du bist Jude, nicht wahr?»

«Wenn ich Jude bin, bist du Waliserin. Jedenfalls ist es komisch, daß man Beschneidung immer mit den Juden assoziiert. Die Praktik stammt nämlich ursprünglich von den Ägyptern. Moses, der bekanntlich am ägyptischen Hof erzogen wurde, befahl den Israeliten, ihre Söhne zu beschneiden, entweder, weil er mittlerweile davon überzeugt war, daß es hygienischer ist, oder weil er es als Ausdruck von Solidarität unter den Rebellen und von Loyalität ihm gegenüber ansah, da er seinen Pimmel ja ebenfalls hatte beschneiden lassen. Wie man es auch dreht und wendet, die harmlose Verstümmelung der Genitalien war ein Charakteristikum des prädynastischen Ägypten – wir sprechen von einer Zeit, die fünftausend Jahre zurückliegt. Auch die Traditionen, Rituale und der Korpus des Wissens, der auf dem Sternensystem des Sirius basiert, stammen aus diesem Raum und ungefähr aus der gleichen Zeit. Heute schließen bestimmte, mit dem Sirius in Verbindung gebrachte Zeremonien der Dogon und Bozo Beschneidungsriten ein. Für diese Stämme symbolisiert der Akt der Beschneidung die Umkreisung des Sirius A durch Sirius B.»

«Verzeihung, aber ist das nicht auch wieder bloß typisch Mann, der versucht, seinem Pipi kosmische Bedeutung zu verleihen?»

«He! Es hat etwas mit dem elliptischen Weg des Messers zu tun, kleine Klugscheißerin. Im übrigen hat der ‹Pipi›, wie du ihn abfällig bezeichnest, stets eine ihm innewohnende kosmische Bedeutung gehabt, genau wie deine feuchte Spalte, und zwar sowohl aus Lust- als auch aus Fortpflanzungsgründen. In vielen, wenn nicht den meisten volkstümlichen Traditionen werden Pipi *und* Vagina mit Fröschen in Verbindung gebracht. Frösche werden mit Pilzen assoziiert, Pilze mit Genitalien, und alle drei – Frösche, Pilze und Genitalien – haben eine indirekte Verbindung zu den Sternen. Ich erwähne das alles nur, um zu demonstrieren, wie verwickelt es ist. Es ist so komplex, daß ich kaum weiß, wo ich anfangen soll.»

«Mann, wenn es so kompliziert ist und wenn es, na ja, dein Gehirn strapaziert, fühl dich bitte nicht bemüßigt, meinetwegen fortzufahren.»

Diamond will schon antworten, doch dann hält er inne und legt den Kopf auf die Seite. «Mir ist durchaus klar, daß wir in einem Luxuswagen sitzen, Gwendolyn, aber könnte es sein, daß sich Mäuse im Kofferraum tummeln?»

Du setzt ein ungläubiges und beleidigtes Gesicht auf, doch auch deine Ohren haben das Geräusch vernommen, und obgleich das Cockpit des Porsche von den Ausdünstungen männlichen und weiblichen Nektars erfüllt ist, ganz zu schweigen vom Karamelduft, den die Pflanzen von Twisters Daddy verströmen, steigt dir jetzt allmählich auch der unverwechselbare Gestank nach Affe in die Nase.

16:48 —••••–• «Ich bin gleich wieder da», sagt Diamond. Du hast schon Angst, daß er um den Wagen rumgehen könnte, um deinen Kofferraum zu inspizieren, aber dann siehst du durch die beschlagene Scheibe, wie seine geisterhafte Silhouette über die Straße und zum Hotel läuft. Ein paar Minuten später kommt er wieder und verkündet erleichtert, daß er nichts verpaßt hat und Dr. Yamaguchi immer noch oben ist, vermutlich um ein Verdauungsschläfchen zu halten. «Reiko wird mich rufen, wenn er auftaucht.» Er schnippt ein oder zwei Regentropfen von der wohlgeformten Nase. «Dieser Regen wird mir im ausgedörrten Timbuktu bestimmt fehlen.»

«Das ist der beste Grund, den ich je gehört habe, um da hinzufahren. Besser gesagt, der einzige Grund, den ich je gehört habe.»

«Ich bin hingefahren, weil ich dachte, es wäre so weit weg, weiter ginge es nicht. Ich hielt es für eine wertfreie, zeitlose Zuflucht vor den Gewitterstürmen von Kommerz und Information. Da jedoch das Universum aus Informationen *besteht*, endete es damit, daß ich unter dem Einfluß einer neuen Datenbank eine Bedeutungsschicht verließ und dafür eine neue entdeckte. Sie war jedoch unendlich tiefer und reichhaltiger und bewies, daß mein naiver Impuls zu reisen einem göttlichen Impuls entsprungen war. Du scheinst dich ein bißchen mit dem Sirius auszukennen, Gwendolyn.»

«Tun wir das nicht alle? Der Hundsstern. Der hellste Stern am Himmel. Nur acht Komma fünf Lichtjahre von uns entfernt.»

«Sechs. Acht Komma sechs.»

Du zuckst die Achseln. «Das wird behauptet. Mir kommt es mehr wie acht Komma fünf vor.»

Diamond betrachtet dich aufmerksam. Er weiß nicht genau, ob du ihn auf den Arm nimmst oder nicht. «Hast du ihn mit dem Teleskop beobachtet?»

«Na klar», sagst du großspurig. «Genau wie Sirius B.»

«Dann mußt du aber ein tolles Teleskop gehabt haben. Sirius B ist vergleichsweise winzig und liegt dermaßen im Schatten von Sirius A, daß er mit bloßem Auge überhaupt nicht zu erkennen ist und erst im letzten Jahrhundert von Astronomen mit Teleskopen entdeckt wurde. Aber das weißt du vermutlich.»

«Ähm... mehr oder weniger.»

«Dann ist dir zumindest aber doch wohl klar, daß die Menschen in Afrika – Vorfahren der Bozo und Dogon – schon vor fünftausend Jahren über die Existenz des Sirius B Bescheid wußten? Und nicht nur das, sie kannten auch die genaue Position dieses Sterns, der mit bloßem Auge nicht zu erkennen ist, und darüber hinaus den exakten Verlauf seiner Bahn um den Sirius A und wie lange es dauert, ihn zu umkreisen. Falls es dich interessiert, es dauert ungefähr fünfzig Jahre. Die Bozo halten bis heute an bestimmten Zeremonien fest, die sich an Fünfzig-Jahr-Zyklen orientieren. Außerdem ist B wie alle weißen Zwerge extrem schwer und dicht. Der Stoff, aus dem er besteht, ist so anders als gewöhnliche Materie, daß nichts Vergleichbares in unserem Sonnensystem existiert. Die Bozo, zum größten Teil Analphabeten, die niemals im Besitz irgendwelcher astronomischer Instrumente gewesen sind, wissen auch das. Dieses Wissen wurde ihnen von ihren Vorfahren überliefert. Kein Wunder, daß es den Lauf meines Lebens geändert hat, als ich davon erfuhr.»

«Aber warum bloß? Das verstehe ich einfach nicht. Ich meine, okay, irgendwie ist er ja ganz interessant, ein faszinierendes Rätsel, so ähnlich wie die Frage, wie die Pyramiden entstanden sind oder wer die Verbindung entschlüsselt hat, die zwischen dem menschlichen Unterbewußtsein und den Symbolen auf Q-Jos Tarotkarten besteht, oder was zuerst da war – die Henne oder das Ei? Aber he, was spielt das schon für eine Rolle? Was hat es mit uns zu tun? Unser Familienleben, unsere Karriere, unsere Gesundheit und unser Wohlergehen, unsere persönlichen Finanzen – nichts wird im geringsten davon betroffen. Die meisten von uns müssen sich auf die Realitäten des Alltags konzentrieren, Larry. Vielleicht kannst du dir den Luxus leisten, dich für irgendein obskures Geheimnis in einem Käseblatt aus dem Supermarkt zu begeistern, wir übrigen aber haben was anderes zu tun, und offen gestanden glaube ich nicht, daß es dir guttut.»

«Ach, Gwendolyn. Kann ja sein, daß die ‹Realität des Alltags› tatsächlich eine Tretmühle von immer gleichen, öden Routinen ist, wie du andeutest, aber sie ist nur eine von mehreren Schichten der Torte. Wenn sie wie eine Übung in sinnlosem Mittelmaß aussieht, liegt das vielleicht daran, daß die meisten, die drin stecken, zu beschränkt sind, um die ihr zugrundeliegende kaleidoskopische Dichte zu erkennen.»

«Oder zu beschäftigt, verdammt! Außerdem habe ich nie gesagt, daß ich sie sinnlos oder mittelmäßig finde.»

«Unterbrich mich nicht. Ich gebe zu, daß eine auf allgemeiner Übereinstimmung gründende Realität vorherrscht, und selbst der toleranteste Zeitgenosse wagt sich aus ihr nicht allzuweit hervor. Ja, das gebe ich zu. Doch allein die Tatsache, daß bestimmte Afrikaner Tausende von Jahren vor der Erfindung des Teleskops präzise Informationen über einen obskuren, unsichtbaren Stern sammeln konnten, deutet stark darauf hin, daß es einen Riß im Gewebe der auf allgemeiner Übereinkunft begründeten Realität gibt, einen Sprung in dem rationalen Gefüge, von dem wir so gern glauben, daß es die Dinge zusammenhält. Und dieser Sprung stellt viele unserer fundamentalsten Überzeugungen – sei es in Geschichte, Wissenschaft oder Religion – in Frage. Wenn man den Sirius B ohne Teleskope erforschen konnte, ging es dann nicht auch bei Molekülen oder Atomen, ohne daß man Mikroskope zu Hilfe nehmen mußte? Und wenn solche Wunder der Wahrnehmung möglich sind, was ist dann unmöglich? Übrigens haben die Dogon und Bozo immer behauptet, daß der Sirius ein Drei-Stern-System ist, mit anderen Worten, daß es auch einen Sirius C gibt. Bisher hat die moderne Astronomie allerdings noch keinen Beweis dafür gefunden.»

«Na, wenn er da ist, werden sie ihn auch finden. Und eine logische Erklärung obendrein. Ich wette, sie haben bereits eine logische Erklärung dafür, warum die Bozo von der Existenz des Sirius wußten. Stimmt's?»

«Machst du Witze? Konventionelle Wissenschaftler würden das Problem nicht mal mit einem gewaltigen Forschungsbudget in der Tasche angehen. Abgesehen davon, daß ohnehin keiner einen Pfennig für ein solches Forschungsobjekt lockermachen würde. Es gibt kein offizielles kommerzielles oder militärisches Anwendungspotential, und im übrigen jagen solche Rätsel Wissenschaftlern immer eine Heidenangst ein. Sie lassen sich von den wirklich großen Geheimnissen des Universums genauso einschüchtern wie der Typ auf der Straße und sind nur allzu froh, wenn sie sie unter den Teppich kehren können.»

«Es muß doch eine logische Erklärung geben.»

«Du hast nur teilweise recht. Auf seiner Makro- und Mikroebene ist das Universum nicht logischer als die Börse. Aber es *gibt* eine Erklärung. Die wenigen Freigeister, die sich mit dem Thema befaßt haben, sind zu einem übereinstimmenden Schluß gekommen: Die Vorfahren der Bozo haben ihr detailliertes Wissen über den Sirius und auch den Inhalt ihrer komplexen Kosmologie von Außerirdischen erhalten, die unsere Erde besuchten. Ja, mein Hopsfrosch. So sieht's aus. Sie reden von der guten alten Außerirdischen-Connection.»

In diesem Moment läßt André wie auf ein Stichwort einen Schwall von überirdischem Geplapper los. Du zwingst dich zu einem künstlich ausgedehnten Lachen und tust, als machtest du dich über die Andeutung von Astronauten im Bozoland lustig, doch Diamond läßt sich von diesem Versteckspiel nicht foppen.

«Was, zum schrumpfköpfigen Teufel, war das?»

«Dieses Geräusch, meinst du? Oh, vermutlich ein Außerirdischer, hahaha.»

«Gwendolyn!»

«Nun ja, woher soll ich denn wissen, was das war? So ist es eben in den Straßen von Seattle. Heutzutage kannst du damit rechnen, alles mögliche zu hören. Es könnten die Rich Boys bei einem ihrer Coups gewesen sein.»

«Aber klar doch. Die Rich Boys. Meinst du, die haben ihrem miesen Repertoire Impressionen eines frühen Tarzan-Soundtracks hinzugefügt?» Er beharkt dich mit seinem Katzenkrallengrinsen. «Hörte sich eher so an, als käme es direkt aus den Sitzen.»

«Wahrscheinlich irgendwelche Geräusche, die vom Regen übertragen wurden.» André hat vermutlich die ganze Packung Bananeneis verputzt und hat jetzt entweder Bauchweh oder braucht Nachschub. Auf alle Fälle kannst du im Moment nichts daran ändern, bloß hoffen, daß Diamond nicht gerade wieder deine Gedanken liest. «Es hat aufgehört», sagst du und drückst dir selbst die Daumen. «Also, wie war das noch gleich mit dem außerirdischen Kontakt?»

Brummig wie W. C. Fields bei einem Kindergarten-Picknick nimmt Diamond seine Erzählung wieder auf.

17:02 —•••••«Das Argument, daß die Vorfahren der Bozo unmöglich ohne fremde Hilfe ihre Finger in die kosmische Bonbondose stecken konnten, wäre sozusagen nicht ganz wasserdicht, wenn es nicht in der mündlichen Überlieferung des Stammes Berichte über außerirdische Kontakte gäbe.»

«Im Ernst? Behaupten sie tatsächlich, Besuch von kleinen grünen Männchen gehabt zu haben?»

«Grün vielleicht. Klein nicht. Die Nommo waren mindestens so groß wie wir.»

Aus irgendeinem Grund jagen dir bei dem Wort «Nommo» genauso wie bei «Notverkauf» oder «Fehlspekulation» Wellen nervöser Erregung durchs Plasma. Du schauderst. «Nommo, wie auf Q-Jos Karte? Dieser Nommo soll aus dem Weltraum stammen?»

«Genau wie ein gewisser alter Knabe namens Jesus. Doch während die Heilige Schrift sich eher bedeckt hält, was den genauen exosphärischen Standort des Himmels angeht, rückt die Bozo-Überlieferung die genaue Adresse der Nommo ohne weiteres raus. Sie kamen aus dem System des Sterns *sima kayne*. Dir und mir als Sirius bekannt. Übrigens genau die Gegend, aus der die moderne Wissenschaft außerirdischen Kontakt erwartet, falls besagter Kontakt je zustande kommen sollte.»

«Wieso gerade da?»

«Wegen der Nähe. Ganz einfach. Der Sirius liegt in unserer Nachbarschaft. Oder knapp außerhalb. Immer noch teuflisch weit von Cincinnati entfernt, aber für ein professionell konstruiertes Raumschiff durchaus erreichbar. Die Mythologie der Subsahara berichtet von der Landung einer ‹Arche› auf der Erde ...»

«Dann ist es also nur ein Mythos.»

«Gwendolyn, Gwendolyn. Du gehörst doch wohl nicht zu den halbgebildeten Idioten auf der Welt, die einen Mythos mit einem Haufen übertriebener Tatsachen verwechseln. Ein Mythos, das müßtest du wissen, ist eine metaphorische Methode zur Beschreibung, Stilisierung und Verdichtung von historischen Ereignissen, die ansonsten so kompliziert sind, daß die jeweiligen Gesellschaftssysteme sie nicht verstehen, geschweige denn verdauen können. Also, Pussy Chops, wenn die Bozo und Dogon behaupten, daß eines Tages nordöstlich von ihrem Gebiet eine interstellare Arche landete – und halt! Was liegt nordöstlich von ihnen, wenn nicht Ägypten? –, könnten sie damit ein äußeres Ereignis meinen, eine Jahrhunderte währende Folge von Ereignissen oder aber ein rein psychologisches Phänomen, eine Art kollektiven Zauber. Auf alle Fälle war die Arche laut Aussage der Afrikaner beim Aufsetzen so schwer, daß ihr ‹Blut› bis zum Himmel spritzte. Die Beschreibung der rötlichen Strahlen, die aus dem landenden Gefährt drangen, klingt verdächtig nach einer Art Raumschiff.»

Bei diesen Worten kommt Diamonds Handrücken so plötzlich auf dein Gesicht zu, daß du zusammenzuckst und glaubst, er wolle dir eine kleben. «Bist du nervös, Sweetheart? Angeblich ist das ein Zeichen für ein schlechtes Gewissen.» Du läufst rot an. Er grinst. Und André läßt den Wagenheber rattern.

Diamonds Hand, die, peinlich genug, den Duft deiner feuchten Vagina verströmt, schwebt vor deinem Gesicht. Dann zeigt er dir die Tätowierung auf dem Handrücken. «Das ist die Kopie einer bekannten Stammeszeichnung, die drei Versionen des Nommo-Gefährts zeigt. Selbst der hinterletzte Dorftrottel hätte Phantasie genug, um in diesen Kreisen und Strahlen die verschiedenen Stadien feuernder Raketentriebwerke zu erkennen.»

«Okay. Gut. Ich glaube, ich verstehe. Bißchen an den Haaren herbeigezogen, aber man kann es so sehen. Was ich nicht verstehe, ist, warum du es dir auf die Hand tätowiert hast.»

Diamonds Grinsen wirkt beinahe jungenhaft. «Damit werd ich in Bozo-Restaurants immer im Nu bedient», sagt er.

«Wie praktisch.» Du erwartest weitere Erläuterungen, hörst aber nur den Regen, der seine Memoiren aufs Wagendach hämmert, und wie im Kofferraum die Papierchen der Eispackungen zu Affenkonfetti gemacht werden. Da du befürchtest, daß Diamond letzteres ebenfalls bemerken könnte, bist du erleichtert, als er schließlich sagt: «Weißt du was, es könnte ein Omen sein, daß es regnet, während ich dir diese Sachen erzähle. Man nannte die Nommo nicht nur ‹Wächter des Universums› oder ‹Hüter der Seele›, sondern auch ‹Regenspender› und ‹Herren aller Wasser›. Angeblich hatte der Besuch der Nommo das Ziel, der menschlichen Rasse spirituelle Prinzipien nahezubringen. Manchmal, wenn ich in einer ganz besonders meditativen Stimmung bin, glaube ich beinahe hören zu können, wie uns der Regen diese Prinzipien übermittelt.»

«Ach ja? Hörst du etwa Stimmen, Larry?» André läßt einen kurzen Schrei los, und du rufst aus: «Mann! Du hast recht. Da war eine.»

Er funkelt dich so böse an, daß du seine Hand nimmst und seine komische Tätowierung streichelst. «War nur 'n Witz», sagst du. «Aber sag mir eins. Wenn die Außerirdischen vom Sirius, diese Nommo, Herren über Regen und Wasser waren, warum haben sie sich dann ausgerechnet in einem Teil der Welt rumgetrieben, der schrecklich trocken ist?»

«Vor fünftausend Jahren war Afrika viel feuchter als heute. Seine Wüsten sind ein relativ junges Phänomen. Die Nommo fanden wahrscheinlich jede Menge Wasser. Und an Bord ihres Raumschiffs hatten sie sicher ebenfalls riesige Wasservorräte. Anders ging es gar nicht.»

«Wie kommst du denn darauf?»

«Weil die Nommo Amphibien waren», antwortet er.

17:12 —•••••— Während die Regentropfen über die Windschutzscheibe des geparkten Porsche laufen wie Asseln zu einer Party in einer morschen Baumhöhle und der Makak im Kofferraum immer noch Eispapierchen zerfetzt, als sei er im Aktenarchiv eines republikanischen Präsidenten angestellt, leiert Diamond in seinem gleichförmigen schleppenden Tonfall Einzelheiten über halbmenschliche amphibische Wesen mit Fischschwänzen und Schwimmhäuten zwischen den Fingern herunter, die laut Überlieferung der Dogon und Bozo unsere Zivilisationen begründeten. Offensichtlich gründeten sie auch noch andere, frühere und wichtigere Zivilisationen, denn Diamond erzählt, daß die Assyrer, Babylonier und Sumerer jeweils Wesen verehrten, die aus schilfbedeckten, wasserreichen Regionen stammten und der Menschheit die Schriftsprache und spirituelle Werte vermittelt hatten. In den Bilderschriftzeichen und Keilschriftfragmenten der alten Sumerer, den ältesten überlieferten Zeugnissen für Schriftsprache auf der Welt, heißt das halb menschliche, halb fischförmige Wesen Oannes. Man schreibt ihm bereits viele Taten und Funktionen zu, die die Hebräer später im Alten Testament für ihre Helden – Noah zum Beispiel – beanspruchten. Jehova selbst könnte nach dem Vorbild des amphibischen Oannes gestaltet sein, obgleich die Dogon und Bozo steif und fest behaupten, daß die Nommo keine Götter, sondern hochentwickelte Sterbliche waren.

«Nichtsdestotrotz gibt es eindeutige Parallelen zwischen den Berichten der Nommo und den christlichen Überlieferungen. Ein französischer Anthropologe erfuhr von einem Dogon-Priester, daß der Nommo ‹sein Fleisch unter ihnen verteilte, um sie zu speisen›, und daß das ‹Universum von seinem Blut› getrunken hatte. Klingt das vertraut? Bist du je zur Kommunion gegangen, Gwendolyn? Hast dir den Herrn auf der Zunge zergehen lassen?»

Nachdem du seinen Scherz mit einer Grimasse des Abscheus quittiert hast, fährt er fort: «Es heißt, daß die außerirdischen Amphibien wiederkommen werden. Ja, Pussy Pie. In der Tat. Demnächst in Ihrem Weiher. Die Ankunft der Nommo. Bist du gerüstet? Bist du bereit? Hast du schon einen Platz auf dem Blatt reserviert? Kannst du alles haben, wenn du dich an Onkel Larry hältst.»

Du verziehst das Gesicht und Diamond lacht. «Übrigens, das himmlische Symbol für die Auferstehung der Nommo ist *ie pelu tolo*, ‹Stern des zehnten Mondes›. Du kannst diesen Stern nicht lokalisieren, nicht mal mit einem Radioteleskop, denn, so behaupten die Bozo, er wird erst dann entstehen, wenn die ‹Arche› des Nommo zur Erde herabschwebt. Also ist *ie pelu tolo* kein Stern, sondern ein Raumschiff.» Erneut hält er dir seine nach Muschi duftende Pranke unter die Nase. «Stern des zehnten Mondes», sagt er und fuchtelt mit seiner Tätowierung herum. «Du wirst feststellen, daß die Kreise auch den Augen eines Frosches ähneln.»

«Sicher. Und der Mond ist ein bißchen blaß um die Nase», murmelst du. Du hast nicht die leiseste Ahnung, wie du auf all das reagieren sollst. Folgt Diamond tatsächlich einer wichtigen Spur, oder hat sein Hirn Bungee-Springen vom Klavierhocker probiert? Du bist mehr oder weniger gezwungen, ersteres anzunehmen, sonst müßtest du dir eingestehen, daß du soeben den krönenden Koitus deines kurzen Lebens mit einer Knalltüte praktiziert hast. «Ich weiß nicht, was ich sagen soll, Larry. Ich meine, im wesentlichen willst du mich doch zu dem Glauben verleiten, daß die Menschheit ihre Zivilisation einem Haufen Sumpfwesen vom Sirius verdankt...»

«Von einem Planeten im System des Sirius, um präzise zu sein. Das ägyptische Wort für Sirius-System bedeutete, wie dich vielleicht interessiert, auch ‹Thron›. Und was macht man mit einem Thron? Man sitzt drauf.»

«Davon könnte also ‹sitzende Hose› kommen.»

«Kluges Mädchen! Ja, vielleicht. Unter den südlich der Sahara lebenden Völkern bedeutet der Ausdruck ‹sitzen bleiben› soviel wie sich intelligent und tugendhaft benehmen. Offensichtlich muß man nicht sehr weit gucken, um zu merken, daß sich die gewöhnliche Bevölkerung größtenteils von ihren Sitzen erhoben hat. Arroganz, Dummheit und Kriminalität greifen um sich. Es war eine grandiose Show, wie all die verstörten Volltrottel und geldgeilen Gangster aufsprangen und von einem Bein aufs andere hüpften, aber jetzt wird es allmählich langweilig, und natürlich ist es ungeheuer unfair anderen Spezies gegenüber, Tieren und Pflanzen, die seit Tausenden von Jahren klug und anständig genug waren, sitzen zu bleiben. Es könnte wunderbar erfrischend sein, wenn die Nommo zurückkämen und uns überredeten, wieder Platz zu nehmen, findest du nicht? Dann hätte wenigstens all das Geschiebe, Gedränge und Heischen um Aufmerksamkeit ein Ende. Stell dir vor, wir hockten – symbolisch gesprochen – heiter und weise wie zwei Frösche auf einem Seerosenblatt.»

Du mußt grinsen. «Ja, mein Lieber, das ist ein schönes, idealistisches Märchen, mehr leider nicht. Ich meine, bei allem Respekt, Larry: die ganze Idee von diesen Nommowasserwesen ist doch von A bis Z ein Witz!»

«Bevor du deinen Kopf drauf wettest, bedenke folgendes. Es steht mathematisch so gut wie fest, daß es im Universum außer uns irdischen Trampeln auch noch andere intelligente Lebensformen geben muß. Angesichts des hohen Alters vieler anderer Sonnensysteme ist es außerdem zeimlich wahrscheinlich, daß einige davon fortgeschrittenere Technologien entwickelt haben als wir. Da wir ein harmloser kleiner Planet am Rand einer zweitklassigen Galaxie sind, also eine Art interstellares Timbuktu, würden sich interessierte Parteien vermutlich von einem relativ nahen System melden. Das

Sirius-System ist ein perfekter Kandidat. Für weiter entfernte Systeme lohnten wir den Aufwand nicht. Nun gut. Unsere Sonne ist ein großer Feuerball, praktisch aber ein Schneeball, verglichen mit Sirius A, der dreiundzwanzigmal so hell leuchtet wie sie, obwohl er nur halb so groß ist. Auf allen Planeten, die den Sirius umkreisen, muß es sehr heiß sein. Und wahrscheinlich ständig bewölkt. Trotz des Dampfes, der von der Oberfläche aufsteigt, ist es schädlich für die Augen, direkt in den Sirius zu blicken. Nun gut, welche dominanten, empfindungsfähigen Lebensformen würden sich voraussichtlich ist einer heißen, hellen und feuchten Welt entwickeln? Amphibische Säugetiere, meinst du nicht?»

«Warum amphibische *Säugetiere*?»

«Weil nur Säugetiere Gehirne haben, die groß genug sind, um Zivilisationen und Technologien hervorzubringen. *Amphibische* Säugetiere, weil sie, um sich abzukühlen und Haut und Augen zu schützen, einen Großteil ihrer Zeit im und unter Wasser verbringen müßten. Natürlich haben sie schon vor Urzeiten getöntes Glas und Air-conditioning erfunden, doch da die biologische Evolution Millionen Jahre hinter technischen Innovationen herhinkt, wären diese Wesen selbst heute noch an ein Leben in Ozeanen und Seen gewöhnt, wenn nicht sogar darauf angewiesen, so wie wir auf ein Leben an Land. Als Säugetiere bräuchten sie in regelmäßigen Abständen Sauerstoff, fühlten sich aber durchaus wohl im Wasser. Sie hätten eine Menge Ähnlichkeit mit Delphinen, die mit Händen und Füßen ausgestattet sind.»

«Das gefällt dir, ich seh's dir an.»

«Jaaa», sagt er, «es macht Spaß, sich einen ambulanten Delphin vorzustellen, der mit einer Rakete angeschossen kommt, um die Menschheit aus ihrer raffgierigen Trance zu reißen. Es erinnert mich an die Delphine in Florida, die mit mir gespielt und mich aus meiner autistischen Trance geholt haben.» Er hebt die Hand, diesmal die nicht tätowierte. «Du hast vermutlich davon gehört, daß Delphine noch skelettartige Überbleibsel von Fingern in den Flossen haben. In der Tat. Es gab mal 'ne Zeit, da hätten Delphine Kartentricks vorführen oder auf dem Klavier klimpern können. Es ist also durchaus möglich, daß unsere intelligenten, verspielten Freunde auf die eine oder andere Art mit den raumfahrenden Nommo verwandt sind.»

«Stimmt das wirklich? Das mit den Fingern?»

Er legt die Hand aufs Herz. «Ich schwör's», sagt er, ohne «bei meinem Leben» hinzuzusetzen, aber das kann man von einem Krebskranken auch nicht erwarten. «Na schön», sagst du. «Ich gebe zu, es klingt plausibel, daß irgendwo im Universum Wesen wie die Nommo existieren, und es könnte sogar sein, daß diese Wesen nach Afrika geschwirrt sind und den Bozo astronomische Grundlagen beigebracht haben, aber so ganz überzeugen kann mich das nicht. Sorry, ich *glaube* einfach nicht, daß die Bozo auf diesem Weg von Sirius B erfuhren.»

Du erwartest, daß er sauer wird und dich wieder als Hopsfrosch tituliert, doch er lächelt nur und sagt: «Schon gut, Pussy Gravy. Offen gestanden *glaube* ich es auch nicht.»

Vor Erstaunen werden deine Augen so groß und rund, als hättest du eine Taucherbrille auf. Doch bevor Diamond sich erklären kann, klopft es an der Beifahrerscheibe.

17:24 —•••••– Zuerst befürchtest du, daß André das Kofferraumschloß aufgebrochen hat und auf Rache aus ist. Dann, daß jemand aus der Nachbarschaft die Sittenpolizei alarmiert hat. Du wirfst einen schnellen Blick auf deine Bluse und vergewisserst dich, daß sie zugeknöpft ist. Doch als Diamond die Scheibe runterläßt, beugt sich die Asiatin rein, mit der er vorhin geflirtet hat.

«Entschuldigen Sie bitte», sagt sie schüchtern. «Es tut mir leid. Ich wollte Ihnen nur Bescheid sagen. Dr. Yamaguchi hat bekanntgegeben, daß er um sechs ins Foyer kommen wird.»

«Oh, vielen Dank, Reiko», antwortet Diamond. «Ich werde dasein.»

«Okay. Entschuldigen Sie mich.» Ihre Nasenflügel beben ein ganz klein wenig, fast unmerklich, doch Diamond ist es nicht entgangen.

«Riecht gut hier drin, was, Reiko? Sind Sie alt genug, um sich an die Beatles zu erinnern? Wissen Sie noch, wer John Lennon und Paul McCartney waren? Wenn sie im Duett sangen und ihre Gesichter ans Mikrophon hielten, sah es fast so aus, als seien sie zu einem Gesicht verschmolzen.» Er seufzt. «Es war das schönste Gesicht, das ich je gesehen habe. Nun, genau so ist es, wenn Mann und Frau ihre Düfte zusammenbringen, finden Sie nicht? Sie vermischen sich zum schönsten Aroma der Welt.»

Reiko zieht sich anmutig und würdevoll zurück, doch nach ein paar Schritten kann sie es sich nicht verkneifen, den Kopf zu schütteln. Offenbar hat Diamond diese Wirkung auch auf andere Leute.

17:25 —•••••• Während der nächsten halben Stunde unterhält dich Larry Diamond, eingezwängt ins sexgetränkte Cockpit des Porsche, begleitet von den silbernen Peitschen und Muschelkastagnetten des Regens und nicht ein einziges Mal von Affengeschnatter unterbrochen (vermutlich war es André zu langweilig, und er ist eingeschlafen), mit einem Sammelsurium von ausgefallenen und durchweg unbegreiflichen Gedankenspielen. Hier sind ein paar, die du behalten hast:

•••

Die Bozo haben ihre Informationen über die Sterne auf telepathischem Weg empfangen.

•••

Sie, oder besser gesagt, ihre urzeitlichen Vorfahren vergrößerten ihre telepathischen Fähigkeiten durch den ritualistischen Gebrauch von sogenannten visionären Elementen. Mit Sicherheit konsumierte man Hanfderivate und Iboga, einen blühenden Strauch, der in Westafrika seit langem als halluzinogene Droge benutzt wurde. Aber die telepathischen Kräfte der ersten Afrikaner könnten auch von psilocybinhaltigen Pilzen verstärkt worden sein, die aus den Kuhfladen wandernder Viehherden sprossen, als die Savannen noch von Regen gesegnet waren. Diese sorgten für eine Erweiterung des Bewußtseins, mit deren Hilfe sie einen komplexeren Entwicklungsgrad zu erreichen vermochten als Vetter Pavian oder Schimpanse.

• • •

Es ist sehr gut möglich, daß Konsumenten von Iboga in einer stark sensibilisierten Verfassung (die Afrikaner bezeichnen einen solchen Zustand als «Offenherzigkeit») einzeln oder in Gruppen imstande waren, geistige Übertragungen von außerirdischen Amphibien aufzuschnappen, die sie Oannes oder Nommo nannten und die niemals *physisch* zu unserem Planeten reisten. Es wäre gar nicht nötig gewesen.

• • •

Eine noch wahrscheinlichere und vielleicht ungeheuerlichere Möglichkeit besteht laut Diamond darin, daß die Übertragungen, die von den Vorgängern der Bozo empfangen wurden, nicht von einer fortgeschrittenen amphibischen Zivilisation stammten, die den Sirius umkreiste, sondern aus einer Dimension ihres eigenen Bewußtseins. Es ist verlockend, diese Dimension als «höheres Bewußtsein» zu bezeichnen, obgleich es in Wirklichkeit das niedrigere Bewußtsein sein könnte, jener Aspekt, den Jung «den Grund unterhalb des Grundes» nannte. Auf alle Fälle ist es ein Aspekt des Bewußtseins, den alle Menschen teilen, obgleich der Zugang nicht leicht ist. Es ist das Über-Ich (oder Unter-Ich) der Spezies.

• • •

Es ist kaum verwunderlich, daß das Über-Ich sich in amphibischer Gestalt manifestiert, einfach deshalb, weil wir landabhängigen Primaten im wesentlichen aus Wasser bestehen.

• • •

Spermien schwimmen in einer Transportflüssigkeit. Der Fötus bildet und entwickelt sich von Anfang bis Ende in einer mit Wasser gefüllten Fruchtblase. Die Entwicklung menschlicher Embryonen hat große Ähnlichkeit mit der Metamorphose eines Froschs. Solange die Nabelschnur nicht durchtrennt ist, haben Neugeborene keine Schwierigkeiten, sich im Wasser zu bewegen. Die chemische Zusammensetzung von Blut weist eine bemerkenswerte Ähnlichkeit mit der von Meerwasser auf. Unsere Körper bestehen zu mehr als fünfundsechzig Prozent aus Wasser. Und unsere Vorfahren waren Meerestiere, die mit atmosphärischem Sauerstoff experimentierten und danach süchtig wurden.

• • •

Man könnte sagen, daß Menschen Fische sind, die es an Land verschlagen hat.

• • •

Das Meer ist die Wiege, die uns alle geschaukelt hat, und es könnte die Heimat sein, zu der wir eines Tages zurückkehren werden.

• • •

Es hätte mehrere entscheidende Vorteile, wenn die Menschheit ihre ursprünglich amphibische Lebensweise wiederaufnähme. Da fast drei Viertel der Oberfläche unserer Biosphäre mit Wasser bedeckt sind und die Übervölkerung – dank einer üppig wuchernden Ignoranz, die den finsteren Machenschaften organisierter Religionen entspringt – die allgemeine Lebensqualität reduziert, die Heiligkeit des Lebens entweiht und seine Fortdauer gefährdet, bilden die Ozeane und großen Seen die letzte Grenze der Erde, ein weites Feld, das sich zur Neubesiedlung und als Zuflucht anbietet. Die Meere sind unermeßlich reich an natürlichen Ressourcen. Wasser hält Strahlen ab und bietet daher Schutz sowohl vor der Sonneneinstrahlung, die ungehindert durch die dezimierte Ozonschicht eindringt, als auch vor den atomaren Explosionen, die früher oder später von einer der ein Dutzend unberechenbaren kleinen Nationen gezündet werden.

• • •

Wenn die weltweite Erwärmung der Atmosphäre tatsächlich dazu führt, daß die Polkappen schmelzen, wie manche Leute voraussagen, werden wir kaum eine andere Wahl haben, als zu einer Lebensweise im Wasser zurückzukehren.

• • •

Unsere Spezies hat sich lange an Bildern einer im Meer «versunkenen Zivilisation» erregt. Manche halten sie für eine Legende, andere für eine genetische Erinnerung, und ein paar sehen darin keinen Unterschied. Ihr gemeinsamer Fehler liegt darin, daß sie diese «verschwundene» Utopie in eine ferne Vergangenheit verbannen. Ein hohes Bewußtsein läßt sich kaum von den Grenzen linearer Zeit einengen. Atlantis liegt in unserer Zukunft, nicht in unserer Vergangenheit.

• • •

Andererseits könnte Atlantis sowohl in der Zukunft als auch in der Vergangenheit eine Rolle spielen. Unbestreitbar tragen wir lustvolle zellulare Erinnerungen an delphinähnliche Tummeleien in warmen prähistorischen Meeren, an sanfte froschähnliche Transformationen im Schutz des mit Wasser gefüllten Mutterleibes mit uns herum. Verlorene Utopien.

• • •

Wissenschaftler berichten, daß keine Kreatur auf Erden so viel träumt wie der menschliche Fötus. Wenn das Gehirn des Fötus noch über keinerlei Erfahrung verfügt, wenn sein neugeformtes Bewußtsein eine Tabula rasa ist, wovon träumt es dann? Glauben wir wirklich, daß die Träume des winzigen Schwimmers trocken sind? Daß kein Nommo darin herumplanscht? Daß die Stimmung anders sein könnte als ozeanisch?

• • •

Ozeanisch ist, bedeutsam genug, ein Begriff, mit dem wir das ungeheure und ekstatische Gefühl des Einsseins bezeichnen – eins mit der Menschheit, eins mit der Biosphäre und dem Göttlichen –, das gelegentlich alle Menschen bis auf die hoffnungslos unsensiblen ergreift und nachdenkliche oder kluge nicht selten erleuchtet. In diesem Kontext ist *ozeanisch* ein spiritueller Begriff, und um spirituelle Transformation geht es bei der amphibisch-siderischen Connection.

• • •

An irgendeinem eschatologischen Punkt, spätestens wenn wir die Werte verinnerlicht haben, die uns die Nommo wörtlich oder im übertragenen Sinne überbringen wollten, können wir vielleicht mit dem Strom bis zu den Sternen schwimmen, wo wir, in der Dimension des Über-Ich, Abgeschlossenheit mit Gott erfahren, um schließlich auf noch höheren Wellen zu noch seltsameren Zielen zu gelangen, die noch unvorstellbarere Transformationen erfordern.

• • •

Bis dahin aber dämmern wir im Froschpyjama auf unserem jetzigen Entwicklungsstand dahin, größtenteils blind gegenüber unserem Ursprung und Ziel.

17:55 —••••– • Diamond sagte noch jede Menge mehr, doch das sind die Highlights, wenn dieser Ausdruck nicht zu gewagt ist. Das sind die wilden Ideen, mit denen du Q-Jo unterhalten könntest, vorausgesetzt, Diamond hat sie nicht bei ihrer freitagmorgendlichen

Session bereits um Q-Jos Turban gewickelt, und vorausgesetzt, du siehst sie je wieder. Ach ja, und dann war da noch die Sache mit Buddha: daß Buddha auf fast allen Abbildungen oder Darstellungen Schwimmhäute zwischen den Fingern und den Zehen hat, falls seine Extremitäten überhaupt zu sehen sind, und daß die Silhouette des sitzenden Buddha stark an einen Ochsenfrosch erinnert.

Hättest du die Zeit oder Lust, könntest du jetzt ein paar Recherchen anstellen und dir Gewißheit verschaffen, ob der Buddha wirklich Schwimmhäute zwischen den Zehen hatte oder ob Onkel Larry dich auf den Arm nimmt. Vielleicht hättest du sogar die eselsohrige Bibel hervorgekramt, die Grandma Mati dir geschickt hat, bevor sie auf die Philippinen zurückkehrte, und Exodus, Kapitel acht aufgeschlagen, um zu überprüfen, ob es darin wirklich eine Passage gibt, die von einer Heimsuchung Ägyptens durch Frösche berichtet. Solche Sachen hättest du nachschlagen können, aber wie steht es mit dem griechischen Zeug? Angeblich hat es fünfzig Schwestern gegeben, die Danaiden hießen und sich aus den schilfbedeckten Sümpfen des Nildeltas aufmachten, um der ausgedörrten Region des Peloponnes das Geschenk des Wassers zu bringen. Fünfzig Schwestern wohlgemerkt, eine für jedes Jahr, das der Sirius B zur Umkreisung des Sirius A benötigt. Die Danaiden waren Töchter der schilfbewehrten Io, in Ägypten als Isis bekannt, ein Begriff übrigens, der auf «Sitz» oder «Thron», aber auch das Sirius-System zurückgeht. «Oje», hast du gesagt, «so viele Überschneidungen, so viele Kreuz- und Querverbindungen.»

«Ja», nickte Diamond. «In der Tat. Und ich habe bloß mal an der Oberfläche gekratzt. All die alten, unter einem Dach versammelten Kulturen tranken aus der gleichen Kalebasse. Oder fraßen aus dem gleichen Hundenapf. Hund wie in Hundsstern. Buchstäblich alles, was unter der goldenen Herrschaft Griechenlands funkelte, war von den Ägyptern geklaut, und die Ägypter hatten *ihre* Gewohnheiten von den königlich schwarzen Nubiern übernommen. Wir modernen Zeitgenossen übersehen Nubien leicht, wir vergessen, wie stolz, phantasievoll und einflußreich es war. Nubien spielte Professor

Longhair und Big Mama Thornton für den Elvis von Ägypten. Die Nubier waren See- und Flußanwohner, die sich bestens mit Amphibien, Sternen und Pilzen auskannten. Ich könnte endlos weitererzählen.»

Genau das tut er ja die ganze Zeit, soweit du beurteilen kannst. Und jetzt, zum Abschluß seines Sermons, kommt er noch einmal auf Pilze zu sprechen.

«Ich weiß, daß es dir dein kleines Herz brechen wird, aber ich muß rüber ins Hotel und mir anhören, was Yamaguchi zu sagen hat. Eigentlich muß er vor der morgigen Konferenz nicht unbedingt was von sich geben, aber es sieht ja ganz so aus, als hätte er sich nicht besonders unter Kontrolle – hohoho.» Diamond schiebt die Hand unter deinen Rock und zupft am verkrusteten Zwickel deines Höschens wie an der Saite einer Leier. Du hättest ihn gehindert, wenn dir nicht aufgefallen wäre, daß er seit zehn oder fünfzehn Minuten auf seinem Sitz hin und her rutscht, als habe er wieder Schmerzen. Im übrigen bringt das Zupfen deine Schamlippen zum Schwingen, was dir ziemlich angenehm ist, obwohl du es vulgär und peinlich findest. «Aber ehe ich gehe, muß ich dir unbedingt noch was anderes über den Pilz verraten.»

«Mach dir keine Umstände. Du willst doch nicht zu spät zu Yamaguchi kommen.»

«Nein, nein, aber das mußt du wirklich hören. Die Afrikaner bezeichneten den Sirius häufig als ‹Samenstern›. Heute klingt das eher schrullig als hip, sie aber glaubten, daß die Emanationen des Sirius-Systems ein Erguß des Samens der Seele seien und daß der Samen, der, ähm, die Welt zum Leben erweckte, geradewegs vom Sirius stammt. Okay? Nun gut, hast du gewußt, daß Samen durch den Raum, durch den Weltraum schwebt? Daß er theoretisch mit der Zeit aus eigener Kraft von einem Sonnensystem zum anderen reisen kann?»

«Würde er da draußen nicht absterben?»

«Manche Sorten ja, aber viele sind auch perfekt dafür ausgerüstet, Millionen von Jahren zu überleben, halbe Ewigkeiten. Pilzsporen zum Beispiel zeichnen sich, abgesehen von ihrer extremen Leichtigkeit, vor allem durch ihre besonders lange Lebensfähigkeit aus.»

«Ist das auch wieder so 'ne kleine Information, die du in Timbuktu aufgeschnappt hast?»

«Na ja, von Dean Witter hab ich sie bestimmt nicht. Eine von McKennas Thesen, kein Zweifel. Stell dir vor: Die rüstigen Sporen psilocybinhaltiger Pilze schweben durch den schwärzesten Weltraum, treiben zusammen mit Partikeln von kosmischem Staub Jahrtausende hierhin und dorthin, bis sie schließlich in die Erdatmosphäre eintreten, wo sie sozusagen gleich ins Nest plumpsen – auf die feuchte Erde einer prähistorischen Wiese. Dort breiten sie ihr Fadengeflecht aus und bilden Fruchtkörper, über die dann eines Tages unweigerlich ein hungriger oder einfach nur neugieriger Primat stolpern wird. Und alles ist gebongt!»

«Gebongt?»

«Ja. In der Tat. Ein Licht geht an. Die Erweckung der Welt zum Leben, das Erwachen der Seele hat begonnen. Sieh mal, die Nommo hätten gar nicht in einem Raumschiff zur Erde reisen oder sich telepathisch bemerkbar machen müssen. Alles, was sie unserer Spezies beizubringen hatten, angefangen bei philosophischen Werten bis hin zur Anatomie ihres Sternensystems, hätten sie durch das Medium der Pilze vermitteln können. Dann wäre der Pilz das Mikrophon des Über-Ich.»

«Und wir wissen ja», sagst du mit nur einem Körnchen Sarkasmus, «daß Pilze mit Fröschen in Verbindung gebracht werden, nicht wahr, Larry?»

«Kluges Mädchen.»

«Und die Frösche fangen an auszusterben.»

«Ja, irgendwas ist im Busch. Eine Kraft, ein Programm, das vor Tausenden von Jahren in Gang gesetzt wurde, ist dabei, sich zu beschleunigen. Du hast – möglicherweise zu Recht – über meine kleine Metapher mit dem Seerosenblatt gelächelt, aber wenn ich davon spreche, auf dem Blatt zu sitzen, meine ich nichts anderes als intellektuell, emotional und spirituell darauf vorbereitet zu sein, den nächsten Durchbruch in der Evolution voll mitzumachen. Es könnte wie ein plötzlicher Mutationsschub aussehen statt der schrittchenweisen Entwicklung, an die wir gewöhnt sind, und neunzig Prozent der Bevölkerung – diejenigen, die im Gefrierfach ihrer bankrotten Doktrinen und morschen Klischees erstarrt sind – bleiben möglicherweise auf der Strecke. Ich fände es schrecklich, dich dabei zu wissen.»

«Das ist sehr lieb von dir. Aber du brauchst dir um mich keine Sorgen zu machen.» *Wenn ich diesen verdammten Börsenkrach heil überstehe, werde ich auch mit der Evolution fertig, egal, ob sie schnell, langsam oder mittelmäßig fortschreitet*, denkst du.

«Ehrlich gesagt, kann ich mir beim besten Willen nicht vorstellen, warum du mich unbedingt auf deinem Blatt haben willst.»

«Ach, Hopsfrosch! Siehst du das denn nicht? Du hast das Potential! Du platzt vor Intelligenz, Schwung, Schneid und Anpassungsfähigkeit. Aber alles ist unterdrückt und fehlgeleitet. Du mußt dich befreien, dich öffnen, dich auflösen.» Er zupft an deinem Hosenbündchen. «Und *potentiell* wärst du der beste Fick in ganz Seattle.» Du schlägst seine Hand weg und schiebst ihn zurück auf seine Seite des Wagens. «Und obendrein liebe ich deine Stimme.»

«Wirklich?» Du wirst so unversehens weich, daß kein Mutationsschub da mitkäme. «Wirklich? Das tust du?»

18:00 —•••••• Als er schon im Regen über die Straße hinkt, klingt sein Abschiedskuß noch in deinem Mund nach wie ein Knallfrosch in einer Besteckschublade. Küssen kann der Mistkerl jedenfalls, das muß man ihm lassen. Aber ob erstklassiges Küssen als Ersatz für... Oh, nein! Er hat kehrtgemacht und kommt zum Wagen zurück. Du kannst nur hoffen, daß er jetzt nicht einen auf sentimental macht. Er wollte dir schon das Versprechen abnehmen, daß ihr euch noch mal wiederseht – entweder später am Abend oder morgen früh vor seinem Abflug. Du hast gesagt, du würdest sehen, was du tun kannst. Sicher würde es deine Entscheidung beeinflussen, wenn es eine Chance gäbe, daß du ihn ein, zwei Stunden in deine Disco schmuggeln und vor deinen Computer pflanzen könntest.

«Gwendolyn», sagt er, und die Regentropfen glänzen auf seinen Bartstoppeln wie Champagner auf einem Spülschwamm. «Ich hoffe, du fängst nicht an, mich für deinen Guru zu halten.»

Meine Güte! Du mußt einfach lachen. «Oh, keine Sorge, Larry. Ganz bestimmt nicht.»

«Ich kann deine Seele nicht retten ...»

«Wie wär's mit meinem Job?»

« ... das kannst nur du selbst. In diesem Stadium des Spiels heißt die Lösung: jeder für sich. Das gilt auch für jede.»

«Damit kann ich leben.»

«Die Nommo können uns auch nicht retten. Vielleicht stammen sie wirklich vom Sirius, vielleicht sind sie eine Extrusion des Über-Ich, vielleicht auch beides auf einmal. Aber sie werden uns nicht zur Hilfe kommen, genausowenig wie Jesus oder Marx oder irgendeine andere Knallcharge, die diese scheinheiligen Kuppler, die mit diversen unersättlichen Ideologien hausieren gehen, erst noch erfinden müßten. Vertraue niemand, Sweetheart.»

«O nein, sicher nicht.»

«Die Ankunft der Nommo muß unser Schicksal nicht unbedingt zum Besseren wenden. Sie könnte sogar einiges verschlimmern. Vielleicht ist das Beste, worauf wir hoffen können, daß sich was verändert. Daß Zyklen abbrechen, Dogmen in Verruf geraten. Onkel Larry ist immer dafür, daß sich was tut, Gwendolyn. Er ist dein Mann, wenn es drum geht, die alte Haut abzustreifen, Informationen auf unverantwortliche Weise zu streuen und Bauchklatscher in die alten Teiche zu machen, deren stille Wasser wir so lange nicht aufgerührt haben.»

«Prima.»

«Ja. Nun gut, ich dachte, ich sollte das besser noch mal sagen.»

«Danke. Sehr aufmerksam.»

«Ja. In der Tat. Und im Gegenzug bist du vielleicht eines Tages so aufmerksam, mir zu erzählen, was du mit einem verdammten Affen im Kofferraum willst.»

Sein Blick zerreißt dich, und dann humpelt er davon.

Sonntag abend

8. April

Manche nennen's Wahnsinn

18:21 —••••–• Als du den Kofferraum aufreißt, flüsterst du insgeheim ein Stoßgebet. Du betest, daß der verdächtig stille André nicht an Sauerstoffmangel eingegangen ist – ein Detail, auf das du vielleicht früher hättest kommen können. Im nächsten Augenblick fällt dir die Mona Lisa ein. André und Leonardos berühmtes Modell haben dieselbe Fähigkeit, rätselhaft und neugierig zugleich in die Welt zu blicken, trotz der Tatsache, daß keiner von beiden Augenbrauen hat. Schmierenkomödianten, denen Augenbrauen als Spruchbänder und Transparente für alle möglichen Emotionen dienen, könnten von der brauenlosen Mona und dem brauenlosen Makaken eine ganze Menge über Ausdruckskraft lernen.

Wenn man André das Haar glätten, ihn in ein florentinisches Gewand mit einem dünnen Schleier stecken und ihn auf eine Loggia vor einer zerklüfteten Berglandschaft samt etlichen Meilen Feldweg setzen würde, könnte er als Mona Lisas Double durchgehen. Der Affe zeigt denselben zarten (und brauenlosen) Ausdruck einer schwer zu definierenden Empfindung mit einem Anflug von Verwirrung, oder ist es heimliches Vergnügen? Er sieht so fragend, so ergreifend, so durch und durch menschlich aus, als er dich unerwartet stumm aus seinem Nest von Bananeneispapierchen und Schneeketten anblickt, daß du an italienische Kunst denken mußt. Und an die Evolution.

Trotz aller Ähnlichkeiten unter Primaten würdest du das Thema Evolution lieber meiden. Nicht daß du an Darwins Theorien zweifelst. Im Gegenteil, als du noch zur Schule gingst, pflegtest du dich mit Grandma Mati über die Evolution zu streiten – wie alle Schulmädchen. Deine Großmutter glaubte nicht an Evolution. Sie glaubte an die wörtliche Auslegung der Genesis. Sie glaubte an die Bibel, an Imelda Marcos, ihren hausgemachten Tintenfisch-Adobo und sonst kaum was auf der Welt. Grandma Mati akzeptierte die Evolution nicht in Oakland, California, und jetzt, wo sie ins Heimatdorf ihrer Vorfahren in den Außenbezirken von Manila zurückgekehrt ist, wird sie es noch weniger tun. Du hingegen hieltest sie für selbstverständlich. Bis du Larry Diamond kennenlerntest, hast du törichterweise angenommen, daß die Evolution vorbei ist, daß sie ihre Ziele erreicht hat und dann im Sande verlaufen ist.

Für dich – wie für Millionen anderer arroganter Chauvinisten – galt als erwiesen, daß die menschliche Spezies das Endprodukt des evolutionären Prozesses ist, sein Höhepunkt und krönender Abschluß. Wie konntest du nur einen Augenblick lang an diese Vorstellung glauben?

Wir mit unserem Hang zu Mord, Folter, Sklaverei, Vergewaltigung, Kannibalismus, Plünderei, Werbespots, Langhaarteppichen und Golf – wie könnten wir ernsthaft als Vervollkommnung eines vier Milliarden Jahre alten grandiosen Experiments in Betracht kommen? Als Rasse haben wir uns vielleicht bis an die Grenzen unserer Möglichkeiten entwickelt, das heißt aber noch lange nicht, daß die Evolution sich verabschiedet hat. Höchstwahrscheinlich gibt es Pläne, die *über den Menschen hinaus* gehen. Wir bezeichnen unser barbarischstes und maßlosestes Verhalten gern als «unmenschlich», dabei ist es in Wirklichkeit völlig menschlich, definitiv und wesentlich dem Menschen gemein, da kein anderes Geschöpf gewohnheitsmäßig vergleichbare Greueltaten begeht. Das schmälert weder unsere gelegentlichen Tugenden noch unsere ästhetischen Triumphe, aber wenn nicht wenigstens ein bißchen mehr als das menschliche Wesen hinter der nächsten Biegung der Zeit wartet, dann hat die Evolution bloß eine vorzeitige Ejakulation gehabt.

Auf alle Fälle hat André trotz seiner zurückhaltenden und nachdenklichen Renaissance-Miene den Freiheitsentzug relativ unbeschadet überstanden. Zwar ist er außergewöhnlich unterwürfig, als du ihn zu deinem Haus führst, doch seine Fähigkeiten sind normal, und seine Augen glänzen. Die Frage ist bloß, wohin mit ihm, bis

Bedford nach Hause kommt. Es ist schon Stunden her, daß du das letzte Mal auf dem Klo warst, und deine Blase, wiederholt von Diamonds Bug angerempelt, fühlt sich an wie eine reife, schmerzende Melone, die jeden Moment platzen kann. Doch wenn du ein unbehagliches Gefühl hast bei dem Gedanken, André allein zu lassen, dann erst recht bei der Vorstellung, daß er dich zum Klo begleiten könnte. Welche Frau würde sich schon gern von einem Affen beim Pinkeln zusehen lassen?

Am Ende trippelst du mit zusammengekniffenen Beinen ins Bad, steckst den Affen in die Wanne, schlingst seine Leine um den Wasserhahn und ziehst den Duschvorhang zu. Kaum plumpst du auf die Klobrille, da fängt es auch schon an zu laufen. Das war knapp, aber du hast es geschafft. Doch noch ehe du etwa eine Tasse voll ausgeschieden hast, ist der Duschvorhang runtergerissen wie die Flagge eines Tyrannen, und André mustert dich unaufhörlich schnatternd mit einem durchdringenden, abschätzenden Affenblick. Du versuchst, den Fluß anzuhalten, aber es ist einfach zu schmerzhaft, also weichst du errötend seinem Blick aus und wendest dich ab. Soweit dir bekannt ist, hat André noch nie die Gesellschaft einer Makakdame genossen, aber du hast das deutliche Gefühl, daß er ziemlich gut weiß, was du vor ihm verbergen willst. Bei dieser Vorstellung wischst du dich hastig und verstohlen ab und drehst dich halb von ihm weg, als du dein Höschen hochziehst.

Du stinkst, als wärst du gerade vom Krabbenfest in Biloxi gekommen, doch Duschen und Klamottenwechsel kommen nicht in Frage, bis ... bis was? Du weißt es nicht genau. Vielleicht solltest du dich irgendwo ruhig hinsetzen und nachdenken.

Als du Andrés Leine vom Wasserhahn löst, erinnert seine Miene weniger an Leonardos *Mona Lisa* als an den *Lachenden Kavalier* von Frans Hals. Man könnte auch blödes Grinsen dazu sagen. Larry Diamond hatte erwähnt – weiß der Himmel warum, du kannst dich nicht erinnern –, daß Frösche im Vergleich ungewöhnlich große Blasen haben. Damit legt ihr Körper Wasservorräte an, auf die sie zurückgreifen können, wenn sie auf dem Trockenen sitzen. Für deine eigene wünschst du dir Nommo-Dimensionen, denn es kommt absolut nicht in Frage, daß du noch mal mit diesem Viech aufs Klo gehst.

18:49 — • • • • – • «Der Strom soll von Fröschen wimmeln; die sollen heraufkriechen und kommen in dein Haus, in deine Schlafkammer, auf dein Bett, auch in die Häuser deiner Knechte, unter dein Volk, in deine Backöfen und in deine Teige, und die Frösche sollen auf dich und auf dein Volk und auf alle deine Knechte kriechen.»

So verhieß es Gott, der Herr, im siebten Kapitel des Exodus. Aus welchem Jahrhundert stammt das wohl, fragst du dich, und was bedeutet es? Scheint genau das Gegenteil von dem, was heute los ist. Heute wimmelt es von Menschen, während die Frösche sich eher rar machen. Du liest die letzte Zeile noch einmal. «Und die Frösche sollen auf dich und auf dein Volk und auf alle deine Knechte kriechen.» Du liest sie laut vor, so daß André sie hört. Du hast ihn an einen der Heizkörper im Wohnzimmer gebunden (zum ersten Mal bist du froh, daß deine Wohnung noch eine altmodische Dampfheizung hat) und ihm ein Roggenbrot in die Pfote gedrückt, damit er was zum Zerbröseln und Fressen hat. Der Makak mag Rosinenbrot viel lieber, aber du hast kein Rosinenbrot im Haus, und außerdem bist du es leid, dir die Hacken abzulaufen, um ihm seine Lieblingsleckerchen zu besorgen. «Ich verstehe diese biblische Sprache nicht, André», sagst du, «aber zumindest hat Larry nicht gelogen, als er sagte, Ägypten sei von einer Froschplage heimgesucht worden. Dabei hätte ich es fast lieber gehabt, daß er lügt. Was, wenn all das verrückte Zeug, das er erzählt hat, stimmt? Vielleicht sollten wir ein bißchen weiterlesen. Okay?»

Seit dem Augenblick, als du Grandma Matis Bibel aus dem Regal nahmst, ist der Affe so aufmerksam und respektvoll, daß es der Behauptung, er sei ein christlicher, ein «wiedergeborener» Affe, tatsächlich ein Quentchen von Glaubwürdigkeit verleiht. Nein. Kann nicht sein. Lächerlich. Zufall. Oder Schwindel. Auf alle Fälle sieht es so aus: Du sitzt ziemlich aufrecht in deinem Lieblings-Arkitektura-Sessel von Geoffrey Beene, die offene Bibel auf dem Schoß, und liest einem gespannten Makaken das Wort Gottes vor, als durch die Wohnungstür, die du einen Spalt offengelassen hast, für den unwahrscheinlichen Fall, daß Q-Jo Huffington draußen im Flur auftauchen könnte, Belford Dunn reinstürmt.

18:56 — • • • • – • Belford weint.

Er weint tatsächlich. So bewegt ist er von dieser Szene, die ihn bei seiner Ankunft erwartet – bewegt nicht nur von dem unvermittelten Wiedersehen mit seinem geliebten Makaken, sondern auch von dem unerwarteten, unvergleichlichen Anblick, wie du dasitzt und deinem früheren Widersacher liebevoll aus der Heiligen Schrift vorliest. Tränen, so groß wie Guppys, schwimmen über seine Wangen.

Und durch die Tränen strahlt er, strahlt mit einer solchen Kraft, daß du nicht überrascht wärst, wenn er damit einen Regenbogen produzierte. Sein Lächeln scheint zu sagen: *Hier wird mein Traum endlich wahr: mein häusliches Glück, meine kleine Familie, alle beisammen, friedlich, gemütlich, in Sicherheit. Sie erfreuen sich an ihrem Beisammensein und vergrößern zugleich ihr Wissen von der Herrlichkeit Gottes.*

Nachdem Belford dein Gesicht mit bebenden Küssen verkleistert und André, der belustigt, aber keineswegs überglücklich wirkt, sein Herrchen wiederzusehen, fast die bananengelbe Scheiße aus dem Leib gequetscht hat, erklärt er: «Ich hab es einfach nicht mehr ausgehalten! Ich bin zum Flughafen gefahren und fand einen Seemann, der bereit war, für fünfundsechzig Dollar seinen Flug gegen meinen zu tauschen. Das ist eine Menge Geld für einen schlichten Tausch von Flugtickets, aber er war Christ, er hat es mir selbst gesagt, und deshalb wußte ich, daß er es nicht für Bier und Kartenspiele vergeuden würde. Und wenn wir schon bei Karten sind: Ist Q-Jo eigentlich auch wiederaufgetaucht?»

«Ha! Nicht nur das nicht, Belford, das letzte, was man von ihr weiß, ist, daß sie ohne Schlüssel durch eine abgeschlossene Tür gegangen ist.»

«Na, jetzt mach aber mal halblang, Schätzchen!»

«Entweder das oder...» Oder was, Gwendolyn?

«Nun, wir werden das alles rauskriegen, keine Sorge. Aber zuerst mußt du mir erzählen, wie du ihn gefunden hast. Mein kleiner Halunke! Wo war er, was hat er gemacht? Erzähl mir alles.»

Du erfindest eine Story, einen fiktiven Bericht, der dich in ein günstiges Licht setzt, während Belford zwischen dir und André hin- und hermarschiert. Offenbar bemerkt er den Geruch nicht, der von deinem sexbefleckten Körper ausgeht, vielleicht weil er vom beißenden Gestank des Makaken noch übertroffen wird. Auf alle Fälle betet er dich ebenso an wie sein Äffchen, eine Situation, die du rührend und irritierend zugleich findest.

«Ich schäme mich, es zuzugeben, Gwen, aber ich habe an diesem Wochenende Augenblicke erlebt, da hätte ich fast den Glauben verloren. An André, an dich, sogar an Jesus.»

«Das ist verständlich, Belford, und ich bin sicher, daß wir dir alle drei verzeihen.» Genauso sicher bist du, daß es keinem von euch aufgefallen ist.

Dein angeblicher Liebhaber hat erotische Anwandlungen, du merkst es an der Art, wie er deinen Arm streichelt, und an seinem weggetretenen Blick. Er ist reif für eine harmlose kleine Ausbeutung, aber du mußt vorsichtig sein und langsam vorgehen. «Hör zu», sagst du. «André und du, ihr solltet euch erst mal richtig begrüßen. Warum gehst du nicht für ein, zwei Stunden mit ihm rüber in deine Wohnung? Und später treffen wir uns wieder. Du könntest ihn einsperren und dann noch mal vorbeikommen. Aber nicht lange, denn ich habe morgen einen anstrengenden Tag.»

«Na schön. Im Taxi habe ich gehört, daß die Börse wahrscheinlich morgen früh geschlossen bleibt, nicht wegen des Crashs, hieß es, sondern wegen der atmosphärischen Störungen, die wir letzte Woche hatten. Ich weiß nicht, was es ist, Sonnenflecken oder so was.»

«Es wird jedenfalls ein harter Tag. Hier. Deine Autoschlüssel.» Du gibst ihm einen flüchtigen Kuß, sozusagen von der Stange, und bugsierst ihn sanft zur Tür. «Wir reden später. Wiedersehen, André. Und einen schönen Abend noch.» *Während ich versuche, meinen Duschvorhang zu reparieren, du Mistvieh.*

«Wiedersehen, Schatz. Und tausend Dank. Ich weiß nicht, wie ich das wiedergutmachen kann.»

Oh, es wird uns schon was einfallen.

19:40 —••••• Du läßt den Duschvorhang zusammengeknüllt auf dem Boden liegen und gönnst dir ein ausgiebiges Bad. Einmal schnupperst du am Waschlappen und fragst dich widerwillig, wie wohl die Tatsache, daß menschliche Sexualität nach Kabeljau stinkt, in Diamonds Spekulationen paßt. Eine so fundamentale, so unverfälschte Aktivität – und so unübersehbar vom Duft der Gezeiten getränkt.... Mann, du bist überrascht, daß der Schnüffelbruder keine große Sache draus gemacht hat. Die meiste Zeit aber denkst du ans Geschäft. Es könnte zu deinem Vorteil sein, wenn die Börse ein bis zwei Tage geschlossen bleibt. Du hättest mehr Zeit, um deine Öl-Futures-Spekulation in Gang zu bringen, aber auch ein paar Sachen unter den Teppich zu kehren. Wenn es nicht schon zu spät ist. Wenn Posner nicht bereits beschlossen hat, dich vor die Tür zu setzen.

Einer der Gründe, warum der Markt verrückt spielte, war der hoche Zuwachs an Margin-Forderungen, also Kunden, die auf Maklerkredit Aktien kauften. Solche Geschäfte waren deiner Ansicht nach vollkommen in Ordnung, bis die Massen Wind davon bekamen. Niemals hätte man Sam und Sally Seattle und ihrer ganzen dämlichen Verwandtschaft Tür und Tor öffnen dürfen. Uneffektive Leute haben bei Effekten nun mal nichts verloren, das hast du von Anfang an gesagt, und jetzt haben sie dich tatsächlich ruiniert. Oder dir zumindest das Leben schwergemacht. Andererseits aber auch vielleicht unwissentlich die größte Chance deines Lebens verschafft.

Larry Diamond, das sogenannte Finanzgenie, hat deinen Plan keineswegs als undurchführbar bezeichnet. Ganz und gar nicht. Er hat bloß andere Interessen. Interessen, von denen du wünschst, du hättest nie was davon gehört, denn, verflixt und zugenäht, sie haben sich in deinem Hinterkopf festgesetzt wie einer dieser schrecklichen, billigen, peinlichen Ohrwürmer. Delphine mit Fingern, Pilze mit Transmittern, Buddhas mit Schwimmhäuten, Raumschiffe mit Froschbecken, Leute mit unbeschreiblichen Schicksalen. Wo sind George Washingtons Zähne, wenn du sie wirklich brauchst?

Dein Körper hat die Farbe von Ahornsirup, und wenn er vor Badelotion glänzt, sieht er aus, als könnte man die Waffel der Welt damit bestreichen. Statt dessen hüllst du ihn in einen seidenen Bademantel und bringst ihn in die Küche, um einen Salat zu machen. Der Spinat wirkt ein bißchen verdutzt, als du ihn aus der Plastiktüte schüttest. Du kommst dir beinahe so vor, als hättest du ihn bei irgendwas gestört. Eine rote Tomate dreht sich in deiner Hand wie ein Planet. Aus irgendeinem Grund erscheint die Welt um dich herum auf eine Art lebendig, wie sie es nie zuvor war.

Gerade als du den letzten Harpo-Marx-Kringel des jazzigen, albernen, schwach strahlenden Rucolas auf die Gabel gespießt und in den Mund geschoben hast, klingelt das Telefon. Es ist Diamond. Du hast nicht erwartet, daß er sich so schnell melden würde, aber du mußt zugeben, daß dich ein winziger Hauch von Erregung packt. Und sogleich tadelst du dich dafür.

«Hast du was im Mund, oder bist du nur einfach froh, mich zu hören?»

«Ich bin gerade mit dem Essen fertig, danke. Ich war so schnell am Telefon, weil ich dachte, es könnte Q-Jo sein.»

«Leider nicht. Aber ich habe das unbestimmte Gefühl, daß ich bald von ihr hören werde.»

«*Du* wirst von ihr hören?!»

«Ja. Ich. Es ist eine Vorahnung – aber du weißt ja, man kann sich täuschen. Wie auch immer, Pussy Burger, ich rufe von einem Autotelefon an ...»

«Deshalb rauscht es so komisch.» Einen Augenblick glaubtest du, es sei der Rucola.

«Heute abend ist es besonders schlimm. Die himmlischen Interferenzen scheinen zuzunehmen. Also paß auf, ich bin auf der I-Five, auf dem Rückweg von Sea-Tac...»

«Was hast du denn am Flughafen gemacht?»

«Das bleibt mein Geheimnis. Ich hab was für dich. Ein Geschenk zu Ostern, sozusagen. Meine neue Freundin Reiko, die so freundlich war, mich herumzukutschieren, setzt mich in, oh, sagen wir, zwanzig Minuten am Thunder House ab. Könntest du mich dort treffen?»

«Oh, äh, ich weiß nicht, Larry. Eher nicht, glaub ich.»

«Gut. Du wirst es nicht bereuen. Jedes kleine Pussy Girl bekommt gern ein Geschenk.»

«Ich bin kein kleines – du sollst mich nicht so nennen! Ich treffe dich in einer Stunde. Um halb zehn. Draußen auf dem Parkplatz. Okay? Draußen. Ich komm nicht rein.»

«Wie du meinst. Ich persönlich hatte in letzter Zeit eine Menge Spaß in parkenden Autos. Ah-ha-ha-ha-ha. In der Tat.»

21:30 —•••••• Die Regenwolken sind abgezogen. Haben ihre durchsichtigen Münzen verspielt und sich aus der Stadt verdrückt, leergepumpt, abgezehrt, zerlumpt und pleite. Der Mond, der ewige Gewinner, weil er stets weiß, wann er den Laden dichtmachen muß, steht auf der Veranda des geschlossenen Kasinos und sieht aus, als würde er sich gleich eine Zigarre anstecken. Die Sterne plinkern ihm zu, als wollten sie sagen: «So sicher, wie das hier Seattle ist, wird sich schon bald ein neuer Schub von Prassern aus dem Westen über die Stadt wälzen.» Der Mond hat es nicht eilig. Er wischt sich mit einem zirrostratischen Taschentuch, das irgendeinem Trottel aus der Tasche geflattert sein muß, als er tief reingreifen mußte, über die Stirn.

Du fährst zweimal um die Bowlingbahn rum, bevor du parkst. Das Haus liegt im Dunkeln. Wahrscheinlich schließt sie sonntags abends früher. Das einzige Licht in dem Gebäude sickert aus einer schmalen Reihe von Fenstern im Souterrain. Twisters Tipi, wenn du dich nicht täuschst. Du stellst dir vor, wie der stämmige Komantsche vor seinem kostbaren van Gogh meditiert und dabei einen der kräftig gezeichneten, schwerfälligen Bauern im Visier hat, als wäre die Figur das Phantom eines Büffels.

Kaum hast du den Motor abgestellt, da knallt hinter dir eine Tür, und Diamond steigt aus einem Volvo neuesten Baujahrs. Seine Klamotten sind noch feucht, das Haar ist zerzaust, sein Hinken noch schlimmer geworden, aber mit seinem Grinsen könnte man Liberaces Schlafzimmerdecke anstreichen. «Spaß in parkenden Autos», wie? Was hat er mit dieser Madame Butterfly getrieben?

Er rutscht auf den Beifahrersitz und hört gar nicht mehr auf zu rutschen. In der nächsten Sekunde rutscht seine Zunge zwischen deine Lippen. Vorsichtig, als könnte er beißen, löst du dich von seinem Mund. Du darfst dich nicht wieder so zerzauseln lassen. Belford erwartet dich.

«Wie war's bei Dr. Yamaguchi?» fragst du und wischst dir mit dem Ärmel seine Spucke vom Mund.

«Ich hab in Paris mal einen amerikanischen Western gesehen. Er lief in Englisch mit französischen Untertiteln. Ein grauhaariger Cowboy kommt in einen Saloon und sagt: ‹*Gimme a shot of red eye!*› Und der Untertitel lautet: ‹*Dubonnet, s'il vous plaît.*› Worte verwandeln sich in seltsame Masken, wenn sie übersetzt werden.»

«Aber Dr. Yamaguchi spricht doch Englisch.»

«Er spricht englische Untertitel.»

«Okay, aber wird er dich behandeln oder nicht?»

«Nur wenn ich nach Japan komme. Die Gesundheitsbehörde hat seine Behandlungsmethode hier noch nicht zugelassen, und Yamaguchi glaubt, es könnte noch Jahre dauern.»

«Halt, Moment mal. Soll das heißen, du brauchst eine staatliche Erlaubnis für einen Einlauf?»

«Das ist zwar ein freies Land, Sweetheart, aber wenn du glaubst, daß dein Arsch dir gehört, bist du auf dem Holzweg.»

«Tja, dann fliegst du also nach Japan, oder?»

«Nein, ich fliege nach Timbuktu.»

«Warum, Larry? Warum ist es so wichtig, daß du an diesen gottverdammten Ort reist?»

Er hält inne, legt den Kopf zurück und schließt halb die Augen. «Weil ich eine Verabredung mit einem Frosch habe», sagt er gedehnt.

21:39 —••••• Du nimmst an, daß er von dem Nommo spricht. Er könnte eine Französin meinen, aber dann hätte er wahrscheinlich «frogette» gesagt. Deshalb muß es der Nommo sein, wieder so eine spinnerte Idee. Bestimmt hat es was mit diesen angeblichen Wasserwesen aus dem Weltraum zu tun. Aber nein, wie sich rausstellt, meint er genau das, was er gesagt hat: einen Frosch.

Besser gesagt, eine spezielle Froschgattung. Einen Frosch, dessen Haut ein biochemisches Agens ausscheidet, ein hochkomplexes, stickstoffhaltiges Peptid, was immer das ist, welches das menschliche Nervensystem auf höchst merkwürdige Art beeinflußt.

«Klingt wie eine *Droge.*»

«Es ist ein halluzinogenes Bufotoxin. Auch Aspirin ist eine Droge.»

«Aber es macht dich high!»

«Auf der Wall Street sagt man: *‹Buy low, sell high.›* Auf der Liste sagt man: *‹Buy high, sell high.›* Ist das nicht viel besser?»

«Nein! Es ist... es ist unverantwortlich und unprofessionell, und wahrscheinlich auch noch gefährlich.»

«Viel weniger als die Straßen von Seattle. Sie sind wirklich ziemlich verbreitet, diese Zauberfröschchen. Jeder, der schon mal in einem Exemplar von *National Geographic* geblättert hat, weiß, daß die Indios in Südamerika sie benutzen. Nun, in Westafrika sind sie auch zu Hause. Es gibt keinerlei Indizien dafür, daß man sie heute noch für religiöse Zeremonien oder bei der Jagd verwendet, wie am Amazonas, aber es ist beinahe undenkbar angesichts der historischen

Beziehungen zwischen Stammeskulturen und organischen Halluzinogenen, daß nicht auch die Afrikaner sie sich zu irgendeinem Zeitpunkt in der Vergangenheit zunutze machten.»

«Dann hatten sie zumindest Verstand genug, um damit aufzuhören.»

«Klimaveränderungen und Druck von seiten islamischer und christlicher Ausbeuter hatten viel mehr damit zu tun als Verstand, würde ich sagen. Meine Theorie, die Theorie, die für meinen Ruf an der Universität von Timbuktu gesorgt hat, ist, daß die aquatische Kosmologie der Bozo und Dogon, die Legende der Nommo, von amphibischen Halluzinogenen stark gefärbt, wenn nicht sogar vollständig inspiriert war.»

«Na schön, das wäre vermutlich eine Erklärung, falls es irgendwen interessieren würde. Aber was hat das damit zu tun, daß du unbedingt in diese ausgedörrte Kamelhölle zurückwillst, besonders, wo du krank bist und alles?»

«Wie du dir vorstellen kannst, gibt es in Timbuktu keine Frösche mehr, aber es gab mal welche, Versteinerungen beweisen es. Inspiriert von meiner Wenigkeit, war ein Trupp von Uni-Typen vor kurzem im Dschungel von Senegal und hat einen Sack voller lebender Exemplare mitgebracht. Sie wurden in dem kleinen See im Hof ausgesetzt. Stell sie dir dort vor, Pussy Gumbo. Sie besänftigen den Wind mit ihren erotischen Gesängen und saugen den riesigen Sahara-Mond in ihre pulsierenden grünen Kehlen. Irgendwann in diesem Herbst soll eine Zeremonie stattfinden. Fünfzig Tage nach dem Aufgang des Sirius. Das war der Tag, an dem die griechische Elite nach Eleusis aufbrach, verstehst du, um das von Mutterkorn geheiligte Sakrament zu trinken und sich in die Mysterien einweihen zu lassen. Ah, aber dieses Jahr ging noch vor dem Sirius mein Tumor auf, und ich bin vielleicht nicht in der Lage, bis September zu warten. Ich fahre also früher, zu einen Sneak Preview sozusagen.»

«Wovon, genau?»

«Vom magischen Froschelixier, genau gesagt. O nein, jetzt sieh mich nicht so an wie eine verächtliche Kröte...»

«Du hast vor, einen von diesen giftigen Fröschen zu essen!»

«Niemals. Ich schwöre. Übrigens sollte eine Frau, die im Restaurant Froschschenkel bestellt, nicht mit Steinen werfen.»

«Na, dann wirst du sie eben rauchen.»

«Frösche rauchen? Ich, der nicht mal eine Havanna Corona pafft? Nein, das Schöne ist, den Fröschen passiert überhaupt nichts. Man muß bloß ein bißchen Schweiß von ihrer Haut lecken. Die beste Stelle ist die, wo die Ohren wären, wenn ein Frosch welche hätte.»

«Schweiß? Igitt! Widerlich!»

«Geradewegs aus dem Märchen, Darling. Erinnerst du dich an die hübschen Prinzessinnen, die Frösche küßten? Übrigens kriegt man keine Warzen vom Umgang mit Fröschen, absorbiert höchstens über die Haut ein bißchen Bufotoxin. Das ist nämlich der eigentliche Ursprung des Aberglaubens. Man soll kleinen Kindern keine Flausen in den Kopf setzen.»

«Das mußt du gerade sagen! Du hast doch selbst den Kopf voller Flausen. Und zwar den abscheulichsten.»

«Was wäre ein Kopf ohne Flausen?»

«Meine Güte, Larry!»

«Weißt du noch, warum ich Q-Jo Huffington sehen wollte?»

«Klar. Weil Twisters Vater nicht wollte, daß du dir Pilze reinziehst.»

«Was die Belastung des Immunsystems angeht, so hat Breites Stück Straße wahrscheinlich recht, aber ich brauche was, um meine zerebralen vier Wände neu zu tapezieren. Q-Jo ist zwar ungemein begabt, gehört aber nicht derselben Liga an wie die Psilocybin-Elfen, und so hätte ich die Pilze zweifellos trotzdem zu Rate gezogen, wenn ich nicht gewußt hätte, daß ich eine Verabredung in Timbuktu habe. Wir haben bekanntlich festgestellt, daß bestimmte Pilze möglicherweise als Nommo-Mikrophone funktionieren und ungewöhnliche nichtlineare außerirdische Informationen weitergeben, die archaisch und futuristisch zugleich sind...»

«Du hast das festgestellt, nicht ich.»

«...aber wenn die irdischen Frösche eine direkte Verbindung mit den ursprünglichen Einwohnern des Sirius-Systems haben, dann könnten die Daten, die von ihren biochemischen Transmittern übertragen werden, noch authentischer sein, einen Schritt näher an der Quelle. Man könnte Pilze mit modernen Missionaren vergleichen, und Frösche wären dann die Nachkommen der zwölf Apostel. Zumindest hinsichtlich der Reinheit ihrer Neurotransmitter. Ja. In der Tat.»

Du vergräbst den Kopf in den Händen. «Das ist verrückt. Irrsinnig. Ich kann nicht glauben, daß du wirklich in ein afrikanisches Drecksnest fahren willst, um Frösche abzulecken.»

«Wie Cab Calloway sagte: ‹Manche nennen's Wahnsinn, ich nenn's hi-di-ho!› Das gehört eben dazu.»

Du hast keine Ahnung, wer Cab Calloway ist, obgleich du sicher bist, daß du deinen Vater von ihm hast reden hören, und das ist nicht gerade ein ermutigendes Zeichen. «Was, wenn du zuviel an ihnen rumlutschst oder, ähm, was schiefgeht, wenn du allergisch bist oder so was?»

«Das Risiko gehört dazu.»

«Und wie willst du das alles bezahlen? Duch brauchst doch medizinische Versorgung. Ich wette, du kriegst keinen Cent von der Versicherung.» Lieber Himmel! Diese Männer! Diamond und Belford. Pfeifen auf ein regelmäßiges Gehalt, ein dickes, fettes regelmäßiges Gehalt, als wäre ein regelmäßiges Gehalt nichts weiter als eine x-beliebige Gewohnheit.

Diamond grinst bloß. «Vielleicht sollte ich an dir üben. Lutschen, mein ich.» Er läßt die Zunge aus dem Mund hängen wie eine Scheibe Schinken aus einem zusammengequetschten Sandwich.

«Hör auf. Das ist kein Witz. Du siehst gerade ziemlich blöd aus.»

«Na, na, sei nicht so streng, Pussy Fondue. Wie angekündigt, hat dir Onkel Larry ein Geschenk mitgebracht.» Und damit greift er in die Brusttasche des plattgefahrenen Tieres, das ihm als Lederjacke dient, nimmt etwas heraus und schließt deine Finger darum. Du öffnest die Faust, erleichtert, daß es nicht irgendwas Kitschiges ist, ein Verlobungsring beispielsweise, was Peinliches wie ein Sexspielzeug oder was Unheimliches wie ein lebendiger Frosch, bist aber doch leicht enttäuscht und verdutzt, als du es erkennst...

«Ein Feuerzeug?»

«Nicht irgendeins. Dr. Yamaguchis Bic. Er hat's mir geschenkt. Es war eine rührende Geste. Wir haben uns auf Anhieb verstanden. Hauptsächlich über Blickkontakt. Ein rüstiger Bursche, gesund und munter. Jawohl. Jedenfalls ist das Feuerzeug hier nicht das Geschenk – das behalte ich nämlich. Aber mach es an, los. Ich mein es ernst. Na los, mach schon. Zünd es an.»

Bis zum Rand mit Benzin gefüllt, produziert das kleine Teufelsding eine zentimetergroße Flamme, die du auf Diamonds Anweisung hin ganz ruhig hältst. Dann entnimmt er der Innentasche der altsteinzeitlichen Badematte zwei Papierumschläge. Der erste ist ungefähr zwanzig Zentimeter lang, dick und ziemlich bunt, der andere schmaler und unauffälliger. «Eigentlich sind es zwei Geschenke», sagt er. «Aber du darfst nur eins behalten. Du mußt wählen.»

«Aber – was...?»

«In der linken Hand habe ich Flugtickets. Erster Klasse, falls es dich interessiert. Nach Timbuktu. Nicht in meinem Flugzeug, leider. Dazu war es zu spät. Dein Flug geht am Dienstag. Erst mit Delta nach New York, dann mit der Air Afrique weiter nach Bamako. Dort würde ich dich abholen, und wir würden Timbuktu gemeinsam betreten. Nur wir beide, Hand in Hand. Kannst du dir vorstellen, wie das wäre? Kannst du es dir auch nur vorstellen?»

Nein, kannst du nicht. Für den Bruchteil einer Sekunde flackert in deinem Kopf eine Ansammlung von bröckeligen Sandburgen an einer weiten, wasserlosen Küste unter einem schießpulvergrauen Himmel auf, wo du mit Diamond unter einem Torbogen aus Lehm stehst. Ihr wirkt beide so blaß und verloren wie die Liebenden auf der Tarotkarte, als bewaffnete, blau verschleierte Einheimische auf Kamelen vorbeidonnern und euch in ihrer unzivilisierten Sprache des illegalen Frosch-Schmuggels bezichtigen. Doch dieses Bild verblaßt so schnell, wie es gekommen ist. Du sitzt da und starrst ausdruckslos auf Diamonds rechte Hand.

«In diesem Umschlag befinden sich – jetzt halt doch mal die Flamme ruhig – einigermaßen detaillierte Notizen und Anweisungen mit sämtlichen Schritten, die nötig sind, um die Datenbank in deiner Disco derart zu frisieren, daß London glaubt, du hättest hundert Riesen oder mehr auf deinem Privatkonto, doch ohne daß in Seattle je eine Spur von dem Kapitalschwindel oder deinen Deals mit ihnen bekannt würde. Es sei denn, die Rohölpreise bewegten sich nicht in die von dir angenommene Richtung, versteht sich. In diesem Fall, also wenn du selbst keine Deckung hast und auch nicht das Konto von jemand anderem belasten kannst, wirst du Besuch von ein paar Typen erhalten, die keinen Spaß verstehen. Wenn deine Ahnung aber richtig ist, wirst du einen dicken Batzen steuerfreie Kohle einkassieren, und keiner wird je was davon mitkriegen. Ich entschuldige mich im vorhinein für die schlechte Qualität der Aufzeichnungen. Ich hab sie mit einem Kugelschreiber in Reikos Wagen geschrieben, teilweise, während der Wagen fuhr. Und jetzt...»

Er hält die Umschläge näher an das Feuerzeug, das sich unangenehm rasch erhitzt. «Ich möchte, daß du einen der beiden Umschläge anzündest. Den einen oder den anderen. Die Tickets oder die Mogelanweisungen. Einer von beiden muß zu Asche werden. Es ist deine Entscheidung. Der Peperone oder die Perle. Du kannst beschließen, dein Leben innerhalb der bestehenden Grenzen zu verbessern, oder du kannst deine Möglichkeiten erweitern, vielleicht sogar umgestalten. Du kannst deine Freiheit aufs Spiel setzen in der Hoffnung, ans große Geld zu kommen, oder du kannst alles riskieren für etwas, das du vielleicht nicht mal dann begreifst, wenn du es erreicht hast. Du brauchst nur einen von diesen Umschlägen anzuzünden, Gwendolyn, und wir werden alle beide mit den Konsequenzen leben. Nun komm schon, sitz nicht so stocksteif da. Wenn du dich nicht entschieden hast, bis ich bis fünf gezählt habe, wird das Angebot zurückgezogen, und ich verbrenne *beide* Umschläge. *Eins... zwei...*»

«Halt, warte, Larry.» Das Feuerzeug verbrennt dir zwar die Finger, aber du mußt Zeit gewinnen. «Es ist klarer Himmel. Können wir den Sirius sehen, was meinst du? Sirius A. Ist er, ähm, vielleicht über meiner Schulter?»

«Nein, ist er nicht. Um diese Jahreszeit geht der Sirius kurz nach neun unter. *Drei –*»

«Aber Freitag abend habe ich ihn gesehen. Es muß gegen elf gewesen sein.»

«Unmöglich. Ich zähle ...»

«Ich hab ihn gesehen. Es war der hellste Stern am Himmel. Und B hab ich auch gesehen.»

«Nein, hast du nicht. Nicht auf diesem Breitengrad, nicht im April. Das Feuerzeug wird gleich leer sein.»

«Na schön, aber irgendwas habe ich gesehen. Im Westen. Einen extrem hellen Stern. Was könnte es sonst gewesen sein?»

«Vielleicht der *ie pelu tolo*. Und jetzt hör auf, Zeit zu schinden ...»

«Du meinst das Nommo-Raumschiff? Die Arche? Den Stern des zehnten Mondes? Das ist doch nicht dein Ernst. Du nimmst mich auf den Arm.»

«Alles ist möglich. Ich zähle ...»

«Aber Larry», unterbrichst du eifrig. «Was, wenn du recht hast? Stell dir vor, die sind da draußen und beamen Frösche rauf oder so was?»

Er geht nicht darauf ein. *«Vier –»* sagt er.

22:10 — • • • • • Du bist so desorientiert, als du dich vom Parkplatz der Bowlingbahn schlängelst, daß du aus Versehen in eine schmale Seitenstraße einbiegst, die vor einer Klempnerei endet. Als du deinen Irrtum bemerkst, fährst du, statt zu wenden, rechts ran, nimmst den Gang raus und sitzt einfach nur da.

Du kannst nicht glauben, was du gerade getan hast. Er muß dich hypnotisiert oder in eine Art afrikanische Trance versetzt haben. In dem Augenblick dachtest du, falls du überhaupt irgendwas gedacht hast, daß du deiner Intuition folgst, aber vielleicht war es etwas anderes. Als Frau sollte man imstande sein, seiner Intuition zu *trauen*, angeblich funktioniert sie zu ihrem Besten. Es schien, als konntest du nicht anders. Und er hat *wirklich* ungewöhnliche geistige Kräfte.

Auf dem Sitz neben dir liegt der Umschlag. Du nimmst ihn, studierst ihn von allen Seiten und schüttelst den Kopf. Flugtickets nach Timbuktu! *Einfache* Flugtickets nach Timbuktu. Meine Güte! Wenn das nicht die blödeste und selbstzerstörerischste Entscheidung ist, die du je im Leben getroffen hast! Oder?

Seltsamerweise quälen dich keineswegs Gewissensbisse und Bedauern. Im Gegenteil, zum dritten oder vierten Mal an diesem Wochenende packt dich ein komischer, durch nichts gerechtfertigter Schwindel. Der Trichter deiner Trompete ist bis zum Mundstück zurückgebogen wie eine Schlange, die sich in den eigenen Schwanz beißt. Du hast einen leichten Schock, das stimmt, doch hemmt nicht der geringste Anflug von Ernst oder Endgültigkeit den Gang deiner Gedanken. Vielleicht hat es sich noch nicht richtig gesetzt, vielleicht verleugnest du gerade dich selbst, aber der Cocktail von Emotionen, den dein Herz gerade runterwürgt, enthält außer zwei Meßbechern voll Angst und Unglauben auch eine kohlensäurehaltige Mixtur unspezifizierter Erregung. *Mann*, denkst du. *Heiliger Bimbam.*

In deiner Brust sitzt ein Kloß, so groß wie ein Blumenkohl. Zuerst hältst du ihn für akute Beklemmung. Dann geht dir allmählich auf, daß dieser Kloß ein komprimierter Freudenschwall ist. In deinem Inneren lauert ein unwiderstehliches Lachen – oder zumindest ein Haufen von kleineren Glucksern, die nur darauf warten, zu entwischen. Unter den gegebenen Umständen ist dieses unterdrückte Lachen einfach peinlich, aber du wagst nicht, es loszulassen, falls es hysterische Begleiterscheinungen haben sollte. Es fühlt sich keineswegs nach Hysterie an, aber trotzdem ...

Im Schein der Straßenlaterne inspizierst du noch einmal den Umschlag mit den Flugtickets. *Eine Option*, denkst du. *Nur eine Option.* Sosehr Larry Diamond dich auch fasziniert, so sexy du ihn mittlerweile und nach einigem Zögern auch findest – na los, gib's zu –, sosehr du dich um seine Gesundheit sorgst – falls er auch nur einen

Augenblick glaubt, daß er dich eingewickelt hat und du bereit bist, seine timbuktische Liebessklavin zu werden, sollte er seine Fröschlein lieber erst zählen, wenn sie piep sagen.

Aber was, wenn du ihm tatsächlich nach Timbuktu folgen würdest? Was, wenn du Posner eine lange angelsächsische Nase drehst, und nicht nur ihm, sondern auch der Disco, der SEC, der ganzen wirtschaftlichen Situation? Wenn du dich einfach ans andere Ende der Welt absetzt? Was wäre dann?

Bei diesem Gedanken bricht das Lachen los. Es ist kurz, aber ziemlich laut, und da ihm ein zweites sozusagen auf dem Fuße folgt, siehst du dir über die Schulter, um dich zu vergewissern, daß niemand auf dieser schäbigen kleinen Straße mit ihrer Mischung aus norwegischen Holzhäuschen und Fischkonservenfabriken dich gehört hat. Im nächsten Augenblick löst sich der Schwall von Gluckserν – denn da, auf der anderen Straßenseite, direkt vor einem dieser schäbigen Holzhäuser, entdeckst du Q-Jos Geo Storm.

22:15 —••••• Lautlos wie eine beidseitig gelähmte Grille steigst du aus und schleichst rüber zu Q-Jos Wagen. Der Geo ist leer. Ihre Leiche liegt nicht quer überm Rücksitz, und in den Kofferraum würde sie ums Verrecken nicht passen, nicht mal zerstückelt. Du schaust die Straße auf und ab. Die Fabrikanlagen sind verlassen, und von dem halben Dutzend kleiner Wohnhäuser sind zwei dunkel und vier schwach erleuchtet vom photonischen Frost des Fernsehers. Scheint nicht gefährlich, die Wagentür zu öffnen.

Du bist nicht im geringsten erstaunt, daß sie nicht abgeschlossen ist. Q-Jo weiß genau, daß es geradezu eine Einladung zum Fenstereinschlagen wäre, heutzutage in Seattle seinen Wagen abzuschließen. Kalter Tabakmief schlägt dir entgegen. Sonst nichts. Keine Nachricht, kein zurückgebliebenes Kleidungsstück, nichts außer einem Aschenbecher, der überquillt von verformten Kippen und dem zusammengeknüllten Einwickelpapier eines Meatball-Sandwichs, Zeichen dafür, daß die Besitzerin des Fahrzeugs kein Roboter ist. Vielleicht würde Sherlock Holmes hier irgendwelche Spuren finden, für dich aber bleibt die Suche ergebnislos.

Ruhig kehrst du zum Porsche zurück. Wenn du zu Hause bist, wirst du die Polizei anrufen und den Standort des Geo durchgeben. Unterdessen hat seine Entdeckung einen Funken Optimismus in dir geweckt, und wenn auch nur, weil du jetzt ein für allemal überzeugt davon bist, daß Q-Jos Verschwinden («Absenz» wäre vielleicht ein besserer Ausdruck) nichts mit Diamond zu tun hat. Diamond ist exzentrisch, aber nicht dumm. Er würde bestimmt nicht einer Frau was antun und dann ihren Wagen einen Block vom Thunder House entfernt stehenlassen.

In dieser Gewißheit fährst du los zu deinem Treffen mit Belford Dunn.

22:34 —••••• «Schätzchen! Wo hast du gesteckt?»

Wie verabredet wartet Belford in deiner Wohnung. Er ist eine Spur beunruhigt.

«Ich habe dir doch gesagt, daß ich noch was zu erledigen hatte.»

«Um diese Zeit? Am Sonntag abend? Ich hab mir Sorgen gemacht.»

«Ich war auf der Suche nach Q-Jos Wagen. Und ich – ich habe ihn gefunden.»

«Im Ernst? Du hast ihn gefunden? Wo?»

«Oh, in Ballard.»

«Aber woher wußtest du, wo du suchen mußtest?»

«Es war so ein Gefühl. Ich habe doch auch André gefunden, oder nicht? Ich bin ein echter Detektiv.» Du küßt ihn flüchtig auf die Wange. «So, und jetzt mach die Krawatte auf und entspann dich. Leg ein bißchen Musik auf. Ich ruf schnell die Polizei an, und dann kümmere ich mich um dich.»

Leichter gesagt als getan. Du verbringst mehr als zehn Minuten damit, durch ein verwirrendes elektronisches Labyrinth zu irren, bevor du ein lebendes Wesen erreichst, nur um dann zu erfahren, daß die «Vermißtenabteilung» (also der weißhaarige Ermittler und die Iguana-Frau, die ihn abschirmt) geschlossen ist und du morgen früh ab neun wieder anrufen kannst. Dein Einwand, daß die Situation gefährlich und die Entdeckung bedeutsam sein könnte, prallt an stählernen Ohren ab.

Frustriert und ernüchtert – in Timbuktu können die Serviceleistungen der Behörden auch nicht schlechter funktionieren – knallst du den Hörer auf und stürzt ins Badezimmer. Du wäschst dir das Gesicht, legst eine neue Patina von Eleganz auf und analysierst die gegenwärtige Lage. Zweifellos wird Belford darauf bestehen, die Situation um Q-Jo zu erörtern, und wenn dieses Thema erledigt ist, wird er Fragen bezüglich André haben, beispielsweise über die Methoden, mit denen du ihn besänftigt, die Bibelverse, die du ihm vorgelesen hast (wie und warum du ausgerechnet die ausgesucht hast) und welche Schritte ergriffen werden müßten, um sicherzustellen, daß er nicht wieder entwischt (ist der Affe vertrauenswürdig, glaubst du, daß Belford sich in ihm getäuscht hat, usw.) All das könnte circa eine Stunde verschlingen, und dafür fehlt dir einfach die Geduld. Du würdest vermutlich schreien, wenn du das durchmachen müßtest, und Schreien wäre in diesem kritischen Augenblick eher kontraproduktiv für deine Pläne. Also entledigst du dich mit einem letztendlich höheren Ziel vor Augen deiner Kleider und kehrst in Unterwäsche ins Wohnzimmer zurück.

22:52 — • • • • – «Fändest du mich auch attraktiv, wenn ich meinen Schwanz nicht verloren hätte?»

Belford hat den Soundtrack von *The Sound of Music* aufgelegt, was in deiner mageren Kollektion von CDs «christlicher Unterhaltung» noch am nächsten kommt. Jetzt sitzt er auf dem feudalen Paluko-Sofa und summt gedankenverloren zu Julie Andrews' Stimme, als du in pfirsichfarbener Spitzenwäsche in den Raum trippelst. Er bricht jäh ab. Es dauert einen Augenblick, bis er die Sprache wiederfindet und stammelt: «Was... was meinst du? Schwanz?»

«Ich hatte mal einen Schwanz. Als ich noch ein Embryo war. Ich hatte kleine Flossen. Furchen und Rinnen entlang dem Kopf wie die Kiemenschlitze eines Fisches.» Während du all das sagst, drehst du dich langsam um die eigene Achse, wie ein Model auf dem Laufsteg, und mit jeder Drehung schieben sich deine Hüften näher an Belfords Gesicht. «Also stell dir vor, ich hätte noch einen Schwanz.»

«Aber du hast keinen.» Belfords Atem geht, als seien seine Lungen übergewichtige Bauernburschen, die versuchen, sich durch einen Stacheldrahtzaun zu zwängen. Sein Adamsapfel erinnert an einen Squashball, der die Treppen eines aztekischen Tempels herunterhüpft. «Ich glaube nicht, daß wir im Mutterleib wirklich einen Schwanz haben, aber was immer es ist, es verschwindet lange bevor wir auf die Welt kommen.»

«Aber wenn wir nach Gottes Ebenbild geschaffen sind, wie kommt es dann, daß ein menschlicher Fötus so viel Ähnlichkeit mit einem Fisch oder einem Frosch hat? Hat Martin Luther sich diese Frage gestellt? Wenn er nicht gerade mit der Frage beschäftigt war, wie viele Bowlingkegel der Herrgott vorgesehen hat? Wenn es so etwas wie die Evolution gar nicht gibt, wieso haben wir dann als Embryos Schwänze und Kiemen, und wieso habe ich jetzt keine mehr?»

Er nimmt deine Frage eine Spur ernster, als du sie gemeint hast, oder vielleicht sucht er auch bloß Ablenkung von dem runden Ärschchen, das nur wenige Zentimeter von seiner Nase entfernt ist. Er kratzt seinen stabilen länglichen Schädel und sagt schließlich nach langer Überlegung: «Wir sind erst nach unserer Geburt Ebenbilder Gottes. Wenn wir in den frühen Stadien unserer Entwicklung komisch aussehen oder an Frösche erinnern, nun, so ist das vermutlich eine Warnung. Der Herr will uns damit sagen, daß wir ohne seine barmherzige Güte bei unserer Geburt alle so aussehen könnten wie etwas, das sich im Schlamm tummelt. Verstehst du, was ich meine, Schatz? So würden unsere Babys aussehen, wenn der Teufel das Sagen hätte.»

Heiliger Bimbam! Du hattest eigentlich nicht vorgehabt, einen theologischen Diskurs vom Zaun zu brechen. Um das Thema einige Grade von der Mainstream-Religion wegzusteuern, streifst du ganz langsam das Höschen über die Arschbacken, so daß man bis zum Perineum sehen kann. «Aber du hast mir nicht geantwortet. Wie würde ich mit einem Schwanz aussehen?»

Jetzt hast du ihn. Er zieht dich neben sich aufs Sofa – praktisch auf sich, um die Wahrheit zu sagen – und fängt an, dich heftig, fast rasend zu küssen und zu befummeln.

«Mmmmfff!» Das geht ein bißchen zu schnell, um nicht zu sagen, drunter und drüber. «Unz-unz-unz.» Schließlich gelingt es dir, dich von ihm zu befreien. «Hoppla. Langsam.»

Er wirkt gekränkt. «Was ist los? Hab ich ...?»

«Soll ich nicht erst meinen BH ausziehen? Ich glaubte, du magst meine philippinischen Äpfelchen.»

Belford nickt zweimal, einmal, um zu zeigen, daß er dich gern ohne BH sähe, und das zweite Mal, um seine Verbundenheit mit einem relativ unterentwickelten Busen zu bekräftigen. Lächelnd hakst du den BH auf – bei diesem Modell ist der Verschluß vorn –, öffnest ihn jedoch nur so weit, daß der schmale Streifen Haut zwischen den beiden Hügelchen erkennbar wird. Ein Ende des BHs in jeder Hand, hältst du inne und siehst ihm direkt in die Augen. «Ich habe etwas sehr Ernstes mit dir zu besprechen, Belford, und ... es tut mir leid, aber solange wir das nicht vom Tisch haben, geht es mir im Kopf rum und lenkt mich ab.» Wieder lächelst du und schiebst dabei den BH ein wenig hin und her, so daß deine Brüste zittern wie verlorene Eier in ihrer Pochierpfanne aus Spitze. «Du willst doch nicht, daß ich abgelenkt bin, oder?»

Natürlich nicht. Er will nur das, was du willst. Wie der Gentleman, für den alle Welt ihn hält, setzt er sich zurück und hört höflich zu, während du eine *Reader's-Digest*-Version des Plans abspulst, mit dessen Hilfe du die augenblickliche Finanzkrise zu deinem Vorteil ummünzen kannst. (Wäre er ein echter Gentleman, hätte er während deiner Rede wahrscheinlich nicht seine Erektion behalten.

Aber es gibt mildernde Umstände: du sitzt mit aufgehaktem BH und bis zu den Schenkeln heruntergestreiftem Höschen neben ihm.) Jetzt kommt der heikelste Augenblick. Du ringst um Fassung und fröhliche Zuversicht. Du brauchst einen kurzfristigen Kredit. Sagen wir, hunderttausend Dollar. Oder mehr, wenn möglich. Mit Zinsen rückzahlbar. Im Falle einer Eheschließung wird der Profit geteilt. Der Staat Washington bevorzugt die Zugewinngemeinschaft.

Aufmerksam, ja verzaubert, läßt Belford dich deine Masche abziehen. Dann umfaßt er mit seinen großen, rauhen Pranken mitfühlend deine zarten Händchen und sagt, genau in dem Moment, als dein BH zu Boden flattert: «Interessante Idee, Herzchen. Bißchen riskant . . .»

«Nein, nein, Belford. Es ist todsicher. Vertrau mir.»

«. . . aber die Sache ist, ich könnte dir sowieso nicht helfen. Ich muß dir erzählen, was ich gemacht habe.» Er setzt ein Grinsen auf, das in bestimmten Teilen von Montana Wölfe und Koyoten aus meilenweiter Entfernung angelockt hätte. «Gwen, ich habe ein Gelübde abgelegt. Ich habe unserem Herrgott versprochen, daß ich neunzig Prozent meiner Ersparnisse an das lutherische Hilfswerk für Obdachlose spende, wenn er es für angebracht hält, mir André heil und gesund zurückzubringen. O Schatz, es tut mir leid, wirklich. Ich halt's nicht aus, dich so enttäuscht zu sehen. Aber ich war verzweifelt, und er hat mein Flehen erhört. Er hat mir in der dunkelsten Stunde meines Lebens beigestanden. Und ein Gelübde dem Herrn gegenüber darf man nicht brechen, weißt du.»

Während deine Gedanken zurückwandern zu dem Bic, dem Umschlag mit Instruktionen, dem Feuer, das den Innenraum des Porsche erleuchtet hat, der Asche, die wie nuklearer Fallout auf Diamonds Jeans herabrieselte, denkst du: *Und was ist mit der dunkelsten Stunde in* meinem *Leben? Hm? Immerhin habe* ich *dir deinen gottverdammten Affen wiederbesorgt!*

Mehrere Minuten lang sagt keiner von euch ein Wort. Deine Gedanken jagen nervös über die Liste verbleibender Optionen wie die Finger eines blinden Espresso-Trinkers, der in einem Café die

Braille-Speisekarte studiert. Belford drückt deine Hände und murmelt beruhigend auf dich ein. Es klingt wie das Hintergrundgeräusch in einem Streichelzoo. Und die ganze Zeit behält er seine Erektion, bis sie endlich, wie der einzige Baum, der nach einem Hurrikan noch steht, deine Aufmerksamkeit auf sich zieht. Es gibt ein natürliches Verlangen, einen solchen Baum zu berühren, sich an ihn zu lehnen, vielleicht in seinem Schatten sein Lunchpaket auszupacken. Das muß es sein. Wie sonst ließe sich erklären, daß du in diesem äußerst heiklen Augenblick, wo so viel auf dem Spiel steht und deine romantische Beziehung zu Belford die Schwelle zum Ende überschritten hat, die Hand ausstreckst, seinen Phallus ergreifst und ihn drehst und wendest wie ein Bogenmacher im Sherwood Forest beim Begutachten eines Astes?

Deine Geste mißinterpretierend, hebt Belford dich auf und trägt dich ins Schlafzimmer. Du solltest protestieren; statt dessen schleuderst du unterwegs dein Höschen weg und knöpfst ihm das Hemd auf.

Nun gut, die Hingabe an die Leidenschaft ist häufig Flucht aus einer belastenden Realität, gelegentlich aber auch eine Methode der Konzentration, ein Schornstein, in dem alle Energien verpuffen bis auf jene klare zerebrale Energie, von deren Leuchtkraft eine tiefe, erhellende Konzentration letzten Endes zehrt. Im Rückblick wirst du fähig sein, diese rasende Vereinigung als Paradebeispiel für letzteres anzuführen, im Augenblick aber bist du dir kaum etwas anderen bewußt als des scharfen Pulsierens deiner flammenden Klitoris – ein wunder Stachel im Fleisch, der nach Balsam lechzt.

Belford legt dich zu den dankbaren Milben und schlüpft geschickt aus seiner Hose. Von einem seltsamen, unpersönlichen Verlangen gepackt, siehst du gebannt zu, wie er seine Boxershorts abstreift, säuberlich faltet und auf die Kommode legt. Sein Pimmel erinnert an einen Truthahnhals, ja, aber er ist sehr lang und sehr steif, und du kannst dir einen Aufschrei nicht verkneifen. «Los, los», murmelst du, während Julie Andrews im Nebenzimmer für alle, die es interessiert, fröhlich ein paar ihrer Lieblingsdinge im Leben auflistet.

Schnaufend wie ein Gartentraktor macht sich Belford über den Acker deines schlechten Gewissens her. (Ja, es gibt da eine Schicht von Schuldgefühl, aber sie macht deine Unterwerfung nur noch aufreibender und daher elektrisierender.) Du liegst vor ihm wie eine Ackerfurche. Er pflanzt eine Knollenfrucht, und die Wurzel dringt tief ein. Du drehst und windest dich, zuckst und bäumst dich auf, um nur ja keinen Zentimeter zu verlieren. Sein Rücken ist ein in braunes Packpapier eingewickeltes Paket, und deine Beine sind die Kordel. *Mach die Beine breit, Julie.*

Etwa alle drei Minuten oder so denkst du, daß du genug hast von dieser geilen Strampelei, daß du bekommen hast, was du wolltest, daß du ihn wegschieben und deine Fassung wiederfinden willst, wenn nicht deine Würde, aber genau in dem Moment trifft er ein Nervenende, das bisher unberührt war, und wieder verlierst du dich für drei Minuten, bis auch der letzte Funken Lust an dieser Stelle ausgelöscht ist. «Belford», keuchst du zwischendurch, «ist das, ah, nicht, hua, der beste, ah, Sex, den wir je, ah, hatten?» Er ist so erstaunt, dich beim Geschlechtsverkehr reden zu hören, daß er einen Augenblick beunruhigt erstarrt. Dann nickt er heftig – Belford hat beim Liebemachen noch nie ein Wort von sich gegeben und scheint auch nicht vorzuhaben, daran etwas zu ändern. Statt dessen spreizt er mit seinen zigarrendicken Fingern die Backen deines Hinterteils und setzt seine Stöße aus einem leicht veränderten Winkel fort. Die Schockwelle verbreitet sich ruckend und zuckend bis zum Gaumen.

Und jetzt sägt er sich plötzlich an deine Klitoris, nagelt sie sozusagen fest, drückt sie an die Wand, wo er sie wiederholt poliert, so wie ein alter griechischer Gemüsehändler eine Aubergine poliert oder Aladin einen zögernden Dschinn aus der Wunderlampe lockt, sie poliert, bis du fühlen kannst, wie sie glänzt und deine Vagina leuchten läßt wie eine Broadway-Show. Tata! Den Mittelgang hinab trabt stolz und munter das weiße Pony. Die Mähne schüttelnd, springt es durch den Orchestergraben, setzt über die Rampenlichter und landet wiehernd mitten auf der Bühne. Seine Hufe stampfen über die Holzplanken, Schaum bildet sich vor seinem Maul, die

Nüstern blähen sich, und die Augen flackern wie Glühbirnen in einem Stroboskop. Es kriegt stürmischen Applaus. Und als Belford es mit einem heißen *tsunami* aus flüssigen weißen Rosen überschüttet, bringt es als Zugabe noch einen Kopfstand.

23:56 —••••–• Im keuchenden Ausklang dieser phantastischen Vorstellung fühlst du dich weniger befriedigt als bestätigt und weniger bestätigt als befreit. Befriedigung bedeutet nur eine vorübergehende Betäubung der unergründlichen Ekstase des Daseins. Bestätigung ist nichts weiter als Rache ohne Senf. Befreiung dagegen, Befreiung ist eine Front, so groß, daß die einzige dazu passende Kehrseite der Tod ist, und selbst der könnte nicht ganz hinreichen.

Die Befürchtung, Larry Diamond könnte dich beherrschen, dich in eine Art psychosexuelle Trance versetzt haben, hat sich in der Brandung deines Orgasmus aufgelöst. Gut, vielleicht hättest du es ohne Diamond nicht geschafft, je einen solchen Orgasmus zu haben; schließlich hat er dir gezeigt, wie man das weiße Pony über den Hügel peitscht. Sollte je eine Zeit kommen, wo Sex eine bedeutsamere Rolle in deinem Leben spielt als im Augenblick, sollte je ein Bewunderer dich «als besten Fick in Seattle» bezeichnen und solltest du dich – Gott behüte – geschmeichelt fühlen, wirst du vermutlich in Diamonds Schuld stehen. Jetzt aber, nachdem du die wildesten Stromschnellen in einem Floß hinuntergeschossen bist, das von dem kaum als kompetent geltenden Belford Dunn in Gang gesetzt wurde, bist du befreit von jeglicher Verpflichtung, Abhängigkeit und Ehrfurcht Diamond gegenüber, frei von seiner potentiellen Beeinflussung oder Herrschaft, selbst verantwortlich für dein Schicksal, und basta.

Und als du dann vor dem Waschbecken im Badezimmer stehst (während Belford vor sich hin schnarcht), weißt du *haargenau*, was du tun wirst!

Was du leider nicht weißt, ist, daß Belford in einem seltenen

Anfall von besitzdenkerischer Anmaßung gleich nach deinem vergeblichen Anruf bei der Polizei beide Telefonstecker aus der Buchse gezogen hat. Wäre deine Wohnung online gewesen, hättest du vor einer Stunde eine dringende Nachricht von Larry Diamond erhalten, dringend sowohl im Ton als auch vom Inhalt her, eine Nachricht, in der es um die angebliche Sichtung von Q-Jo Huffington ging, eine absurde Nachricht, offen gesagt, doch eine, die den mutigen Weg, den du einzuschlagen gedenkst, möglicherweise beeinflußt hätte. Vielleicht. Vielleicht auch nicht.

Montag morgen

9. April

:| Nur ein Tag im Leben eines Narren

0:33 —••••–• Ein Ohr, das mit einem Q-Tip aus Zellophan geputzt wird. Eine Ente, die in einer Echokammer Weizenschrot frißt. Die Götter beim Brutzeln von Ambrosia-Burgern. Die elektrisierte Leere. Termiten, die laut aus Kafka vorlesen.

Die Leitung rauscht dermaßen, daß du Sol Finkelstein kaum verstehst, als er bei Posner, Lampard, McEvoy & Jacobsen den Hörer abnimmt. Er dagegen erkennt deine Piepsstimme auf der Stelle – wie ein Ornithologe, der noch das Zwitschern eines Kükens im Feierabendverkehr ausmachen würde. «Wo zum Teufel steckst du, Mati? Der Spaß ist vorbei. Zeit für den Totentanz.» Er klingt noch immer leicht betrunken und macht keinerlei Anstalten, sich für seine Unhöflichkeit am Donnerstag abend zu entschuldigen.

«Ähm, hör mal, Sol...»

«Du mußt lauter sprechen, Mati, ich kann dich kaum hören. Die Verständigung ist ein einziges Chaos. Posner und ich haben jede einzelne verdammte Börse in Europa abgeklappert. Die Yamaguchi-Seifenblase wird platzen, und wir wollen den japanischen Index rauf und runter short gehen...»

Den Nikkei short gehen. Ja! Wieso hast du daran nicht gedacht?

«...kommen aber mit den Störungen in der Leitung nicht klar. Gerade habe ich versucht, ein Fax nach London zu schicken, und statt des Faxsignals hörte ich plötzlich die asiatischen Sportergebnisse. Hast du je von einem Basketballteam gehört, das sich Hong Kong Flu nennt?»

«Sol, ich habe noch ein paar persönliche Dinge in der Disco. Fotos und so weiter. Würdest du bitte dafür sorgen, daß Judi Mullikin meinen Schreibtisch ausräumt und alles mit nach Hause nimmt? Ich lasse es später abholen.»

«Was sagst du da, Mati? Du gehst? Posner hat einen ganzen Sack voller Hühnchen mit dir zu rupfen. Ich gebe dir den guten Rat, schleunigst hier aufzukreuzen. Oder fehlt es dir etwa an Anstand und Mumm?»

Ein Wirbelsturm bläst einen Haufen trockener Blätter durch die Lautsprecheranlage einer High-School-Sportveranstaltung. Als das Knistern verebbt, sagst du: «Du kannst mich mal an meinem Dritte-Welt-Ärschchen lecken, Sol! Scheiß auf Posner und seine frisierten Bücher, mit denen er Karriere gemacht hat.» Bevor du auflegst, setzt du noch hinzu: «Und wenn du auch nur die geringste Ahnung hättest, du Zwergenhirn, würdest du wissen, daß der Spaß gerade erst losgeht. Zip-A-Dee-Doo-Dah!»

0:39 —••••• Vor Belford stehend, beobachtest du das gleichmäßige Auf und Ab seiner behaarten Brust. In einem Anflug von Déjà-vu siehst du André vor dir, der benebelt auf Q-Jos Tisch liegt und schläft. Verglichen mit dem Affen jedoch wirkt Belford rührend weltfremd. Nicht daß André einen schlechten Charakter hat; er brauchte nur eine gewisse unorthodoxe Intelligenz, um überleben zu können. So wie du, Gwendolyn? Ja, offenbar beginnst du, so etwas wie Geistesverwandtschaft mit dem ausgebeuteten Makaken zu empfinden.

Auf alle Fälle ist Belford nicht frei von Makeln. Er hat deine Telefone ausgestöpselt, oder? Na wenn schon, das ist kein großes Problem. Im Wohnzimmer hast du den Stecker einfach wieder in die Buchse gesteckt und eine Brücke hinter dir verbrannt. Eine ziemlich große Brücke. Jemine! Du hoffst, daß du es nicht eines Tages bereuen wirst.

Du kniest dich hin und stöpselst das Telefon neben dem Bett wieder ein, natürlich ohne zu wissen, daß du einen Anruf von Diamond verpaßt hast. Hättest du einen Voice-mail-Vertrag wie fast alle Amerikaner, die sich den Auftragsdienst der Telefongesellschaften noch leisten können, wäre es kein Problem, seine ungewöhnliche Nachricht jetzt noch zu empfangen. Statt dessen hast du dich für einen dieser modernen Anrufbeantworter entschieden, die nicht viel größer als eine Tarotkarte sind. Du traust der Voice-mail nicht. Wer weiß, welche Hacker sich an deinen aufgezeichneten Nachrichten vergreifen? Als Geschäftsfrau von heute muß man vorsichtig sein.

Im Gegensatz zur typischen Filipina, die ihre Fingernägel lang, häufig falsch und knallrot lackiert liebt (selbst Grandma Mati hat solche), sind deine etwas kurz gekommen (bis auf die Haut abgefressen, um ehrlich zu sein), also zögerst du nicht, mit ihnen über Belfords glatte, rosige Wangen zu streichen. Er bewegt sich. «Mmmmmpf.»

«Wach auf, mein Schatz. Es gibt einiges zu tun.»

«Hä?»

«Man soll die Feste feiern, wie sie fallen.»

«Was?»

«Belford, du besitzt nicht zufällig ein Klistier, oder? So ein altmodisches Ding?»

Abrupt setzt er sich auf. «Bist du etwa krank, Liebling?»

«Wahrscheinlich. Aber es ist nicht, was du denkst. Jetzt zieh dich an. Ich brauche deine Hilfe, um was zu erledigen.»

0:59 —••••• Du bist ganz in Schwarz. Schwarze Jeans, schwarze Tennisschuhe, schwarzer Jhane-Barnes-Pullover, schwarze Baskenmütze, um die stetig wachsende Zahl von grauen Strähnen zu verbergen, die dein schwarzes Haar verunstalten. In der schwarzen Handtasche steckt eine Ersatzdose Tränengas.

«Fahren wir zuerst bei dir vorbei», sagst du.

«Aber Liebling, ich hab dir doch gesagt, ich hab kein Klistier oder so was.»

«Schon gut. Ich denke bloß, wir sollten mal nach André sehen.»

«Das ist wirklich lieb von dir. Aber er ist ganz bestimmt wohlauf.»

«Und wenn er Sehnsucht nach uns hat?»

Belford sieht dich bewundernd an. «Na schön. Obwohl er wahrscheinlich schläft. Wir hatten eine kleine Auseinandersetzung, bevor ich ihn eingesperrt habe. Junge, der kleine Halunke ist ganz schön stark. Aber ich glaube, ich habe ihn fix und fertig gemacht.»

«Sehen wir mal kurz nach ihm», sagst du, und Belford lenkt den Lincoln Richtung Queen Anne.

Ihr seid noch nicht weit gekommen, als der Mond, der mit euch wandert (und über alle mäkeligen Sorgen und verdichteten Exzesse der Stadt hinwegsegelt, eine furchtlose, charismatische Mahnung an die ursprüngliche Magie, die sich vom institutionalisierten, technologisierten Fortschritt nie ganz hat unterdrücken lassen), als dieser Mond unfein, aber nur vorübergehend von einem Boogie-Woogie kobaltblauer und rubinroter Schwingungen verfinstert wird. Ein Krankenwagen und mehrere Polizeiwagen blockieren die Straße, die Blaulichter flackern, und vor einem bescheidenen Doppelhaus hat sich eine Menschenmenge versammelt. Als ihr näher kommt, entdeckst du unter den Cops Smokey und Cecil – ob die beiden eigentlich nie zu ihren Lieben nach Hause gehen? Sie sind damit beschäftigt, die Gaffer von einer auf dem Rasen liegenden Gestalt abzudrängen, die von zwei Sanitätern versorgt wird.

«Dreh um», befiehlst du.

«Augenblick noch.»

«Nein. Dreh um. Nichts wie weg hier.»

«Das Haus, Schatz ... das ist das Haus, wo ich ...»

«Ich *weiß*, welches Haus es ist, Belford. Hier bist du zusammengeschlagen worden. Ist einmal etwa nicht genug?»

Belford läßt seine Scheibe runter. «Entschuldigen Sie, Sir. Was ist passiert?»

«Es ist der Safe-Sex-Schänder. Ein Typ, der in dem Haus da drüben wohnt, hat ihn geschnappt. Hätte ihn fast geköpft mit seinem Krocketschläger.»

«Mein Gott!»

«Komm schon. Laß uns fahren.» Officer Smokey starrt auf den

Lincoln und macht ein Zeichen, daß ihr veschwinden sollt. Du senkst den Kopf und rutschst ein bißchen tiefer. Heiliger Strohsack!

«Aber das ist ein Irrtum. Dieser arme Kerl ist nicht der Schänder. Er ist der... Freund dieser Frau.»

«Woher willst du das wissen – und wenn schon? Er hat bekommen, was er verdient.»

«Niemand werfe den ersten...»

«Niemand mische sich in anderer Leute Angelegenheiten, sonst ist er irgendwann selber dran. Diese Menschen haben keine Moral. Fahren wir.»

«Aber ich kann nicht. Ich kenne diese Leute.»

«Nein, tust du nicht. Irgendein namenloser Idiot versucht dich zu enthaupten, während die Schlampe von seiner Frau mit ihrem splitternackten Du-weißt-schon-was dasteht und zuguckt. Glaubst du etwa, das allein macht euch zu Kumpeln?»

Smokey fängt an, auf euch zuzukommen. Du rutschst noch tiefer in deinen Sitz, worauf Belford dir einen derart verdatterten Blick zuwirft, daß es schon fast an Mißtrauen grenzt.

«Wenn es eine Verwechslung ist, wird es sich früh genug rausstellen. Und wenn du uns jetzt nicht schleunigst hier rausschaffst, werde ich sehr böse», sagst du.

Enttäuscht schaltet Belford in den Rückwärtsgang und wendet. Als er davonfährt, setzt du dich kerzengerade hin und wirfst Smokey eine Kußhand zu. Du bist nicht ganz sicher, ob er dich erkannt hat, doch er starrt hinter euch her, bis ihr um die Ecke seid, und du mußt kichern. Belford dagegen ist nicht nach Kichern zumute. Verwirrt und argwöhnisch schmollt er den ganzen Weg bis zu seiner Wohnung. «Wir sind da», verkündet er knapp. «Willst du immer noch rauf?»

«Hör zu, es tut mir leid, wenn ich eben so sauer auf dich war. Ich verstehe einfach nicht, warum du dich unbedingt mit jedem Versager, der dir über den Weg läuft, verbrüdern mußt.»

«Das ist meine christliche Pflicht, Gwen. Die Schwachen verdienen jede Hilfe, die die Gesegneteren unter uns ihnen geben können.»

«Das ist sehr nett von dir gemeint, aber... ich habe mich... ich habe da einen, ähm, Gentleman kennengelernt, der behauptet, daß eine Gesellschaft im gleichen Ausmaß, in dem sie sich um die Bedürfnisse ihres kleinsten gemeinsamen Nenners kümmert, in ihrer eigenen Mittelmäßigkeit versackt. Wenn wir statt dessen unsere ganze Unterstützung den Klügsten, Begabtesten und Tugendhaftesten zukommen ließen, hätten sie die Mittel, eine ganze Menge unserer Probleme zu lösen und das gesamte kulturelle Spektrum zu erweitern, zu erleuchten oder so was, damit es letzten Endes nicht mehr so viele Versager und Schwächlinge gibt, die die Evolution behindern und die ganze Spezies auf ihr Niveau runterziehen. Er behauptet weiter, daß Märtyrer wie du das menschliche Elend festschreiben, indem sie sich immer wieder darum bemühen. Er glaubt, daß jeder die Verantwortung für sein Leben selbst übernehmen und sich mit den Konsequenzen seiner Entscheidungen abfinden muß.»

Belford schnaubt. «Der hat gut reden. Wahrscheinlich ist er ein privilegierter Börsenmakler, der nie –»

«Er kam als Autist zur Welt und hat heute Krebs.»

«Du meine Güte. Tut mir leid.»

«Ach was, jeder hat sein Päckchen zu tragen. Der Punkt ist, er hat nie gejammert, sich nie in sein Schicksal ergeben. Er –»

«Nun, das ist sehr empfehlenswert. Es ist gut, zu kämpfen.»

«Er ist nicht wirklich ein Kämpfer. Er ist ein Abenteurer. Das ist ein Unterschied. Er greift nicht an, sondern engagiert sich; er verteidigt nicht, sondern expandiert; er zerstört nicht, sondern verändert; er lehnt nicht ab, sondern forscht, er... nun gut, du verstehst, was ich meine.» (Wo kommt das alles her, Gwendolyn?)

Belford mustert dich, und sein breites, ehrliches Gesicht ist von lauter Zweifeln zerknittert. «Hört sich an, als hätte dein Abenteurer ganz schön Eindruck auf dich gemacht. Ich würde mich freuen, ihn kennenzulernen.»

«Er verläßt morgen früh um sechs das Land.»

Belford kann einen Seufzer der Erleichterung nicht unterdrükken. «Da hat er vermutlich ganz recht. Zumindest kann Amerika nicht länger den Anschein aufrechterhalten, es verfüge über die beste medizinische Versorgung der Welt. Aber trotzdem würde ich ihm, bei allem gebührenden Respekt, folgendes antworten: Die meisten Menschen da draußen in den Ghettos und Straßen sind *unfähig*, Verantwortung für ihr Leben zu übernehmen. Diejenigen, die nicht körperlich behindert sind, leiden an geistigem Verfall. Sie können keine Optionen wahrnehmen, weil sie gar nicht wissen, daß welche existieren. Mit Vorstellungen wie Veränderung und Expansion sind sie noch nie in Berührung gekommen. Und schlimmer noch, mein Schatz, sie haben niemals Liebe erfahren. Verstehst du? Sie haben keinen Funken Selbstachtung, weil niemand sie je richtig geliebt hat. Und da setzen ‹Märtyrer› wie ich an.»

«Du kannst sie lieben, bis du schwarz wirst, Belford, aber es wird nie genug sein, und das weißt du auch. Egal, wie sehr andere dich vielleicht lieben, du kannst dich selbst nicht lieben, wenn du dein Leben nicht in der Hand hast, und du wirst keine Verantwortung für dein Leben übernehmen, solange du deine Unzulänglichkeiten und dein Unglück der Familie oder Gesellschaft, Rasse, dem Geschlecht oder dem Teufel in die Schuhe schieben kannst. Früher oder später muß man ...»

Geduldig wartet er darauf, daß du fortfährst, aber dir wird gerade sehr deutlich bewußt, daß du dich genauso anhörst wie Diamond, und etwas unbestimmter ist dir zugleich klar, daß du selbst alles andere als ein leuchtendes Vorbild in Sachen Verantwortungsbewußtsein bist. Daher läßt du das Thema fallen. «Ich wette, der Affe ist wach», sagst du statt dessen.

Ist er nicht, aber als Belford in die Küche verschwindet, um sich ein Glas Wasser zu holen, trittst du gegen den Käfig, bis der Affe sich rührt. Normalerweise würde er in einer solchen Situation anfangen zu kreischen, doch heute abend (besser gesagt, heute morgen) wirft er dir bloß seinen Mona-Lisa-Blick zu. Sollte die Tatsache, daß eine durchschnittliche menschliche Augenbraue über 550 Härchen verfügt, dir das Gefühl geben, dem Makaken überlegen zu sein, der mit 550 Härchen im Hintertreffen ist, läßt du dir nicht das geringste anmerken. Du lächelst André verschwörerisch zu, als wolltest du andeuten, daß nur ihr beiden über das korrekte Libretto verfügt. «Wach auf, *mon ami*. Es ist Zeit, loszulegen. Der Mond ist aufgegangen und hat dieselbe Farbe wie der große Topas, den du der Marquise Wie-hieß-sie-noch-gleich in Monte Carlo geklaut hast. Du müßtest ihn sehen, *mon ami*. Er glänzt wie ein Bananeneis am Stiel.»

1:40 —••••• Das «gebrauchsfertige» Fleet-Klistier (hergestellt von der C. B. Fleet Company in Lynchburg, Virginia) kostet einen Dollar fünfundzwanzig Cents, ist vollständig abbaubar und sieht aus, als könnte man es dafür benutzen, die Planken eines Ruderboots zu kalfatern, die Ritzen eines Kamins abzudichten oder eine Cremetorte zu dekorieren. Es besteht aus einem weichen Plastikbehälter (mit einem «Einweg-Sicherheitsröhrchen», das den «Einlauf kontrolliert und Rücklauf verhindert»), der neunzehn Gramm einbasisches Natriumphosphat und sieben Gramm zweibasisches Natriumphosphat in mehreren Unzen Kochsalzlösung enthält. Auf dem Etikett steht folgender Hinweis: «Entfernen Sie vor dem Einführen den orangefarbenen Schutzfilm von der Rektalspitze», was ziemlich eindeutig klingt, bis man sich vor Augen führt, daß fünfzig Prozent der amerikanischen Bevölkerung kaum des Lesens und Schreibens kundig sind. «Aua!» – «Du Schlingel! Das wird dich lehren, die Schule zu schwänzen!»

Die weiche Wegwerfflasche ist die einzige Klistierversion, die in der einzigen Nachtapotheke im größeren Umkreis von Seattle angeboten wird. Genau das hat Belford dir prophezeit. Er sagte, um heutzutage einen altmodischen Einlauf mit Gummiballon und Gummispitze zu finden, müßtest du wahrscheinlich zu einem Großhändler für Klinikzubehör gehen. Außerdem erzählte er, in einem Artikel der Zeitschrift *Nature* habe er neulich gelesen, daß das Klistier von südamerikanischen Indios erfunden worden sei, die es gelegentlich dazu benutzten, um sich rektal halluzinogene Mixturen einzuführen. Noch vor zwei Tagen hätte dich so eine gewöhnliche und völlig unnütze Information mit Abscheu erfüllt und – nun ja, ehrlich gesagt ist das heute nicht anders, zumal sie von Belford Dunn stammt, dessen zahmes lutherisches Immobilienmaklergehirn kaum als Fundgrube für die bizarren Seiten des Lebens gelten kann. Gibt es denn keine Unschuld mehr? Könnte eine x-beliebige Zeitschrift, die Belford beim Friseur überflogen hat, ihn auch über die uralte Praktik des Fröscheleckens aufgeklärt haben?

Enttäuscht von dem Drugstore – obgleich du dich auf die peinliche Situation, ein Klistier erwerben zu müssen, nicht gerade gefreut hast –, nimmst du ein paar Vitamine und Stifte aus den Regalen und kehrst zum Lincoln zurück.

«Schätze, du mußt bis morgen früh warten, Zuckerhasi. Tut mir leid. He, weißt du was, ich glaube, der kleine Halunke hat schon wieder Hunger.»

«Ich *kann* nicht warten», sagst du zu Belfords Bestürzung. «Und André *muß* warten.»

Da Belford ein schlechtes Gewissen hatte, weil er André wieder in den alten Käfig sperren mußte, brauchte er nicht lange überredet zu werden, damit er ihn auf den Trip zur Apotheke mitnahm. Jetzt starren dich Affe und Herrchen gleichermaßen flehend von den Vordersitzen an. Du starrst vom Rücksitz zurück. «Später», sagst du kalt. «Zuerst müssen wir nach Chinatown.»

2:06 —••••• In anderen Vierteln der Stadt, ja in jeder anderen Stadt sind Leuchtreklamen nichts weiter als elektrifizierte Zeichen und Symbole, in Chinatown aber ist Neon ein Song, die Themenmusik, der visuelle Soundtrack des Viertels. Zitternde Tentakel in unnatürlichen Farben locken Touristen nach Chinatown, wo sie, becirct durch Exotica, vom Maul eines strahlenden Karpfen verschlungen werden. Unter den zahlreichen Geschenken Chinas an die Welt – vom Schießpulver bis hin zur Glasnudel – fehlt die Erfindung des Neons, doch Chinatown ohne Neon ist ebenso unvorstellbar wie die Südsee ohne Palmen: Wie sonst kann man sich sicher sein, daß man wirklich da ist? Wenn die gedeckte Tafel der heilige Gral von Chinatown ist, dann bildet das Neon dessen Aura, seinen Heiligenschein, einen unwiderstehlichen, allgegenwärtigen Magneten, dessen unregelmäßiges Flackern die Besucher samt und sonders hypnotisiert und ihnen das Hirn mit Illusionen von verbotenen Vergnügen und einer Romantik fernab des Gewohnten vernebelt. Die Leuchtreklamen von Chinatown künden von Geheimnis, von Freude. FONG, sagt das Neon. FU, sagt es. Na schön! FONG FU also. Geheimnisvolles und fröhliches FONG FU. Die Leuchtschriften können auch IMPERIAL GARDEN oder MOON TEMPLE sagen – zwar sind die Namen ganz normales Englisch, doch die Buchstaben, aus denen sich diese Wörter zusammensetzen, könnten aus einer shanghaiischen Opiumpfeife stammen. Sie imitieren Kalligraphie, so wie kleine Jungs ihre Großväter imitieren, sind zum Totlachen und trotzdem bezaubernd, kitschig und doch völlig korrekt. Irgendwie wirken sie angemessen, sogar diejenigen, die ihrem Erscheinungsbild nach Bambusstämmen ähneln. Und das Neongas, das sie durchströmt wie übernatürliches Plasma und den Bildern von Drachen, Pagoden und Reisschalen Leben einhaucht, dieses Gas hat den Farbton von Barbecuesauce, von eingelegten Entenfüßen, von großer Oper. Den Farbton von Ginseng und Hibiskus, von Seidenraupen und Knallfröschen. Mit seiner Sticknadel säumt das Neon den Himmel über Chinatown und verziert den Baldachin, der dieses Viertel schützt und zugleich Reklame dafür macht und es von allen anderen abgrenzt.

Die Überfülle und Beschaffenheit seiner Leuchtreklamen sind die ersten Hinweise darauf, daß du mit deinen Gefährten die Chinatown von Seattle erreicht hast. Als nächstes fallen die baufälligen niedrigen Gebäude ins Auge, die Buddha-Schatten, die sich an den alten Ziegelsteinmauern abzeichnen, und die Stapel durcheinandergeworfener Bok-Choy-Kisten an jeder Straßenecke. Die Bürgersteige von

Chinatown sind der Ort, wo die äußeren Blätter grüner Gemüse zum Sterben hinkommen.

In Seattle lautet die offizielle Bezeichnung für Chinatown «Internationales Viertel», eine höfliche Umschreibung, die in einer Hinsicht korrekt und in anderer völlig falsch ist.

Europäer haben weder Wohnungen noch Geschäfte in diesem Viertel, ebensowenig Menschen aus Afrika, Südamerika, Australien oder dem Mittleren Osten, daher ist es also kaum «international». Andererseits haben sich außer den Chinesen dort auch Japaner, Koreaner, Vietnamesen, Kambodschaner und, ja, Filipinos eingenistet. Eine treffendere Bezeichnung wäre vielleicht «Asiatown». Auf alle Fälle wohnt Freddie Mati nicht hier, weil er die Gesellschaft von Asiaten schätzt. Freddie Mati wohnt in Chinatown, weil es in der Nähe der Clubs ist, weil die Polizei dafür bezahlt wird, sich rauszuhalten, und vor allem, weil es billig ist.

Dein Vater bewohnt das dritte und oberste Stockwerk eines kleinen Gebäudes. Es gehört der Li Po Trading Company, die allerlei von Gefängnisinsassen hergestellten Schnickschnack importiert und vertreibt. Freddies Fenster sind erleuchtet, was dich nicht überrascht, denn er geht selten vor dem Morgengrauen schlafen, und da die Clubs über die Feiertage geschlossen sind, hat er keine Möglichkeit, auszugehen. Belford findet es rührend, daß du deinen Dad besuchen willst, wenngleich der Zeitpunkt ein bißchen seltsam gewählt ist. Er besteht darauf, dich zu begleiten, hauptsächlich, weil die Treppe steil und schlecht beleuchtet ist, aber auch weil er drauf brennt, gute Beziehungen zu seinem zukünftigen Schwiegervater zu pflegen.

Es dauert eine Weile, bis Freddie auf dein Klopfen reagiert. Durch die Türritzen dringt Marihuanaqualm. Du weißt nicht, ob Belford darauf vorbereitet ist. Andererseits weißt du nicht, wie Freddie mit dem Affen klarkommen wird, der im Halbdunkel auf und ab hüpft.

«Quieks!» ruft Freddie, als er schließlich die Tür einen Spaltbreit öffnet. «Klasse! Hey!»

Obgleich du die Anrufe deines Vaters nur selten erwiderst und ihn höchstens ein- bis zweimal im Jahr besuchst, würde er sich nie beschweren, und wenn du dann auftauchst, ist er immer glücklich und dankbar. Unter diesen Umständen aber ist seine Föhlichkeit beunruhigend. Es wäre dir fast lieber, daß er dir Vorwürfe macht.

«Mein Quieks-Baby. Komm rein, Quieks-Baby. Wen hast du da mitgebracht?» Dann entdeckt er André. «Oh, wow! Ich glaub's nicht, Mann!» Offensichtlich entzückt vom Anblick des Makaken, fängt Freddie an, zu kichern und herumzutanzen. Eigentlich unterscheidet sich sein Gekasper kaum von dem des Affen. «Ihr wollt mich veräppeln, wie? Wow, Mann! Ist das 'n echter Affe oder 'n Roboter? Hey, ich glaub, der Typ ist echt, wie?»

«Das ist er in der Tat, Mr. Mati. So echt wie Sie und ich. Guten Abend. Mein Name ist Belford Dunn.»

Wenn Belford erwartet, daß Freddie jetzt antwortet: «O ja, meine Tochter hat mir schon viel von Ihnen erzählt!», ist er auf dem Holzweg. Du hast keine Lust, ihnen beim Kennenlernen zu helfen, denn du glaubst sowieso nicht, daß es noch eine große Rolle spielt, ob Belford erfährt, daß dein Vater Drogen nimmt. Dabei hätte es ihm wahrscheinlich gar nichts ausgemacht. Belford verachtet Drogen, aber Freddie ist finanziell benachteiligt und obendrein Mitglied einer ethnischen Minderheit, bekäme also eher Belfords Mitleid als seine Geringschätzung zu spüren. Auf alle Fälle müssen sie allein sehen, wie sie klarkommen. Kaum hast du die Schwelle überschritten, entschuldigst du dich und druidest durch ein Stonehenge von Pappkartons, Schallplatten, Tonbändern, CDs, Büchern und Trommeln in Richtung Badezimmer.

Du verzichtest drauf, an dem Strick zu ziehen, der wie ein einsamer Spaghettifaden von der hackfleischbällchengroßen Glühbirne an der Decke baumelt. Du weißt, was du willst, und der flackernde Schein der Leuchtreklamen, der durchs Fenster fällt, reicht, um dich zu orientieren. Tatsächlich brauchst du bloß eine Sekunde, bis du es gefunden hast. Freddies Schlampigkeit folgt einer inneren Ordnung, und du weißt ganz genau, daß er trotz Grandma Matis Schimpferei nie was weggeworfen hat, das deiner Mutter gehörte: zum Beispiel die vielen Bücher, die sich auf dem Fußboden des Loft stapeln und die hin und wieder abgestaubt, als Sockel für Bongos oder Weinflaschen mißbraucht, aber nicht mehr gelesen werden. Allerdings ist es kein Buch, das du in deiner Handtasche verschwinden läßt, wenngleich es Bücher gibt, die keineswegs respektvoller behandelt werden.

Nur zum Schein betätigst du die Klospülung, höchstwahrscheinlich ein Fehler, denn beim Rausgehen hörst du, wie die Kloschüssel überläuft.

Deine Eltern haben dieses Loft nie gemeinsam bewohnt. Freddie hat es sich im ersten Jahr deines Studiums geangelt, als seine Frau bereits sechs Jahre tot war, doch Spuren deiner Mutter sind überall sichtbar. Nicht bloß steht ihr alter Walnußschreibtisch an einem markanten Platz im Wohnzimmerbereich – auch ihr Räucherstäbchenhalter, die Tintenfässer, das Reimlexikon und die Fotosammlung von Dylan Thomas sehen so aus, als warteten sie auf ihre Rückkehr. Trotz deines Bedürfnisses, die gewagten Unternehmungen dieser Nacht zu Ende zu bringen, bleibst du einen Augenblick hier stehen, bevor du zu Freddie und Belford zurückkehrst. Die beiden sind nicht sehr weit über die Türschwelle hinausgekommen, scheinen jedoch Gefallen aneinander zu finden. Im Handumdrehen haben sie eine jener typisch männlichen Kumpelbeziehungen aufgebaut, die auf einem witzigen Schlagabtausch basieren und unter Frauen buchstäblich nicht existieren. Sie tauschen sogar ihr Propagandamaterial aus: Freddie hat Belford gerade ein radikal anarchistisches Flugblatt aufgedrängt, und der revanchiert sich mit einer Art lutherischem Traktat.

«Quieks, du trägst heute Schwarz, Baby. Sieht klasse aus! Freut mich, echt, dich in Schwarz zu sehn.»

«Tja, Papa, vermutlich sind wir in den gleichen Boutiquen Stammkunden.» Bei diesen Worten grinst er, dabei kostet der Gürtel, der deine Jeans hält, mehr als Freddies gesamtes Outfit – vom Rollkragenpulli bis runter zu den Sandalen. (Es könnte aber ganz gut sein, daß der Gürtel noch nicht abbezahlt ist.)

«Tja, ich muß weiter, Papa, tut mir leid...»

«Ihr haut schon wieder ab?»

«Wir kamen nur zufällig vorbei und sahen noch Licht bei dir, da sind wir schnell hoch, um hallo zu sagen.» Belford wirft dir einen verwirrten, fast vorwurfsvollen Blick zu. «Es ist schon ziemlich spät.»

«Abends ein Joint, und die Nacht ist dein Freund, Quieks. Aber du mußt natürlich morgen früh raus und zur Arbeit.»

«Ja.»

«Okay, aber vergiß nicht, Baby: Die Flöte wurde vor dem Rad erfunden.»

«Ist das wahr, Mr. Mati?» fragt Belford. «Das wußte ich gar nicht.»

Freddie spielt darauf an, daß die Kunst wesentlich bedeutsamer für die Menschheit ist als Handel oder Industrie, eins seiner Lieblingsthemen.

«Du bist der Musiker, Papa, nicht ich.»

«Das stimmt. Ich hab deine Gesangsstunden nie vergessen.» Ihr lacht alle beide über diese dumme Erinnerung. «Dafür hast du deine Finger auf den Kröten.»

Du erstarrst. Der Blick, mit dem du deinen Vater streifst, hat einige Ähnlichkeit mit dem, den Larry Diamond dir an jenem Abend vor drei Tagen zugeworfen hat, als du ihn naiverweise Bozo nanntest – Bozo wie der Clown. «Was meinst du damit?» fragst du mißtrauisch. «Kröten?» Ob der Alte was weiß?

Als er deinen Stimmungsumschwung bemerkt, erklärt Freddie schnell, daß «Kröten» ein Ausdruck von der Straße ist. «Slang», sagt er. «Ein anderes Wort für Knete. Dollars.» Er ist zufrieden und Belford verwirrt, als sie deine Erleichterung sehen.

Eine Weile sagt keiner von euch dreien was. Auch André hält sich im großen und ganzen zurück. Dann wirfst du einen Blick auf die Uhr und nickst in Richtung Haustür. «Paß auf dich auf, Papa.» Impulsiv umarmst du ihn und flüsterst ihm ins Ohr: «Ich liebe dich.»

Ach, Gwendolyn, es ist Jahre her, daß du deinem Dad so was gesagt hast. Oder irgendwem anders. Vielleicht sagst du es bloß, weil du weggehst und nicht weißt, ob und wann du wiederkommst.

«Komm bald wieder», sagt Freddie. «Und bring deinen frommen

Freund mit. Ich mach ihn mit dem großen Geschenk Gottes bekannt, dem heiligen Pot. Hehe. Bring auch den Affen mit. Der Affe ist ein Trip für sich, Mann.» Ihr seid schon ein Viertel die Treppe runter, als er ruft: «Nächstes Wochenende hab ich einen Gig in diesem neuen vietnamesischen Laden, dem Kot Ze Club. Zusammen mit Electric Baby Moses und seinen Golden Helicopters. Tja, und den Spanish Flies. Darfst du nicht verpassen. Ich sag dem Türsteher Bescheid. Die machen Bananen-Daiquiris, Mann, da wird sich euer Affe die Finger lecken. Hehe.»

Belford bleibt stehen und dreht sich um, als wollte er erklären, daß sein Affe ein wiedergeborener Affe ist, du aber zerrst ihn hastig die Treppe runter.

2:29 —••••• Als Belford in einer gespenstischen Drachenatemwolke, den vereinten Neonfluten eines halben Dutzends Chinatown-Fassaden, stehenbleibt, wirkt er verwirrt und eine Spur argwöhnisch. «Zeit, nach Hause zu gehen», sagt er ausdruckslos. «Ich bin geschafft. Das war ein ziemlich ungewöhnliches Wochenende.»

Ha! denkst du. *Wenn du wüßtest!* «Nun, ungewöhnlich ist es immer noch, Liebling. Aber bald ist alles vorbei. Für dich jedenfalls.»

«Ich versteh einfach nicht, wovon du redest. Ich bin völlig erledigt.»

«Komm, laß mich ans Steuer. Setz dich mit André nach hinten.»

Er tut, was du sagst, und du jagst erst in östlicher Richtung die Jackson entlang und dann die Boren nach Norden – «Das ist doch nicht der Weg nach Hause!» jammert Belford –, bis du schließlich vor einem Lebensmittelladen auf dem Broadway anhältst, wo du zwei Bananeneis und einen dieser knusprigen, mit Zuckerguß überzogenen kleinen Apfelkuchen kaufst, die an den Fließbändern der Hostess Company hergestellt werden. Du stellst die Tüte mit den Leckerchen links von dir auf den Boden. André wittert sie und fängt an, zu schlabbern und zu sabbern.

«Warum gibst du sie ihm nicht?» fragt Belford.

«Weil er sie noch nicht verdient hat. Wir haben genug Gigolos in dieser Stadt, die von der Wohlfahrt leben. Wenn André fressen will, muß er seinen Teil dazu beitragen.»

Belford sieht sich um. «Wohin bringst du uns, Gwen?»

«Zu einem hübschen Hotel.»

«Hotel?! Wir können doch nicht...»

«Natürlich können wir.»

2:47 —•••–• In ihrer Heimat als berüchtigte Ernteräuber bekannt, sind Magots mit ihren nicht opponierbaren Daumen so geschickt, daß sie Weintrauben von der Rebe pflücken oder verstreute Maiskörner vom Boden aufsammeln können. Die Spezies der Makaken verfügt obendrein über Backentaschen, in denen sie Essensvorräte horten können. Andrés Taschen kommen dir ziemlich groß vor – einmal versteckte er den gesamten Inhalt eines Schmuckkästchens darin, das er der Sultanin von Brunei stibitzt hatte –, trotzdem fragst du dich, ob er ein so langes und unflexibles Gerät darin unterbringen kann wie dieses, das du gerade aus deiner Handtasche geholt hast.

«Würdest du mir bitte mal erklären, was in Gottes Namen hier eigentlich vorgeht?» fragt Belford.

Du hast den Lincoln auf der Terry Avenue geparkt, gegenüber dem Sorrento Hotel, genauer gesagt, an derselben Stelle, wo du mit Larry Diamond am Nachmittag ausgewachsenen Geschlechtsverkehr hattest, und das im Innern eines Wagens, der so klein ist, daß keine zwei Zirkusclowns, von denen normalerweise dreißig in ein Zwergauto passen, auch nur versuchen würden, sich reinzuquetschen. Die Liebe hält die Welt auf Trab, das stimmt, aber die Lust hält die Welt einfach an. Die Liebe macht das Vergehen der Zeit erträglich, die Lust läßt sie stillstehen. Die Lust schlägt die Zeit tot, was nicht heißt, daß sie sie verschwendet oder sinnlos vertrödelt, sondern aufhebt, abstellt, sie aus dem Kontinuum herausreißt und – solange sie dauert – jeden Rückfall in die zermürbenden und kleinlichen Kümmernisse der weltlichen Gesellschaft verhindert. Lust ist die tausend Pfund schwere Tachonadel auf dem Armaturenbrett des Absoluten. Du wünschst, du könntest jetzt einen Funken dieser sinnlichen Deeskalation herbeizaubern, könntest wieder hineinschlüpfen in den phantastischen Kokon, den Diamond und du umeinander gewebt habt, die vom Sex erzeugte Kapsel, die euch so wirkungsvoll vor dem Hunger der Uhr geschützt hat. Wenn deine Strategie die geringste Aussicht auf Erfolg hat, dann müssen sich die Ereignisse mit höchster Eile entfalten, denn ein gewisser Zeitfaktor ist nicht zu leugnen, das Ende steht unmittelbar bevor, und kein Harztropfen der Lust ist geblieben, um die Minuten festzuhalten oder ihren Fortgang zu verlangsamen.

Mit dem limettengrünen Filzmarker, den du in der Apotheke gekauft hast, fängst du an, die Spitze des alten weißen Gummiklistiers, das deiner Mutter gehörte, zu bemalen. Das Ergebnis hat ungefähr soviel mit Jade zu tun wie die jüngsten Präsidenten der Vereinigten Staaten mit Staatsmännern, und außerdem ist Farbe bei diesem Licht eine rein theoretische Frage, aber Kongo van den Bos hat seinen Affenassistenten angeblich mit visuellen Hilfsmitteln ausgebildet, und weil dieser Coup ohnehin nur in groben Umrissen geplant ist, willst du so wenig wie möglich dem Zufall überlassen.

«Was machst du denn jetzt?» fragt Belford.

Leise schlüpfst du aus dem Wagen und öffnest die Tür zum Kofferraum. «Komm schon, André, komm mit Tante Gwen, Süßer. Wir machen uns einen Spaß.» Du greifst nach der Pfote des Affen und hilfst ihm aus dem Wagen. Seine hervorquellenden orangegelben Augen starren auf die Tüte mit den Leckerchen. «Nein, noch nicht, André. Pssst, sei still. Belford, du auch. Du hast mir mal erzählt, daß Kongo das gemacht hat, aber ich weiß nicht, ob ich alles richtig verstanden habe.»

Du führst André über die verlassene Straße. Völlig verdattert rennt Belford hinter euch her. Am Fuß der Feuerleiter, deren erste Sprosse einen vollen Meter über euren Köpfen schwebt, hat er euch eingeholt. «Was zum Teufel...»

Nachdem du André die frisch bemalte Klistierspitze unter die Nase gehalten hast, zeigst du auf die Feuerleiter. Du nimmst ein Bananeneis und den kleinen Apfelkuchen aus der Tüte, streckst ihm beides hin und ziehst es, als er danach greifen will, schnell zurück. Wieder zeigst du auf die Feuerleiter. Du drückst ihm die Spitze in die winzigen Finger. Wie lebendig sie sich anfühlen, wie geschickt und kräftig. «Hilf mir, Belford. Wir müssen ihn auf die Feuerleiter hieven.»

Belford steht da wie versteinert. «Hast du sie noch alle? Was glaubst du eigentlich, was du da tust?»

Deine Stimme ist so hell und süß, daß es fast der kleine Apfelkuchen sein könnte, der da spricht. «Ich schicke André rauf zum Penthouse, damit er mir was holt.»

«Nein, das tust du nicht. Bist du völlig verrückt geworden? Komm sofort zurück zum Wagen.»

«Immer mit der Ruhe. Es ist nichts weiter als ein kleiner Streich.»

«Was für ein Streich?»

«Ein lustiger, harmloser Streich. Ich möchte, daß André da raufklettert und mir die Spitze eines Klistiers bringt.» Wieder hältst du dem Makaken die Leckerchen unter die Nase, ziehst sie weg und zeigst auf das Penthouse. Du baust auf die Tatsache, daß dein angeblicher Verlobter keine Ahnung von Motofusa Yamaguchis Krebskur hat, weil er ja in San Francisco voll und ganz mit seiner absurden Jagd nach dem französischen Botschafter zu tun hatte.

«Warum? Was willst du...? Ist das eine blöde Schnitzeljagd oder was?» Verzweifelt versucht der sichtlich erschütterte Belford, dir eine goldene Brücke zu bauen.

«Es ist ein Scherz.»

«Mit wem?»

«Ähm, mit einem Bekannten von mir.»

«Mr. Abenteuer?»

«Nun ja, wenn du ihn so nennen willst. Wie gesagt, er verläßt morgen früh um sechs das Land, und ich spiele ihm gerade einen kleinen Streich.»

«Aber nicht mit André, kommt nicht in Frage.»

«Liebling...»

«Wenn du auf Kosten deines... Freundes unbedingt eine derart miese Nummer abziehen willst, dann bitte schön, aber meinen André läßt du dabei verdammt noch mal aus dem Spiel. Er steigt aus.»

«Ach komm, Belford, es ist doch nichts weiter als ein Stückchen Hartgummi.» Mit einem deiner abgekauten Nägel tippst du auf die Klistierspitze, die jetzt sicher in der Affenpfote ruht. Du zeigst auf die Feuerleiter. Er folgt deiner Geste.

«Nein! Es spielt keine Rolle, ob es eine Einlaufspitze oder der Hope-Diamant ist – Diebstahl ist Diebstahl. Es hat mich Jahre gekostet, dem unschuldigen Tier die schlechten Angewohnheiten auszutreiben, die dieser Kriminelle ihm beigebracht hat. Ich laß nicht zu, daß du ihn mir wieder verdirbst. Nein! André!»

Belford will nach seinem Affen greifen, doch kaum haben sich seine breiten, wulstigen Hände erhoben, da ist der Affe dir schon auf die Schultern gesprungen, was dir auf der Stelle einen steifen Hals beschert. Von da aus katapultiert er sich auf die Feuerleiter.

«Halt!» brüllt Belford. «André, komm sofort da runter!»

«Pssst. Du weckst noch das ganze verdammte Hotel auf.»

«Ja. Genau das habe ich vor! Ich rufe die Bullen, wenn du nicht sofort aufhörst damit. André!» Der Affe bleibt, wo er ist. Du reibst dir den schmerzenden Nacken. Belford klappt zusammen wie ein Doppeltrailer in einem Tornado. «Ich hole Verstärkung.»

Rasch und instinktiv wie eine Untergrundkämpferin ziehst du die Tränengasdose aus der Tasche. Noch bevor dein Verstand bis drei zählen kann, hältst du sie Belford zwanzig Zentimeter vors Gesicht, den Finger am Drücker. «Noch ein Ton, und du bist eine gottverdammte Amöbe. Ich meine es ernst, Belford. Ich sprüh dir das Hirn zu Matsch.»

Der Mond ist untergegangen, die Terry Avenue dunkel wie ein Fluß. Die Nacht ist so still, daß du deinen Puls hämmern hörst und den angehaltenen Atem in Belfords Lunge. Ihr zwei steht da, als hätte euch das Donnern eines Seelengewitters in Erstarrung versetzt. Langsam wird die Ungläubigkeit in Belfords Blick zu Schmerz und Enttäuschung. Du hast das Gefühl, daß du sein Herz brechen hören könntest, wenn dein Puls nicht so laut wäre. Er ist ein starker Mann, der einiges im Leben mitgemacht hat. Ein Gedanke schießt dir durch den Kopf: Er könnte dich totschlagen, noch ehe du abdrücken kannst. «Das Zeug legt einen Bären lahm», warnst du ihn. Aber er wird dich nicht schlagen. Seine Hände hängen herab wie unmündige Marionetten. Sein Atem staut sich wie selbstgebrautes Bier in einem Krug. Er fängt an, langsam den Kopf zu schütteln, und bei jedem unschlüssigen Hin und Her weitet sich der Schmerz in seinem Gesicht wie ein Schnitt.

Langsam, kraftlos löst du deinen Griff und läßt die Dose auf den Bürgersteig fallen. Sie rollt klappernd in die Gosse.

Du hättest es nicht geschafft. Egal, was auf dem Spiel steht, du hättest es einfach nicht übers Herz gebracht.

Verdammter Mist! Verdammt bis in die Marginalhölle! Was ist los mit dir, Quieks? Immer noch Amateurin, was? Als die Hagelkörner runterprasselten, bist du zusammengeklappt wie ein mexikanischer Regenschirm. Was willst du jetzt machen?

2:59 — • • • • – • Wie kleine Bläschen stehen dir die Tränen in den Augen – Windpocken eines Versagers, Herpes der Wut und der Kapitulation. Doch noch ehe der erste Schluchzer deine Zuckerdosentitten erbeben läßt, macht Belford auf dem schweren Absatz kehrt und geht. Geht einfach weg. Geht quer über die Madison und weiter die Terry Avenue runter, geht südwärts, weg vom Sorrento Hotel, weg vom Krankenhaus, geht rein in dieses Viertel, das von Gebäuden der römisch-katholischen Erzdiözese von Seattle beherrscht ist, eine ruhige, begrünte Gegend, noch dunkler und stiller, als wo du jetzt stehst.

Bald ist er nur noch eine Silhouette, ein Schatten, der sich in mächtigere Schatten verkriecht. In diesem spießigen Viertel gibt es weder Restaurants, Tankstellen noch Telefonzellen, und selbst die Wohnhäuser sind rar gesät. Wo geht er hin? Warum geht er? Ist er übergeschnappt? Hast du ihn zerbrochen? Du spürst, wie sich deine Tennisschuhe in Bewegung setzen, um ihm zu folgen.

Aus irgendeinem Grund – und es wäre ziemlich blöd, zu versuchen, diesem Bündel von Emotionen ein einzelnes Etikett aufzudrücken – bist du nahe dran, ihm nachzulaufen. Doch dann hörst du über der Brandung deines Pulses und durch das Triebwerk deines Schluchzens hindurch, daß jemand dich ruft. Es ist nicht dein Name, was du hörst. Es ist genau gesagt nicht mal ein Wort. Nein, es ist mehr wie eine Mischung zwischen Grunzen und Zwitschern. So hört es sich an, wenn der Paradiesvogel des Glücks einen Pflaumenkern ausscheidet. Das Geräusch hat seinen Ursprung irgendwo über deinem Kopf. Und es zielt zweifellos darauf ab, deine Aufmerksamkeit zu erwecken.

3:02 —••••–• In dem dezenten Lichtschimmer, der aus dem Foyer des Sorrento fällt, siehst du André an einem Fenster im ersten Stock hängen, mit flehender Visage und der Klistierspitze deiner Mutter im Mundwinkel wie einer von Clint Eastwoods Zigarillos. Wenn du nicht sehr irrst, erbittet er weitere Anweisungen.

Du wirfst einen Blick zurück zur Terry Avenue. Belfords trauriger Schatten ist eins geworden mit der Nacht. Du blickst hoch zu André. Er wird allmählich ungeduldig und fängt an zu zappeln. Plötzlich verlangsamt sich dein Puls, dein Schluchzen verebbt, der Schmerz im Nacken jagt dir eine Gänsehaut über den Rücken. Okay! Dann also los!

Du deutest mit beiden Händen nach oben, um dem Affen klarzumachen, daß er weiterklettern soll. Er reagiert sofort. Im Handumdrehen hat er das nächsthöhere Fenster erreicht, bereit, es zu öffnen. So hat Kongo es also wirklich gemacht. Okay! Alles klar! Du gibst André ein Zeichen, weiterzuklettern, und einen Augenblick später hat er vor dem Notausgang im dritten Stock Position bezogen. Junge, Junge. Wenn Affen als Hotelpagen eingesetzt würden, müßte man jedenfalls nicht so lange auf den Zimmerservice warten. Ein Kinderspiel. Du bedeutest ihm weiterzuklettern. Deine Stimmung klettert mit.

Der Makak ist jetzt im fünften Stock, und du willst gerade die Hand heben, um ihn weiter nach oben Richtung Penthouse zu scheuchen, als du eine Sirene hörst. Der Himmel reflektiert das Kreiseln des Blaulichts. Das ist keine Einbildung. Die Sirene kreischt lauter, das Blaulicht flackert heller. Es sind die Bullen – verflucht sei Belford! Zur Hölle mit seiner hinterhältigen lutherischen Seele! Sie kommen näher. Und du kannst dich nirgendwo verstecken. Das also auch noch, abgesehen von deinen taktlosen Verfehlungen in der Disco: Es könnte damit enden, Kleines, daß du dir was wirklich Außergewöhnliches einfallen lassen mußt, damit du nicht die besten Jahre deiner Karriere damit vertust, die Farbe einer Knastmauer abblättern zu sehen. Du hast in der Vergangenheit erlebt, was es heißt, wütend oder verunsichert zu sein, aber das war nichts im Vergleich zu der Wut und Verunsicherung, die sich im Augenblick in dir breitmachen.

Doch es ist gar nicht die Polizei. Es ist ein Krankenwagen. Er blaulichtert mit Tatütata an dir vorbei. Wieder ein Bündel verwundetes urbanes Fleisch auf dem Weg zur Notaufnahme im Schwedischen Hospital.

Du ziehst den Holzpflock aus deinem Herzen und entfachst ein Feuer damit, um dein Rückgrat wieder aufzutauen. *Jesus Christus! Cesar Romero!* Das war knapp. Du würdest dich nicht wundern, wenn dein Haar in diesem Augenblick komplett ergraut wäre. Doch irgendwas beschützt dich, irgendein Schutzengel: deine Mutter vielleicht, die beobachtet hat, wie kummervoll du heute nacht vor ihrem Schreibtisch gestanden hast, oder Grandma Mati oder Q-Jo Huffington, die beide mit der Geisterwelt auf du und du stehen, oder

Larry Diamond, der es geschafft hat, mit dem Gesicht voran im Teller des Andersseins zu landen und das Schloß zu deinen Träumen zu knacken, aber vielleicht ist es auch bloß der angeschlagene Engel, der als Torwart in Gottes Hockeymannschaft spielt. Auf alle Fälle bist du aus dem Schneider und wieder im Geschäft, Kleines.

Oder? Als du dich der Feuerleiter zuwendest, ist André verschwunden.

3:06 —••••• Weg. Wie vom Erdboden verschluckt. Soweit du im Dunkeln erkennen kannst, ist das Fenster im sechsten Stock geschlossen. Ob André es geöffnet und hinter sich geschlossen hat? Hat Kongo van den Bos ihn dermaßen gründlich ausgebildet? Du hast wirklich die phantastischsten Dinge über seine Fähigkeiten gehört.

Oder ist er einfach weiter bis aufs Dach geklettert? Vielleicht ist er da oben, hüpft herum, vollführt seinen Freddie-Mati-Tanz des Lebens zwischen den Lüftungshauben. Und dann gibt es noch die – gar nicht so abwegige – Möglichkeit, daß er wieder abgehauen ist. Daß er, der Melodie seiner eigenen gebogenen Trompete folgend, über die Dächer von Seattle flieht und die uralten Sternbilder zu Rate zieht, die ihn in die Wildnis seiner Heimat zurückführen.

Im Lauf der Jahre kam es so häufig zu dramatischen Veränderungen in der Magot-Population auf dem Felsen von Gibraltar, daß die Legende von einem unterirdischen Gang zwischen Gibraltar und Nordafrika entstand, einem verborgenen Tunnel, den nur die Makaken kennen. Manche Einwohner von Gibraltar behaupteten, daß die Affen insgeheim Amphibien seien und in mondlosen Nächten (wie dieser) die neun Meilen breite Meerenge durchschwimmen. (Ob Diamond diese Geschichte kennt, fragst du dich, und sie in seinem Nommo-Eintopf verarbeitet hat?).

Minuten vergehen. Dein Puls beschleunigt sich erneut. In deiner Blase herrscht ein solcher Druck, daß sich deine Beine anfühlen, als wären sie in einen Teppich gewickelt. Du blickst dich um auf der

Suche nach einem Platz zum Pinkeln, für alle Fälle, aber keiner sieht vielversprechend aus, deshalb stehst du einfach da in deinem schwarzen Outfit und verrenkst dir den steifen Hals, um das Penthouse zu beobachten. Die Rich Boys und der Affe haben deinen Nacken zu einer Bushaltestelle auf der Linie tätlicher Übergriffe gemacht.

Weitere Minuten vergehen. Du siehst auf die Rolex. Der Urin sammelt sich in dir wie in einem Phantomsee. Nervös gehst du bis zur nächsten Ecke, Richtung Krankenhaus. Hinter den knospenden Zweigen eines Ahornbaums entdeckst du einen riesigen Stern, denselben, so deine Vermutung, den dieser Gossenastronom dir als Sirius verkaufen wollte. Sirius A. Er scheint größer und heißer als vor ein paar Nächten. Schwer zu sagen, wohin ein solcher Stern einen umherirrenden Affen führen könnte.

Eine Wagentür schlägt zu. Du wärst um ein Haar aus der Jeans gefahren. An der Rampe vor der Notaufnahme brummt ein Motor. Steif machst du kehrt und gehst zurück zum Hotel. Der Briefkasten an der Ecke lacht dich aus. Als du dich umsiehst, siehst du den Krankenwagen von der Auffahrt wegrollen. Du beschleunigst den Schritt und überquerst die Straße. Du möchtest lieber nicht gesehen werden. Als der Krankenwagen näher kommt, duckst du dich hinter den Lincoln. Er rollt langsam vorbei, sein Blaulicht und die Sirenen sind so friedlich wie endlich weggesackte Säufer oder Hyänen, die sich in den Schlaf geheult haben. Du hörst, wie er am Stoppschild vor der Madison Street bremst, den Gang wechselt und wieder Gas gibt.

Als du dich aufrichtest, steht André plötzlich neben dir.

3:28 —••••–• Soviel zum «Wiedergeborensein». Es sei denn, es ist ein Beispiel fürs Dreimalgeborensein – der Sünder, der zu Jesus «findet» und dann aus Langeweile, Verlegenheit, Prägung oder Notwendigkeit begeistert und ohne Bedauern sein sündiges Leben wiederaufnimmt. Jedenfalls deutet die Art, wie André seine Pfoten gegeneinander schlägt, mit dem Kopf wackelt und in einem vulgären Affengrinsen die Zähne fletscht, bis auch der hinterste Backenzahn zu sehen ist – und das alles, bevor du ihm Eis oder Kuchen ausgehändigt hast –, daraufhin, daß er geradezu entzückt ist, wieder klauen zu dürfen, und über alle Maßen stolz, daß er es so gut gemacht hat.

Du selbst bist ebenfalls stolz und entzückt. Du kannst kaum glauben, daß ihr es wirklich geschafft habt. Vielleicht wendet sich jetzt dein Glück, und die zweite und dritte Phase deines Programms laufen ähnlich erfolgreich ab.

Unterwegs auf der I-5 zum Flughafen (nachdem du dich dagegen entschieden hast, die Nachbarschaft abzuklappern, um Belford zu suchen, einmal, weil es den Fortgang deiner Pläne behindern würde, zum anderen, weil nichts Positives dabei rausspringen könnte, ihn aufzulesen) nimmst du das Mundstück, legst es wieder auf den Beifahrersitz und greifst erneut danach. Du drehst es zwischen den Fingern, schätzt sein Gewicht, hältst es in die Luft, so daß der Schein entgegenkommender Scheinwerfer gleichzeitig in die kristallene Spitze eindringt und von dem Jaderöhrchen reflektiert wird. Das Ding ist schwerer, als es aussieht, durchdrungen vom ehrwürdigen Gewicht der Götzenbilder, glänzend wie ein blutiger Federkiel, hochnäsig wie ein einzelnes Eßstäbchen, elementar wie eine Honigwabe. Es hat den Charakter eines dahingeschmolzenen Rituals, das durch die pulsierenden Jahrhunderte abgekühlt und zu einem Lichtstrahl elementarer Funktion erstarrt ist. Leitung für lotusduftende Wasser, starre kleine Harpune für die Ungetüme in einem kaiserlichen Magen, polierte Wurzel aus einem chthonischen Garten. Wenn du es gegen das Licht hältst, strahlt es die vornehme Würde und tiefe Leidenschaft eines blassen grünen Sterns aus.

Erst als du konkreter darüber nachdenkst, wie und wo es den größten Teil seiner Existenz verbracht hat, legst du es hin und läßt es liegen. Dann wischst du dir die Hand an der Jeans ab. Wie ritterlich – und unfein – von André, so was in den Mund zu nehmen!

«Affe, du bist unglaublich. Ich mein es ernst, mein Schatz, du bist der Größte. Wir sind ein klasse Team, was? Tante Gwen und du, das heißeste Gespann seit RJR und Nabisco. Offen gesagt», sagst du und imitierst Diamonds manierlich gedehnten Tonfall, «Mr. Dunn hat dich und mich gar nicht verdient.» André stößt einen kleinen Schrei aus, worauf du einen Blick nach hinten wirfst, in dem naiven Versuch, zu sehen, ob er zustimmt, protestiert oder bloß auf den Namen seines Herrchens reagiert. «Natürlich macht sich Mr. Dunn eine Menge aus uns.» Dem Aufwallen der Gefühle folgt ein unangenehmer Kloß im Hals. Als du ihn runtergeschluckt hast, sagst du: «Tut mir leid, aber am Flughafen muß ich dich wieder in den Kofferraum sperren. Nein, komm, werd nicht böse. Diesmal ist es ein großer, geräumiger Kofferraum, und es ist nur zu deinem Besten. Außerdem bin ich sofort zurück.»

Berühmte letzte Worte.

4:39 —••••• Da die höhere Physik Zeit als relativ betrachtet, könnte es möglich sein, zu Einsteins Befriedigung zu demonstrieren, daß die Intervalle zwischen dem Betreten des beinahe menschenleeren Terminals, dem längst überfälligen Pinkeln und der Bitte um angemessene Hilfe bei den dösenden Angestellten an zwei verschiedenen Ticketschaltern tatsächlich ziemlich kurz waren (schließlich ist Zeit relativ zur Bewegung des Beobachters, und als Toter hat Einstein entweder seine letzte und bleibende Lage gefunden oder ist zu reiner Energie verpufft, die sich nahezu mit Lichtgeschwindigkeit bewegt). Doch aus deiner eigenen, entscheidenderen Perspektive heraus nehmen die Ereignisse am Flughafen einen so schleppenden Verlauf, daß du deine ganze Geduld und einen Großteil deines Verstands verlierst.

Diamond fliegt um sechs; das bedeutet, er muß um Viertel nach fünf am Flughafen sein, und das wiederum heißt, daß er das Thunder House nicht viel später als Viertel vor fünf verlassen darf. Du hattest vorgehabt, ihn auf dem Rückweg in die Stadt vom Funktelefon des

Lincoln aus anzurufen, aber jetzt willst du plötzlich nicht riskieren, noch länger zu warten. Ein öffentlicher Fernsprecher in der Halle des Terminals muß reichen.

Du drückst seine Nummer und hältst den Atem an, als es klingelt. Dann mußt du dir das Ohr zuhalten, denn ein Schwall von atmosphärischen Störungen hätte dir fast den Hörer aus der Faust gepustet.

4:40 — • • • • – • Das Rauschen verebbt, und du erwischst Diamond mitten im Satz. «... draußen hinter der Scheune. Vergeßt nicht, Freunde: Das Bild weiß nicht, wer es gemalt hat, die Geschichte weiß nicht, wer sie erzählt, und die Wirtschaft hat keine Ahnung, wer oder was Ökonomen sind, ganz zu schweigen von Bookies oder Bürokraten. Jeder kriegt das raus, was er eingebracht hat, und im übrigen ist das Ganze nichts weiter als ein fliegender Furz auf dem Mond. Macht euch nicht die Mühe, euren Namen, eure Nummer oder den Zeitpunkt eures Anrufs zu hinterlassen, denn Onkel Larry ist...»

«Larry? Larry! Bitte. Nimm den Hörer ab. Ich bin's. Du bist doch noch da, oder? Larry, ich...»

Klick. «Pussy Frikassee! Wie schön, daß du dich doch noch meldest.»

Ist das Sarkasmus? Bei dem Rauschen in der Leitung und seinem gewohnt aggressiven Tonfall ist das schwer zu sagen. Na, wenigstens hast du ihn erreicht. «Ja, gut, ich dachte, ich rufe noch mal an, um mich zu verabschieden. Schätze, du mußt bald los.»

«In der Tat.»

«Und es bleibt dabei, daß Twister dich fährt?»

«Ja, und es wird bestimmt interessant. Ich glaub nämlich, daß er schon seit 'nem Jahr oder noch länger nicht mehr am Steuer saß. Hätte mein Roller noch einen Tag länger durchgehalten, hätte ich ihn gar nicht deswegen nerven müssen. Ich nerve dich doch nicht, wie? Was treibst du eigentlich schon so früh? Bist du auf dem Weg in die Disco? Kann der alte Feuerwehrgaul dem Läuten der Glocke nicht widerstehen? Brennst du wirklich so drauf, dich von diesen Krücken fertigmachen zu lassen? Oder willst du die Trümmer nach Spuren des alles verschlingenden Bandwurms durchwühlen, um ein letztes Mal das Funkeln seiner geldgeilen Augen zu sehen?»

Normalerweise hätten dich seine verbalen Exzesse, so hypnotisch sie auch sein können, wohl eher abgestoßen, doch im statischen Knistern und Rauschen der Leitung entdeckst du etwas Fiebriges in seiner Stimme, etwas Beunruhigendes, Fremdes. Die Krankheit muß sich in der Nacht verschlimmert haben. «Ich hab noch nicht geschlafen», sagst du ziemlich matt.

«Ah, mein Verdacht war also richtig. Als ich dich durch die übliche Telekom-Hardware nicht erreichen konnte, hab ich vergeblich versucht, in deine Träume einzudringen. Entweder ist mir die Fähigkeit dazu abhanden gekommen, oder du hast gar nicht geträumt. Vermutlich sollte ich froh sein, daß es letzteres war.»

«Du hast versucht, mich anzurufen?»

«Öfter, als ich zugeben will. Heißt das, daß du keine meiner Nachrichten erhalten hast?»

«Ähm, nein. Ich bin, ähm, unterwegs gewesen. Hab nachgedacht.» Deine Stimme hellt sich auf. «Aber hör mal, Larry. Ich hab ein Geschenk für dich. Ein sehr ... *schönes* Geschenk. Ein sehr, sehr schönes Geschenk. Ich hab es zum Flughafen gebracht und am Delta-Schalter unter deinem Namen deponiert. Bitte, bitte, vergiß nicht, es abzuholen. Es ist wichtig. Okay?»

«Sicher. Ich würd mir die Chance einer Überraschung nicht entgehen lassen, so klein sie auch sein mag.»

«Wir werden sehen, ja? Aber diese Überraschung, Larry – du darfst sie erst aufmachen, wenn du in Afrika bist. Nicht vorher, hörst du? Versprich es.»

«Na schön, kein Problem.»

Im Geiste versuchst du, dir sein Gesicht vorzustellen, wenn er das Jademundstück findet. Bei der Vorstellung wirst du rot, allerdings weniger wegen der eigentlichen Natur des Instruments oder aus

Scham über das Ausmaß deiner Großzügigkeit. Statt dessen erlebst du noch einmal den Augenblick auf der Damentoilette hier am Flughafen, als du dein Höschen abgestreift und das Mundstück darin eingewickelt hast. Eine überaus gewagte Geste, denn du bist davon überzeugt, daß er früher oder später, wenn er sich vom ersten Schock über den Inhalt erholt hat, seine perverse Nase darin vergraben wird. Na, das wird ihn lehren, deine Abenteuerlust anzuzweifeln. «Wie kann eine Frau so prüde sein, wenn es um Sex geht, und trotzdem so sexy?» hatte er gefragt. Prüde? Ha! Riech mal! Was das Mundstück selbst angeht, so wird er es bestimmt an Dr. Yamaguchi zurückschicken, sobald er es nicht mehr braucht (in dem Höschenbündel steckt außerdem die Flasche Betakarotin, die du in der Nachtapotheke gekauft hattest – braunen Reis und Kaffee kriegt er auch in Afrika). Es besteht nicht die geringste Gefahr, daß Diamond es behalten und davon profitieren könnte. Die Möglichkeit einer Lösegelderpressung geisterte *dir* kurz durch den Kopf, wie du gestehen mußt; andererseits ist das nicht dein Stil. Außerdem hast du jetzt andere Aussichten, was die Erholung deiner Finanzen angeht. Eine jedenfalls.

«Na schön, Larry, dann bist du jetzt also weg.»

«Wie bitte?» Die rauschende Säge in der Leitung hat das Ende deiner Bemerkung abgeschnitten.

«Ich sagte: Ich nehme nicht an, daß du dir das mit Timbuktu noch mal überlegen willst.»

«Du machst wohl Witze. Nur ein Narr würde sich das mit Timbuktu nicht reiflich überlegen. Und ich überlege mir, ob es so klug ist, Amerika in diesem ganz besonders pandämonischen Augenblick den Rücken zu kehren.»

«Aber es herrscht das reinste Chaos.»

«Ja. Ja. Ich glaube, das habe ich bereits angedeutet. Ist das nicht wunderbar? Ein Gentleman namens Horace Walpole hat einmal gesagt: Die Welt ist eine Komödie für diejenigen, die denken, und eine Tragödie für diejenigen, die fühlen. Davon ausgehend könnte man sagen, daß eine in sich ruhende, also ganze Persönlichkeit die Welt als

Tragikomödie sehen muß. Ach, bloß denkt in Amerika so gut wie keiner mehr, und kaum einer fühlt noch irgendwas. Höchstens Ärger und Groll, weil er nicht ein größeres Stück vom Kuchen abbekommen hat. Immerhin hat man ihm von Kindesbeinen an nicht nur eingetrichtert, daß dieser Kuchen existiert, sondern auch, daß jeder ein Anrecht auf seinen Teil hat, unabhängig von den jeweiligen Fähigkeiten oder Tugenden. Was kann man über eine Bevölkerung sagen, für die die Welt weder Komödie noch Tragödie ist, sondern ein sportlicher Wettkampf in einer schäbigen und extrem lauten Arena, auf einem von Abfall übersäten Spielfeld, wo man vielleicht gewinnt, wenn man Glück hat, schlau oder rücksichtslos genug ist, aber andererseits restlos abstumpft, wenn man scheitert? Bleibt das Geschrei. In Amerika herrscht ein ständiger Aufruhr, alles ist am Brodeln, und das geht dem müden alten Europa oder dem fatalistischen alten Asien völlig ab. Wenn Onkel Larry die Wahl zwischen unserer Barbarei und ihrem Ennui hätte, würde er sich jederzeit für die Barbarei entscheiden.»

«Soweit ich gehört habe, brauchst du dich über Mangel an Barbarei in Afrika nicht zu beklagen.»

«Da hast du richtig gehört. Der durchschnittliche Afrikaner von heute ist aus einer Vielzahl von bedauerlichen Gründen so weit entfernt von den komplexen und wirkungsvollen metaphysischen Systemen seiner Vorfahren wie der stinknormale Grieche, der an einer umweltverpesteten Straßenecke Souvlaki verkauft, von den Eleusischen Mysterien oder dem Orakel von Delphi. Mit dem einen Unterschied, daß in Afrika für den Suchenden noch so manches Geheimnis auf seine Enthüllung wartet.»

«Richtig. Und so mancher Frosch auf 'ne feuchte Zunge.»

«Also, Pussy Frangipane, jetzt versuch nicht, das Ziel meiner Reise zu trivialisieren.»

«Ich halte das nicht für trivial. Ich halte es für glatten Wahnsinn.»

Diamond wartet ab, bis ein Sperrfeuer von elektrischen Blähungen seinen Verlauf genommen hat.

«Ja, ‹manche Leute nennen's Wahnsinn›, wenn ich erneut Mr.

Calloway zitieren darf, aber wenn die Mehrheit den Riß im Gewebe der allgemein akzeptierten Realität ignoriert und nur wenige ihn als das nehmen, was er ist, drüber nachdenken und ihn akzeptieren, dann ist es doch kein Wunder, wenn ich mich frage, wer verrückter ist, die vielen oder die wenigen. Onkel Larry will nichts weiter als diesen Riß vergrößern. Wohlgemerkt, er prahlt nicht damit, sich hindurchquetschen zu wollen. Wenn er einen besseren Durchblick hat, schreckt er vielleicht zurück wie ein Vampir vor dem Kreuz oder verzieht sich in die Berge wie ein Achtender am ersten Tag der Jagdsaison. Aber wenigstens wird er Bescheid wissen. Mein Ziel, wenn das kein allzu hochgegriffener Begriff ist, besteht darin, die Grenzen der Kontrolle und Definition zu überschreiten. Selbst wenn man auf dem Blatt hockt, arbeiten Kontrolle und Definition unermüdlich daran, einen mit schmiedeeisernen Ketten festzuhalten. Es wäre möglich, daß hin und wieder ein Blick durch das Loch im Vorhang ausreicht, um sich gegen ihren Druck zu wehren. Dann kann ich den nächsten Schritt tun. Falls es mir in den Sinn kommt und falls das kleine Monster in meinem Arsch mir bis dahin nicht den letzten Lebensfunken weggefressen hat. Es ist mir eine Freude, dir folgendes mitteilen zu können, Pussy Prosciutto. Ich habe die starke Vorahnung, daß ich irgendwie überleben werde.»

Vorsicht, Gwen. Du willst nicht, daß er mit Hilfe dieses lästigen telepathischen Radars irgendwas über das Mundstück aufschnappt. Bei dem Versuch, ihn abzulenken, gehst du vielleicht ein bißchen zu weit. «Das hoffe ich von ganzem Herzen», sagst du, «aber vergiß nicht, du hattest auch die Vorahnung, Q-Jo zu sehen.»

Ein gewichtiges Schweigen breitet sich in der Leitung aus. Man könnte glauben, daß die atmosphärischen Störungen die Verbindung unterbrochen haben, aber du hörst ihn atmen. Du bildest dir ein, daß du ihn sogar zittern hörst und die Hitze seines Fiebers durch das Telefon spürst. Mußtest du ihm unbedingt auf so plumpe Weise den Mut nehmen? Du suchst nach Worten, die seine Hoffnung neu entfachen könnten, ohne durchblicken zu lassen, warum diese Hoffnung völlig berechtigt ist, doch da spricht er schon weiter, allerdings mit einer Stimme, die ebenso von Ehrfurcht und Staunen erfüllt ist wie von Entsetzen.

«Aber ich habe sie wirklich gesehen.»

«Was?!»

«Ich hab sie gesehen. Deshalb habe ich die ganze Nacht versucht, dich zu erreichen.»

«Wo? Wann? Um Himmels willen, Larry!»

«Ruhig, immer mit der Ruhe, Gwendolyn. Du mußt dich auf einiges gefaßt machen.»

Du machst dich gefaßt, und zwar auf das Schlimmste, aber nichts auf der Welt hätte dich darauf vorbereiten können, was Larry Diamond zu erzählen hat. Wie in Trance erzählt er jetzt stockend, daß er nach eurem Abschied auf dem Parkplatz der Bowlingbahn direkt ins Thunder House zurückgekehrt und dort ins Bad gegangen war, um sich eine neue Ladung Kräuter der amerikanischen Ureinwohner zu verpassen. Er war gerade fertig und wusch sich die Hände, als ein Blitz durchs Haus fuhr, gefolgt von einem Knall und einem Puff, als hätte ein aufgebrachter Star einem Paparazzo die Kamera zerdeppert. Danach gingen die Lichter im Thunder House aus und erst ein paar Sekunden später wieder an. Die atmosphärischen Störungen der letzten paar Tage hatten bereits mehrere kurze Stromausfälle verursacht, also maß er der Sache nicht viel Bedeutung bei, bis er merkte, daß der Diaprojektor im Wohnzimmer seit der Vorführung für dich gestern morgen angeblieben war. Das Ding brummte noch durchdringender als sonst – «wie ein kaputter, von feindseligen Zikaden umschwirrter Fön» –, deshalb wollte er nachsehen, ob etwas passiert war, und ihn abschalten.

«Das Gerät selbst war völlig in Ordnung», sagte er, «aber als ich auf die Leinwand sah, entdeckte ich sie.»

«Wen? Was meinst du?»

«Deine Freundin», flüstert er, und du spürst, wie er schaudert. «Da oben. Auf der Leinwand. Im Bild. Auf dem Dia. Sie posierte mit der Fakultät. Überlebensgroß, und das ist in Q-Jos Fall keineswegs unwichtig. Ich hab dir gesagt, daß mich nichts mehr erstaunen kann, aber ich glaube, das war gelogen.»

4:44 —••••–• «Wenn das deine Vorstellung von einem Witz ist...» Doch noch während du es aussprichst, weißt du, daß es keiner ist.

«Bestimmt nicht. Du bist die einzige, der ich mich trauen würde, davon zu erzählen. Ich hab's nicht mal Twister verraten.» Diamond hält inne. «Du glaubst, es war das Fieber. Oder die Medizin. Halluzinationen. Vorübergehend hab ich das selbst geglaubt. Ich bin in die Küche gerannt und hab mir kaltes Wasser ins Gesicht gespritzt. Als ich mich wieder beruhigt hatte, ging ich zurück – und da war sie! Da stand sie, mitten in einem Pulk von Schamanen und Weissagern. Strahlend übrigens, als sei sie ganz in ihrem Element und könne nicht glücklicher sein. Ich habe, oh, bestimmt zehn Minuten auf die Leinwand gestarrt. Q-Jo war eindeutig da. Es war keine Einbildung.»

Seine Offenheit trägt nicht im geringsten dazu bei, deine Ungläubigkeit zu dämpfen. «Das muß ich erst sehen, bevor ich es glaube», antwortest du.

Wieder hält er inne. «Du *kannst* es nicht sehen.» In seiner Stimme schwingen Gereiztheit und Enttäuschung mit.

«Warum nicht? Wenn Q-Jo wirklich auf –»

«Nicht mehr. Es folgte ein weiterer Stromausfall. Vielleicht hast du es bemerkt.» (Nein, du warst im Bett und hast mit Belford gevögelt.) «Die Lichter gingen für etwa fünf Sekunden aus, und danach – war sie von der Bildfläche verschwunden. Sie war weg, völlig weg. Ich habe mir das Dia die ganze Nacht immer mal wieder angesehen. Sie ist nicht wiederaufgetaucht.»

«Larry...»

«Übrigens gibt's da noch was Interessantes. Ich habe zurückgeschaltet zu dem Dia davor – dem Gruppenbild von den Besuchern –, und sie sind ebenfalls verschwunden. Der ganze Trupp. Auf dem Dia ist jetzt nichts zu sehen als der leere Garten. Und *den* kann man sehen, Gwendolyn. Ich würd's dir auf der Stelle zeigen, wenn ich Zeit hätte.»

«Tja, aber dazu ist es zu spät. Du mußt zum Flughafen.»

Wenn Diamond es ernst meint und wenn er nicht gerade von seiner Medizin oder irgendwelchen Drogen lahmgelegt ist, dann ist er vielleicht wirklich wahnsinnig. Und wenn das stimmt, dann hat er möglicherweise auch Q-Jo umgebracht. So schlimm das für dich wäre, diese Möglichkeit mußt du in Betracht ziehen.

«Ja. In der Tat. Twister ist schon raus, um den Motor anzulassen. Er will das Thunder House nicht länger als irgend notwendig verlassen.»

«Nun, Larry . . .»

«Hör zu, Darling, ich weiß, daß es ein Hammer ist, aber zerbrich dir nicht den Kopf darüber, okay? Wir werden dahintersteigen, wenn wir in Afrika sind. Und das dauert nicht mehr lang. Ich sollte dich noch warnen, Pussy Kimchi, in Mali ist alles ein bißchen dürftiger als hier. Die Infrastruktur läßt einiges zu wünschen übrig. Der Flughafen von Bamako ist ein Tollhaus, egal, ob tagsüber oder nachts, und Ankunfts- und Abflugzeiten sind ziemlich dehnbar. Wenn ich also aus irgendeinem Grund nicht da bin, um dich abzuholen, schnapp dir ein Taxi und fahr zum Hotel l'Amitié. Ich bin dort unter dem Namen Mookie Blaylock bekannt.»

«Verstehe.»

«Also gut. Twister hupt. Sirius C ruft. Ich glaube, ich liebe dich. Bye-bye.»

«Wiedersehen, Larry. Ich . . . glaube, ich mag dich auch.»

4:58 —••••• Ob es von der kleinen Eiche stammte? George Washingtons Gebiß? Oder war es wie so manches Möbelstück der Early-American-Epoche aus dem Stamm eines abgestorbenen Ahorns geschnitzt? Einem rotäugigen Ahorn? Der Glattulme? Einer knorrigen Kiefer? Vielleicht bestand es aus dem Holz der Silberpappel, damit die Musik des Flußufers ihm das tägliche Kauen schmackhafter machte. (Wenn er rülpste, hörte Martha den Wind in den Weiden. Eine Steineichenserenade.) Denken wir an Walnußzähne, die Walnüsse knacken, an Kirschzähne, die Kirschkerne zermalmen, an Asche im Mund, bevor die Pfeife angezündet wird. Washington, der mit hölzernen Zähnen Blattspinat verspeist. Wobei er den Wald vor lauter Holz nicht schmeckt. Ein Bier mußte ein Root Beer sein und seine Schale rauher als sein Kern.

Wenn Q-Jo tatsächlich auf dem afrikanischen Dia aufgetaucht war – was unmöglich ist, versteht sich –, dann wüßtest du wirklich nicht, was du davon halten sollst. Und wenn Diamond im weggetretenen Zustand nur geglaubt hat, sie zu sehen, nun, dann weißt du auch nicht, was du denken sollst. Am besten fängst du gar nicht erst an, über eins von beiden nachzudenken. Die Zeit ist zu knapp, und es steht zu viel auf dem Spiel. Du mußt jeder Art von Verwirrung aus dem Weg gehen, Zweifel bekämpfen, mutig und effektiv die nächste Phase deiner grandiosen Strategie angehen.

Als der Lincoln zwanzigmal so schnell wie sein Namensvetter, der durch den Schneeregen von Illinois zur Schule trabte (wobei wir über den Zustand seiner Zähne nichts wissen), in nördlicher Richtung über die I-5 schnurrt, singst du André mit seinem französischen Lieblingslied in den Schlaf – deine Baby-Doll-Stimme scheint ihn einzuwickeln, Blossom Dearie würde staunen! Du singst es wieder und wieder, während du gleichzeitig Bilder eines Balsagebisses beschwörst, das man wie einen Spielzeugadler durchs Eßzimmer des Weißen Hauses segeln lassen kann. An irgendeinem Punkt wird Diamond, der auf der gleichen Strecke Richtung Süden fährt, für den Bruchteil einer Sekunde auf gleicher Höhe mit dir sein, aber weil du nicht die geringste Ahnung hast, was für einen Wagen Twister fährt, und Diamond den Lincoln nicht kennt, ist es euch bestimmt, wie Schiffe in der Nacht aneinander vorbeizufahren. Besser gesagt, wie Schiffe im Morgengrauen, denn du erkennst bereits einen hellgelben Streifen, der sich vom Saum des Horizonts löst (oder klammert er sich dran?).

Du nimmst die Ausfahrt Mercer Street und fährst am Ufer des Lake Union Richtung Queen Anne Hill. Kurz darauf kommt dir mit hoher Geschwindigkeit eine Kolonne von drei BMW-Limousinen und einem schwarzen Ferrari entgegen. Rich Boys auf der Heimfahrt in ihre protzigen Vorstädte, nachdem sie wieder eine Nacht lang die Armen und Ausgestoßenen schikaniert haben. Du wirst rot vor Wut bei der Erinnerung daran, wie sie dir dein Höschen geklaut haben – falls sie es waren. Aber auch das ist ein Thema, über das du lieber erst nachdenken willst, wenn du wie Gott in Frankreich lebst.

Möglich, daß Belford den Lincoln mittlerweile als gestohlen gemeldet hat – unwahrscheinlich, aber du darfst nichts riskieren. Also parkst du ihn vor deinem Haus und transferierst den Affen und deine Einkaufstüte in den Porsche. «Erinnerst du dich noch an diesen wunderschönen Wagen, *mon ami*? Du hast ihn mit deinen Vitaminen total versaut, aber mach dir nichts draus, Tante Gwen verzeiht dir. Diesmal mußt du auch nicht in den bösen dunklen Kofferraum.»

Kaum hast du den Motor angelassen, hörst du einen Schrei und siehst im Rückspiegel eine schemenhafte männliche Gestalt, die auf dich zuläuft. Ohne nachzudenken, legst du den Gang ein. Ein oder zwei Sekunden lang sieht es so aus, als könnte er dich erreichen, doch kaum bist du auf der Straße, stößt der Porsche ganz oben in der Kehle ein Röhren aus, ungefähr so wie ein wütender preußischer Baron, der im nächsten Moment den Liebhaber seiner Frau mit einem Säbel durchbohren wird, hinterläßt wie ein pubertärer Rotzlümmel zwei Streifen beißenden Testosteron-Glibber auf dem Asphalt und schüttelt den Verfolger ab. Wahrscheinlich war's der arme Belford, aber genausogut könnte es der Safe-Sex-Schänder gewesen sein. Als Frau kann man gar nicht vorsichtig genug sein. Du bringst den Porsche auf Touren und jagst davon, so schnell du glaubst, ohne Aufmerksamkeit zu erwecken, fahren zu können, und nachdem du kurz am Thriftway angehalten hast, um einen letzten Vorrat Bananeneis zu erstehen, rast du davon Richtung Ballard und Thunderbird Bowl.

5:25 —••••-• Normalerweise müßte die Börse in fünfundfünfzig Minuten aufmachen. Du fragst dich, ob es dazu kommen wird. Auf der Ballard Bridge schaltest du das Autoradio mit den Nachrichten ein, aber die atmosphärischen Störungen sind so nervig, daß du es gleich wieder ausmachst. Wozu machst du dir noch Gedanken über die Börse? Heute wird es kein «Sears, Philip Morris, Merck, General Electric» geben. Kein «Westinghouse, Walt Disney, Procter & Gamble». Kein «I ... B ... Mmmmmm».

Heute gibt es «van Goooo-gh».

5:27 —••••-• Du kreist einmal um die Bowlingbahn und parkst den Wagen dann auf der Rückseite (das heißt, auf der Westseite des Gebäudes), gleich neben dem langen, schmalen Erdgeschoßfenster von Twisters Tipi.

«Reiß dich zusammen, André. Hab etwas Geduld. Du wirst deinen Spaß kriegen, aber es dauert noch eine Sekunde.» Der Makak ist ganz schön zappelig, du weißt bloß nicht, ob nun aus Vorfreude auf einen weiteren Bruch oder weil du ihm seine Leckerchen vorenthältst.

Mit einem Schneidemesser bearbeitest du ein Stück dicke Pappe, bis du ein Rechteck von etwa Din-A4-Größe hast. Dann nimmst du einen schwarzen Filzstift und machst dich an die Arbeit. Du hast zwar keine offizielle Kunstausbildung genossen, aber dein Bruder ist professioneller Bildhauer in San Francisco, und deine Mutter hatte ein Talent für Tuschezeichnungen von verstümmelten Einhörnern und bröckelnden Grabsteinen, mit denen sie gern ihre Gedichte illustrierte. Also ist dir ein Händchen fürs Zeichnen sozusagen einprogrammiert. Klar, hier ist nicht mehr gefragt als eine grobe Ähnlichkeit mit dem Original, gerade so viel, daß der kleine Dieb weiß, was er klauen soll, trotzdem strengst du dein Gedächtnis an — immerhin hast du das Bild nur einmal gesehen –, um die Figuren korrekt anzuordnen. Als du die Zeichnung mit Spucke und Fingern verschmiert hast, bist du überzeugt, daß deine Bauernkarikaturen ein wenig von der rauhen Würde besitzen, die van Gogh seinen Originalen verliehen hat. Deine Huldigung wird unterstützt durch das Licht, besser gesagt, den Mangel an Licht: Der Himmel zeigt Heidelbeere und Kapuzinerkresse, die Farben des göttlichen Linoleums, aber noch ist es nicht hell genug, um klar sehen zu können.

«Also ran an den Speck, Baby. Bitte beeil dich, okay?» Du führst André zu Twisters Fenster, zeigst ihm ein Bananeneis und reichst ihm die Zeichnung. «Das wünscht sich Tante Gwen. Es paßt zwar nicht in deine Backentasche, aber du schaffst es. Und hey, ich bezahle extra, wenn's schnell geht. Eilpost, okay? Also los!»

Wohlgemerkt, Twisters Fenster ist geschlossen und verriegelt, aber dieser Affe soll ja ein Meistereinbrecher sein, ein kriminelles Genie. Du hast unerschöpfliches Vertrauen, doch wird es arg strapaziert, als André, nachdem er eine Weile am Fenster rumgefummelt hat, plötzlich zusammensinkt und anfängt zu wimmern. *Meine Güte!*

5:38 —••••• Du könntest die Scheibe mit einem Wagenheber oder etwas Ähnlichem einschlagen, doch du willst, daß es aussieht wie eine Sache, die von drinnen gelaufen ist. Wenn Twister vom Flughafen wiederkommt und entdeckt, daß seine wertvolle Zeichnung verschwunden ist, werden er und die Ermittler kaum eine andere Möglichkeit haben, als Larry Diamond zu verdächtigen. In ein paar Tagen ist alles geklärt, ohne daß irgendwer zu Schaden kommt, und bis dahin bist du über alle Berge.

Das war der Plan, Jetzt, da die Verzweiflung wächst, siehst du dich nach einem Gegenstand um, mit dem du die Scheibe zertrümmern kannst. Voilà! Was ist das da im Unkraut? Eine Bowlingkugel! Junge, Junge, wahrscheinlich hat einer von diesen vulgären Hornochsen, diesen typischen Randexistenzen, einen so jämmerlichen Wurf gelandet, daß er in einem Anfall proletarischer Wut die Kugel weggeschmissen hat. Du hebst sie auf. Igitt! Sie ist dreckig. Und schwerer, als du gedacht hättest. Es ist das erste Mal im Leben, daß du so einen «Mond, der seine Bahn über Milwaukee zieht» in der Hand hast. Sofort befürchtest du, daß allein die Kugel zu berühren deine Würde zerstört und deinen IQ gesenkt hat. Du versuchst, sie möglichst weit vom Körper wegzuhalten, und gehst auf das Fenster zu.

Im gleichen Moment springt der Affe auf, als sei er plötzlich auf eine Idee gekommen, und fängt an, eine Regenrinne hochzuklettern. Er will aufs Dach, vielleicht sucht er nach einem Lüftungsschacht. Okay! Hervorragend! Das ist besser. Du wußtest, daß du dich auf deinen Langfinger von der Côte d'Azur verlassen kannst. Voller Ekel läßt du die Bowlingkugel fallen, massierst deinen schmerzenden Nacken und gehst zurück zum Wagen, um angespannt zu warten.

5:44 —•••••– Es ist 5:44. Da du dir nicht vorstellen kannst, daß der Abschied am Flughafen besonders lang ausfällt, wird Twister vermutlich innerhalb der nächsten fünf bis sechs Minuten zurück sein. Um deinen inneren Aufruhr zu bekämpfen und zu vermeiden, daß du deine ohnehin schon abgekauten Fingernägel noch weiter verstümmelst, studierst du noch einmal das Bündel Flugtickets – die neuen Tickets, die du am Flughafen umgetauscht hast.

Seattle–New York. Der Flug geht in wenigen Stunden.

New York–Amsterdam. Ausgezeichnet. Wenn der holländische Industrielle zwei Millionen und ein paar Zerquetschte für die van-Gogh-Zeichnung geboten hat, müßtest du einen seiner Sammlerkollegen dazu bringen können, mindestens die Hälfte lockerzumachen. Ein paar Tage Recherche. Ein Hauch von deinem sprichwörtlichen Verkaufsgeschick. Bingo! Du hast dir eine Woche Zeit gegeben. Und dann –

Amsterdam–Manila. Perfekt. Grandma Mati wird dir Unterschlupf gewähren, solange du willst. Und falls etwas schiefgehen sollte und die Polizei hinter dir her ist: es gibt keinen Auslieferungsvertrag zwischen den Vereinigten Staaten und den Philippinen. Und wenn du erst mal da bist, könnte sich alles sehr zufriedenstellend entwikkeln, jawohl. Im letzten Brief berichtete Grandma Mati von einer Gruppe ehrgeiziger junger Politiker, die daran arbeiten, das Machtvakuum in der philippinischen Regierung zu füllen. Eine junge Filipina, die so gut erzogen, betucht (deine Großmutter hält dich für wohlhabend), welterfahren und hübsch ist wie du (deine dumme angelsächsische Nase ist ein Makel, aber sie könnten sich wahrscheinlich dazu durchringen, darüber hinwegzusehen), wäre eine gute Partie und bestimmt ein Auftrieb für ihre politischen Ziele. Es könnte gut sein, daß du die neue Imelda Marcos wirst, schrieb sie.

Eigentlich würdest du lieber die neue Gwendolyn Mati werden, aber hey, «die neue Imelda Marcos» klingt irgendwie solventer.

5:50 —••••• Verflixt und zugenäht!

André ist wieder da. Du hast weder gehört noch gesehen, woher er kam – Twisters Fenster ist nach wie vor geschlossen und heil –, aber da hockt er plötzlich auf der Stoßstange, die sich um den rundlichen Porsche zieht wie eine Lakritzschleife um ein Straußenei. Zuerst befürchtest du, daß er es vielleicht nicht geschafft hat, ins Haus zu kommen, doch als er sich dann rückwärts von der Stoßstange fallen läßt und seinen spastischen Siegestanz aufführt, macht dein Herz einen Satz.

Doch halt, halt, Moment! Die Trophäe, die er über dem Kopf schwenkt, als sei es der Meisterschaftspokal von Wimbledon oder so was, ist viel zu klein für den van Gogh!

Zu klein. Zu klein. Im Grunde ist sie ja kaum größer als eine Tarotkarte.

André! Du dummes Tier!

Du springst aus dem Wagen. Er überreicht dir die Beute und verlangt seine süße Belohnung. Du schlägst seine Pfote beiseite. «Was zum ...»

Es ist tatsächlich eine Tarotkarte. Eine von den großformatigen, die die Kartenleger gern für besondere Gelegenheiten reservieren.

Du drehst sie um. Was sollst du auch sonst machen. Eigentlich wundert es dich nicht, daß es der Narr ist.

Das einzige, was dich erstaunt, ist, daß etwas darauf geschrieben zu sein scheint, eine Botschaft in der rechten oberen Ecke, quer über die königliche und paternalistische Sonne, die unschuldige weiße Rose, über den hermetisch verschlossenen Vagabundenbeutel, der alles enthält, was der Narr braucht, um seinem Schiff die Fahrt durch die Stromschnellen des Unbekannten zu erleichtern.

Im schwachen Licht des Morgengrauens und mit deinen schlechten Augen ist die mit silberner Tinte geschriebene Nachricht schwer zu entziffern. Trotzdem kneifst du die Augen zusammen und strengst dich an, denn zu deiner größten Überraschung erkennst du jetzt Q-Jo Huffingtons fahrige Handschrift.

Und als dein Blick sich schärft, liest du:

Auf bald in Timbuktu!

Anmerkung des Autors

Lesern, die sich ausführlicher und wissenschaftlich über die Bozo-Dogon-Sirius-Connection informieren wollen, empfehle ich *Le Renard Pâle* von Marcel Griaule und Germaine Dieterlen, *Ethnoastrology: The Newest Oldest Science* von Verzig Dommer, *African Worlds* von Daryll Forde und insbesondere *The Sirius Mystery* von Robert K. G. Temple.

Gründliche Recherchen haben mich zu dem Schluß geführt, daß George Washingtons Gebiß in Wahrheit aus den Stoßzähnen von Flußpferden, Elefanten und Walrossen geschnitzt wurde. Die einzelnen Zähne wurden mit Hilfe von hölzernen Zapfen im Durchmesser von Zahnstochern an Gaumenplatten aus Gold (oben) und Elfenbein (unten) befestigt, und wahrscheinlich waren es diese Stäbchen, die das Gerücht in Umlauf brachten, Washington habe Holzbeißerchen gehabt. Ich fühle mich genötigt, die Fakten auf diese Weise kundzutun, obgleich ich persönlich das Apokryphische bevorzuge.

T. R.